野鶴群芳

古代中世国文学論集

池田利夫 編

笠間書院

序

近頃はやりのフレーズで言えば、私はいま七十一歳、過去を語るのにはまだ若過ぎるが、本書刊行の端緒を述べるとなると、母校である慶應義塾大学に非常勤講師として通った十五年間を思い起こさないわけにはいかない。もう四年ほど以前になろうか。その前々年に大病を患った私が、それでも勤務先の鶴見大学を休職もせずに授業には復帰し、研究室での日々をどうやら凌いでいた頃、隣室の同僚である中川博夫君が見えて、折入って相談があるという。何かと聞けば、慶應仲間で中川君と同期の佐藤道生君や、近しい一、二と話し合った結果だそうだが、三年後には私が満七十歳となり、翌年に鶴見大学の定年を迎えるので、慶應の大学院で私の授業に出席した者の有志に呼びかけ、古稀記念の論文集を上梓させたい。出版社との交渉や、各自への執筆依頼などの実務は自分たち世話人で当るが、ついては編者には池田がなり、執筆者に編者本人も加わった顔ぶれでことを進めるのはどうか、という提案である。

国文学に限らず、算賀記念の論文集刊行は世に多いが、私の見るところ、書かされる側に立つとなかなかの負担である。しかも、総じて売りにくい本を発行する出版社もありがたくないに違いないので、私に関するなら、それはやめようと即座に断るはずであるのに、一瞬言葉に詰まった。名簿のメモを見ると、今に親しい人ばかり、毎週水曜日に三田に通ったのは私が四十五歳の四月より六十歳の三月まで、何年も連続して授業に出て来る院生が多く、夕方になると、よく連れ立って深夜まで街を飲み歩いたものだ。だから三田に行かなくなったあともそれぞれとの交遊は続いて、特に毎年七月はじめ、十人余が鶴見大学に集まり、図書館が購入した国文学関係貴重書を会議室に並べたのを念入りに閲覧する会は恒例となって、また賑々しく街に繰り出したのは言うまでもないが、それが私の大病以来途絶えていた。そこへこの提案である。かねての考えはどこへやら、心は動いてたちまち諒承してしまった。

企画は佐藤・中川両君に池田三枝子さんが加わった世話人によって始動し、出版社は笠間書院、執筆者一覧はこれ、と整って、書名は、自由に書いてもらう各自の論題を見て、編者が世話人と相談して決めようと、平成十三年春刊行を目指してたちまち具体化したのであるが、そのあとの私がよくなかった。論文が書けなくなってしまったのである。十年近く前に小学館より頼まれていた新編日本古典文学全集『浜松中納言物語』の校注作業にほとんど手をつけなかったのが、期限と病後の状況よりしても大詰で、これに専念するほかなかったのと、最終年度が間近い鶴見の授業も休まず開きたいと思うと、論文を書くつもりで机に坐っても、筆が進まないのである。結局、全集版『浜松』は去年四月に刊行されたが、論文はなお試行錯誤の繰り返しで、ようやくこの三月に脱稿する始末だった。趣意書に応じて、すみやかに快く寄せられた原稿は既に校了さえ迎えているのに、なんとも申しわけない思いであるが、腎臓癌の手術を受けてより五年半余、もしや追悼論集になるかとひそかに思ったのが、私も参加できて初志の形になったのは嬉しい。

三田で私とまみえた諸君は、今や国文学界諸分野の第一線で活躍する研究者である。群芳というより、紅一点が加わっても、むしろ群雄と呼びたいが、野鶴を添えたので、群芳に落着いた。野鶴とは、ふとした縁で用いている私の装幀者名、水原沼埜鶴《すげぬまのづる》に由来し、「のづる」は蛇口のシャレだが、ここは漢語の「やかく」である。官途を離れた在野の人を指し、鶴は賢人の意をこめないでもないので、自称するのはまことにどうかと思うが、これも四十年近く勤めた大学名のシャレだと御勘弁願いたい。

どっしりと持ち重りのするゲラ刷りに目を通すと、それぞれが得意とする分野に照準を当てて、一心に取り組んでいるのがよくわかる。テーマを特に定めないで執筆願ったのがむしろ幸いして、三田で、ある時期に学んだ人たちの、今を盛りとするのびのびとした波動が伝わり、諸氏のこれからの研究は勿論、ここに編まれた諸論文・資料が国文学界にいささか寄与するものと自負して、広く江湖の方々の御批正を仰ぎたい。寄せられた執筆者諸氏の友情に感謝するとともに、私も、まだ負けてはいられないという心境である。

世話人の勧めで、石川透君が纏めてくれた慶應での拙い講義内容一覧が載ったのは赤面の至りであるが、やめろと言って引っ込むような世話人ではない。その世話人の依頼に出版を快諾されたと聞く笠間書院は、創業者池田猛雄以来の深いつき合いであるが、私のせいで製作が長期化し、担当の大久保康雄君、編集長の橋本孝君、社長の池田つや子さんには大変な御厄介をかけた。ありがたく、改めて世話人をはじめとする執筆者各位と笠間書院とに、厚く御礼申し上げたい。

平成十四年八月

池田利夫

野鶴群芳《やかくぐんぽう》 古代中世国文学論集

目次

「自傷」——その政治性と文芸性——

池田三枝子

序

有間皇子自《みづか》ら傷《いた》みて松が枝を結ぶ歌二首

岩代の浜松が枝を引き結びま幸くあらばまたかへり見む　（巻二・一四一）

家にあれば笥に盛る飯を草枕旅にしあれば椎の葉に盛る　（巻二・一四二）

斉明四年（六五八）十一月、孝徳天皇の皇子である有間皇子が謀反の罪により十九歳の若さで刑死する。『日本書紀』に拠れば、十一月三日に謀反発覚、九日に天皇の行幸先である紀温湯へ護送されて皇太子中大兄皇子の審問を受け、十一日に藤白坂で処刑されたという。

『万葉集』巻二挽歌部冒頭所載の右の歌は、かつては、有間皇子が護送途次の岩代の地で、死を目前にして「自ら傷みて」詠んだものとされてきた。しかし、題詞に記される「自傷」という状況と、一見羈旅歌と見紛うような歌内容との乖離が指摘され、斉明四年時の皇子の実作であることを疑う仮託説が提出されてからは、二首の解釈をめぐって実作説と仮託説とが対立している現状にある。仮託説では、二首の歌に悲しみや嘆きといった感情の表出が見られないことから、後人により旅の歌が転用されたと見る(1)。実作説では、一四一番歌の「ま幸くあらば」の表現を中心として、二首の歌に旅の歌の類型から逸脱した不安や怖れを看取しようとする(2)。

既に述べたように、かかる両説対立の基底には題詞と歌との乖離の如何という問題がある。ところが、いずれの立場においても、歌表現の考察が中心で、題詞の「自傷」については自明の如くに「辞世の悲しみ」といった解釈が施されてきた。

これに対して、近年、漢籍の用例から「自傷」の語の示す状況を考察しようとする論も増えつつある。小伏志穂氏は漢籍の「自傷」を「当人には原因がないにもかかわらず、何らかの外圧によって望ましくない状態に陥る運命となったことに対して嘆き悲しむ」意と見て、「自傷」が臨死に関わる悲しみの表現とは限らないことから、有間皇子の二首を、斉明四年の護送時ではなく、斉明三年時の牟婁温湯への旅中の作とする(3)。加藤有子氏は詩や詩題といった韻文世界の「自傷」が「怨歌」への偏りを見せることに注目し、当該歌の「自傷」を『怨』(別れ)の世界から導かれた言葉」とする(4)。また、齋藤恵理子氏は「自傷」の用例の中に報われない思いを詩賦を作るという行為によって昇華させようとするものがあることから、有間皇子が松を結んで歌を詠むことにより自らを慰めたというところにこの題詞が付された意味を見出そうとする(5)。

これらの論考は「自傷」が必ずしも「辞世」や「臨死」と直結しないとする点で共通している(6)。しかし、膨大な量の漢籍の用例の中からそれぞれに重視する資料が異なるため、導き出される結論は様々である。漢籍の用例に基づいて考察する場合、中国文学において「自傷」という語が担っていた意味を全体的に見通した上で、翻って万葉の「自傷」について考えるという手順が有効性を持つと考えられる。

そこで本稿では、中国文学における「自傷」の語史を考察し、「自傷」の語が担う政治性と文芸性について検討した上で、それが謀反・刑死した有間皇子の歌の題詞として用いられた時、歌に対して如何なる規制となるかという問題について考えてみたい。

一　『楚辞』系作者の〈自傷〉

漢籍の「自傷」の用例を通覧してまず気づかされるのは、『楚辞』系作者への偏りである。例えば、李善注本『文選』を繙くと、先行研究に指摘されるように、「自傷」及びそれに類する語まで含めた用例（以下〈自傷〉と称す）は、詩文の本文中では次のⅠ～Ⅵの六例のみである。この中で明確に『楚辞』系と言えるのはⅠだけであろう（後述）。

Ⅰ賈誼「鵩鳥の賦一首并に序」（巻十三、鳥獣）
誼は既に謫せられたるを以て長沙に居る。長沙は卑濕なり。誼自らを傷悼みて（自傷悼）、以爲く壽長きを得じと。迺ち賦を爲りて以て自ら廣うす。

Ⅱ陸機「歎逝の賦一首并に序」（巻十六、哀傷）
寤らずと雖も其れ悲しむ可し、心惆焉として自ら傷む（自傷）。

Ⅲ謝靈運「廬陵王の墓の下の作一首五言」（巻二十三、哀傷）
解劍竟何及　　劍を解くも竟に何ぞ及ばん

撫墳徒自傷　墳を撫するも徒に自ら傷むのみ

Ⅳ謝靈運「魏の太子の『鄴中集』の詩に擬す八首五言并に序」（巻三十、雑擬）

「王粲」（第二首）

家は本秦川にして、貴公の子孫なり。亂に遭ひて流寓し、自ら傷みて（自傷）情多し。

Ⅴ江淹「雜體詩三十首五言」（巻三十一、雑擬）

「鮑參軍〔昭〕戎行」（第二十九首）

鎩翮由時至　翮を鎩ふは時の至るに由る

感物聊自傷　物に感じて聊かに自ら傷む

Ⅵ曹植「親親を通ぜんことを求むる表一首」（巻三十七、表）

臣に至りては、人道緒を絶ち、明時に禁固せらる。臣竊かに自ら傷むなり（自傷）。

しかし、注文を検すると、騒部（巻三十二、三十三）所載の屈原・宋玉の作品に対する王逸注だけで次の二十例を数えることができる。(7)

①屈原「離騒經一首」（巻三十二、騒上）

長太息以掩涕兮　長く太息して以て涕を掩ひ

哀人生之多艱　人生の艱多きを哀む

［王逸注］

言ふこころは、己自ら施行の俗に合はざるを傷み（自傷）、まさに彭咸に效ひて身を淵に沈めんとして、乃ち太息して長く悲しみ、萬人の命を受けて生多艱に遭遇し、以て其の身を隕ふを哀しみ念ふなり。

②同右（巻三十二、騒上）

攬茹蕙以掩涕兮　茹蕙を攬りて以て涕を掩へば

霑余襟之浪浪　余が襟を霑して浪浪たり

[王逸注]

言ふこころは、自ら放たれて草澤に在るを傷み（自傷）、心に悲しみて泣下り、我が衣を霑濡し、浪浪として流る。

③同右（巻三十二、騒上）

已矣哉　已んぬるかな

國無人莫我知兮　國に人無く　我を知る莫し

[王逸注]

屈原の言ふこころは、已んぬるかなは我徳を懐くも用ゐられず、楚の國に賢人有りて我が忠信を知ること無きを以ての故なり。自傷（自傷）の詞なり。

④屈原「九歌四首」（巻三十二、騒上）

「東皇太一」（第一首）

五音紛兮繁會　五音　紛として繁く會へば

君欣欣兮樂康　君も欣欣として樂しみ康んぜん

[王逸注]

言ふこころは、……自ら忠誠を履行して、以て君に事ふるに、信任せられずして、身は放逐せられ、以て危殆なるを傷むなり（自傷）。

⑤同右（巻三十二、騒上）

「湘君」（第三首）

横流涕兮潺湲　　涕を横へ流して潺湲たり

隠思君兮陫側　　隠れて君を陫側に思へり

［王逸注］

屈原女嬃の言に感じ、亦節を變へんとするも、意改むること能はず、内に自ら悲傷して（自悲傷）、涕泣横へ流せり。

⑥同右

鳥次兮屋上　　鳥は屋上に次り

水周兮堂下　　水は堂下を周れり

［王逸注］

言ふこころは、……自ら鳥獸魚鼈と伍を爲すを傷むなり（自傷）。

⑦同右（巻三十二、騒上）

「湘夫人」（第四首）

帝子降兮北渚　　帝子　北渚に降れり

目眇眇兮愁予　　目に眇眇として　予を愁へしむ

［王逸注］

屈原自ら堯に遭値はずして暗君に遇ひ、亦まさに身を湘流に沈めんとするを傷む(自傷)。故に我を愁へしむと曰ふなり。

⑧同右

朝馳余馬兮江皐　朝に余が馬を江の皐に馳せ
夕濟兮西澨　夕に西の澨に濟る

[王逸注]

自ら驅馳するも湖澤の域を出でざるを傷む(自傷)。

⑨屈原「九歌二首」(巻三十三、騒下)

「山鬼」(第二首)

杳冥冥兮羌晝晦　杳冥冥として　羌　晝も晦し
東風飄兮神靈雨　東風　飄りて　神靈　雨らす

[王逸注]

屈原自ら獨り和する無きを傷むなり(自傷)。

⑩屈原「九章一首」(巻三十三、騒下)

「渉江」

乘舲船余上沅兮　舲船に乘りて余沅に上るに
齊呉榜以擊汰　呉榜を齊しくして以て汰を擊つ

[王逸注]

言ふこころは、……自ら朝堂の上を去りて湖澤の中に入るを傷むなり（自傷）。

⑪同右

朝發汪渚兮　　朝に汪渚を發して

夕宿辰陽　　夕べに辰陽に宿る

［王逸注］

言ふこころは、己れ乃ち汪渚より辰陽に宿り、自ら去る日の遠きを傷むなり（自傷）。

⑫宋玉「九辯五首」（第一首）（巻三十三、騒下）

悲哉秋之爲氣也　　悲しいかな　秋の氣爲るや

蕭瑟兮草木搖落而變衰　　蕭瑟として　草木　搖落して變衰す

［王逸注］

自ら不遇にしてまさに草木と倶に衰老せんとするを傷むなり（自傷）。

⑬同右

憭慄兮若在遠行　　憭慄として　遠行に在りて

登山臨水兮送將歸　　山に登り水に臨みて將に歸らんとするを送るが若し

［王逸注］暴戻を思念し、心自ら傷むなり（自傷）。

⑭同右

廓落兮羈旅而無友生　　廓落として羈旅して友生無し

惆悵兮而私自憐　　惆悵として私かに自ら憐む

［王逸注］
竊かに内に己を念ひて、自ら閔み傷むなり（自閔傷）。
⑮同右
獨申旦而不寐　　獨り旦を申へて寐ねられず
哀蟋蟀之宵征　　蟋蟀の宵に征くを哀む
［王逸注］
蛼蛩の夜行するを見て、自ら放棄され昆蟲と雙を爲すを傷むなり（自傷）。
⑯同右（其二）
車駕兮朅而歸　　車　駕し　朅りて歸らんとするに
不得見兮心悲　　見ゆるを得ずして　心　悲しむ
［王逸注］
自ら流離して路の隔たり塞がるを傷むなり（自傷）。
⑰同右（其三）
澹容與而獨倚兮　　澹容與として獨り倚れば
蟋蟀鳴此西堂　　蟋蟀　此の西堂に鳴く
［王逸注］
自ら己れの蟲と並ぶを閔傷するなり（自閔傷）。
⑱宋玉「招魂一首」（巻三十三、騒下）

獻歳發春兮汨吾南征　　獻歳の發春に汨として吾　南に征く

［王逸注］

言ふこころは、……自ら放逐せられ獨り南に行くを傷むなり（自傷）。

⑲同右

菉蘋齊葉兮白芷生　　菉蘋　葉を齊しくして　白芷　生ず

［王逸注］

言ふこころは、屈原放たれし時、菉蘋の草、其の葉適しく齊ひ、白芷萌芽して、始めて生ぜんとす。見る時に據りて自ら傷み哀しむなり（自傷哀）。

⑳君王親發兮憚青兕　　君王　親ら發して　青兕を憚れしめたり

［王逸注］

言ふこころは、嘗て君の田獵に侍從するも今は乃ち放逐せられ、歎きて自ら傷み閔むなり（自傷閔）。

楚の大夫の屈原は、楚王への忠誠を尽くしながらも、近臣の讒言により江南に追放され、失意の旅の果てに汨羅に入水する。右の①〜⑪は放浪中の屈原の作とされるもので、⑫〜⑳は屈原の弟子とされる宋玉が屈原に代わって作った擬作である。

斯波六郎氏は、右の⑭宋玉「九辯」の波線部「自ら憐む（自憐）」という表現について、「さすらいの旅における失意の自分を、自分で憐れんでおるという意味」と解釈し、

このように自分で孤独なる自分を憐れみ、自分で孤独なる自分を悲しむことは、言葉を換えていえば、第一の我を第二の我が明かに意識して、しみじみと憐れみ悲しむことであって、こういう心理の状態になると、

孤独なる自己は一層具象的に捉えられ、その孤独感はひとしお深まるのである。

と述べている。そして、宋玉の作には「自憐」「自悲」という表現が見られるのに屈原にはそれが無いことについて、

屈原の作には、孤独の苦悩はよく写されているが、孤独な自分をもう一度みずから眺めて、それを更にみずから悲しみ、みずから哀れむという情は、まだ表わされていない。この孤独なる自分を更に眺めて、みずからこれを哀れむ気持は、次の宋玉の作品に至ってはじめて見られる。

とする。更に、先秦時代の宋玉に始まる「自〜」という自己凝視の表現が漢代の詩賦に頻出するようになることを指摘して、

漢時代の文学は、屈原・宋玉らの作、いわゆる『楚辞』の影響を受けること大であるが、いま孤独感の表われた作品をさがすに当っても、その主なるものは皆、『楚辞』直系のものから選び出される。

と述べている(8)。

右の指摘を検証するならば、前掲I賈誼「鵩鳥賦」などはその好例であろう。前漢の賈誼は、『史記』「屈原賈生列伝」でその伝を屈原と共に記され、王逸の『楚辞章句』に「惜誓」を載録されている、まさしく『楚辞』直系」の作者である。Iはその賈誼が長沙に左遷された際の作であるが、そこに「孤独なる自分を更に眺めて、みずからこれを哀れむ気持」を表現する「自傷悼」の語が見える。このIとほぼ同時期に、賈誼は自らと同様に失意のうちに江南を彷徨った屈原を悼んで「屈原を弔ふ文」を作った。事情はその序に次のように記されている。

Ⅶ賈誼「屈原を弔ふ文一首并に序」(『文選』巻六十、弔文)

誼は長沙王の太傅と爲り、既に讁を以て去る。意 自得せず。湘水を渡るに及び、賦を爲りて以て屈原を弔ふ。

屈原は楚の賢臣なり。讒を被りて放逐せられ、離騒の賦を作る。其の終篇に曰く、已んぬるかな、國に人無く、我を知る莫きなりと。遂に自ら汨羅に投じて死せり。誼之を追傷し（追傷）、因て自ら喩ふ。(9)

ここから、当時賈誼が屈原に自身を投影していたことが知られる。賈誼は、屈原を悼んでこれをⅦ「追傷」する一方で、屈原に己を重ね合わせてⅠ「自傷悼」したのである。

後漢の王逸の『楚辞』注に頻出する〈自傷〉も、かかる自己凝視の表現の展開と照らして考える必要があろう。即ち、漢代の『楚辞』系作者は、放逐された屈原に成り代わって、或いは自らが屈原のように政治的に意を得ぬ状態にある際に、「自〜」の表現を多用した。そのため漢代以降「自〜」は『楚辞』系作者の鍵語として意識されるようになってゆく。後漢の王逸も、そうした動向を踏まえて、『楚辞』施注時に鍵語として〈自傷〉を用いたと考えられる。(10)

二 〈自傷〉の展開

屈原自身が「自〜」という自己凝視の表現を用いていなくとも、一旦『楚辞』系作者の心情表現として定着した〈自傷〉は、屈原の心情を説明する語として用いられるようになる。その史的展開の様相を確認してみたい。

A『史記』孝文本紀

其の少女緹縈自ら傷泣し（自傷泣）、乃ち其の父に随ひて長安に至り、上書して曰く、……。

B『史記』蘇秦列傳

蘇秦之を聞きて慙ぢ、自ら傷みて（自傷）、乃ち室を閉ぢて出でず、其の書を出だし徧く之を觀る。

C『史記』屈原賈生列傳（賈誼伝）

居ること數年、懐王騎し、馬より墮ちて死し、後無し。賈生自ら傅となりて無狀なるを傷み（自傷）、哭泣すること歲餘にして、亦死す。

D『史記』淮南衡山列傳（淮南王劉安伝）

其の後、自ら傷みて（自傷）曰く、吾仁義を行ひ削られ、甚だ之を恥づ、と。然して淮南王地を削られし後、其の反謀を爲すこと益々甚し。

a『漢書』元帝紀

朕民の父母として、德覆ふこと能はず、而して其の刑有り、甚だ自ら傷む（自傷）。

b『漢書』刑法志

（省略　Aに同じ）

c『漢書』地理志

始め楚の賢臣屈原讒を被りて放流し、離騷の諸賦を作りて、以て自ら傷悼す（自傷悼）。

d『漢書』淮南衡山濟北王傳（淮南王劉安伝）

（省略、Dに同じ）

e『漢書』賈誼傳

（省略　Iに同じ）

f『漢書』賈誼傳

（省略　Cに同じ）

g『漢書』景十三王傳（膠東康王劉寄伝）

寄上に最も親しく、意自ら傷みて（自傷）、病を發して死す。

h『漢書』司馬遷傳

烏呼、遷が博物洽聞なるを以て、知を以て自ら全うすること能はず、既に極刑に陥り、幽にして憤りを發す。書も亦信なるかな。其の自ら傷悼する（自傷悼）所以を迹ぬるに、小雅巷伯の倫なり。

i『漢書』韋賢傳（韋玄成伝）

玄成自ら父の爵を貶黜することを傷みて（自傷）、歎じて曰く、吾何の面目にてか以て祭祀に奉ぜんと。詩を作りて自ら劾責して曰く、……

j『漢書』趙尹韓張兩王傳（韓廷壽伝）

吏の聞く者自ら傷悔し（自傷悔）、其の縣の尉は自ら刺死するに至る。

k『漢書』霍方進傳

方進自ら傷みて（自傷）、乃ち汝南の蔡父に従ひて、己が能く宜しき所を相問ふ。

l『漢書』外戚傳（班婕妤伝）

倢伃東宮を退處し、賦を作りて自ら傷悼す（自傷悼）。

右のA～Dは『史記』（前漢、司馬遷撰）、a～lは『漢書』（後漢、班固撰）の〈自傷〉の例（「傷つける」意の例は除く）である。

賈誼の死後およそ七十年を経て成立した『史記』では、『楚辞』系作者たるC賈誼やD淮南王劉安[11]の伝に「自傷」の語が用いられているが、屈原に関して〈自傷〉の表現は見られない。

それが、更に約百七十年を経て後漢の班固父子によって書かれた『漢書』では、ef賈誼・d劉安伝に加え、

c地理志に屈原自身が自らの政治的不遇を嘆く表現として「自傷悼」の語が用いられている。このことは、前漢の時代に『楚辞』系作者らによって〈自傷〉が多用された結果、後漢の初めには既に〈自傷〉＝『楚辞』というイメージが定着していたことを示している。それ故に、屈原の心情を表現する際に屈原自身が用いることの無かった〈自傷〉が使用されたのだと考えられる。

班固より五十年ほど下る王逸の頃には、そうした観念がいっそう堅固になっていたのであろう。王逸が『楚辞』施注の際に〈自傷〉を多用した背景にはかかる趨勢があったのである。

ところで、『史記』と『漢書』とを比較すると、『漢書』に至って〈自傷〉の用法に広がりが生じていることが看取できる。為政者に容れられずに左遷や放逐、領地没収などの憂き目にあった人々の不遇感の表現として定着した〈自傷〉は、『楚辞』を離れても政治的不遇を嘆く表現として広く使用されるようになってゆく。h司馬遷傳、i韋賢傳（韋玄成伝）はその例である。

hは、『史記』を書いた司馬遷があれだけ博識でありながら、武帝の怒りを買い、宮刑の辱めを受けたことを傷む文章である。ここで班固は、司馬遷が「自傷悼」しつつ『史記』を書いたとしている。iは、韋賢の子玄成が父から受け継いだ爵位を削られたことを嘆き、詩を作って自らを責めたという話である。玄成の嘆きは「自傷」の語によって表現されている。司馬遷・韋玄成は、共に『楚辞』系とは言い難い人物である。これらの人物の政治的不遇感に〈自傷〉が用いられているのは、『楚辞』系作者の表現からの敷衍的用法であると考えられる。

また、hで司馬遷が「自傷悼」を契機として『史記』の著述に専念し、iで韋玄成が「自傷」を契機として詩を作った（二重傍線部）とされるように、どちらの例も〈自傷〉が作品制作の契機となっている。この二例に限らず、より後代の例を見ても〈自傷〉に伴って詩賦制作が行われていることは齋藤恵理子氏が指摘する通りである。(12)

例えば、『後漢書』（宋、范曄撰）には次のような例がある。

『後漢書』楊李翟應霍爰徐列傳（応奉伝）

黨事の起るに及びて、奉乃ち慨然として疾を以て自ら退きぬ。追て屈原を愍み（追愍）、以て自ら傷みて（自傷）、感騷三十篇を著す。數萬言あり。

後漢末の党錮の禁で知識人が政治的弾圧を受けた時、応奉は官を辞した。そして自らと同様に官を退かざるを得なかった屈原を「追愍」し、「自傷」して「感騒三十篇」を著したという。cの二重傍線部に見られるように、屈原は「自傷悼」して「離騒の諸賦」を作ったと認識されていた。だからこそ、応奉が屈原に倣って「感騒三十篇」を著した時、その契機となった心情は「自傷」と表現されたのである。こうした例を考慮すれば、hiの〈自傷〉も屈原に端を発する表現であると考えられる。『楚辞』系作者に限らずとも、作品制作の契機となった政治的不遇感については、意識的に〈自傷〉という表現が用いられたのである(13)。

更に、l外戚傳（班婕妤伝）の例も屈原に端を発する〈自傷〉であると考えられる。班婕妤は初め漢の成帝の寵愛を受けていたが、やがて趙飛燕姉妹に寵が移ると、身に危険が及ぶのを避けて皇太后の長信宮に退いた。班婕妤はその不遇を「自傷悼」して賦を作ったとされている。班婕妤は女性であるため、その不遇を政治的であるとは言い難いが、為政者に容れられずに失意のうちに退かざるを得なくなったという点においては屈原と同様である。そしてそれを契機に賦を制作しているが故に、「自傷悼」という表現がなされたのであろう。

班婕妤については、『玉台新詠』（梁、徐陵撰）に「怨詩一首」があり、その序にも「自傷」の語が見える。

班婕妤「怨詩一首并せて序」（『玉台新詠』巻一）

昔漢の成帝の班婕妤は寵を失ふて、長信宮に供養す。乃ち賦を作り自ら傷み（自傷）、并せて怨詩一首を爲る。

この「怨詩」は作者に疑いがあるものの、『文選』や『楽府詩集』にも「怨歌行」として載り、加藤有子氏が述べているように、後代に多く作られる「怨歌行」「怨詩行」などの濫觴となった作品である[14]。班婕妤の「怨詩」の影響下に、『玉台新詠』には他に「自傷」の語が四例見られるが、注目すべきは梁の王僧孺の「人の爲に自ら傷む（爲人自傷）」（巻六）と題される詩である。この詩題からは、六世紀前半（梁代）の段階で、屈原に端を発する〈自傷〉が文学の主題となっていった様相が窺える。〈自傷〉を契機として詩賦が制作されるという表現の蓄積から、やがて〈自傷〉が詩賦の主題として意識されるようになり、詩題として用いられるに至ったのである[15]。

以上、中国文学における〈自傷〉が、屈原の嘆きに端を発して政治的不遇感の表現として展開し、やがて文芸の主題として意識され、詩題ともなっていった様相を確認してきた。次に、かかる背景を有する「自傷」の語が、有間皇子詠の題詞として用いられた場合に如何なる意味を持つのかということについて考察してみたい。

三　有間皇子の「自傷」

有間皇子は、時の為政者斉明天皇・中大兄皇子に叛意を抱き、失意のうちに刑死した。その有間皇子の歌に「自傷」の語が冠せられた時、屈原の境遇との類同性を想起させずにはいない。

屈原は、王孫でありながら為政者に容れられず、讒言により放逐され、放浪の旅中にその政治的不遇感を作品に昇華させて、やがて失意のまま死に至った。その作品が『楚辞』であり、『楚辞』に表出された屈原の心情を説明する鍵語が「自傷」である。

有間皇子	謀反と発覚	→	護送	→	処刑
‖	‖		‖		‖
尊貴な身分	政治的不遇		失意の旅		悲劇的な死
‖	‖		‖		‖
屈原	讒言と放逐	→	放浪	→	入水

かかる意味性を有する「自傷」の語は、有間皇子の歌を「読む」際の規制として働く。屈原さながらに失意の旅中にあって、政治的不遇に基づく孤高の悲哀を表出した作として「読ませる」ことになる。そして、その詠歌の先にある悲劇的な結末までも「読ませる」のである。「自傷」の語義自体に「臨死」や「辞世」の意が含まれずとも、「自傷」の語が担う意味性が、有間皇子の二首の歌を、悲劇的な死に向かいつつある皇子の悲嘆として位置づけてしまうからである。

有間皇子の二首は、「岩代の浜松が枝」（一四一）を詠み、「旅にしあれば」（一四二）とうたう羇旅発想の歌である。羇旅歌一般を超えた悲嘆の表出の有無については、本稿の主旨とははずれるのでここでは問わないが、「自傷」歌として『万葉集』に採録される際にも、既に悲嘆の情の有無などさほど問題ではなかったのであろう。旅の歌でさえあれば、題詞「自傷」によってその作者の悲嘆の情は保証されたのである。

更に、有間皇子詠に追和歌があり、『万葉集』巻二挽歌部冒頭において一歌群を構成していることも、「自傷」

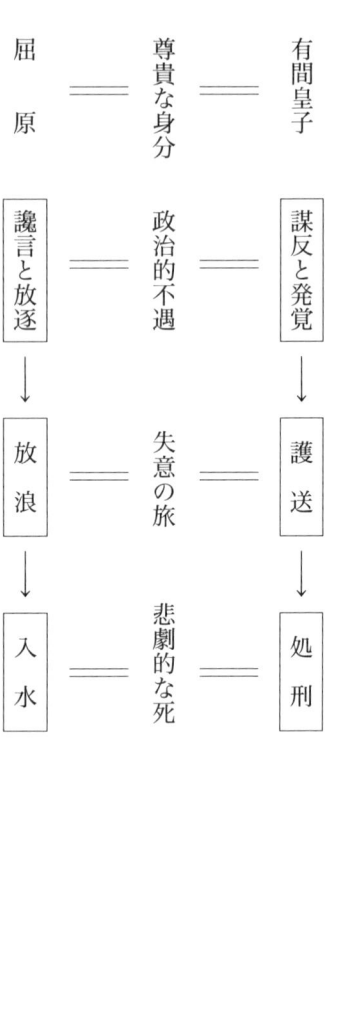

の語の意味性と無関係とは思われない。

長忌寸奥麻呂、結び松を見て哀咽する歌二首

岩代の崖の松が枝結びけむ人はかへりてまた見けむかも　（巻二・一四三）

岩代の野中に立てる結び松心も解けず古思ほゆ　（巻二・一四四）

山上臣憶良の追和する（追和）歌一首

翼なすあり通ひつつ見らめども人こそ知らね松は知るらむ　（巻二・一四五）

（左注略）

大宝元年辛丑、紀伊国に幸せる時に、結び松を見る歌一首

後見むと君が結べる岩代の小松が末をまた見けむかも　（巻二・一四六）

有間皇子の悲劇の「物語」[16]は繰り返し想起され、「松が枝を結ぶ歌」（一四一題詞）として伝承された二首には、「松が枝」に因んで「哀咽」「追和」する歌が次々に作られた。

高貴な人物の悲劇の「物語」とその悲劇性を象徴する作品とがあって、その人物を追悼することで新たな作品が作られてゆく構造は、屈原の場合と等しい。

イ賈誼「屈原を弔ふ文一首并に序」（『文選』巻六十、弔文）

誼は長沙王の太傅と為り、既に譴を以て去る。意　自得せず。湘水を渡るに及び、賦を為りて以て屈原を弔ふ。屈原は楚の賢臣なり。讒を被りて放逐せられ、離騒の賦を作る。其の終篇に曰く、已んぬるかな、國に人無く、我を知る莫きなりと。遂に自ら汨羅に投じて死せり。誼　之を追し（追傷）、因て自ら喩ふ。

ロ『後漢書』楊李翟應霍爰徐列傳（応奉伝）

黨事の起るに及びて、奉乃ち慨然として疾を以て自ら退きぬ。追て屈原を愍み（追愍）、以て自ら傷みて（自傷）、感騒三十篇を著す。數萬言あり。

右は既出例であるが、「離騒」の作者たる屈原の悲嘆を哀惜して、イ「追傷」、ロ「追愍」したというものである。これらに限らず、そもそも『楚辞』系作者とは屈原を追慕して作品を物した者の謂である。屈原の「物語」は繰り返し想起され、新たな作品を生む契機となった。その際の鍵語が「自傷」である。

以上より、有間皇子詠の題詞「自傷」の意味性はその追和歌までも覆い尽くし、歌群全体の規制として働いていると考えられる。従って、「自傷」という題詞が付されたのは、有間皇子詠の後に追和歌群が配列された段階であると想定できるのである(17)。

結

「禮は庶人に下らず、刑は大夫に及ばず」（『禮記』曲禮上）と観念された時代に、皇族でありながら極刑に処せられた十九歳の皇子の死は、人々に強烈な印象を与えたであろう。有間皇子の不遇な一生が悲劇の「物語」として人口に膾炙したであろうことは想像に難くない。

ところが、有間皇子詠にもその追和歌群にも、皇子の政治的不遇を匂わせるような表現は一切見られない。政治性が捨象されているのである。一方、屈原や屈原を追慕する人々の作品には、濃厚な政治性がある。むしろ政治性こそが文芸作品の主題となっていると言うべきであろう。

かかる相違は、単に有間皇子と屈原との問題ではなく、日本文学と中国文学との本質的な相違に起因する。鈴木修次氏は日本と中国の文学全体を見渡して、その違いは「端的にいえば、政治と文学の問題にある」と述べている。(18) 中国では文芸作品の主題として政治性の強いものが望ましく、日本では政治問題が回避される。謀反の罪——それは朝廷にとって最も重い罪である——に問われて処刑された有間皇子の歌が『万葉集』巻二挽歌部冒頭を飾り、挽歌の在り方のメルクマールとなり得たのも、日本文学のかかる本質と関わると考えられる。

注

1 渡辺護氏「有間皇子自傷歌をめぐって」（『万葉集を学ぶ　第二集』昭和五二年一二月）、福沢健氏「有間皇子自傷歌の形成」（「上代文学」五四、昭和六〇年四月）、長岡立子氏「有間皇子自傷歌論―類型と文学意識―」（「米沢国語国文」一二、昭和六〇年九月）等。

2 阪下圭八氏「有間皇子―真幸くあらばまたかへり見む」（『初期万葉』昭和五三年五月）、稲岡耕二氏「有間皇子」（『万葉集講座　第五巻』昭和四八年二月）、青木生子氏「実作・仮託・歌語り―万葉の辞世歌」（『青木生子著作集第四巻　万葉挽歌論』平成一〇年四月）、岩下武彦氏「有間皇子歌私考」（「美夫君志」四三、平成三年一〇月）、橋本達雄氏「有間皇子自傷歌とその挽歌群」（『万葉集の時空』平成一二年三月）、池田枝実子氏（「有間皇子自傷歌群の示すもの―挽歌冒頭歌とされた意味―」（「上代文学」八三、平成一一年一一月）、大浦誠士氏「有間皇子自傷歌の表現とその質」（「万葉」一七八、平成一三年九月）等。

3 「有間皇子自傷歌群試論―『自傷』の伝えるもの―」（「国文学」七三、平成七年一二月）

4 「『自傷』考」（「日本文学研究」三五、平成八年二月）

5 「有間皇子自傷歌考―題詞『自傷』のもつ意味―」（「国学院大学大学院紀要―文学研究科―」三一、平成一二年三月）

6 但し、この点については人麻呂臨死歌の題詞「自傷」を考察する論考に既に指摘がある。黒田徹氏「柿本人麻呂の臨死自傷歌」（「日本文学研究」二三、昭和五九年一月）、渡瀬昌忠氏「人麻呂の死」（『柿本人麻呂人と作品』平成元年五月）等。

7 王逸注本『楚辞』に範囲を広げれば、この数が更に増加するのは言うまでもない。

8 『中国文学における孤独感』平成二年九月

9 Ⅶの李善注は応劭の『風俗通』を引くが、そこには賈誼の心情表現として「自傷」の語が用いられている。

賈誼は鄧通と、倶に侍中として位を同じうす。數〻廷にて之を譏る。是に因り文帝は遷して長沙太傅と爲す。湘水を渡るに及び、弔書を投じて曰く、闒茸尊顕せられ、佞諛意を得、と。以て屈原の讒邪の咎に離るを哀み、亦因て自ら鄧通らの愬ふる所と爲るを傷むなり（自傷）、と。

10 「自傷」の語が王逸の段階で既に熟した語であったことは、①のように「己」と「自」という同義の文字が重ねて用いられることからも推察できる。先に「己」とあり、本来「自」は不要であるはずのところにそれがあるのは「自」と「傷」とが結合した「自傷」という表現が既に熟していたことを思わせる。

11 淮南王劉安は、李善注本『文選』で「招隠士」（『文選』巻三十三、騒下）の作者に擬される人物であり、『楚辞』系作者と認められる。

12 注（5）前掲論文

13 『文選』のⅣ謝霊運、Ⅵ曹植の例もこうした類例に入れることができる。

14 注（4）前掲論文

15 班婕妤の「怨詩」を介在させているため、詩題としての〈自傷〉には閨怨的作品が多いがそれが全てではない。加藤有子氏注（4）前掲論文には「自傷」の語を詩題に含む作品が他に三例挙げられているが、うち閨怨詩は一例である。

16 当該歌群の「物語化」という捉え方については、大浦誠士氏注（2）前掲論文に詳しい。

17 本稿とは観点が異なるが、「自傷」の題詞作者を山上憶良に想定する小伏志穂氏注（3）前掲論文の指摘は、憶良が「追和」歌の作者であるという点でも可能性が高いと考えられる。

18 「文学観の違い」（『中国文学と日本文学』昭和六二年七月）

引用は、『万葉集』は新編日本古典文学全集、『文選』本文は全釈漢文大系、『玉台新詠』は新釈漢文大系に各々拠ったが、私に改めた所もある。『文選』注は芸文印書館『文選』、『史記』『漢書』『後漢書』は中華書局本に各々拠り、私に書き下した。

奈良王朝の「翰墨之宗」——藤原宇合論

胡　志　昂

一　序

藤原宇合は不比等の第三子、武智麻呂、房前の弟、麻呂、宮子（藤原夫人）、光明子（光明皇后）の兄に当たる。ために天平前期の政界を牛耳る藤氏四子の一人として、その名が史学界で取り上げられること少なくない。『尊卑文脈』によれば、宇合は「気宇弘雅なり、風範凝深なり、博く墳典に渉り、傍に武事に達す。軍国を経営むと雖も、特に心を文藻に留め、当時翰墨の宗為り。集二巻有り世に傳わる。其の式部卿為るを以って、世に式家と称さる」というような人物であり、当代随一の詩文学者でもあったことが知られる。今日尚存する宇合の作品は史書に見える彼に関する記録よりも多い。詩文は述志の文学であり、その作品に関する考察を抜きにして作者を知ろうとすれば空中楼閣になりかねないであろう。

林鵞峰編『本朝一人一首』の巻一に「宇合才文武を兼ね、東国西海の総管に歴任す。遂に遣唐使と為り、以って壮遊を窮む。一時推して翰墨之宗と為す。唯惜しむらくは其の傳の伝わらざること、然れども懐風藻に載する所の数首並びに序を見て、其の英豪を知るべし」と述べる。現在『懐風藻』に正三位式部卿藤原朝臣宇合の詩六首と序二篇、『経国集』に藤宇合の「棗賦」が一首見える。また『万葉集』に彼の短歌、『続日本紀』などに宇合関係の記録も散見される。

そこで本稿はこれら文献の記すところに基づき、詩人の活躍した当時の政界状況と奈良朝の漢詩文を視野に入れつつ、宇合の人と作品に関して、些か考察を加えてみたい。

二　遣唐副使

宇合が始めて史書に登場したのは、霊亀二年（七一六）八月、遣唐副使に任命された時で、通算第八回の遣唐使である。時に彼は二十四才、正六位下。藤原宇合の享年は、『懐風藻』流布本に「三十四歳」とあるが、大宝令の蔭位制によれば、蔭位は二十一歳以上の者に叙せられ、二位の嫡子は正六位下より出仕する。よって、『公卿補任』等に「四十四歳」とあるのに従い、天平九年に京都の痘瘡大流行で亡くなった時から逆算して、持統八年の生まれで、霊亀二年に二十四才を数える。同年八月に彼は従五位下に昇叙された。この昇進は遣唐副使の任命に伴う叙位であり、副使の位階は従五位下が通例であった。『続日本紀』から第八回遣唐使の関連記録を拾ってみれば、次のようにある。

霊亀二年八月癸亥、是の日、従四位下多治比真人県守を遣唐押使とす。従五位上阿倍朝臣安麻呂を大使、正六位下藤原朝臣馬養を遣唐副使、大判官一人、少判官二人、大録事二人、少録事二人。己巳（二十六日）、正六位下藤原朝臣馬養に従五位下に授く。

九月丙子、従五位下大伴宿禰山守を以て、代へて遣唐大使とす。

養老元年壬申の朔、遣唐使、神祇を蓋山の南に祠る。甲午、遣唐使ら拝朝す。
三月己酉、遣唐押使従四位下多治比真人県守に節刀を賜ふ。
養老二年十二月壬申、多治比真人県守ら、唐国より至る。甲戌、節刀を進る。この度の使の人、ほぼ闕亡無くして、前年の大使従五位上坂合部宿禰大分も亦随ひて来帰り。
三年春正月己亥、入唐使ら拝見す。皆唐国の授くる朝服を着る。壬寅、（中略）従四位下多治比真人県守に並びに正四位下、（中略）大伴宿禰山守、藤原朝臣馬養に並びに正五位上。(1)

従来、古代史を彩る遣唐使の派遣を振り返る時、大宝元年に任命された第七回遣唐使が注目を集めてきた。確かに歴史的転換点を象徴するという意味で、前回の遣唐使の果たした役割は大きい。だが、遣唐使最盛期の実質的成果を挙げた点で、霊亀二年任命の第八回遣唐使は、前回を上回るものがあったことも看過できない。具体的に次の三点が挙げられる。

第一に主な構成メンバーの出身氏族が異なる。両者の構成要員を比較すれば、前回の遣唐使執節使の粟田朝臣真人が民部卿で従四位上、大使の高橋笠間が左大弁で正五位下、副使の坂合部大分が右兵衛率で従五位下だから、確かにそれぞれ第八回より高位で、しかも粟田真人は翌大宝二年五月に正四位下で朝政に参議していたので、執節使の重みを増したことは疑いない。

しかるに、主要メンバーの出身氏族を見れば、第七回遣唐使の執節使・大使・副使ともに一流豪族の出身とはいえない。対して、第八回はいずれもれっきとした名門貴族の子弟であった。それが彼らの唐での活動に関わってくることは言うを俟つまい。そして、実際前回も大使の高橋笠間が渡唐しなかった替わりに、副使の坂合部大分が大使、大位の許勢祖父が副使となった。許勢祖父も名門の出身だが、その位の務大肆は従七位下に相当する

（慶雲四年三月に遣唐副使の巨勢朝臣邑治が帰朝した時は従五位下になっている）ので、任命時点でみれば、藤原馬養より五階も位が低いことになる。一方、第八回遣唐使も後に阿倍安麻呂に替わって従五位下の大伴宿禰山守が大使となった。すると、大使も副使も同じく従五位下だから、馬養の地位がメンバーが変わる以前よりも強化されたことは明らかである。また帰朝した後の養老三年正月に大伴山守、藤原馬養が並んで正五位下から正五位上に叙せられていることも、在唐時を通して大使と副使は官位では上下の差がないことを裏付ける。それに大伴氏は武門の豪族であって、遣外使節の使命は武官よりも文官によって果たされることが多いことを思えば、第八回遣唐使における藤原馬養の存在は極めて大きかったと見なければなるまい。

第二に使節の唐での活動を見れば、前回では執節使の粟田真人の活躍ぶりが際立っていたのに、第八回では押使の影が薄い。その代わり唐書にも記録された幾つかの重要な仕事をこなしている。すなわち、

1　儒学の教授を請う

2　師匠に調布を贈呈する

3　懐を叩いて大量に書物を購入する

これら遣唐使節の行動が唐の人々に深い印象を与えたことは史書を見れば明らかである。まず儒士に経典の教授を請うことについていえば、唐の対外交渉において外国使節が儒学の経典や史書などを請うことは屢見られるもので、日本国遣唐使が唐王朝に対して儒学を請うということは、文化交流を重要視する唐の外交特徴に対して自らの姿勢を示したことになる。この要請に応えて唐の朝廷は四門助教の趙玄黙に詔して鴻臚寺で儒経を教授せしめた。趙玄黙は碩学の儒士であったこと疑いないが、唐書・儒学傳にその名が見えない。つまり、唐書の記録は趙玄黙という儒学者についてではなく、日本国遣唐使の要請に対して鄭重に扱ったことを明記しているにほか

ならないのである。

次に趙玄黙に闊幅布を差し上げ、束修の礼を行ったのは、日本は孔子の教を弁えるいわば君子の国だということを印象付けるためのものであったと思われる。唐書にこの記録が見えることは日本使節の意図が見事に果たされたことを物語っている。唐書は続いてその闊幅布に「白亀元年調布」と云う標記がついていたので、唐の役人たちがその真偽を疑ったという。「白亀元年」とは「霊亀元年」のことであろう。(2)「調布」とは「調」として徴収された「布」なので、日本では唐と同じく律令制度が施行されていることの証佐になる。且つ「白亀」は瑞祥現れだから、日本でも聖人による善政が行われていることの証明でもある。これに対して、唐の人は驚き且つ疑ったのであろう。

更に、日本の遣唐使節が「得る所の「錫賚」で盡く文籍を市って、海に泛んで還った」ということについて考えれば、唐王朝の外国使節に与える賞賜が相当手厚かったことは確かだが、日本の使節たちはこれらの賞賜のみで書物を買い漁ったのではなかったろう。『延喜式』に遣唐使に対する政府の支給経費が明記されているし、使節個人にも一族の囑望や親友の依頼があって、かなりの金額を所持していたこともその後の遣唐記録で知られている。(3)開元初年の遣唐使に限って文籍を大量に購入したことが特筆されたのは、その規模が通常を大きく超えたことを意味するにほかならず、当時遣唐使節たちが相当の金銭を持参していったことを物語っている。ここに第八回遣唐使の主要メンバーがいずれも名門豪族の出身であったことと大量の書籍購入と無関係でありえないことは明白であろう。

第三に随行した留学生に際立って優れた人材が多いことが挙げられる。続日本紀・宝亀六年十月に右大臣・吉備真備薨傳に「霊亀二年、年廿二にして使に従ひて唐に入り、留学して業を受く。経史を研覧して衆藝を該渉す。

我が朝の学生にして名を唐国に播す者は、唯大臣と朝衡（阿部仲麻呂）との二人のみ」という。この二人とも第八回遣唐使に随行した留学生であり、朝衡が科挙に合格して唐史に大きな足跡を遺し、真備が奈良後期の文物制度に大いに貢献したことは周知のとおりである。先述した「請儒士授経」も「為束修之礼」も留学生達の修学の便宜を図る為の大仕事であったが、それらは吉備真備など学生自身が交渉した結果というより、正式の要請は今回の遣唐使節の代表者が正式の手続きを踏まえて提出したに違いない。

かくして、唐王朝に深く印象付けたこの三つの仕事についてそれを見事にこなせた立役者を考えれば、藤原宇合の存在が大きく浮かんでくる。なぜなら、彼こそ大宝律令の主な制定者で朝廷の権力を掌握している藤原不比等の子で、最高の漢学教養を身に付けていたからである。帰朝した後間もなく宇合は式部卿を拝命し、その職掌として国家の儀礼・儀式を司り、配下に大学寮等がある。これも在唐時の彼の活躍と全く無関係ではあるまい。

ならば養老元年三月に出發し翌年十二月に帰朝するまでの間、一年以上長安に滞留した体験が宇合自身にとって、どういう意味があったのか。彼が自らの名前を「馬養」から「宇合」に改めたことがその一斑を伺わせる。このことにつき、『尊卑文脈』藤原宇合伝では「帰自唐、改名宇合。宇合、馬養、音訓相通」と記している。「宇合」と「馬養」が「音訓相通ずる」というのは、表記の文字が変わっても読み方が同じで共に藤原宇合その人を指すという意味であろう。ちなみに「宇」は宇宙・世界、「合」は会合・集合の意味だから、宇合と改名した彼の心中には天地の才気が己一身に集合するという自負をもって帰朝したのではなかったか。江村北海（『日本詩史』）は、宇合に触れて「史に称す『宇合、文武の才あり。嘗て聘唐使と為る』と。風采想ふべし」という。渡唐の経験は宇合にとって、着実に新たな地平線を踏み締めたことを意味しよう。

三　東国総官

養老三年正月唐より帰朝した入唐使等が唐国に授かった朝服を着て朝見をし、同月にもと遣唐押使の多治比県守が従四位下から正四位下に、もと大使の大伴山守と副使の藤原馬養が正五位下から正五位上に叙位された。そして、同年秋七月に始めて按察使が設置されると、宇合は常陸国守として安房・上総・下総の三国を監察する按察使に任命された。按察使の職責について続日本紀では次のように記している。

その管むる国司、若し非違にして百姓を侵漁すること有らば、按察使親自ら巡り省て状を量りて黜陟せよ。その徒罪已下は断り決め、流罪以上は状を録して奏上せよ。若し声教の条条有り、部内を脩めて粛清ならば、具さに善最を記して言上せよ。

按察使の制度的淵源の一つは唐の景雲二年（七一一）に創設された十道按節使制にあり、第八回遣唐使が唐制の知識をもたらし設置が施行されたものと考えられる(4)。ために多治比県守も大伴山守も宇合と同時に按察使に任命されたのである。按察使は隣り合う数カ国を一纏めにし、その中の有能な国守が兼任して、管内諸国の行政を監察するもので、通常現地に常駐していたと見られる。宇合は父不比等の推進してきた律令制度をさらに完備なものにするため、地方で制度の施行と普及に情熱を傾注していたこと想像に難くない。按察使は正にそのような重要な役割を果たすためのポストであったことはいうまでもない。

ところが、養老四年の八月に右大臣・藤原不比等が病に罹り、その回復を祈願して天下の大赦が行われたにもかかわらず、三日後に和えなく病没した。このため、元明天皇が深く悼み惜しみ廃朝をなさった。翌日舎人親王を知太政官事、新田部親王を知五衛及授刀舎人事とし、更に七日に「諸、内印を請ふには、今より以後、両本作るべし。一本は内に進り、一本は施行せよ」との詔を出して事に当たらせた。これは皇親政権を復活させる措置とも見られなくはないが、舎人親王はともかく、新田部親王は天武と鎌足の息女五百重娘との間に生まれた皇子であり、天武諸子の中でも藤原氏に近い血筋であった。そして十月二十三日、大納言長屋王と中納言大伴旅人を不比等邸に遣わして太政大臣正一位を贈らしめた。

翌養老五年正月、長屋王が従二位・右大臣に進むのと時を同じくして、藤氏四子の中、従三位の武智麻呂が中納言に進み、房前と宇合はそれぞれ三階、麻呂は四階昇位されている。そして、同年十月不豫の元明太上天皇が房前に対して「汝卿房前、内臣と作りて内外を計会ひ、勅に準へて施行し、帝の業を輔翼けて、永く国家を寧みすべし」との詔を賜った、時に房前は位階が従三位で大納言の多治比池守、中納言の大伴旅人等と並び、内臣の重みは前記の詔で明記された通りである。既に別稿で述べたように、これは朝廷の権力を二分して政府に対する宮廷の発言権を増強する措置と考えられる(5)。ここに女帝の藤氏に対する信頼が厚かったことは明らかであり、いわゆる長王皇親時代の政治実態であった。

さて、宇合は神亀元年三月に陸奥の蝦夷が反乱を起こした際、正四位上の式部卿として持節大将軍を拝命している。式部卿の拝命は何時だったのか明確な記録がない。あるいは養老五年正月に彼が正四位上に叙位されたのに伴っての任命だったのかもしれない。しかし養老三年から同七年までの五年間、たとえ途中式部卿の拝命があったとしても、宇合は常陸国守を兼ねて安房・上総・下総の三国を監察する按察使として基本的に東国に常駐していたと見て差し支えないだろう。その間恰も按察使制度の整備期に当たり、彼の才能が大いに期待されていたろうし、役人の選叙・考課など一部の職掌でも按察使と式部卿が重なる。宇合が東国在任中に京での人事の選考に関わる詩文を作っていることもこの推測を裏付ける。また陸奥方面の征夷持節大将軍の任命も、例に拠って東国総官の経験があったからこそ行われたものであろう。

この間、確認される宇合の作った詩文は「在常陸贈倭判官留在京並序」一篇である。

在常陸贈倭判官留在京並序

僕與明公、忘言歳久。義存伐木、道叶採葵。待君千里之駕、于今三年。懸我一箇之榻、於是九秋。如何授官同日、乍別殊郷。以為判官、公潔等氷壷、明逾水鏡。学隆萬巻、智載五車。留驥足於将展、預琢玉條、廻鳧舃之擬飛、忝簡金科、何異宣尼返魯、刪定詩書、叔孫入漢、制設禮儀。聞夫、天子下詔、茲擢三能之逸士、使各得其所。明公獨自遺闕此擧。理合先進、還是後夫。譬如呉馬痩塩、人尚無識、楚臣泣玉、世獨不悟。然而、歳寒後験松竹之貞、風生廼解芝蘭之馥。非鄭子産、幾失然明。非斉桓公、何擧寧戚。知人之難、匪今日耳。遇時之罕、自昔然矣。大器之晩、終作寶質。如有我一得之言、庶幾慰君三思之意。今贈一篇之詩、輒示寸心之款。其詞曰：

自我弱冠従王事、風塵歳月不曾休。褰帷獨坐邊亭夕、懸榻長悲揺落秋。
琴瑟之交遠相阻、芝蘭之契接無由。無由何見李将郭、有別何逢逵與猷。
馳心悵望白雲天、寄語徘徊明月前。日下皇都君抱玉、雲端邊国我調絃。
清絃入化経三歳、美玉韜光度幾年。知己難逢匪今耳、忘言罕遇従来然。
為期不怕風霜触、猶似巌心松柏堅。

詩序は、まず『芸文類聚』等により典拠を挙げつつ相手との友情を語り、続いて「待君千里之駕、于今三年。懸我一箇之榻、於是九秋」と、二人が別れてはや三年経ったということから、養老六年の作と見られる。相手の倭判官は誰なのか詳らかでないが、序文はさらに判官に対して、君は大変に清廉潔白でしかも碩学の士だといい、

「玉條金科」すなわち律令の制定に深く関わることは、孔子が経典を著述し、叔孫が禮儀制度を策定したことに等しいというから、律令制定に関わった碩学であったこと明白である。それから、詩序は「呉馬」や「楚臣」の典故を挙げ、努めて相手の不遇を慰めると共に、「松柏」「芝蘭」のような俊才は明主に会えば、必ずや大器晩成するであろうと激励している。恐らくは昇進に漏れた倭判官が愚痴を綴った書簡を贈って来たのに対する返事ではなかったかと思われるが、最後に詩序は「君」の悩みを慰めたいと思い、一篇の詩を贈るといって、一篇の制作意図を明白に語っている。

一方、詩は「自我弱冠従王事、風塵歳月不曾休。褰帷獨坐邊亭夕、懸榻長悲揺落秋」と冒頭から辺鄙な地方に赴任した自らの寂しさをこぼしているが、それは相手の調子に合わせる気持ちが働いたからであろう。そして、第5~10句まで良き友に会えない寂しさを述べた後、「日下皇都君抱玉、雲端邊国我調絃。清絃入化経三歳、美玉韜光度幾年」と自分と相手の境遇を照応させつつ、最後は風霜にめげない松柏をもって相手を励ました所、詩序と全く同じ趣旨になっている。宇合が律令制定に携わり且つ潔白で博学な倭判官から選考に漏れた愚痴を聞かされたということは、彼と個人的に親しい関係にあったこと、二人とも律令制度の整備に力を尽した仲間だという意識があったことのほか、彼が責任のある立場すなわち式部卿の任にあるということも考えねばなるまい。

さて、詩文の文章についてみれば、序に用いられた語句・故事の出典は、ほとんど『芸文類聚』といった類書ならびに文学総集の『文選』や奈良朝人の好む六朝的風流を語る『世説新語』に集中されている。中でも詩序の性格上、同じく呉馬の典拠を用いた劉琨「答盧諶書」(文選李善注に「戦国策:騏驥駕塩車上呉坂、遷延負轅而不能進、遭伯楽仰而鳴」とある)に近いように思われる。両者が共に用いた典拠は、他に『韓非子』和氏に基づく楚臣、竹林七賢の故事および劉琨に答えた盧諶の詩に用いられる忘言などが挙げられ、また劉琨が盧諶の才能を誉め、盧諶が劉琨との友情を綴った部分も共通している。つまり、両者は語句出典や書簡風の詩序付きの贈答詩という体裁のみならず内容上でも似通うところがあるのである。

懐風藻の中に詩序は全部で6篇見えるが、山田三方と下毛野虫麻呂のそれぞれ一篇は、共に長屋王邸の宴席の場で同時に作られたもので、趣意も類似している。また道慈の詩序は出家した自分が華やかな宴に相応しくないという趣旨の異色なものではあるが、これも長屋王邸の宴席上で作られたものである。そのほか、宇合の「暮春曲宴南池」も麻呂の「暮春於弟園池置酒」もむろん酒宴詩序にほかならない。つまり、酒宴以外の詩序は宇合の当該作品が唯一であり、しかも序に用いられた典拠からも知られるように、一篇は治世・人事を語る書簡風の文章である。万葉集中、劉琨と盧諶の贈答詩書を意識した詩文の贈答は家持と池田の間に交わされていたが、それは主に文学論を語るもので、(6)劉・盧の詩書と同様に多くの典拠を挙げつつ治世の理念を語り、世の常を嘆息しえた文章は、やはり当時の大家・宇合を置いて他にないのであろう。周知のように、詩序は詩よりも長篇であり、かつ駢文体の序に多くの典拠を鏤める必要があるので、奈良朝漢文学における詩序の出現は詩人の漢文力量の向上を象徴するものであった。懐風藻に全部で6篇ある中、宇合が2篇をものにしていること自体、彼が当時では「翰墨之宗」と称されるに相応しいことの証明になろう。

また七言詩も懐風藻の中では数少ない詩体である。大津皇子の七言「言志」は一聯しかなく、当時この詩体による詩作の未熟を物語っている。次いで紀古麻呂に「望雪」と題する七言一首があり、雪を描写する佳句が少なくないが、十二句からなる長詩体なのに換韻をしていない。(7)古詩において換韻はむしろ常套の手法でもあったことを考えれば、作者はまだそれをこなしていなかったのではないかと思わざるを得ない。その他、紀男人の七言「遊吉野川」と丹墀廣成の七言「吉野之作」があり、共に七絶でしかも構想も大体同じだが、作法・趣向において紀男人の作が一枚上である。また、釈道融に張衡・四愁詩に倣ったものが二首ある。詩句は流暢明晰で、七言四句からなっているが、厳密な意味での七言詩とは言えない。

そうした中で、宇合の当該詩は十八句からなり、前八句で韻を換えている。首聯と尾聯のほかすべて対を成し、しかも楽府歌行的な趣が感じられる。小島憲之氏は三、四聯の間に見る「芝蘭之契接無由。無由何見李将郭」という尻取り式の同語反復を取り上げ、これを六朝・初唐の詩に見られる手法としているが[(8)]、古楽府詩にもあった句法である。例えば、

秦氏有好女、自名為羅敷。
羅敷善蚕桑、採桑城南隅。――陌上桑
新人工織兼、故人工織素、
織兼日一匹、織素五丈余。――上山採蘼蕪

これらは詩の叙事的展開に適する句法で、宇合詩中に「雲端辺国我調弦。清弦入化経三年」というのも同じ手法である。また宇合詩の中で「之交」と「之契」、「何見」と「何逢」といった類語の繰り返しも楽府的手法を意図的に用いたものと思われる。いうならば、この一首は例えば駱賓王の「長安古意」のような大作には及ばないが、楽府の流れを汲む長篇の七言詩を作る詩人の才気を伺わせるに足るものである。そして詩の中に典拠が多く鏤められたことは、「新知識を衒ふ風習を脱せぬ」(澤田清総『懐風藻注釈』)という一面があったかもしれないが、他方それは書簡風の序を冠するこの作品の性格に負うところ多く、一篇の詩作に交友ないし世間・人事にまで及ぶこれだけの内容を盛り込んだ作品は、懐風藻の中で他に類を見ないばかりでなく、これこそ述志の文学といっても過言ではあるまい。

懐風藻の七言詩でもう一つ取り上げなければならないものは、同じく宇合の作で「秋日於左僕射長王宅宴」一首である。

帝里煙雲乗季月、王家山水送秋光。霑蘭白露未催臭、泛菊丹霞自有芳。
石壁蘿衣猶自短、山扉松蓋埋然長。遨遊已得攀龍鳳，大隠何用覓仙場。

この詩は首聯で雅会の場所と季節、尾聯で宴遊の結果を述べ、中二聯で秋の景観を描く構成になっている。小難しい典拠は殆ど用いておらず、詞藻が流麗典雅な上、首聯と二聯は平仄も粘対も律詩の作法に符合する。また第三聯の「埋」という字は『広韻』『切韻』などの韻書ではいずれも平声になっているが、『経典釈文』では劉昌宗『周札音』を引いて「又莫拝友」という仄声の韻を記している。よってここではこの仄声韻が用いられ、第三聯も声病に陥ることなく平仄が整然に対応していることが知られる。のこり尾聯の下句のみ平仄に合わないことになるが、それは作者の宇合が平仄の法則を知らないのではなく、彼が渡唐した開元初年まで中国でも律詩の平仄のパターンが完全に定着したわけではなかったと見るべきであろう。現に百二十首の五言律詩からなる『李嶠百詠』でも尾聯のみ平仄が合わない、あるいはわざとはずしたと思われるものが少なくないのである。奈良朝の漢詩文は平仄が整っていなかったというのが通説のようであるが(9)、それも同じ理由が考えられよう。こと宇合に関しては言えば、上記の詩は長屋王邸の記録によると思われるが、それと違って、作者が自ら手を加えて編集した個人の文集が世に伝わっていたので、それには平仄も含めてよく吟味された秀作が多くあったに違いないであろう。宇合集の失われたこと真に惜しい。

四　皇親政権時代

宇合は何時常陸国守を兼ねて安房・上総・下総の三国を監察する按察使として東国に常駐する任を終え京に戻ったのか、詳らかでない。続日本紀によれば、神亀元年三月に陸奥の蝦夷が反乱を起こした際、藤原宇合は正四位上の式部卿として持節大将軍を拝命している。東国総官の在任期間を養老三年から同七年までの五年間とすれば、帰京して主に式部卿の職に当るのは翌神亀二年以後になる。ちなみに令制下の式部卿は太政官八省の一つの長官として、その職掌は国家の儀礼、儀式、官人の選叙、考課、禄賜を司り、配下に大学寮と散位寮がある。既に述べたが宇合が式部卿を拝命したのは、渡唐の時国家的儀礼に関わる仕事をこなしたこと、按察使として地方官の選叙、考課に関わったこと、且つ自らが漢学造詣の深いことが理由に挙げられる。彼は終生この役職を務め上げ、式家の祖と目される由縁である。また、征夷持節大将軍の拝命はその東国総官の延長上に考えられ、間もなく宇合は坂東九国の軍三万人に騎射を教習し、軍陣を試練して蝦夷征討に向かった。そして反乱を平定して凱旋した時には朝廷から内舎人が派遣され、近江国で盛大な慰労を受けている。同年十一月末京に戻り、翌年正月征夷持節大将軍の宇合に従三位勲二等を授けられた。そして神亀三年十月には知造難波宮事を拝命している。

長屋王が政府首班であった時代は白鳳時代への心情的傾斜が認められ、箴緯思想と儒教の文治政策を遂行したことを特色とし、京城では治世を謳歌する詩宴文遊が頻繁に開催された。王邸に出入りする文人墨客の多くが大学寮の所属であり、式部卿の宇合は漢詩文学の第一人者として王に認められ、また宇合も文人政治家としての王の文治政策に積極的に協力していたに違いない。先述した宇合の七言詩「秋日於左僕射長王宅宴」一首に「遨遊已得攀龍鳳、大隠何用覓仙場」というのは、彼のそうした姿勢を表している。

現存する宇合の詩賦でこの時期の作品が最も多い。推定される制作時期を順に見ていくと、先ずは五言「遊吉野川」一首

芝蕙蘭蓀澤、松柏桂椿岑。野客初披薜、朝隠暫投簪。忘筌陸機海、飛檄張衡林。

清風入阮嘯、流水韻稽琴。天高嵯路遠、河廻桃源深。山中明月夜、自得幽居心。

この五言詩は十二句からなり、尾聯のほかすべて正確な対句を成す。しかも対を成す五聯はすべて異なる句法によって構成され、「野客・朝隠」「稽琴・阮嘯」「嵯路・桃源」といった出典をはじめ、一首は隠逸的遊仙的な風致で見事に纏まっている。懐風藻に多く見られる吉野詩の中で最も優れた一首といっても過言ではない。

長屋王時代の吉野行幸は次の三回が知られている。

養老七年五月（芳野離宮行幸従駕歌、笠金村6・九〇七～一二、車持千年6・九一三～六）

神亀元年三月（芳野離宮行幸従駕歌、大伴旅人3・三一五～六）

神亀二年五月（芳野離宮行幸従駕歌、笠金村6・九二〇～二、山部赤人6・九二三～四）

宇合の吉野詩は恐らく神亀元年三月の作品ではなかったか。この時、大伴旅人が未逕奏上歌を作っているが、予め作っていながら奏上しなかったのは、途中詩の奏上に変わったためではなかったかと推測される(10)。旅人の未逕奏上歌は、従来の芳野行幸従駕歌を継承しつつも、表記の上で宣命の表現を意図的に取り入れたところに特色が認められ、中納言という高官による吉野賛歌の奏上もこの予作歌の特殊性を伺わせる。だが結局、旅人の吉野賛歌は奏上されなかった。奈良時代に至って吉野詩が数多く作られるようになったのは、律令制下の官人としての職務能力すなわち漢文の教養、淡泊清廉の自覚が要求されていたからであろう。吉野の詩篇に見られる仙境山水＝離宮謳歌、隠逸志向＝淡泊無欲、風雅文遊＝漢学才能という三つの要素が類型になっていることはこのよう

な時代的要請の反映にほかならない。宇合の詩「遊吉野川」は十二句の中で八句を隠逸志向の表象に費やし、正に文遊と仙境を内包しつつ自らの志を見事に述べた作品といえる。

宇合にもう一首「暮春曲宴南池井序」という詩序を冠する五言詩がある。制作年代は不明だが、京城の庭園での雅遊をあつかう詩文の内容と格調から在京時代の作品ではなかったかと思われる。

夫王畿千里之間、誰得勝地、帝京三春之内、幾知行楽。則有沈鏡小池、勢無劣於金谷、染翰良友、数不過於竹林。為弟為兄、包心中之四海、盡善盡美、対曲裏之長流。是日也、人乗芳夜、時属暮春。映浦紅桃、半落軽錦、低岸翠柳、初拂長絲。於是、林亭問我之客、去来花邊、池台慰我之賓、左右琴樽。月下芬芳、歴歌處而催扇、風前意気、歩舞場而開衿。雖歓娯未盡、而能事紀筆。盍各言志、探字成篇云爾。

得地乗芳月、臨池送落暉。琴樽何日断、酔裏不忘帰。

この詩の序文は諸本により異同がある。群書類従本では流布本にない「酔花酔月」の四字が「為弟為兄」に続いて見え、また「海盡善盡美」以下十八字も流布本にはない。そのため諸注釈書の取捨がまちまちであり、澤田注釈本は序の文を全て収録したのに対して、古典大系本は「酔花酔月」を除外している。確かに詩序を仔細に読めば、異文は書写過程に起こる遺漏や増益によるものではなく、作者の吟味と改作の結果と考えなければならない。この点、異文の存在も宇合集と異なる宇合詩文の流傳を裏付けている。

さて、作者の推敲過程を推測すれば、私見では「流布本」よりもむしろ群書類従本のほうが酒宴の性格と作者の気持をよく伝えているように思われる。理由は三つ挙げられる。一、序と詩との照応からすれば、「酔裏不忘帰」という結句と対応するのはいうまでもなく、「酔花酔月」であり、それが「為兄為弟」と対を成せば、酒宴は藤氏兄弟が中心となる私宴的性格が強かったことが知られる。二、対偶表現の利用した典拠に注目すれば、「為弟為兄、包心中之四海」で論語、顔淵「四海之内、皆為兄弟也」を踏えたのはよいが、同じく論語（八佾「子謂韶、尽美矣、又尽善也」）に出典を持つ「盡善盡美」に続く「対曲裏之長流」の基底に王義之等の曲水宴があるとしたら、果たして儒学の立場から「盡善盡美」と言えるか、かつそれが石崇や竹林七賢の標榜する隠逸的雰囲気に合致するかという疑問もある。三、句法と構成に関する創意という点からして、宇合が詩文の句法に同じ形を用いるのを嫌うことは、彼の吉野詩を見れば知られる。流布本では、「則有」以下八句は句法の全く同じ四組が続くことになるが、一方、群書類従本で、「則有」以下六句は四句・二句がそれぞれ違う形で対を成す。すなわち、

則有、沈鏡小池、勢無劣於金谷、
　染翰良友、数不過於竹林。為弟為兄、
　　　　　　　　　　　　　　酔花酔月。

という形に成る。

つまり、文章の論理的整合性や作者の作風から考えれば、むしろ「盡善盡美」を取ったほうがこの詩序の本来の姿を留めるのではなかったかと思われるのである。すると類従本の詩序の構成は次の様に分析される。

夫、王畿千里之間、誰得勝地、
　帝京三春之内、幾知行楽。
則有、沈鏡小池、勢無劣於金谷、
　染翰良友、数不過於竹林。為弟為兄、
　　　　　　　　　　　　　　酔花酔月。包心中之四海、
　　　　　　　　　　　　　　　　　　　対曲裏之長流。

是日也、人乗芳夜、
時属暮春。映浦紅桃、半落軽錦。
低岸翠柳、初拂長絲。
於是、林亭問我之客、去来花邊、
池台慰我之賓、左右琴樽。月下芬芳、歴歌處而催扇、
風前意気、歩舞場而開衿。
雖歓娯未盡、而能事紀筆。盍各言志、探字成篇云爾。

この中で、「夫」で序文を起こし、「則有」で叙事を展開するのに続いて、「是日也」によって時候の叙景に移り、「於是」以下は秀麗な園景と風流の行為が溶け合って描き述べられ、そして最後の四句で詩作を引き出すのである。したがって、序の構成そのものは六朝・唐代の詩序の類型と殆ど変わらないが、「時属暮春」に続く四句の季節叙景が大変に見事で、吟誦すれば良辰美景が目に浮かぶように感じられる。なお、この詩序では暮春の庭園や酒宴の光景についての描写と叙事において見るべきものが少なからず、宇合が関わったと思われる『常陸風土記』等の著述に通じて用いられた筆致が見受けられることも付記しておきたい。

序に比べて詩のほうは、特筆すべきものが少ないが、末尾二句は六朝的風流を歌いながら文武両道に通じる宇合らしい闊達さと共に小雅の酒宴詩を基底にもつ教養の深さも感じられる。

奈良朝の漢詩文で七言詩、詩序より更に希見なのは賦の体である。賦は詩序と同じく長篇になるのみならず、韻を踏みつつ典拠を盛り込み、美辞麗藻で関連知識を書き尽くさなければならない。奈良朝の賦は『経国集』に三編あるが、藤宇合の「棗賦」一首が見えるほか、唐太宗の「小山賦」に習い創意を加えた石上宅嗣の「小山賦」

とそれに和した賀陽豊年の「和石上卿小山賦」があるのみである。わけても宇合の賦は他の二篇より半世紀も前の日本最初の賦であった。石上らの賦と異なる題材の作品だが、それらには決して遜色しない出来ばえである。

棗　賦　　　藤宇合

一天之下、八極之中、園池綿邈、林麓豊茸。奇木殊名而萬品、神葉分区以千叢。特西母之玉棗、麗成王之圭桐。何則、卜深居而栄紫禁、移盤根以茂彤庭。湌地養之淳渥、稟天生之異霊。依金闕而播彩、随玉管而流形。固本枝於百卉、植声誉於千齢。爾其、秋實抱丹心而泛色、春花含素質而飛馨。朝承周雨漢露、夕犯許月陳星。當晩節而愈美、帯涼風以莫零。石虎瞻而類角、李老翫而比瓶。投海傳繆公之遠慮、在篋開方朔之幽襟。鶏心釣名洛浦、牛頭称味華林。斯誠皇恩広被草木、聖化實及豚魚。何必秦松授乎封賞、周桑載乎経書。

この棗の賦は、先ず天下の庭園に様々な奇木神果がある中でも特に西王母に奉げる玉門棗（漢武内伝）と周の成王がその葉で珪を作って唐叔虞に与えたといわれる梧桐（呂氏春秋）を取り上げる。それから韻を換え、「何則」以下八句で棗の木の性質や風姿を述べ、続いて「爾其」以下十二句では棗に関する種種の典拠を並べ挙げる。最後の四句は再度韻を換えて、棗の木が御苑に生え出たのは、天皇の恩沢が広く草木を被うからであり、それは秦の始皇帝が泰山で松を大夫に封じ、周王朝では桑の木を経書に記載したことにも等しい、といって一篇を締め括る。この賦に鏤められる典拠の多くは既に先学の指摘通り、『芸文類聚』などの類書によるものであるが、晋の傅玄や陳の後主ら中国文士の制作した「棗賦」及び他の書物から得た知識も用いられたに違いあるまい。

棗の賦の成立時期につき、文中の「牛頭」の出典が『初学記』（開元十五年撰。七二七）に始めて見られることによって、第九次遣唐使帰朝（天平七年。七三五）以降の作とする説がある。(11) だが、『続日本紀』神亀三年九月条に次の記録が見える。

神亀三年九月庚寅（十五日）内裏に玉棗生ひたり。勅して、朝野の道俗らをして玉棗の詩賦を作らしめたまふ。

壬寅（二十七日）文人一百十二人玉棗の詩賦を上る。その次第に随ひて、禄賜ふこと差有り。

時に宇合は大学寮を所管する式部卿の任にあり、棗を詠む詩賦を奏上せよとの勅を承ったら当然率先して制作しなければならなかったろう。また、この「棗賦」は瑞祥としての棗が内裏に生えたことを慶賀する作品であったこと、「卜深居而栄紫禁、移盤根以茂彤庭」や「斯誠皇恩広被草木、聖化實及豚魚」云々などの措辞から明白に看取される。この点、『西京雑記』にある梁孝王の忘憂館に集う遊士・枚乗らの詠物賦の結びの文辞を見れば明らかである。従って、宇合の「棗賦」はやはり神亀三年九月に作られたものではなかったかと考えたい。「牛頭」なる棗の名が『藝文類聚』（武徳七年撰。六二四）に見えず、『初学記』に始めて取り入れられたということは、両者が成書する間にこの棗の名が世に広く知られるようになったことを意味するにほかならない。開元五年に宇合自身が唐に渡り、一年ほど長安に滞在していたし、帰国の時大量の書物を購入してきたので、その彼が直接に『初学記』の原資料に当たる書物に触れていた可能性が大いにあろう。現に『藝文類聚』や『初学記』といった類書のみによっては用いられた典拠が十分に解けない表現もこの賦に見受けられ、いうならば、現在確認できる範囲を超えるほどの知識が宇合のこの賦に盛り込まれているといってもよいのである。

当時勅が出て約二週間後に文人一百十二人の上った玉棗の詩賦は、宇合の棗賦を除く外ほとんど現存していない。が、賦の文体で彼の「棗賦」を凌ぐ作品がなかったことは想像に難くないであろう。従って奏上された詩賦に対する賜禄も宇合は第一等を賜ったに違いあるまい。そして、賦で御苑の構築や草木の配置に関する豊かな知識を披露した作者が一か月後に知造難波宮事を拝命している。もし玉棗詩賦の奏上と難波副都の造営の間に何らかの関係があったとすれば、「棗賦」の出来も宇合に対する知造難波宮事の任命を後押しする一因となったのではなかったか。

万葉集巻九に「春三月諸卿大夫等下難波時歌二首併短歌」（9・一七四七〜一七五〇）と題する高橋虫麻呂歌集の歌が見える。虫麻呂は宇合の東国総官時代からその文芸サロンの常連だったと考えられるが(12)、この時は諸卿大夫の気持ちも代弁して歌っている。

白雲の　竜田の山の　滝の上の　小ぐらの嶺に　咲きをる　桜の花は　山高み　風し止まねば　春雨の　継ぎてし降れば　秀つ枝は　散り過ぎにけり　下枝に　残れる花は　しましくも　散りな乱れそ　草枕　旅行く君が　帰り来るまで

反歌

わが行きは七日は過ぎじ竜田彦ゆめこの花を風にな散らし

白雲の　竜田の山を　夕暮れに　うち越え行けば　滝の上の　桜の花は　咲きたるは　散り過ぎにけり　含めるは　咲き継ぎぬべし　彼方此方の　花の盛りに　見えねども　君が御行は　今にしあるべし

反歌

暇あらばなづさひ渡り向つ峰の桜の花も折らましものを

前一首は君に従い諸卿大夫が桜の花の咲き乱れる龍田山を越えて難波に向かう往復数日の旅に出ることを歌い、後一首はその出発当日の光景を歌っている。このようにして大勢の諸卿大夫が難波に下って行くのは、朝廷と諸卿の副都に寄せる期待の大きさの現れであったに違いなく、そして、これは担当大臣にとって晴れ舞台でもあったこと言うを俟つまい。

この大役を拝命した宇合自らも難波京造営の歌一首が残っている。

式部卿藤原宇合卿の難波の京を改め造らしめらえし時に作れる歌一首

昔こそ難波田舎と言はれけめ今は京引き都びにけり（6・三一二）

題詞によれば宇合が知造難波宮事を任命された時の作といい、歌は難波京改造を司り、副都としての制度を整備しているうち、気が付いたら昔田舎と言われる難波がすっかり都らしくなったという喜びを表している。そこから当時の難波宮の盛況の一斑が伺われると共に、造京担当大臣としての作者の誇らしい心境も伝わってくる。

かくして、風流宰相といわれ自ら詩文作者でもあった長屋王政権下において、当時「翰墨之宗」と目される式部卿の宇合は王に認められ、詩文をはじめその才能を十分に発揮していたこと疑いあるまい。

五　藤氏政権

天平元年（七二九）は六月に藤原麻呂が天子受命の瑞祥とされる「図負へる亀」を献上したことで、神亀六年八月五日の詔により改元され、同十日に藤原夫人光明子が皇后に立られた。溯って、この年の二月に左大臣長屋王が誣告に遭い、宇合は六衛府の兵を率いて王邸を包囲し、長兄の武智麻呂が舎人親王、新田部親王らと共に、王邸に出向いて罪の糾問を行った。そして、王が正室牟漏皇女や数人の王子らと自害させられたのである。翌三月には藤原武智麻呂が大納言に進み、政府首班の座に納まっている。改元は常に有事の年に行われるものだが、天平改元は長屋王を執権者とする皇親政権に替わって藤氏の外戚政権が確立したことを意味するものであった。

長屋王失脚後の政界について、藤原家伝（武智麻呂伝）は次のように記している。

當此時、舎人親王知太政官事、新田部親王知惣管事、二弟北卿知機要事。其間参議高卿有中納言丹比縣守、三弟式部卿宇合、四弟兵部卿麻呂、大蔵卿鈴鹿王、左大辯葛木王。

世は正に藤氏四子の時代を迎えるが、四兄弟の心中にある思いが同じであったはずはない。その後、宇合は天平三年八月に参議、同十一月に畿内副惣管、四年八月に西海道節度使に任命され、六年正月に正三位に昇叙されているが、心境は必ずしも穏やかではなかったらしい。この時期の詩は「奉西海道節度使之作」と「悲不遇」が現存している。

古代の日本で節度使が初めて設置されたのは天平四年八月である。『続日本紀』によると、

（十七日）正三位藤原朝臣房前為東海東山二道節度使。従三位多治比真人県守為山陰道節度使。従三位藤原朝臣宇合為西海道節度使。道別判官四人、主典四人、医師一人、陰陽師一人。

（二十二日）勅、東海・東山二道及山陰道等国兵器・牛馬、並不得売与他処。一切禁断、勿令出界。其常進公牧繋飼牛馬者、不在禁限。但西海道依恒法。又節度使所管諸国軍団幕釜有欠者、割取今年応入京官物充価、速令填備。又四道兵士者、依令差点、満四分之一。其兵器者、修理旧物、仍造勝載百石已上船。又量便宜、造籾焼塩。又筑紫兵士課役並免。

この時、房前が東海・東山道の節度使に、共に唐に渡り帰朝した後も共に始めて設置された按察使を拝命した多治比県守が山陰道節度使に、そして宇合は西海道の節度使に任命されている。節度使の始まりは三国時代の呉に遡るが、唐に至って節度使の権限は安禄山の乱に象徴されるように増大の一途をたどった。この時の節度使は、第九回遣唐使の選定に続いて任命が行われたもので、唐に倣って設置されたものと見られる。目的は軍事力強化にあるが、そのために地方財政のみならず、中央に上納するものを徴用することさえできること、西海道のみ扱いが他の三道と異なって重視されたことが同二十二日の勅によって知られる。従って、この大任に当たった節度使は、相当の実権と共に重責を背負うことはいうまでもない。

万葉集巻六にこの初の節度使派遣に天皇自ら酒を賜うという歌が見える。

天皇の、節度使の卿等に賜へる御歌一首　併せて短歌

食国の　遠の朝廷に　汝等の　かく退りなば　平らけく　われは遊ばむ　手抱きて　われは在さむ　天皇朕　うづの御手もち　かき撫でぞ　労ぎたまふ　うち撫でぞ　労ぎたまふ　還り来む日　相飲まむ酒そ　この豊御酒は（6・九七三）

反歌一首

大夫の行くといふ道そおほろかに思ひて行くな大夫の伴（6・九七四）

右の歌は左注に「或は云はく、太上天皇（元正天皇）の御製なりといへり」とあるので、聖武天皇の実作か否かという問題があるが、太上天皇あるいはその書記官僚による代作だとすれば、天皇と共に元正太上天皇も出席して壮行の宴を催されたことになる。天皇が地方へ重臣を派遣するに当たり歌と酒を賜う儀礼はあるが、天皇のみならず太上天皇も臨席なさったことは正にこの度の節度使の設置、派遣に対する多大な重視と期待の現れにほかならない。

歌は天皇の支配する国に節度使が派遣されることで、天下太平となり、天皇は安心して遊ぶことが出来るし、手を拱いていることが出来ようといい、天皇自ら節度使を労い賜うであろうから、この御酒は還ってくる日に皆と一緒に飲むものだといって励ましている。歌の中「手抱きてわれは在さむ」とは、懐風藻の詩で「無為自無事。垂拱勿労塵」（藤原房前・侍宴）と詠まれるところの「垂拱」と同じく、『尚書』武功に「惇信明義、崇徳報功、垂拱而天下治」というのを踏まえて、世の中が泰平で理想的な政治が行われることを意味し、それが節度使の奏功によって保証されるのだという。ここにこの度の節度使派遣に寄せた朝廷の期待が明らかに示れている。

宇合の出発に際して高橋虫麻呂の詠んだ歌も万葉集巻六に見える。

四年壬申、藤原宇合卿の西海道節度使に遣さえし時に、高橋連虫麿の作れる歌一首

併せて短歌

白雲の　竜田の山の　露霜に　色づく時に　うち越えて　旅行く君は　五百重山　い行きさくみ　敵守る

筑紫に至り　山の極　野の極見よと　伴の部を　班ち遣し　山彦の　応へむ極み　谷蟇の　さ渡る極み

国形を　見し給ひて　冬こもり　春去り行かば　飛ぶ鳥の　早く来まさね　竜田道の　丘辺の道に　丹つつ

じの　薫はむ時の　桜花　咲きなむ時に　山たづの　迎へ参出む　君が来まさば（6・九七一）

反歌一首

千万の軍なりとも言挙げせず取りて来ぬべき男とそ思ふ（6・九七二）

万葉集中、高橋虫麻呂歌集の歌は少なくないが、虫麻呂の作歌と明記されているのはこの一作のみで、公の場で虫麻呂が歌才を発揮する稀少な機会となったであろう。歌は、木々が露霜に色付き黄葉の美しい竜田山を越えて筑紫へ赴任する宇合が、兵を率いて地の果てまで国の様子をご覧になるといい、節度使の任務にまで触れている。そして、春が来たら竜田路の丘辺につつじの花が咲き乱れ、桜が咲きほこる頃に君の帰還を迎えようと歌う。君の帰還を「迎へ参出む」というのは、虫麻呂は宇合の常陸国司時代（養老年間）からその部下であったが、宇合が西海道節度使に赴任することを機にその配下を離れることを意味するであろう。と同時に公の場で作歌を詠み上げたのは、宮廷官僚の期待を代弁する意味もあったに違いない。

ところで、このような朝廷の威信と期待のかかる大任にもかかわらず、西海道節度使を拝命した宇合は、次のような五言一首を作っている。

奉西海道節度使之作　五言一首

往歳東山役、今年西海行。行人一生裏、幾度倦邊兵。

かつては東山道の役に派遣され、今はまたも西海道の役に派遣されていく。旅人として一生のうち幾度となく遣わされる辺地の兵役にもう疲れていやになってしまうという。詩の中、東山の役とは神亀元年四月陸奥の蝦夷の反乱を鎮圧するため征夷持節大将軍として東山道方面へ向かったことを指すが、それは養老三年七月から常陸守を兼ねて安房・上総・下総の按察使を拝命したことの延長上にある任命だから、合わせて考える必要があろう。そして大宰都府も西海道節度使の守備範囲にあり、宇合が天平九年八月に疱瘡の大流行によって没する時、官職は参議式部卿兼大宰帥正三位であったから、生前ついに西海道の役から抜けられなかったのである。詩人は自らを行人すなわち旅人と称しているが、宇合の経歴を鑑みれば、霊亀二年八月に遣唐副使となるのが史書への初登場であったので、確かに行人の一生と言えなくはない。また「幾度倦邊兵」という結びの「兵」に注目すれば、藤氏四子の中で兵を率いる軍事才能を有するものは宇合をおいてほかになく、東へ西へと軍事関係の役職に派遣されたのみならず、長屋王事件の時に兵を率いて王邸を包囲するという役に立たされたのもこのためだという念も詩人の脳裏を横ぎったのかもしれない。もちろん一族のために自分の果たした役割の重要さに対しての認識は十分にあったはずである。だからこそ、役割と役職の間にバランスが取れないと感じると、不平と失意の心境になりやすい。ともかく、この一首の表象に作者の苦渋な心境が読み取れることは疑いないであろう。

もっとも、西海道節度使を拝命した時の作として、詩の趣意は御製歌との落差が大きく、そこに辺役を悲嘆する中国詩が伝統的に多いことの投影はある。しかし、自らの一生を振り返りつつ表出された宇合の嗟嘆にはやはり真実の響きも籠っていたに違いない。この推測を裏付けるものに、詩人に別の五言詩「悲不遇」一首がある。

賢者悽年暮、明君翼日新。周占載逸老、殷夢得伊人。博擧非同翼、相忘不異鱗。
南冠労楚奏、北節倦胡塵。学類東方朔、年余朱買臣。二毛雖已富、萬巻徒然貧。

詩の中に「年余朱買臣」という作者自らの年齢に言及する一句がある。『漢書』朱買臣伝に拠れば、朱買臣が四十才の頃生業に無策な己に不満をぶつけた妻に対して五十歳になれば富貴になると予言したという。一方、敦煌本古類書によれば、朱買臣が離縁を求める妻に対して言うには、「吾年四十ならば将に貴かるべし、今巳に三十九なり。卿之を待たずや」とある。両書に見える朱買臣の年が違ってくるが、いずれにしても四十という年齢は割り出せる。よって、宇合が四十歳を過ぎた時の作と考えられる。ちなみに、天平九年四十四歳で亡くなる時から逆算して、天平五年の作になろうか。西海道節度使を拝命したのは天平四年八月だから、前作に近い時期に前後して作られたものと見て間違いあるまい。

さて、詩は始めに賢者が無為に年を取っていくのを悲しみ、賢明な君主が政治を新たにすることを願うといい、そのため周の文王が渭水の辺に隠遁する太公望を見付け（『史記』斉太公世家）、殷の武丁が傅説という賢者を囚人の中から見い出して重用した（『史記』殷本紀）と歌う。歌い出しの四句はこの詩題の常套な議論ではある。続いて、同じく羽ばたく鳥といっても鯤鵬と斥鴳では翼の大きさのみならず、目指すところが相異なり（『荘子』逍遥遊）、また川や湖を泳ぎ回り互いに忘れても異なる種類の魚であるとは限らない（『荘子』大宗師）と詠み、共に政界の仲間といっても志向が異なり、元は親友でも互いに忘れることを暗に示す。そして、春秋時代楚の鐘儀が南方の冠を被ったまま晋の囚人となり（『左伝』成王九年）、蘇武が匈奴に使いし節操を曲げず囚われの身となった故事（『漢書』蘇武伝）を挙げて異郷の苦労を嘆き悲しんだ。この中四句は正に作者自身の感慨を表出し、特に鐘儀と蘇武の故事は前詩の東山・西海の役と見事に対応している。さらに漢の武帝の時に方正賢良文学材力の士として推薦され博学・滑稽の才気によって武帝に重用された東方朔を譬えに取って（『漢書』東方朔伝）、自らの学識を自負し、また朱買臣が家が貧しいながらも読書を好み後に九卿に列せられたのを例に挙げて（『漢書』朱買臣伝）、己の不遇を嘆いた。そして最後に頭に白髪が増え、万巻の書物を読破したのも只の徒労に過ぎず、依然として不遇で貧乏でいるというのである。

この詩に関して、「作者の実況を詠じたのではあるまい」（澤田総清・懐風藻注釈）、「前の倭判官を慰めてゐるのか、代つて述べてゐるのか、或は題によつて作つたのかと思はれる」（林古渓・懐風藻新註）という意見もあるが、やはり辰巳正明氏の指摘する通り、宇合が自らの人生が不幸であることを嘆く詩であると考えてよいであろう。(13) わけても「博擧非同翼、相忘不異鱗」という中には作者の政治理念が他と異なり、かつ同胞に忘れ去られた失意が滲み出ている。そして天平前期「学類東方朔、年余朱買臣」と称することのできる人物といえば、やはり年四十歳前後で「翰墨之宗」と目される宇合をおいてほかにないであろう。問題は宇合ほどの高官であって貧と言えるかである。筆者はかつて貧士の思想系譜について考察したことがある。(14) 結論を一言でいえば、貧とは不遇の同義語と考えて差し支えないのである。

そもそも不遇の自覚は自らの才能に対する自他の評価の落差や身を置くところ政治状況についての判断から生まれる。確かに、宇合が「悲不遇」という詩を詠む底流には、辺地の要職でも京官より不遇の境地にあるという既成観念があり、この類の詩賦も少なくないこと、また「士不遇」という題材が伝統的にあったことの影響もあったに違いない。しかし他方、自らの才能と役職のアンバランスすなわち不遇という意識が宇合に確実にあったことも否定できまい。宇合が自らを万巻の書物を読破した賢人と自認しつつ不遇でいると感じるのは、辺地の節度使に任命されたことが一つの切っ掛けとなり、「行人一生」という表現に己の生涯を振り返った時に思わず口ずさんだ苦渋の響きがある。彼は遣唐副使として荒波に難儀しながら大陸の唐に渡り、現地の政治・文化を直接見聞したのみならず、官学の教授にあって学を問い、懐を叩いて書物を大量に買い込んで帰朝している。その後、按察使、式部卿、節度使、参議などを歴任し、常に新たな政治制度の刷新に大きく貢献したことは想像に難くない。こと文武両道の才能という一点に光を当ててみれば、当時の政権を独占した藤氏四子の中でも彼の右に出るものがいないであろう。しかるに、いかに己の才学に自負を持つとしても、上に二人の兄がいてはどうしようもない。その詩文から一族意識が相当強いように見える宇合にしてはなおさらである。

もう一つ宇合に不遇の自覚を齎す理由は、治世理念と政治のあり方に関して兄弟の間でも認識の相違があったことに由来するように思われる。先述したように、長王政権時代において文治政策を強力に推し進めた風流宰相の王は式部卿の任にあり且つ漢詩文学の第一人者でもある宇合の協力を得なければならなかった。二人の間に対立というより、むしろ互いに協力し認め合う関係にあったことは、宇合の七言詩「秋日於左僕射長王宅宴」一首の尾聯に「遨遊已得攀龍鳳，大隠何用覓仙場」というのみならず、王邸の詩宴を賑わせた文人墨客のほとんどが大学寮に所属していることからも推察される。こと一族の運勢に関わる政争となると、宇合はむろん一族の利益を優先させねばならなかったが、長屋王失脚後の政治状況を考えれば、新しい政治施策がほとんど見られないばかりか、太平の御代を粉飾し謳歌する詩宴文遊の機会も目立って減少した。理由の一つは、己の長兄で政府首班の武智麻呂が「形容条暢、辞気遅重」「毎好恬淡、遠射慣鬧」（『家伝』）という、弁舌が振るわず寡黙がちで賑やかな宴遊が嫌いな性格にあったと見られる。だが、このような風雅な宴遊は宇合が最も活躍できる場の一つでもあったことというまでもない。

この意味で、藤氏政権の確立により一族にとって政治上の安心感が確保される一方で、政治の有り方の変化や張り合う相手がいなくなったことからくる一種の喪失感も宇合の不遇感を深めたに違いないであろう。

六　結

生前当代の「翰墨之宗」と目された藤原宇合は、博識だけでなく、文武両道において傑出した人物であった。彼は若い時に朝廷と一族の嘱望を背負って海を渡り、唐で最新の知識を吸収してきたし、その政治才能は帰朝した後に相次いで新設された重要な役職において発揮された。また詩賦文章でもその五言・七言詩は当時の最高レベルを代表し、わけても長篇の詩序や賦等にその深い漢字の造詣が遺憾なく発揮された。

大学寮を配下に抱える式部卿の宇合は風流宰相の長屋王と意気投合の一時もあったと思われる。しかし、一族の利益のために前面に出て王の失脚に加担した彼は気鋭な政治家であっただけに、藤氏政権下では自らが重要な役職にあるという自覚も当然のことながらあったにもかかわらず、他方、己一族が牛耳る政治の馴れ合いに不満を感じることもあったろうし、また政治の頂点に二人の兄がいては自分の才能が十分に発揮できないという失意を感じることもあったに違いない。この点、藤四子の中で京家の祖である麻呂が「人と為り弁慧で多能、文を善くす。その才世に推さるる所なれども琴酒に耽り、恒に言う、上に聖主あり、下に賢臣あり、僕の如きは何をか為さん、唯琴酒を事とするのみ」（『尊卑分脈・藤原麻呂伝』）ということで、異なる角度から同様の意思を表している。麻呂が只琴酒に耽り、詩文にさえ欲を示さなかったのは、三兄の宇合がいたからではなかったか。いうならば、不比等の育てた四子はいずれも傑出した人材であったからこそ、一世に現れる時に互いに掣肘を感じることもあったに違いないが、自らの修得した良識によって適度に己を抑制する点では麻呂をもって最とすることができよう。

文学は人間と社会を婉曲に映し出す言語芸術である。作品の表象や趣向を通り越して、作家の才知のみならず、その時その時の心境や身の置かれる当時の社会政治状況を垣間見ることができる。自らの思想・識見や社会意識を表現することを眼目とする詩文においてなおさらそうである。ここに詩賦が言志の文学といわれる由縁があったのである。

注

1　本文は、『新日本古典文学大系・続日本紀』(岩波書店)による。以下同じ。
2　杉本直治郎『阿部仲麻呂伝研究』(育芳社)
3　円仁著・足立喜六訳注『入唐求法巡礼記』(平凡社)
4　菊地康明「上代国司制度の一考察」(『書陵部紀要・六』)
5　拙稿「日本琴の歌」(神野志隆光・坂本信幸編『セミナー・万葉の歌人と作品・第四巻』知泉書院)
6　拙稿「家持の文学観と六朝文論」(『和漢比較文学』第八号)
7　林羅山がこの詩を評して「其不拘声律者、当時風体、比々皆然。想夫懐風藻中才子、唯慕文選古詩、而未見唐詩格律之正、則為可疑嘆之乎」(『懐風藻注釈』所引)という。
8　小島憲之「懐風藻の詩」(『上代日本文学と中国文学・下』塙書房)
9　沢田総清「懐風藻解説」(『懐風藻注釈』大岡山書店)
10　拙稿「風流万葉」(拙著『奈良万葉と中国文学』笠間書院)
11　松浦友久「藤原宇合『棗賦』と素材源としての類書の利用について」国文学研究・第二七集)、小島憲之前掲書。
12　拙稿「真間の手児奈伝説歌を巡って」(『芸文研究』第七十七号)
13　「行人の詩——藤原宇合」(『万葉集と比較詩学』おうふう)
14　拙稿「士の誇りと恥じ」(注10に同じ)

浮舟物語の話型と構想

鈴木宏昌

はじめに

本稿では浮舟物語を対象にして、その話型と構想との関係を検討し、物語がどのように書かれていったのかを明らかにしたいと思う。作者がどのような展開を念頭において物語の筋を立てたのか。その際にどのような話型を用いて、それをどのように生かしていったのか。どこまでが話型の踏襲で、どこからが作者の創意なのか。そういう物語の成り立ちを明らかにしてゆきたいと考えている。

取り扱う話型の範囲は、源氏物語の作者が引用表現などによって明らかにその話型を念頭に置いて物語を構想していると認められるものに限定する。読者側の認識いかんに関わるような「話型」は除外して考えたい。また、部分的な引用、その場限りの典拠では話型とはみなさない。断片的な修辞表現ではなく物語の大きな筋立に関わるもので、あくまでも源氏物語の作者の念頭にあると認められる話型に限定して考察してゆく(1)。

このような視座からの研究は、これまでにもたびたび行われてきたが、浮舟物語全体にわたって検討したものは、管見の及ぶ限りでは見当たらない。また、従来の研究はその話型を指摘して対応関係を論及するにとどまり、話型が物語の構想や主題といかに関わっているのかを検討したものは少ないように思われるのである。ここではできうる限り、そうした問題にまで踏み込んで考えてゆきたい。

一　楊貴妃・李夫人の物語――浮舟物語の大枠

浮舟は大君のゆかりの女性として登場するが、作者は、大君物語から浮舟物語への展開において、李夫人の物語とそれを翻案した楊貴妃の物語を随所に引用しながら物語を書き進めている。源氏物語第一部の桐壺更衣の物語から藤壺物語への展開においても、李夫人と楊貴妃の物語は構想の素材として機能していたが、浮舟物語においても、物語の構想や主題に関わる重要な話型として機能している。三田村雅子氏や新間一美氏の論(2)はそうした関係を論究しているが、今、それらの論考を踏まえながら、私見を述べてゆくことにする。

はじめに物語の展開を追いながら、この話型を踏まえている箇所を押さえておこう。

まず宿木巻で薫が亡き大君を偲んで追想する場面がある。ここでは李夫人の反魂香の故事が引用されており、『岷江入楚』所引の「箋」が注するように、浮舟登場の布石として置かれたものと考えられる(3)。

口惜しき品なりとも、かの御ありさまに少しもおぼえたらむ人は、心もとまりなんかし、昔ありけむ香のけぶりにつけてだに、今ひとたび見奉るものにもがな、とのみおぼえて　(宿木三八二)

薫は、せめて香の煙の中に現れる姿でもよいから大君にもう一度会いたいと思う。同時に、大君に少しでも似ている人がいたなら、取るに足らない階級の女であっても心がとまるだろうと思うのである。そして、このあと、薫の望むとおりに「口惜しき品」ではあるが、大君に生き写しの人が現れることになる。反魂香の故事の場合は、恋しい人は煙の中に現れて、たちまちに幻のように消えてしまうのであるが（「縹渺トシテ還タ滅シ去ル」『白氏文集』巻四　新楽府「李夫人」）、源氏物語では大君は浮舟という現身の人として薫のもとに戻ってくるという趣向である。この時点では、薫は、大君のゆかりの人として中の君に思いを寄せているのだが、それに代わりうる人の登場を作者はすでに計画しているのである。と同時に、このとき薫は女二の宮の降嫁を承諾しているのであるから、浮舟が薫の前に立ち現れたとしても、浮舟は薫の愛人か召人、良くて妾妻といった道を歩むよりほかなかったということである。

その後、薫は、中の君のもとを訪れた折に、宇治の山荘に大君の人形《ひとがた》（像）や画像（肖像画）を造って勤行したいと申し出る。そこでは李夫人の物語と遺愛寺の故事が引かれている。

かの山里のわたりに、わざと寺などはなくとも、昔おぼゆる人形をもつくり、絵にも描きとりて、行ひ侍らむとなむ思う給へなりにたる。　（宿木四四八）

『河海抄』が引く李夫人と遺愛寺の故事はつぎのようなものである。

白氏文集曰香炉峰北有レ寺号二遺愛寺一件寺者高宗皇帝有二最愛王子一至二七歳一忽薨不レ堪二哀傷一建二立堂舎一。王子形安二置其寺一。　草堂記

画図事漢武帝初喪二李夫人一。々々々甘泉殿裏令レ写レ真。丹青画出竟何益不レ言不レ笑愁二殺君一　白氏文集

彫刻事武帝以二薫仲君一李夫人皃作以二温石一。

三つの典拠を挙げているが、最初の注は白氏文集の中の「草堂記」からの引用で、高宗皇帝が最愛の王子をわずか七歳で喪い、悲しみに堪えず、堂舎を建立し、王子の像を安置したという故事である。その寺というのが枕草子などで有名な遺愛寺である。遺愛寺のことは、この箇所よりも前の総角巻で、薫が亡き大君を偲んで師走の

月を眺めている場面に引用されている。「むかひの寺の鐘の声、枕をそばだてて今日も暮れぬとかすかなるを聞きて」とあり、薫は「おくれじと空ゆく月を慕うかなつひにすむべきこの世ならねば」と詠じている。宇治の山寺の鐘の音を遺愛寺のそれに重ねて、最愛の人を失った悲しみを詠んでいるのであるが、三田村氏が指摘しているように、この総角巻の時点で、作者には浮舟登場の「腹案」があったとみることもできるかもしれない。(4)

つぎの注は、漢の武帝が李夫人の死を悲しみ、その絵姿を甘泉殿でまつらせたという故事である。最後の注も出典記載がないが「李夫人」の物語の異伝らしい。李夫人の姿を絵にしたというのではなく、李夫人の顔を「温石」をもって彫刻したという点が注目される。温石の彫像ならば暖かみがあって肌触りもよいだろうから、絵画よりは生身の人間に近い。浮舟の登場にもう一歩近づいた例として留意されるのである。

薫が大君の絵姿や彫像をつくって故人を偲ぼうとしたという発想は以上のような故事を踏まえたものだろう。最愛の人の像をつくって堂舎を建立するという点では、遺愛寺の故事と照応するが、遺愛寺の場合は七歳の王子である。最愛の女性の面影を追って、その像をつくるという点では、やはり李夫人の物語を踏まえていると見るべきであろうか。

さて、薫からそのような計画を聞いた中の君は、大君に良く似た異母妹のことを紹介する。薫は強く心惹かれて、

世を海中にも、魂のありか尋ねには、心の限り進みぬべきを、（宿木四五一）

と言って、蓬莱山に楊貴妃の魂を求めた長恨歌を引いて、その人を捜し出して「山里の本尊」にしたいと願い出るのである。薫はそのあと宇治の阿闍梨を呼び出して大君の一周忌のことを打ち合わせる際に、宇治の山荘の寝殿を解体して、阿闍梨の山寺のかたわらに移築する計画を伝える。当初は宇治の山荘をそのまま寺にするつもり

であったが、大君の代わりとなる人が現れたので計画を変更したのである。大君を供養する堂舎は山寺のほうにつくり、宇治の山荘には浮舟を迎えるべく新たに寝殿をつくろうというのである。作者は李夫人や楊貴妃の物語を取り込みながら、物語のヒロインを大君から浮舟に移行すべく周到に段取りをつけてゆく。

こうして、いよいよ浮舟の登場となるのであるが、薫が宇治の山荘で浮舟を垣間見た第一印象は、李夫人の物語を翻案した長恨歌からの引用である。

蓬莱まで尋ねて、簪《かむざし》のかぎりを伝へて見給ひけむ帝は、なほいぶせかりけむ。これは別人《ことひと》なれど、慰めどころありぬべきさまなり。（宿木四九四）

薫は大君の代わりとなる人を得た喜びを玄宗と楊貴妃の物語に対比するのである。玄宗の場合は楊貴妃の形見の簪しか得ることができなかったが、自分は大君その人ではないけれども、大君に代わりうる人をこの世に取り戻すことができたと喜んでいる。長恨歌の世界と重ねながら、そこに我が優越を見出して満足しているのである。

しかし、はたして薫はほんとうに大君に代わる人を手に入れることができるのだろうか。浮舟物語の大筋の興味はそこにある。確かにこのあと薫はいったんは浮舟を自分のものとする。予定していたように宇治の山荘に「山里の本尊」として据え置くのである。ところが、その浮舟も薫のもとから去ってゆく。匂宮と薫との三角関係に悩んで入水自殺を決意して失踪してしまうのである。

蜻蛉巻は浮舟失踪後の物語であるが、浮舟を失った匂宮は悲嘆のあまりに病床に伏す。そうした匂宮の姿を見て、薫は「李夫人」の「人非木石皆有情、不如不遇傾城色」という詩句を口ずさむ。匂宮ほどの男がひとりの女性のためにこれほど苦しみ悩むとは、という驚きから、この詩句を想起したのである。

「人木石にあらざればみな情あり」とうち誦じて臥し給へり（蜻蛉二二二）

この詩句は、『白氏文集』巻四の「李夫人」の末尾にあって、「李夫人」という諷諭詩の結語にあたるものである。人は木や石のような非情のものではない。誰もが情けがあって、人を恋する心をもっている。ゆえに傾城の色に遭わざらんには如かず（美しい女に会わないほうがよいのだ）というのである。王道をはずれて道に迷うことの愚かさを諭した警句である。[5] それは漢の武帝の犯した過ちに対する警句であったが、今は匂宮や薫自身に対する警句となっている。薫は匂宮の哀れな姿を見て、その詞章を想起し、自らを反省するのである。大君に死なれ、中の君に拒否され、浮舟にも去られた。仏の道を志したはずが女の道に踏み迷ってしまったのである。三田村氏が「李夫人の諷諭は、宇治の世界の悩みと迷いをはっきりとらえている」と述べているように、[6] 源氏物語がその素材の思想を取り入れて、物語の主題として生かしているところである。

こうしておのれの過ちを悟って、李夫人・楊貴妃の話型の世界から抜け出るかに見えた薫であるが、手習巻に入って浮舟が生きていたということを知ると、また再び元の世界に戻ってしまうのである。浮舟は比叡山麓の小野の地で出家して尼になっていた。最終巻の夢浮橋巻では、薫は浮舟の弟の小君を使いに出す。この筋立についても長恨歌を下敷きにしているという表規矩子氏や新間一美氏の見解がある。[7]

桐壺巻で靫負命婦が道士の役を担ったように、夢浮橋巻では小君がその役を担っていると見るのである。玄宗は楊貴妃の魂を求めて道士を蓬莱山に遣わした。道士は楊貴妃に会って、その確かなしるしを持ち帰ることになる。桐壺巻に引用されている「しるしの簪」と、夕顔巻に「長生殿の古きためしはゆゝしくて」とある比翼連理の誓い、玄宗と楊貴妃の間でひそかに交わされた誓いの言葉である。薫の場合はこの道士役として小君を使いに出したのである。小君は浮舟が出家後も懐かしく思う弟であるから、浮舟と心の通じ合う最もふさわしい「幻」（道士）であったはずである。ところが小君が訪ねていっても浮舟は会おうとしない。小君は困惑して、確かに会えたという証拠として、せめて「しるし」の「一言」をいただきたいと言う。薫にどのような言葉を伝えたらよいのかと哀訴する。

わざと奉れさせたまへるしるしに、何事をかは聞こえさせんとすらむ。ただ一言をのたまはせよかし

（夢浮橋三九四）

しかし、浮舟は黙して語らない。可愛い弟をすら拒絶するのである。そばで見ていた妹尼は小君を気の毒に思って慰める。そのときの会話の中に

雲のはるかに隔たらぬほどにもはべるめるを、山風吹くとも、またも必ず立ち寄らせ給ひなむかし

という言い廻しがある。高橋亨氏が指摘しているように(8)、これも長恨歌の世界を響かせた表現であろう。長恨歌では、道士は天空をかきわけて五色の雲が湧き出る蓬莱山に到達した。蓬莱山からは長安の都は遠くて塵霧しか見えないとある。それに対して小野の地は平安の都からは近い。「雲のはるかに」というほど遠く離れた道のりではないから、また会う機会があるだろう。長恨歌の世界との対比でみれば、そういう意味合いを含んでいる。

妹尼が言うように、距離的には薫と浮舟との間には玄宗と楊貴妃ほどの隔たりはない。しかも浮舟は楊貴妃とは違って、この世の人である。出家したとはいえ、まだ年も若い。横川僧都も薫との交流を勧めている。だから、いずれ会う機会があるだろう。妹尼としてはそういう気持ちで慰めたのである。しかし、実際は浮舟の心は遠く隔たったところにあった。会いたいと思うのは母親だけである。浮舟が「しるし」の「一言」すら伝えようとしなかったからには、薫のもとに戻ってゆくことはないだろう。横川僧都の勧めに応じて薫との交渉を復活させることは考えにくい(9)。二人の間は距離的には近くても、心は遠く隔たってしまったのである。作者の念頭には長恨歌の世界があって、それと対比させて叙しているのではないか。

先にも述べたように、薫が宇治の山荘ではじめて浮舟を垣間見たとき、玄宗と楊貴妃の物語と対比して、玄宗の場合は楊貴妃の形見の簪しか得ることができなかったが、自分は大君その人ではないけれども、大君に代わりうる人をこの世に取り戻すことができたと喜んでいた。しかし、今や、薫は浮舟を失い、その所在を捜し当てて小君を遣わしても、その形見すら得ることができなかったのである。

そもそも薫には浮舟を受け入れるだけの器量はない。夢浮橋巻の大尾はそれを示唆して終わっている。小君の復命を聞いた薫は、誰かほかの男が人目につかぬように浮舟を隠しているのではないかと邪推したというのである。愛欲の念にとらわれていて、全く浮舟の気持ちを斟酌することがないのである(10)。

長恨歌さながらに浮舟の魂を求めて小君を遣わした形であるが、これではとうてい浮舟の魂を取り戻すことはできないのである。長恨歌では玄宗と楊貴妃の二人は来世において結ばれるであろうことが示唆されて終わっているが、浮舟物語の二人は今後結ばれることは期待できないであろう。妹尼の「雲のはるかに隔たらぬほどにもはべるめるを」という慰めのことばは、とてもむなしく聞こえてくる。作者は長恨歌の世界とは遠く隔たってしまった男女の物語を描いたのである。

浮舟物語は源氏物語正編の桐壺更衣、藤壺、紫の上とつづく紫のゆかりの物語と同様に、李夫人の物語とそれを翻案した長恨歌の物語の話型を大枠として構築されている。薫はその話型を踏まえながら大君、中の君、浮舟というゆかりの女性を求めてきたのである。そして、正編の最終巻である幻巻で、光源氏が亡き紫の上の魂を求めて「尋ねゆく幻もがな」と詠んだように、宇治十帖の最終巻である夢浮橋巻では、薫は実際に小君を遣わして浮舟の魂を求めたのである。しかし薫の場合は浮舟を取り戻すことはできなかった。また今後もそれは期待できないであろう。薫はこの話型に生きることの虚しさを悟らなければならないのである。

源氏物語における最後の物語である浮舟物語は、従来の話型を踏まえながら語り出された物語であったが、話型から離脱して、話型を塗り替えるべく構築されているのである。

二　継子いじめの物語――東屋巻の構想

浮舟の登場は、少なくとも宿木巻で薫が女二の宮との縁組みを承諾した時点で構想されていたことは前章で述べたとおりである。薫は女二の宮との結婚を決意しながら、いまだに大君のことが忘れられず、その面影を求めて「口惜しき品」なりとも、大君に似ている人がいてくれたらと願っていた。そして、まさにその願いどおりの人が現れたのである。それでは、その大君の形代の女性を、作者は、具体的に、どのような女性として形象したのか。

まず大君のゆかりの人という線から、血のつながりのある異母妹であるとした。その母は、八の宮の北の方の姪で、八の宮に仕えていた女房であることにした。物語のヒロインの母親が女房階級であるというのは従前の物語にはない設定であろう。さらに特異なのは、ヒロインが父親の八の宮から我が子として認知されず、悲観した母、中将の君は受領の妻になって、東国に下っていたという点である。

浮舟は大君のゆかりの女性としての要件を備えながらも、住吉物語や落窪物語などの先行物語の姫君たちや、これまでに源氏物語に登場してきた姫君の中でも、最も不利な条件を背負って登場してきたのである。紫の上、明石の君、玉鬘といった女性たちも、それぞれにハンディキャップはあったが、浮舟はそれらを一身に負っているのである。(11)

東屋巻の語り出しは、大君のゆかりの人である浮舟が、筑波山の端山と形容され、継父によって冷遇されていることが語られている。それまで浮舟の物語は大君の形代の物語として李夫人や楊貴妃と重ね合わせて描かれてきたが、現身の人として登場した浮舟は継子いじめの世界に生きるみじめなお姫さまとして造型されるのである。

従来のこの種の物語によれば、貴公子が現れて、継子の姫君を救い出して、二人は幸せに暮らすという筋立を取ることになるから、読者としても、そうした展開を期待するだろう。(12) 薫には当然その貴公子役があてられるところだが、この物語の主人公はなかなか動こうとしない。宿木巻の最後のところで、薫は浮舟の姿を見て感動したはずだ。それは若紫巻の北山の垣間見の場面とまったく同じで、薫は大君に生き写しの浮舟を見て、感動の涙を流したのである。そして、前章で引用したように、玄宗の場合は形見の簪しか手に入れることができなかったが、自分は大君にそっくりな人とこの世でめぐり会えたと喜んでいたのである。光源氏ならすぐに行動に移すところであるが、薫はなかなか動かない。一応、弁の尼を介して意向を伝えるが、自身の置かれている状況や浮舟の境遇を斟酌して躊躇してしまうのである。それは薫固有の性格、良く言えば慎重な、悪く言えば優柔不断な性格を如実に語るものであるが、継子いじめの物語を導入した都合もあるだろう。この話型では、まずは継子が虐待される場面をたっぷりと描いたうえで、貴公子が現れるという段取りを踏まなければならないからである。

浮舟の母、中将の君は、弁の尼から薫の意向を聞いて、うれしく思うものの、身分や境遇が違いすぎると考えて、結局、浮舟の結婚相手としては左近の少将を選んだ。ところが継父の常陸介は、連れ子の浮舟に対して冷淡で、結婚の準備も手伝おうとはしない。実の娘たちのために調度類を取り集め、琴や琵琶の師匠を呼び寄せて習わせている。

そのうちに結婚相手の左近少将は、浮舟が常陸介の実子ではないことを知って、常陸介の実の娘のほうに乗り換えてしまう。浮舟が結婚するはずだった当日には、浮舟の部屋で婚礼が行なわれ、婿が住みつくことになる。浮舟は居場所がなくなって、しかたなく西の対の北側の部屋に移るのだった。

藤河家利昭氏は、この鞍替え事件について、住吉物語との関連をみている。(13) 住吉物語で継母がヒロインの宮腹の姫君のもとに来た四位少将（古本の侍従）との縁談を、自分の娘の三の君のほうに横取りしたことに想を得たものであろうと述べている。住吉物語では継母が婿を横取りしたのに対して、浮舟物語では婿のほうが鞍替えするのである。住吉物語の継母は仲人に、四位少将を自分の娘のほうに通うように計らってくれと依頼する。それで仲人は、婿の四位少将がもともと慕っていたのは、継母の娘のほうだということにしてだますのである。浮舟物語でも常陸介は同様に、婿の少将が結婚したかったのは自分の娘のほうだったのだと主張している。わたしの実の娘と結婚したかったのに、こっそりと内緒で浮舟と結婚させようとした。だから、そちらのほうが横取りだ。少将もだましたではないかと言い張るのである。

浮舟は結局、常陸介の邸を出て、姉の中の君もとに身を寄せることになるのだが、そこでもまた、匂宮に迫られるという災難にあう。姉のそばで暮らせるというので喜んでいたのも束の間、その姉の夫、匂宮に言い寄られて、手込めにされそうになるのである。

このようにヒロインが性的危機に瀕するという話は、やはり従来の継子物語に従ったものだろう。落窪物語の典薬助の話や住吉物語の主計助の話がその典型である。源氏物語でも玉鬘が同じような危機に瀕したのであった。蛍巻に「主計頭がほとほとしかりけむ」とあって、筑紫で大夫の督に迫られたときのことを住吉の姫君と重ねて回想している。

継子物語では姫君の危機を救うのは乳母や乳母子であって、そうした場面には決まって滑稽な尾籠《おこ》話の要素があったようだ。浮舟物語でも、匂宮が浮舟の部屋に入ってきて、浮舟に抱きついて離れないでいると、乳母がその場に居座って降魔の相（不動明王の憤怒の形相）をして匂宮を睨みつけた。匂宮はそれを憎く思って、乳母の手をつねるのである。乳母は匂宮のそのような振る舞いは、しもじもの男と変わりがないではないかと非難している（東屋六六）。この場面では、さすがの天下のいろごのみの匂宮も、典薬助や主計助のごとき醜悪な好き者に成り下がっているのである。これも継子物語の型に従ったための場面設定であろう。

また、浮舟は匂宮に迫られてから三条の隠れ家に居を移すことになるが、落窪物語でも落窪姫は典薬助から逃れるために二条殿に移転することになる。住吉物語でも父中納言が女主人公と内大臣の息子、左兵衛督との縁談を進めると、継母は主計助という好色な老人に女君を盗ませる計画を立てた。危険を察知した女君と乳母子の侍従は、住吉の尼君を頼って邸を脱出するのである。

匂宮の手から浮舟を守った乳母はつぎのように言って慰めている。

よそのおぼえは、父なき人はいと口惜しけれど、さがなき継母に憎まれんよりは、これはいとやすし（東屋六七）

意地悪な継母に虐待されるよりも、父のいない人のほうがずっと気楽だと言うのである。物語によくある継子と比較して慰めているのである。浮舟の場合は実の母親がついているのだから、母親のいない継子よりはましである。少なくとも継母にねちねち苛められることはない、というわけである。

浮舟の場合のいじめ役は継父であった。匂宮に迫られるといった窮地に立たされたのも、もとはといえば常陸介のせいであった。左近少将との縁談を横取りしたうえに、浮舟を邸から追い出したのである。継父による虐待である。乳母は浮舟を幸せにして、浮舟を軽視した左近少将や常陸介を見返してやりたいと念じている（東屋六八）。乳母の願いは叶うことになろうか。継子は幸福を得ることができるだろうか。読者は浮舟と薫とが結ばれることを期待するはずだ。従来の継子物語の筋立てからすれば、継子は貴公子と結ばれて幸福になり、継子を苛めていた者たちに意趣返しをする。

ところが、浮舟の場合は結局幸いを得ることなく救われることがなかったのである。その場は何とか匂宮から逃れることができ、一旦は薫と結ばれはしたが、結局は匂宮の手に落ちてしまう。読者としては、ほっとしたのも束の間、匂宮に居場所をつきとめられて、匂宮と関係を結んでしまうのである。落窪物語や住吉物語でいえば、典薬助や主計助に追いかけられて、その手に落ちてしまうようなもので、ヒロインにとっては最悪の結果である。ところが浮舟の場合は、悪役に相当する匂宮に惹かれてしまい、薫と匂宮とで優劣がつかなくなるのである。ここに生田川説話の話型が導入されて、浮舟は薫と匂宮との三角関係に悩んだあげく、入水自殺を決意して失踪するという展開になる。継子としての苦悩のほかに妻争い説話における女の苦悩を背負うことになるのである（この点については後述する）。

浮舟は宇治の山荘から失踪した後、横川僧都とその妹尼に助けられて、小野の地で暮らすことになるが、そこで再び中将という男に言い寄られるという事件が起こる。浮舟は、部屋の奥に逃げ込んで身を潜めるのであるが、そのときに、自身の半生を回想して、母親や乳母のことを思い出している。

乳母、よろづに、いかで人並々になさむと思ひ焦られしを、いかにあへなき心地しけん（手習三〇三）

乳母も、自分のことをなんとかして人並みの幸せな身にしてやりたいと気をもんでいたのに、どんなに張り合いのない気持ちがしたことだろう、と浮舟は思う。結局、乳母の願いは叶わなかった。浮舟物語は継子物語に即して構想されたが、従来の継子物語のようなハッピーエンドにはならなかったのである。作者は、はじめから、乳母が望んだような、めでたしめでたしで結ばれる理想的な継子物語を書くつもりはなかったのであろう。

継子物語では男主人公はまだ独身で理想の妻を求めているというところから話がはじまる。それに対して薫には女二の宮という嫡妻がすでにいたのだ。大君が亡くなって、その代わりの人を求めているという時期に、薫は女二の宮との結婚を受け入れた。浮舟が登場するのはそのすぐあとであるから、薫と浮舟が結ばれるにしても、浮舟は薫の嫡妻にはなりえない。召人か愛人、良くて妾妻といった地位であろう。落窪物語のごとき一夫一妻という理想的な結婚は、はじめから成り立たないのである。それは浮舟の母親も承知していたことだ。承知していて、あえて薫と結婚させたのは、年に一度の逢瀬であっても、薫のような高貴な男性の妻になるほうが幸せだと考えたからである（東屋四三）。浮舟の母は、乳母が理想的な継子物語の話型を念頭に置いたように、牽牛と織女の物語のような浪漫的な話型を夢見たのである。ところが浮舟は母親や乳母が望んでいたような幸せは得られなかった。しかし、だからといって不幸に終わったとはいえないだろう。これはあとで述べることになるが、浮舟は継子物語の世界や妻争い説話の世界に身を置いて、さまざまな試練を経たうえで、出家して平穏な世界に身を置くことになるのである。母親や乳母が望んだような現世的な幸福は確かに得られなかったが、仏道を志して精神的に安穏な世界にはいることになるのである。従来の物語の話型を踏襲しながら、作者が浮舟物語を制作した意図はそうした境地に到る道程を描くところにあったと考えるべきではないか。

三　継子いじめの物語——住吉物語との関連（その一）

浮舟物語を読んでいると住吉物語との直接的な影響関係を考えざるを得ない点が多々見受けられる。ここでは、その点について検討しておきたい。まず、その一つに玉鬘物語にも顕著に見られた霊験のモチーフがある。

住吉物語では姫君と男君とを巡り合わせたのは長谷観音であったが、浮舟物語でも同様に長谷観音の信仰が機能している。人と人とを巡り合わせ、物語を展開させる力となっている（本稿では住吉物語に長谷観音の霊験が導入されたのは古住吉の段階であるという立場で論じている[14]）。

とくに浮舟の乳母が長谷観音を篤く信仰している。左近少将の婚約不履行、匂宮の侵入事件のあと、乳母は浮舟が継子であることを嘆きながらも長谷の観音が見守ってくれるから、きっと幸運がおとずれるはずだと言って慰めている。

浮舟はそれ以前に二度ほど長谷寺に参詣している。上京してから、まだ見ぬ姉君に会わせてくれるように祈っていたのである。長谷観音にはそういう御利益があるが、その甲斐あって浮舟は中の君と対面することができた。薫に出会ったのも長谷観音の導きであると解される。薫が宇治の山荘で浮舟を目撃したのは、浮舟が長谷詣をした帰りであった（宿木）。また、浮舟は宇治院で行き倒れていたところを横川僧都に発見されて救われるが、それも横川僧都の母尼と妹尼が長谷詣をした帰途であった（手習）。妹尼が長谷に参籠した折に、亡き娘の生まれ変わりの女性と巡り会うという夢告があった。浮舟こそ、その人だと思うのである。

長谷観音はまた、浮舟に取り憑いた法師の物の怪から浮舟の身を守っている。宇治の山荘で入水自殺を決意した浮舟は、どこをどうさまよったのか宇治院に倒れていた。法師の物の怪が浮舟に取り憑いて、さらってきたのであった。その物の怪は横川僧都によって調伏される。物の怪が言うには、浮舟に取り憑いたものの、観音が浮舟の身を守護していた。「観音とざまかうざまにはぐくみたまひければ、この僧都に負けたてまつりぬ」（手習二九五）と述べている。文脈から推して、その観音は長谷の観音であると解するのが穏当である。

このように物語は長谷観音の信仰を拠り所として展開している。観音信仰は物語の構想を支える信仰的基盤として機能しているのである。浮舟は、長谷観音の霊験によって姉と会い、薫の妻となり、妹尼の娘となり、物の怪からその命まで救われたのである。ところが、浮舟自身はそれほどありがたいとは思っていない。ここからが浮舟物語が話型を越えてゆくところである。

浮舟は妹尼に長谷参詣を誘われたときに断っているのである。母や乳母に連れられて何度も長谷に参詣したが、何の甲斐もなかったと思っている。

昔、母君、乳母などの、かやうに言ひ知らせつつ、たびたび詣でさせしを、かひなきにこそあめれ、命さへ心にかなはず、たぐひなきいみじき目を見るは（手習三二四）

浮舟の心内語であるが、観音の霊験に対して疑念を抱いている。常陸から上京して何度も長谷に参詣したのに結局良いことはなかった。死にたかったのに死ねなかったし、悲しい目を見るばかりだったというのである。母や乳母や妹尼が長谷観音の霊験を信じて、その信仰の中で生きているのに対して、浮舟はそれを醒めた目で見ているのである。観音の霊験、すなわち現世利益に対して懐疑的である。

もしも作者が観音を信心しているとしたら、ここまで書けるだろうか、とついつい考えてしまうところである。極端に言うなら、浮舟の中では『長谷寺霊験記』の説くような観音の霊験譚は信ずるに価しないものとなっているのである。物語のヒロインの思いとして、ここまで書いてしまったのは、従来の物語にはない特徴であろう。物語の話型から離脱しているのである。そういう意味では「物語の解体」といってよい。

しかし、浮舟のそうした観音信仰に対する不信にもかかわらず、客観的には長谷観音は浮舟を守護して生かしてくれたのだと理解するべきなのだろう。浮舟物語の趣旨もそちらのほうにあると見るべきだ。浮舟は生き延びたからこそ、出家して尼になることが出来たのである。死んでいれば地獄に堕ちていた。自殺は仏教では最も重い罪である。

『往生要集』巻上によると、一切を顧みず、岸に身を投げて自殺せる者は、黒縄地獄の付属の小地獄「等喚受苦処」に墜ちてゆくということである（大文第一「厭離浄土」第一「地獄」）。黒縄地獄の鬼たちは罪人をこう言って叱りつけるという。「心是第一怨。此怨最為悪」。心が最も恐ろしいのであり、悪の根源であるというのである。浮舟の場合に照らせば、自殺を志向した心が悪の根源であるということになる。そして、浮舟はそのことを悟ることになる。

浮舟は小野の山荘で老尼たちが暗い部屋の中に集まって、いぎたなく寝ている姿を見て地獄を観想する。入水自殺していれば地獄に堕ちて、この老婆たちよりも、もっと恐ろしい姿をした鬼たちの中にいたことだろうと想像して、自分の過ちに気付くのである（手習三三二）。浮舟は愛執のはてに自殺することを志向した、その「心」の罪を自覚することになる。

浮舟がこのように自照したうえで仏道に向かうというところに浮舟物語の新しさ、作者の思想があると見ることができるのではないか。一旦は観音信仰に疑問を抱いたヒロインが、その過ちを悟り、善心に立ち戻ったうえで仏道にはいる。長谷観音は仏への道に導いてくれたと解するべきなのである[15]。

そういう道程を描くことに作者は力を注いでいて、それは地獄や極楽といった死後の世界を詳細に説くことによって衆生を導こうとした源信の『往生要集』の思想につながるものではないか。

阿弥陀信仰の経典『無量寿経』や『観無量寿経』では、観音菩薩と勢至菩薩は阿弥陀如来の脇侍であり、極楽浄土に住む菩薩の中で最高の地位にあると説かれている。源信の『往生要集』にも同様なことが記されて、観音と勢至の二菩薩が念仏行者の前に来至して阿弥陀如来のもとまで導いてくれるとある。浮舟物語の作者はそのように説く阿弥陀信仰に基づいて物語を結構したと考えられるのではないか。出家生活に入った最終巻の夢浮橋で

は浮舟が阿弥陀仏を念じている姿を描いている。(16)

こうしておのれの過ちを悟った浮舟は出家の志向を強固にするが、柳井滋氏や足立繭子氏が指摘するように、継子物語には出家のモチーフも見られるから、(17)浮舟巻から始まる出家物語も継子物語からの必然の展開であったと解することもできる。住吉の姫君は継母の讒言によって、六角堂の別当法師を通わせているという無実の罪をきせられ「ただ尼になりて、聞こえざらむ所に」と悲観して、出家して俗世の憂いの聞こえない山奥にでも入ろうかと思う。主計助の企みを知ったときにも「ただ聞こえざらむ野山の中にて尼になりて母の後世をもとぶらひ侍らん」と嘆いて、故母宮の乳母が尼になって住んでいる住吉へ逃れたのである。住吉の地では尼君が持仏堂に阿弥陀三尊を据えて、西方極楽浄土に後生を願っていた。そんな有様を見て、住吉の姫君は「あらぬ世に生まれたる心地して」、「とく尼になりて、同じさまに」と申し出た。実際には尼にならなかったものの、住吉では仏道修行に明け暮れる生活を送ったのである。これは足立氏の指摘にもあるように、小野の地に入った浮舟が「世の中にあらぬ所はこれにやあらんとぞ、かつは思ひなされける」(手習三〇四)「あらぬ世に生まれたらん人はかかる心地やすらん」(手習三一〇)と観じるのと同じである。住吉の地と小野とが対応するのである。

落窪物語の姫君も「〈継母が〉責めたまへば、〈姫君は〉嘆きて、『いかでなほ消えうせぬるわざもがな』」と死を希求し、「なべて世の憂しくなる時は身隠さむ巌の中のすみか求めて」と出家を思っている。宇津保物語の忠こその物語は、継母に相当する左大臣の北の方から横恋慕されるという話だが、やはりその北の方の奸計や迫害を受けて、父親のもとから出奔し流離して出家するのである。

このように継子物語は主人公が死を希求し、出家や出離に到るという構想を有している。浮舟の場合も継父に迫害されて出奔して、死を希求し、最後には比叡山麓の小野の地で出家するのである。(18)

浮舟物語が継子物語から出家物語へと展開してゆくのは従来の物語の展開に添うものであると考えられる。浮舟物語の特徴は、その展開の過程に、薫と匂宮の愛の板挟みに苦しんで入水自殺を決意するという生田川説話の話型を導入し、出家に到る必然と、その道程を精緻に描いているところにあるのではないか。

四　継子いじめの物語——住吉物語との関連（その二）

継子物語では、継子を庇護するのは、たいてい継子の実母の乳母で、いまは尼になっている人物である。住吉物語では住吉の尼君であるが、浮舟物語では、横川僧都の妹尼がそれに相当するのだろう。妹尼は浮舟を小野の庵に移し看病し、亡くなった娘と思って世話をする。宇治院で浮舟を助けたときに、妹尼は浮舟が継母のような人に捨て置かれたのではないか（「継母などやうの人のたばかりて置かせるにや」手習二九一）と想像しているが、まさに妹尼はその捨てられた継子を助ける役柄なのである。

足立繭子氏は、妹尼が「親がりて」中将との仲立ちをするところは住吉物語の尼の設定と同じであり、月夜に中将を迎えて、管弦の遊びをするところなども、住吉の姫君を探しに来た男君が住吉の尼のところで、音楽の宴を行うのと一致していると指摘する。[19] 双方の物語とも尼君が仲介役となって、姫君に男君と会うように説得するのである。しかし、浮舟物語の場合は男君を断固拒否して受け入れない点、大いに内実を異にする。浮舟に懸想する中将という男は、薫を矮小化した人物であることが指摘されて、薫の再来であり、薫の本性の再現であると説かれている。中将挿話が浮舟と薫の物語の反復、再現であるとすると、[20] この場面で、浮舟が中将を受け入れないということは、薫をも受け入れないということにつながるのだろう。中将は出家を遂げた浮舟の所に来てまで、なおも懸想の心を起こして浮舟の世話を申し出るのであるが、それは、夢浮橋巻以降の薫の姿を想像させるものである。浮舟はまったく中将を相手にしないから、将来、薫が訪ねてきたとしても相手にすることはないだろう。そういう予測がつくように中将挿話が置かれているとなると、宇治十帖は未完ではなく、完結していると見て良いのではないか。それは先の章で李夫人・楊貴妃の話型との関連からも述べたことである。ここでは浮舟物語を住吉物語と対比してみているわけであるが、同じように、物語の今後が見えてくるのである。

以上のように見てくると、浮舟物語には住吉物語との重なりが多々見受けられる。住吉物語は、はからずも三の君の婿になってしまった男君が、住吉の姫君といかにして巡り合い、いかにして結ばれるかというところに大筋の興味があった。浮舟物語も同様ではないか。大君を慕いながらも、はからずも女二の宮の婿となってしまった薫が、大君の形代である浮舟と、いかにして巡り合い、いかにして結ばれるかという興味に支えられているのである。宿木巻の冒頭で、薫と女二の宮との結婚が問題になり、薫がそれを承諾するのも、そのあとに浮舟が登場する前提であると考えられるのではないか。薫が独身であってはならないのである。浮舟との結婚は、そうした制約のもとに進められてゆく。住吉物語では長谷観音の霊験によって住吉の地で巡り合い、姫君は男君に迎えられて都で暮らすようになるが、浮舟物語でも薫は宇治の地で浮舟と巡り会い（浮舟は長谷詣の帰りであった）、その後、都の邸に迎えられようとしていたのである。住吉物語に「姫君をば田舎人の娘とて、相具し奉り給ふ」とあるように、浮舟も宇治の山里から都の新居に移っていたはずである。住吉の姫君は皇族腹であるということで世間的にも認められて、三の君に取って替わって正妻の座についたのであるが、浮舟の場合はそのように女二の宮に取って替わることはないにしても、やはり八宮の娘であるから、少なくとも宇治の隠れ妻から、薫の妾妻として世間的にも認められていたはずである。

ところが、そこに到るまでの過程で、匂宮が入り込んできたのである。薫になりすまして忍び込んできて、浮舟と通じてしまうのである。二人の男が一人の女を奪い合うという妻争いの話型が導入されることになる。ということは、作者には浮舟を住吉の姫君のように幸せにするつもりはなかったということがわかる。浮舟に入水自殺を決意させたあとに、出家に到らしめるという道を歩ませる計画だったのである。

五　生田川説話

宿木巻で薫が大君の人形《ひとがた》をつくって宇治の山荘の本尊にしようとしたとき、中の君は大君が人形になって川に流されたりしたらお気の毒だ、と答えていた。そのあと、大君の形代として浮舟が現れて、まさに人形のように宇治川に身を投げようとするのだが、すでに宿木巻の時点で、作者は浮舟の入水という筋立てを構想していたのであろうか。中の君をめぐっての薫と匂宮の確執があったのだから、浮舟をめぐる争いは自然の成り行きとして作者の念頭にあったと考えるのが自然かもしれない。

浮舟と薫と匂宮の三角関係、浮舟の入水事件は、『奥入』などの古註が指摘しているように、いわゆる生田川説話を構想の素材としている。この説話は万葉集では、田辺福麻呂（巻9・一八〇一～一八〇三）、高橋虫麻呂（巻9・一八〇九～一八一二）、大伴家持（巻19・四二一一から四二一三）の歌に収められており、世間に広く流布していた伝説であったようだ。

万葉集の高橋虫麻呂の長歌では、血沼壮士と菟原壮士の二人の男が太刀を握って激烈な闘いをしたことが詠まれている。乙女は、自分のために男たちが争うのを見て、生きていたとて、どちらとも結婚はできない。黄泉の国で待とうと言って自殺するのである。血沼壮士は夢に乙女が自殺したのを見て、乙女を追って自分も自殺する。それを知った菟原壮士も、負けてはあらじと、太刀を取ってあとを追ったというのである。あの世までも追いかけっていったというのであるから、あの世でも男たちの争いが続くであろうことが想像される。

大伴家持の歌では、乙女は芦屋の海辺に身を投げたことになっているが、大和物語では舞台は生田川となり、万葉集のような二人の男の争いはなく、水鳥を射当てる話に転化している。

ただし『大和物語』の生田川説話の後日譚を伝える話では、万葉集の伝説を引き継ぐ形で男たちの争いが語られている。ある旅人が処女塚に宿ったときに、人の争う物音を聞いた。血まみれの男が出てきて、旅人から太刀を借りて戻ってゆく。ふたたび争う物音が聞こえたのちに、さきほどの男が出てきて、長年の宿敵を殺してきたと言って、その事件のはじめからのいきさつを話したというのである。

この後日譚の部分は万葉集以降の二次的な伝承であろうが、話の内容は、万葉集の話をもう一歩すすめたものである。乙女のあとを追っていった二人の男が、あの世でも争って、ついに相手を殺してしまったというのである。

浮舟物語も、この系統を受けて構想されているのではないか。それは薫と匂宮とが武力で争う一歩手前のところまで書いているからである。匂宮と浮舟の関係を察知した薫は、宇治の山荘の管理人たちに厳重に警護するように命じる。素姓の知れない成らず者が、女のもとに出入りしているようだから、油断をおこたるなと命ずるのである。薫の手の者は在地の荒々しい武者たちであるから、侵入者は有無を言わさず打ち殺してしまうであろう。読者がそのように危惧するところに、匂宮がやってくる。さすがに匂宮は宇治の山荘の近くまで来て、それと察して引き返したが、無理に会おうとしていたら、殺傷事件は免れなかった。匂宮は殺されていたかもしれないのである。

この事件以前に、浮舟は右近から常陸国で実際に起こった同種の殺人事件を聞いていた。右近の姉が二人の男に愛された。「これもかれも劣らぬ心ざし」であった。姉は、後の男に少し気持ちが傾いていた。先の男は、それを妬んで後の男を殺してしまった。殺した男も国から追放された。姉も奉公していた邸にいられなくなって、今は東国の田舎人になっている。乳母も今もって恋しがって泣いている。罪深いことだ。右近は姉の身に実際に起こった事件を語って聞かせたのである。

右近の姉の事件や生田川説話のように、薫と匂宮との間で殺し合いがはじまるかもしれなかったのである。万葉集以来の伝承の物語が、源氏物語の舞台でも起ころうとしている。常陸では現実の事件として起こり、また宇治の地でも浮舟の身の上に起ころうとしているのである。このままでは薫や匂宮を破滅させることになる。浮舟は、そういう争いが起こるのを回避しようとするのである。かくして浮舟は宇治川に身を投げることを決意するのだが、ここには恋による殺人が語られ、殺生を生み出す女の罪が問われている[21]。

また、同じく大和物語によると、生田川説話は絵画化されて宇多天皇皇后温子に献上された。その絵を見ながら、伊勢の御はじめ女房たちが、伝説の登場人物の気持になって歌を詠んでいる。

かげとのみ水の下にてあひ見れど魂なきからはかひなかりけり（伊勢の御）

いづこにか魂をもとめむわたつみのここかしことも思ほえなくに（均子内親王）

川に身を投げた乙女は、やがて海に流され、その亡骸は貝にまじって水底に沈んでいる。伊勢の御たちは、そういうイメージで歌を詠んでいるが、浮舟物語でも同じ発想が見られるのである。

寺本直彦氏の論[22]にあるように、蜻蛉巻で、浮舟の母がせめて亡骸をおさめたいと言うのに対して、右近らは「さらに何のかひ侍らじ。行方も知らぬ大海の原にこそおはしましにけめ」（蜻蛉二一一）と答えている。また、薫が「いかなるさまにて、いづれの底のうつせにまじりけむ」（蜻蛉二三八）などと思うのも、伊勢の御たちの理解と同じである。

このように見てくると、浮舟物語は大和物語の伝える生田川説話を踏まえて構想したことがわかる。生田川を宇治川に変えて、浮舟をヒロインとする妻争いの物語に仕立てたのである。

ところが、浮舟の場合は生田川説話とは異なって宇治川には身を投げなかった。入水自殺を決意したものの果たせずに、行き倒れて宇治の院で発見されることになる。物語は継子物語から妻争い説話を経て、いわゆる出家物語へと展開する。妻争いの話型はヒロインが出家にいたる主要な動機として活用されているのである。

六　かぐや姫の物語との関連——手習巻の構想

手習巻は、浮舟が横川僧都に発見されて出家するまでの話が中心となっているが、この巻の随所にかぐや姫のことが引用されている。ヒロインの浮舟はかぐや姫と重ねられ、横川僧都と妹尼は竹取の翁と媼に対応するように描かれている。物語の展開も竹取物語に対応しているので、手習巻は竹取物語に直接依存して構想されたと考えるのが穏当である。先に継子物語の話型との対比から、浮舟の出家は継子物語の必然の展開であると述べたが、その出家物語を作者はかぐや姫の物語に重ねて描いているのである。今井源衛氏や小林正明氏が両者の関係を詳しく検討しているが、[23]なぜかぐや姫の物語に重ねたのか、その点が問題となるであろう。また、前章で述べた生田川説話といかに関わるのかという点についても考えてみる必要がある。まずは、具体的にどのようにかぐや姫の物語と重ねているのかを押さえておこう。

手習巻は宇治川に身を投げて死んだと思われた浮舟が生きていたというところから話がはじまる。宇治院の寝殿の裏は森のようになっていて、浮舟はその大木の下に倒れていたところを横川僧都に発見される。[24]僧都は妹尼に浮舟を預けて看病させる。このあたりの筋立ては、竹取の翁がかぐや姫を竹林の中で発見して嫗に養わすところと対応する。

浮舟は妹尼に伴われて小野の山荘に移り、ふた月ほど床に伏していたが、横川僧都の加持祈祷によって意識を取り戻し、ようやく起きあがるようになる。妹尼が浮舟の美しい髪をくしけずる場面に「いみじき天人の天降れるを見たらむやうに思ふも、あやふき心地すれど」とあって、浮舟を天女になずらえているのだが、すぐあとのところでは引用表現によって、妹尼は自身を竹取の翁に、浮舟をかぐや姫に見立てているのである。

かぐや姫を見つけたりけん竹取の翁よりもめづらしき心地するに、いかなるもののひまに消え失せんとすらむと、静心なくぞ思しける　（手習三〇〇）

浮舟を発見したことは、竹取の翁がかぐや姫を発見したのよりも世にも珍しいことであると思う。だから、妹尼としては浮舟の素性を知りたいとは思うが、それを知ったときには、ちょうど、かぐや姫がその素性を明かして昇天したように、浮舟もどこかに消えていってしまうのではないかと心配するのである。

浮舟は小野の山荘でひとり手習をして憂愁を慰める。月の明るい夜には、ひとりぼんやりと物思いに耽って歌を詠む。

われかくてうき世の中にめぐるとも誰かは知らむ月の都に　（手習三〇二）

ここでは浮舟自身が我が身をかぐや姫になずらえている。かぐや姫が月を眺めながら物思いに耽っている場面と重なるのである。かぐや姫は月を見ながら、月の都にいる両親のことを思っていた。それに対して浮舟の場合は「月の都」にいる人として思い出すのは、母親と乳母、そしていろいろと相談に乗ってくれた右近であった。薫や匂宮のことは念頭にない。彼らとの関係に苦しんで今ここにいるのであるから、彼らを懐かしく思うことはない。

かぐや姫が月の都でどのような罪を犯したのか不明であるが、浮舟の場合は、薫と匂宮との関係において、仏教でいう愛欲の罪を犯したのである。そして、さらに二人の男の間で殺し合いがはじまるという殺生の罪を重ねるおそれがあったのである(25)。

かくして、そうした罪から逃れてきた浮舟であったが、かぐや姫として再生した小野の地でも、また求婚者が現れる。妹尼の亡くなった娘の婿であった中将という男である。妹尼は浮舟のことを亡き娘の生まれ変わりで、長谷の観音から授かった娘だと信じている。それで昔を取り戻したかのような気持ちになって、浮舟に中将との結婚を勧める。

このあたりのところも、かぐや姫と状況が似ている。かぐや姫は人間の男とは結婚のできない身の上なのに、竹取の翁や媼はしきりに結婚を勧める。女の身として生まれてきたからには結婚するのが幸せなのだと言うのである。

浮舟に求婚する中将が八月十余日のころ、小鷹狩にかこつけて小野の山荘を訪れる場面は竹取物語の御狩の行幸を踏まえたものであることが指摘されている。妹尼は、竹取の翁さながらに中将の手引きでもしかねない様子であった。浮舟は、再び中将が訪れて対面を迫ったときには、老尼君の部屋に逃げ込むのであるが、それは、かぐや姫が帝から逃れるために部屋の奥に「逃げて入る」というのと同趣である。

浮舟が出家してからのことであるが、横川僧都の母尼の孫である紀伊守が小野を訪れて、妹尼と対面する場面がある。彼は薫に仕えていて、薫が浮舟の一周忌の法要を営む、その布施にする装束を整えるように命じられた。織物は用意してあるから仕立ててほしいと依頼して来たのである。尼たちはさっそく取り掛かって、浮舟にも手伝わせようとするが、浮舟は気分が悪いからと言って手を触れようともしない。尼たちは、浮舟には墨染めの尼衣ではなく、このような華やかな女装束が似合うのにと言って嘆いている。それに対して浮舟が手習のようにして書いたのがつぎの歌である。

あまごろもかはれる身にやありし世のかたみに袖をかけてしのばむ　（手習三六一）

尼衣に姿の変わってしまったこの身に、昔の世界の形見として、はなやかな衣装をまとって昔を偲んだりしようか、という意味である。

小林正明氏は今井源衛説を踏まえたうえで、浮舟の「尼衣」はかぐや姫の「天衣」に対応し、手習歌の「かたみに袖」は竹取物語の「形見」として残された「脱ぎおく衣」に相当していると説いている(26)。伊勢物語十六段の紀有常の妻が尼になる話に「これやこのあまの羽衣うべしこそ君がみけしとたてまつりけれ」と詠まれているように、「尼衣」は「天の羽衣」の連想がはたらく。したがって浮舟が出家して身にまとった「尼衣」は、かぐや姫における「天の羽衣」であるとみるのである。

この場面に紀伊守を登場させたのは、浮舟の出家をかぐや姫の昇天の場面と重ねようとする意図があったからだろう。紀伊守といった身分なら、ほかに縫製を依頼するところはあったはずである。わざわざ小野にまで来て、尼たちに依頼するまでもないのである。明らかに竹取物語の昇天の場面を念頭に置いて書いているのである。竹取物語では月の都からの迎えが天の羽衣を持ってきて、かぐや姫はそれまで着ていた装束を形見として脱ぎ置いて月の世界に昇天してゆくのであった。それに対して浮舟は、かぐや姫と違って地上の人間であるから、天の羽衣をまとって昇天してゆくことはできない。それに代わるのが尼衣であった。尼衣によって世俗の世界、煩悩の世界から離脱しようとしたのである。もうこれを脱いで還俗して女装束を身につけることはない。作者は、浮舟のそのような決意を描くために、出家者の尼衣と在家の装束とを並べてみせる必要があった。紀伊守の小野来訪、女装束の依頼という、やや不自然な設定を考え付いたのもそのためであろう。

先に継子物語には現世離脱・出家のモチーフがあって、浮舟の出家という筋立もその必然であると述べた。作者が浮舟をかぐや姫に重ねて描くのは浮舟の出家というテーマに即してのことである。浮舟は一度死んでかぐや姫として再生して仏道への道を歩むのである。作者はその道程をかぐや姫の昇天までの過程と重ねたのである。小林正明氏が述べているように「竹取物語の引用構造に後押しされる形で、浮舟は『かぐや姫』として再生し、『かぐや姫』として男を拒絶し、『かぐや姫』として俗世から離脱する」のである。

ところで、薫二世ともいえる中将が登場するのは、浮舟が「かぐや姫として男を拒絶する」ためであるが、それと同時に浮舟自身がおのれの犯した罪を自覚するためであったことを指摘しておきたい。第三章でも述べたように、中将から逃れて入った老尼たちの部屋で観たのは地獄であった。浮舟はその光景を見て「死なましかば、これより恐ろしげなるものの中にこそはあらましか」(手習三三二)と実感する。愛欲の世界から逃れるべく、みずからの命を絶っても、行きつくところは恐ろしげな鬼たちが住む地獄であることを悟るのである。薫と匂宮との関係から逃れるべく、入水自殺を決意したことの過ちを浮舟自身が自覚するためにこの場面は用意されたのである。このとき浮舟は、「宮(匂宮)を少しもあはれと思ひきこえけん心ぞいとけしからぬ」とあるように匂宮に惹かれた心を否定し、薫を懐かしく思う心を「なほわろの心や」と打ち消そうとしている。すべてはそうした自分自身の心がこのような結果を招いたのだと反省しているのである。それはまさに『往生要集』が説諭するところの「心是第一怨。此怨最為悪」という警句に照応するものである。そうした自省に達してこそ浮舟の精神は浄化されて出家に到達できるのである。このすぐあとに、浮舟の剃髪・出家が語られるのも、しかるべく段取りを踏んでいるのである。

絵合巻で、かぐや姫がこの世の濁りに染まることなく昇天した点を高く評価していたが、浮舟の場合は、薫と匂宮との関係で、どっぷりとこの世の濁りに染まってしまったわけであるから、かぐや姫のように昇天するためには、自らの罪を認めて自らを浄化しなければならない。はじめ浮舟は生田川説話の女主人公さながらに二人の男の間で苦しんで自殺を決意した。死によって罪を贖おうとしたのである。さらに蘇生後も、ひたすら死を希求していたが、その過ちに気付いたのである。その意味で浮舟は生田川説話の女主人公の在り方を否定したということになる。「否定した」というより「乗り越えた」といったほうがよいかもしれない。生田川説話の女主人公のように自殺しても、大和物語の後日譚が語るように、この世ばかりでなくあの世までも争いが続くことになるのである。愛欲のはてに自殺しても地獄に墜ちるしかない、ということを悟ったのであるから、生田川説話を乗り越えたというべきだろう。

浮舟は出家をしてから、むすぼれた心も晴れて、尼君と冗談をかわすようにもなる。碁を打ち「法華経はさらなり。こと法文などもいと多く読みたまふ」という生活に入る。そして、匂宮とのこと、薫とのことを落ち着いた気持ちで回想するようになるのである。あれだけ苦しんだ男たちとの関係を静かに見なおして、彼らに同情を寄せているかのようである。「心弱き」女であった浮舟も、時の帝をはじめとする貴公子たちの求婚をきっぱりと拒絶したかぐや姫のように「心強く」なることができたのである。出家するまでの浮舟は「物思ふ人」であったが、罪を悔い、天衣（尼衣）を着ることによって、はじめて煩悩の世界から自由になることができたのである。また同時に、新春の小野に積もる雪を見て、去年の春を回想するというように、「もののあはれ」を知る人にもなれたのである。(27)

かぐや姫は天の羽衣を身につけて昇天する際に、天人に向かって「もの知らぬこと、なの給ひそ」と言って「今はとて天の羽衣着る折ぞ君をあはれと思ひいでける」という歌を詠んでいる。この歌は直接的には帝に対して詠まれた歌であるが、総じて竹取の翁や嫗に対する「あはれ」、さらには五人の求婚者たちに代表される世俗の人間に対する「あはれ」を詠んだ歌としてみることもできる。権力、嘘、策略、欲望に満ちた人間に対しての哀れみ。かぐや姫は人間世界に交わって、人間の本性を知るとともに、人間的な情緒を解するようになっていたのである。浮舟の場合も、出家してもなお、人間としての心を保ってゆかなければならない。人間世界に対する「あはれ」の心を保ちながら仏の世界に入ってゆく。それは横川僧都のありように通じている。佐山済氏や広川勝美氏は横川僧都の造型に人間主義的な出家者の在り方が浮き彫りにされていることを指摘しているが[28]、浮舟の出家もそのような方向に向かうものとして描かれているのではないか。浮舟が出家後も母にだけは対面したいと思うのも、その証として読み取るべきである。

おわりに

作者が浮舟の出家物語をかぐや姫の物語と重ねたのは、浮舟の出家が地上の世界から決別して再び戻ることのない旅立ちであることを描こうとしたためではないか。そして、そのような浮舟の出家を描く過程に、住吉物語に代表される継子いじめの物語の話型や、大和物語が伝える生田川説話の話型を意識的に導入したのは、それらの物語の女主人公の救われるべき道を浮舟をして模索させてみようとしたためではないか[29]。この二つの話型の物語は、当時の数ある物語のなかで最も悲劇的な境遇に生きた女性の物語であったにちがいない。そうした物語の姫君と重ねて描くことによって、その境遇からいかに脱して自己の生活を実現してゆくか、女源氏の物語のしめくくりとして、浮舟物語はそういう主題に基づいて構想されたのではないか。一方、男主人公である薫は、李夫人・楊貴妃の物語の話型の中に生きて、結局そこから抜け出すことができずに終わってしまった。大君や浮舟の魂を取り戻そうとしても無駄であること、それがはかない幻想であること、仏道を志向する精神と相矛盾するものであることを悟らなければならない。そうした話型から脱却しなければならないのである。

テキストは新編日本古典文学全集（小学館）を用いた。（浮舟三三二）は（巻名ページ数）である。

注1　東原伸明は、「話型」は読者の〈知的水準〉〈感性〉〈経験〉〈身体的記憶〉などに左右され、恣意的・個人的・主観的な〈読み〉によって認知されると説いているが（「物語文学の話型」〈『時代別日本文学史事典』三五一頁　有精堂〉）、本稿ではそのような「話型」は除外して考えたい。ちなみに高橋亨は話型をつぎのように定義している。「ひとつの素材《モチーフ》（Ｍｏｔｉｆ）または一定の序列として組み合わされた複数の素材《モチーフ》から成り立つ話の型（Ｔｙｐｅ）。話型（タイプ）は素材（モチーフ）よりも上位に位置づけられる。話型という術語はかなり新しく、型や類型とよばれてきたものを、口承文芸研究に基づいて、書かれた文芸作品に援用するようになった」（「話型」〈「国文学」平成七年臨時増刊号・古典文学の術語集〉）。

2　三田村雅子は「李夫人」の引用が「冷静な計算と構想のもとに引用されている」ことを指摘している（「『李夫人』と浮舟物語——宇治十帖試論——」〈「文芸と批評」3—7　昭和46・10〉）。新間一美「源氏物語の結末について——長恨歌と李夫人——」（「国語国文」昭和54・3〈『源氏物語の視界1』新典社　平成6・4所収〉）。

3　『岷江入楚』所引の「箋」は「浮舟の事をかくべき序なり」と注している。池田和臣も「ことさら『くちをしき品』とするところなど、やはり浮舟登場の予示であろう」とする（「類型への成熟——浮舟物語における宿命の認識と方法——」〈「文学」昭和56・6〉）。

4　注２に同じ。
5　新間一美は、「李夫人」はその序にあるところの「嬖惑」（身分の高くない女性への愛に溺れ惑うこと）を戒める諷喩詩としてまとめられたと説く（「漢詩文をどのように取り入れているか――白楽天の諷喩詩に関連して――」〈『源氏物語講座6』勉誠社　平成４・８〉）。
6　注２に同じ。
7　新編日本古典文学全集（小学館）の頭注に「長恨歌を踏まえるか」とある。すでに同様の指摘は表規矩子「源氏物語第三部の創造」（「国語国文」昭和33・4）、新間一美「源氏物語の結末について――長恨歌と李夫人――」（「国語国文」昭和54・３〈『源氏物語の視界1』新典社　平成６・４所収〉）にある。
8　高橋亨「源氏物語と竹取物語と長恨歌」（『物語文芸の表現史』名古屋大学出版会　昭和62・11）
9　還俗勧奨説と非勧奨説があるが、広川勝美が説くように、横川僧都は二人の交渉（精神的交渉）を勧めているとみるのが穏当であろう（「浮舟の救い――その課題と横川僧都の役割――」〈『日本文学』昭和39・３〉）。深沢三千男は還俗勧奨説の立場で、出家により俗世を離れんとする者（浮舟）にとって、〈執〉を持つ縁者（薫）がいては、成道の妨げになり、横川僧都は浮舟に還俗を経て窮極的な救いを目指す道を提示した、と説く（『源氏物語の形成』第十一章「横川僧都の役割」桜楓社　昭和49・9）。三角洋一は非勧奨説の立場にあるようだが、女が男の愛欲の念を晴らして仏道に導く説話が当時流布していることから、「浮舟は薫のもとに戻って尼となったことの事後承諾を得て、薫の愛執の罪を晴らしてさしあげ、同じ蓮に導き導かれることになるよう、仏道修行につとめなさいと勧めた」と説いている（「横川の僧都小論」〈『源氏物語と天台浄土教』若草書房　平成８・10〉）。
10　杉山康彦は「この無理解がこの浮舟物語の悲劇のもとだということが薫にはまったく理解がつかない。その心には千里の隔たりがある。そういう他者である」と述べる（「かぐや姫と浮舟――物語の他者・他者の物語――」〈「文学」・昭和63・10〉）。
11　藤河家利昭は「作者には継子いじめの物語を下敷きにして、新たに母はあるが父のない女主人公の独自の運命に取り組もうとする意欲があったようである」と述べている（『源氏物語の源泉享受の方法』「浮舟物語と住吉物語」勉誠社　平成7・2）。浮舟が八の宮の遺児であるとした段階で、「母はあるが父のない女主人公」という設定は決定されていた。母を女房階級であるとしたところが新奇なのではないか。

12　東原伸明は「物語文学の話型」（『時代別日本文学史事典』有精堂）で、物語の読者が話型を読み取ることによって「物語の結末（破局）を、その始発においてほぼ予測することが可能になる」ことを「話型の先取り《リハーサル》（カタドリ）的機能」と呼称している。「読者はそれがどのように引き延ばされ、あるいは裏切られるのかという興味から、その後の言説《ディスクール》のあり様に一喜一憂することになる」と説いている。

13　注8に同じ。

14　堀部正二『中古日本文学の研究』、上坂信男『物語文学序説』、山口博『王朝歌壇の研究』、藤村潔『古代物語研究序説』などの先学の研究にあるように、古住吉物語と現存の住吉物語は細部の異同はあるものの、主要な筋はほとんど変わらないものと認められる。

15　柳井滋「源氏物語と霊験――浮舟物語の考察」（『源氏物語の研究』東京大学出版会　昭和49）は、浮舟は観音信仰に対して不信の念をもちながらも、その利生を願わずにはいられなかったが、出家を成し得たときに、はじめて観音の霊験を感じたと解する。

16　もちろん浮舟物語では地獄の有様を直接描くことはないが、浮舟が地獄を観想する場面を描き、そのうえで出家したこと、受戒にあたった横川僧都は源信を、妹尼は安養尼をモデルにしていると認められること、夢浮橋巻では浮舟が阿弥陀仏を念じている姿を描いていることなど、『往生要集』の世界に通じる要素が多分に認められるのである。

17　柳井滋「源氏物語と霊験――浮舟物語の考察」（『源氏物語の研究』東京大学出版会　昭和49）、足立繭子「小野の浮舟物語と継子物語――出家譚への変節をめぐって――」（『源氏物語の視界5〈薫から浮舟へ〉』新典社　平成9・5）

18　浮舟は残してきた母親をひたすら懐かしく思っているが、子どもの生死を案ずる親への思いを描くのは、継子物語には共通するところである。浮舟が母中将の君を慕うのは、住吉の姫君が父中納言のことを心配して、せめて自分が無事でいることだけでも知らせたいと願っているのと同趣である。したがって、浮舟の母親思慕のことを浮舟物語の主題のように、ことさらに説くのはいかがであろうか。永井和子が「具体的な母であるよりは、彼岸の母といったものに近い」と説き（「浮舟」〈『源氏物語講座』第四巻　昭和46・8　有精堂〉）、足立繭子が「現実にはありえない、理想の《母》を浮舟は恋うている」と説くのがそれである（注14）。

19　注14に同じ。

20　池田和臣「浮舟物語の方法――二つの挿話をめぐって――」（『源氏物語の視界5』新典社　平成9・5）。

21　万葉集の高橋虫麻呂の長歌には、菟原処女が自殺したことについて、我が身を捨てて男たちの和平を願ったとする儒教倫理に基づく解釈と、他郷の男（血沼壮士）のほうを愛してしまったという古代共同体社会の対外婚の禁忌に基づく解釈と、両様の解釈が重層している（原田敦子『古代伝承と王朝文学』第三章「入水伝承の水脈」〈和泉書院　平成10・7〉）。浮舟物語にも、その両様の解釈が成り立つのではないか。自殺を決意した原因として、薫と匂宮の和平を願ったこと、薫の妻であるという婚姻上の制約に苦しんだことが挙げられる。

22　寺本直彦「浮舟物語と生田川伝説」（「むらさき」19　昭和57・7）

23　今井源衛「浮舟の造型――夕顔・かぐや姫の面影をめぐって――」（「文学」昭和57・7）、小林正明「最後の浮舟――手習巻のテクスト相互連関性――」（「物語研究」昭和61・4）。ほかに浮舟物語とかぐや姫の物語の関連について論じたものに、小島菜温子『源氏物語批評』（有精堂　平成6）「浮舟と〈女の罪〉」、久富木原玲「天界を恋うる姫君たち――大君、浮舟物語と竹取物語――」（「国語と国文学」昭和62・10『源氏物語の視界1』平成6・4　新典社）があるが、小島論はその論理展開に飛躍がある。

24　杉山康彦「かぐや姫と浮舟――物語の他者・他者の物語――」（「文学」昭和63・10）はこの場面について「ここはやはり『あやしがりて、寄りて見るに』というかぐや姫発見の場面が思い浮ぶ」と述べている。

25　新編全集（小学館）は、浮舟の罪について「浮舟が匂宮と通じたこと、自殺しようと失踪したこと、救われても僧都や妹尼に素姓を隠していたこと、親や薫にも知らせず勝手に出家したことなど、いずれも当時の仏教倫理、社会倫理から見れば罪とされることである」と注している。

26　小林正明「浮舟の出家」（『源氏物語講座』4　平成4・7　勉誠社）

27　尼姿の浮舟が詠ずる「心こそうき世の岸をはなるれど行く方も知らぬあまのうき木を」という歌から、浮舟の今後を危ぶむ見解もあるが（今井源衛『源氏物語への招待』小学館　平成5・4）、上句において心は此岸を離れた（心は愛欲の世界から離れて阿弥陀仏の世界に向かっている）と述べている点を重視するべきである。手習巻（三四九）で横川僧都は浮舟に勤行生活の基本を説いて、孤独に堪えて修行をしている山伏でも、晩秋の物寂しい風の音には耐えきれなくなって、寂寥の思いに声をあげて泣くのだと教えている。人間の弱さを認めたうえで修行してゆくことの尊さを説くのである。浮舟は「心こそ」の歌の下句において不安な気持ちを率直に述べているけれども（横川僧都や妹尼が死去して彼等の庇護を得られなくなった時の不安がある）、頼りなく不安な身であるからこそ、仏にすがって生きてゆくと言うのである。此岸から漕ぎ出して彼岸に向かおうとする、その決意は固いと見るべきである。重松信弘氏の「浮舟の人間像の特色ははなはだ頼りない人間から、堅固な道心者となった点にある」「その道心は堅固でないとする説があるが、賛成できない」と説くのに賛意を表したい（『源氏物語の心』佼成出版社　平成2・5）。

28　佐山済「横川僧都――その人間主義について――」（『日本文学』昭和31・9）、広川勝美「浮舟の救い――その課題と横川僧都の役割――」（『日本文学』昭和39・3）。広川は「山ごもりの本意深き」高徳の僧である横川僧都が、母の危篤の知らせに下山するところなどから「今まで宗教的立場から断絶することを要求されつづけた親子の恩愛の情をそのまま認めている」と述べ、「ここに人間性のありのままを包みこもうとする宗教の方向性が確立された」と説いている。深沢三千男は、横川僧都が朝廷の召しは固辞するのに、素姓の知れぬ女（浮舟）のために下山して祈祷するところから、その人間主義は、仏の導きへの深い信頼に裏打ちされたもので、因縁機縁に随順する精神の現れであると説いている（『源氏物語の形成』第十一章「横川僧都の役割」桜楓社　昭和47）。また高橋亨は「ここには「あはれ」をしり、「もの」をしる人間的な感情生活への信頼がこめられている」と述べている（『物語文芸の表現史』昭和62・11　名古屋大学出版会）。

29　井野葉子「研究の現在と展望―宇治の風景」（『源氏物語の視界5〈薫から浮舟へ〉』新典社　平成9・5）は浮舟物語は「露骨に先行作品を漂わせながら、ずらし、もどくことで独自の論理を走っていく」と説き、その方法を「正編取り」「物語取り」と称している。そして浮舟物語は「話型への依拠をしながら、最終的には話型からの離脱を目指す」「裏切る為の正編取りや物語取りや話型依拠、これらは別々の問題ではなく、連動してはいないか」と述べる。確かにそういってよいだろう。本稿第二章で述べたように、浮舟物語はその構想の素材として継子物語を用いることを予定しながらも、もうその時点で素材としての先行作品や話型を「裏切る」ことが決まっていた。しかし、言うまでもなく「裏切る」ことが目的だったわけではない。住吉物語の姫君や生田川説話の処女のような境遇の女性がいかにして自主的自由を獲得するのか、そのためには話型から何を学び取るべきなのかという問題のほうに物語の書かれる目的があったと考えるべきである。

浜松中納言物語における唐土の背景

――特に日本漢文学と関わる一、二の問題

池田利夫

一　はじめに

私が、慶應義塾大学芸文学会発行の機関誌『芸文研究』第10号に「浜松中納言物語に於ける唐土の問題」と題する論考を載せたのは昭和三五年六月なので、既に四十余年も以前のことになる。爾来、この問題に関しては、時に日中比較文学研究の論点より、翻訳説話の存在をも通して言及したことがあるにはあったが、正面から考え直す機会がないままに来ていた。ところが今回、新編日本古典文学全集（平成一三年四月刊、小学館）の校注本一冊の原稿執筆に際して改めて物語を読み直してみると、従来の研究では基本的に抜け落ちている視点があるのに気付いた。藤原定家が伝承するように、この物語の作者を菅原孝標女とする蓋然性が極めて高いのであればなおさら、菅原氏門流に直結する日本漢文学との関わりをもっと考慮しなければならなかったのである。我ながら、気付くのに遅過ぎたと言わなければならない。

それでも、『芸文研究』に載せ、さらに拙著『更級日記 浜松中納言物語攷』（平成元年四月刊、武蔵野書院）に収め

た小論の内容が消滅したわけのものではない。浜松作者の漢籍知識が決して高度なものと思われないのは、多くの先行論文により指摘されてきた通りであるが、作者が唐土を描くに当っての唐知識には、漢籍よりむしろ唐絵が背景に見え、その唐絵と恐らくは深く関わっていたであろう翻訳説話が、後には唐物語のように纏められていく前段階として遊離的に存在したであろう、とする当時の私の推定は、今も変りがないからである。しかしそれだけでは足りなかったのである。新編全集本の頭注や解説の中で、これら新たに気付いた点の結果だけは指摘したが、以下、そこに至った経過を説明し、道筋を論述しておきたいと思うのである。

二　「河陽県」確定までの軌跡

昭和三九年五月、岩波書店発行の日本古典文学大系77に、松尾聰氏の校注にかかる浜松中納言物語が収載された。本文校訂の厳格さと、隙間のない頭注に加えて、詳細を極めた補注の綿密さ、精確さは、注釈史上、後代への大きな範となったが、この解説一四〇頁に松尾氏は次のように断わっておられる。すなわち「本書の頭注・補注はすべて筆者の非力を敢えておして単独で施したが、「はくがん・上陽宮にながめけん人・西王母・王子猷・東方朔・ほうかでん・妙荘厳・竜女成仏・岩の上のためし・王昭君・李夫人・潘岳・市の中にてこそまことの聖は・思惟仏道」の各項目については、同じく漢籍にくわしい池田氏の懇篤な御教示を得た」と注記された上に、時には補注一六二のように、注末にわざわざ「池田利夫氏説」と限定さえされている。氏が内容に不安を感じられていたからであろう。これら各項目執筆の経緯を具体的に言えば、それぞれ求めに応じて私が粗稿を差上げたものを松尾氏が参考にされたに過ぎないのであるが、今になってみると、これら項目の注解に右のような断り書きがある以上、私にも責任の一端があると言わなければならない。そして往時を思うと、これ以外にも氏との間でやり取りがあり、私がいくつかの質問を受けたのに、全く答えられなかった記憶がよみがえる。例えば「河陽県は、なぜ〈コウヨウケン〉と読めるのでしょう。〈カヨウケン〉としか読めませんよね」と松尾氏。私はただ「ほんとうにそうですね」と笑うほかなかった。勿論「河」を「河野」「河内」のように固有名詞で「かう」と訓む例があるのはお互い百も承知であるが、それらは「かはの」「かはち」という和訓がウ音便となった結果で、字音であるほかない中国の地名「河陽県」を「かうやうけん」と読んでいい証明にはなるはずもないからであった。

浜松中納言物語では、「河陽県の后」の用例を含めて「河陽県」は45例を見るが、刊本である丹鶴叢書本、四十余本ある写本のいずれもがこれを仮名書きにして、「かうやうけん」もしくは「かうやうくゑん」と表記し、漢字表記は諸本を通じて一つもない。物語の筋立てでは、現存巻一の始まる七、八年以前に他界した中納言の父、式部卿宮が唐土の第三皇子に転生しているとの情報が俄かにもたらせられ、間もなく故父宮の夢告げにより確信されるに至って、中納言が、苦心の末に渡唐に漕ぎつけるという運びなので、在唐時を語る巻一は、皇子と対面する場面こそ最も重要な節目となりそうであるのに、物語は、この情景描写もそこそこに、主人公の関心を、皇子の生母、唐土の第三の后へと急速に傾けさせる。古典大系本でも新編全集本でも巻一の底本に用いた国会図書館蔵本に、いま濁点・句読点のみを加えた本文で引用すると、后は唐土の御門の寵愛はこの上なく深かったが、

あまたの人にのろはれて内裏の内にたち入給へば、おほきなるやまひ来てきえいり給ふによりて、(中略)ほどちかきかうやうけんのかぎりなくおもしろきに、三ば四ばの殿づくりしてすへたてまつり給ひて、みこをば二三日づゝかよはせたてまつり給。

という事態であった。しかし、この物語における河陽県の初出は、右の記事より前、中納言の容姿の美しさに驚いた唐土の大臣公卿たちが、

いにしへ、かうやうけんにすみけるはくかんこそは、我よ《(我が世)》にたぐひなきかたちの名をとどめたるも、あひぎやうのこぼるばかりにゝほえるかたは、さらにかゝらざりけり。

と賞讃するところである。大系本は右の「かうやうけん」の頭注・補注で「河陽県。↓補注八（この物語に「かうやうけん」又は「かうやうくゑん」としるされている語に当るものが無名草子・拾遺百番歌合・風葉和歌集にあらわれる場合はすべて「河陽県」としるされている。補注九でのべるように「かうやうけんにすみけるはくかん」が「かうやうけんにすみけるはんがく」の誤りであるのなら、その「はんがく」は「河陽県令」になった事実があるのだから、「かうやうけん」又は「かうやうくゑん」は「河陽県」であるべきことは確実であろう）」と松尾氏は極めて慎重・丁寧に記述されている。文中に「補注九」とあるのが私に粗稿（私の手許には既に存在しないが）の提出を指示された項目の一つで、ここでも、

「はくかん」は、かうやうけん（河陽県をさすと推測される）に住んでいた事と、容姿が世に類いないとある点から、恐らく西晋の潘岳の誤写と思われる。

と、あくまでも「かうやうけん」に河陽県をあてるのは「推測」であることに念を押されている。そして以下、補注では晋書列伝第二十五などに基づく潘岳の略伝や、これら逸話が蒙求や唐物語によって流布していることが記述され、潘岳が「河陽県の令になった時、県中に多くの桃李を好んで植えたと言い、これは後世の詩文にも「河陽一県花」として屡ゝ取り上げられていて、河陽県が潘岳と共に周知される所以である」と結ばれている。そして巻三に至ると、再び本文に、

むかし、かうやうけんに侍りけんはんがくといひ侍りける人などこそ、な《(名)》をつたへ侍り。

と見え、今度は諸伝本とも「はんかく」と書写されていて、河陽県と潘岳との関係はいよいよ確認されることに

なるのだが、一方で松尾氏は、唐土に関わる固有名詞を大系本の校訂方針に従って漢字表記に「楊貴妃《やうきひ》、王昭君《わうせうくん》、李夫人《りふじん》」「上陽宮《じやうやうきう》」などと改められ、底本の表記は振仮名に残されている。それなのに「かうやうけん」が45回出て来ても、「河陽県《かうやうけん》」とは一度も表記されないで仮名表記のままに通されたのである。あるいは、その読みに疑問が払拭されなかったからであろうか。そこで、この点を次第に明らかにしていく上で、明治以来の校訂の実態を改めて少し辿り、確認を試みてみよう。

藤岡作太郎氏の名著とされる『国文学全史平安朝篇』（大正一二年一月、岩波書店）は、浜松中納言物語を本格的に論評したまさに嚆矢であるが、その唐土描写に言及した結びでは、先行する諸家の解説を批判して、「或はこの書の著者を論じて「まこと漢土へ渡りたりし人の作なるか、はた又留学僧などの帰り来りしものにつきて書けるものか、共に定かならず」日本文学全書といへるは、唐の一字に拘泥して、無要の説を述べたるものなり、実にかの国の様を見聞せるものならば、何ぞ描写のかくの如く浅薄ならんや」と喝破している。そして、「黒川春村は、今本四巻なるは、第一巻散佚したるものにて、まことに五巻なりしが如しと論じたり古物語類字抄。第一巻の散佚したるはいふまでもなけれど、余は終の巻もまた亡失したるを信ず」とあるのは、まさに正論であった。その後昭和に入って、松尾氏により尾上八郎氏蔵本巻五が、臼田甚五郎氏により浅野図書館蔵本巻五が発見されたことで立証されもしたからであるが、ただ藤岡氏が巻一の梗概を述べた中では、河陽県は「高陽県」と表記されている。

解題が非難されている「日本文学全書」の浜松とは、明治二三年九月、博文館発行、落合直文・小中村義象・萩野由之校という年代ものであり、解題に河陽県への言及もなく、底本の丹鶴叢書本通りに、「かうやうけん」「かうやうくゑん」はすべて仮名表記ばかりであるが、それでも同書の二五頁頭注によると、「かうやうくゑんの后は河陽県后なり」と河陽県を採用しているのが注目される。しかし、明治三六年三月、板倉屋書房刊の、本居豊穎以下五名監修の国文大観本では解説も頭注もなく、本文は「かうやうけん」にすべて統一され、漢字表記例は一つもなくて、大正一四年六月、国民図書より発行された校註日本文学大系所収本も本文は「かうやうけん」のみであるが、校註本における尾上八郎氏の解説では「第三の皇子は母后と共に高陽県にあるといふ」と「高陽県」を採用している。『国文学全史』を襲ったのであろうか。そして昭和入ると、浜松研究は本格的段階になるのだが、尾上本巻五の発見を告げる池田亀鑑氏の「古本住吉物語と浜松中納言物語末巻の発見」(『国語と国文学』昭和五年一一月)を見ると、梗概を述べる条に、「或る夜、高陽県后が夢にあらはれて」と見え、また、同誌、昭和六年四月号で詳細に論及された発見者松尾氏の「浜松中納言物語末巻略考」も「高陽県」と記されていた。こうして諸氏とも「高陽県」がしばらく続くのであるが、昭和一四年三月発行の雑誌『解釈と鑑賞』の浜松中納言物語特集において、はっきりとした違いが出てくる。「かうやうけん」に言及した論では、松尾氏の「浜松中納言物語の面白くなさ」が引用本文に「高陽県の后今一度見奉らむと念じ給ふ夢に」とあって、論述にも「高陽県の后」と呼称するのに、石川徹氏担当の「浜松中納言物語概説」では、梗概の項に「河陽県の離宮に」とし、その箇所の右傍に細字の(註)を付して、註に

「河陽県」は原文には「かうやうけん」とあるので、藤岡作太郎博士以来「高陽県」としてゐるが、史記評林に據れば「高陽」は陳留県中の一聚落名であって県名ではない。本文巻一に「古かうやうけんに住みけるはんかくこそは(中略)」とある「はんかく」は、支那の業平とも謂ふべき晋の潘岳の事を指すと思はれるが、(中略)この河陽県に桃李を植ゑた故事から「河陽一県花」といふ詩句も出来たのであるから、無名草子・拾遺百番歌合・風葉和歌集に「河陽県」となってゐるのに従って改めた。

と書かれてある。しかし石川氏の力説にも拘らず、「河陽県」は当時なお普及せず、昭和一六年六月号と九月号の

雑誌『古典研究』に分載された「校訂者　神藤豊」氏による巻五までをも含む最初の校訂本文では45回すべてが「高陽県」とあるばかりで、同誌の右両月号に載る諸論を通覧しても、一様ではない。例えば後藤陽一氏は「河陽県」とあるが、瀬利（目加田）さくを氏は「江陽県（河陽県）」と標記し、山川常次郎氏と伊藤慎吾氏とが「高陽県」のままである。もはや単なる藤岡作太郎氏よりの呪縛とは言えない。「河」を〈コウ〉と音読するのが憚かられたからであろうか。そしてこの結着は、昭和二四年一月に刊行された浅野本巻五の初の翻印、古典文庫の『浜松中納言物語末巻』を担当した、ほかならぬ松尾氏の解題が、石川氏の説に従う形でこの問題に言及し、「現存本には「かうやうけん」とあるが、無名草子・風葉集・拾遺百番歌合に據って改めた」という注記を加えられたことで解消されたのである。とりわけ現在、右に言う拾遺百番歌合（物語後百番歌合）の藤原定家自筆本を日本古典文学影印叢刊本（昭和五五年八月刊、貴重本刊行会）に見るなら、詞書に三度現われる「河陽縣」の筆跡は定家周辺の人とおぼしき女手であるが、巻末に定家が付した明らかに自筆の「作者目録」に「河陽縣后」と力強く書かれている書影に接するはずで、もはや「高陽県」や「江陽県」「広陽県」の類ではなくて、「かうやうけん」が「河陽県」を指すのは、明確となったと言ってよい。

三　潘岳の河陽県と嵯峨・淳和朝の河陽離宮

昭和五二年七月号の雑誌『歴史公論』（雄山閣発行）に、私は「唐風文化と国風文化」と題する小文を載せ、その一部は前掲拙著第九章にも収めたが、冒頭に次のように書いた。

最初の勅選漢詩集である凌雲新集が弘仁五年（八一五）に選ばれ、四年経って同九年に再び文華秀麗集が成った嵯峨天皇時代、ついで天長四年（八二七）に経国集が成っている淳和天皇の時代は、いわば唐風一色で

ある。嵯峨天皇の傑作の一つにあげられる「河陽十詠」（文華秀麗集巻下）の第一首を訓み下してみると、

三春二月河陽県、河陽ハ従来《もとより》花ニ富ム、花ハ落ツ能《か》クモ紅《くれなゐ》ニ復《また》能クモ白シ、山ノ嵐頻リニ下《おろ》シテ万条斜《なな》メナリ。

とある。晋の潘岳が河陽県の県令をしていた時、県中に桃李を植えたことで「河陽一県花」として名高い故事を踏まえているのはいうまでもないし、「花落能紅復能白」も、典拠は別に求められるものの、鮮やかな色彩を歌っている。また、この御製に和した藤原冬嗣の一首、

河陽ノ風土春色饒《にぎは》ヒ、一県千家花ナラヌハ無シ、江中ニ吹キ入リテ錦《にしき》ヲ濯《あら》フガ如ク、機上ニ乱レ飛ビテ文紗ヲ奪フ。

になると一層華やかになる。「機上」とは、「文紗」すなわち綾《あや》のあるうすぎぬを織る機《はた》の上であり、そこに桃李の花びらが舞い乱れて、文紗のあでやかさと妍を競う、というのである。しかし、彼らが「河陽《かや》」と呼んでいたのは、中国河南省にある河陽を指しているのではない。それを下敷きにはしているが、淀川の北にある山崎のあたり、つまり山崎離宮の周辺をそれに見立て、かつ、そう名づけている事実に興味が引かれる。この河陽離宮と、伊勢物語に登場する惟喬《これたかの》親王《みこ》が営んだ水無瀬《みなせ》離宮とは極めて近く、ともに淀川を挟んで男山に対峙した景勝の地である。

とし、さらに

仁和二年（八八六）春、菅原道真は左遷の思いで讃岐守に転出を命じられたが、都を発ち、この河陽の地に到って友人の王府君と駅楼で手を執り合い泣く泣く別れた。菅家文草巻三には、後年、そのことを詠んだ一首、「河陽駅ニ到リ、感有リテ泣ク」が載っており、その前半は「去ヌル歳、故人王府君ト、駅楼ニ手ヲ執リ

テ泣ク泣ク相分《わか》レ」と見える。王氏が中国の産か、渤海、百済の人か詳かでないが、「故人」とは知り合いの意味であり、道真と無名の一帰化人とは、恐らくは文学を通じての深い交誼があったのであろう。

と言い、さらにこれより百年ほど後に紫式部の父藤原為時が越前の国府に在任中、若狭に漂着した宋人七十余と交渉を持ったことなどに触れた。そして当時の唐土観を形成する背景が多様だとして、何の脈絡もつけないまま「浜松中納言物語の主人公が唐土に渡って恋した后は、河陽県に住んでいた」と陳腐に説明しただけで、上述した内容を置き去りにしたまま、浜松における唐土描写へと言及するのにとどまったのである。旧い拙稿を、このように長々と引用したのはいささか憚られるが、この時ここまで日本の河陽離宮に触れていたのに、もう一歩進めて、浜松の作者が唐后の住居に河陽県を選んだ理由の一つに、わが河陽宮を関連づけてなぜ考えなかったのかと慚愧の念に耐えない。河陽県が、洛陽に近い潘岳の故地で、黄河の北（陽）にある実在の地名を指すのは当然としても、一方日本では、前掲のように、平安時代初頭、唐風一色に染め上げられた嵯峨天皇が、山城の国の西南にさしかかった淀川の北、山崎の地に離宮を創設し、河陽宮と名付けて漢詩人たちを集めて、たびたび詩宴を開いたのである。そこに菅原氏の先祖が侍していたのは明らかである。

日本文学史上、たとえ国風暗黒時代と称されようとも、嵯峨・淳和の両朝十余年を隔てるに過ぎない間に、勅撰の漢詩集が立て続けに選述されたのは一大偉観であるが、三集それぞれに関与した撰者数人づつの中で、いずれの撰集にも名をとどめているのが菅原道真の祖父、菅原清公ただひとりであるのを忘れてはなるまい。これは菅原氏にとってもどれほどの名誉であったことか。菅原氏は、右大臣にまで至った道真がその後失脚しながらも、配流の地で非業の死を遂げたのが逆に因となって、天満自在天神として祀られたので、とかく道真を起点に家系を辿りがちになるが、道真の祖父清公、父是清の活躍は、日本漢文学史上ばかりでなく、行政史上にも大きな役割を果たした。特に清公が、桓武天皇の延暦二三年（八〇四）に、遣唐使の一人として最澄・空海・橘逸勢らとともに唐土へ赴き、ほぼ一年間在唐したのは、これから長く続いていった儒家正統の菅原氏の中でも唯一の経歴であり、帰国後も、嵯峨朝の朝儀を専ら唐制に一新する改革の中で、顕著な貢献があった。しかし清公集も是善集も今に伝わらない。菅家後集（尊経閣蔵丁本）所収「奏状」には昌泰三年（九〇〇）八月、道真より醍醐天皇に家集二十八巻献上のことが見え、目録に「菅家集六巻　祖父清公集／菅相公集十巻　親父是善集／菅家文草　道真集」とあるが、菅原清公の今に残る詩文は、わずかに凌雲集に詩四篇、文華秀麗集に同七篇、経国集に詩五篇と賦・文が各一篇、雑言奉和に詩一篇のみである。そして右遺作の中に「河陽」の名は見えないが、嵯峨天皇がたびたび河陽館離宮に行幸した砌、清公もまた同行したことがあるのは当然で、それは次節に述べる通りである。

「河陽宮」の記録における初出は、類聚国史帝王篇にも日本紀略にも見える弘仁十年（八一九）二月二十一日の条の「水生《みなせ》ノ野ニ遊猟サレ、日暮レテ河陽宮ニ御《おはしま》ス」によるが、詩文集であるなら、これを五年遡る弘仁五年成立の凌雲集に河陽離宮での詠が二首見える。主に小島憲之氏が提供（『国風暗黒時代の文学』昭和四〇年）された校訂本文にほぼ準拠して以下示すが、いずれも嵯峨御製である。そしてここには建設当初の河陽の風景がまさに反映されているように思う。

河陽駅経宿有懐京邑　　河陽駅ニ経宿シ京邑《みやこ》ヲ憶《おも》フ
河陽亭子経数宿　　河陽ノ亭子（宿舎）ニ数宿ヲ経《へ》
月夜松風悩旅人　　月夜、松風ノ旅人ヲ悩マス
雖聴山猿助客叫　　山猿ノ客（旅情）ヲ助ケテ叫ブヲ聴クト雖《いへど》モ
誰能不憶帝京春　　誰カ能《よ》ク帝京ノ春ヲ憶ハザラム

河陽にも京邑と同じに春は来ているに違いないが、都離れた土地は特に夜が淋しい。月夜の松風や山猿の叫びが旅情を助長して、のどかな帝京の春を憶わないわけにはいかないのである。

和左大将軍藤原冬嗣河陽作　　左大将藤原冬嗣ガ「河陽ノ作」ニ和ス
節序風光全就暖　節序（季節の代り目）ノ風光全《すべ》テ暖ニ就キ
河陽雨気更生寒　河陽ノ雨気更《たがひ》ニ寒ヲ生ム
千峯積翠籠山暗　千峯ノ積翠（重なる緑）山ヲ籠メテ暗ク
万里長江入海寛　万里ノ長江海ニ入リテ寛《ゆる》シ
暁猿悲吟誰断得　暁猿ノ悲吟、誰カ断ツコトヲ得ム
朝花巧笑豈堪看　朝花ノ巧笑（笑顔）豈《あに》看ルニ堪ヘムヤ
非唯物色催春興　唯ニ物色ノ春興ヲ催スノミニアラズ
別有泉声落雲端　別ニ泉声ノ雲端ヨリ落ツルコト有リ

嵯峨帝が和したという冬嗣の作品は伝わっていないが、詩型から見て前の御製とは別の時であろう。しかし「河陽ノ雨気寒ヲ生ム」や「暁猿ノ悲吟」の詩句には、共通する寂寥な印象があり、「朝花」以下春興を催す表現で彩られてはいくが、旧稿で例示した文華秀麗集所収の御製や、これに和した冬嗣の一首に比較すると、華麗さにかなり顕著な差があるように思う。記録がないので詳らかにはできないが、二つの漢詩集成立を隔てる四、五年のうちに、河陽離宮の整備が着々と進んだ反映ではないか、とするのが私の憶測である。「万里ノ長江」とは、勿論、黄河に見立てながらの眼前の淀川であるが、「河陽」は凌雲集でも、河陽離宮の意味のみではなく、本来の中国の地名としても挙げられている。例えば、嵯峨天皇が熱愛した平安京、神泉苑に侍した折に小野岑守が詠んだ応製

の賦の前半を見るなら次のようである。

三陽二月春云半　三陽（陽春）二月春云《ここ》ニ半バナリ
雑樹衆花咲且散　雑樹衆花、咲キ且ツ散ル
鑾駕早来遍歴覧　鑾駕《らんが》（帝王車）早ク来リテ遍《あまね》ク歴覧（巡覧）シ
奇香詭色互留翫　奇香詭色《きしょく》（芳香美彩）互ニ留《とど》メテ翫《め》デシム
昔聞一県栄河陽　昔聞ク、一県河陽ニ栄エシヲ
今見仙源避秦漢　今見ル、仙源（仙境）秦漢ヲ避《さ》リシヲ
此時澹蕩吹和風　此ノ時ニ澹蕩ニ（ゆるやかに）和風（春風）吹キ
落蘂因之満遠空　落蘂《らくずゐ》コレニ因リテ遠空ニ満ツ
梅院不掃寸余紫　梅院（梅園）掃《はら》ハズ寸余ノ紫
桃源委積尺所紅　桃源（桃林）委《つも》積リテ尺所《せきしょ》（一尺程）ノ紅《くれなゐ》。

「一県河陽ニ」は断わるまでもなく潘岳の故事、「仙源」は仙境の桃花源のことで、典據である陶渕明の桃花源記には、そこに住む人たちが「秦ノ時ノ乱ヲ避ケ、妻子邑人ヲ率テ此ノ絶境ニ来リ復《また》出デズ」ともあり、「今ハ何ノ世カト問フニ乃《すなは》チ漢アルヲ知ラズ」と語られている。そしてここで言う「梅院」「桃源」は他の詩賦にも見える通り、神泉苑にあった実景をも描写した華やかさであるのだが、「河陽」と言い、「梅院」「桃源」と続くと、浜松中納言物語の巻一、中納言が河陽県の后への関心を強く抱き始めた頃、ふと故国を思ってさまよった行動が連想される。

あはれに恋しきなぐさめに、梅の木のかぎりあると聞く山を行きて見れば、遠くより風の吹き散らすに、に

ほひかをり満ちて、まことに異木《ことき》はまじらず、ひとたびに咲きわたりて、たた白山《しらやま》と見ゆる。
白妙に降りつむ雪と見えつるは梅咲く山の遠目なりけり
桃源といふ水のほとりを見れば、岸に添ひて桃の木のはるばるとうるはしく並《な》み立ちて、（新編日本古典文学全集。以下同じ）

勿論、右の条と小野岑守の作品とは直接の因果関係にないが、浜松の中納言が河陽県の后を思いつつも、望郷の念にかられ、梅林より続けて桃源に入って行く唐突さは、こうした日本人の漢詩文に見る発想と重ね合わせて考えるなら、いささかの異和感も幾分は解消されると言えるであろう。

四　河陽宮周辺の景と遊女の発祥

菅原清公の遺存する詩賦に「河陽」の名は見えないと述べたが、嵯峨天皇が河陽宮に行幸した砌、御製の「江上落花詩」に清公が奉和した一首であるなら、雑言奉和（漢詩五篇の残簡。成立年は不詳だが、弘仁十年頃の作か。書名を逸し、残簡冒頭四字を書名と見做す）に収められている。いずれも河陽宮での奉和であり、御製は散佚して伝わらないが、五篇のうち三篇には「河陽」が散りばめられている。まず「河陽」の見える例より挙げると、第一篇の坂田永河作の前半では、

天子乗春幸河陽　　天子春ニ乗ジテ河陽ニ幸《みゆき》ス
河陽旧来花作県　　河陽ハ旧来《もとより》花ヲ県ト作《な》ス
一県併是落花時　　一県併《すべ》テ是レ落花ノ時
落花飄颻映江辺　　落花飄颻《えうやう》(ひらひら) トシテ江ヲ映ス辺《ほと》リ

濃香不異武陵迷　濃香異《こと》ナラズ武陵ノ迷ヒ
軽盈髣髴陽台夢　軽盈《けいえい》髣髴タリ陽台ノ夢（以下略）

第三篇の紀御依の作の始めでは、

河陽二月落花飛　河陽ノ二月落花飛ビ
江上行人花襲衣　江上ノ行人花ハ衣ニ襲《つ》ク
夾岸林多花非一　岸ヲ夾《はさ》ミ林多クシテ花一ツニ非《あら》ズ
飛満空中灑江扉　飛ビテ空中ニ満チ江扉《かうひ》ヲ灑《あら》フ
村人争出掣芳柯　村人争ヒ出デテ芳シキ柯《えだ》ヲ掣《たわ》メ
霞浦紛々艶色多　霞浦《かほ》（朝焼けの浦辺）紛々《ふんぷん》トシテ艶色《はなやぎ》多シ（以下略）

次に第五篇は有智子（嵯峨皇女）作の前段。

本自空伝武陵渓　本自《もとより》空シク伝フ武陵ノ渓
地体幽深来者迷　地体幽深ニシテ来タル者迷フ
今見河陽一県花　今見ル河陽一県ノ花
花落紛々接烟霞　花落ツルコト紛々タリ烟霞ニ接《ツヅ》ク
孤嶼芳菲薄晩暉　孤嶼《こしよ》（孤島）芳菲（花芳香）ニシテ薄晩ニ暉《ひか》ル
夾岸飄颻後前飛　岸ヲ夾ミ飄颻《へうえう》トシテ後前ニ飛ブ
歴覧江村花猶故　江村ヲ歴覧スルニ花猶《なほ》故《ふ》リ
経過民舎人復稀　民舎ヲ経過スルニ人モ復《また》稀ナリ

対落花　　落花ニ対《むか》フ
落花猶未歇　　落花猶《なほ》歇《や》マズ
桃花李花一段発　　桃花李花一段発《ひら》ク（以下略）

以上三篇の前半のみを通覧してみると、いずれも同巧で単調、言葉は華美に満ちているのに、内容・表現が類型的とも言え、「河陽」が日本、山崎の地に付与された名であるのに、負っている唐土、河陽県にまつわる潘岳の故事から根原的に離れられていない。更につき詰めるなら、白氏六帖の県令部などの類書に見える成句「河陽一県花」に尽きているのに原因があるのであろうか。ただ、河陽宮は現に眼前にある日本の景物であり、たとえ「民舍」に人が稀で淋しくはあろうとも、その後整備が進捗して離宮一帯は花で埋め尽くされていたのであろう。その様子は右に明らかであるが、河陽の名は反射的と言ってよいほどに潘岳を想起させるのであったらしい。そしてとりわけ注意されるのは、永河の作に「武陵ノ迷ヒ」とあり、再び、巫山の神女が舞う「陽台ノ夢」と見えることであろう。河陽より転じて唐土の仙境へと連想が繋がって、桃花源のある武陵は有智子の作にも見え、それからすると、またもや前掲した浜松中納言の行動に回帰して考えたくなるのである。少くとも中納言の行動は唐土に赴いたからこそ起きたものであるが、それも日本漢詩文に広く見られた類型的な観念であったと言えるであろう。しかし「河陽」のイメージは、これにとどまらない。

以上挙げた三篇に比較すると、第二篇の清公の作と第四篇の滋野貞主の作とに「河陽」の文字はないが、それぞれに注目すべき河陽の別世界が描かれている。まず清公作の前段である。

煙霞四照作春粧　　煙霞四照シ春粧ヲ作《な》ス
野樹山花総是香　　野樹山花総《すべ》テ是レ香《かを》ル

江風一過吹花去　　江風一過花ヲ吹キテ去ル
片々飄々落何処　　片々飄々何処《いづこ》ニ落ツ
津家妖艶蚕未出　　津家《しんか》ノ妖艶蚕《こ》未ダ出デズ
徒対落花与飛絮　　徒《いたづら》ニ対《むか》フ落花ト飛絮《ひじょ》トニ
看落花　　落花ヲ看ル
落花数種色　　落花数種ノ色
縈盈園圃望無極　　園圃《ゑんぽ》ニ縈《めぐ》リ盈《み》チテ望ミ極マリ無シ
酷妬楼中鉛粉彩　　酷《はなは》ダ妬《ねた》ム楼中鉛粉ノ彩《いろ》
擬奪機上霞錦織　　奪ハムトス機上霞錦ノ織《をりもの》（以下略）

第一句の「春粧」は、漢語では「春牀」とも書く通り、甚だ女を意識させるが、「津家ノ妖艶」も、ただならぬ風情である。川の渡し場近くの、とある家の前に佇む妖艶な姿とは、いよいよその女が素姓を明らかにしているようにも見え、「楼中鉛粉ノ色」以下が、川べりに楼を構え、白粉《おしろい》で化粧した華やかさが霞の錦をも凌ぐほどの美しさだと称えていると読めるなら、そこに浮かびあがるのは遊女の影であろう。これは貞主の作品にも看て取ることができる。

晴江両岸軽塵発　　晴江ノ両岸軽塵発《おこ》ル
車馬争来看物華　　車馬争ヒ来タリテ物華（春景）ヲ看ル
本道津橋春色久　　本道《ほんだう》（西国《さいごく》街道）ノ津橋《しんけう》（河陽橋）春色久シク
桃花楊柳千人家　　桃花楊柳千人ノ家

灘頭漂母添紅粧　灘頭《だんとう》（早瀬）ノ漂母《へうぼ》（晒女《さらしめ》）紅粧ニ添フ
浦口漁夫泛錦浪　浦口（河辺）ノ漁夫錦ノ浪ニ泛《う》カブ（以下略）

とある冒頭部も河陽の地の賑わいと色めかしさを十分漂わせているが、結びは落花の華やぎを伝えて、

妾涙常悲共水滴　妾《わ》ガ涙常ニ水ト滴《したた》ルコトヲ悲シミ
妾顔猶畏與花衰　妾ガ顔猶《なほ》花ト衰フコトヲ畏《おそ》ル
一遇君王行月令　一《ひと》タビ君王ガ月令（月々の政令）ヲ行《おこな》フニ遇《あ》ヒテ
更使妾意荷芳暉　更ニ妾ガ意《こころ》ヲシテ芳暉《はうき》（天子の恩）ヲ荷《にな》ハシム

という第一人称で歌い終えている。ここにいう「妾」とは、中間部にこの河陽の街の庶民に触れた「怨婦《ゑんぷ》看《み》テ憐《あはれ》ビ遠キニ寄セムトス」の句、すなわち、出征や商用で家を離れ、帰らぬ夫を怨む女が、華麗な落花を看てあわれを感じ、遠くにいる男に便りを出そうかと思った心情を受けているのではあるが、遊君が、訪れの途絶えた男に怨みを言い送ると読みかえることもできない相談ではない。

旧稿に示した文華秀麗集の冬嗣詠にも「河陽ノ風土春色饒《にぎは》ヒ、一県千家花ナラヌハ無シ」とあり、今またここにも「本道ノ津橋春色久シク、桃花楊柳千人ノ家」とある。再び文華秀麗集に戻ると、御製「河陽十詠」に奉和した朝野鹿取《かとり》の二首に「江潮《かうてう》漫々ト流ルルコト幾年《いくとせ》ゾ、日夜送迎ス往還ノ船。已《すで》ニ（船舶の様子は）飛龍ノ雲裏ニ遊ベルニ似テ、還翔鳳《またしやうほう》ノ天辺ニ入ルルヲ看ル」とも「河陽ノ別宮（離宮）江流ニ対《む》カヒ、労セズシテ行キ往クニ群鴎ヲ見ル。（鴎は）能《よ》ク人ノ意《こころ》ヲ知リ、狎《な》レテ去ラズ、或ハ泝《さかのぼ》リ或ハ沿《くだ》リテ波ト遊ブ」ともあるのを見るなら、陸地も水上も賑わい、鴎でさえも人に狎れて去らないという。河陽にはこの時既に、平安中期以降栄えた遊女が発祥していたのではなかったろうか。

五　更級日記の遊女像と河陽の遊女

更級日記には遊女が二度登場する。最初は孝標女十三歳の寛元四年（一〇二〇）十月頃、父に連れられて上総より東海道を上京する途次、次のような光景が記憶された。いささか長いが引用する。

> 足柄山といふは、四五日かねて、恐ろしげに暗がりわたれり。やうやう入り立つ麓《ふもと》のほどだに、空のけしきはかばかしうも見えず。えもいはず茂りわたりていと恐ろしげなり。麓に宿りたるに、月もなく暗き夜の闇にまどふやうなるに、遊女《あそび》三人《みたり》、いづくよりともなく出で来たり。五十ばかりなる一人、二十《はたち》ばかりなる、十四五なるとあり。庵《いほ》の前にからかさをささせて据ゑたり。をのこども、火を灯《とも》して見れば、昔、小幡《こはた》といひけむ（有名な遊女）が孫《うまご》といふ。髪いと長く、額《ひたひ》いとよくかかりて、色白くきたなげなくて、さてもありぬべき（それ相応な）下仕へなどにてもありぬべしなど人々あはれがるに、声すべて似るものなく空に澄みのぼりて、めでたく歌を歌ふ。人々いみじうあはれがりて、け近くて人々もて興ずるに、「西国《にしぐに》の遊女《あそび》はえかからじ（これほど見事にできまい）」など言ふを聞きて、（遊女が）「難波《なには》わたりにくらぶれば」とめでたく歌ひたり。見る目のいときたなげなきに、声さへ似るものなく歌ひて、さばかり恐ろしげなる山中に立ちて行くを、人々あかず思ひてみな泣くを、幼き心地には、ましてこの宿りを立たむことさへあかずおぼゆ。

注目したい点はいくつもあるが、驚くべきは昼なお暗い足柄山中の月も出ていない夜に、遊女が三人忽然と現われ、一行が宿泊する仮屋の前にからかさを広げて舞台を作ると、舞いかつ歌って男たちを堪能させ、再び暗闇の山中に消え去っていく凄さであろう。この世のものと思えなくて、幻想的とも言えるが、器量が「髪いと長く、額いとよくかかりて色白く」、声は「声すべて似るものなく空に澄みのぼりて」「声さへ似るものなく歌」う遊女を絶賛するのに、作者が「きたなげなくて」「きたなげなきに」と繰り返して、「下仕えなどにてもありぬべし」と述懐するのは、遊女の置かれた境遇を如実に現わしている。そしてここでの男たちと遊女とのやりとりに、最上格の「西国《にしぐに》の遊女《あそび》」が持ち出され、それ以上だと誉めそやされた遊女が、「難波わたりにくらぶれば」という即興らしい今様を「めでたく歌ひ」応えた点に注目したいのである。「西国の遊女」とは西国《さいごく》街道、すなわち京都九条に発し、南下して淀川西北岸沿いに摂津に入って山陽道と合流する街道の、山城国より摂津・河内に分岐するあたりに位置した山崎、まさに河陽に群棲した遊女たちであった。しかも更級日記の作者は、後年、兄定義が和泉守在任中の永承年間、西国街道を下り、淀より水路で河内・和泉へと向かった折、山崎のわずか下流の高浜で、その「西国の遊女」に遭遇した。その条の全文を示そう。

さるべきやうありて秋ごろ和泉《いづみ》に下《くだ》るに、淀といふよりして道のほどをかしうあはれなること、言ひ尽くすべうもあらず。高浜といふ所にとどまりたる夜、いと暗きに、夜いたう更《ふ》けて、舟の揖《かぢ》の音《おと》聞こゆ。問ふなれば遊女《あそび》の来たるなりけり。人々興《けう》じて舟にさしつけさせたり。遠き火のひかりに、単衣《ひとへ》の袖長やかに、扇さしかくして歌うたひたる、いとあはれに見ゆ。

これが孝標女何歳の秋であったかについては、先に吟味（「更級日記における和泉下りの位相―孝標女と兄定義との永承年間」『鶴見大学紀要』国語・国文学篇第27号、平成二年三月）したことがあり、その結論のみを言えば、永承四年（一〇四九）より七年までの四年間、四十二歳より四十五歳までに限られる。そして、一行の舟旅で停泊中の夜半、小舟に乗った遊女たちを寄せつけるほどの勢威があった理由を、定義が賑々しく赴任するのに同行したからと見るなら、更に四十二歳の秋に限定されるであろう。船上に灯された火の光に照らし出された遊女たちは、「単衣の袖長やか」で、「扇さしかくして歌うたひたる、いとあはれに見ゆ」と、幼い十三歳の冬に足柄山中で遊女に接して涙した作者は、四十歳を過ぎた今、再びその舞姿を「あはれに」見たのである。

河陽における遊女の盛行は、孝標女が生まれる前から、特に漢詩文に語られて有名であった。菅原氏と並ぶ儒者の名家大江氏の以言は、大江氏出身ながら学問を藤原篤茂より受け、長保年中に文章博士兼式部権大輔となって、孝標女がまだ三歳であった寛弘七年（一〇一〇）に五十六歳で亡くなったが、本朝文粋に残す詩文の一つ、「見遊女（遊女ヲ見ル）」は、長徳二年（九九六）と推定される春三月の河陽の状況をつぶさに語り伝えている。訓み下し文に示すと、次のようである。

二年三月、予州源太守兼員外左典厩（予讃守兼左馬権頭源兼資）、春南海ニ行キテ、路ニ河陽ニ次《やど》ル。河陽ハ山河摂（山城・河内・摂津）三州ノ間ニ介《はさま》リテ天下ノ要津《えうしん》（重要な港）ナリ。西ヨリ東ヨリ往反（往還）ノ者、コノ路ニ率《したが》ヒ由《もち》ヒズトイフコト莫《な》シ。ソノ俗《しょく》（風俗）、天下女色ヲ衒《てら》ヒ（誇示し）売ル者、老少提結シ（老女と少女と手を組み）、邑里《いふり》相望ム。舟ヲ門前ニ維《つな》ギテ客ヲ河中ニ遅《ま》ツ。少《わか》キ者ハ脂粉《べにおしろい》（紅白粉）歌笑（歌舞艶笑）シ、以テ人ノ心ヲ蕩《うご》カシ、老イタル者ハ簦《からかさ》ヲ担《にな》ヒ棹《さを》ヲ擁《いだ》キテ、以テ己《おの》ガ任ト為《な》ス。（下略）

遊女を「あそび」と称するのは、和名抄に「楊子漢語抄云、遊行女児〈宇加礼女。一云、阿曽比、（中略）但或説、白昼遊行謂之遊女〉」とあるのでも知られるが、和名抄「或説」が示すように遊行《ゆぎょう》する（巡り歩く）ゆえに「遊女」と呼ぶとするならば、「あそび」はそれに該当するのかも知れない。そして河陽の遊女は、まさに右の大江以言の文に活写され、「老少提結シ」や「簦ヲ担ヒ」は足柄山の光景をも首肯させるが、河陽は、孝標女が生涯を終えたと想定される頃にも、なお繁昌していた。たまたまこれも、大江氏の江帥《ごうのそち》と称された匡房（一〇四一〜一一一一）の「遊女記」（「朝野群載」所収）に次のように記録されている。

山城ノ国与渡《よど》ノ津ヨリ、巨川《きょせん》（宇治川）ニ浮カビテ西ニ行クコト一日、コレヲ河陽《かや》ト謂フ。山陽・西海・南海ノ三道ヲ往返《わうへん》スル者、此ノ路ニ遵《よ》ラザルハ莫《な》シ。江河南シ北シ、邑々処々《むらむらところどころ》ニ流レヲ分カチテ河内《かはち》ノ国ニ向カフ。之《これ》ヲ江口ト謂フ。蓋《けだ》シ典薬寮《くすりのつかさ》ノ味原《あぢふ》ノ牧《むまき》、掃部寮《かむもりのつかさ》ノ大庭《おほば》ノ庄ナリ。摂津ノ国ニ到リテ、神崎《かむざき》・蟹島《かしま》等ノ地アリ。門《かど》ヲ比《なら》ベ戸《こ》ヲ連ネテ、人家絶ユルコト無シ。倡女《うため》群ヲ成シテ、扁舟（小舟）ニ棹《さをさ》シテ旅ノ船ニ着キ、以テ枕席（共寝）ヲ薦《すす》ム。声ハ渓雲ヲ遏《とど》メ、韻《しらべ》ハ水風ニ飄《ただよ》ヘリ。経廻《へめぐ》ル人、家ヲ忘レズトイフコト莫《な》シ。洲芦浪花、釣翁（漁夫）商客、舳艫《ぢくろ》（へさきトとも）相連ナリテ殆《ほとほと》ニ水無キガ如シ。蓋シ天下第一ノ楽シキ地《ところ》ナリ。

（下略）

匡房は、以下、微に入り細を穿ってその景を綴っているが、いよいよ河陽の実体は明らかであり、恐らくは河陽離宮が置かれたことに始まる遊女たちの群棲が周辺処々の高浜や、江口・神崎・蟹島へと広まったのではないか。ここでは割愛したが、前稿に引いた源師時の長秋記、元永二年（一一一九）九月六日の条にも見える高浜の盛況はこれを裏付けるものであるが、ただこれら漢詩文や諸記録に見える河陽の遊女は、あくまでも男から見た風俗である。更級日記の語る遊女像が先に見た通り全く違うのには、重大な注意を払う必要がある。確かに匡房の伝える遊女像では、「声ハ渓雲ヲ遏《とど》メ、韻《しらべ》ハ水風ニ飄《ただよ》ヘリ」と、列子の湯問にある「声ハ林木ヲ振ハシ、響キハ行雲ヲ遏《とど》ム」流の叙法で美声を称え、更級日記の「声すべて似るものなく空に澄みのぼりてめでたく歌をうたふ」もこれに通じるが、「きたなげなし」は遊女の置かれた身分的な境遇を如実に示す表現である一方、そうした現実の境遇を超越して、その言葉には「けがれなし」と読みうるほどに清澄の気が漂う。遊女の出現に際して孝標女の印象にとどまったのは、ひたすら美しく、あくまでも「いとあはれに見ゆ」という深い感銘であった。

六　「河陽県の后」の淵源と菅原氏

孝標女が、時代を遠く溯った河陽離宮、河陽宮《かやのみや》をどこまで知っていたかを認証する直接の材料はないが、嵯峨・淳和両朝に仕え、勅撰三詩集成立のすべてに関わって、しかもいずれに於ても有力な作者であった菅原清公の業績を知らない筈はあるまい。道真が醍醐天皇に献上したという清公の家集、菅家集六巻が今に伝わらないとは言え、菅原氏嫡流が護持すべき書であり、道真とその子たちが配流された騒ぎで菅原氏蔵書が多く破却されたと想像されるにしても、道真の復権は天神の霊威によって比較的急速に計られたのである。伝承としても氏族内で語り継がれていたに違いないので、嵯峨朝の盛時における河陽宮の存在は、たとえ文華秀麗集における御製の河陽十詠や、これに奉和する諸臣の詩群を正面切って読まないにせよ、耳には十分聞いていたと思いうるのである。

しかし、河陽宮行幸が頻りに行われた形跡があるのは、類聚国史・続日本後紀・三代実録等における水無瀬野遊猟のみの記事を含めても淳和・仁明朝までのことで、三代実録貞観三年（八六一）六月七日の条によると、

山城ノ国奏シテ言《まう》サク。河陽離宮、久シク行幸セズシテ、稍《やや》破壊致ス。国司、政《まつりごと》ヲ行フ処ト為サムコトヲ謂フ。但シ、旧キ宮名ヲ廃セズ、行幸ノ日ハ、将《まさ》ニ掃除ヲ加ヘムトスト。之《これ》ヲ許ス。

と見える。すなわち、それまでは、一時的に都のあった長岡に置かれていた山城の国府が、平安遷都でそのまま取り残されていたのを、交通の便がいい山崎に、河陽離宮を一部改修することで移転しようとの申し出があったのに対し、朝廷は、申し出の中にある通り、河陽離宮の名は残すこと、将来、行幸ある際は国府の者が離宮の清掃に従事して今後の使用にも配慮することを条件に許可したというのである。菅原道真が仁和二年（八八六）春、讃岐守に転出された途次、旧知の王府君と河陽の駅楼で手を執り合って泣く泣く別れたと菅家文草にあるのも、山

城の国庁に立ち寄って手続きをした際のことであろう。また永観元年（九八三）八月に入宋した日本僧の奝然《ちょうねん》が、三年後の寛和二年八月に大宰府に帰着し、翌永延元年二月十一日に、宋の太宗より下賜された大蔵経数千巻や多くの仏像を、人々に担わせて賑々しく入京した記録が小右記同日の条に詳しく見えることは、新編日本古典文学全集本『浜松』巻頭の拙稿「古典への招待—渡唐物語の周辺」にも言及したが、奝然は上京を前に一月十七日河陽に到着し、そこで入京の許可を待った。平安遺文の補遺二の四五七四の官宣旨案（書陵部蔵壬生古文書）が次のようにその動向を伝えている。

左辨官、山城ノ国ニ下ス。

応《まさ》ニ先ノ宣旨ニ任セ、入唐・帰朝ノ奝然ノ賚来スル所ノ仏像・一切経論ヲ運進スベキ事。

右、彼国（山城国）今月廿日ノ解《げ》ヲ得テ偁ク、左辨官ノ今月十九日ノ宣旨、今日到来シテ偁ク、彼ノ奝然今月十八日ノ奏状ニ偁ク、去年八月廿五日ノ官符、同年十月十五日ニ大宰府ニ到来シ、府ニ即《つ》クニ随ヒ国ニ遞送サレ、十一月七日彼ノ府ヲ離ル。今年正月十七日河陽館ニ到着ス。仍テ且ツ事由ヲ言上シ、望ムラクハ重ネテ宣旨ヲ蒙リ、早ク件《くだん》ノ仏・経ヲ入京セシメムコトヲ謂フ、テヘリ。（下略）

ここで注目されるのは、河陽離宮は貞観三年に制度的に廃絶されたが、その折の朝廷の指図通り、宮址は国庁となっても「河陽館」の呼称を留め、山城の国府によって護られていたのがわかる点であろう。桂川・宇治川・木津川が併走して流れ、やがて合流して淀川となる水郷地帯の西北岸に位置して河陽離宮はあり、直ぐ近くには水無瀬が、対岸には男山が対峙して石山八幡宮が祀られている景勝地である。川の流れは時代によって変貌し、今は往時の面影を偲びがたいとも言われるが、京都府乙訓郡大山崎町、ＪＲ山崎駅のほとりにある離宮八幡宮の楼門前には「河陽宮故址」の大きな石碑が建てられている。「河陽」は孝標女にとって、菅原家の先祖とも深く関わった河陽宮の故地として認識されていたであろうことは勿論、一方では、名にし負う遊女が美声を響かせ、人々の前にその艶姿を披露する土地であるのも、孝標女は現に和泉下りで体験したのである。そして重要なことは、これほどにゆかしい日本の地名「河陽」の本拠を求めるなら、繰り返し述べてきた通り、中国の河南省河陽県（現在は孟県）を指し、そこは洛陽と黄河を隔てた北（陽）に位置して、隋の文帝が河陽宮を築いた地としても知られるが、潘岳が河陽県令の時に県中を桃花で一杯にした故事に尽きるであろう。更級日記の成立を、孝標女五十五歳の康平五年（一〇六二）とするなら、浜松中納言物語が執筆されたのは、巻五に周防内侍歌の「なきにはえこそ」の句を引歌としているので、これにかなり接した御冷泉朝後半と推定するほかかない。作者が、主人公中納言を唐土に渡らせ、唐后との秘めた恋を描く構想を立てるに当って、理想的に美しい后の住む場所として「河陽県」を選んだ理由を論ずるには、単に中国周知の地名を挙げるのでは足りない。その淵源に至る途次には、以上述べてきた日本の地名「河陽」をも十分視野に入れて考慮する必要があるであろう。そしてこれはまさに、日本漢詩文の世界を背景にしているのだとする視点に立つことであり、菅原氏嫡流の子女がこの物語の作者であるとする藤原定家の伝えをも、補強することになるのである。

それでは河陽県がなぜ「かうやうけん」なのか、確かな論証には至らないが、後考を俟つために、気がかりになっている事柄を簡略に述べておく。桓武天皇の皇子、従って嵯峨天皇の弟に当たる賀陽《かや》親王が住んだ邸宅に賀《か》陽院《やいん》がある。平安京西洞院大路の西、大炊御門大路の北にあって、当初は南北二町であったが、十一世紀前半、藤原摂関家の領有となって頼通の時代に拡張し、四町となった。その壮麗さが世の耳目を集めたのは、漢詩文はもとより、万寿元年（一〇二四）高陽院行幸和歌や栄花物語にも伝えられている。この頃はほとんど高陽院と書かれ、「かやゐん」と呼ばれたが、嵯峨天皇の後院に建てられた冷然院がその後たびたび火災に遭い、「然」が「燃」

に通じるのを避けて「冷泉院」（これは浜松にも名が見える豪邸）に改められたような何か理由でもあるのだろうか。ともかく詳細な経緯を知らないが、賀陽院はほとんど高陽院と書かれるようになった。私が気がかりと言うのは「高陽」も「河陽」も「かや」と呼ぶことである。しかし「高陽」は音読が「かうやう」なので、「賀陽」「高陽」「河陽」も「かや」と呼ぶ同一性より見ると「河陽《かや》」も「高陽」の音読に準じて長母音化し、「かうやう」になったのかどうか、以上の言及では証明ができない。定家自筆本の物語後百番歌合が「かうやうけん」をすべて「河陽県」と記しているのが逆に論拠になって、この読みにはもはや不審は残らないが、藤岡作太郎氏以来、昭和初年までの校訂本文が「高陽県」の字を宛ててきたのに果して右のような事情が介在したのかどうかは、今のところ定かでない。そして「高陽」の名は、中国にも県名として漢代の山西省や河北省に見えはするが、潘岳の故地として紹介されている以上、浜松中納言物語に於て「高陽県」としたのは誤りであるとしなければならない。

七　物語における唐都と平安京

浜松の中納言が渡唐したのは、父の亡き式部卿宮が唐土の第三皇子に転生したからであるのは言うまでもないが、その「三の皇子《みこ》は、内裏《だいり》のほとり近く、河陽県といふところに、おもしろき宮造りして、そこをぞ御里にし給へる。母后ももろともに住み給ふ」と説明されている。河陽県は「内裏のほとり近く」にあり、更に後の文にも「大きなる内裏に…ほど近き河陽県の」と重ねて見え、事実、中納言は唐土の都より河陽県に簡単に出向いているが、浜松中納言物語研究史、あるいは注釈史を通じて、この唐土の御門がいる内裏とは、長安の都を指していると考えられてきた。しかし洛陽ならともかく、西都と呼ばれた長安ではあまりに隔っているので、新編全集における「河陽県」初出の頭注末尾に、私は「長安より遥かに遠いが、東都洛陽の近郊で、物語は唐代の長安・

洛陽両京制を混同するか」と注を加えたのである。唐代における両京制について私は説明する立場にないが、浜松の作者が唐土の都を長安・洛陽のいずれと考えていたかの水準で捉えようとするなら、作者の認識は甚だ心もとないと言うべきであろう。既に新編全集「解説」の「唐土描写の一端」の項にも述べたように、「日本人の作る漢詩文には、必ず唐土の詩句が典拠として存在するので、景勝地ばかりでなく、所に応じて唐土の地名が歌枕のように織り込まれるのであるから、それぞれの土地が地理的にどうした位置にあるかは、この場合関係がないのである」のと同じに、この物語でも、作者の唐知識不足とは無縁の、漢詩文の家に生まれ育ったがゆえの類似の意識が潜在したのではないだろうか。日本漢詩文に、唐土の地名が、かなり恣意的に羅列されている実体は、先に示した「河陽」をめぐって挙げた諸例にも見えた通りであるが、ただ、長安と洛陽との混同があるとするなら、これには唐知識と区分される、やはり日本漢詩文に関わる別の問題が存在するのではないかと思う。

中納言が唐后を垣間見たあと、恋い焦がれて、たまたま王子猷の故事を思い出し、月夜の川下りに「さんいう（山陰）」を訪れると、一方、唐后は「かたき御物忌」のために身分を隠し、「親しき人三四人ばかり」と、そこの「山のふもとなる家」に籠っていたので、両者は遭遇した。女は相手が中納言とわかったが、忍び込まれては是非もないと自分の素姓は言わずに男を受け入れたので、男は唐后とよく似た女が世にいるものよと驚いたという。「さんいう」は「内裏のほど一日ばかり避《さ》った所にあるとするが、とんでもない。山陰は浙江省山陰県にあり、むしろ中納言が最初に到着した杭州に近く、長安・洛陽のいずれからも余りに遠い。ここにも地理とは無関係に唐土の地名が用いられている例を見るが、中納言が泣く泣く再会を懇願すると、女は、

今日明日は、いみじうかたき物忌なれば、ここへはえおはしまさじ。長里《ちやうり》といふところのそこそこなるに、いま二三日ありて夜さり立ち入らせ給へ。

と答えた。結局、女は行方をくらました恰好で中納言は騙され、以来、探し当てられずに懊悩の日々を送ることになるのだが、右のように校訂本で「長里《ちやうり》」とした所は、底本の国会図書館本に見ると巻一にのみ右を含めて五例見え、五例とも「ちやうり」の仮名表記である。他の写本、あるいは唯一の刊本である丹鶴叢書本を見てもほとんど同じで、伝本中稀に「ちゆうり」「ちうり」「てうり」を見るほか、「ちやう里」と読める場合でも、「里」を仮名文字に用いられる「り」とするなら異同はないことになるが、国会図書館本で五例中の三例目、

　このちやうりには、人をそへてたえずうかゞはすれど、ことゝふべき人かげもせず。

の「ちやうり」は、小松茂美氏の『校本浜松中納言物語』（昭和三九年九月刊）によれば、底本である不二文庫蔵本（三条実助所持本より四条隆術が書写した本の転写本）以下、主にA類系統本を除いた本（私の系統分類に従うと乙類本）の半数近くに「丁里」という漢字表記がなされている。この「ちやうり」がどこを指すのか、これまで皆目わからなかったのであるが、新編全集では「長里《ちやうり》」とした。実のところ「長安」と改めたかったのであるが、底本では五例すべて「ちやうり」とあるのと、諸伝本を通して、ごく一部とは言え「丁里」と表記されることがあるとすれば、本文の改竄に近いと危惧したのと、「長安」はやはり、唐都としての意に用いられるのが本来だから、紛らわしいと考えて採用を見送ったのである。

　しかしながら、「長安」に改めるべきかと考えたのは、

　ちやうりといふ所は、ひのもとのにしのきやう(日本の西の京)なり。

と説明されているからである。平安時代の漢詩文で「洛陽」とあれば、中国の洛陽を指す以外、日本の平安京もしくは平安京の東半分、すなわち「東の京」の意となるが、「長安」では唐土の西都長安を指すほかは、わが平安京を意味する例が「洛陽」に比較して少なく、むしろ平安京の西半分である「西の京」を指すことが多いとは、

夙に柿村重松氏が『本朝文粋註釈』（大正一一年四月刊）に繰り返し指摘されたところである。平安時代に、唐都の両京名を、日本平安京の東西各半分の呼称に用いたとする根拠として屢〻氏が示されたのは、拾芥抄の京程部の注記と雍州府志（黒川道祐編、貞享三年刊）建置沿革の項に伝えられた記事である。内容は前者が「京師坊名」の項に「東ノ京、洛陽城ト号《なづ》ク。西の京、長安城ト号ク」とあり、後者では「東西ニ二京ヲ設ケ、東ハ洛陽ト為《な》シ、西ハ長安ト為ス」とあることだが、ここに問題となるのは、平安京における東の京と西の京との間に横たわる土地柄の格差である。すなわち、東の京に比し、西の京が荒涼とした景であったことは、本朝文粋所収の慶滋保胤（一〇〇二年没。生年不詳）の有名な「池亭記」冒頭、

予《われ》、二十余年以来《このかた》、東西ノ二京ヲ歴《あまね》ク見ルニ、西ノ京ハ人家漸ク稀ニシテ、殆《ほとほと》ニ幽墟ニ幾《ちか》シ。人ハ去ルコト有リテ来タルコト無ク、屋《いへ》ハ壊《やぶ》ルルコト有リテ造ルコト無シ。其ノ移徙《いし》（移転）スルニ処無ク、賎貧ニ憚ルコト無キ者ハ是レ居《を》リ。

に拠ってもよく知られている。従って西の京には、一般的にいかがわしい者が居住していたのも、当時の記録を瞥見しただけでわかる。例えば、藤原実資の小右記寛仁三年（一〇一九）八月十一日の条によると、抜刀した法師らが内裏に闖入し、弘徽殿の辺りで捕えられた事件を伝え、

件《くだん》ノ事発《おこ》セシ者ハ、西ノ京ニ於て博弈（賭博）スル者ノ争論シ、法師抜刀シテ敵ノ男ヲ突クニ、其ノ男ノ弟、法師ヲ追フ。

とあるし、同年十月十四日の条では、藤原長家の随身武行と実資の随身紀元武との乱闘事件があり、道長の命で武行を放逐しようとしたが、両者に不穏な動きがあり、「不善ノ者三十人許《ばかり》西ノ京ニ向カフ」と見える。またその二年後の治安元年七月十九日には、関白の随身、右近の府生、下毛野公忠の乱行が記録され、「公忠ハ天下凶悪

ノ者也」と言われているが、「公忠の宅ハ西ノ京ニアリ」ともある。これらの例を踏まえて、再び本朝文粋巻一、紀納言（紀長谷雄。八四五〜九一二）の「貧女吟」における「長安」を検証してみよう。

女有リ、女有リ、寡《やもめ》ニシテ又貧シ。年歯《ねんし》（年令）蹉跎《さた》（機を失って老境）トシテ病《やま》ヒ日ニ新《あらた》ナリ。紅葉門《かど》ニ深クシテ行跡（訪う人）断《た》エ、（部屋の）四壁虚《むな》シキ中ニ苦辛《くしん》多シ。本《もと》ハ是レ富家ノ鍾愛ノ（両親の愛を一身に集めた）女《むすめ》、幽深窓裏（深窓の内）ニ養ハレテ身ヲ成ス。綺羅（絢爛たる衣装）脂粉（紅白粉《べにおしろい》）粧フニ暇《いとま》無ク、巫山（の神女）ノ一片ノ雲（の如き崇高美）ニモ謝セ（劣ら）ズ。年《とし》初メテ十五顔《かほばせ》玉ノ如ク、父母常ニ言ヘラク、貴人ニ与ヘムト。公子王孫（貴公子・皇族）競《きそ》ヒテ相挑《あひいど》ミ、月ノ前、花ノ下《もと》ニ慇懃《いんぎん》（丁重な求愛）ヲ通ハス。父母、媒《なか》介《だち》ノ言《こと》ニ欺《あざむ》カレ、長安ノ一少年ニ許嫁（婚約）ス。少年識（見識）無ク亦行（品行）モ無ク、（しかし）父母敬《うやま》フコト神仙ノ如シ。（以下略）

解説するまでもなく、富家鍾愛の娘に生まれながら、見る見る貧女に転落した顛末を語る発端であるが、柿村氏はこの「長安ノ一少年」の語注に先の雍州府志を引き、釈は「西京の一少年」とされている。まさに当を得ているとするべきであるが、しかし、この注は、その後必らずしも受け継がれていない。例えば、日本古典文学大系の本朝文粋（抄）（小島憲之氏校注、岩波書店。昭和三九年六月）では頭注に「長安の都の若者と夫婦約束をした。長安は唐の都、ここは京都をさす」とされているが、これでは足りないであろう。「長安」が平安京の中でも、枕草子七九段が「西の京といふ所のあはれなりつること」と、その荒廃ぶりを慨嘆している西の京であればこそ、右の話も現実味を帯びて迫ってくるのである。因みに新日本古典文学大系の本朝文粋は「貧女吟」を注釈対象には採用していない。

八　日本漢詩文より見た洛陽・長安と「長里」

東の京が洛陽、西の京が長安と呼ばれていたとして柿村氏が挙げられた中で、決定的な証拠は、本朝文粋巻十三所収の、善道統（三善道統、生没年不詳）の「空也上人ガ為ニ金字大般若経ヲ供養スル願文」にある次の条であろう。空也（九〇三～七二）は市《いち》の聖《ひじり》とも阿弥陀聖《あみだひじり》ともたたえられた口称念仏に明け暮れた著名な僧で、この願文は応和三年（九六三）八月廿三日の日付である。

抑《そもそ》モ空也齢《よはひ》年ヲ途《お》ヒテ暮レ、身、雲ト浮カベリ。禅林（禅僧）霜（白髪）ヲ戴キテ、有漏ノ質（凡情より脱せずして）已ニ老イ、意蘂（心中）発露シテ、無上ノ果（悟り）ヲ求メムト欲ス。（中略）曽テ一鉢ノ儲《たくは》ヘ無ク、唯《ただ》十方（十方済度）ノ志ヲ唱《とな》フ。是《ここ》ニ於テ幽明（冥土と現世）共ニ動キ、遐邇《かじ》（遠近ノ人）普《あまね》ク驚キテ、長安洛陽ノ貴賎上下、共ニ帰依ヲ致シ、供養ヲ遂《と》ゲシム。（以下略）

空也が平安京を中心に布教に専念し、六波羅蜜寺を建立（右の応和三年）したのは知られているが、京中に広く尊崇を集めたのを「長安洛陽ノ貴賎上下」と表現している意味は、柿村氏の釈に「東西両京の貴賎上下」とある通りで、平安京のどこもかしこもの意味を現わしている。

以上のことは、その後、国史学の分野からも既に岸俊男氏（「平安京と洛陽・長安」岸俊男教授退官記念会編『日本政治社会史研究　中巻』塙書房刊、一九八四年）が詳細な吟味をされている。そこに氏が拾芥抄と並べて示された永祐（南北朝時代の僧）の編に成る帝王編年記の次の記事

同（延暦）十二年癸酉正月十五日、始メテ平安城ヲ造ル。東ノ京愛宕郡又、左京ト謂フ。唐名ハ洛陽ナリ。西ノ京葛野郡又、右京ト謂フ。唐名ハ長安ナリ。

が、さらに内容を補強する。ただ、洛陽・長安の称がここでは唐名《からな》と認識されているが、延暦十二年（七九三）というと平安遷都の前年である。その折に既に定められたとするなら、もっと早く、史書、記録、日本漢詩文、仮名日記などに現われそうであるが、岸氏によると、日本の都、平城京以来の両京が本来は左京・右京と呼ばれ、それが東京・西京の呼称で文献に見えるのは遅いとされている。すなわち、平城京では東西両京いずれも用例がなく、続日本紀の延暦三年九月癸酉の条の「東西ノ京」（長岡京）とあるのが初出で、平安京では類聚国史の弘仁十四年（八二三）辛丑条の「東西ノ京」が最も古く、正史では続日本後紀に四例あるうち、承和三年（八三六）五月壬戌の条の「東西両京」が初出であるとされている。以下、文徳実録にも散見されるものの、多くは左京・右京と用いられていたが、三代実録になると、「急に東京・西京、および東西京が頻出する」として、詳密な表を提示されている。そして本朝文粋に見える洛陽・長安、あるいは洛城・洛水・東洛に至るまでの用例がある記事二五を各作者のほぼ生没年順に配列、検討された結果、平安京全体を長安または洛陽と呼んだ例は十世紀初め頃より見えるが、洛陽に比定する例は圧倒的に多いのに、長安は稀で、細かく見ると、「当初から左京＝洛陽、右京＝長安という区別が存在したか否かは疑わしいが」、次第にそうした「意識のあったことを推測させる」とされた。詳しくは氏の論に拠られたいが、問題が残るのは、本朝文粋の当該作品の個々の解釈である。ここではもう例を示さないが、先の貧女吟に示したように「長安」を単に平安京と解すればそれまでであり、今後、本朝文粋を中心とした漢詩文の注釈が一層精密さを増し、各作品の成立年代まで多く特定されていくなら、範囲も狭まっていくことが期待される。

さて、菅原孝標女が唐土の都を長安・洛陽のいずれと考えていたか、あるいは混同していたかの危惧を晴らす具体的な材料はないが、平安京の東西両京を、洛陽・長安と呼ぶ風がとりわけ漢詩文の家で残存した蓋然性は、以上述べてきたところでも濃厚である。前節で浜松に「長安と洛陽との混同があるとするなら、日本漢詩文に関わる別の問題が存在するのではないか」と述べたのはこれである。「日の本の西の京」に当る「ちやうり」は、「さんいう」で中納言と契りを結んだ唐后が、自分の身分を隠すために、ただ口から出まかせに言った地名でないことは次第にわかってくる。唐后がその後妊娠し、父親の籠居する蜀山で密かに男児（若君）を産むのは物語の筋書きだが、その若君は、「河陽県の后の御親族《しぞく》にて、宮（后）の、御身に添ひて、いとやむごとなきものにおぼされたる女王の君」に育てられていた。女王の君は、そもそも山陰《さんいう》に住んでいたが、そこでは河陽県に「ほど遠しとて、つねにも出《い》で給はず、長里《ちやうり》のそこそこなる所になむ出て給ふ」とある。山陰は「内裏のほど一日ばかり避りて」あったので、「ちやうり」は設定として山陰より遠く河陽県に近くて、唐后にも便がよい地理的状況にあることも判明する。そして帰国を直前にした中納言は女王の君と会って事態の一切を知り、遂に若君を抱き上げるにまで至るが、

かくてのちは、明け暮れ、この長里《ちやうり》におはしつつ見給ふに、若君いとよう馴れて、いみじく付きまとはし給ひて、出でなむとするにも慕ひて泣き給へば、見捨つべきにもあらで率《ゐ》て渡りなむとおぼす。

とある。要するに「ちやうり」は、都にある中納言の宿舎より「明け暮れ」通える所であり、二度にわたって「長里といふところのそこそこなるに」「長里のそこそこなるところに」とあるのよりすれば、「そこそこ」と指定する程度に広い地帯を指すとも言える。本文に「長里」の字を宛てはしたが、西の京の謂いと読み手に認識されるなら、「長安」も捨てがたい。渡唐して来た日本の高官が、唐土の后との間に一子を儲け、ひそかにその子供と明け暮れ会った末に日本に連れ帰るという極め付きの秘事が露顕しないで行われる場所に、唐土の都の一部、西の京を想定した「長安」一帯に作者が目を付けたとしても不思議はないと思うのである。刈谷図書館所蔵の村上

忠順書写書入本が「ちやうり」の「り」の左傍に「安欤」と朱の注記をし、二度目の本文では疑いもないように「安」と注記している。またこうした注記は、他に宮内庁書陵部蔵の清水浜臣書入れ本にも見え、五例に及ぶ「ちやうり」あるいは「てうり」の右に朱線を引き、三例目まで「り」の左傍に「安ヵ」と細書するのも同然である。これらを見ると、江戸時代の国学者の一部は既に気付いていたのであろうか。

ここでは「河陽県」と「ちやうり」を取り上げただけで終るが、浜松中納言物語における唐土には、日本漢詩文と付き合わせることで判明する箇所が他にも多い。しかし、それらは新編全集の頭注や解説にも若干触れたので、一応筆を擱くことにする。

なお参考までに新編日本古典文学全集『浜松中納言物語』掲出の「作中中国地名略図」を次ページに示した。

新編日本古典文学全集『浜松中納言物語』（小学館）より転載

『とりかへばや』のきょうだいとその周辺

中島正二

一　男君は脇役か？

『とりかへばや』は、異性装のきょうだい、すなわち、女装の男君と男装の女君が、それぞれ、秘密をかかえて出仕し、様々な事件に遭遇し、結局は生来の性に戻り、男君は関白に、女君は中宮になるという大団円を迎える物語である。

このきょうだいを扱った論考を見ていくと、前編の主人公を女君、後半の主人公を男君とする鈴木弘道氏の説（『平安末期物語の研究』初音書房、一九六〇年）、「あくまで主人公たちは基本的に二者一対として扱われる」とし、「兄妹という関係性」を重視する菊地仁氏の見解（「『とりかへばや物語』試論――異装・視線・演技――」『日本文芸思潮論』桜楓社、一九九一年）、あるいは、分身性、交換可能性を考察する神田龍身氏の論考（「分身、交換の論理――『木幡の時雨』『とりかへばや』――」『物語文学、その解体――『源氏物語』「宇治十帖」以降』有精堂、一九九二年）なども存するのだが、どちらかと言えば、昨今は、女君を主人公とし、男君を脇役にすぎないとみなす説に傾きつつあるように思う。た

とえば、「新日本古典文学大系」解説（辛島正雄氏担当）は、

> 男と伍して生きてゆける実力を備えてしまった彼女にとって、生きがいを感ずることのできるライフ・スタイルが男装だった。一方、男尚侍は、男に戻った後急速に卑俗化して、平凡な好色な権勢家に堕してしまう。……女としての経歴は、その人間性に何一つはねかえって来ないのである。……最末の一段は、女主人公所生の皇子が即位するに至るめでたい大団円である。しかし、その表現あるいは文章には、申し訳ばかりのお義理めいた気の無さが目立っていて、物語の主眼が……女主人公の女心の遍歴にあったことを雄弁に物語っている。……自分らしく生きたい、自分の能力を試してみたいと願う心は、本質的にどの時代もあまり変わるまい。（岩波書店、一九九二年）

と述べている。また、最新の注釈書である「中世王朝物語全集」（友久武文・西本寮子両氏）の解説にも、

> 『とりかへばや』は「女の物語」の系譜に連なる物語といっていい。かたや、男君の方には苦悩の色はほとんど感じられない。無邪気といってよいほどに、女君が男姿で築いてきた栄達の道を引き継ぐだけである。（笠間書院、一九九八年）

とある。

たしかに、女君と男君を比べると、実際の活躍も内面も、多く描写されているの女君であり、その限りにおいては主人公というべきであろうが、後にあらためて述べることになるが、このきょうだいは、「天狗の仕業」のために、異性装になったのであり、女君にしても、主体的な選択ではなく、決して、「自分らしく生きたい、自分の能力を試してみたいと願う心」のために男装をしたのではない。私が危惧するのは、〈女の物語〉として『とりかへばや』を読み解くことが、〈いかがわしさ〉[1]に満ち溢れたこの豊穣な物語を、苦悩するヒロインをめぐる〈至

極まっとうな物語〉にしてはいまいか、ということである。

本稿の目論見は、「女性の社会進出が認められなかった時代の自己実現」などといった〈思想〉に焦点を合わせるのではなく、テクストにちりばめられた趣向、しかけへと視線を向けることにある。特に、親子関係や、乳母との関係などを含め、きょうだいを取り巻く問題を考察していきたい。なお、あらかじめ述べておけば、最終的に本稿は、異性装解除後の主人公は男君であるとする説に賛同することになる。

＊　＊

登場人物の呼称は、きょうだいは、基本的には本来の性にもとづき、「男君」「女君」とし、官職をつける場合もあろう（例　男尚侍、女大将）。きょうだいの父は物語登場時は権大納言だが「関白」に、式部卿宮子息も官職が変わっていくが「宰相中将」に、それぞれ、便宜上統一する。

二　異性装の再検討

はじめに、男君と女君の異性装の根本にある問題の検討から始めたい。

ある男性の性格が女性的であるということと、実際に女性の服装を身につけることとは、全く別のことである。自閉症的で他人に見られるのを苦痛に思っているからといって、女装する必要はない。社会生活が営まれないほどの重症であるならば、対外的には病気と称して、自邸に閉じこもっていればいい。

男君は、幼少の頃から、漢籍の勉強を嫌がり、絵かき、雛遊び、貝覆いを好み、極度の恥ずかしがり屋であったが、だからといって、それは、女装する絶対的な理由にはならない。人前に出られないのなら、そもそも服装は問題にならず、男性の服装のままでよい。重要なのは、一体、誰がその衣服を用意したのか、ということだ。

つまり、本人が望んだかどうかはおくとして、女性の衣服をわざわざ用意し、女装させたのは、母親や側近の女房、乳母であったはずなのである。同様に、女君にしても、男子のように人前に出るということで、男装する必要性は否定できないものの、衣服を調達し、横笛、鞠、小弓、等々を与えたのは、やはり母親や乳母たちであったはずだ。『とりかへばや』の同時代の主たる読者は、女性たち、とりわけ女房たちだったであろうから、異性装のきょうだいとともにその母親や乳母も、読者には不可思議な存在と認識されたことであろう。さらにいえば、父関白がきょうだいに対し、「とりかへばや」と嘆く心理は描写されるが、母親たち、乳母たちのそれは一切出てこない。まず、このことを確認しておく。

また、男君が女性的で、女君が男性的である、という事態は、本来、それぞれ独立したものである。男君が女性的であるからといって、女君が男性的になる必然性はないし、女君が男性的であることが、男君が女性的になることの理由にはならない。そもそも、二人は異母きょうだいで、幼少の頃は別の家に住んでおり、父の邸に引き取られた後も別々の対の屋に住んでいる。本来は独立したこの二つの事態は、関白を父に持つ者たちに起こったという点、敢えて言うなら、彼を父に持ったが為に起こったという点に注意したい。この事態を一望し、異性装の異母きょうだいに対して「取り替えたい（とりかへばや）」と嘆くことができるのは、きょうだいの父親以外にはありえないのである。

ところで、その父関白だが、物語冒頭で、

御かたち身の才心もちゐよりはじめて、人柄世のおぼえもなべてならず物し給へば、何事かは飽かぬことあるべき御身ならぬに……（①106・引用は「岩波新古典大系」による。私に表記を改めた個所がある。巻数と頁数を記す）

というように、すぐれた人物であると紹介されている。しかし、実際、巻一〜三で描かれる彼は、全く無策、凡

庸である。たとえば、

（きょうだいが）幼きほどは、いまおのづからなどなぐさめつつさてもあり、やうやう十にもあまり給へど、猶同じさまなるを、「こはいかがすべき」と、世とともに嘆かしきより外の事なかりけり。「さりとも、年月過ぎばおぼし知る事も」とのみ待ち給へるを、をさをさなほり給ふまじく見果て給ふに……（①108）

とあるように、異性装をやめさせるべく行動することもなく、傍観したままなのである。そして、世間の誤解をそのままにし、きょうだいの出仕や、女君と右大臣家の四の君との結婚を承諾してしまい、秘密を断固守る意志さえ見せない。こういった父親像に関して、今井源衛氏は、次のように述べている。

この物語の父親の左大臣が、人が誤解している通りに「さ思はせてのみものしたまふ」というのは、現実の問題として考えれば、あまりに投げやりで無責任だと、いうことは出来る。普通の親ならば、けっしてこんな態度はとるまい。しかし、あえてそうした設定をするところが、この物語の特質だといえるので、……基本的には写実性の尺度をいちおう放棄することが、『とりかへばや』をすなおに読むためには必要なのだ。（鑑賞日本古典文学『堤中納言物語　とりかへばや物語』角川書店、一九七六年）

また、安田真一氏は、きょうだいの異性装は、「父親が権力の行使を放棄したことに責任・原因があると言えるのではなかろうか」（「『とりかへばや』の交換可能の論理――ジェンダー論の視座から――」『日本文学』一九九七年二月）と指摘している。

両氏の見解はそれぞれ、物語の外面内面を照らし、これ以上付け加える余地はないようだが、敢えて、物語の趣向・仕掛けに関して、贅言してみたい。

巻三で、「いと尊く清らなる僧」が父関白の夢の中に現れ、きょうだいの異性装は「天狗の祟り」のためであったことを説く。

……昔の世より、さるべき違ひ目のありし報ひに、天狗の男は女となし、女をば男のやうになし、(父関白の)御心に絶えず嘆かせつるなり。その天狗も業つきて、仏道にここらの年を経て、多くの御祈りどものしるしに、みなことなほりて、男は男に女は女にみななり給ひて、思ひのごと栄え給はんとするに、(父関白が)かくおぼし惑ふもいささかの物の報ひなり。(③255)

結局、きょうだいの異性装に関わる全ての事態は、「天狗の仕業」ということで、説明されているのである。したがって、関白のおよそ優秀な人物らしからぬ無能ぶり・父権の放棄も、物語の仕掛けとしては、「天狗の仕業」であったと種明かしがなされていることになろう。そして、「君たちをも、今はやがて聞こえつけて、若君、姫君とぞ聞こゆなる」(①109)とあるように、異性装をそのまま呼び名に反映させ、世間の誤解を固定化してしまった関白家全体が、天狗の祟りに取り込まれていたと、理解されるのである。このように考えるならば、先述の、きょうだいについても、きょうだいのそれぞれの母や乳母は、示し合わせたわけではなく、別個に異性装をさせたのであり、この「偶然の一致」も「天狗の仕業」ということになろう。

さらに言えば、女君と四の君との結婚についての、

「児めかしからん人のむすめの、あやしなど思ひとがめ言ふべきならず。ただうち語らひて、人目を世の常にもてなして、出で入りせよかし」と、うち笑ひて「よき後見なり」とのたまふ。(①119)

という関白と女君の母との会話も、「新古典大系」の脚注の指摘する「内情に通じた夫婦間の戯れ言。もともと無理な筋立てを推し進める上で、北の方の無責任極まる放言は、喜劇仕立てとしてすこぶる有効である。」ということだけでなく、巻三の関白の夢の時点から振り返って、「天狗の仕業」による冷静な判断力の喪失ということもあ

わせて読み取る必要がある。つまり、「天狗の仕業」は、きょうだいの異性装を中心としながらも、父関白、きょうだいの母、周辺の女房たちなどの理性を（常に、とはいえないまでも）時に奪うものでもあったのである。

以上、従来、きょうだいだけがとりあげられがちであった異性装を、関白家全体に及ぶ異常事態としてとらえる観点から述べてみた。巻三までの仕掛けを整理するならば、きょうだいの異性装をめぐって、不自然さ、疑問点、非現実性などを読者に抱かしめ、後に関白の夢によって、「天狗の仕業」であったと種明かしをするのである。物語・小説の分析理論のタームを使えば、時間的秩序に配列された諸事件の叙述である「ストーリー」に対する、「なぜ」という疑問を含んだ「プロット」が現出しているといえるだろう（「ストーリー」「プロット」に関して、詳しくは、E・M・フォスター『小説とは何か』ダヴィッド社、『最新文学批評用語辞典』研究社出版、等々を参照されたい）。

三　関白家の中の女君

関白家を以上のように押さえた上で、まず女君を検討してみたい。

子どものころ、父関白の困惑をよそに無邪気に男子としてふるまっていた彼女は、侍従として出仕した直後、

「などてめづらかに人にたがひける身にか」と、うちひとりごたれつつ、物嘆かしきままに身をもてをさめて、物とほくもてしづめつつ交じらひ給へる用意など、いとめでたきを（①115）

とあるように、我が身の異常さ（「人にたがひける身」）に気づいてしまう。男君も尚侍として出仕した直後、女春宮に対して男性としてふるまうのであって（①127）、いずれも、天狗に祟られている関白家を出ることによって、本来の自分の性を認識するのである。女君が宰相中将に男装を見破られ、レイプされる（②183）という危機に遭遇したのも、やはり祟られた関白家内であることも、注意する必要があるだろう。

では、そのような関白家の人々と女君とはどのような関係にあるのだろうか。

彼女は、宰相中将の子をみごもり、出産間近になっても、

親しといひながら、乳母などやうのひとにもかかる有様あつかはれん事、恥づかしかるべし（③209）

というように、両親や男君にはもちろん、乳母にさえ相談しない。このことに関して、吉海直人氏は、

全てを知っている乳母だからこそ、安心して生理のたびに乳母の家に隠れ籠もっていたはずである。それにもかかわらず、出産に際して恥ずかしがるのは奇妙ではないだろうか。…この女君の判断は、たとえそれが羞恥心によるものであるにせよ、乳母の論理からは破格であると言わざるをえない。こう考えると、今まで姿を見せなかった乳母と女君の間には、たとえ生理の折ごとに乳母の家を使っているにしても、既に心の隔たりが生じている可能性も浮上してくる。（「『とりかへばや』の乳母達」『國學院雑誌』一九九四年四月）

と指摘している。吉海氏の指摘の「心の隔たりが生じている可能性」を受け、私見を加えるならば、先述したように、乳母は女君の異性装に加担したのであって、すでに、自分自身を「人にたがひける身」と考えている女君にとっては、全面的に信頼できる人間とは思えなかったのではないだろうか。さらに言えば、この出産時点においては、彼女にとって、関白家関係者全員が信頼できる人間とは思えなかったのではないか。そのため、出産という危機を迎えて、女君は親・男君・乳母たちにも事情を明かさず、決して信頼を置いてはいない宰相中将に身を託さざるを得なかったのである。

話は少々迂回することになるが、『とりかへばや』は、細やかな肉親の愛情が描かれていると評されてもいるのだが（鈴木弘道氏前掲書など）、以上のような関白家の事態を考慮すると、全く異なる面も見えて来そうである。

女君の出仕、右大臣家四の君との結婚にしても、男君の尚侍出仕にしても、親は子の意向を全く考慮せず、彼

女らにふりかかるであろう危険に何の対策も講ぜず、一方、きょうだいも、重大事件が起こっても親に報告も相談もしない。たとえば、巻一での、起こるはずのない右大臣の四の君の懐妊――女君が夫では不可能である――に際しても、彼女は親に全く相談せず、

「いかなることぞ」と問ひ聞こえ給はんも、今はいと恥づかしげなるさま、親と言ひながらはばかられて、え聞こえ出で給はず（①148）

というように、父関白も聞こうとさえしない。また、先述のように、関白邸にいる時に、女君は訪問してきた宰相中将に男装を見破られ、レイプにされるのだが、その翌朝会っているのに、彼女は、関白家の存亡の危機であるこの事態を、父親に報告しない。女君は失踪・遁世の衝動に駆られる程の絶望感に陥り、「夢の心地して」「世に消えやしなまし」（①184）といった心境なのだが、父関白は「例のまづうち笑みて、限りなき御けしきにうちまぼり給ひて」（②185）と、まるで気づかず、言うに事欠いて「右の大殿の、内にいみじう思ひ嘆かるなりや。なほ人の恨みなくもてなされよ」（同）と、「右大臣の機嫌を損ねるな」と説教をする始末で、関白は、女君のことを全く察することができない。この女君の絶望感と父関白のあきれるほどの楽観ぶりとの対比的な描写は、不可思議なまでの意思の疎通のなさを炙り出している、といえるのではないか。

しかし、こうして関白家内で孤立感を深める女君は、一方で親子関係から完全に離脱できない人物として描かれてもいる。

殿も不用のものともおぼし捨てず、一日も御覧ぜされぬをばいとおぼつかなきものにおぼしたるなどを、さまざま背き捨て奉りてもいとど罪浅からずこそならめと、さすがにすがすがしくも思ひ立たずありふれば（①145）

あるいは、

殿・上のおぼさんところにはばかりて、今まで世にながらへて（②198）

というように、女君は、両親に遠慮して出家遁世を思いとどまっていた。さらに、異性装解除後の巻四で中宮となった女君は、宰相中将との間に生まれた、いわゆる「宇治の若君」と人目を忍ぶ会見をするのであり、彼女は一貫して親子関係の思いが強調された描かれ方をしているのである。

四　男君像の捉え直し

最後に、男君について、関白家の観点から検討したい。

巻三で、女君が、宰相中将の子の出産のため、宇治に隠れ籠もっている頃、都では「大将失踪」ということで大騒ぎとなる。そこで、男君は、自らの意志で、主体的に女装をやめ、彼女を捜すことを思い立つ。その際の極めて長い心中語に、

……我、かくてのみあらじ、男の姿になりてこの君を尋ねみんに、いかなるさまにても、尋ね出でたらばもろともに帰り来ん、尋ね得ずなりなば、やがて我が身もかたちを変へて、深き山に跡を絶えなん、殿の御身には人々おのづからつかうまつりてん、年ごろ女にていつかれつる身の、にはかにさし出でて掟きてあつかひきこゆべきやうなし、ただかくながらたち遅れ奉りて我が身の世にあるべからず（③230）

とある。ここでは次の点に注意したい。男君はきょうだいを「運命共同体」とみなしているということ、そして、一応、「自分以外にも、父関白をお世話する人がいるから」と理由付けをしているものの、いともあっさりと、「女君が見つからなかったら出家遁世してしまおう」と決意している点、言い換えれば、平気で親子関係から離脱で

きるという点である。このことは、容貌の極似とは裏腹な、きょうだいの相反する意識を浮かび上がらせている。また、男君は、女君の探索に際し、自分の不在が騒ぎにならないように周到な手配をした上で出発するのであり、このことについても、結果的に失踪騒ぎを引き起こしてしまった女君とは対照的であったことも、つけ加えておく。(2)もちろん、男君は無事女君を救出し、出家には至らないが、男君にとって、〈きょうだい〉という「運命共同体」が父関白や母との親子関係よりも優先している、ということは、極めて重要な意味を持つ。

男君は、本来の性にもどり、女君の役割（大将）を引き継ぎ、吉野の宮の大君を都に迎えるにあたって、独立の邸宅を二条堀川につくる（④303）。この邸宅は、

この殿は、三町を築きこめて、中築地をして、三方に分けて造りみがき給へる、中の寝殿に（吉野の宮の大君は）渡らせ給べき。洞院おもてに、右の大臣の君（四の君）忍びやかなるさまにて迎へきこえんとおぼしたり。堀川おもてには、内侍の督の殿（女君）のまかで給はん料、春宮の御方などもおはしますべし。（④316）

とあるように、物語文学の主人公にふさわしい大邸宅であり、女君を、父関白邸ではなく自分の邸宅に退出させるべく、彼女のスペースを用意しているのである。桑原博史氏は、ここに父関白を乗り越えようとする男君の意志を読み取っている。

……父君も、それぞれの子の母親を東西の対の屋に住まわせる私生活をいとなんだ……右大将（＝男君・論者注）の生活はそれを乗り越える偉容を誇る。息子にとって父親が人生最初の競争相手であるならば、右大将は完全に父をしのぐことによって、みじめな過去を清算しようとしているのである。（講談社学術文庫『とりかへばや物語　四』一九七九年）

私としては、桑原氏の指摘に加え、「忌まわしい祟りを受けた関白家からの離脱」の意図も読み取りたいと思う。

さらに言えば、男君の自邸新築は、吉海氏の指摘する母親の矛盾（「『住吉物語』・『とりかへばや物語』を中心に」『中世王朝物語を学ぶ人のために』世界思想社　一九九七年）の露呈を、防ぐ方向に作用するものでもある。

吉海氏の指摘する母親の矛盾とは、私なりに単純化すると、こういうことになる。仮に、男君をA、その母をa、女君をB、その母をbとおく。きょうだいの異性装時、世間から見れば、aは女（A）の母、bは男（B）の母であるから、異性装をやめ、本来の性にもどった後も、世間の目を欺くには、aと女（B）、bと男（A）が（すなわち、男君の母と女君、女君の母と男君が）、それぞれ母子のふりをしなければならなくなる。吉海氏の指摘するように、こういった矛盾は秘密の露呈を招きかねない。男君の二条邸新築は、母子のふりをするよりは、関白邸から独立し、親から離脱した方が容易で安全だという判断をも含んでいるようである。

果たして、帝の子を身籠もった女君は、無事第一皇子を出産するのだが、それは父関白邸ではなく、男君の二条邸においてであった。男君は、父関白から権力を譲り受けるのではなく、むしろ、彼を切り捨て、〈きょうだい〉という「運命共同体」の中で、積極的に自らの手で地盤を固めていこうとしているごとくである。その後、女君は立后し、第一皇子は春宮、帝となっていき、女君腹の第二皇子も春宮となる。時期を同じくして、父の出家にともない、男君は関白左大臣となる。新春宮には、男君の娘が女御として入内しているので、新関白家の栄華は、来るべき新春宮の即位と春宮女御の立后の時に極まるであろうことを予想させて、物語は終わる。

こうして見ると、男君は「無邪気といってよいほどに、女君が男姿で築いてきた栄達の道を引き継ぐだけである」とは到底言えず、「天狗の仕業」が原因とは言え、無能無策であった親から、冷酷なまでに離脱し、主体的に新政権の地盤を築いて行く、実にしたたかな政治家となったといえるのでないか。

＊　＊

以上、述べてきたことをまとめると、次のようになる。

○きょうだいの異性装をめぐって、きょうだいのみならず、父母、乳母たちの言動にも、不可思議な点が散見され、異常事態は、関白家全体を包み込んでいたのである。これは、不自然さ、疑問点、非現実性などを、一旦、読者に感じさせ、巻三の関白の夢によって「天狗の仕業」であったと種明かしをする「プロット」の仕掛けであり、その時点で以前を再解釈せしめる。

○男君は、来るべき自分の政権固めのため、親との関係よりもきょうだい関係を重視し、父関白を見限るがごとく、彼から離脱する方向を敢えて選択する、したたかな人物である。

○きょうだいにとっての〈幸福〉は関白からの離脱によってもたらされることになる。それは、親子関係よりも、きょうだい関係を重視する男君のリードによる（親子関係を払拭できない女君とは対照的である）。

○関白家に降り掛かった危機を、無力な関白の代わりに、男君が解決する。それどころか、父の関白就任の時点では盤石ではなかった政治体制が、男君の活躍でととのう。

○男君は、無策無能であった父親から、冷酷なまでに離脱し、新政権の地盤を築いて行く、したたかな政治家となった。そういう彼は、後編の主人公といえるのでないか。

注1　この〈いかがわしさ〉は、この物語の持つ「反秩序的なエネルギ」や「作者のしたたかさ」に対するオマージュである。

2　『とりかへばや』は、きょうだいの容貌の極似だけではなく、対照性も随所にちりばめている。たとえば、幼少の異性装時、完全に男の子になりきっていた女君に対し、男君は「さるは、かたはらいたければ、つくろひ化粧じ給はねど」（①110）というように女子になり切ってはいなかった。また、男君は尚侍の時、宰相中将に言い寄られるという危機にみまわれながらも、巧みにそれを脱することができたのに対して（②179）、その場面の直後、女君は宰相中将に正体を暴かれレイプされてしまう（②183）。少し酷な言い方であるが、これは女君の「いと暑き日にて、うちとけ解き散らして居たりける」といった油断が一因とも読み得るだろう。

〔付記〕 本稿は、一九九九年五月九日の中古文学会春季大会（於大東文化大学東松山校舎）での口頭発表が基になっている。席上、御質問下された神田龍身氏、三田村雅子氏、吉海直人氏、司会の労を執っていただいた辛島正雄氏、発表後にご教示を賜った馬場淳子氏に厚く御礼申し上げる。

『扶桑古文集』訳注（抜萃）

佐藤道生

和歌序は、歌会の歌群に冠せられた序文である。歌会の趣旨を駢文によって著したもので、平安中期以降、題詠の歌会が増加するにつれて盛んに執筆されるようになった。歌会の実態を知る上で極めて貴重な資料である。

ここに取り上げる東京大学史料編纂所蔵『扶桑古文集』（内題が欠けているので正式の書名は明らかではない）は平安時代の和歌序三十三篇（詩序一篇を含む）を収めたものである。本書は『東京大学史料編纂所報』第二号（一九六八年三月）に翻印され、史料としてしばしば活用されてきたが、この書自体に関する本格的な研究は長らく行なわれなかった。そこで一九九六年五月、当時慶應義塾大学大学院に在籍していた学生が中心となって本書を会読する研究会が形成され、私もこれに加わった。会読は月に一回のペースで行なわれ、一九九八年十月、全篇を読み終えることができた。本稿は、その成果の一部を佐藤道生がまとめたものである。佐藤以外の参加者の氏名を左に掲げる。

伊倉史人　小川剛生　小池美穂　小池純子　岩崎夕子　島子史枝　八木陽介　塚本玲子　田畑亮平　（順不同）

訳注の要領は次のとおりである。

一、本文は『東京大学史料編纂所報』第二号（一九六八年三月）所収の翻印及び同第四号（一九七〇年三月）所収の正誤表に拠った。但し、漢字は通行の字体に改め、傍仮名、用語の注記等は全て省いた。また文字を私に改めたところがある。

二、作品によっては歌会の開催年時、開催場所が記されていることがある。それらは作者名の次に「〈　〉」に括って記した。

三、本文は句読点を付して掲げ、〔和読〕〔関連資料〕〔語釈〕〔現代語訳〕〔執筆年時〕〔作者〕に分けて注釈を加えた。

四、各篇に作品番号を付して所在を示した。

1（首闕）

従四位上式部大輔兼但馬権守□□

□□東□、□□幾里、有一勝境、如三神山。太上両皇移震遊於斯処、国母仙院施陰教於其場、方今殿前□樹、簾外翫花。連蕚逐年以弥盛、□艶随日以更鮮。桃源浪暖、□□之美景幾廻、茅洞霞濃、□□□□期無極。于時□棘群卿、雲莱羽客、当曲水之良辰、詠難波之嘉什。蓋是我朝之習俗也。然後調瑤琴而奏治世之音、鶯□暗□、酌緑□□□長生之寿、燕飲漸酣。花下忘帰、□翰記事。其詞云。

〔和読〕三月三日太上皇の宴に侍りて同じく「年を逐ひて花盛んなり」といふことを詠じて製に応ずる和歌、并せて序。

従四位上行式部大輔兼但馬権守臣藤原朝臣敦光上《たてまつ》る。

楚闕の東南のかた、幾里を経ざるところに一《い》つの勝境有り、三つの神山《しんせん》の如し。太上両皇 震遊を斯の処に移し、国母仙院 陰教を其の場に施す。方に今、殿前に樹を殖ゑ、簾外に花を翫ぶ。連萼 年を逐ひて以て弥よ盛んなり、繁艶 日に随ひて以て更に鮮やかなり。桃源 浪暖かなり、万春の美景幾廻りぞ。茅洞 霞濃《こま》やかなり、三月の佳期極まること無し。時に露棘の群卿、雲莱の羽客、曲水の良辰に当りて、難波の嘉什を詠ず。蓋し是れ我が朝の習俗なり。然る後、瑶琴を調べて治世の音を奏す、鶯語 暗《そら》に和す。緑醑を酌みて長生の寿を献ず、燕飲 漸くに酣なり。花の下に帰らんことを忘れ、翰《ふで》を染めて事を記す。其の詞に云ふ。〔本文の欠字は『本朝続文粋』を以て補った〕

〔関連資料〕『本朝続文粋』巻十所収。端作は「三月三日侍 太上皇宴同詠逐年花盛応製和歌并序」、作者は「従四位上行式部大輔兼但馬権守臣藤原朝臣敦光上」とある。

〔語釈〕○□□東□ 『続文粋』「楚闕東南」。○楚闕 宮城。〔鮑昭、贈二故人馬子喬一六首其六〕呉江深無レ底、楚闕有二崇扃一。○□□幾里 『続文粋』「不経幾里」。○一勝境 白河上皇の御所、鳥羽殿を指す。○三神山 仙人が住むという渤海中の三山。蓬莱・方丈・瀛州。〔史記、封禅書〕自二威宣燕昭一、使二人入レ海求二蓬莱方丈瀛州一。此三神山者、其伝在二渤海中一。諸僊人及不死之薬皆在焉。其物禽獣尽白而黄金白銀為二宮闕一。〔白居易、0128 海漫々〕雲濤煙浪最深処、人伝中有二三神山一。○太上両皇 白河上皇・鳥羽上皇。○国母仙院 待賢門院璋子。鳥羽天皇の皇后、崇徳天皇の母。○施陰教 皇后が教令を与えること。ここでは待賢門院が御遊を命じたことをいう。〔礼記、昏義〕天子之与レ后、猶二日之与レ月、陰之与レ陽。天子脩二男教一、父道也。后脩二女順一、母道也。故曰、天子之与レ后、猶二父之与レ母也。〔鄭玄注〕父母者施二教令於婦子一者也。○□樹 『続文粋』「殖樹」。○連萼 咲きならんだ花房。〔白居易、2435 聞二行簡恩賜章服一、喜成二長句一寄レ之。〕〔千載佳句、慶賀 395〕栄伝二

錦帳一花聯レ蕚、彩動二綾袍一雁趁レ行。○□艶『続文粋』「繁艶」。〔白居易、3129 玉泉寺南三里澗下、多二深紅躑躅一、繁艶殊レ常、感惜題レ詩、以示二遊者一。〕○桃源〔陶潜、桃花源記〕に記された武陵山中の別天地。仙境に喩える。ここでは「茅洞」とともに鳥羽殿を指す。○□□之美景『続文粋』「万春之美景」。○美景〔文選巻三十、擬魏太子鄴中集詩序、謝霊運〕天下良辰美景、賞心楽事、四者難レ并。○茅洞 茅山の山洞（道教寺院）。茅山は句曲山の別称。句曲山は漢代、仙人の三茅君（茅盈・茅固・茅衷の三兄弟）が居住したことに因んで茅山と呼ばれるようになったという。〔梁書、陶弘景伝〕永明十年上表辞レ禄。止二于句容之句曲山一。恒曰、此山下是第八洞宮。名二金壇華陽之天一。周回一百五十里。昔漢有二咸陽三茅君一、得レ道来掌二此山一。故謂二之茅山一。〔太平御覧巻四十一、茅山〕茅君内伝曰、句曲山秦時名為二華陽之天一。三茅君居レ之、因而為レ名。〔本朝文粋巻十、暮春施無畏寺眺望詩序、大江以言〕於戯茅洞今日之遊。○□□□□期『続文粋』「三月之佳期」。○□棘 続文粋「露棘」。○難波之嘉什〔古今和歌集序〕難波津之什献二天皇一、富緒河之篇報二太子一。○瑤琴 玉琴。〔文選巻三十一、雑体詩三十首其三十、江淹〕宝書為レ君掩、瑤琴詎能開。〔五臣注〕翰曰、瑤琴、玉琴也。〔行成詩稿、瑤琴治世音〕見説瑤琴徳自由、音伝二治世一供二仙遊一。○治世之音 よく治まった世の音楽。〔毛詩、大序〕治世之音、安以楽。其政和。○鴬□暗□『続文粋』「鴬語暗和」。○鴬語〔白居易、0603 琵琶引〕〔新撰朗詠集、管絃426〕間関鴬語花底滑、幽咽泉流氷下難。○酌緑□□□『続文粋』「酌緑醑而献」。○緑醑 美酒。〔白居易、3053 戯招二諸客一〕〔和漢朗詠集、爐火 362〕黄醅緑醑迎レ冬熟、絳帳紅爐逐レ夜開。〔百二十詠詩注、酒〕飲膳標題、酒者天之美禄。帝王所二以亨祀祈レ福扶レ老交一レ歓。酒有二清濁厚薄之不一レ同。美者曰醑。○燕飲 宴飲。〔毛詩、大雅、鳧鷖〕公尸燕飲、福禄来成。○花下忘帰〔白居易、0616 酬二哥舒大見一レ贈〕〔和漢朗詠集、春興 18〕花下忘レ帰因二美景一、樽前勧レ酔是春風。○□翰『続文粋』「染翰」。

〔現代語訳〕宮城の東南、幾里も隔たらないところに景勝の地（鳥羽殿）がある。此地はあたかも神仙の住む三山（蓬莱・方丈・瀛州）のようである。白河・鳥羽両皇は御遊の場をここに移し、天皇の母儀待賢門院も教令を女官たちに発してこれに加わった。今まさに庭園に植えられた桃の樹を前にし、その美しい花を簾ごしに賞翫する。咲きならぶ花の数は年を逐うごとに盛んに、咲き乱れる花の色は日ごとに鮮やかになってゆく。桃源を流れる池水に立つ浪も暖かく、この春の美しい景色は幾年もとこしえにつづくであろう。茅洞の空を染める紅霞も色濃く、この三月の佳き季節は極まることなく永遠につづくであろう。このとき、群れなす公卿・殿上人たちは曲水の宴の時節に当って、めでたい和歌を詠ずることにした。これは我が国古来の習わしである。そのあと、治世の音を琴に託して演奏すると、鶯がさり気なくこれに唱和し、美酒を酌んで天子の遐齢をことほぐうちに、宴はたけなわを迎えた。花の下に家路につくことを忘れ、筆を執って今日の盛事を記した。私の作った和歌は次のようなものである。

〔執筆年時〕待賢門院の院号が宣下されたのが天治元年（一一二四）十一月二十四日であり、白河上皇の没したのが大治四年（一一二九）七月七日であるから、天治二年から大治四年までの何れかの年の三月三日である。但し、大治三年は二月二十六日から三月八日にかけて三院そろって熊野に御幸している（『中右記目録』）ので除外される。

〔作者〕藤原敦光（一〇六三〜一一四四）は式家藤原氏、従四位下大学頭明衡の男。母は安房守平実重の女。寛治八年（一〇九四）対策及第。正四位下式部大輔に至る。

2　八月十五□於鳥羽院詠翫池上月和歌　　大納言経信

城南有一勝境、蓋太上皇幽棲之深宮也。地形幽奇、風景蕭索。当□□蒙徴辟之者、皆是月卿雲客之□僕、抽丹心恣詠吟之者、莫不詩情歌思之新才。于時池上有月、月前望水。水因月増映、月因水添光。是以或調糸竹賞翫、或尋筆硯嗟歎。況復清光之臨碧沼而皎々、鴛鴦蕩颺之翅負氷、素影之透翠簾而□々、窈窕錦繍之袖翻雪。遊宴之美、不能地忍。請以翫池上月、各為和歌題目。其詞云。

〔**和読**〕八月十五夜鳥羽院に於《し》て「池上の月を翫ぶ」といふことを詠ずる和歌。

大納言経信

城南に一つの勝境有り、蓋し太上皇幽棲の深宮なり。地形幽奇にして、風景蕭索たり。玄覧に当りて徴辟を蒙るの者、皆な是れ月卿雲客の□僕なり。丹心を抽きて詠吟を恣にするの者、詩情歌思の新才にあらずといふこと莫し。時に池上に月有り、月前に水を望む。水 月に因りて映を増し、月 水に因りて光を添ふ。是を以て或いは糸竹を調べて賞翫し、或いは筆硯を尋ねて嗟歎す。況んや復た清光の碧沼に臨みて皎々たるや、鴛鴦蕩《たう》颺《やう》の翅 氷を負へるがごとし。素影の翠簾を透きて沈々たるや、窈窕錦繍の袖 雪を翻すがごとし。遊宴の美、地《ただ》に忍ぶこと能はず。請ふらくは「池上の月を翫ぶ」といふことを以て、各おの和歌の題目と為さんことを。其の詞に云ふ。〔本文の欠字は『王沢不渇鈔』を以て補ったところがある〕

〔**関連資料**〕『王沢不渇鈔』所収。

〔**語釈**〕鳥羽院　白河上皇の御所、鳥羽殿。○太上皇　白河上皇。○当□□　『不渇鈔』「当玄覧」。○玄覧　天子があまねく見ること。〔文選巻三、東京賦、張衡〕睿哲玄覧、都二茲洛宮一。〔李善注〕薛綜曰、玄、通也。通二見此洛陽宮一也。善曰、老子（第十章）曰、滌除玄覧。河上公曰、心居二玄冥之処一、覧二知万物一。故謂二之玄覧一。王弼曰、玄、物之極也。広雅曰、玄、遠也。〔五臣注〕済曰、言光武聖智、通二覧洛宮之美一而都レ之。○□僕『不

渇鈔』「旧友」。○丹心　まごころ。〔文選巻二十一、遊仙詩七首其五、郭璞〕悲来惻二丹心一、零涙縁レ纓流。〔李善注〕諸葛亮与二李平一教曰、詳思二斯戒一、明二吾丹心一。○池上　池のほとり。〔白居易、1309 宿二陽城駅一対レ月〕鳳皇池上月、送レ我過二商山一。○筆硯〔白居易、2740 令孤尚書許レ過二弊居一、先贈二長句一〕応下将二筆硯一随中詩主上、定有三笙歌伴二酒仙一。○蕩颺〔白居易、2265 和レ酬下鄭侍御東陽春悶放レ懐追二越遊一見上レ寄〕自言拝辞主人後、離心蕩颺風前旗。○□々『不渇鈔』「沈々」。○窈窕　女性の奥ゆかしく、しとやかなさま。〔毛詩、周南、関雎〕窈窕淑女、君子好逑。〔毛伝〕窈窕、幽間也。言后妃有二関雎之徳一、是幽間貞専之善女、宜レ為二君子之好匹一。○翻雪〔白居易、2609 魏堤有レ懐〕蕩レ風波眼急、翻レ雪浪心寒。○地忍〔漢書、丙吉伝〕西曹地忍レ之。

〔注〕顔師古曰、地亦但也。語声之急耳。

〔現代語訳〕平安京の南に景勝の地がある。白河上皇が俗世を避けてしずかにお住まいの御所である。その地形はほのかな趣きがあり、風景はもの寂しい。上皇が此地を遊覧するに当ってその召しに与った者はみな昔なじみの公卿や殿上人であり、まごころを尽くして存分に詠吟する者はいずれも詩歌に才ある若公達である。いま池のほとりに月が出、月下に池水をながめれば、水は月のために輝きを増し、月は水のために光を加える。そこで、ある者は楽器を奏してこの景色を賞翫し、またある者は筆硯を求めてこの景色に感動する。まして、十五夜の清らかな光がみどりの水面に宿ると、池に羽ばたくおしどりの翼は光の白さのために氷を背負っているかのように見える。また十五夜の白い光がみどりのすだれを透いて殿舎の奥深くまで入り込むと、淑女の錦の袖は光の白さのために雪を翻しているかのように見える。今日の遊宴はとても耐えられないほどすばらしい。どうか「池のほとりで月を賞翫する」という題で各人和歌を作って欲しい。私の作った和歌は次のようなものである。

〔執筆年時〕『王沢不渇鈔』では作者の署名を「正二位大納言兼太宰帥源朝臣経信上」とする。経信は寛治八年

（一〇九四）六月十三日太宰権帥に任ぜられ、翌嘉保二年七月下向、永長二年（一〇九七）閏正月六日任地で没した。『王沢不渇鈔』の官職表記に従えば、この歌会は寛治八年八月十五夜に行なわれたことになる。

〔作者〕源経信（一〇一六～一〇九七）は宇多源氏、正二位権中納言道方の男。母は播磨守源国盛の女。正二位大納言に至る。

3　秋日侍　太上皇仙洞同詠菊送多秋応　製倭歌一首并序

正四位下行右中弁藤原朝臣実光上

〈大治五年九月五日　三条殿〉

教業坊内有一名区、蓋一品公主之深宮也。臺殿究巧、林叢韜奇。真菊擅場以開、其花累年以媚。繞沙岸而託根、芬芳鎮助薫爐之気、凌風霜而抽節、艶色久映玉砌之陰。太上天皇之移震居也、賞濃粧兮験長生、国母仙院之並乙帳也、翫貴彩兮慣難老。誠雖云三壺之神薬、猶不如一叢之仙齢者歟。爰博陸侯内大臣以下、月卿雲客、侍射山之者済々焉。忽奉　叡旨、各詠勝趣而已。于時蘭膏之影漸挑、竹肉之声頻奏。先重陽之□四朝、露飲猶深、対延年之草一夜、風詠将曙。請以菊送多秋、遂為和歌題目。其詞曰。

〔和読〕秋日太上皇の仙洞に侍りて同じく「菊　多くの秋を送る」といふことを詠じて製に応ずる倭歌一首、序を并せたり。

正四位下行右中弁藤原朝臣実光上る。

教業坊の内に一つの名区有り、蓋し一品公主の深宮なり。臺殿　巧みを究め、林叢　奇を韜《つつ》めり。真菊　場を擅にして以て開き、其の花　年を累ねて以て媚びたり。沙岸を繞りて根を託《つ》け、芬芳　鎮《とこしな》へに薫爐の気を助く。風霜を凌ぎて節を抽き、艶色久しく玉砌の陰に映ず。太上天皇の震居を移すや、濃粧を賞して長生に験《しるし》あらしめんとす。国母仙院の乙帳を並べたるや、貴彩を翫びて老い難きに慣はんとす。誠に三壺の神薬と云ふと雖も、猶ほ一叢の仙齢に如かざる者か。爰に博陸侯内大臣以下、月卿雲客、射山に侍るの者済々たり。忽ちに叡旨を奉《うけたまは》り、各おの勝趣を詠ずるのみ。時に蘭膏の影漸くに挑け、竹肉の声頻りに奏す。重陽の□に先だてること四朝、露飲猶ほ深し。延年の草に対ふこと一夜、風詠将に曙けなんとす。請ふらくは「菊 多くの秋を送る」といふことを以て、遂に和歌の題目と為さんことを。其の詞に曰はく。

〔関連資料〕『中右記』・『長秋記』大治五年九月五日条。『和歌一字抄』。

〔語釈〕○教業坊 〔拾芥抄、京程部〕三条坊門、教業坊。○一品公主 鳥羽第一皇女、禧子内親王。母は待賢門院璋子。○韜奇 韜はつつみかくす意。〔抱朴子、広譬〕応侯韜二奇於溺簀一、不レ妨二其鸞翔而鳳起一也。○真菊 仙方として効果のある菊。〔太平御覧巻九九六、菊〕本草経曰、其菊有二両種一。一種、紫茎気香而味甘美、葉可レ作レ羹、為二真菊一。〔抱朴子、仙薬〕今所レ在有二真菊一、但為レ少耳。率多生二於水側一、緱氏山与二酈県一最多。仙方所レ謂日精更生周盈皆一菊、而根茎花実異レ名。其説甚美、而近来服レ之者略無レ効、正由レ不レ得二真菊一也。○擅場 〔文選巻三、東京賦、張衡〕秦政利嘴長距、終得レ擅レ場。〔李善注〕説文曰、擅、専也。○託根 菊が根をつけること。〔文選巻四十三、与二嵇茂斉一書、趙至〕又北土之性、難二以託レ根。○薫爐 香爐。〔文選巻十三、雪賦、謝恵連〕燎二薫爐一兮炳二明燭一、酌二桂酒一兮揚二清曲一。○抽節 菊が茎を伸ばすこと。〔文選巻五、呉都賦、左思〕苞筍抽レ節、往々縈結。〔五臣注〕済曰、抽レ節謂二進長一也。○玉砌 玉のように美しい階段。〔文選巻四十六、三月三日曲水詩序、王融〕鏡二文虹於綺疏一、浸二蘭泉於玉砌一。〔五臣注〕翰曰、渠中生レ蘭、水繞二於階一。故云浸二蘭泉於玉砌一也。玉者美二言之一。砌、階也。○太上天皇 鳥羽上皇。○濃粧 〔江吏部集巻下、菊叢花未レ開〕濃粧不レ審南陽月、香気難レ伝女几風。○国母仙院　待賢門院璋子。○乙帳　漢の武帝が名玉・珍宝をちりばめて作らせた甲乙二枚の帳の中の一枚。甲帳には神を居らしめ、乙帳には自ら坐したという。〔白氏六帖、帳〕居神〈漢武故事、上以二瑠璃珠玉明月夜光一、雑二錯天下珍宝一、為二甲帳一、次為二乙帳一。甲以居レ神、乙以自居。〉○貴彩〔白居易、0152　牡丹芳〕穠姿貴彩信奇絶、雑卉乱花無二比方一。〔本朝無題詩巻二、賦二残菊一、大江匡房〕貴彩寧唯誇漠々、霊功兼有至蒼々。○難老　〔毛詩、魯頌、泮水〕既飲二旨酒一、永錫レ難レ老。○三壺之神薬　三壺は仙人の住む海中の三山。方丈、蓬莱、瀛州。〔白居易、0128　海漫々〕雲濤煙浪最深処、人伝中有二三神山一。山上多生二不死薬一、服レ之羽化為二天仙一。○博陸侯　関白藤原忠通。○内大臣　源有仁。○射山　藐姑射山。上皇の御所をいう。○済々　数多くそろって立派なさま。〔毛詩、大雅、文王〕済済多士、文王以寧。〔毛伝〕済済、多二威儀一也。○蘭膏　蘭香を入れた燈火の油。〔楚辞、招魂〕蘭膏明燭、華容備些。〔王逸注〕蘭膏、以二蘭香一煉レ膏也。○先重陽之□四朝　〔本朝文粋巻十、摂二念山林一詩序、紀斉名〕〔和漢朗詠集、仏事　594〕念二極楽之尊一一夜、山月正円、先二句曲之会一三朝、洞花欲レ落。○露飲　菊の花びらに宿る露を飲むこと。ここでは宴席で菊酒を飲むことをいうか。〔楚辞、離騒〕朝飲二木蘭之墜露一兮、夕餐二秋菊之落英一。〔文選巻七、甘泉賦、揚雄〕吸二清雲之流瑕一兮、飲二若木之露英一。〔李善注〕露英、英之含レ露者。

〔現代語訳〕三条坊門に名高い一画がある。一品の宮、嬉子内親王が奥深く住まわれている御所である。此地のうてなと高殿は巧緻を極め、草木は奇趣を包み隠している。その中で真菊は場をひとりじめにして咲きほこり、その花は年を重ねて美しい。菊は沙岸をめぐって根をつけ、香爐の香を補うかのように、いつまでもよいかおりを放っている。また風霜に枯れることなく茎を伸ばし、玉のきざはしの陰でいつまでもその美しい色を浮かび上がらせている。鳥羽上皇が居処をここに移したのは、菊の色濃い粧いを賞でてその長生の性にあやかろうとしたからであり、国母待賢門院が宝玉の帳を並べて上皇とともにここに居したのは、菊の貴い色彩を翫んでその不老の性にならおうとしたからである。実に三神山の仙薬であっても、やはり菊のひとむらに宿る滋液の効果には到底かなわないのである。さて今、関白藤原忠通、内大臣源有仁以下、多くの公卿・殿上人たちが上皇の御前に居並んでいる。ふいに勅命が下り、此地の趣きを各自和歌に詠じることになった。このとき蘭香の燈火が次第にともされ、管絃も歌声も頻りに奏せられ、宴はまさにたけなわを迎えた。重陽の宴には四日早いけれど、それでもなお菊酒に深酔いしてしまい、延年の菊に一晩中むかって、詩歌を朗詠するうちに夜が明けてきた。さて和歌を詠ずるにあたっては「菊は多年にわたって秋を送る」ということを歌題としようではないか。私の作った和歌は次のようなものである。

〔執筆年時〕 大治五年（一一三〇）九月五日。

〔作者〕 藤原実光（一〇六九～一一四七）は北家藤原氏日野流、従四位下右中弁有信の男。母は参議藤原実政の女。嘉保二年（一一〇七）対策及第。従二位権中納言に至る。

4　冬日同詠松影浮水応　太上皇製和歌一首并序

参議従三位兼行左大弁勘解由長官権守大江朝臣匡房

子城之南、有一勝境、蓋　太上皇仙居也。山池草樹、金闕銀臺、如小蓬莱爾。爰当十月之令節、命一日之歓遊。湖陽汾水之排乙帳也、照耀於姑射之暁雲、王公卿士之長左袂也、奈何於鳳掖之昔風。況亦松在砂痕、影浮水面。夕浪揚花、自畳千年之粧、寒流帯月、更彰万葉之色。志之所之、不能不詠。請課習俗、将□和歌。其詞云。

ゆくみづに□きはのかげをうつしてぞまつのみどりもいろまさりける

〔**和読**〕冬日同じく「松影 水に浮かぶ」といふことを詠じて太上皇の製に応ずる和歌一首、并せて序。

参議従三位兼行左大弁勘解由長官権守大江朝臣匡房。

子城の南のかたに一つの勝境有り、蓋し太上皇の仙居なり。山池草樹、金闕銀臺、小蓬莱の如く爾《しか》り。爰に十月の令節に当りて、一日の歓遊を命ず。湖陽汾水の乙帳を排《つら》ぬるや、姑射の暁雲に照耀す。王公卿士の左袂を長くするや、鳳掖の昔風を奈何《いかん》せん。況んや亦た松 砂痕に在り、影 水面に浮かぶ。夕浪 花を揚ぐ、自ら千年の粧ひを畳めり。寒流 月を帯ぶ、更に万葉の色を彰はす。志の之く所、詠ぜざること能はず。請ふ、習俗を課して、将に和歌を□せんとす。其の詞に云ふ。

〔**関連資料**〕『江帥集』(156)。『経信集』(194)。『新続古今和歌集』賀(752)京極前関白太政大臣(藤原師実)。

〔**語釈**〕○子城　平安京。〔項斯、留二別張郎中一〕子城西並レ宅、御水北同レ渠。○太上皇仙居　白河上皇の御所、鳥羽殿。○金闕銀臺　〔白居易、0724　八月十五夜、禁中独直、対レ月憶二元九一〕銀臺金闕夕沈沈、独宿相思在二翰林一。○汾水　〔荘子、逍遙遊〕尭治二天下之民一、平二海内之政一。往見二四子藐姑射山汾水之陽一、窅然喪二其天下一焉。○乙帳　3に既出。○長左袂　右の袂を短くすることを言い換えた表現。君子は冬に普段着の皮衣を長くするが、右の袂は仕事がしやすいように短くする。〔論語、郷党〕褻裘長、短二右袂一。〔集解〕孔安国曰、短二右袂一、便レ作レ事也。○沙痕　樹木の植えられた砂地。〔耿湋、題二清蘿翁双泉一〕葉擁沙痕没、流回草蔓随。○揚花　〔文選巻十七、舞賦、傅毅〕紅顔曄其揚レ華。〔李善注〕揚レ華、揚二其光華一。○寒流帯月　〔白居易、0913　江楼宴別〕寒流帯レ月澄如レ鏡、夕吹和レ霜利似レ刀。○志之所之　〔毛詩、大序〕詩者志之所レ之也。〔礼記、孔子間居〕子夏曰、敢問、何謂二五至一。孔子曰、志之所レ至、詩亦至焉。

〔**現代語訳**〕都城の南に形勝の地がある。これは白河上皇の御所である。山水草木の景色は趣き深く、金のやかた銀のうてなといった建造物は豪壮で、あたかも彼の蓬莱山を小規模にしたかのようである。そこで、白河上皇はこの十月の良き時節に、終日の遊宴を催すことを思い立たれた。湖沼の北、鴨川のほとりの此地（鳥羽殿）に宝玉の帳を張りめぐらしたその美景は、姑射山の如き山々にたなびく朝焼け雲の光を受けて、きらきらと照りかがやいている。王公卿士たちが秀歌を作ろうと冬のさなか右の袂を短くしてここに集うたその壮観さは、歴代の天皇がそのかみ宮中で催した歌会も遠く及ばないほどである。ましてや鳥羽殿には歌人の心をつき動かす自然の景物がある。松は砂浜に立ち並び、その姿は池の水面に浮かんでいる。夕方には太陽が浪立つ水面に華やかに映り、自ずと松の千年衰えぬ粧いを畳みこんでいる。夜になると、月が寒々しい水流に皓々と宿り昼にもまして松の万代まで変わらぬ色をくっきりと浮かび上がらせている。このような趣き深い景色を目にしたからには、一同みな心に感じたことを歌に詠まずにはいられまい。さあ、我が国の習わしにしたがって和歌を献上しようではないか。私の作った和歌は次のようなものである。

常に色変わらぬと思っていた松が池水に映っているのを見て、はじめて松のみどりも色濃くなったことに気づいたぞ。

〔執筆年時〕『新続古今和歌集』(752)の詞書に「寛治元年鳥羽殿にて松影浮水といふことを講ぜられけるに」とあるによれば、寛治元年（一〇八七）十月である。ところが、これは大江匡房の官職表記と食い違う。匡房が参議で左大弁・勘解由長官を兼ねたのは、寛治二年八月二十九日参議に任ぜられてから同八年六月十三日権中納言に任ぜられるまでであり、この間、寛治二年から周防権守を、寛治六年から越前権守を兼ねている。これにしたがえば、寛治二年から七年までの何れかの年の十月である。この場合、従三位は正三位の誤りと見なければならない。

〔作者〕大江匡房（一〇四一～一一一一）は従四位上大学頭成衡の男。母は宮内大輔橘孝親の女。康平元年（一〇五八）

対策及第。正二位権中納言に至る。

9　早夏於鳥羽院同詠郭公声稀和歌一首并序　　式部大丞藤原宗光

〈同殿上　長治元年四月〉

夫郭公者、自古以来、好事之輩、以之為翰墨之媒、以之抽雅頌之義。爰一声纔聞、望雲端兮馳思、余情未飽、倚林間兮傾耳。于時侍射山者十有余輩、属九牧之無事、展五華而考槃。初命燕飲、脣染荊南之露、後詠倭語、詞慣柿下之風。便以郭公声稀、為其題目而已。於戯不独記仙洞鴛群之遊、有歌酒両般之興矣、亦欲知雍州鳥羽之地、有山水仁智之楽焉。其詞云。

〔和読〕早夏鳥羽院に於て同じく「郭公声稀なり」といふことを詠ずる和歌一首、序を并せたり。

式部大丞藤原宗光

夫れ郭公は、古へより以来《このかた》、好事の輩《ともがら》、之れを以て翰墨の媒と為し、之れを以て雅頌の義を抽く。爰に一声纔かに聞ゆれば、雲端を望みて思ひを馳す。余情未だ飽かざれば、林間に倚りて耳を傾く。時に射山に侍る者十有余輩、九牧の事無きに属《あた》りて、五華を展べて槃《たの》しみを考《な》す。初めは燕飲を命ず、脣 荊南の露に染む。後には倭語を詠ず、詞 柿下の風に慣はんとす。便ち「郭公声稀なり」といふことを以て、其の題目と為すのみ。

〔関連資料〕『行宗集』(91)。

〔語釈〕○鳥羽院　白河上皇の御所、鳥羽殿。○一声　〔和漢朗詠集、郭公、182　許渾〕一声山鳥曙雲外、万点水蛍秋草中。○雲端　〔文選巻二十七、休沐重還二道中一、謝朓〕雲端楚山見、林表呉岫微。○馳思　〔文選巻三十四、七啓序、曹植〕独馳二思於天雲之際一、無二物象而能傾一。○余情〔白居易、2835 独遊二玉泉寺一〕間遊竟未レ足、春尽有二余情一。○傾耳〔文選巻二十四、於二承明一作与二士龍一、陸機〕佇眄要二遐景一、傾レ耳玩二余声一。〔李善注〕家語、孔子曰、傾レ耳而聴レ之、不レ可二得而聞一。○倚林間〔白居易、3232 詠懐〕心似二虚舟浮二水上一、身同二宿鳥寄二林間一。○九牧　天下全域。〔文選巻四十一、論二盛孝章一書、孔融〕九牧之人、所二共称嘆一。○五華　五花簟。五花樹を象ったむしろ。〔南史、王擒伝〕倹嘗使二賓客隷事一、多者賞レ之。事皆窮、唯廬江何憲為レ勝。乃賞以二五花簟白団扇一。坐レ簟執レ扇、容気甚自得。○考槃　楽しみを成す。〔毛詩、衛風、考槃〕考レ槃在レ澗、碩人之寛。〔毛伝〕考、成。槃、楽也。○荊南　名酒の産地。〔文選巻三十五、七命、張協〕乃有二荊南烏程豫北竹葉一。〔李善注〕盛弘之荊州記曰、淥水出二豫章康楽県一。其間烏程郷有二酒官一、取レ水為レ酒。酒極甘美。与二湘東酃湖酒一、年常献レ之。世称二淥酃酒一。呉地理志曰、呉興烏程県酒有レ名。〔五臣注〕良曰、荊南豫北、地名。烏程竹葉、酒名。○雍州　九州の一。漢唐の都、長安を擁する。ここでは平安京のある山城国をいう。〔文選巻一、西都賦、班固〕漢之西都、在二於雍州一、寔曰二長安一。○山水仁智〔論語、雍也〕子曰、知者楽レ水、仁者楽レ山。

〔現代語訳〕郭公は、昔から風雅の士が、これを詠むことを筆墨の媒介とし、これを詠むことに和歌の意義を見出してきた景物である。それ故、ここに郭公のひと声が聞こえたので、雲の切れ間を見上げて思いを馳せ、ひと声では物足りないので、林間に身を寄せて耳を傾けたのである。いま上皇の御所に侍る十人余りの者は、天下太平の世にあたって、五華のむしろを敷き展べて歓宴を開くことにした。はじめは宴飲の美酒に唇をしめらせ、そのあと人麻呂の詠みぶりにならって和歌を詠じた。和歌は「郭公は稀にしか声が聞かれない」ことを題目とした。ああ、この御所の殿上人たちの遊宴に歌酒の興趣があるだけでなく、山城鳥羽の地に智者仁者の山水の楽しみが有ることもまた知って欲しい。私の作った和歌は次のようなものである。

〔執筆年時〕長治元年（一一〇四）四月。

〔作者〕藤原宗光（一一七〇～一一四三）は北家藤原氏日野流、従四位下右中弁有信の男。母は参議藤原実政の女。実光の弟。承徳二年（一〇九八）対策及第。従四位上式部権大輔に至る。

歌をつくる人々

小林一彦

一

『都名所図会』巻五には、「深草野」に続いて「鶉の床」という名所が載せられている。「この野に鶉の床といふところ一所あり。竹の葉山の辺なり。後世和歌によりてなづくるものか」との割注が示すように、藤原俊成の自讃歌、

夕されば野べのあきかぜ身にしみてうづら鳴くなりふか草のさと　（千載集・秋上・二五九）

によって成立した名所であると見てよい。同書は、まっさきにこの歌を引き、さらに、

深草の山のすその浅ぢふに夕風寒みうづら啼くなり　（続古今集・秋下・四八八・寂超）

深草やうづらの床は跡絶えて春の里とふ鶯のこゑ　（新拾遺集・雑上・一五三〇・良経）

の歌を載せている。良経の作は、「治承題百首」の「鶯」（秋篠月清集・四〇九）で詠まれたもので、「鶉の床」を直接詠み込んだ作としては、最も初期の部類に属するであろう。彼の「治承題百首」には、他に、

かぜはらふうづらのとこのつゆのうへにまくらならぶるをみなへしかな
（草花・四三一）

の一首も存し、特に鶉を詠み込む必然性に乏しい題で詠まれていることから推して、この時期の良経には、俊成の「夕されば」の一首がかなり強く意識されていたことが窺える。今さらめくが、「鶉の床」は『伊勢物語』百二十三段を背景に、男に捨てられた女の化身である鶉が独り寝をする姿を想像させ、仮構の世界へと誘う巧みな表現であるといえる。同百首は建久六年（一一九五）頃の成立とされるが、その後、同時代の歌人たちによって、この「鶉の床」という表現はまたたく間に受容されていく。建仁元年（一二〇一）までの数年間に限っても、

ふかくさのうづらのとこもけふよりやいとどむなしき秋のふるさと
（秋篠月清集・南海漁父百首・秋・五三九）

ふか草は秋はよしなきすみかかなうづらの床に袖ぬらしつる
（拾玉集・〈南北〉百番歌合・一七六七）

ふか草のさとよりおくにやどかればうづらの床ぞとなりなりける
（正治初度百首・羇旅・八八六・隆房）

ふか草の鶉の床をもる月にはねかたしきてふせる数みゆ
（同・秋・二二五一・中納言得業信広〔雅縁か〕）

草むすぶ野べの庵のゆふまぐれうづらの床はとなりなりけり
（建仁元年二月八日十首和歌・野亭秋夕・一五四・藤原信綱）

いつまでかうづらの床に待ちをらんたのみし秋も深草の里
（老若五十首歌合・二九九・寂蓮）

かりにこしうづらの床もあれはてて冬深草の野べぞさびしき
（後鳥羽院御集・内宮御百首・冬十五首・二六〇）

かりにだにとはれぬ里の秋風にわが身うづらの床はあれにき
（仙洞句題五十首・寄鳥恋・二七五・定家）

と、これだけの作品が詠まれている。これ以降も、詠作時期が特定できない歌を含め、良経・慈円・家隆・雅経などに作例を拾うことが出来る。『新古今集』には、

あだに散る露の枕にふしわびてうづら鳴くなりとこの山かぜ
（秋下・五一四・俊成女）

の作が入集するが、「鶉」と「床の山」とが結びついて一首が成り立ち得た背景に、両者を結びつける「鶉の床」という歌ことばがすでに市民権を獲得し、定着していた実態を見通すことは容易であろう。

『新古今集』秋下には、この俊成女の歌の前に、慈円と通光の、ともに「千五百番歌合」の折の作が配され、鶉の歌群が形成されている。

秋をへてあはれも露もふか草のさととふ物は鶉なりけり　（五一二・慈円）

入日さすふもとのをばなうちなびきたが秋風に鶉なくらむ　（五一三・通光）

いずれも恋歌の気分が濃厚な作である。「鶉の床」以外にも、男に忘れ去られた女の化身としての深草の鶉を題材に詠作された歌は相当数にのぼるが、実はそのほとんど全てが、建久以降に爆発的に詠作されていた。

ところで、建久末年頃の成立とされる『慈鎮和尚自歌合』の七番右には、「夕されば…」の俊成歌が配され、慈円歌と番えられていた。俊成は自らの歌には負判を付しながら、

この右、崇徳院御時百首の内に侍り、これ又ことなる事なく侍り、ただいせ物がたりにふか草の里の女のうづらとなりてといへる事をはじめてよみいで侍りしを、かの院にもよろしき御気しき侍りしばかりにしるし申して侍りしを、左歌…（略）

と明記している点は注意される。『伊勢物語』百二十三段を和歌に詠み入れたのは自分が最初である、という自負が見て取れるからである。この発言は、あるいは次のような、顕昭の作などを意識したものではなかったか。

雪埋寒草といへる心をよめる

今朝みれば鶉のねやもあけにけり雪深草の野べのかや原　（月詣集・十月附哀傷・九四六）

「鶉の閨」[1]という、「鶉の床」とよく似た表現が見出せる。管見の範囲では、「鶉の閨」は『為忠家後度百首』の

「刈田雪」題で詠まれた、

このごろはうづらのねやもさえけらしかりたのくろにゆきはふりつつ（五〇四・親隆）

が最も早い。顕昭の作は「鶉の菌」と「深草」とを結びつけた最初の例と思われる。秋の景物である鶉は、年経り荒廃した土地に鳴くものとして早く『万葉集』から詠われているが、『伊勢物語』をもとに鶉を深草の景物とした第一の功労者は、いうまでもなく俊成ということになろう。その「夕されば…」の歌を自撰した『千載集』は、顕昭の歌を収めた『月詣集』が成立した寿永元年（一一八二）十一月には、いまだ下命すらなされていない状態であった。俊成の歌は『久安百首』で詠まれたものであり、長明がはじめて「石川や瀬見の小川…」と詠じた（その表現は顕昭にそのまま盗られてしまうのだが）光行主催の賀茂社歌合とは同列には扱えないが、しかし俊成歌が価値を認められ、その受容が本格化するのは、『千載集』以後であったことも確かである。俊成は、あの歌は早くに「崇徳院御時百首」（久安百首）の折、「いせ物がたりにふか草の里の女のうづらとなりてといへる事をはじめてよみいで」た一首である、と改めて宣言しておく必要を感じたのではないか。そうであれば、西行の「うづらなくをりにしなればきりこめてあはれさびしきふかくさのさと」（山家集・霧・四二五）も、俊成の作に触発されて詠まれた可能性が高いであろう。

良経の「治承題百首」には、俊成歌の顕著な影響が見られることを指摘したが、しかしこれに先んじるものとして、定家の動向に注意しなければならない。

文治三年（一一八七）の冬に、定家は家隆と「閑居百首」を試みている。そこには、秋二十首の一首として、

うづらなくゆふべのそらをなごりにて野となりにけりふかくさのさと（拾遺愚草・三四三）

が見出せる。建久二年（一一九一）、良経主催「十題百首」における鳥十首の、

深草のさとのゆふかぜかよひきてふしみのをのにうづらなくなり（拾遺愚草・七五七）

も、やはり『伊勢物語』百二十三段を前提とした作である。この時点で、おそらく定家の内部では、鶉を景物とする名所としての「深草の里」が確立していたに違いない。鳥の題で、鶉を詠む場合、そのまま深草の里を持ち出したのではあまりに芸がないと定家は感じていた。「深草の里」から「夕風」を吹き通わせ、隣接の地「伏見の小野」に場所を移して、鶉を鳴かせることを試みたのであろう。歌人としての自意識の高さを改めて感じずにはいられない一首である。そして詠作時期は不明ながら、家隆の、

深草や契うらみてすみかはるふしみの里も鶉なくなり（壬二集・二九〇〇）

も、おそらく同じような意識が働いて詠作された一首かと思う。定家の作との影響関係は、当然想定されてよいであろう。

家隆が、はじめて俊成の「夕されば…」を意識した歌を詠じたのは、現在知られる限りでは『六百番歌合』においてであった。題は「夏草」である。

九番　左　顕昭

夏ぐさの野じまがさきのあさ露をわけてぞきつるはぎの葉のすり（一九七）

右勝　家隆

しげき野となつもなりゆくふか草の里はうづらのなかぬばかりぞ（一九八）

右申云、左無指難、左申云、夏もといへる、慥なる証拠あるににたり、何事にか、陳云、うづらとなりてなきをらんといひたれば、秋ときこえたればそれによりて、夏もとよみたるなり

判云、左歌、終句にはぎの葉のすりといふならば、はじめにはただ、野じまがさきをわけつるよしばかり

にてありぬべきを、初に夏草のとおける、重畳して聞ゆ、右歌、しげきのとおける体似宜、以右為勝

左方から「夏も」という根拠は何か、と疑問が出されている。それに対し、『伊勢物語』に依拠したのだ、と答えたのは、おそらく家隆本人であろう。家隆の狙いは、「夏草」の題で「深草の里」を詠じた点にあった。この時期の彼もまた、定家と同じく、俊成の歌を意識しつつ、何かひと捻りを加えなければ自身潔しとしなかったに違いない。それが、深草の里を夏に詠む、ということをさせたのだと思う。

さて、『都名所図会』は俊成歌「夕されば…」の後に、次のような逸話を引いている。

この歌をある人難じて、「ただ秋風ばかりにて、をかで身にしむがあしき」といひしを、俊成卿のいはく、「これを風の身にしむと思ひてはさらに曲なし。鶉となりての風も身にしみて、ふかく思ふといふこころなり」と申されたまひしかば、傍人肝を消して逃げしとなり。

『無名抄』の「俊成自讃歌事」「俊恵嫌俊成秀歌事」（後段の章段名を欠き一続きの章段とする伝本もある）によっていることは明らかである。ただし、『無名抄』では、

かの歌は、「身にしみて」といふ腰の句のいみじう無念におぼゆるなり。これ程になりぬる歌は、景気をいひ流して、たゞ空にしみてんかしと思はせたるこそ、心にくゝも優にも侍れ。いみじくいひもてゆきて、歌の詮とすべきふしをさはくと言ひ表したれば、無下にこと浅くなりぬるなり。

と、俊成歌への批判は詳しく具体的であるが、『図会』では簡略化されていて、前提となる『伊勢物語』百二十三段にさえ、まったく言及がない。その代わり、そこには「傍人」の批判に対する俊成の反駁が載せられていて、注意される。俊成の創作意図は、この江戸時代の京都名所由来記を見ても、後世にある程度正確に伝わっていたのではないかと思われるのである。

さて、今さらめくが「傍人」とは俊恵である。長明は彼特有の筆致で、「これをうち〳〵に申しは、…」と少々勿体をつけながら、俊成歌が秀吟として定着し、多くの影響歌を生み出していた時に、あえて俊恵の批判を書き残しておこうと意図したのではないか。俊成歌の後を追う作品が量産されていたことは、俊成の歌の詠み方が歌壇に浸透していたように感じられるが、しかし創作に向けた俊成の意識を、当時どれだけの歌人が理解していたかは、歌壇の趨勢とはまた次元を異にする問題であると思う。

二

家隆が、俊成の門弟となった頃のことを、『井蛙抄』は次のように伝えている。

又云、家隆は寂蓮が聟也。寂蓮相具して大夫入道和歌門弟になりき。禅門被ㇾ申云、此仁未来の歌仙たるべし。見参之たびに難義などいふ事をばとはず、いつも歌よむべきまさしき心はいかにと侍るべきにぞといふことをとふとて被ㇾ感云々。

当時、諸説が混在し、解釈が揺れていた歌語の真義は何か、などという問題には興味を示さず、もっぱら俊成に「歌よむべきまさしき心はいかにと侍るべきにぞ」と尋ねていたらしい。古歌や古事に根ざした新奇な表現を発掘し、他人に先駆けて自らの作品に取り込むことで、新鮮さを獲得しようと躍起になっていた歌人たちが多かった時代である。立場上、「難義」への質問に半ば辟易していた俊成(2)には、歌はどのように詠むのか、という家隆の問いかけが、新鮮に感じられたことであろう。もとより、『井蛙抄』が入門当初の家隆と俊成の姿をどれほど正確に伝えているかは、証すべき術をもたない。しかしながら、両者の間にこのようなやりとりがあったことは、十分にあり得たと思われるのである。

家隆は『六百番歌合』において、次のような歌を詠じていた。

むすばんとちぎりし人をわすれずやまだかげあさき井での玉みづ　（八六四）

歌題は「幼恋」である。他の歌人は、『伊勢物語』の「筒井筒」に材を取るケースが多かった。ところが、家隆は同じ『伊勢物語』でも、次の百二十二段に依拠していた。

むかし、男、ちぎれることあやまれる人に、

山城の井手の玉水手にむすびたのみしかひもなき世なりけり

と言ひやれど、いらへもせず。

さらに、より直接的には、俊成の次の歌に触発されて生まれた作ではなかったか。

ときかへし井手のしたおび行きめぐりあふせうれしき玉河の水　（長秋詠藻・五一〇）

治承二年（一一七八）の「右大臣家百首」における一首である。この俊成の歌をめぐっては、すでに久保田淳氏、(3)田村柳壹氏ら諸氏(4)に考察が存在する。いま先学諸氏の驥尾について、私なりに考察を加えてみたいと思う。

周知のように、俊成の歌は『大和物語』百六十九段をもとに詠まれたものであった。「むかし、内舎人なりける人、…」ではじまる百六十九段は、大三輪神社の奉幣使となった内舎人が、下向途中、井手の里で幼女を見とめ、成長した暁には結婚しようと約して互いの下帯を交換した、という話である。(5)生来の色好みであった男には、ほんの軽い気持ちに発した行為だったが、幼女は「この子は忘れず思ひ持たりけり」という有様であったという。『大和物語』は「かくて、七八年ばかりありて、又おなじ使に指されて、大和へ行くとて、井手のわたりに宿りてゐて、見れば、前に井なむありける。かれに、水汲む女どもがいふやう」で終わっている。『大和物語』の中で、唯一、和歌をもたない章段であり、勝命本大和物語の「諸本如此、無末詞並哥不審」の注記を待つまでもなく、奇

異と言わざるを得ない。余情を持たせたというよりは、やはり未完と考えるのが妥当であろう。

顕昭は『袖中抄』の「ゐでのたまみづ」の項で、『伊勢物語』百二十二段の歌を引き、「今案ずるに、此歌はゐでにて契れる事をたがへたる事のありけるにや。若し大和物語に書きさしたる事はこれにや」とし、『大和物語』百六十九段を全文引用の後、再び「今案ずるに、若し此事かなはぬやうにいひければ、此たのみしかひもなき世なりけりといふ歌をば詠めりけるにや。きはめて不定の推量にてはあれど、事の体のあひにたるなり」と繰り返している。顕昭が「きはめて不定の推量」と思いつつも、『大和物語』百六十九段と『伊勢物語』百二十二段との間に何らかの関係を想定せずにはいられなかったことは、当時の人々の多くが抱いていたであろう思いを窺知させて示唆的である。さらに顕昭は筆を継ぎ、次のように述べていた。

而れば俊成卿歌に云く、解き返しゐでの下帯ゆきめぐり逢ふ瀬うれしき玉川の水、と詠まれたるは、此大和物語の心と見えたり。されど此物語は書きさしたれば、ゆきめぐりて逢ふよしもなきを、さもありぬべき事なれば、逢ひたる定に詠みなしたるにや。又、玉川の水とあるもいかゞと聞こゆ。ゐでの河波と詠み、ゐでの玉水と詠める歌どもをとりあはせて詠めるにや。いかゞと聞こゆ。

顕昭は、俊成の歌が『大和物語』の話を前提としながら、しかし実は書かれていない結末を俊成がイメージの世界で創り出すことによって獲得された作であると、正確に理解していた。そして、その点に批判的であったことになる。

定家の「藤川百首」には、

みちのべの井手のした帯引むすびわすれはつらし初草の露　（一五七三）

の作が見出せる。歌題は「途中契恋」であった。明応年間（一四九二〜一五〇〇）以降の成立と推定される『藤川五百首抄』は、定家の百首に注を付すが、そこには、「彼物語事ながながしけれども筆の次に書き侍るべし、昔内舎人の大神の祭にみてぐらを持ちて…」ではじまる、『大和物語』百六十九段とほぼ同じ内容の物語が引かれている。ただし、こちらは『大和物語』では書きさしのままにされていた、後日談とも言うべき結末が明記されているのである。それは、

…其後は絶えて音信もなくてうちすぎぬ、人人此事聞きて、姫のとのの方よりはいかで久しく音信もなきやらん、などと度度申しあへり、是を姫聞き侍りて世にほいなき事と思ひて、井手の玉水に身をなげむなしく成りぬる。その後七八年ばかり有りて、もとのうどねり、又春日へとほりける時に、いぜんの姫のめのと、かのうどねりをみて、あの御方によくにたる人の七八年さきに此所をとほり給ひつるよ、といへば、うどねり聞きて、ふしぎの事申す女かなとて、よりてことの子細をくはしくとへば、始をはりの事くはしくかたりてさめざめとなき侍り、うどねり是をききて、さてははかなく成り給ひけるにや、たはぶれ事いひしは我にてこそ侍れ、夢うつつともしらぬ世の中かなとて、やがて其玉川に身をなげ侍り、

というものであった。『藤川五百首抄』は「井手の下帯の物語是なり、此古事にて途中契心あきらかなるべし」と結ばれている。

井手は蛙と山吹を景物とする名所である。その歌枕としての始源は、『古今集』春下に採られた、

かはづなくゐでの山吹ちりにけり花のさかりにあはましものを　（一二五・読人不知）

の一首に発していると言ってもよい。この歌は『古今六帖』の「やまぶき」（三六〇一）にも見出せる。古い伝承歌であったと考えて、差し支えないであろう。『古今集』では、「この歌は、ある人のいはく、たちばなのきよともが歌なり」という左注が付いている。橘清友（七五八～八九）は「左大臣諸兄孫。前参議奈良麿子也。内舎人。

贈太政大臣正一位。…」（古今和歌集目録）とあるように、嵯峨天皇の皇后である嘉智子の父として、正一位太政大臣を追贈された人物である。清輔本の勘物もこれを引いて、「目六云。清友、内舎人。贈太政大臣也。左大臣諸兄孫。奈良麻呂子也。…」とする。注目すべきは、清友が内舎人であったことである。人々は、『大和物語』百六十九段、「むかし、内舎人なりける人、…」との関連を思わずにはいられなかったであろう。(6)

『古今集』の「蛙鳴く…」の歌は、山吹の花盛りに逢いたいと願いながら、その人とは結局逢えなかった心情が詠まれていた。また、『伊勢物語』百二十二段、「山城の…」の歌は、約束が違えられた恋物語を背景として詠じられたものであった。実はこの二首とも、『古今六帖』の「いまはかひなし」の項に見出せるのである。(7)逢いたい人に逢えない、事が成就しない、というイメージが両者に共通して看取される。さらに、「むかし、男、ちぎれることあやまれる人に」（伊勢物語）、「むかし、内舎人なりける人、…この男、色好みなりける人なれば、いふになむありける」（大和物語）などの文脈を勘案すれば、色好みの昔男と幼い少女との悲恋譚の面影が色濃く漂う土地、そのような井手の姿が浮かび上がって来るであろう。

さて、家隆が『六百番歌合』において、内舎人と幼女の悲恋譚をもとに「むすばんとちぎりし人をわすれずやまだかげあさき井での玉みづ」（十二番右・八六四）の一首を詠じていたことは先に述べた。番えられた左歌は主催者良経の作「ゆくすゑのふかきえにとぞちぎりつるまだむすばれぬよどのわかごも」（八六三）である。俊成の判詞は次のようであった。

判云、よどのわかごも、井での玉水、風体は共に優に侍るを、左はふかきえとちぎれり、又、右はかげあさきといへるうへに、左はわがちぎれる歌なり、右は只昔人のことばかりなり、仍深きにもつきて、以左為勝

「只昔人のことばかりなり」には、素材が素のまま過ぎて捌き切れていない、我が身への引き寄せ方が足りず、加

えて普遍性を持った作品へと昇華されていない、という俊成の鋭い批判が読みとれる。家隆はこのようにして、歌の作り方を俊成から叩き込まれたのであろう。後年、家隆が、

あさましやかくてもいまは山城の井でのわかごもかりねばかりに　（壬二集・為家卿家百首・恋廿五・一三一五）

と同じく「井手」の土地を舞台に、「若菰」を素材に用いて恋歌を詠じているのは、この時の判が強く印象に残っていたからと考えて間違いない。「あさましや…」と、まず心中を告白する調子も、俊成の歌の作り方に学んだものであろう。

『千五百番歌合』春四には次のような番が見出せる。判者は俊成である。

二百八十三番　左　　良平

をしきかなやよひのそらに花ちりてこずゑにすさむうぐひすのこゑ　（五六四）

右　　三宮

水むすぶきしのやまぶきさきしよりそこさへにほふゐでの玉河　（五六五）

左、をしきかなといへる五字より姿をかしくは侍るを、すさむ詞やあたらしきやうにきこえ侍らむ、右、そこさへにほふなどはききなれたるやうには侍れど、ゐでのたま水心とまるところ侍れば、なぞらへて持にてや侍るべからむ

俊成は、右歌の「そこさへにほふ」が感心できないものの、「ゐでのたま水」には「心とまるところ」があるので、と断り持としていた。俊成の場合、しばしば彼個人の好尚や主義が判に影響することがある。いわゆる偏頗が認められるのである。例えば、氏神である春日社や『源氏物語』などに関わる歌には、負判を与えない傾向が見て取れる。俊成は具体的な句を指摘して理由を述べ判を付すことが多いが、当該番では「をしきかな」「すさむ」

「そこさへにほふ」がいずれも歌中にそのまま見出せる表現であるのに対し、「ゐでのたま水」の句は右歌のどこにも存在しない。「たま水」を「玉河」の誤写と考えることは難しいであろう。それでは肝心の「心とまる…」以下の判意が読み解けなくなるからである。「ゐでのたま水」とは、『伊勢物語』百二十二段の歌に見られる句であった。ここはやはり、古くより伝えられた井手を舞台とする恋物語に、俊成が強く心惹かれていたことが、はからずも露呈した言い回しと解されるのである。(8)川村晃生氏は、幼少時の俊成が乳母から「橋姫の物語」（散佚）を読み聞かされ、「あはれにおぼえて」落涙したという逸話を、定家が『顕注密勘』に書き残していることに着目、歌人としての俊成の資質が早くに開花していたと指摘された。(9)そのような資質を備えた俊成の心に、井手の幼女の悲恋譚は訴えるところが大きかったはずである。

そして、時を経た建保五年（一二一七）には、『右大臣家歌合』の「行路見恋」において、次のような二首が番えられた。

十八番　左持　　治部卿

露ぞおくゐでの下帯さばかりもむすばぬ野べの草のゆかりに　（三五）

右　　家長

たのみこし契はさてや大和路のゆく手にくみし井手の玉水　（三六）

左詞のつづきおぼつかなく侍らん、井手の下帯に露おきたりと聞ゆる、ことわり叶ひ侍らぬよし申し侍りき、おなじ心を思ひよりながら、右はつよくきこえ侍るらんとみ侍りしを、むすばぬ野べの草のゆかり、優なる由宮内卿申しうけられ侍りしかば為持

左方の治部卿とは定家である。この歌合は衆議判で、判詞は定家が執筆した。定家の歌は、たしかに、井手の下

帯に露が置いているかのように誤解を与えかねない。しかしながら、宮内卿は、定家の一首を捨て難く感じていたのであろう。「むすばぬ野べの草のゆかり」が優美であると頻りに擁護したという。宮内卿とは、家隆その人であった。「むすばぬ野べの草のゆかり」には、幼女の悲恋譚が色濃く投影されている。家隆としては、定家の歌を擁護せずにはいられなかったのであろう。肝胆相照らし、判詞の筆を執った定家も、この時の家隆の心中は、よく汲み得たに違いない。

井手は、蛙と山吹とで名高い歌枕である。中古の作例は、このどちらかないしは両方を詠み込んだ作例が目に立つ。『無名抄』の中でも比較的長い部類に属する「井手の山吹ならびに蛙」の章段で、長明が、山吹と蛙について、他の土地と井手のそれとではどのように違うのか、どこがすぐれているのか、古老の話を紹介しつつその実態解明に筆を割いているのは、むしろ当然であると言うべきであろう。『無名抄』は、井手の玉水や下帯の物語については、いっさい触れてはいない。長明、さらには歌林苑に連なる歌人たちには、歌を詠む上で、おそらく井手の幼女の悲恋物語などは関心の埒外にあったと考えられるのである。

対照的に、俊成は井手について、山吹や蛙といった具体的な季節の景物よりも、土地にまつわる物語性に深い関心を寄せていた。「ときかへし…」の歌のほかにも、

いかにしてかげたえぬらんもろともに井手の玉水むすびしものを(10)　（長秋詠藻・三四七・会後恋、言葉集・一一〇）

あさましやかくてしやまば山城のゐでの玉水なにむすびけむ　（仙洞影供歌合建仁二年五月・遇不会恋・六三）

やまとぢをたえずかよひしをりのみやまづくみ見けんゐでの玉水　（正治初度百首・鳥五首・みやまつぐみ・一一九八）

せきわびぬあふせもしらぬなみだ河かたしくそでやゐでのしがらみ　（千五百番歌合・二四〇一）

といった作例を拾うことが出来る。『伊勢物語』の「山城の井手の玉水…」の古歌や、内舎人と幼い少女との悲恋譚に依拠した作が目立つ。『伊勢物語』の歌は、俊成が「歌の本体は、ただこの歌なるべし」（古来風体抄）と、たびたび絶賛していた『古今集』離別の、

むすぶてのしづくににごる山の井のあかでも人にわかれぬるかな　（四〇四・貫之）

に通うものがある。俊成もその点は十分に認識していたであろう。俊成の次の世代にあたる歌人たちの作品に、「むすぶての…」の影響を受けた井手の歌が少なからず見出せることも、そのことの裏づけとなるように思えるのである。そのような例も含め、注目すべき井手の歌を何首か挙げるとすれば、以下のごとくである。

手にむすぶ井での玉水そこすみてみえけるものを秋のおも影　（正治初度百首・三三八・守覚法親王）

やまぶきのうつろふかげをむすぶ手のしづくにあかぬゐでの玉水　（千五百番歌合・五三八・顕昭）

たちよらばすずしくやあるとむすぶてのしづくににごるゐでの玉水　（同・七五〇・後鳥羽院）

てにくみしゐでのたま水さゆる夜にちぎりをむすぶうすごほりかな　（同・一七七八・公経）

むすぶてにまた袖ぬれぬやまぶきのはなにせかれし井手のしがらみ　（如願法師集・四六〇）

いたづらにくちてやさても山城のゐでの下帯むすぼほれつつ　（月卿雲客妬歌合　建保三年・三〇・行能）

やましろのゐでのしたおびいくよへてむすぶちぎりのあはれしるらん　（万代集・恋三・二一八〇・行能）

たのめこしちぎりはさてややまとぢのゆくてにくみし井での玉水　（夫木抄・一二五五二・家長）

中古の山吹と蛙という限定された景物から、歌枕「井手」は、俄然、幅と奥行きを獲得するに至ったことが一見して明らかであると思う。『伊勢物語』の古歌が、『新古今集』恋五（一三六八）に「題知らず」「よみ人知らず」として採録されたのも、こうした歌人たちへの浸透を考えてみれば、ごく自然に得心されるであろう。(11) そして、

こうした作品の中でも、もっとも早い作例は、やはり次の家隆の歌ではないかと思われるのである。

かげやどすゐでの玉水てに汲めばしづくに匂ふ款冬の花

（壬二集・初心百首・一九、同・一〇二四・四句「しづくも匂ふ」）

古典を再発見し、新たな魅力を引き出す手腕に俊成が長じていたことは、すでに指摘されているところだが、歌枕「井手」に関して、俊成の創作への意識を理解しようと努め、いち早く反応したのは、どうやら家隆であったと思われるのである。

三

嘉応二年（一一七〇）『建春門院北面歌合』で、俊成は難義の一つ「榻の端書き」を用いて歌を詠んでいた。

一番　臨期違約恋　左　　按察使公通

あはじともかねていひせば中中にむなしき床にまたでねなまし　（四一）

右勝　　皇后宮大夫

思ひきやしぢのはしがきかきつめてもも夜もおなじまろねせんとは　（四二）

左歌、むなしき床になどいへるわたり、心ぼそくもきこえていとをかしく思う給へしを、右歌、すがたことざまよろしきよし、人人定め侍りしかば、おさへ侍らんも又あやしくやとて、右の勝になりにしなるべし

判者は、俊成自身である。参会者の意向に添うかたちで、と遠慮がちながら、歌合の慣例を破り、一番左ではなく右の自歌に勝判を与えている。俊成が「思ひきや」の歌に並々ならぬ自讃の念を抱いていたことは、『千載集』恋

二の巻軸に据えていることからも明らかであろう。

「しぢのはしがき」を『奥義抄』は、次のように説明している。

問云、このしぢのはしがきはいかなることぞ。
答云、如二彼歌論議一ば、むかしあやにくなる女をよばふをとこありけり。志あるよしをいひければ、女心みむとて、きつゝ物いひけるところにしぢをたてゝ、これがうへにしきりて百夜ふしたらむ時、いはむことはきかむといひければ、をとこ雨風をしのぎてくればきつゝふせりけり。しぢのはしにぬる夜の数をかきけるをみれば、九十九夜に成りけり。あすよりは何事もえいなびたまはじなどいひかへりにけるに、親の俄にうせにければその夜えいかず成りにけるに、女のよみてやれりける歌也。是は或秘蔵の書にいへりとはべれど、たしかにみえたることなし。

九十九まで順調に事が進みながら、何か障害が生じ、最後の最後で百に満ちず、成就できずに終わる、という類型は多い。『奥義抄』のような内容の話が、当時伝わっていたことは認めてよいであろう。この歌をめぐっては、久保田淳氏[12]、田村柳壹氏[13]、渡部泰明氏[14]に詳しい考察があるが、「一首は百夜通いを果たせなかった男の視点」（田村氏）で詠まれているのではなく、「満願の百夜目に女の裏切りにあって男の素志が遂げられなかった」（渡部氏）ところに、俊成のねらいがあったと見るべきであろう。渡部氏はさらに、この歌の主体は必ずしも百夜通いの男に限定されず、誠意の通じない女に振り回されるみじめな男が、歌がたりによそえて訴えているとみることができる、と論を進めておられる。先に第二節で指摘した「只昔人のことばかりなり」という『六百番歌合』での俊成の批判との関連を思う時、傾聴すべき見解であると思う。

俊成は、百夜通いの話の後日談を彼なりのイメージで創作していた。男は百夜通いを完遂したと物語を進めたのである。その上で、幸せな大団円で、彼はこの恋愛物語を閉じようとはしなかった。榻の上にひとり寝を九十九夜続け、いよいよ共寝ができると訪れた男を待ち受けていたものは、悲劇的な結末であった。女に裏切られた夜、榻の上にひとりまろ寝をする男は、『伊勢物語』四段の昔男を彷彿とさせる。

（前略）…うち泣きて、あばらなる板敷に月のかたぶくまでふせりて、去年を思ひいでてよめる、

月やあらぬ春や昔の春ならぬわが身一つはもとの身にして

とよみて、夜のほのぼのと明くるに、泣く泣く帰りにけり。

その立場に身を置いて歌を詠む、ということは、このようなことを指すのであろう。「月やあらぬ…」の歌は、周知のように業平の作として『古今集』の恋四巻頭を飾っていた。古典をもとに新たな物語を紡ぎだし、その仮構の状況下で、自らを主人公の男の立場に身を成して一首を詠出する。定家が「恋の歌を詠むには、凡骨の身を捨てて、業平のふるまひけんことを思ひ出でて、我が身を皆業平になして詠む」（京極中納言相語）と語っていたことは、このような父の姿勢と不可分と考えられるのである。そのことは、定家が「思ひきや」の歌を、『近代秀歌』『詠歌之大概』『定家八代抄』（千載集と同じ恋二巻軸）などで秀歌の例としていることからも容易に想像できる。

「思ひきや…」の歌は参会者を唸らせたらしい。歌題「臨期違約恋」に、まことにふさわしい内容の一首であったからであろう。その点、『詠歌一体』や『夜の鶴』が、いずれも歌題の詠み方に触れた箇所でこの歌を引いているのは、きわめて印象深い。憶測すれば、俊成が、しかるべき晴れの歌会や歌合などの時に取り出そうとして日頃から暖めていた題材の一つが、百夜通いの話だったのではないか。

同じように、『千載集』恋三に自撰した、

法住寺殿にて五月御供花のとき、をのこども歌よみ侍りけるに、契後隠恋といへる心をよみ侍りける

皇太后宮大夫俊成

たのめこし野べのみちしば夏ふかしいづくなるらんもずの草ぐき　（七九五）

も、しかるべき歌席において取り出された作である。いわゆる難義「もずの草ぐき」を詠じて、歌題に相応する出色の一首といえよう。すでに田村柳壹氏に、『万葉集』（巻十・一八九七）、『六条修理大夫集』（一五一）、『散木奇歌集』（一四〇三）の先行歌や『奥義抄』『袖中抄』等々の歌学書を踏まえた詳細な論があるが、(15)やはり注意すべきは『奥義抄』の載せる次の話であろう。

問云、鵙の草ぐきは何ぞ。

答云、むかしをとこ野を行くに女にあひぬ。とかくかたらひつきてその家をとふに、女もずのゐたるくさぐきをさしていはく、わが家はかのくさぐきのすぢにあたりたる里にあるなりとをしふ。男後にかならず尋ぬべきよしをちぎりにゆきさりぬ。そのゝち心には思ひながらおほやけにつかうまつり、わたくしをかへり見るほどにいとまなくてゆかずなりぬ。つぎのとしの春たまく〳〵ありし野にゆきて、をしへしくさを見るにかすみことぐ〳〵くなびきてすべて見えず。ひねもすにながめてむなしくかへりぬといへり。

俊成歌には「あたかも『伊勢物語』の一段のような「昔男」の悲恋譚が附会されていた」と田村氏は指摘されたが、その通りであると思う。そして、こうした俊成の創作意識に強く刺激され反応を示したのは、やはり定家と家隆であった。

かりにゆふいほりもゆきにうづもれてたづねぞわぶるもずのくさぐき　（拾遺愚草・二九四）

心あてにながむる里も霧こめて行末もしらずもずの草ぐき　（壬二集・七三）

定家の歌は「殷富門院大輔百首」の「旅恋」、家隆の歌は「初心百首」の「恋」で詠じられた作である。そして家隆には、「心あてに…」の直後に「忘れじのいまは千とせを契れとやもも夜にみちぬしぢのはしがき」（同・七四）の歌が見出せるのである。先に引いた「かげやどす…」（同・一九）なども含め、「初心百首」の家隆が、俊成の歌の作り方を我がものにしようとして貪欲であったことを、如実に物語る証左と認めてよいであろう。

ところで、『無名抄』に「榎葉井事」という章段がある。前半は、かつて源有賢が七、八人の同行者と大和国葛城の方へ出かけた折、鬢白き翁に教えられて荒れた堂が豊浦寺だと知り、さらに榎葉井の跡を確かめ得た喜びに、興じて葛城を数十返うたった話を、ある人から聞いたという内容である。それに続く後半は、以下のようなものであった。

近く、土御門内大臣家に月ごとに影供せらるゝこと侍し頃、しのびて御幸などなる時も侍き。その会に、古寺月と云題にてよみて奉りし、

　ふりにける豊浦の寺の榎葉井になほ白玉をのこす月かげ

五条の三位入道これを聞きて、「やさしくもつかうまつれるかな。入道がしかるべからん時取り出でんと思ひ給つる事を、かなしく先ぜられたり」とて、しきりに感ぜられ侍き。このこと催馬楽の詞なれば、誰も知りたれど、これより先には歌によめること見えず。その後こそ、冷泉中将定家の歌によまれて侍しか。

内大臣通親主催の人麿影供に後鳥羽院がひそかに参加した会で、長明は「ふりにける…」の一首を詠じた。「瀬見の小川の事」における祐兼の忠告、自信作は「国王・大臣の御前にてこそよまめ」という教訓が生きたことになる。しかしここで注意したいのは、俊成が、ここぞという機会に取り出そうと予め用意している歌、ないしはただちに作品に結びつくような具体的な構想を、日頃から薬籠中に蓄えていたらしいことである。広く世に知られている古典を現代に再生させ、作品世界に新たに組み入れることに情熱を傾けていた俊成の姿が、「榎葉井事」に

は覗いているのである。歌林苑に連なる長明が、誰もが知らない秘事を、誰もが知らない典拠や実態を裏付けとして一首を詠じることに価値を置いていたのとは、好対照をなすであろう[16]。榎葉井についても、その実態を知る数少ない人物であった長明は、「ふりにける…」の歌を詠じたが、それが誰でも知っている催馬楽「葛城」を踏まえていたが故に、はからずも俊成の指向するところと重なって、「かなしく先ぜられたり」という発言に繋がったと考えられるのである。

四

俊成の頭の中には、古典をもとに理想化された観念の沃野が広がっており、彼はそこから花をつかみ出すことを徹底して行ってみせた。そして彼に影響された人々は、その花が見事であればあるほど、その取り出された花から逆に沃野を覗き見、あるいはイメージして歌を作っていた。俊成歌に発した「鶉の床」などは、さしずめ俊成の教え子たちの幻想が共同で作り出した仮想空間の名所であったと言えようか。それを『都名所図会』が実在の土地、より厳密に言えば、今ではその所在が分からなくなってしまったが中世には確かに存在した場所として、京洛の名所の一つに数えあげていることは、きわめて示唆的である。「我が思ひ至らぬ風情はいと少なかりき」「聊かも心のめぐらぬ事はありがたくなん侍りし」と自負していた長明が、後鳥羽院仙洞の歌席に連なった折の衝撃を「ふつと思ひ寄らぬ事をのみ人ごとによまれしかば、この道はや底もなく、際もなき事になりにけりと、おそろしくこそ覚え侍りしか」（「近代古体」）と述懐しているのは、こうした観念の沃野の存在を、つぶさに認識したからではなかったか。

俊成は『千五百番歌合』の恋（千二百七十二番右勝）において、

おもひいでよわすれやしぬるわかさぢやのちせの山とちぎりしものを　（二五四三）

の歌を詠じていた。『万葉集』巻四の贈答歌、

云　云《カニカクニ(トニカクニ)》　人者雖云《ヒトハイフトモ》　若狭道乃《ワカサヂノ》　後瀬山之《ノチセノヤマノ》　後毛将念君《ノチモアハムキミ》　（坂上大嬢・七四〇）

後湍山《ノチセヤマ》　後毛将相常《ノチモアハムト》　念社《オモフコソ》　可死物乎《シヌベキモノヲ》　至今日毛生有《ケフマデモアレ(イケレ)》　（家持・七四二）

をもとに詠作された一首である。若狭国の歌枕「後瀬山」は、『古今六帖』に家持の異伝歌（八八〇）と「わかさなる後せの山ののちもあはむわがおもふ人にけふならずとも」（一二七二）の二首が存するのみで、管見では他に中古の作例は見出せない。ところが物語では、『夜の寝覚』『浜松中納言物語』などに、後の逢瀬とほぼ同義で用いられているケースが確認できる。俊成歌の下句には引用の「と」が使われており、「のちせの山」は単なる歌枕としてではなく、王朝の物語世界を背景に「後の逢瀬」の意味で機能していることは明らかであろう。「おもひいでよ」「わすれやしぬる」と強い口調で畳みかける上句には、こんなはずではなかった、という男の戸惑いの大きさが生々しく表現されている。「思ひきや…」の一首に通底する世界が、作品の背後に広がっていると言うべきであろう。このようにして俊成の手で和歌史上に復活した「後瀬山」だったが、意外なことにその後の作例は少なく、同時代で着目したのはただ二人、すなわち定家と家隆であった。

たのめおきし後せの山のひとことや恋をいのりの命なりける　（拾遺愚草・一一六五）

やどれ月衣手おもしたびまくらたつやのちせの山のしづくに　（同・二六七五）

千代までも葉かへぬ色を憑むかなのちせの山のみねのしひしば　（壬二集・六六五）

定家と家隆について、『心敬私語』には「定家家隆を〔さへ〕猶歌作と仰給へり。慈鎮西行をこそ歌よみと仰られしか」という記述が見える。新古今時代の両雄であっても「歌作り」なのだとする文脈は、「歌作り」という言

葉が否定的な要素を内包していることを意味しているであろう。(17) しかし、少なくとも定家の場合は、「歌作り」を自ら任じていたのではないかと思える資料が残っている。すなわち『井蛙抄』に、

　戸部云、京極禅門常に申されけるは、亡父こそうるはしき歌よみにてはあれ。某は歌つくりなり。相構えて亡父のようによまんとおもひしが、かなはでやみにき。たゞし澄憲と聖覚とは風情はなはだかはりたれども、ともに能説の名誉ありしがごとく、かたはらいたき事なれども、亡父が歌のすがたにはかはりながら、愚詠をもおのづから目たつる人も侍るらしと被レ申と云々。此事卜部仲資入道も如レ此抄置と云々。

　又云、京極中納言入道殿被レ進二慈鎮和尚一消息云、御詠又は亡父歌などこそうるはしきうたよみの歌にては候へ。定家などは智恵の力をもてつくる歌作なり。

父俊成が歌を詠む際に発揮した、豊かな叙情性や感性には及ばないと自覚しながら、しかし亡父の歌の作り方ならば知悉している、少なくとも自分はそうして歌を作ってきたのだ、という強い自負が、ここには覗いているように読めるのである。後鳥羽院は西行を「生得の歌人」（後鳥羽院御口伝）と讃えていた。その西行の歌の詠み方は「花月に対して動感するの折節、わづかに三十一字を作るばかりなり」（『吾妻鏡』原漢文）と伝えられている。しかしながら定家は、西行よりも父俊成の詠み方を強く称揚し、指向していた。

　又云、中納言入道慈鎮和尚に進ける状に、我歌の事を書に、西行法師所レ称二日本第一歌人一と云といへども、亡父歌に比するに十分一に不レ及云々。

　家隆の場合は、懲すべき資料がない。しかし、「歌よむべきまさしき心はいかに」と詰め寄っていた彼が、俊成から歌の作り方を盗み取ろうとして貪欲であったことは、すでに述べたいくつかの事例を見ても、疑う余地はないと思う。『正治二年和字奏状』で、俊成が「家隆も歌よろしく仕ものにはこそ候めれ」と、定家と共に家隆を強

く推挙していた事実は、重いと言うべきであろう。

さて、為家は『新撰六帖』の「おび」において、五人の中でただ一人「井手の下帯」を詠じていた。

いまさらにむすぶ契もたのまれず人にとけけるゐでのしたおび　（一七八二）

井手の幼女の悲恋譚が背景にあることは明らかである。しかしながら、「ゆめこと男すな」と約して下帯を交換した男を主人公に、為家は、約束を守り通したのは実は男の方で、相手の少女は「こと男」になびいてしまった悲劇を仮構して作品を作り上げた。さすがに俊成の孫、定家の子というべきである。この時、反御子左派の知家・光俊（真観）は、それぞれ院政期に再発見された難義の一つ「常陸帯」、公家の装束として日常用いられる「石帯」を素材に、

いのれども神はうけずやひたちおびのむすぼほれてもすぐるとし月　（一七八三）

思ひきやわが身しづめる石のおびのうはてに人をかけて見むとは　（一七八五）

の作を詠んでいた。なぜ、同じ題でこのような相違が生じるのであろうか。為家の歌は、歌題から発してあれこれ素材を漁った結果というより、むしろ心中に広がる想念の世界にすでに存在するモチーフが、歌題を触媒として一気に結実したと見るべきであろう。いわば、歌を作るために日頃から貯えていた構想の一つを、取り出したに過ぎなかったのではないか。女に約束を違えられ、女に振り回される男という設定は、俊成の「思ひきや…」「たのめこし…」「おもひいでよ…」とほとんど同じ作りである。しかしながら、「いまさらに…」の一首がやや説明口調に堕し、茫然自失する男の臨場感が痛切な俊成の歌々と較べると、叙情性や作品の完成度の点で、やはり遠く及ばないことは否めない。それでも、歌というものはどのようにして作るべきなのか、という一点については、知家や光俊との比較において、為家の意識はけっして甘くはなかったと認めるべきであろう。実氏の発言

「就レ中寛元六帖俗に近く、続古今新撰者無二秀逸一」を、為家が「殊難レ忘事也」と回想していた逸話（井蛙抄）が、改めて思い起こされる。

為家についても、『井蛙抄』は次のような話を載せている。

亦云、民部卿入道申されけるは、昔こそ歌よみはありしか。今はみなうたつくるなり。つくるにとりていかにつくるぞといふにこそ面々所存不レ同もあれと云々。

「いかにつくるぞといふにこそ面々所存不レ同」に、彼なりの矜持が読みとれる。それにしても、歌を作る、という意識は、驚くほど『井蛙抄』の伝える定家のそれに似ていると言うべきであろう。

和歌を詠事かならず才学によらず、ただ心よりおこれる事と申たれど、稽古なくては上手のおぼえとりがたし。

という『詠歌一体』の冒頭は、はじめて稽古の重要性を真正面から解き、提唱したものと見られてきた。しかし、この発言で見のがしてならないのは、歌を詠む上で大切なのは才学ではなく心、すなわち難義を解き明かす学問ではなく「歌詠むべきまさしき心」なのだ、という大原則である。俊成・定家の歌の作り方を熟知しつつ、しかも乗り越え難さを誰よりも深く味わい尽くした為家だからこそ、自分と同じように壁に突き当たることが目に見えている家の継承者に対し、地道な稽古を解かなくてはならなかったのである。

注1　『六百番歌合』において、俊成は「閨」を用いた表現には勝負付に関わらず否定的で、しかも「庶幾せず」として退けているケースが多い。「かみのゆふすずみ、ねやなどよむことにては侍れど、不可庶幾にや」（二十七番「夏夜」左負　有家・二三三）「左のねやは詩歌にもつくりよむ事には侍れど、殊不可庶幾にや」（十一番「扇」左勝　定家・

二六二）「吹くままにとおき、ねやあれぬとやなどいへる、殊に不被庶幾にや」（二十一番「鶉」左勝　季経・三四一）「ねやもる月、不可庶幾歟」（十一番「寄雲恋」左持　有家・九二二）等々、ほとんどよい評価を与えていない。この点については、すでに久保田淳氏が「俊成はあるいは「閨」という語に抵抗感を抱いているか」（新日本古典文学大系『六百番歌合』九〇頁脚注）と指摘をされている。

2　例えば『古今問答』を見ても容易に想像がつく。浅田徹氏「俊成の古今問答をめぐって―問者の知りたかったこと―」（『国文学研究』一一五　平七・三）参照。

3　①『新古今歌人の研究』（昭四八　東京大学出版会）四〇四頁、②『中世和歌史の研究』（平五　明治書院）一三七頁。

4　『後鳥羽院とその周辺』（平一〇　笠間書院）三四一、三四二頁。

5　同話については、豊富な関連資料とともに、古代説話と三輪山神婚説話の影響について考察された森本茂氏の論が存する（「井手の下帯の段の生成―神婚説話の影―」（『解釈』三四―一　昭六三・一、『大和物語の考証的研究』〈平二　和泉書院〉所収）。

6　後代の例になるが、永正十一年（一五一四）の成立かとされる衲叟馴窓の家集『雲玉集』は、自詠以外に多くの先行和歌を取り込み、注釈・説話を付載した特異な家集である。そこには定家の「藤川百首」における「途中契恋」の一首が収められているが、「内舎人なりける人」は「橘清友」とされている。

道のべのゐでのした帯引きむすびわすれはつらしはつ草の露（三四四）

橘清友、おほわのまつりのつかひにて、ゐでの里を行き給ひしに、六七のひめをめのといだきて見けるを、そのこいでことてよびて、わがおびをときてむすびて、おとなになり給はばむかへん、ゆめこと男すなとて帯をとらせけるが、年へてわすれにけり、女はまてどいたづらになりぬとなり

7　三一二三、三一二五。「蛙鳴く…」の歌は、「あはましものを花のさかりに」と四句結句の順が逆になっている。

8　判詞の「たま水」を和歌本文と同じく「玉河」と伝える本もあるが、最古写本の高松宮旧蔵本（南北朝期の書写、

『新編国歌大観』底本）などは「たま水」。しかも同本には「歌ハ玉河詞ハ玉水如何」の貼紙が存在するという（有吉保氏『千五百番歌合の校本とその研究』〈昭四三　風間書房〉による）。
9　「俊成断想―歌学と実作のあいだ―」（新日本古典文学大系月報89　平一〇・一二）。
10　『新編国歌大観』は二句「かきたえぬらん」。他本および『言葉集』により校訂した。
11　ちなみに撰者名注記によれば、有家、家隆、雅経の三名がこの歌を推したらしい。
12　前掲注（3）②書、一三四～一三六頁。
13　前掲注（4）書、三三五～三四〇頁。
14　『中世和歌の生成』（平一一　若草書房）一一七～一一九頁。
15　前掲注（4）書、三二四～三三二頁。
16　この点についてはかつて少々論じたことがある。拙稿「定家と長明―『定家卿自歌合』の真偽に及ぶ―」（『藝文研究』六九　平七・一二）参照。
17　荒木尚氏は、「歌つくり」の歌書における用例を概観された上で、「「歌よみ」に対し下位のイメージをもつものとして認識されているように思われる。そして「歌つくり」は作為的、観念的な詠歌方法であり、趣向をこらした修辞優先の巧緻な詠風とするのが一般的な理解のようである」と指摘しておられる（「「歌つくり」ということ」〈『和歌史研究会会報』一〇〇　平四・一二〉）。

〔付記〕小論は「「歌つくり」の人々」を考察したものではなく、術語としての「歌よみ」「歌つくり」の追究や定義付けには立ち入っていない。定家や家隆が秀歌を紡ぎ出す手法を俊成からどのように学び取ろうとしていたのか、特に初学期の彼らが三十一文字の世界をどのように構築しようとして格闘していたのか、追尋してみたいという希求に発したささやかな考察である。そしてそれは定家から為家、さらには御子左家の子孫にどのように継承されていったのか、今後取り組むべき課題は大きいが、それについては他日を期したいと思う。なお、拙稿「「空さへにほふ」と「空さへこほる」（上）（下）―定家・家隆・為家―」（『銀杏鳥歌』16、17　平八・六、一二）は姉妹篇とでもいうべき性格を有している。あわせて参照いただければ幸いである。

『詠歌一体』を読む

中川博夫

一　はじめに――諸本のこと

藤原為家の歌学書『詠歌一体』については、中世の文学『歌論集一』（昭四六・二、三弥井書店）に、校注本文・解題が収められて広く本格的な読みの研究に道が開かれたと言える。近年では、冷泉家時雨亭叢書第六巻『続後撰和歌集　為家歌学』（平六・二、朝日新聞社）に、「為家歌学」の一書として収められて、解題が付されている。前者は佐藤恒雄・福田秀一両氏、後者は佐藤氏の担当で、諸伝本の分類・位置付けについては[1]、この研究が現在の水準であり、今後も基盤であり続けることは間違いない。

諸本は、おおよそは為家の著述の趣旨を伝えるであろう広本と、後代の抄出に端を発するとされる略本とに大別され、今は直接には広本を対象とする。右記両解題の広本諸本分類の順序には若干の異なりがあるが、今後者に従えば、次のとおりである。

二条家系統本　　　　（代表伝本）

第一類（為氏本）　①天理図書館蔵『詠歌一体』↓『三賢秘訣』
第二類（流布本）　②尊経閣文庫蔵『八雲口伝』↓元禄九年刊本他

冷泉家系統本
第一類（為相本）　③秋田大学蔵『詠歌一体』（桑門某写、為秀外題）
第二類（為秀本）
　第一種　④河野美術館蔵『和歌一体』（為秀筆）
　第二種　⑤冷泉家時雨亭文庫蔵『詠歌一体』（為秀筆）
　第三種　⑥徳川美術館蔵『和歌秘鈔』（了俊筆、為秀筆本写）
　第四種　⑦陽明文庫蔵『詠歌一体』（松浦家旧蔵為秀筆本写）
　第五種　⑧天理図書館蔵無題本（『為家卿和歌口伝』）

ところで最近、錦仁・小林一彦両氏による、重要古典籍叢刊4『冷泉為秀筆　詠歌一体』（平一三・一〇、和泉書院）が刊行された。書名が示すとおり現存する為秀筆本を集成するが、その為秀筆諸本に対する認識は、従来の説とは異なっている。その論の要諦は、右記佐藤分類の第一類③秋田大学本が、冷泉為秀その人の一筆書写本であるとする点にある。その上で、他の為秀自筆本（④⑤）との関係性を、次のように結論する。すなわち、元徳二年（一三三〇）二月十一日以前に、為家自筆本かその転写本である「相伝秘本」を書写したのが④河野本で、その後の建武三年（一三三六）三月十九日かそれ以降に、為家自筆本を転写した為相筆本かその転写本を書写したのが③秋大本であり、貞和三年（一三四七）三月二十九日～延文元年（一三五六）正月二十八日の間に、その秋大本を底本に河野本で校合し補訂したのが、「証本としての家本」たるべく残された⑤時雨亭本である、と言うのである。論[2]

証過程は書誌や内容に渡り詳細で、従来曖昧であった点を明確にしながら新たな説を立てた点は評価されようが、ここではさらなる諸本の考察に踏み込む用意はなく、その当否は佐藤説との比較検証を含めて後に委ねることとしたい。しかしながら、小稿で内容を読み解いてゆくにあたり、両説を踏まえつつ、諸本分類の問題点を今一度確認しておきたい。

二条家系統本と冷泉家系統本との顕著な異なりは、次に記す諸点である。

Ⅰ「主ある詞」の相違。

「雪の下水」「空さへかけて」「月にうつろふ」「月のかつらに」「木がらしの風」「われのみけたぬ」の六語、二条有り、冷泉無し。

「あやめぞかほる」「雨の夕暮れ」「月やを島の」「雪の夕暮れ」の四語、二条無し、冷泉有り。

二条計四十五語。冷泉計四十三語。

Ⅱ「近代よき歌と申しあひたる歌ども」の例歌の有無。

「旅人の袖ふきかへす秋風にゆふひさびしき山のかけはし」（新古今集・羇旅・九五三・定家）の歌、二条無し、冷泉有り。

Ⅲ「等思両人恋」の例歌の相違。

このうち、Ⅲの「等しく両人を思ふ恋」（題を能々心得べき事）の例歌の相違については、以下のごとくである。

まず、左の掲出本文は、③秋大本（冷泉家系統第一類）の現状である。

等思両人恋

aいつ方も夜かれ《c本ノマ、》む事のかなしきに（肩に拘点有り）

bつのくにのいくたのかはに鳥もゐは身をかきりとや思なりけん（細字補入）

aふたつにわくる我身ともかな

d是は平懐にみくるしき也（細字）

この部分の諸本の状態は、次のとおりである。

①為氏本　（二条家系統第一類）　＝aのみあり

②流布本　（二条家系統第二類）　＝abのみあり（共に本行）

（以下為秀本）

④河野美術館本　（冷泉家系統第二類第一種）＝bのみあり

⑤時雨亭文庫本　（冷泉家系統第二類第二種）＝bのみあり

⑥徳川美術館本　（冷泉家系統第二類第三種）＝bのみあり

⑦陽明文庫本　（冷泉家系統第二類第四種）＝bのみあり

⑧天理無題本　（冷泉家系統第二類第五種）＝bの前にaとdあり（cなし）

右のa、bの歌およびc、dの注記の有無を規準として伝本の性格が分類されるのである。これは、「題を能々心得べき事」の章段の内、「心を廻らして詠む」すなわちまわして詠む題の例歌の部分である。「等思両人恋」の題の証歌として、aの「いづ方も夜がれむ事のかなしきにふたつにわくる我身ともがな」と、bの「つのくにのいくたのかはに鳥もゐば身をかぎりとや思なりけん」とが対立している。「等しく両人を思ふ恋」の題の心を、aでは直截に詠じており、それが「平懐に見苦しき」故に、bの生田川伝説の二人夫譚を踏まえた歌に差し換えるべく生じた本文異同かと推察される。これについて、佐藤解題は、右記伝本分類③の秋田大学本の親本である為相書写本の以前に為氏の手によって差し換えられたと考証している。その上で、ｃｄの注記を削除してａｂ両首を併記する二条家系統の流布本、すなわち②の本は、その点については後来の姿を示しているが、しかしその他の特徴については、為氏本以前の初稿本的な姿を存していて、対する冷泉家系統本は、おおむね定稿としての位置にあるか、と結論している。

これに対して、錦・小林解説は前述のとおり、冷泉家本の古写三本に家本成立への変容過程を見る立場から、右の「等思両人恋」題の例歌の相違を次のように捉えている。為秀が少年時に書写した河野本の親本は例歌差し替えを完了した本文を保持していて、その後に書写した秋大本の書き入れは親本段階で既に存していたもので差し替えの「経過を如実に伝えて」おり、それを基に作成された時雨亭本は、為秀が「細字書入れによる情報を正しく読み取った結果」であり、「最大の異同箇所と目された」秋大本と時雨亭本間の「例歌の相違も、両本の遠さより、むしろ親密な影響関係を浮かび上がらせる事例とさえ、思われてくる」というのである。そして、『夜の鶴』が題詠論中に「両人をおもふ恋」題の例歌として「つのくにの」の一首を記していることから、例歌の差し替えに阿仏尼が関与した可能性を指摘している。

今両説の当否を論じる立場にはなく、この例歌をめぐる相違も、諸本論全体の中でさらに究明していくべき課題であろう。ただしかし、ｄの注記は、佐藤氏も錦・小林両氏も、右記のとおり「是は平懐にみくるしき也」と読んでいるが、「是」は「其」あるいは「そ」、「也」は「歟」にも読み得るかと見られる。このことは単なる字句の違いに留まるものではない。「是は平懐にみぐるしき也」が、「いづ方も」歌を挙例していることを正面から否定しているのに比して、「其は平懐にみぐるしき歟」には、その挙例に対する配慮が感じられるからである。「いづ方も」歌の肩に付された鉤点は、削去符の意味合いであろう。とすれば、前者の場合、これらの注記による

「つのくにの」歌への差し替え処置の出所を、原著者為家の意志にまで遡らせて考えることが全く不可能、とも言い切れないように思うのである。また仮に、為家以後の何人かの処置とすれば、その遠慮のない書きぶりからして、その改変者にとっては為家の著述に対する信頼が必ずしも絶対的ではなかったことを示唆しているようにも思うのである。もとより後者の場合は、為家以外の手になる改変である可能性がより高く、そこには一定の節度が存していたと見てよいのではないだろうか。ちなみに、a「いづ方も」歌からb「つのくにの」歌への改変者としては、錦・小林解説と同様に、阿仏尼を想定する余地があるかと考えている(3)。

問題は、たとえその改変が誰人だとしても、それ以前の原著者為家は、「等しく両人を思ふ恋」の例としてa「いづ方も」の歌を挙証していた訳であり、これが「心を廻らして詠む」べき題の証歌としては相応しくないことは間違いなく、後の差し換えを生じさせるものもやむなしの感があることである。このことは、為家の著述の態度にも関わり、注意するべきかと考えるのである。

さて、諸本論として右記両説いずれにつくにせよ、現存本中に古鈔本たるべき書写伝来の古さと由緒を有しているのは、冷泉家系統本の③秋大本④河野本⑤時雨亭本、の三本(4)であることは動かし難い事実であろう。その内、③の秋大本は唯一為相筆本の面影を伝える本文である可能性があるが、小稿で対象とする重要部分を欠脱している。④河野本か⑤時雨亭本に拠るべきことになる。錦・小林解説は、他の二本に対して独自性を見せる河野本を「原初形態を残す古鈔本として、現存諸伝本の川上に位置する」のではないか、と見る。たとえこの説につかず、その独自本文に、為秀が「少年之筆跡甚狼藉雖不被見解」(河野本識語)と記すとおりに、若さ故の誤謬の反映が存するとしても、その書写態度はむしろ親本に忠実であったと推測することは許されるであろうし、また同本が為秀筆本の最古写本であることも間違いない。為家の著作としての『詠歌一体』を読む立場から、一応ここでは、

④河野本に拠って、他の両本を参観しながら本文を整定し(5)、内容を辿ることとしたい。

二　八雲御抄とのかかわり

さて、『詠歌一体』の内容について、佐藤恒雄氏は、「歌学と庭訓と歌論――為家歌論考――」（和歌文学論集7『歌論の展開』平七・三、風間書房）に於て、「全体に俊成・定家の歌論書や庭訓を、ある場合にはそのままに祖述していたり、またそれらを分解して組み合わせ、別の文脈の中に生かすような形で影響を受けつつ、為家の論として展開していたりする」と述べつつ、俊成・定家から為家へと続く「才学軽視の思想」という御子左家庭訓の継承を認めている。しかし同時に、本書が六条家の清輔の『和歌初学抄』や『和歌一字抄』などを利用している点に、逆に「俊成・定家とは隔絶した、為家の時代の歌学と歌論のあり方」の「象徴」を見ている。この論に多くを負いながらも、特にここでは、やはり佐藤氏も清輔学書とともに主たる「先行歌学書」に挙げる、順徳院の『八雲御抄』との関係に焦点をあてつつ、あわせて父定家の歌学との関係を検証し、その両者と為家との関係性が示す意味を、佐藤氏論攷とはやや視点を変えて考えてみたいと思うのである。

本書の構成は、次のごとくである。　　　　（三弥井書店刊本の行数。除標題分）

1（序）　六
2題を能々心得べき事　八〇
3歌も折によりて詠むべき様あるべき事　二〇
4歌の姿の事　七三

5歌はよせあるがよき事　五
6文字のあまる事　七
7かさね詞の事　七
8歌の詞の事　三四
9古歌を取る事　二五
10（跋）　一〇

この中で、構成の位置や内容や分量の点で重要と思われる、1（序）、2題を能々心得べき事、4歌の姿の事、9古歌を取る事、8歌の詞の事、10（跋）等の言説を主に取り上げることになる。

冒頭部分の序の書き出しは、「和歌を詠ずる事、かならず才学によらず、ただ、心よりおこれる事と申したれども、稽古なくては上手の覚え取りがたし」とある。この部分について、前掲佐藤氏論攷は、『古来風体抄』と『近代秀歌』を引き、「俊成以来の「才学」否定を承けて、定家は、必ずしも才学によらず、心に自得する道だというのであるが、為家は、さらに上手となるためには「稽古」が必要であると説く」と言う。この見渡しは首肯されるが、「稽古」の語彙自体の差異になお着目してみたいと思う。

「ただ、心よりおこれる事と申したれど」は、もとより『古今集』序の「やまと歌は、人の心を種として、万の言の葉とぞ成れりける」(6)を遠く仰ぎつつ、より直接には、『八雲御抄』(7)の「歌をよむ事は、心の発こるところ也」を踏まえた立言であろう。ただ、「申したれど」のもの言いは、『八雲御抄』そのものへの反言ではなく、むしろ、既に指摘されている本書の特色の一つである、中世の「道」の思想に連なる「稽古」の論を、冒頭部で提示してそれを強調する意味合いが強いものと思われる。

その「稽古なくては上手の覚え取りがたし」の「稽古」の語に関しては、例えば『毎月抄』[8]の中では、つぎのごとくある。

ただし、稽古年重なり、風骨よみ定まる後は、また万葉の様を存ぜざらむ好士は、無下の事とぞおぼえ侍る。稽古の後よむべきにとりても、心あるべきにや。

〜それ（秀逸体）をばわざとよまむとすべからず。稽古だにも入り候へば、自然によみ出ださるる事にて候。

〜晴れがましき会合の時は、あまりに歌数多くよむ事不レ可レ然候歟。稽古も初心も用意同じ事にて候。百首などの続歌には四、五首、已達は七、八首、よき程にて候べし。

これらの文脈における「稽古」の語の用い方には、単に訓練あるいは訓練を積んだ者という意味以上の価値の意識は見出せない。

これに対して例えば、清輔『袋草紙』[9]（雑談）には、

又新院御給ヲ申ニ度々漏しかば、十二月二十日比、事之次ニ奏聞する歌

位山まだき鶯人しれぬねのみなかれて春をまつかな

明年御給所レ給也。競望人有二其数一。而仰云、依二優和歌一、給二清輔一云々。何之面目か如レ之哉。雖レ不レ堪レ事、依二此道一度々有二面目一。是多年稽古之所レ致歟。

とある。つまり、清輔が「位山」の和歌によって崇徳院の御給を得るに到った逸話の中で、それが「多年稽古」の賜物であるとする文脈に、「稽古」の語が見えるのである。

また、『八雲御抄』（用意部）では、「顕昭法師、寂蓮法師、風情は無下にならびがたく侍れど、稽古や久しく侍りけん」や「順又重代にあらずといへども、此道稽古の物也」あるいはまた「基俊といふもの、この道稽古あり

て、俊頼に時々あらそふをりあり」などと、顕昭、寂蓮、順、基俊の名を挙げて、「稽古」によって歌人として名を得た具体的事例を示す文脈に、「稽古」の語が見えている。

従ってむしろ、『袋草紙』や『八雲御抄』に見える「稽古」の用法の方が、『詠歌一体』の「稽古なくては上手の覚え取りがたし」の意識に重なるように思われてくるのである。

今少し、『八雲御抄』の言説との関わりを見てみよう。前掲構成表4の「歌の姿の事」は全体の約四分の一を占めるが、その書き出しは次のとおりである。

詞なだらかに言ひ下し、清げなるは、姿のよきなり。同じ風情なれど、わろく続けつれば、あはれ、よかりぬべき材木を、あたら事かな、と難ぜらるるなり。されば、案ぜん折、上句を下になし下句を上になして、事がらを見るべし。上手といふは、同じ事を聞きよく続けなすなり。聞きにくき事は、ただ一字二字も耳にたちて、三十一字ながらけがるるなり。まして一句悪からむは、良き句まじりても、更々詮あるべからず。

これは『詠歌一体』の眼目で、後の二条派の和歌の主調音たるいわゆる平淡美を開陳したものとされる。この類の考え方は、『毎月抄』の「歌の大事は詞の用捨にて侍るべし」の段に「申さば、すべて詞にあしきもなく宜しきもあるべからず。ただ続けがらにて歌詞の勝劣侍るべし」とあり、『無名抄』(10)にも「歌はただ同じ詞なれど、続けがら言ひがらにてよくもあしくも聞ゆるなり」とある。『八雲御抄』の「歌はただせんずるところ、古き詞によりて、その心をつくるべし。いはばよき詞もなし、わろき詞もなし。ただつづけがらに善悪はあるなり」の言説も含めて、これらは全て同心円上にあると見ることができる。詞自体の善し悪しではなく、その続け方によって歌の価値が決まるという考え方に於て、『毎月抄』『無名抄』『八雲御抄』は類同であり、その関係は、各書の成立時期とも絡んで必ずしも分明ではないが、『八雲御抄』が他の二者よりは後出であろうか。

前掲佐藤氏論攷は、この『詠歌一体』の「詞なだらかに言ひ下し」以下の言説については、右記『毎月抄』の詞についての所説を「風情、事柄に関する説として転用しているように思われる」と述べる。確かに、『詠歌一体』の言説は、続け柄によって「材木」としての良い「詞」が無駄になる、との考え方であって、『毎月抄』や他の両者とはずれを見せていて、そこにまた為家の言説の特徴を窺うことができよう。しかし、それを措けば、右の三書の言うところと『詠歌一体』の考え方は基本を通底すると言ってよい。為家が、直接いずれに拠ったかは特定しえず、むしろ各々から窺われる同時代の考え方に導かれたとも言えよう。あるいは、父定家の教えを学ぶことは当然として、順徳院の近臣として在った為家であれば、『八雲御抄』が言う定家と同様の考え方の部分については、なおさらそこに信を置きそれを基にして、結果として『詠歌一体』の主軸となる考え方を形成するに到った、と見ることもできる。

ところで、この『八雲御抄』は、後代歌人への影響の点でも注目されるが、ここでは、真観との関係を一瞥しておきたい[11]。真観撰と目される『秋風抄[12]』の序文に次のようにある。

あるはもろこしのふみにたづさひてことばをかざり、あるは法のをしへにつきて心をぬすめり、これもよせおもく、かれもなさけ有りといへども、そのいにしへを思へば、かかるべくなんあらざりけるにや、ただ、はなをもてあそび、月をあはれむ心をのみぞあらはせりける、あるはふるきことばをねがひて、およばぬすがたをまなび、あるはひとしれぬ海山の名をとめて、めづらしき事をえたりとおもへる、これらのたぐひは、清行式を見ざる人のこのみよめるなるべし、かの式には、凡和歌先レ花後レ実、不レ詠二古語并卑陋之所名、奇物之異名一、かくのごとくぞいましめたりける。

一方、真観撰『簸河上[13]』にも「まことにうたにはなれたるとほきもろこしのふみ、ふかきみのりのをしへなどよめることはそのみちのためにたやすきやうなれば、このみよむべからず」とある。この特徴ある言説は、右に示した『秋風抄』序の前半部分と一連と見てよく、それが、『秋風抄』の仮名撰者「小野春雄」を真観とすることの傍証にもなる。そして、この仏教義と漢詩文に依拠する詠作を戒める思考は、『八雲御抄』（用意部）の「稽古といふに、天竺、震旦の事をみるにもあらず、ただふるき歌の心をよくよく見るべし」という言説からの延長上に位置付けることができるのである。

また、『秋風抄』序の右記後半部分に見える、ただ花や月に心を致すことを肝要とし、古語や珍奇な語を以て詠出することの禁忌を説く為に「清行式」を引く態度は、やはり『八雲御抄』（用意部）の次の部分の言説を、ほぼ踏襲したものと見ることができる。

　寂蓮法師がいひけるは、「歌のやうにいみじき物なし。ゐのししなどいふおそろしき物も、ふすゐの床などいひつればやさしき也」といふ。ましてやさしきものをおそろしげにいひなす、無下の事也。安倍清行が式に曰ふ、「凡和歌者先レ花後レ実、不レ詠二古語幷卑陋所名、奇物異名一、ただ花の中に花をもとめ、玉の中にたまをさぐるべし」といへり。

順徳院の乳母を母に持つ真観藤原光俊の廷臣としての始発は、まさにその順徳天皇代である。光俊が順徳院に対してどのような感情を抱いていたかは分明ではないが、あるいは為家と真観という鎌倉中期に対立した両人が、共に『八雲御抄』に少しく適従していたとすれば、それ自体興味深いことと言えよう。

三　詠歌一体著述の姿勢

さて、左に示すのは、２「題を能々心得べき事」の中で、いわゆる「落題」を批判する箇所である。

三十一文字のなかに題の字を落とす事はふかく是を難じたり。但し、思はせて詠みたるもあり。

落葉満水

いかだしよまてこととはむみなかみはいかばかり吹く山のあらしぞ

月照水

すむ人もあるかなきかのやどならしあしまの月のかげにまかせて

此の二首は、その所にのぞみてよめる歌なれば、題をばいだしたれど、只今見るありさまにゆづりて、紅葉、水などをよまぬなり。[14]

つまり、題中の文字を落としていながら、それを言外に想起させて詠む例として、「落葉水に満つ」の題の「いかだしよ」の一首と、「月水を照らす」の題の「すむ人も」の一首をあげ、両首を、属目の景に譲って各題の「紅葉」「水」を詠まぬ、落題が許容される証歌としているのである。この両首は各々、「後冷泉院御時、うへのをのこども大井河にまかりて、紅葉浮水といへる心をよみ侍りける」（新古今集・冬・五五四・藤原資宗朝臣）[15]、「家にて、月照水といへる心を、人人よみ侍りけるに」（新古今集・雑上・一五三〇・大納言経信）と詞書する『新古今』入集歌である。確かに前者は、後冷泉院大井河行幸の折の詠作だが、後者については、詞書には（経信の）「家にて」とあるのみである。もとより大納言経信邸の寝殿造りの園池を想定しての立論であろう。しかし、「すむ人のあるかなきかのやどならし」の表現が、自邸を廃屋めかす興趣で詠んだものとしても、これが特に眼前の景に臨んだことによって、「水」を詠まない例たり得るとする点は、『定家十体』がこの歌を「見様」ではなく「長高様」に配していることに照らしても、絶対至当の解釈、とは思われないのである。

右の一節に続いては、

五月四日の歌合に、郭公

さみだれにふりいでてなけと思へどもあすのあやめやねをのこすらん[16]

此の歌は、落題とて難じたり。

と、落題が難じられた例が挙げられている。この歌は、応和二年（九六二）五月四日「内裏歌合」の「郭公を待つ」題、左方佐理の歌で、五島美術館蔵手鏡『筆陣毫戦』[17]所収断簡には次のごとくある。

（待郭公）

左　　　　侍従佐理

さみだれにふりいでゝなけとおもへどもあすのためとやねをのこす覧

ほとゝぎすといふもじはなけれど、うたのすがたきよげなりとてかつ

右　　　　ゆげゐのくら人

あやめ草ねをふかくこそほりて見めちとせも君もひかむとおもへば

これは、廿巻本類聚歌合本文の断簡とされる。対する十巻本類聚歌合歌合証本[18]によると、判詞は「これもだいのこゝろなし、とて持」とあって、異なりを見せている。為家の参看本文は如何様であったか。確言はできないが、「郭公といふ文字はなけれど、歌のすがたけうらなりとて勝ちなり。題字をよまぬ証なり」（和歌童蒙抄[19]）、「郭公といふことなけれど歌のすがたきよらかなりとて左勝」（袋草紙）、「此歌、時鳥といはねども勝畢」（八雲御抄）、「判者、郭公といふ事なけれど、歌のかたちよしとて為勝」（夫木抄）等のように、後代に所引の諸文献は『筆陣毫戦』所収断簡とほぼ同趣の判詞を伝えている。もしこの断簡の本文と同様のものに拠ったとすれば、為家は、「ほとゝぎすといふもじはなけれど」という落題を言う部分のみに執して「難」として引用し、「きよげなりとてかつ」の部

分を敢えて無視したようにも思われる。それによって、前文の場に臨んだ詠作の好例との対比を強調しようとしたかのような印象が残るのである。また、十巻本系の本文に拠ったとしても、「題のこゝろなし」として批判されているのは、「持」となった左右両首のはずであって、特に佐理の歌だけを引くことはやや恣意的と言えるのである。

なお、右記「さみだれに」歌の『詠歌一体』所引本文第四句は、河野・秋大両本が「あすのあやめや」、時雨亭本が「あやめや」を見消ちして「ためにや」とある。現存歌合証本は「ためとや」であり、完全には不審を散じえないながらも、恐らくは時雨亭本の処置はしかるべき歌合本文に従った結果であろう。『詠歌一体』としての原本文は「あやめや」であったかと憶測されなくもない。前に見た「すむ人も」歌本文結句も、河野本は「かけにまかせて」で、秋大・時雨亭両本が『新古今』と同形の「もるにまかせて」であり、併せ勘案すれば、これらは為秀少年時の誤写の痕跡と見るよりは、『詠歌一体』原本文の錯誤と捉えるべきではないだろうか。原著者のある種の厳密さを欠く著述態度の反映、と見られなくもないように思うのである。

一方、同じ「題を能々心得べき事」の段には、次のごとき一節がある。

難題をば、いかやうにも詠みつづけむために、本歌にすがりてよむこともあり。風情のめぐりがたからん事は、証歌をもとめて詠ずべし。但し、古集(20)には、秋、郭公を詠み、冬、鹿をもなかせたり。か様の事は、眼前ならずは詠むべからず。

この秋の郭公と冬の鹿鳴の歌を収める「古集」について、『歌論集一』の注は、「類聚古集」の呼称例や「古集と書キたるは万葉集の事也、無ク二左右一人のしらざる事なれば、此次に注シ付クル者也。たしかなる師説也。定家卿説也」（徳川美術館蔵本識語）の了俊識語から、「万葉集」を言ったものと見ている。そして、「秋、郭公を詠み」は、

「ほととぎす声聞く小野の秋風に萩咲きぬれや声のともしき」（万葉集・巻八・一四六八・広瀬王）や「ほととぎす鳴きて過ぎにし岡傍から秋風吹きぬよしもあらなくに」（万葉集・巻十七・三九四六・池主）を指すであろうとしている。その上で、次のように言う。

しかしこれらも、普通には、上二句の情景を現在もしくは直前のこととせず、「夏の頃は」と補って解しているようで、そうするとここの為家の理解とは一致しない。又もし、これらを現在の情景とするならば、東光治氏（『万葉動物考』二五八頁）も言ったように、「高原地帯か山中で詠まれた」ものと考えなければならない。

この指摘は、本稿の視点と関わり重要である。やはりこの両歌は、「秋、郭公を詠み」の例として最適であるとは言えず、しかしまたこれ以外には、「古集」と言えるような集に「秋、郭公を詠み」の例たりうる歌は見出し難いのである。『詠歌一体』の原著者は、証歌の恣意的な解釈の上に立ち、あるいは明確な証歌を持たないままに、曖昧に「古集」にある「証歌」の存在を匂わせたに過ぎないようにも思われるのである。

また一方の、「冬、鹿をもなかせたり」については、『歌論集一』は、相当する歌は見当たらないとしている。確かに現行『万葉集』中には見出し得ない。これについては例えば、「神な月時雨しぬらしくずのはのうらこがるねに鹿もなくなり」（拾遺集・冬・二一八・読人不知）、「なに事にあきはてながらさをしかのおもひかへしてつまをこふらん」（金葉集・冬・十月十日ころにしかのなきけるをききてよめる・二六五・光清）などと、『拾遺集』と『金葉集』の冬部に鹿鳴の歌が一首ずつ見えている。為家の当代に金葉集までを「古集」と呼び得たかは疑問である。しかしまた、別に『詠歌一体』が言う「又古集にあればとて、今は人も詠まぬ事どもつづけたらん、物わらひにてあるべし。ほがら〳〵、べらなり、かやうの事はまねぶべからず。何事も時にしたがふべきなり」（歌の詞の事）の「古集」の指し示すところはどうであろうか。「山たかみみつつわがこしさくら花風は心にまかすべらなり」（古今集・春下・八七・貫之）や「しののめのほがらほがらとあけゆけばおのがきぬぎぬなるぞかなしき」（古今集・恋三・六三七・読人不知）のような、「ほがらほがら」「べらなり」両語を用いた歌の例より見て、「古今集」辺りが想定されるのである。従って、右の「古集」も、「万葉集」には限らず「古今集」から「拾遺集」辺りまでを含む、とも解し得るのではないか。「古集」を、一集を特定したものとして読もうとする了俊のような享受者側の限界とも言える。しかし、それはまた、先に見た「秋、郭公を詠み」の場合の「古集」たる『万葉集』証歌自体の脆弱さを併せ考えると、茫漠と「古集」の証歌を仄めかせようとする著述の姿勢から発生する齟齬、とも言えるのである。そしてそこに、限定的な物言いを敢えて避ける著述者の性向の現れを見て取るべきか、とも考えるのである。先述した、「等しく両人を思ふ恋」の例歌選択や、落題の証歌の挙例にも窺われる通有の傾向と言えるのではないか。つまり、本書著述者為家の、やや厳密さに欠ける断章取義的な一面とも言え、ある意味での柔軟な態度とも言い得るように思うのである。

四　古歌を取る論——定家との距離

さて、以下には、右の視点も踏まえながら、『詠歌一体』中の本歌取りに関する論、あるいは古歌摂取に関する論について、主に定家の本歌取りの所論ならびに『八雲御抄』の言説との関係に焦点を当てて考察してみたい。言うまでもなく、古歌摂取とその特化された方法たる本歌取りの問題は、単に中世歌学のみならず和歌史上の最重要の問題だからでもある。

「五句の物を三句とらん事あるべからずと申すめり。但し、それも様によるべし」は、9「古歌を取る事」の冒頭部分である。周知のとおり、定家の本歌取り論とその細かな規制は、『近代秀歌』『詠歌一体』等の歌学書中にまとめて説かれている。その中で、右の一節は、『詠歌大概』[21]の「但し、古歌を取りて新歌を詠ずる事、五句之中三句に及ばば頗る過分にして珍し気無し、二句の上三、四字はこれを免す」の言説を基盤に置いた物言いであろう。また、『毎月抄』の「本歌の詞をあまりに多く取る事はあるまじきにて候」なども重なり、『八雲御抄』の「二句などはいかがせむ。三句とる事尤も然るべからず。凡そ古歌詞いたくとるをば、先達難ずる事也」の言説をも引き承けたかと見られなくもない。

ただしまた、「但し、それも様によるべし」との留保の言葉の意味は、必ずしも分明ではない。「様」の内実にはいくつかの解釈が考えられよう。例えば、建保五年（一二一七）『冬題歌合』の「おもひ河たえずながるる水鳥のおのがは風もあらし吹く比」（冬河風・六四・忠信）は、『後撰集』の「おもひがはたえずながるる水のあわのうたかた人にあはできえめや」（恋一・五一五・伊勢）を本歌とする。衆議判を承けた定家の判詞は「右、本歌のことば三句におよびて侍れど、下句ことによろしくきこゆとて、勝とさだめられ侍りき」である。実際には本歌の初二句と第三句の二、三字を取っている訳だから、「三句に及」んでいるだけで、「三句」を取った例になるかは存疑だが、定家判詞は「三句におよびて侍れど」と条件づけて、「下句ことによろしくきこゆ」と言っているのである。結局は、古歌を取った以外の部分とそれを含んだ一首全体がどのようになるかが問題であって、それが「宜しければ、良い歌たる評価を得られることを示す一例と言える。為家の「様によるべし」も、このような趣旨を念頭に置いた立言であろうか。ただ、定家の場合少なくとも歌学書中の言説にはそのような留保の一文はない。しかしそれはもとより、定家の所論に於て、取る字句数の制限の意味は、主には達者ならざる者が本歌取りで言わば新しき心の宜しき歌を詠むための技術的方途の一つである、と捉えられるべきであり、その制限自体が絶対条件とはなりえず、従って「様によるべし」の類の留保は言わずもがな、のことと見るべきであろう。「但し、それも様によるべし」は、為家のより柔軟な態度あるいは曖昧さを許容する姿勢が敢えて言わしめた留保の言説、と見ることもできるのではないだろうか。

ここでさらに、「古歌を取る事」の証例を示す一文に着目してみたい。「かぜふけばみねにわかるる白雲のたえてつね(22)なき君が心か」（古今集・恋二・六〇一）の忠岑歌を本に、家隆が「さくらばなゆめかうつつかしら雲のたえてつねなきみねの春かぜ」（新古今集・春下・一三九）と詠んだ例について、『詠歌一体』は、「この歌の句の据ゑ所かはらぬは、恋の歌を花の歌(23)にとりなしてめづらしきゆへにくるしからぬなり」と言う。「句の据ゑ所」すなわち本歌の句を新歌のどこに置くかについて、それが変化しない場合の言わば条件を示している。つまり、家隆歌の場合は本歌の第三・四句をほぼそのままに取るが、為家はこれを無条件に良しとはせずに、それが認められるのは、恋の歌から花（春）の歌へと主題を転換しているからだ、と主張するのである。

定家は『近代秀歌(24)』で、「かの本歌を思ふに、たとへば、五七五の七五の字をさながら置き、七々の字を同じく続けつれば、新しき歌に聞きなされぬところぞ侍る。五七の句はやうによりて去るべきにや侍らむ」と説く。これに照らせば、右の家隆歌は、本歌の七五句や七七句をそのまま取っている訳ではなく、忠岑詠の歌句は「やうによりて去るべき」五七句という訳でもない。従って、もとより特に咎められる必要もない詞の取り方だとも言えるのである。

一方、主題の転換について定家は、『詠歌大概』では「猶これを案ずるに、同じ事を以て古歌の詞を詠ずるは頗る念無きか。花を以て花を詠じ、月を以て月を詠ず。四季歌を以て恋・雑歌を詠じ、恋・雑歌を以て四季歌を詠ず、此くの如きの時古歌を取るの難無きか」と言う。これは主題の転換が古歌を取る難点を排除することを言っており、一見、為家の言説に通うがごとき印象もなくはない。しかしこれを承けてか、『毎月抄』には次のようにもある。

> また、本歌取り侍るやうは、さきにも記し申し候ひし花の歌をやがて花によみ、月の歌をやがて月にてよむ事は、達者のわざなるべし。春の歌をば秋・冬などによみかへ、恋の歌をば雑や季の歌などにて、しかもその歌を取れるよと聞こゆるやうによみなすべきにて候。本歌の詞をあまりに多く取る事はあるまじきにて候。そのやうは、詮とおぼゆる詞二つばかりにて、今の歌の上下句にわかち置くべきにや。たとえば、「夕暮れは雲のはたてに物ぞ思ふ天つ空なる人を恋ふとて」と侍る歌を取らば、「雲のはたて」と「物思ふ」といふ詞を取りて上下句に置きて、恋の歌ならざらむ雑・季などによむべし。

すなわち、定家の本歌取り論の中で主題の転換と句詞の位置の変化は、別々に達成されるべき並列の要件であって[25]、『詠歌大概』の「如レ此之時無下取二古歌一之難上歟」は、主題の転換が句の取り位置の無変化を猶予することを言う言説でないことは明らかである。

為家の所論は、定家の規制を曲解したとも言える。しかし、むしろ為家はこれを承知の上で、撰者名注記に定家の名も見える新古今入集の家隆歌という現実を説明する場を借りて、二つの要件をゆるやかに組み合わせたか、と考えるのである。

一方また、8「歌の詞の事」の「近き代の事ましてこのごろの人の詠み出だしたらむ詞は、一句も更々よむべからず」は、以下に、例の「霞みかねたる」を初めとするいわゆる制禁の詞を列挙する部分である。略本系の諸本の多くは、この詞の原歌を挙げる形の抄出になっている。この「近き代の事」の言説自体は、「詞」は「古」きにつくという原理の上に説かれる定家の本歌取りに関する言説に繋がるものである。つまり、『近代秀歌』が、「五七の句はやうによりて去るべきにや侍らむ」として、その具体例を詠むべきものと詠むべからざるものとに分けて示し、その詠むべからざる古歌の詞に次いでは、という文脈で説く、「次に、今の世に肩を並ぶるともがら、たとへば世になくとも、昨日今日といふばかり出で来たる歌は、一句もその人のよみたりしと見えむことを必ずさらまほしく思う給へ侍るなり」との言説、これを継承したと言える。あるいは、『詠歌大概』が言う「近代之人詠み出づる所の心詞、一句たりと雖も謹みてこれを除き棄つべし。七八十年以来の人の歌、詠み出づる所の詞、努々取り用ゐるべからず」との言説を受け継いだとも言えよう。為家は、定家の本歌取り論中の言わば注意要項を、本歌取り論本体から切り離して、「歌の詞の事」の中に特立させて論じていることになる。これは、秀句を剽窃するかのごとき傾きが見え隠れする鎌倉中期の和歌の詠作状況(26)が、為家をして、詞の禁制を強化させる方向に働いた結果と捉えることもできようが、同時に、例えば父定家の所説であっても全体の中から一部を独立させることにさ程抵抗はなかったという、為家の著述姿勢を反映しているようにも思うのである。この制詞の部分が抄出されて、後代に膨大な略本群を派生させるのは、「道」の確立に伴う禁忌の重視という時代の要請や、量の点での手軽さといった書写の事情の前に、そういった為家の姿勢自体の中にも遠因があった、と考えるのである。

五　古歌を取る論――八雲御抄との距離

さて、「古歌を取る事」の末尾の結論風の部分で、為家は次のように言う。

常に古歌をとらむとたしなむはわろきなり。いかにもわがものとみゆる事なし。ただし、それもおちきて詠まれむ折には取るべし。題も同じ題、心も同じ心、句の据ゑどころもかはらで、いささか詞をそへたるは、すこしもめづらしからねば、ふるものにてこそあれ、何の見所かあるべき。

さらに、次のようにも続ける。

万葉集の歌などの中にこそ、うつくしかりぬべき事のなびやかにもくだらで、よき詞わろき詞まじりて聞きにくきを、やさしくしなしたるもめづらしき風情に聞こゆれ。三代集よりは、人の心も思ひ残すことなく案じくだきたるを、へつらひて、もしさもありぬべきふしぶしやあるとうたがひたらむ、何許の事かあらむ。すべて、あたらしく案じいだしたらむには過ぐべからず。

これは、むしろ「古歌を取る事」を否定するかのごとき言いようだが、その拠り所は、順徳院『八雲御抄』の用意部の所説にあるのではないだろうか。その「第四に古歌をとる事」の節では、冒頭部に「これ第一の大事、上手ことにみゆる事なり。」と言い、後文でそれが「凡ふるき歌をとる事、歌にまめなる人の所為、誠に一の事」と換言されている。そして、「誠に一の事なれど」としつつ、「われとめづらしうよみたらんには、猶おとるべくや」と言って、古歌を取る事を第一としながらも、自ら珍しく詠んでいるようなものにはやはり劣る、と説くのである。これを基底に為家が、「常に古歌をとらむとたしなむはわろきなり。いかにもわがものとみゆる事なし」と、「すべて、あたらしく案じいだしたらむには過ぐべからず」と、二つに分けて敷衍した、と捉えることができるように思われるのである。

また、『万葉集』の扱いについて、『八雲御抄』は、「われとめづらしうよみたらんには、猶おとるべくや」に続けて、次のように言う。

すべて末代の人、いまは歌の詞もよみつくし、さのみあたらしくよきことばありがたければ、ただよわよわとある歌は、よろづの人にかはりたる所もなき事を、上手のけぢめあらむとて、おそろしき万葉集の詞、ふる歌とりなどして、まへをはらふは、かならずよくよめりとおもはねど、すこしけぢめあらむとするなめり。

つまり、末の世の人は、今では新しい歌詞も出尽くし、たいして新奇な詞もあり得ないので、だ弱な歌は平凡万夫に変わることもないといった事情の中で、凡手とはちがう名手としての区別をつけようとして、「おそろしき万葉集の詞、ふる歌」などを取りなして詠み、先払いをするように他を払い除け打開するのは、必ずしもよく詠んでいるとは思われないけれど、少しはその区別をつけようとするのであろう、というのである。これは見方を変えれば、新たな詞を生むことが困難な閉塞状況の中で、名手たるべく万葉語を摂取して詠むことは、それはそれとしてある程度は認められるか、のごとくに理解されるであろう。

他方、『詠歌一体』は、「万葉集の歌などの中にこそ、うつくしかりぬべき事のなびやかにもくだらで、よき詞わろき詞まじりて聞きにくきを、やさしくしなしたるもめづらしき風情に聞こゆれ」と言う。万葉歌の中では、美しくあるはずの事をしなやかにも詠み下さないで、良い詞と悪い詞が混在して聞きにくいものを、改めて優美に仕立て直したのは珍しい風情に聞こえる、というのである。もちろん、『万葉集』の歌やその詞に優なるものと優ならざる「聞きにくき」「恐ろしき」ものとが混在すると見る価値観は、為家の祖父俊成に溯源する。[27]しかし、俊成は後者を退ける立場であり、「聞きにくき」ものを「やさしく」取り為すことを容認する為家の姿勢とは異なる。これは、「詞なだらかに言ひ下し、清げなるは、姿のよきなり」（歌の姿の事）という為家自身の要説を基盤にして、そういった場合には、万葉歌の摂取も容認されるのだと、順徳院の所説を展開している、と捉えてよいであろう。

また、『八雲御抄』の「すべて末代の人、いまは歌の詞もよみつくし、さのみあたらしくよきことばありがたければ」を、『詠歌一体』は「三代集よりは、人の心も思ひ残すことなく案じくだきたるを」と言い換えたのではないか、とも考える。その上で為家は、三代集以降は、歌に詠むべき人の心も考え尽くされているのに、まだもしかしてその中に本歌として取ることのできる詞の節々があるかと窺っているようなことは、どれ程のことでもない、と否定しているのである。そして、「すべて、新しく案じいだしたらむには過ぐべからず」と結論し、さらには、『詠歌一体』全体の跋文中にも「歌はめづらしく案じ出だしてわが物と持つべしと申すなり」と再説するのである。

順徳院の所説を為家なりに捉え直しての所論かと思量する。同時代の和歌史上の問題として見れば、順徳院の妥協的な万葉歌詞摂取についての評価が、あるいはその後に真観や六条家一統などの歌人達の万葉摂取(28)を助長する誘因となったか、とも疑われる。そして、そのような現況の中で、同じく万葉の詞を取るにしても、その取り方による歌の姿に優劣を設けて区別しようとする為家は、結局は、真観らの方法については、万葉および三代集以降の歌の詞をむやみに取ったような態度として、これを認めないことを表明しようとしたか、とも推測する。同様に、古歌摂取一般についても、本歌の範囲が拡大されかつ同時代の先行歌をも安易に摂取する傾向が見える鎌倉中期の詠作状況(29)と、為家が本書の中で「歌はめづらしく案じ出だしてわが物と持つべし」という言説を強調する姿勢とは、決して無縁ではない、とも考えるのである。

むすび

以上、『詠歌一体』の要点を読み、挙証・挙例のありようや論説の方法、また特に『八雲御抄』との関係や定家などの先行説の取り込み方と記述の態度の問題点について述べてみた。いわゆる「主ある詞」の規制の拡大を初めとして、主に歌詞の面で具体的な当否・正邪を明確に説示する反面に、例えば題詠論の中で明示したり暗示したりする証歌とそれをめぐる言説には、必ずしも精確さや厳密さが認められる訳ではなく、むしろ柔軟と言えば柔軟な都合よさが見え隠れしているのである。またもとより、父親であり師匠でもある定家から、子息であり弟子でもある為家が受けた影響が絶大であるのは当然のようにも思われるが、例えば本歌取りという今日極めて定家的と言われる詠法についても、為家は少なくとも理論面に於ては必ずしも全き継承をしている訳ではない。佐藤氏が、清輔歌論との距離から言う「俊成・定家とは隔絶した、為家の時代の歌学と歌論のあり方」（前掲論攷）と言う視点は、むしろ定家からの影響を受けているような論説の局面でも有効だと考えるのである。先行の広範な諸説を集合した順徳院の『八雲御抄』などを踏まえつつ、時代の詠作の現実の状況に柔軟に対応して、為家は定家の所説をも少しずつずらしているようにも見える。逆に、ゆるぎない定家の高度な理想の方が孤絶しているとも思われてくるのである。

つまるところ、為家『詠歌一体』には、伝統の守株と時流への適応、家説の襲用と他説の応用、規制・禁忌への傾斜と柔軟さ・曖昧さの存置、これらそれぞれが併存しまた応変している場合がある、と言えるのである。一般に言われる為家嫡流の二条家とそれを継ぐ二条派の「平淡美」の和歌、それが堂上和歌の本流として連綿と近世から近代の初めにまで流れ込む強固な伝統世界は、このような為家の歌学の在り方に連なるのか否か。連なるとすればどのように連なるのか。その個々の検証はまた今後の課題であろう。

注1　佐藤氏は早く、「詠歌一体考」（『言語と文芸』四〇、昭四〇・五）で諸本を精査分類し、『詠歌一体』甲本が為家の真作たることを証している。また別に、徳川黎明会叢書『和歌篇四　桐火桶・詠歌一体・綺語抄』（平元・七、思文閣出版）の解説で、諸本分類を再説して、徳川黎明会本の位置付けを論じてもいる。

2　ただし「解説」中では、河野本の親本が「為家自筆本そのものであったのかどうか、やはり慎重にならざるを得ない」とも言う。

3　本稿は、付記に記したとおり平成九年十二月の口頭発表を基にしている。この阿仏尼関与の考えについてはそこでも言及し、平成十三年八月入稿時にも記しておいたところだが、校正時に『冷泉為秀筆　詠歌一体』が刊行されたことをお断りしておく。

4 参考までに冷泉家系統本③④⑤三本の書誌を記しておく。③は小林一彦氏の御教示による。氏に御礼申し上げる。

③秋田大学附属図書館蔵（九一一—二五・Ｔａ八一）。写本、綴葉装、一帖（三折）。鶯色地雲型文錦繍古裂表紙（改装）、縦一七・八×横一七・一糎。外題、中央金銀砂子雲霞題簽に「詠謌一躰」。見返し、金色布目地。内題、「詠歌一躰」（為秀筆か。一オ左肩。元仮綴じ表紙外題か）。本文料紙、斐紙。墨付、二四丁。遊紙、後一葉。一折目一〇葉、二折目八葉、三折目七葉（後一葉裏表紙と見返しの間に綴じ込み）。三折目に二、三枚の脱落あり。毎半葉一〇行、和歌一首二行書き。字面高さ、約一六・三糎。奥書等省略。

④今治市河野美術館蔵（一二五—六五二）。写本、綴葉装、一帖（三折）。浅葱色地菱型繋菊花文錦繍表紙（改装か）、縦二五・七糎×横一六・〇糎。外題、左肩金銀切箔散らし題簽に「和哥一躰」。見返し、金泥雲霞野毛切箔散らし。内題、ナシ。本文料紙、斐紙。墨付、三〇丁。遊紙、前一葉。一折目一一葉（前一葉表紙と見返しの間に綴じ込み）、二折目一四葉、三折目六葉。毎半葉八行、和歌一首二行書き。字面高さ、約二三・〇糎。奥書、「以相伝秘本具書写／校合訖／散位為秀（花押）」、「少年之筆跡甚狼籍雖不被見解／以相伝秘本祖父卿／筆具令書写校合訖／尤可為証本哉／左少将藤原為秀」、「了俊七帖秘抄内也　（花押）」。

⑤冷泉家時雨亭文庫蔵。写本、綴葉装、一帖（三折）。紺色無地紙表紙（原装に近い頃の後補）、縦二二・七糎×横一六・三糎。外題、「詠歌一躰 中院」と打付け書き。見返し、本文共紙。内題、ナシ。本文料紙、薄手斐紙。墨付、三〇丁。遊紙、前後各一葉。一折目一一葉（前一葉見返し）、二折目一六葉、三折目六葉（後一葉見返し。末尾三葉切除）。毎半葉八行、歌一首二行書き。字面高さ、約二〇・六糎。奥書、「此一帖以祖父入道大納言為家卿／自筆本令書写校合訖尤／可為証本矣／右近権中将為秀（花押）」（佐藤氏解題に拠る）。

5 表記は通行字体に従う。読み易さに配慮し、歴史的仮名遣いに改め、送り仮名を付し、清濁を施して句読点を打つ。また適宜、仮名に漢字を宛て、漢字を仮名に開く。

6 新日本古典文学大系『古今和歌集』（平元・二、岩波書店）本に拠る。

7 『日本歌学大系別巻三』（昭三九・五、風間書房）所収本に拠り、一部表記を改める。

8 日本古典文学全集『歌論集』（昭五〇・四、小学館）所収本に拠り、一部表記を改める。なお、本書は定家の真作と断定はできないが、定家の考え方を相当程度伝えていると見る立場で論じる。

9 『日本歌学大系第三巻』（昭三一・七、風間書房）所収本に拠り、一部表記を改める。

10 日本古典文学大系『歌論集 能楽論集』（昭三六・九、岩波書店）所収本に拠り、一部表記を改める。

11 これについては既に、「中世歌学の一断面から」（『鶴見大学国語教育研究』三七、平一〇・六）に述べている。

12 『新編国歌大観第六巻』（昭六三・四、角川書店）所収本に拠り、一部表記を改める。

13 拙稿「校本「簸河上」」（『国文学研究資料館紀要』二二、平八・三）に拠り、一部表記を改める。

14 河野本は「かけ」、秋大・時雨亭両本は「もる」とある。『新古今集』の本文は「もる」。後述のごとく、為家の錯誤か為秀の誤写であろうが、前者の可能性が高いのではないか。

15 以下、歌集関係の本文は、特記しない限り新編国歌大観所収本に拠る。

16 河野・秋大両本は「あやめや」、時雨亭本は「あやめや」を見消ちして「ためにや」とある。

17 『古筆学大成第二十一巻』（平四・六、講談社）所収影印に拠り、書式を改める。

18 『平安朝歌合大成第一巻』（増補新訂、平七・五）所収本に拠り、一部表記を改める。

19 『日本歌学大系第一巻』（昭三二・三、風間書房）所収本に拠り、一部表記を改める。

20 河野本は「古今集」とある。以下に記すとおり、両例の証歌は『古今集』には見えないので、河野本の誤りと見て、他本により校訂する。ただしまた、「古今集」が原本文だとすれば、それはそれで、原著者為家の不確実な記述態度の反映と見られなくもない。

21 注8所掲『歌論集』所収本に拠り、一部表記を改める。原漢文の読み下し。

22 古今集と時雨亭本は「れ」、河野本は「れ」を見消ちして「ね」。

23 河野本は「花の哥」、時雨亭本は「春の哥」で、秋大本は本文を欠く。

24 注8所掲『歌論集』所収本に拠り、一部表記を改める。

25 ただし定家所説に於て、こういった要件は、あくまで初学あるいは後進の者が本歌取りで良い歌を詠む場合の、言わば技術論であり、達者の者が必ずしなければならない条件ではないであろう。さらに言えば、古い詞で新しい心を詠み、高い理想的な姿の歌を求める、という大きな枠組みの中に本歌取りも位置付けられているのであり、その新しい心の高き姿の歌が達成されれば、詞の取り方の制限や主題の転換は絶対条件とはならないはずである。この問題については別稿で詳しく論じたい。

26 例えば藤原教定には、「近き人の歌の詞を盗み取る」（八雲御抄）と評された父雅経に倣ってか、近代から同時代の歌人の歌を取る詠作が認められる。逆にその教定の歌句を、同時代の宗尊親王が取っている例も存する。また例えば、藤原顕氏の歌にも、真観の歌句を摂取する例や、顕氏の歌から宗尊親王や藤原雅有が受容する例が見える。拙稿「藤原教定について（下）――関東祗候の廷臣歌人達（二）――」（『中世文学研究』一七、平三・八）、拙著『藤原顕氏全歌注釈と研究』（平一一・六、笠間書院）参照。

27 『右大臣（兼実）家歌合』以後、『六百番歌合』『千五百番歌合』等の、俊成判詞に窺われること、周知のとおりである。拙稿「中古「本歌取」言説史試論」（『講座　平安文学論究　十五輯』（平一三・一二、風間書房））参照。

28 例えば真観は、その歌論『簸河上』で、『詠歌大概』が言う「詞は三代集の先達の用ゐる所を出づべからず。新古今の古人の歌は同じく之を用ゐるべし」を承けつつ、「次に、代々の宣旨集をひらきてすがたふるきをすてじとは、新古今、新勅撰、続後撰のなかにも、万葉集、三代集の作者の歌の見ゆるをば本として、それは新古今の歌なればとてきらはじとなり」と言い、万葉集を三代集と同列視している。また例えば、六条家一統の顕氏は、現存三〇五首中で本歌取りと見られる作八九首の内、万葉歌を本歌とするものは一〇首あり、古今集歌四五首、後拾遺集歌一四首に次いで多い。注26所掲拙著参照。

29 例えば真観は、『簸河上』で、拠るべき古歌の範囲について、「ただし、後拾遺はみなほし、ひたたけてとりもちゐることになむなりて侍り。金葉、詞花もさることどもにてはべるめれば、くるしかるまじきことにこそ」という認識を示している。また、それに呼応するごとく、例えば藤原顕氏は、本歌取りの作八九首の内、後拾遺集歌一四首、金葉集歌四首、詞花集歌一首を本歌としている。注26所掲拙著参照。

〔付記〕本稿は、中四国中世文学研究会第四十七回例会（平九・一二・二一、於広島市、カレントコスモ）に於ける、『詠歌一体』について」と題した口頭発表を基にしている。研究会同人各位に厚く御礼申し上げる。

清家の講説と『四書童子訓』

住吉朋彦

本邦中世期に、神代以来天孫の正統に受継れたとされる「八咫鏡」「八坂瓊曲玉」「草薙剣」の、いわゆる三種の神器について、それぞれの神器が、孔子によって示された「知」「仁」「勇」の三つの徳をその中に含んでいる、と見る説が行われた。一例を挙げれば、三種の神器説の原拠となる『日本書紀』神代下巻、天孫降臨章の第一の一書に対して、一条兼良の施した『日本書紀纂疏』(1)（以下「纂疏」と略称）巻五の注釈に

三種神器者、神書之肝心、王法之枢機也。何謂二王法一、蓋儒仏二教一致之道理、除レ此之外、豈有二異道一哉。

（中略）

イ又三種在二天下一、猶二三光麗一レ天。鏡日、玉月、剣星也。（中略）故以レ有二三光一而為レ天、以レ伝二三器一而為二天子一。

又三器儒仏二教之宗詮也。ロ孔丘之言曰、仁者不レ憂、智者不レ惑、勇者不レ懼。子思中庸之書、謂二之三達徳一。聖人之道雖二大而博一、究而言レ之、不レ過二此三者一。鏡照二妍媸一、則知之用也。玉含二温潤一、則仁之徳也。剣能剛利、則勇之義也。

とあって（私意改行、以下同）三徳との対応が明確な形で語られている。この中、傍線部ロに「孔丘之言」と標記する引文は、『論語』憲問篇に

子曰、君子道者三。我無レ能焉。仁者不レ憂、知者不レ惑、勇者不レ懼。

と見える。「知」は、諸注疏「知」に作るが、『義疏』のみ「智」を採っている。(2) 同じく『論語』子罕篇にも

子曰、知者不レ惑、仁者不レ憂、勇者不レ懼。

とあるが、三徳の順序が異なることや、子罕篇では『義疏』を含め諸本「知」に作ることから、『纂疏』は憲問篇に拠っているものと見たい。また「子思中庸之書」とは、『中庸』第二十章に

天下之達道五、所二以行一レ之者三。曰、君臣也、父子也、夫婦也、昆弟也、朋友之交也。五者天下之達道也。
知仁勇三者天下之達徳也。所二以行一レ之者一也。

とあるのに基づく。以下『纂疏』は、この三器を釈家に言う「三因仏性」即ち「法身」「般若（報身）」「解脱（応身）」にも比定して見せる。兼良が神儒仏三教の一致を示した箇所として、夙に著名の講説である。但し儒教との一致を示す部分については、これに明らかな先蹤がある。南北朝末室町初に鴻儒と仰がれた清原良賢の講説を伝える『論語抄』（以下「良賢『論語抄』」と標記）憲問篇の当該箇所の注に、次のようにある。(3)

子曰君子道――君子ノ行フ所ノ道三アリ。我ハ其一ヲモヱ行ハサルト云リ。謙也。仁者――仁者ハ楽天カ命、内省不疚、故無憂也。知者――見始知終、物ノ理ニ明ナルホトニ疑惑ノ心ナシ。勇者――捍難衜侮、故敵ニヲクル、事ナシ。知仁勇ノ三ツナリ。

ロ中庸ニハ三達徳ト云。聖人ノ道大ニシテ傳（博）トイヘトモ、究テ云時ハ此三ニスキス。此知仁勇三ニ日本三種ノ神器ノ徳ヲ含メリ。ハ鏡照妍□（嫿）、則知之用也。玉含温潤、則仁之徳也。剣能剛利、則

勇之義也。
イ三種在天下、猶三光麗天。鏡日、玉月、剣星也。以有三光而為天、以伝三器而為天子云々。
私（秘）伝
知仁勇ノ徳ヲソナヘマシマサハ則三種ノ神器ヲ身ニ備タマヘルナルヘシ。

前半は主として『義疏』に「一、楽レ天知レ命、内省不レ疾、是無レ憂。二、智者以二昭了一為レ用、是無二疑惑一。三、既有二才力一、是以捍レ難衛レ侮、是無レ懼レ敵也」とあるのに拠っている。しかし三種の神器については無論のこと、「中庸ニハ」以下の後段は『論語集解』『義疏』『筆解』『正義』や『集註』『輯釈』等の諸注疏に見えず、僅かに先述の子罕篇には『輯釈』所引の朱熹の語中に『中庸』との連絡を示しているが、本書当該箇所には「知仁勇ノ三ハ委ク中庸ニ見タリ」とあるに過ぎない。講説全体の趣向のみでなく、注釈各部についても『纂疏』との一致は明らかであろう[4]。

両書の先後関係について、先行の研究[5]に従って確認して置くと、良賢『論語抄』には東山御文庫に蔵する〔南北朝末室町初〕五条為綱写、応永二十七年（一四二〇）称光天皇補写の一本があって、これは『康富記』応永二十四年九月六日条に見える、清原良賢男・頼季による称光天皇への『論語』進講と、同二十六年の頼季卒去による中絶を契機として儲けられた写本と推されるから、抄自体の成立は応永末年を溯ることとなる。近年の小川剛生氏の研究[6]に拠れば、伝玄恵作の『聖徳太子憲法抄』に、やはり当該『論語抄』との講説の一致が認められ、同書は、尊経閣文庫に蔵する天正二年（一五七四）釈梵舜書写本本奥書の所伝によって、永和元年（一三七五）八月一日以前に於ける二条良基の著作と認められる由であるから、これらは必ずしも現行の良賢『論語抄』の成書自体を証言するものではないが、永和頃には既に成稿されていたか、それに近い状態にあったことを窺わしめる。一方『纂疏』の成立は、その書写奥書に拠れば、天理図書館に蔵する曼殊院旧蔵本に見える長禄二年（一四五八）の書写以前と判明し、『神祇雑々』や『神書用捨抄』書入に拠れば、現在知られている最初の書写の直前、後花園天皇の康正年間（一四五五―七）に内裏での『書紀』進講に際して編纂されたものと伝えられ、恐らくは『纂疏』の成立が良賢『論語抄』のそれを溯ることはないものと思われる。

ただ良賢『論語抄』の当該箇所については既に阿部隆一氏に言及があり、[7] 氏は「この三徳を神器に比定する説は神皇正統記や伊勢神道の説が清原家にはいったものであろう」と述べている。具体的には、北畠親房の『神皇正統記』の瓊瓊杵尊章に

三種ノ神器世ニ伝コト、日月星ノ天ニアルニヲナシ。鏡ハ日ノ体ナリ。玉ハ月ノ精也。剣ハ星ノ気也。フカキ習アルヘキニヤ。（中略）

鏡ハ一物ヲタクハヘス。私ノ心ナクシテ、万象ヲテラスニ是非善悪ノスカタアラハレスト云コトナシ。其スカタニシタカヒテ感応スルヲ徳トス。コレ正直ノ本源ナリ。玉ハ柔和善順ヲ徳トス。慈悲ノ本源也。剣ハ剛利決断ヲ徳トス。智恵ノ本源也。

とあり、また同じ親房によって著された神代巻の注と伝える『東家秘伝』に

解曰、如玉曲妙ナルハ柔順ノ心ヲ表シ給フ。如鏡ニシテ分明ナル、正直ノ心ヲ表シ給也。心ノ本元ナリ。如剣剛利ナルハ決断ノ心ヲ表シ給也智也勇也。尚書ニハ剛柔正真(直)三徳トモ云。礼記ニハ知仁勇ノ達徳トモ云。其義皆一也。啻其道ヲ伝ヘ給而已ナラス、神器ニ顕シテ万代ノ璽トシ給フ、梵漢ニモ此類ナシ。神道妙ナルコト凡慮難測。治世ノ要道、豈有異途乎。正直、慈悲、決断、三ヲハ不出也。内外ノ典籍千万ナレトモ、又此三ニハ不過ナリ。

等とあるのを指していよう。[8]『正統記』で神器を日月星の三光に譬える点などは良賢『論語抄』の注に通ずるし、

『秘伝』は全般に神道の優越を説くけれども、『礼記』中庸篇を引証することは、標記こそ違え『論語抄』に引く所と同じである。『論語抄』傍線部ハの如きは、仮名抄の本文中に漢文のまま引用された体裁でもあるから、『論語抄』講説の諸要素について度会氏の神道書等に直接の出拠を存することは十分に考えられる。しかし『類聚神祇本源』や『元元集』等を含め、属目の限りでは『論語抄』の講説を包含する形の記述は見出されなかった。また『秘伝』の引証にもあるように、『正統記』の立言は主として『尚書』洪範篇の九疇の中、

六、三徳。一曰正直。二曰剛克。三曰柔克。

に拠るもので、良賢『論語抄』はこの点を採っていない。やはり『論語』への附会、『中庸』との連絡の標示は、この頃、時流に従って「四書」の講説を整え始めていた明経家の所為と見做されよう(9)。そして『論語』『中庸』の照合に拠っている『纂疏』の注釈は、神道家の説を雑えて構成された清家の経説によって媒介されるものと見たい。

『纂疏』の撰者である兼良が、清原良賢の講説とされる『論語抄』を参照し得た可能性については、改めて贅言を要しないであろう。良賢伝の詳細について、既に和島芳男氏、落合博志氏の論考があり(10)、諸記録や経籍諸伝本の奥書等に徴して、官人、家司としての貴顕への奉仕、就中『論語』『礼記』を始めとする経書の進講によって公武の信任を集めたことが明らかにされている。後円融、後小松両帝や足利義満への進講は固より、良賢を瞻仰してその講筵に参じた好学の士は高下にその数を知らない。良賢は永享四年（一四三二）に歿するまで八十五歳の余命を長らえたことで、その道の耆宿、鴻儒と殊に仰がれている。『後深心院関白記』には若年時の近衛道嗣への進講のことが見えているが(11)、その後の良賢の声望は、摂家の中でも独り近衛家との関係のみに止まることを許さなかった。東坊城秀長の『迎陽記』や良賢自身の日乗に窺われる如く、義満への参仕を契機として、禁中での義満

の後ろ楯ともなった二条良基と、同じく文章道に拠って義満、良基に参仕した秀長等の紳縉と席を列して親しく文談を交えていること、落合氏や前出の小川氏の研究に詳述されている。また小川氏の指摘のように、既に良基の著作にはその経説の影響が看取されるもののようである。(12) さらに一条経嗣の『荒暦』に拠れば、良賢は、応永初年頃には経嗣の周辺に出入している。経嗣は良基の三男で一条家を相続し、応永元年（一三九四）に関白に任ぜられているから、良賢の参仕は官人としての責務でもあろうが、この間の交流が公事の差配に止まらなかったことは想像に難くない。一条兼良はこの良基男の経嗣を父とし、良基の家司、東坊城秀長女をその母として応永九年（一四〇二）に生を享け、青年期を良賢の晩年に重ねる形で在世した。現在のところ、兼良が直接良賢に受講し、或はその講席の陪聴に与ったことを示す記事を得ないが、上述の経緯から見て、兼良が良賢の学識に触れ、またその講説に基づく『論語抄』を参照し得たことは、概ね誤りないところであろう。次章以下に説く兼良の『四書童子訓』との関わりを見ると、この点はなお確実なことと思われてくる。

一　問題の所在

稿者は先に、一条兼良の著作と伝える『四書童子訓』（以下「童子訓」と略称）について、「『四書童子訓』の経学とその淵源」（『中世文学』第三十九号、平成六年九月、以下前稿と略称）と題し、元代通俗の経書、即ち朱注末疏類からの影響に焦点を当て、我が国に於ける第一次の受容者であった禅林の講説と関わらせて、その学問の由来を探ったことがある。同稿は、嘗て阿部隆一氏が論文「本邦中世に於ける大学中庸の講誦伝流について——学庸の古鈔本並に邦人撰述注釈書より見たる——」（『斯道文庫論集』第一輯、昭和三十七年三月）中に本書の価値を揚言し、兼良の創意を見出すに急で、同稿の他の部分に比べ学問の伝流を説くことに重きが置かれなかった点を、些かでも補おうとの意図に出たものであった。しかし成稿時には清家の講説との関わりについて述べる用意がなく、恰も一翼を欠く結果となったもので、その要因は、兼良以前の清家の講説を伝える纏まった資料に乏しく、殊に現行『童子訓』（存巻二）の注釈対象とする『大学』については室町後期に下る宣賢の抄物を通じてしか考証ができないという事情にあった。その状況は今も変わっていないが、本稿では、現存の資料に拠って判断される事柄を整理し、一応の見解を提示して前稿の欠を補うこととしたい。なお『童子訓』の解題については上記阿部氏論文を参照されたい。また諸伝本についても同稿に詳しいが、私に整理を加えた結果、陽明文庫所蔵の〔室町後期〕写本を用いるのが妥当と思われるので、本稿では基本的にこれを採り、京都大学附属図書館清家文庫所蔵の〔室町末〕写本を適宜参照した(13)。

これまで既に『童子訓』と清家講説の関わりについて二、三の言及がある。その一は大江文城氏のもので、『本邦四書訓点並に注解の史的研究』（昭和十年、関書院）第一編、第一章「四書仮名抄」第二「家外仮名抄」中に『童子訓』を取上げて、『童子訓』の「性」説と宣賢の『大学聴塵』の説が「全然同一」なることを指摘し、「その時代から考へると兼良は文明十三年八十歳で薨去した時には、宣賢は生れて甫めて七歳であり、その兼良の書中の文を宣賢が襲用したことになる。併し宣賢は、明経家学中の人であり、その家説を紹述することは、伝統を重んずる家学上、一の重要条件であるから、宣賢が兼良の書中から襲用したのではなく、兼良が宣賢の先代良賢・頼季以来の家説を伝承したのではあるまいか」と述べて、伝本に即して見れば『童子訓』から『大学聴塵』への影響と判断されるが、実は清家重代の家説が『童子訓』と『大学聴塵』に直接の影響を及ぼした結果と捉える見方を示している。これに対して阿部隆一氏は、前掲の論文中に、先ず「本書（稿者注、『童子訓』を指す）を次に紹介する清原宣賢の大学聴塵や大学抄と比較すると、驚くべきことは、宣賢の抄は、本書をそのまゝ採用踏襲し、文章までも八、九割は殆ど同じ箇所が多い。宣賢が本書の奥書（慶応蔵本）に「可秘々々」と記したのも尤もで、本書は宣賢の種本であつたのである」と判じ、[14] 前出の大江氏説に対して「兼良は字句の注解や朱子学の消化には清原家の講説の影響を大に受けておることは容易に推察できる。併し本書に見る如き思想的深度、平淡の如くして鋭敏な論理は、講説家にすぎぬ当時の博士家には期待すべくもない」と断じて、『童子訓』から宣賢への影響関係を「襲用」乃至は「割裂綴合」と評し、清家から『童子訓』への影響を注釈講述について認めた上で、なお『童子訓』の価値を高唱して光彩を添えている。『童子訓』の思想史上の評価は暫く置き、講説の伝承についての判断を見ると、両者とも先行する清家の講説からの影響を推測し、大江氏はこれが『童子訓』と『大学聴塵』に均しく流入したものと見、阿部氏は、宣賢の『大学』解は全く『童子訓』に拠ったものと見ていることになろう。これに関連して和島芳男氏の『日本宋学史の研究』（昭和三十七年、同六十三年増補、吉川弘文館）では、やはり宣賢を兼良の影響下に位置付け、宣賢の『論語聴塵』為政篇「攻乎異端斯害也已」注（後述）を引いて「すでに一条兼良がその著大学童子訓に述べたところと同趣旨」と見、続けて「なお論語聴塵の憲問篇「君子道者三（稿者略）」の章の解にはまさに兼良の撰修に成る日本書紀纂疏の文を引照し、その中庸の三達徳と三種神器との関係についての説明を特に秘伝として推称しており、このほかなお大学聴塵にも兼良の童子訓とたがいに照応すべきところが数々見いだされる」ことを挙げ、先の大江氏の推論を引合せつつも、宣賢の出た吉田家と一条家の神道学上の関係を説いて、『纂疏』の書写を始め、宣賢が兼良の著作に即いて学殖を深めた点を強調し、兼良が清家に学んだ可能性については否定的な見解を示している。これらは三者三様の見方ではあるが、結局は資料の乏しい兼良以前の清家の講説と兼良の著作との関係をどのように捉えるかに係っていよう。そして何れの場合も、良賢以来一貫した清家の講説が兼良にも摂受されたという構図を、はっきりとした形で論証するための作業は為されていない。し

かしここで和島氏の言及する『論語聴塵』憲問篇の記事は(15)

子曰、君子道――君子ノ行フ所ノ道三アリ。我ハ其一ヲモエ行ハサルト云リ。謙也。仁者――仁者ハ楽天知命、内省不疚、故ニ無憂ナリ。智者――見始知終、物理ニ明ナルホトニ疑惑ノ心ナシ。勇者――捍難衛侮、故ニ敵ニヲソル、事ナシ。知仁勇ノ三ツナリ。中庸ニハ三達徳ト云。聖人ノ道大ニシテ博トイヘトモ、究テ云時ハ此三ニスキス。秘伝、此三ニ日本三種ノ神器ノ徳ヲ含メリ。鏡照妍媸、則知之用也。玉含温潤、則仁之徳也。剣能剛利、則勇之義也。三種在天下猶三光麗天。鏡日、玉月、剣星也。以有三光而為天、以伝三器而為天子云々。知仁勇ノ徳ヲソナヘマシマサハ則三種ノ神器ヲ身ニ備タマヘルナルヘシ。

というもので、前節に良賢『論語抄』と『纂疏』の影響関係を論じた講説と同趣であり、少なくともこの場合は、『論語義疏』依拠の部分や「秘伝」を称する部分を含め、良賢『論語抄』の説をそのままに用いたもので、明確に『纂疏』の影響と見做すべき部分は一箇所もない。一書の性質を踏まえれば当然ではあるが、『論語』注では良賢から宣賢への直接の伝承が認められ、また兼良はその中間段階の享受者の立場にある構図となり、やはり『童子訓』についても、大江氏の立場から検証を加える余地が残されているように思われる。

二　例証之一

本稿で問題とするのは、主に良賢『論語抄』と『童子訓』の講説についてである。両者は『論語』仮名抄と『大学』仮名抄で、抑も注釈の対象が異なるから全然一致する性質のものではないが、良賢の『大学』解を具さには知り得ない今日、『論語』解とは言え『四書』解釈の一環を成すものであるから、両者の講説を比較する作業は、次善の策としてある程度有効であろう。このような観点から両者を点検すると、部分的にではあるが、互いに同趣の講説を多く含んでいることが看取される。次に先ず一例を挙げることとしたい。良賢『論語抄』の本文は市立米沢図書館蔵〔室町末近世初〕写本を用いるが、同本は一〇巻を全存し、通行の応永補写本に比べて伝写の誤りが少ない点を重んじた便宜上の措置である。

良賢『論語抄』何晏「論語集解叙」注

序ト云ハ、何平叔カ集解ヲ定テ後ニ此序ヲ書也。序ハ緒也。蚕養ノ譬也。アラキ糸ヲハ緒ト云。細キ糸ヲハ絲ト云。本経ノ委ク義理ヲトキタルヲハ糸ノイトニタトヘ、序ニ本経ノ心ヲアラ〳〵明スヲハ緒ノ糸ニタトヘテ、序ハ緒ナリト尺スル也。麁ヨリ細ニ入ノ心也。又爾雅ニ、東西ノ墻、是ヲ序ト云。人ノ家ニ東廊西廊アリ。此廊ヲヘスシテハ堂ヘハノホリカタシ。序ヲヘスシテハ本経ニ入カタシ。故ニ本文ヲ堂ニタトヘ、序ヲ廊ニ譬ル也。

『童子訓』朱熹「大学章句序」注

序ハ、朱子カ大学ノ書ニ注ヲツクラントテ先序ヲカクナリ。序ト云ハ、本文ノハシニカナラスカキテ、本文ノ心ヲ大綱ニトキタルモノ也。序ハ緒也。緒ハアライト也。絲ノイトハ、ニコイト、テ、蚕ノイトヲヒクニ、ハシメニ引イトハアラキ也。アラキイトツキテノチヨキケフラノイトハイツル也。本文ノクハシク義理ヲトキタルヲハ絲ノイトニタトヘ、序ノアラ〳〵ト云タルヲハ緒ノイトニタトヘテ、序ハ緒ナリトハ釈セリ。又序ト云ハ、人ノ家ニ、東廊西廊トテ、東西ノ廊下ヲ云ヘリ。コノ廊ヲ経スシテハ堂ニハノホラヌ也。故ニ本文ヲハ堂ニタトヘ、序文ヲハ廊ニタトフル也。コノ序ノ釈是ヲ、シ。又内典経論ノ序ニ端序、次序、由序トイフ事アリ。又証信序、発起序トイフ事アリ。二教ニ

ソノ名カハレリト云トモ、所詮イマタ本文ニ入ルサキヲ序トイフコトハイツレモ同キ也

これらは「序」字の訓詁に関わる講説で、両者共将来の注疏に拠らない[16]。その首は注釈対象の相違に従って文辞を異にするが、「序ハ緒ナリ」以下、序を緒の糸と廊に譬える講説は同趣で、殊に傍直線の箇所は、その辞句もよく合致する。両者に広略の出入りはあるが、『童子訓』の眼目の一つは啓蒙にあるから全般に懇切な解義を宗とし、緒、絲の譬えにもその傾向が顕れたもので、廊の譬えでも、典拠の『爾雅』は示さずに辞句を和らげている。良賢『論語抄』に見えない『童子訓』の後段は、釈家の事情を併説して共有の本質に導く点で、同書の傾向をよく示している。しかしこれらも基本的には同趣の講説と見做すべきで、寧ろ『童子訓』は、清家の講説を用いてよく咀嚼し補ったものと評することができる。当該の箇所ばかりではなく、良賢『論語抄』と『童子訓』に屢々同文的な講説の一致が認められるから、『童子訓』が清家注釈の影響を蒙っていることは疑いのないところで、既に触れたように、兼良が直接良賢の講述に接した可能性も勘案されなければならない。しかし細部まで照応する両注の吻合を見ると、常識的には、この間に何等かの書承関係を想定すべきであろう。

両者の比較を補う意味で、当該の講説が業忠、宣賢等、清家後代の注釈にどのような形で現れるかも確認していきたい。業忠の講説を止める資料は、『論語』については『論語抄』（以下「業忠『論語抄』」と標記）『論語聞書』を存するが[17]、これらに「序」字の解義は見られない。また『大学』については纏まった資料が伝存していない。宣賢の場合は、『論語』について『論語聴塵』と『論語私抄』があり[18]、『大学』については『大学聴塵』と『大学抄』を存する。両『聴塵』の注は書承による集成の感が強く、両『抄』の注は講筵の実情に即するものと考えら

れている。ここでは『大学聴塵』に当該部分の注を欠いているので、その外の三点を挙げる(19)。

『論語聴塵』何晏「論語集解叙」注

序、何平叔集解ヲ定テ後ニ此序ヲカク也。序者叙也。叙述此書之意。緒ト義同シ。アラキヲハ緒ト云。細キケウラヲハ絲ト云。蚕ノイトヲ引ニ、マツアラキイトヲ引テ後ニケウラノイトヲツク也。本文ノ委ク義理ヲトキタルヲハ絲ノイトニタトヘ、序ノ本文ノ心ヲアラ〳〵ト明ヲハ緒ノイトニタトヘテ、序ハ緒也ト釈スル也。麁ヨリ細ニ入ル心也。又爾雅云、東西墻謂之序、所以別内外。此ハ序廊ノタトヘ也。人ノ家ニ、東廊西廊トテ、東西ノ廊アリ。此廊ヲ経スシテハ堂ニハ升ラサル也。序ヨリ正段ニ至ル心也。本文ヲ堂ニタトヘ、序ヲ廊ニタトフ也。又内典経論序ニ端序、次序、由序ト云事アリ。又証信序、発起序ト云事アリ。序、正、流通ノ三段ナト分ルコトアリ。二教ニ其名カハレリトイヘトモ、未タ本文ニ入ラサル前ヲ序ト云事ハイツレモ同也。

『論語私抄』何晏「論語集解叙」注

序ハノフル心ソ。叙ト書タト同モノソ。序ハ緒也テ、カイコノアライトソ。糸ノイトハケウラノイトソ。先アライトヲタイテ後ニケウラノイトヲヒクヤウニ、一部ノ心ヲアラ〳〵ト云タヲハアライトニタトヘ、経ヲハケウラノイトニタトヘルソ。又序ハ廊也。東西ノカキ是ヲ廊ト云ソ。人ノ家ニハ東廊西廊ト云テアルソ。其廊ヲ経テ家室ニイタルコトク、序ヲヘイテハ経ニイタラヌソ。釈氏ノ経ニハ証信序、発起序トテアルソ。俗書ニハナケレ共、心ハ通スルコトカ有ソ。

『大学抄』朱熹「大学章句序」注

序ハ廊也。人ノ家ノ東西ノ廊下ノ心ソ。其廊ヲ不経堂ニハ登ラレヌソ。故本文ヲハ堂ニ喩ヘ、序文ヲハ廊ニ喩タソ。又序ハ緒也。アライトノ心也。絲ノイトハ、ニゴイト、云也。蚕ノ糸ヲ引ニ、始メニ引糸ハ荒キ也。

荒糸尽テ後ハヨキケウラノ糸カ出ル也。本文ノ委ク義理ヲトキタルヲハ絲ノイトニタトヘ、序ノアラ〳〵ト大綱ヲ云タルヲハ緒ノイトニ喩ヘテ、序ハ緒也ト尺セリ。此外序ノ尺不一。儒書ハ序、正、ル通ノ三段ヲ分ル事ハナキ。サレ共其心ハアル也。朱子カ此書ヲ注セントテマツ序ヲ書タル也。

両『論語』注の場合、傍線部の如く、一見して良賢『論語抄』の影響下にあることが看取される。「序」と「叙」の同義なること、『正義』や良賢抄の直後の箇所、業忠『論語抄』にも見え、通説のように、宣賢は良賢以来の家学を自らの講説の基礎としている。しかし具さに対照してみると、波線部の如く、既に良賢抄に見える講説でも細部については寧ろ『童子訓』の辞句に合致する点が多い。宣賢の両『抄』は、やや口説の趣を映じて直接には比較し難いが、『大学抄』の場合は略『童子訓』の説を換言するもののように思われ、両『論語』注に共通する内典中の類例の指摘は、良賢『論語抄』には見えず、『童子訓』の説を引くものと判ぜられる。この「序」字訓詁の例を以て現存の諸注から判断すると、良賢『論語抄』から『童子訓』への影響があり、宣賢では、良賢抄を基礎としながら『童子訓』の記述をも参観し、自らの講説に活用しているかに思われる。『論語聴塵』は、恐らく先行注釈からの書承を宗とするが、当該箇所の『爾雅』の引文の例（二重傍線部）を見ても、単なる引き写しというより、諸注を点検、勘案しての整備、集成の態度が認められる。しかし想像を逞しくすれば、現在は失われている良賢以来の『大学』抄があって、同じ『四書』中の講説であるから相互に合致する点が多く、『童子訓』にはこれを襲用しているのであって、宣賢では清家の『論語』抄、『大学』抄が総合されており、直接『童子訓』を参照したと見なくともよい、との立場はあり得るであろう。同じ良賢の説と見られる『古文孝経聞書』の孔安国「古文孝経序」注に「序ノ説、大学同之」等とあるのを見ると、諸経に汎用される講説もあったことが知られ[20]、余計にその感を強くする。こうした疑いを解くためには、やや煩雑に亙るけれども、今少し挙例を重ね、『大学聴塵』にも検討を加える必要がある。

良賢『論語抄』学而篇「敬事而信」注にはまた、次のような講説がある。

　人君タル者ハ大小トモニ尽ク可敬。曲礼ノ初ニモ毋不(衍カ)敬トイヘリ。礼ハ三百三十ノ条目アレトモ、敬ノ一字ニ治ル也。万事ハイルカセニスル所ヨリ過チアリ。敬スル心アレハ其成所ミナ過チアリ。敬スル心タニアレハ其成所皆理ニカナフ也。信トハ、民ニ信アルヘキ也。

これは『義疏』に「爲㆓人君㆒者、事無㆓小大㆒悉皆須㆑敬事也。曲禮云、毋㆑不㆑敬、是也。又與㆑民必信、故云㆑信也」とあるのを敷衍した講説と思われる。業忠『論語抄』はこの良賢の説を出るものでなく、寧ろ辞句は簡略に従い、同『聞書』には対応する説を見出せない。一方で家外の『童子訓』朱熹「大学章句序」中「而教之以窮理正心脩己治人之道、此又学校之教大小之節所以分也」注には、略同文を見出すことができる。良賢の説は「敬」字に係るものであるが、『童子訓』の場合、被注本文中には「敬」字を得ない。次に前後の部分と併せ、これを掲出する。下段には関係する両『聴塵』を示した。

『童子訓』朱熹「大学章句序」中「大小之節」注

Aコレハ大学舎ニシテ人ニオシフル法様ナリ。則三綱

『大学聴塵』朱熹「大学章句序」中「大小之節」注

A是ハ大学舎ニシテ人ニ教ル法様也。則三綱八目ヲ云

八目ヲ云也。窮理ハ致知格物ヲ云。正心ハ誠意正心ヲ云。脩己コレハ脩身也。治人ハ斉家治国平天下ナリ。コノ中天子ノ元子ハ平天下ノ事ヲ知ヘシ。天子ノ衆子ト諸侯トハ治国ノ事ヲ知ヘシ。卿大夫、元士ハ斉家ノ事ヲ知ヘシ。脩身以下ハ、天子ヨリ凡民ニ至マテ、貴賤ニ通テ知ルヘキナリ。此又学校ノ教トハ、学舎ヲ学校トハ云ナリ。大小之節トハ、大学小学ナリ。八歳ノイトケナキモノニハ、小学トテ、シリヤスク浅近ナル事ヲオシヘ、十五歳ニ成テヲトナシキ人ニハ、大学トテ、深理ノ事ヲ教ルナリ。年ノ長幼ニヨリテ学ノ大小ワカレタルヲ、節トハイヘリ。小学ノ道ハ浅近ナリト云トモ人倫ノ道ノ本体ナリ。人コレヲ軽忽スヘカラス。小学ノ成功ニヨラスンハ大学ノ道ニス丶ムコトカタカルヘシ。

B抑小学大学ノ其年齢ニカナツテ次第ニナラヒユカンハ是非ナシ。モシ人アリテ、小学ノ道ヲナラハスシテステニ年タケタラハ、ナニヲシテカ小学ニマナハサリシトコロヲ補イ入ル事ヲ得ント云ニ、朱子ハ敬

也。窮理ハ致知格物也。正心ハ誠意正心ヲ云。脩己ハ脩身也。治人ハ斉家治国平天下也。此中天子之元子ハ平天下ノ事ヲ知ヘシ。衆子ト諸侯トハ治国ノ事ヲ知ヘシ。卿大夫、元士ハ斉家ノ事ヲ知ヘシ。脩身以下ハ、天子ヨリ凡民ニ至マテ、貴賤ニ通シテ知ヘキ也。此又学校之教トハ、学舎ヲ学校トハ云也。大小之節トハ、大学小学也。八歳ノ幼ナキ者ニハ、小学トテ、知ヤスク浅近ナル事ヲ教ヘ、十五歳ニ成テヲトナシキ人ニハ、大学トテ、甚深ノ事ヲ教ル也。年ノ長幼ニヨテ学ノ大小分レタルヲ、節トハイヘリ。小学ノ道ハ浅学也トイヘトモ人倫ノ道ノ本体ナリ。人是ヲ軽忽スヘカラス。小学ノ成功ニヨラスンハ大学ノ道ニ進コトカタカルヘシ。

B抑小学大学ノ其年齢ニ合テ次第ニ習行ンハ是非ナシ。

ノ一字ヲマホリテ工夫ヲナセト云ヘリ。コノ敬ノ一字ハ小学大学ニワタリテ一心ヲオサムル公案ナリ。敬ト云ハ、ツヽシム義ナリ。曲礼ノハシメニ莫不敬トイヘリ。礼ハ三百三千（十）ノ条目アリト云トモ、敬ノ一字ニオサマルナリ。万事ハイルカセニスル処ヨリアヤマチアリ。敬スル心タニモアレハソノナストコロ皆理ニカナフナリ。故ニ小学ニアリテモコヽニ必シ、大学ニアリテモコヽニカナラス。

C但敬トハカリ思テハ其工夫ノカヲ得ヘカラス。コレニヨリテ宋儒ノ会尺マチ〱ナリ。程子ハ主一無適トイヘリ。ナニ事ニテモ其事ヲナサントキハソノ一事ニ主シテ他念ナカレトナリ。心カソハツラヘユクホトニ肝要トナスコトカクハシクモナキ也。（中略）主一ハ二モナク三モナキ心ナリ。無適ハ東ニユカス西ニユカヌ心也。主一ナルトキハオノツカラ無適ナリ。主一ノ上ニ別ニ無適ノ工夫アルヘカラス。（中略）程子カ敬ノ一説ニ、整斉厳粛ト云ヘリ。コレハ、外ニ威儀ヲトヽノヘ衣冠ヲ正クスルトキンハ、内ノ

『論語聴塵』学而篇「敬事而信」注

人君タル者ハ事大小トナク悉敬ヘシ。曲礼ノ初メニ毋不敬ト云リ。礼ハ三百六十ノ条目アリトイヘトモ、敬ノ一字ニ治也。万事ハ忽ニスル処ヨリ過チアリ。敬スル心タニモアレハ其ナス所皆理ニカナフ也。又民ト信アルヘシ。

C敬ノ字、宋儒ノ会釈マチ〱也。程子ハ主一無適ト云リ。何事ニテモ其事ヲナサン時、其一事ニ主シテ他念ナカレト也。心カソハツラヘ行程ニ肝要ト成事カ細クモナキ也。主一ハ二モナク三モナキ心也。無適ハ東ニ行カス西ニ行ヌ心也。主一ナルトキハ自無適也。主一ノ上ニ別ニ無適ノ工夫アルヘカラス。又程子カ門人謝氏カ説ニハ、常惺々ノ法ト云リ。常ニ心ヲヨヒサマス義也。人ハ道理ヲワスルヽニヨテ心クラクナル。惺々ハ道理ヲ以テ心ヲ照ナリ。又尹氏説ニ、其心ヲ収斂、不容一物トイヘリ。収斂スルトハ、放心ヲヲサムルヲ云。不容一物トハ、コノ事ノ外、他ノ事ヲ心ニイレヌナリ。無一無適ト其義同ナ

心モスナハチ一ニナリテ邪念オコラヌナリ。（中略）又程子カ門人謝氏カ説ニハ、常惺々法トイヘリ。常ニ心ヲヨヒサマス義ナリ。人ハ道理ヲワスル、ニヨテ心クラクナル。惺々ハ道理ヲ以テ心ヲ照ナリ。（中略）又尹氏カ説ニ、其心収斂、不容一物トイヘリ。収斂スルトハ、放心ヲオサムルヲ云。不客（容）一物トハ、コノ一事ノ外、他ノ事ヲ心ニイレヌナリ。主一無適ト其義オナシキ也。

四人ノ敬ノ字ヲ尺スル事、タトヘハ四方ノ門ヨリ家ニ入ルカコトシ。マコトニ敬ノ一字ハ聖学始終ノ要道ナリ。学者コレヲ思ヘ、学者コレヲ思ヘ。

リ。程子カ敬ノ一説ニ、整斉厳粛ト云リ。是ハ、外威儀ヲト、ノヘ衣冠ヲ正クスルトキハ、内ノ心モ則一ニ成テ邪念ヲコラヌ也。

語録、自秦以来無人識敬字、至程子方説得親切ナリ。

『童子訓』のAの部分は「大学章句序」の逐語的な解釈で、朱序の義を得る上からはこの部分だけでも不足はなく、現に『大学聴塵』ではAのみを採っている。これに対してB以下の部分は『大学或問』に載る小学大学の功能に関する問答に拠り、ある人の「若其年之既長而不及乎此者（中略）則如之何」の問に対する朱熹の「蓋吾聞之、敬之一字聖學之所以成始而成終者也」以下の答を和らげた講説になる。[21]「大学章句序」自体は小学大学と階梯を経て学道すべきを説くに止まるが、『童子訓』の説は、そうした過程を経ない者が如何なる対応を取り得るかという、実情に根ざした処方を『或問』に求め、敢えてこの箇所に「敬」説を挿入したものである。その際、まず一般的な「礼」との関係を説いているが、良賢『論語抄』の講説との一致はこの段階に求められる。前述のように、良賢『論語抄』の場合は経文中の「敬」字を『義疏』に従って釈するに過ぎないが、『大学』の注釈としては、本来の「章句序」の釈義から敷衍して『或問』の「敬」説を導入するための、限られた意図に従う所為と見なければならない。これも、清家中にそうした『大学』説が培養されていたと考えることは可能であるが、下って宣賢の捃摭にそうした形跡を見出すことは難しい。まず『論語聴塵』について見れば、改行以前の部分は全く良賢抄に同じく、「敬ノ字、宋儒ノ会釈マチ〳〵也」以下は『童子訓』のCの部分に合致する。ここは主として『大学或問』に対する『輯釈』の注に拠って述べられているから、本来『大学』注として書かれたと見るのが自然である。但し『童子訓』中の中略部分は『輯釈』等に見えない説を含むが、多くは「儒道ノミナラス、仏教ニモ此道理アリ」等と、浄土宗、禅宗の工夫を挙げ、釈家の類例を示して理解を助ける内容となっていて、これらは一切『論語聴塵』に採られていない。また『論語聴塵』の末の「語録」以下は『輯釈』の引文であるが、『大学或問』ではなく『論語』の当該箇所に拠るものである。これを要するに、『論語聴塵』の場合は、「大学章句序」から『大学或問』へ連絡する講説の内的な必然性が絶たれ、「敬」字解に資する講説として『論語』釈中に点綴されたものと見做される。また『大学聴塵』は『童子訓』のAの部分とほぼ同文で、Bの首文を以て終わっている。最末の一文は現状では釈義を成さないが、この後約一張分は墨界のみの空行で[22]、ここは続稿を途絶したものと見なければならない。その中断の理由は、恐らく『童子訓』に見える以下の「敬」説が「章句序」の釈義から大きく外れていくためで、宣賢がその採否に慎重であったことに起因していよう。『論語聴塵』の場合と併せ考えれば、両『聴塵』は本文の字義注釈に拘泥する態度を以て通底する。このような姿勢は当該の箇所に限らないので、宣賢の『聴塵』に於ける講説の取捨は、次のように一般化できる。宣賢は、良賢『論語抄』の説については『論語聴塵』

中に殆ど包摂する形で抄入し、屢々『童子訓』に見える『大学』説を以てこれを潤色増補する。一方『大学聴塵』に於いては略『童子訓』の説を以て本文とするが、字義注釈を離れる部分は必ずしも全載しない。宣賢の先行両注に対する態度は同様でなく、『童子訓』に参ずることは甚だ密であるけれども、『童子訓』に見える講説を『論語聴塵』には綴合しても『大学聴塵』には刪去するなど、機に応じて取捨を加えるものであって、累代の家説を以て奉ずる者の所為とは到底考えられない。従って大江氏の如く、宣賢が清家重代の『大学』説を記し止めたと見做すことはできず、『大学聴塵』の『童子訓』への依存の大きさは、寧ろ『童子訓』に拠らざるを得なかった事情を示しているように思われる。阿部氏の形容にある如く、宣賢にとっての『童子訓』は「種本」の地位に甘んずるのであって、それでも『大学聴塵』に全くの同文を引載するのは、宣賢の段階では纏まった形の清家『大学』説が既に湮滅していたか、或はそうした著述は元来伝承されなかったと見るべきであろう。清家には宣賢の義父宗賢の時、応仁の乱に際会し、業忠が晩年に預け置いた「紀録数十車」を焼失しているが[23]（『碧山日録』応仁二年〈一四六八〉九月二日条）、このような宣賢の『大学』説の在り方や、宗賢以前の講説が世上に殆ど知られないことに照らすと、この「紀録」の中に相当数の明経家学書類を含んでいたと見なければならないようである。

三　例証之二

前節では『論語聴塵』に即いて、宣賢が『論語』注釈の潤色として『大学』注を用いた例を点検した。次にはこれと対照されるべき、『大学』注釈中に於ける『論語』注襲用の場合を検討したい。当該の箇所は『童子訓』朱熹「大学章句序」中「自レ是以來俗儒記誦詞章之習其功倍二於小學一而無レ用、異端虚無寂滅之教其高過二於大學一而無レ實」の文章に見える「異端虚無寂滅之教」の語を釈した部分に当たる。朱氏が上古より宋代に至る道学の展開を回顧、略述したもので、「自是以來」は「孟子没シテ後、周ノ末ツカタヨリ五代ニ至マテノ事」と解される。この箇所でも「異端」の語を契機として良賢『論語抄』と緊密な関係が認められるので、これを上段に示す。

良賢『論語抄』為政篇「子曰、攻乎異端斯害也已」注
攻ハ治也、古ニ学フト云事ヲヲサムルト云也。異端トハ、別ニ一端ノ道理ヲ立テ聖人ノ道ニタカヘルヲハ皆異端ト云也。楊子雲カ言ニ、堯舜文王ニ非ルヲハ他ノ道トス。人若五経六籍ヲ不学シテ庶子百家ノ小道ヲ学フルハ、大道ノ害ヲナスコト深シ。害トハ、聖人ノ道ヲソコナフヲ云也。異端ト云コト始テコ、ニミエタリ。今孔子ノ異端ト指セルハイツレノ道ト云事ヲ不知。孝子楊朱墨翟ハ皆孔子ト同事ノ者也。孔子ノ時分ハ楊墨カ父ヲ無シ君ヲ無スル道ハ未広マラス。孟子ノ時分彼道専サカン也。然レハ孔子ノ時彼二人ノ道ヲ指テ異端ト云ヘカラス。又老子ニハ孔子ノ礼ヲ問イタマヘリ。是又異端トノタマウヘカラス。仏教ハ後漢ノ代ニ渡レハ孔子ノ時代ニ非ス。是等ヲ指テ異端トノタマウニハ非ス。タ、聖人ノ道ニハ非スシテ別ニ一件ノ道理ヲ立

『童子訓』朱熹「大学章句序」中「異端虚無寂滅之教」注
異端トハ、別ニ一端ノ道理ヲタテ、ワカ聖人ノ大中至正ノ旨ニタカヘルヲハ、皆異端ト云。論語ニ、異端ヲ攻ハコレ害ノミナリト云ヘリ。聖人ノ道ノ害トナルナリ。周ノ末孟子ノ時分ハ、楊朱墨翟カ父ヲナミシ君ヲナミスル道ヲ異端ト云ヘリ。楊墨カ道ハアマリ事カアサマナルホトニ、ハヤクワロキ事ヲ人カ知テ、後世マテハツタハラヌナリ。老氏虚無ノ道ハ漢ノ世ニヒロマリテ晋ノ世ニサカリナリ。仏ノ教ハ後漢ノ世ニ西来シテ梁唐ニサカリナリ。今ニ至マテ異端ト云ハ専老仏ノ教ヲイヘリ。故ニコノ序ニハ異端ノ虚無寂滅之教トヨミツクヘキ也。

ルヲ皆異端ト名付ルナルヘシ。楊墨釈老ノ道ヲ異端ト云ハ後世ヨリ名付事也。楊墨カ道ハ餘リニ事カ浅マナル体ニ、ハヤク悪キコトヲ人カ知テ、後世マテハ不伝。至テ今異端ト云ハ専老仏ノ教ヲイヘリ。

良賢『論語抄』の首は『義疏』の「攻治也、古人謂學爲治」と「人若不レ學二六籍正典一而雜二學于書史百家一、此其爲レ害レ之深」に拠る。その外は多く『集註』と、これに関わる『輯釈』の疏通に取材した文言と見られる(24)。良賢は、諸注疏の提撕に従いつつ、孔子が「異端」と称するのは如何なる道を指すか、の問題を講じたものであろう。この点について朱氏は『集註』に「異端、非二聖人之道一而別爲二一端一。如二楊墨一是也」と述べ、楊朱、墨翟等、儒家に相対すべき諸子の名を挙げており、輔広の説（『輯釈』所引、以下同）にも「楊氏以二爲我一爲レ義、而非二聖人所レ謂義一、墨氏以二兼愛一爲レ仁、而非二聖人所レ謂仁一、所以爲二異端一」と言い、朱註を補翼する。これに対して真徳秀は、楊、墨と老聃は孔子と同時であって、孔子の頃にその説は未だ広まらず、孔子の言う「異端」には当たらないことを述べるが、陳櫟は「故集註下二一如字一」と言い、却って朱註の周到を読取っている。良賢の説は略これら注疏の説を逐うもので、一応のところ『論語』中の「異端」の語を以て「楊墨釈老ノ道」とする解は採っていない。この点、業忠『論語聞書』の場合は一層明晰で「宋儒カ以后ノ事ヲ種々云タハ無用也」と断じている。一方『童子訓』は、「異端」の語を釈するために当該の『論語』経文を引き、良賢『論語抄』の講説を用いて自説を再構成しているように思われる。『童子訓』のこの箇所は朱熹の文章を釈するから、当該箇所の『輯釈』に「老氏虚無、佛氏寂滅」とのみ支証しているように、元来「異端」の語は老釈の道を名状したものに他ならない。

しかし『童子訓』では、良賢『論語抄』に「孔子ノ時分ハ楊墨カ父ヲ無シ君ヲ無スル道ハ未広マラス。孟子ノ時分彼道専サカン也」と見える講説を「周ノ末孟子ノ時分ハ、楊朱墨翟カ父ヲナミシ君ヲナミスル道ヲ異端ト云ヘリ」と改め、講説の整合を図った上で「楊墨カ道ハアマリ事カアサマナルホトニ、ハヤクワロキ事ヲ人カ知テ、後世マテハツタハラヌナリ」の説を用い、更に朱熹以前の老釈の盛行を併説して「異端」の語に楊墨を宛てる可能性を否定し、「異端ノ虚無寂滅」と、その訓法を定めている。この箇所に於ける『論語』の引証は、朱氏の序が聖人の語に裏打されることを示す意味で一定の効果が認められるものの、楊墨の取沙汰は『論語集註』とその末疏中に見られる穿鑿を踏まえての釈で、これらは『論語』への言及によって始めて必要を生ずる性質のものであり、直接には『大学』乃至「大学章句序」注釈中の問題ではない。このような例から判断すると、ここで『童子訓』が影響を蒙っているのは『大学』注解のための講説ではなくて、恐らくは『論語』引証に伴う『論語抄』講説の参照から派生しているであろう。

しかし良賢『論語抄』は、前段標示箇所の末に「至二テ今一異端ト云ハ専老仏ノ教ヲイヘリ」と言い、以下老釈の観法を略説して儒教の立場からの相対化を試み、『論語』を離れては、老仏を指してこれを異端と貶める見解の附説を怠っていない。これも『集註』に「程子曰、佛氏之言比二之楊墨一尤爲レ近レ理。所以其害尤甚。學者當下如二淫聲美色一以遠上レ之。不レ爾則駸駸然入二於其中一矣」とあって、孔子の言を後来の「異端」、特に釈家に当嵌めて敷衍する態度を示し、またこれに関わる『輯釈』の引証にも、朱熹「中庸章句序」や韓愈「論仏骨表」等、釈家の害を論ずる語を以てするのに従ったものであろうが、この間の講説は必ずしも『論語』諸注疏のみに拠らない。

老子ノ虚無ト云ハ道ノ名也。道一ヲ生シ、一二ヲ生シ、二三ヲ生ストイヘリ。一トハ大極ノ一気ヲ云。二トハ天地ヲ云。三トハ人ヲ云。天地人ヲ生スル事ハ遙ニ以後ノ事也。大極ノ一気ト云モ虚無ノ道ヨリ生セリ。

故ニ天地万物コトく〳〵ク空虚ニキシテ是非共ニナシト談スル也。仏教ハ諸行無常、是生滅法、生滅々已、寂滅為楽、生滅無常ニシテ苦ヲ不離、タ、寂滅ノ一理ヲ無已安楽ノ地ナリト云心也。此二教ヲ儒道ヨリ異端ト嫌フ心ハ、儒教ハ天地万物ノ上ニ具スル当然ノ理ヲキハメ君臣父子日々ニ用ユル彝倫ノ外ヲ出サルヲ、道教ハ天地未分ノ一気ニモト付テ万物ノ上ノ理ヲハ是非トモニ是ヲ論セス。故ニ虚ニシテ無ナリト云ヘリ。仏教ハ人倫ノ常ノ道ヲタチ捨テ棄恩入無為ヲ以テ真実ノ報恩トス。コレ世間ノ有為ノ事ヲ払テ無為空寂ノ法ヲ観ス。故ニ寂ニシテ滅ストイヘリ。道教ノ虚ハ虚ニシテ無也。儒教ノ虚ハ虚ニシテ有也。仏教ノ寂ハ寂ニシテ滅ス。儒道ノ寂ハ寂ニシテ感ス。但世間相常住ト云ハ一向空ニト、マルニ非ス。然レトモ一往ノ義ヲ以テ異端トハ云也。韓退之ハ仏ハ夷狄ノ一法也トイヘリ。後漢ノ時ヨリ流レテ中国ニ入ル。其始業縁ノ事ヲ論シテ愚民ヲ導引ノミ。程子ハ淫声美色ノ如クシテ是ヲサケヨトイヘリ。朱晦庵ハ中庸ノ序ニ、至老仏之徒出則彌近理大乱真トイヘリ。

この前半は、道家の「虚無」と釈家の「寂滅」の語を捉えてそれぞれの宗旨を説いている。『老子』の「道生一」以下、『涅槃経』の「諸行無常」以下の引用については特に依拠注釈を求めなくともよいように思われるが、「虚無」「寂滅」の提要は、既に見た朱熹「大学章句序」の「異端虚無寂滅之教」の辞句を踏まえたものと考えられる。そして「道教ノ虚ハ虚ニシテ無也。儒教ノ虚ハ虚ニシテ有也。仏教ノ寂ハ寂ニシテ滅ス。儒道ノ寂ハ寂ニシテ感ス」の部分は、『大学輯釈』の当該箇所に引く胡炳文の「此之虚虚而有、彼之虚虚而無、此之寂寂而感、彼之寂寂而滅」の注釈に拠ったものと推される。これが認められるならば、良賢は単に『論語』諸注疏に従うのみでなく、自ら『大学』やその注疏にも取材し、既に『四書』諸注疏間を互注する方法で講説を成していることとなる。業忠『論語抄』も「一義」として「釈道ノ二教ヲ異端ト云。物皆趣異ニシテ道ハ同キ者ナレトモ、釈氏ノ寂ニシテ成スト云、道家ノ虚ニシテ無ナリト云ハ、道異ニシテ王道ヲ損害ス。故ニ異端ト云也。王道ハ寂ニシテ有ナリ、虚ニシテ感ナリト云。因物相感ス。感スル処誠ナカランヤ」と言うのもこれに基づくであろうが(25)、ここでも辞句は省略されている。これに対し、もはや例示は後掲に任せたいが(26)、『童子訓』の対応箇所は、若干の増減が認められるだけで、この良賢『論語抄』と略同文と言ってよい。結局のところ、一連の箇所で『童子訓』が『論語抄』の講説に拠っているのは、『論語抄』が『論語』経文の解釈を逸脱して儒家を立てんがための余説を披瀝しており、その部分が『童子訓』の課題とする「大学章句序」注釈に取材したものであったからで、『童子訓』がわざわざ『論語』の講説を『大学』注釈中に導入しているのは、この余説の部分を自らに利とするためであったと思われる。つまり『童子訓』は、良賢の「大学章句序」解を援用するのに『論語抄』中の講説に拠っていることとなる。以下は恣意に亙るけれども、良賢が『論語』注釈中に於いてさえ殊更に「大学章句序」とその注に拠って老釈の「異端」を難ずるものであるなら、『大学』抄の対応箇所に同趣の講説を持たなかったとは考えにくく、もし『童子訓』が今日失われた良賢の『大学』抄に依拠しているならば、前段に示したような、一旦『論語』解釈のための講説を経由する煩瑣な手続きは要しなかった筈であろう。上述のような両者の影響関係に鑑みて、『童子訓』に於ける清家講説の受容は、やはり現行の良賢『論語抄』か、略これに近い形の注釈から書承されたものと考えたい。

前節迄の推量が肯綮に中っているとすれば、宣賢のみならず、兼良の時、既に良賢の『大学』抄の参照は叶わなかったことになるが、良賢の『大学』抄は抑も成立していなかったと見做すべきであろうか。但し良賢が『大学』について独自の講説を持たなかったとは考えにくい。良賢が屢々『大学』を始めとする『四書』を講じたことは諸記録に徴して明らかであるし、(27)前述の『古文孝経聞書』中の記事からも『大学』説の存在が想定される。また良賢が『大学』とその注疏に通暁していたことは、良賢『論語抄』の前節挙例部分等にも顕れている。こうした状況から見て、『大学』については自らの家学に資すべき講述の手控が作られなかったと考えるのには無理があろう。良賢とは縁浅からぬ兼良が、『童子訓』執筆に際してこれを参照しなかったのは、良賢が孜々として稿を改め遂に成書を見なかったためか、清家が秘匿して他見を許さなかったためか、或は全くの偶然に依るものか、現状では推測に委ねる外なく、この点に関しては後考を俟つこととしたい。

本稿では、主に講説とその依拠注疏との関係を比較して、清原良賢の講説と伝える『論語抄』の注釈が一条兼良の『四書童子訓』に書承されており、清原業忠には良賢『論語抄』の説を継承しつつも『童子訓』の影響は認められないのに対し、宣賢の『論語聴塵』はこの両者に即き、前者を基に後者を以て潤色したもので、同じく『大学聴塵』は、清家の説ではなく寧ろ『童子訓』に依拠していることを論じた。いわば、現存諸資料から窺われる影響関係を指摘し、散佚した第三の資料を介在させなくとも関係の成立する点を証したのみで、先賢の埒外に出る点に乏しく、屋下に屋を架する嫌いを免れなかった。強いて挙げるなら、清原家に於ける『論語』講説の伝承について、良賢『論語抄』と宣賢『論語聴塵』の間に『童子訓』の介在する三者の関係は、今迄明確に言及されることがなかったように思われる。『童子訓』の特異な点は、自宗に固執しない立場からの経注解釈にあるけれども、実際の注釈本文の構成に関しては、禅林に於ける宋元間朱註末疏類の将来と、これを咀嚼した禅林及び清家講説の吸収に拠って立つものであることは看過できない。就中清家説の導入について、良賢の『論語抄』に多くを得ている点は注意を要するであろう。また現に宣賢の家学充実に当たっては『童子訓』のこうした側面が大きな役割を果たしており、同書の学問史的な位置付けについて、清家の講説伝承の上からも、やはり『童子訓』

が枢要の地位を占めている点、重ねて特記すべきあろう。また室町期の後葉に累代の博士家の置かれていた社会状況を見る上からも、宣賢の家説の再編成に際してこうした家外の講説の導入が為された点は注目に値する。

注
1　『日本書紀纂疏』の引用は天理図書館蔵永正七、八年（一五一〇、一一）清原宣賢書写本に拠る。
2　「智」、『纂疏』享保六年（一七二一）刊本「知」に作る。『論語』の経文では『集解』『注疏』『集註』本皆「知」に作るが、『義疏』憲問篇にはこれを「智」に作り、宣賢書写本の形はこれに拠っている可能性がある。
3　良賢『論語抄』の引用は市立米沢図書館蔵〔室町末近世初〕写本に拠り、東山御文庫蔵〔南北朝末室町初〕五条為綱写、応永二十七年（一四二〇）称光天皇補写本を以て校合して（　）内に適宜異同を傍記した。同書は被注本文として『注疏』を採用しているので当然「知」に作る。
4　注2の如く、両者所引の『論語』本文に異同もあるが、講説全体の一致を重んじて、小異は引用時の改変と見たい。但しその改変に相応の動機を存するものか、判断に苦しむ。兼良の『論語』受容は『義疏』『正義』や新注の『集註』『輯釈』に及ぶものであるが（『令抄』の末に『論語輯釈』に基づく問答を存する）、その著作に於ける経文の採用に関しては定見を得ていない。
5　良賢『論語抄』については阿部隆一氏「室町以前邦人撰述論語孟子注釈書考（上）」（『斯道文庫論集』第二輯、昭和三十八年三月）、中田祝夫氏『応永二十七年本論語抄〔抄物大系〕』（昭和五十一年、勉誠社）に、『纂疏』については近藤喜博氏「日本書紀纂疏・その諸本」（『藝林』第七巻第三号、昭和三十一年六月）、中村啓信氏『日本書紀纂疏　日本書紀抄〔天理図書館善本叢書第二十七巻〕』（昭和五十二年、八木書店）解題等に詳述されている。
6　小川剛生氏「伝玄恵作『聖徳太子憲法抄』と二条良基」（『和漢比較文学』第十九号、平成九年八月）参照。
7　注5阿部氏論文参照。
8　『東家秘伝』に神器と経籍の記述を附会する注の存すること、和島芳男氏『日本宋学史の研究』（昭和三十七年、同六十三年増補、吉川弘文館)、『中世の儒学』(昭和四十年、吉川弘文館)に言及がある。但し和島氏の叙述は、北畠親房の経学が宋学の受容とは見做せない点の論証に眼目がある。

9 鎌倉末から南北朝期に「四書」への関心が高まったことには種々徴証があるが、足利義満が義堂周信の提撕に従い、自らの子弟の教育にこれを宛て、さらに「後見」の立場によって後の後小松天皇の聴講学問にも介入して、宮中の講学に「四書」を採用せしめたことが、その際「天師」の役を果たした良賢等、明経家の動向に影響を及ぼしている。注10落合氏論文並に拙稿「『四書童子訓』翻印並に解題」(『日本漢学研究』第三号、平成十三年三月)参照。

10 和島氏注8両著書、落合博志氏「清原良賢伝攷——南北朝末室町初期における一鴻儒の事蹟——」(『月曜会雑誌能 研究と評論』第十六号、昭和六十三年三月)参照。

11 『後深心院関白記』応安六年(一三七三)正月廿四日条以下。

12 注6小川氏論文参照。

13 注9拙稿参照。

14 阿部氏はこの外同稿中で、宣賢の『大学抄』に「童子訓」の書名を標して引用のあることを指摘している。

15 『論語聴塵』の引用は建仁寺両足院蔵〔室町末〕〔釈東逋〕写本に拠る。以下同じ。

16 両者の依拠注疏として、良賢『論語抄』には『論語集解』『義疏』『筆解』『正義』『集註』『輯釈』を、『童子訓』には『礼記』鄭注及び『正義』、『大学章句』『或問』『輯釈』『章図纂釈』を参照したが、影響の認められない場合は原則としてこれに言及しない。

17 注5阿部氏論文、柳田征司氏「清原業忠の論語抄に就て」(『抄物の研究』第一号、昭和四十五年六月、『室町時代語資料としての抄物の研究』〔平成十年、武蔵野書院〕に再録)参照。

18 呉美寧氏「清原家論語抄における中国側注釈書の取り入れの変遷」(『国語国文』第六十九巻第三号、平成十二年三月)に拠れば、依拠注疏との関係、特に新旧両注の別を軸として比較すると、良賢『論語抄』と『論語聴塵』の密接さに比べて『論語私抄』には隔たりがあって、『聴塵』と『私抄』は、同講者の手控と聞書の関係と見做されず、

『私抄』は宣賢の撰述と認められない由であるが、講説の継承関係からすると、必ずしもこれを追認できない。標出の「序」字注釈の講説等も、『聴塵』は良賢『論語抄』の講説を中心にしながら波線部の如く『童子訓』の辞句を以て補うものであり、この点は『私抄』も同工である。また『私抄』は清家の説を披瀝すること屡々で、今日業忠の説と考えられている『論語抄』『論語聞書』の叙述を逐う点もあり、注疏を離れて経義を釈する口吻は『聴塵』とのみ合致する箇所が見受けられる。また『聴塵』の特色の一は、良賢以来の講説についても注疏に戻って原表記に従う傾向に求められるが、そうした箇所でも『私抄』と『聴塵』とは軌を一にする点が認められる。宣賢が秘匿して他見を憚った『童子訓』の参観をも考慮すると、やはり『私抄』は宣賢乃至その直接的な継承者の講説と判断される。思うに、清家は元来新旧両注を勘案して、適宜折衷し、或は併説する態度であって、新旧何れかの注疏を奉ずる立場ではないから、ある特定の機会に係る手控と聞書の関係というのでなければ、彼に採って此に採らないことは異とするに当たらず、新旧両注への依拠の偏差は同講者の中でもある程度認められるのではないだろうか。抑も講説の上からその講述者を考証、特定することは間々困難を伴うけれども、本稿では暫く符を合する点を重んじて通説に従うこととしたい。

19　『論語私抄』は京都大学附属図書館清家文庫蔵〔室町末近世初〕写本に、『大学抄』は同図書館蔵天文二十三年（一五五四）写本に拠った。

20　実際『古文孝経聞書』には、若干ではあるが良賢『論語抄』と共通の講説がある。例えば孔安国「古文孝経序」中「亂逆無紀」注に「紀ハ網ノ小ツナ也。網ハ大ツナ也。網ノ大ツナヲ上レハ百千ノ目アカルヲ、王者ノ徳ニヒカレテ天下ノ民ノ教化ヲ得ニ喩タリ」とある講説は『論語抄』為政篇『集解』中「所因謂三綱五常」注に「三綱トハ君臣、父子、夫婦ヲ云。此三ハ人ノ綱領タリ。故ニ三綱ト云。綱（ハ網ノ大綱）也。領ハ衣ノエリ也。網ハ大ツナヲ引ケハ百千ノ目ハアカル、衣ハエリヲ上レハ総ノ身ハ上ル。君ハ臣ノタメニ大ツナタリ。（中略）故ニ三綱ト云」とあるのに吻合する。この説は『童子訓』大学経文『章句』中「此三者大學之綱領也」注にも「三綱領ト云ハ、網ハアミノ大ツナ、領ハ衣ノエリクヒ也。綱ヲヒケハ網ノ衆目ハ引レ、領ヲアクレハ一衣ハアカル」と見えている。『古文孝経聞書』を良賢の講説と見るべきこと、阿部氏「室町時代邦人撰述孝経注釈書考」（『大倉山論集』第八輯、昭和三十五年七月、『阿部隆一遺稿集』第二巻（昭和六十年、汲古書院）に再録）に詳しい。また良賢のものとされる『三略秘抄』には、講説の一致は見られなかった。柳田征司氏「清原宣賢自筆「三略秘抄」の本文の性格に就て」（『国語学』第七十五号、昭和四十三年十二月、『室町時代語資料としての抄物の研究』（平成十年、武蔵野書院）に再録）参照。

21　この部分の『輯釈』への依拠については前稿に述べた。

22　大東急記念文庫所蔵の宣賢自筆稿本に拠る。

23　和島芳男氏『中世の儒学 日本歴史叢書11』（昭和四十年、吉川弘文館）

24　当該部分の『輯釈』は次の通り（『集註』を含む。疏の部分は〈 〉内に示した）。

異端、非聖人之道而別爲一端。如楊墨是也。其率天下至於無父無君、專治而欲精之爲害甚矣。〈（上略）〇輔氏曰、常言一事一件皆爲一端。異端非聖人之道而別自爲一件道理也。楊氏以爲我爲義、而非聖人所謂義、墨氏以兼愛爲仁、而非聖人所謂仁、所以爲異端。〇眞氏曰、異端之名始見於此。孔子所指未知爲誰。老聃楊朱墨翟皆與孔子同時、特以洙泗之教方明、其説未得肆耳。或謂孔子不闢異端、非也。如悖德悖禮之訓已是闢墨、潔身亂倫之訓已是闢楊矣。〇（中略）先師曰、孔子之時楊墨未肆、故集註下一如字。然則異端何所指乎。孔子謂郷原德之賊、孟子謂其自以爲是而不可與入堯舜之道、則郷原亦異端也。老聃正同時而孔子於禮曰、吾聞諸老聃。則老聃在當時未可以異端目之。今之老子書先儒謂後人託爲之。蒙莊出而祖老氏、自此以後始爲虛無之祖、而爲異端不可辭矣。揚子雲曰、非堯舜文王者爲他道、故凡非聖人之道者皆異端云。〉

程子曰、佛氏之言比之楊墨尤爲近理。所以其害尤甚。學者當如淫聲美色以遠之。不爾則駸駸然入於其中矣。〈程子之時名公高材皆爲佛氏之言所陷溺。惟其近理所以害甚。集註采此條而中庸序亦曰、老佛之徒出則彌近理而大亂眞矣。皆所以闢異端也。（中略）〇熊氏曰、韓愈云、佛者夷狄之一法、自後漢時流入中國。其初不過論縁業以誘愚民而已。後來却説心説性、雖聰明之士亦爲之惑。學者不可不力察而明辨也。〉

25　業忠『論語抄』が標示箇所に続け「夜有テ昼無シト云ヘカラス。天ハ空ニシテ五行ノ神ナシト云ヘカラス」と言うのは、宣賢の『聴塵』と『私抄』に採る所となっている。

26 『童子訓』講説の対応箇所は次の通り。傍線部は良賢『論語抄』に見えない。

虚無ト云ハ道ノ名ナリ。道生一、々生二、々生三ト云ヘリ。一トハ太極ノ一気、二トハ天地ヲ云。三ハ人ヲ云ヘリ。天地人ノ生スルコトハハルカニ以後ノ事也。太極ノ一気ト云モ虚無ノ道ヨリ生セリ。故ニ天地万物コト〱ク空虚ニ帰シテ是非トモニナシト談セル宗ナリ。寂滅トハ、仏ノ理ナリ。涅槃経ノ諸行無常、是生滅法、生滅々已、寂滅為楽ト云ハ、寂滅ノ二字ヲトテ名ケタリ。因縁生ノ法ハ生滅無常ニシテ苦ヲハナレス、タ、寂滅ノ一理無常（マヽ）安楽ノ地ナリト云心也。此ノ二教ヲ儒教ヨリ異端ト斥タル心ハ、儒教ト云ハ天地万物ノ上ニ具スル当然ノ理ヲキハメ君臣父子日用彝倫ノ外ヲハ出サルヲ、道教ハ天地未分ノ一気ニ本ツキテ万物ノ上ノ理ヲハ是非トモニコレヲ論セス。故ニ虚ニシテ無ナリト云ヘリ。仏教ハ又人倫ノ常ノ道ヲタチステ、棄恩入無為ヲ以テ真実ノ報恩トス。コレ世間有為ノ事ヲ掃テ無為空寂ノ法ヲ観ス。故ニ寂ニシテ滅スト云ヘリ。道教ノ虚ハ虚ニシテ無ナリ。儒教ノ虚ハ虚ニシテ有也。周子カ無極而大極ナリト云ヘル無極ハイハユル虚ナリ。大極ハイハユル有也。仏教ノ寂ハ寂ニシテ滅ス。儒教ノ寂ハ寂ニシテ感ス。易ニ、寂然不動ト云ハ、イハユル寂ナリ。感而遂通天下之故ト云ハ、イハユル感ナリ。コ、ヲ以テ二教ヲハ異端トイヘリ。但コレ等ハシハラクノ廃立ナリ。仏ノ教ニモ、世間相常住ト云トキハ、一向ニ相ヲ破スルニハアラス。断滅ノ空ハ外道ノ見ナリ。釈氏ノ空ハ真空ナリ。故ニ一向空ニトトマラス。然トモ一往ノ義ヲ以テ異端トハイフ也。他宗ヲシリソクルハ、コレヲソシルニアラス。吾宗ヲタテントテノコトハ也。昌黎ハ仏教ヲ夷狄ノ一法ナリト云ヘリ。程子ハ仏氏ノ言淫声美色ノコトクニシテコレヲ遠ヘシトイヘリ。無実トハ、老仏ノ二教ハ、或ハ天地ノ前ヲ談シ、或ハ出世間ノ法ヲトイテ、向上ニハキコヘタレトモ、其証拠モナキ事ナリ。

27 良賢の『四書』講述については、『建内記』嘉吉三年（一四四三）三月一日条の業忠の談話中に、後小松天皇の御書始（至徳二年〔一三八五〕九月九日。『実隆公記』永正元年〔一五〇四〕十二月六日条書留実隆勘文並に『皇年代略記』に見ゆ）に際し、足利義満の素意に応じ、『孝経』に続いてこれを講じたのが見えるのを始め、断片的には『康富記』などに記事が見られる。注9落合氏論文等参照。

慶應義塾大学附属研究所斯道文庫蔵
文明六年本『古今和歌集聞書』解題　併翻印

石神秀美

解題

一　前言

標記した写本は、古今集仮名序・巻十・巻廿ほかの講釈聞書である。それほど大冊というわけではないけれども、古今注・古今伝授という今のテーマを追いかける契機となった、筆者にとっては思い出深い資料である。今回翻印が許され、この記念論集に全容を所載できることは喜ばしく、文庫の旧知の方々に厚くお礼申し上げる次第である。

当初は、この本の注文を移写した一冊の注集成（同じく序・十・廿注　書陵部所蔵）が管見に入ったこともあり、ここに録される講釈はもともと部分的な講釈に過ぎず、こればかりで完結しているのだろう、と推測していた。しかし多少の期間を置いて、先ず、残りの巻々への注文を所載する、広島大学・東京大学分蔵の注集成（字も集成の形態も既に知っていた集成と全く同一で、その僚巻であること一目瞭然であった）の伝存を教えられ、次いで、この斯道文庫蔵本とかつて一具であったと思しい、早稲田大学所蔵の古今注零本が紹介されて、当初の推測が文字通りの管見であることを知った。それによって、この文明六年の講釈日付をもつ聞書は、選択ながらも本来的には、古今全巻を視野に収めた付注であることが判然とした。

ところで、早大所蔵の分は、他の古今注や伝授関係の歌書と併せて、かなり以前に影印刊行されている（早稲田大学蔵資料影印叢書　国書篇7『中世歌書集』　昭和62）。これと軌を一にして、該本も影印による紹介こそ最善であろうと考える。ただ他面では、全体にかなり錯雑難解でもあるから、平易な翻字文を前もって提供することに、些かの意義はあるだろうと思うのである。

以下（二）当該書誌（三）関係資料、の二項にわたってその概要を略記し、次に該本翻字文へと連続する。記述は筆者の複数の稿と重複する点がある。また、後に記す通りに、現在までにいくつか公表された関連の論文・解題も参照して、かつての論旨に訂正を加えた点も大変多い。なおかつ、期間を置いて一つまた一つと部分的に現れた関係各資料について、本稿では熟慮の末、披見の順に沿って各個に説明を加えていく、という記述スタイルをとった。しかしそのために、その都度説明が円環状に重なり、多少とも煩雑となった感は否めない。

二　当該書誌の概要

この本には講述者の名も筆録者の名も記されない。そこで筆者の旧稿、「三条西実隆筆古今集聞書について――古今伝授以前の実隆――」（三田国文　創刊号　昭和58）では、字形や注釈内容をもとに、憶測をも交え、これを宗祇講・三条西実隆筆録の当座聞書なるべし、しかも後年の正式な伝授（灌頂伝授乃至悉皆伝授）中の講釈に先行する、やや啓蒙的講釈の聞書であろう（仮名序注・巻十注についてのみの講釈。巻廿注その他は殆ど『六巻抄』の写し）、と比定した。しかしその後、併せ考えるべき関係資料が増加し、筆者の調査範囲も広がるのに従い、その結論は徐々に曖昧化して揺れている。今の考えの一端は『古今集古注釈書集成　伝心抄』（平成8）解題中にも既に手短かに記した。一方近時刊の『慶應義塾大学附属研究所斯道文庫　貴重書蒐選　図録解題』（平成9）の簡潔明瞭な記述では、講述者に関する筆者の憶測部分は排され、該本の概ねは、誰人かが講じ、三条西実隆が文明六年に録した当座聞書（の写し）であろう、とされている。

該本について、筆者の意見をやや子細に記すなら次の通りである。以下次項まで、関係資料を併せて二種五点、各個に標目を立て、現時点での見方を簡潔に纏め、続いて書誌事項とともに解説する。説明上の便宜に従い、①から⑤まで順次一連番号を付した。

①〔古今和歌集聞書〕零巻（存仮名序・巻十・巻廿・真名序注）〔宗祇ヵ講〕
〔三条西実隆〕写　一冊

文明六年五月当座聞書本（某筆録）の写し　三条西家旧蔵本

後補淡香色地空押蓮華唐草文様表紙（二七・三×十九・九㎝）。全巻裏打修補を加える。表紙はその折に古表紙を流用したのだろう。袋綴。内外題共になし。料紙、斐楮交漉紙。毎半葉十六行。字面高さ約二三・〇㎝。墨付二三丁。十二丁の系図には朱系線を用いる。まま朱・墨の合点を付す。そのうち二丁表と十八丁裏の朱合点は後補か。傍注・返点・振仮名・振漢字・竪点・声点（清濁・高低の表示、字の右左傍）を付す。歌注の全般は、例外皆無といえるほど厳格ではなく、困惑させられることがままあるにしても、かなりはっきりとした区分意識のもと、付属語を細記する所謂「片仮名宣命書き」を用いて表記され、文末は、ナリ式を主としながらも、清原宣賢に代表されるような、中世カナ抄物の語り口にも似た、ゾ式の終止が度々である。歌の聞書にゾ式を用いることは珍しくも思われるが、実際の講釈の口吻にはむしろ近いのかもしれない。音便をそのまま表記していることも珍重すべきだろう。総じてナマな「語り」が彷彿とする注文である。汚破損部多く、判読不能である点が全体に散在する。

内容は詳細には八区分することができよう。その第一は、冒頭を少しく欠くようだが、半葉分の序に関する注文（「一エ之説之時云マテ也」などとあるから、その内容も深秘説ではないと考えられる。「エ」は「重」の字で、「一重」は第一段階の謂である）。

第二は、「文明六年仲夏廿□」から開始され「同廿一日」「廿三日」の日付を有する、仮名序の選釈（二丁〜八丁）。

第三は、「同廿四日」と「同廿七日」に読まれた巻十物名の選釈（九丁〜十一丁）。そして廿七日の日付けの下に、次のように記す。

此集之結願（之日）也廿巻ヲ先人平田不伝授之間令斟酌也

即ち、講釈はこの日に終了し、巻廿には及ばなかった、その理由は相伝の上位者「先人平田」が相伝しなかったから、というのである。一部を残した点からも、これが悉皆伝授でないことが推測できるだろう。「平田」は講者を推測する上の大切な手掛かりになるように思う。先回りして名のみいえば、東常縁の父・益之と考えられる。

第四は、序中の大きな問題である、「奈良十代の事」の釈（十二丁）。講釈であったのか、何かの写しかは断定できないが、台本を示しつつの説明があったか。通常一日の講釈は二丁程度に纏められており、廿七日の物名釈は一丁分しかなく、これを合わせてほぼ通常の分量に近づく。以下日付がない。

第五は、同じく奈良十代の事の、『六巻抄』序注からの抄出（十三丁・十四丁）。

第六は、巻廿大歌所御歌注以下奥書に至る部分。これは『六巻抄』巻廿注以下奥書までの忠実な書写である（十五丁～二一丁表）。

第七は、真名序の題署・撰者併びに初二句（二一丁裏）。

第八は、真名序中の語句を選択した部分（二二丁・二三丁初行）。以上である。

両序注の中で、神代に言い及ぶ場合、少し長い注文になり、説話的興味にひかれてか詳細に説くこともある。

ところで右第六の区分末尾に認められた奥書は次の通り。

写本ニハ写薄様押也
嘉暦三年二月三日以家説授行乗了
　大納言家御奥書若紛失之時
　為後証写置之者也　前大納言藤（花押似書）

既述のように『六巻抄』の本来の加証奥書と、後に何時しか加えられた傍記である。「大納言」以下「写置之者也」までは、小字ともいいがたいが、これも本来は行乗以下の行間注記であろう。依拠本の系統等は詳しくは未勘ながら、巻廿注以下奥書等、比較できる限りでは、以上に「円雅―常縁」の本（ホン）奥書を重ねる、片桐洋一氏『中世古今集注釈書解題』3所収本文（東山御文庫蔵本）と変わらず、裏書注を巻尾に一括する尭恵奥書本（『曼殊院蔵古今伝授資料』3所収）とは異なっている。但し両本とも尭孝所持本を依拠本として忠実に写しているからか、表記は片仮名交じりであることをはじめ、字句上の差はまずない。通称の由来となったように、六巻仕立ての巻子本が元来の形態、しかし、おそらくは円雅の段階で、裏書きされている補注は参看に便利なように、該当部に丁寧に入込んでいったようである。こうした変更は巻子本から冊子本への写し替えの際に生ずるのが一般的だろう。が、東山御文庫本は巻子であってもこの形式をとるという。伝授の荘厳化に伴い、冊子から巻子へまた写し換えられたのかもしれない（ただし、片桐氏は翻字に際して、その都度「裏書云」と注記された、このように注本行入込み形式の補注部を、後に纏めて一括掲示する、という改編を何故か行っている。錯雑難解な形態下にある写本の、できるだけ平易な紹介という方針は理解できなくもないが、反面、翻字に際しての原態改編が多くなった点と、全般に書誌事項の記述まで概ね省かれた点は、やはり同解題の瑕疵といわざるを得まい。該本＝掲出本①の引用では、もちろんこの裏書注入込みの形式のままである）。巻廿注以下奥書まで、に止まらず、全般にわたり『六巻抄』を下敷きにしながら（しかも円雅－常縁本に依りつつ）進めた講釈であることが、二つの注文の比較によって理解される。

ところで書写者は三条西実隆と考えてよいであろう。三条西家の旧蔵本でもあり、かつは明徴こそないが前記『中世歌書集』に収める「切紙」「実隆書状」などの、実隆の真跡に比較するに字々同一だからである。もっとも、筆者は旧稿において、巻廿注を除外しこの聞書の殆ど全てを引用する、実隆の奥書を持つ後述集成注（かつては三条西家に一具揃いで所蔵されていたようだが、順次流出し、現在は三箇所に分蔵されている。掲出本②③④）の中の一部、つまり書陵部所蔵の掲出本②（同様に、仮名序・巻十・巻廿注を纏めて別立てとした一冊）の字形との比較によって、筆者を実隆と比定したのだった。掲出本②は『図書寮典籍解題』の記述には全体が実隆の筆と認定されていたからだ。

しかし、事情はもう少し錯綜していたように思われる。字々酷似するものの、後出資料の関係全てを整合的に考えるには、この集成注の主な注文と奥書とを別手とすべきようで、主たる注文は、武井和人氏が注文その他諸般を考え合わせ推測（2）されたように、おそらく息公条の筆ではなかろうか。この点旧稿は前提に問題があったと思しく、失考を重ねているようだ。

講じているのは誰か、これも明徴はない。しかし可能である人物は自ずから絞り込まれてくるだろう。確かに『両度聞書』には行文的に一致しないが、筆者には宗祇以外の誰かにこの講釈が可能だ、とは思われないのである。上の「平田」と共に講述者については、掲出本②③④⑤と併せて、次項でやや詳しく検討しよう。

講釈の筆録者を実隆と考えてよいのか、は判断に迷うところだ。もちろんそれが一番素直な結論だとは思うが、当座聞書としては、少しく字が整いすぎているようでもある。かつ、当座の筆録にはありえない、目移りによる写し誤りを、墨をもって消去訂正したと見てよい痕跡が、そこかしこにある。もっとも、正式な伝授であれば、受者本人が当座聞書を整理し、中書本・浄書本と順次作っていくのが普通で、それなら整序されているのは当然だが、そういう場合であれば、普通には講述者の加筆や加証奥書がなくてはなるまい。ここにはそれに類したものは全くない。かつまた、『両度聞書』などと較べ、選釈であることからも、その内容面からも、既に述べているようにやや簡略な伝授、つまり悉皆伝授＝奥伝までには至らない、初伝や中伝と目すべき伝授の中の講釈であるように思われるから、果してその筆録が複数度の清書を重ねるほどの丁寧な扱いを受けるかどうか。

また講じている人物が、筆者の推定のように宗祇だとしてよいなら、よく知られている通りに、その名の『実隆公記』における初見まで、後二年程度を閲しなければならない。この二点がやはりあらためて気掛かりとなる。旧稿より後退することになるが、断定をもう暫く留保したいと思う。（函架番号　０９２－ト２７－１）

三　関連資料の概要と纏め

さて、前項とこの項において、筆者が言及しようとしている、いくつか相互に深い関わりのある諸資料二種計五点七冊は、既述のようにその二つの纏まりの順、あるいは都合よく古今集の巻第編成の順で筆者の目前に出現したのでは無論ない。炙り出しのように、いわば任意に明らかになっていったわけだ。そのために、これは望ましいことではないけれども、筆者はその都度新資料を加えつつ考えを纏めているせいで、後の稿はいつも訂正再考を含むことにもなった。

原本未見の資料をも含み、未だ完全は期しがたいが、関係資料はひとまず出揃ったようにも思われるので、本稿においてできうる限り総合的に考え直してみようと思う。なお、かねて武井和人氏が後掲論文（2）において、同趣の試みをされている。率直にいって賛成のところと異見を抱懐したところと両方だ。関心の範囲も一部は重なりつつ、少なからずずれてもいる。敢えて屋上屋を重ねる所以は一つにはそこにある。しかし当然この論に学ぶ点は大変多いといわなければならない。武井氏には重ねてお礼申し上げる。

これらの資料を目にした順は次の如し。

まず前項の掲出本①＝文明六年の聞書のうち仮名序・巻十・巻廿注（旧稿では「斯道文庫本聞書」と呼称することが多い）。続いて②＝それを取り込んだ集成注の中の、件の三部分を纏めた一冊（同じく「書陵部本聞書」と）。筆者はまだこの時点では、①もこの集成も古今集全巻に及ぶものとは思い至っていない。ここで旧稿を纏め、それを読んだ武井和人氏から③＝この集成注の中の真名序注、の伝存を教示していただいた。続いて近藤みゆき氏から④＝この集成注の残りの部分、をお教えいただき、最後に⑤＝文明六年の聞書の中の残りの過半、が出てきたという次第なのだ。

古今集講釈の序次に従うなら、本来は⑤①がこの順で一纏まり（これを仮称すれば「文明六年本聞書」）、④②③がこの順で一纏まり（仮称すれば「三条西家本聞書集成」次節では「古今和歌集聞書集成　三条西家本」の如き題を用いた）となるわけである。

そして以上の資料群は、個々ばらばらでは見えてこない相互の関係を、全体にあい通わせ、矛盾を来さないよう整合的に把握する必要があるだろう。といっても、特に三条西家本聞書集成の朱墨両様の稠密な書き入れは、錯綜の極みであって、現時点では筆者には解ききれない点も多いのだが。

ともあれ、続いてこれらを筆者が披見した順番に簡単に解説する。

i

前記の旧稿では、掲出本①とならんで、たまたま気づいた一冊の関係資料、つまり①を取り込んだ集成注を紹介したのであった。その本は、それ以後現在までに明らかになった諸点をも交えて要約するなら即ち、

②〔古今和歌集聞書集成　三条西家本（仮題）〕零巻（存仮名序・巻十・巻廿注）〔宗祇ヵ講〕
永正十二年〔三条西公条ヵ編写〕実隆〔補〕奥書〔公条・実枝ヵ追補〕一冊
三条西家・日野家遁蔵本　宮内庁書陵部蔵
新補黒色表紙（二六・九×二一・八㎝）。袋綴。当部において全巻裏打修補を施し、天地を少しく切断する。左肩書題簽「古今集聞書」。内題はない。料紙楮紙。毎半葉十六行。歌本文は一首一行書き、字面高さ約二一・五㎝。

注低一格単行大字、片仮名交じりの小注小字双行。注は最も基本的な部分を『両度聞書』と『古聞』に依って、この二注を併記する。但し後者において重複は概ね省く方針のようだ。さらに同じ大きさで多少の補いを加え、続いての小字注は①＝斯道文庫本聞書の全くの移写である。字は大変似ている。但し諸般辻褄をあわせると、二つを同筆と考えるべきではない。この小注も片仮名宣命書きの形式をほぼ踏襲し、ゾ式の表記が減じて、ナリ式の文末表記を増す、などより文語脈の表記形態に近づいている（小字にしたということは、扱いに差があるということ。あくまでも補助的な扱いであるように見える）。また行間欄上に本文同筆・別筆の書き入れがある。武井氏はこれを朱筆であるように書かれているが、全くそのようなことはなく、すべて墨筆である。墨合点・傍注・返点・振仮名・豎点・声点を付す。ごく稀に本文中に薄い朱引きなどを、欄上に一箇所のみ朱の返点・豎点を付す。墨付全五二丁。

全体は、改丁などの区分意識に沿って、詳細には八区分できる。第一は、仮名序注（〜一九丁表）。

第二は、巻十物名注（三十丁表〜三八丁裏）。

第三は、巻廿注（三九丁表〜四六丁裏）。主たる注文はここまで。

第四は、墨滅歌注（四七丁表〜四八丁表）。

第五は、真名序への言及（四八丁裏の大字二行小字三行）。

第六は、定家貞応本奥書への注（四八丁裏〜四九丁表）。

第七は、付録。浄弁編とする、古今集各部立毎の歌数・出典や後続する撰集への入集状況・主要作者別歌数、の一覧。併びに実隆の奥書（五十丁表〜五一丁表）。

第八は、東家系図（五二丁表）。補い的なもの。

ところで実隆の奥書は、全巻にわたるものか、付録に限られるのか。筆者は付録を添えつつ全体に加証したもの、と考える（再度後述する）。奥書は次の通りである。

永正十二年八月十一日書夜写終　堯空

「書」字は該本転写本（東山御文庫蔵）に「晝」とあるも、やはり「書」と読むよりなさそうだ。永正十二は西紀一五一五。この年実隆は六十二歳である。二丁分の付録・奥書の字は、この前の主な部分を精力的に写している筆の力強さ・流麗さと比べ、全般にやや枯れており、あるいはそのつもりで見るからか、いかにも老境に差しかかった実隆の筆らしく見える。またこの字は、行間欄外に小字で簡潔に増抄する字（特徴によって三種類程度に分かれるようだ。標目への付記事項は、掲出本③④も併せ考えた結果である）のうちの一種と、きわめて近い。このことは多分動かせないだろう。とするなら主な部分の書写者は誰なのか。若年の実隆でないなら、小異はあっても全般に大変似た字を書く息公条以外には考えられない。例えば学習院大学国文学研究室の三条西家旧蔵本の中に、主として『密勘』『僻案抄』から抜き書きした、大永四年（一五二四）公条奥書の別種の注写本があり、その字形を比較するに、特徴は掲出本②③④の主たる注文によく重なる。かつまた、武井和人氏らの紹介された(3)、京大中院文庫蔵の転写本が公条抄と呼ばれていたらしいことも考え併せてよかろう。

さて集成の方針について繰り返し述べるなら、先ず、古今歌を大字で一行に記し、続いて（ア）同じ大きさで、東常縁講・自然斎宗祇録編『古今和歌集両度聞書』（これは後に宗祇の古今講釈の台本ともなっていくのだが）と略同一の注文を記す。その際、宗祇手控本系の『両度聞書』（尊経閣文庫蔵本）とは違って、誤記・錯雑さを避けるために除棄すべき注記、などは、既に拭い去ってある。同時に片桐氏の翻印提供された、その宗祇による読み直しである、近衛尚通聞書（書陵部蔵本）の注本文とも違って、定家の『僻案抄』＝『御抄』を、宗祇手控本同様引用しない。従って、依拠本を傍らに逐一確認しながら一字一句違えずに臨写する底の、忠実なる『両度聞書』の書承というのではなくて、それを宗祇が読みなおした、しかも尚通聞書ではない別の講釈聞書、例えば実隆の古今伝授の折の聞書（本人の日記によれば焼失したというが）、を用いているか、乃至は、宗祇手控本に依拠したにしても、集成する時に傍らで誰かに一区切りづつ読み上げさせ、多少の案配を加えつつ写してゆく、などの、口頭を介した共同作業に従っているか、いずれにせよ何かもう一手順介在しているはずである。目移りによる写し誤りの訂正があるようなので、断定はできないが前者か。

第二に、（イ）前と同じ大きさで、右肩に合点（＼）を付けながら、宗祇講・牡丹花肖柏録『古聞』と略同一の注文を並べる。但し、宗訊筆『古聞』（尊経閣文庫本）、あるいは特に仮名序注に少なからぬ相違のある京大中院文庫本『古聞』と比較するに、これもまた完全には重ならないのは、前と似たような事情によるのではないか。特に大きな違いと思われるのは、六義の釈において、草仮名交じりの注文に続け、例えば、

押帋
能以テ二諷歌《ソヘウタノ》／倒語《サカコトヲ》一掃蕩《ハラヒトラカス》妖《ワサワイヲ》一　神武紀＼周詩ノ六義ニハ種々義アリテ或ハ経緯トイヒ或ハ体用ト分ナトセリ風ニシテ／興ヲ
具スルモアリ其様スコシ本朝ニ異アリ又義通スル説アリ

と記す点である。押紙の前半分は神武紀からの引用文で、これは中院文庫本も持つ（そこでは「件本此詞押紙也」と付記する。「件本」とは何のことだろう？　肖柏筆録本か）ものの、「周詩」以下が同本には欠けている。一方宗訊本ではこの点が逆、つまり神武紀の引文の方を持たない。従って②では、この両本とは違う本文に依っているか、またはここに何か一手間の介在することを考えるべきだろう。それにしても、該本六義釈には同様の片仮名交じりの注文が他にいくつか併せられているが、宗訊本においては、全て草仮名交じりで表記され、この②のような表記

上の凹凸は均されて、全般に後の整序の手がかなり加わっているだろうことが想像される。

前記のように、厳密ではないが重複は省略するのが方針のようだ。

第三に、（ウ）同じ大きさで、左肩に合点（〳）を付けながら、やや短い注文を記す場合が時としてある。出所は判明しないが、上記二書と同体裁で併記する、しかも三番目である、という点に特別注目するなら、正式な伝授とは別の機会の、宗祇の座談や略式の講釈に由来するか、という想像ができようか。これを補強する証拠となりそうな一例を記しておく。「たかさこすみの江の松もあひをひのやうにおほえ」の一段に、

〳あひをひ　家君御物語云あひおひ（「おひ」に「生」と振り漢字）と心得る人あるか宗祇語申云先年二楽軒に古今本あつらへしにあひおひとかゝれたるをこれは仮名つかひをひ也逐にて侍るよし申て改らるへきよし申侍ると云々

家君とは家長の謂、その人は宗祇の直説を聴いていなくてはならない。かれこれ相通し、実隆を指すと解してよかるべく、家君つまり実隆がかつて宗祇が語ったことを回想しているのを、傍らでメモした、と解するのが最も適切らしく思われる。とすれば無論筆記しているのは公条だろう（二楽軒は飛鳥井雅康。宋世と号す。宗祇は執筆を依頼した写本を点検し、その不備に気づいて訂正を求めたのだ）。

第四に、（エ）字の大きさは概ね半分、片仮名交じり表記で、相当長文の注を付す。掲出本①に略一致することは繰り返し述べた通りである。ただし、全てをそのまま引用するのではなく、文脈を損なわない限りで、ここにおいても重複はなるべく省く傾向にある。ということは、語り口や傾向に多少の異なり・浅深の差はあろうとも、説の出所は根本的に同一だ、という認識が編者にはあった、ということでなければなるまい。以上、（ア）（イ）（ウ）（エ）四重の注集成が本書の基幹である。筆者は、ここまでを基本的に宗祇の教説に基づくもの、と考えて

いる。

そして筆者はこの配列に、複数度の講釈筆録をただ無原則に並置するというのでなく、それらに段階的に軽重をつけて並べていこうという、編者の、いわばグラデーションの意識を読み取ってもよいように思うのだ。つまり上から順に、悉皆伝授の際の講釈聞書（両度聞書）↓それに次ぐ重要な聞書（古聞）↓その後の以上を補うべき座談その他の筆録↓かなり以前の皆伝ではない段階の聞書。

この他にも、行間欄上に書き入れがある。（オ）頭に圏点（「○」符）を記し、増抄するもの、（カ）右肩に双頭の鉤点（〽）を引き、増抄するものがある。文明六年の聞書の移写＝前出（エ）の一部分に同様の圏点を付す場合もいくつかあるが、そうした符号は、元来の斯道文庫本聞書＝掲出本①にはないのであるから、後から「この意見最もよし」の意味で付した注記と解すべきだろう。（キ）その他に、合点を付し、または符号なしで短い書き入れを加える場合もある。全てが書写時にいちどきに書き込まれたのではなくて、実隆以下によって順次増補加筆された、と思われる。多くは本文、また実隆の付した付録や奥書と字の趣が重なっているが、中には筆が若干違う場合もある。集成時の筆ではなくて、実枝カによるやや時を隔てた後補、と推測する。掲出本④にはこうした書き入れが大変に多い。ただし、この入り組んだ重層を解きほぐすのはかなり厄介といわなくてはならない。そして、これも先回りすることになるけれども、字の大きさや、合点その他の符合の、上述のような使い方について、方針がまだ定まっていないためか、④の冒頭の数葉には混乱があり、一種揺れを感ずる。なお付言すれば武井氏の論（2）では、（エ）と（オ）以下の間に明確な一線を画する（それは結局宗祇と実隆の間に落差を付けることにもなる）筆者の見方とは相違して、この区別を明瞭には付けておられないようだ。

さて、父子の蒐書・書写活動については、周知のように和を中心として関連ある漢籍に及び、その範囲はきわめて広い。全部ではないだろうが毛詩鄭箋清家加点本の書写、これも部分的ながら景徐周麟講・清原宣賢録の毛詩聞書の書写、長恨歌琵琶行加点本の書写、日本後記書写、万葉集を中国の類書の部類に倣って分類し直した『一葉抄』編纂・書写、源氏などの物語・勅撰集書写、等も実隆の筆、でなければ実隆の意を受けた公条らの筆によるもので、おそらくその時代・環境のなかでの、限界に近い猛勉強といわなければならないだろう。

これらを併せて、推測を重ねるに、公条が父実隆の命令に従って、父の直接間接に受けた古今説の全て、つまり上位の伝授から下位の伝授の順に従って上記（ア）（イ）（ウ）（エ）まで併記集成し、他方実隆はこの作業を監督しつつ、集成の一応完成した後に私見を簡潔に増補、なおかつ付録を付け、奥書を書いて自ら監修したことをそれとなく加証した、のではないだろうか。つまりこの集成は、そろそろ老境に差しかかりつつある実隆が、死後に備え、和歌・物語を核としながら、関連分野を含めて同心円的に広く和漢に亘っている家学全てを、一つ一つ公条に譲り渡し、増幅強化してゆくための蒐書・書写作業の一環なのではないか。このように考えると全てが上首尾に整合するだろう。（函架番号日—51）

ii

武井和人氏のご教示で掲出本②と僚巻であるらしい、以下の真名序注があることを知ったのは、旧稿を書いて程なくのことだった。武井氏も後掲論文（2）中に詳細に紹介されたので、本稿では簡単な記述に留める。なお筆者は現在まで原本未見、武井氏が所持される写真複本によって概要を記述する。

③〔古今和歌集聞書集成　三条西家本（仮題）〕零巻（存真名序注）〔宗祇ヵ講〕

〔永正十二年　三条西公条ヵ編写　実隆補　公条・実枝ヵ追補〕一冊

三条西家旧蔵本　広島大学国語学国文学研究室蔵

内題、「古今和歌集序」。真名序本文は白文で省略なし、毎半葉十行に相当する大きさで、行二三字。非常に立派な字である。冒頭では意味的な纏まりを重視し、余り細かく分節しないのは、『両度聞書』と違っている。しかし草仮名交じりの注文は『両度聞書』の数区分を一括しただけで、全て一致している（一方、「以宗祇本写之」と記す『古聞』真名序注は、当然『両度聞書』に重なるので引用しない）。注低一格小字双行。

途中二箇所、典拠として日本紀から該本独自の大引用（必要箇所の抜粋）、当然全て歌謡の含まれる部分ばかりを引く。といっても、概ねは『釈日本紀』（巻第廿三和歌第一）に依って、本文と凡その歌意を取る注文とを、殆どそのまま引いているようだ。初めの引用は、神代上から陰陽二神の国生み（この部分は『釈日本紀』にないので直接日本紀から引いたはず）、スサノオの八岐大蛇退治。神代下から天孫降臨の前半、シタテルヒメ（第一の「一書」）まで。以上は低二格、字の大きさは真名序正文に同じく、非常に立派な字。二度目の引用は、同じく神代下・天孫降臨の続きの話、コノハナサクヤヒメ（第六の「一書」）、海幸山幸（第三の「一書」）まで。こちらの引用は注文に合わせ低一格小字双行。いずれの引用も返点・振仮名・送仮名・竪点を極めて詳細に付している。

卜部家の家説『釈日本紀』（最善本である尊経閣文庫蔵本の影印本がある）と本文・訓点・注を比べるに、重なる点が極めて多いので、これを用いているのは確かだと思われるが、同時に卜部家の訓点付きの日本紀テクストも併用しているものと思しい。試みに、天理図書館所蔵・清原宣賢筆『日本書紀抄』（天理図書館善本叢書　昭和52　八木書店　所収）所引の本文に比較するに、冒頭「陰陽二神国生み」も含め、本文・訓みとも殆ど完全に一致する。もっとも宣賢筆本の朱のヲコト点はこちらではさすがに全て送仮名として読んであるけれども。また永正十年三条西実隆の本奥書を有する卜部家本日本紀写本が内閣文庫に蔵される（特55レ10）。これも相当大部かつ訓が綿密であるから、原態は多分宣賢らとの寄合書、実隆担当分も、本体が公条の筆で、実隆は後から補訂・加証しただけかもしれない。ともかく古今集聞書集成は二年の後の作業であるから、無論のこと利用できたはずだ。もっとも、実隆とごく近しい間であった宣賢との、相互の書籍の貸借のことについては、宣賢の動向とも合わせ、もっと精密な考証が必要だが、今は用意がない。

また「大津皇子之初作詩賦」を注するに、懐風藻からの独自の大量の引用あり、ただし高貴の人だからか、この引用ばかりは一格高い（ふつう高貴の人を表す標識としては、欠筆・空格もしくは擡頭が一般的だが、ここでは擡頭の意識がいく分読み取れようか）。他の注文と同じく小字双行。しかし訓点は全くない。末尾に、周礼・周礼正義などから六義の説を引く。返点・送仮名・竪点を付す。また行間欄上・前後の遊紙ヵに語句の典拠の勘注を主とした、多くは小ぶりな字による書き入れ（典拠には訓点を付すものもある）や紀氏系図あり、六義説を含め書き入れの字形は、掲出本②の実隆の奥書に似るも、やや不鮮明な写真版では本行の字との異同は確定しがたい。

掲出本②③と見てゆくうちに、混乱はあるけれども大体において、ここでは正文を大きく、注をその半分の大きさで、注の注（＝疏）は四半分、とまではいかないまでもより小さい字で、というような体裁に纏めあげているかに見える点に気がついた。ここに、漢籍（特に四書五経のような基本的な儒典は、本文に注や疏の付いたテクストで読まれたはずだ）に親しむことが多く、その記述形態に概ねを倣う意識を読み取ってもよかろうか。

また『両度聞書』よりも進んで、「考証」への傾きを甚だ増している、という、この集成全般に見いだしうる特性は、このように真名序注において特に顕著であるように考えられる。

掲出本①斯道文庫本聞書末尾には、真名序への部分的な注文があるけれども、その引用はこの集成にはない。注

文の主な原拠と思しい日本紀がここにも長く引用され、既に充分であるので、割愛したのだろう。（函架番号　国文N2341）

iii

ところで、旧稿を書いて二年程度の後、近藤みゆき氏のご教示によって、上記掲出本②③の僚巻の存在を知った。程なく影印本も出版された（1）。

④〔古今和歌集聞書集成　三条西家本（仮題）〕残巻（存自巻一至巻九・自巻十一至巻十九注）〔宗祇カ講〕
〔永正十二年　三条西公条カ編写　実隆補・奥書　公条・実枝カ追補〕三冊
三条西家旧蔵本　東京大学国語研究室蔵

本文共紙表紙（二七・四×二一・六㎝）。外題なし。装丁、袋綴。裏打修補を加え、天地を少しく截断する。遊紙、首冊前一枚。料紙、楮紙。内題「古今和歌集巻第一」。これ以下の巻々は、それぞれ「春下・第三〜第九・第十一〜第十九」とのみあり。毎半葉十六行。春下の「花の色は」（一一三）までは概ね歌の二句までを示し、次いで一首一行書きとする。注は掲出本②同様、低一格単行大字、片仮名交じりの小注は小字ほぼ双行、ただし首冊では小字にせず、大きさが同じい場合も僅かに散点する。字面高さ約二二・五㎝。墨付、首冊七六丁、中冊六三丁、下冊四七丁。行間・欄上に稠密な朱墨の本文同筆・本文別筆の書入れを存する。朱引・朱圏点・読点、朱墨合点・傍注・返点・振仮名・竪点・声点を付す。成立よりかなり後の勉強を示すかのような薄い朱の圏点・朱引をも交えるが、総じて掲出本②書陵部本に比して煩雑なほどに付すこれらの時期・種類等を正確に弁別するのは、もはや相当に困難といわなければならない。

全体は巻ごとに十八区分されている。奥書・識語の類はなく、集成の方針、書式等は書陵部の分に同一である（既に述べたように、冒頭数葉には字の大きさ・符号ともにやや乱れを感ずるものの）。特に差異をいうならば、書入れの増加が大変に目立っている。殊に圏点（「〇」符）と双頭の鉤点（〱）を肩に付しながら、片仮名交じりで行間・欄上に増抄する（実隆ヵ筆）ばかりでなく、「伯云」あるいは「箋云」（後者は冠を略した所謂省字を用い「ケ云」と表記することも）と注記しながら増抄する（実枝ヵ筆）ものも極めて多い。「伯・箋」ともに意味はなお未詳、「箋」は普通には付箋に記された注文の謂、ここではあるいは「毛伝鄭箋」に倣って、「第二の注」の意味かとも思われる。祇注が全般的に毛詩を充分に意識していたことは、かつて何度か論じた通りである。それにしても「伯」が解けない。

さてこの集成注の、正文を記し次に注を集め、といった体裁に、繰り返せば筆者は、意識的かもはや無意識なのかは定かにし難いが、漢籍に倣おうとする傾向を感じ取る。

つまり、『両度聞書』（宗祇手控本系）であれば、（以下の説明は仮名序注に関してはあまり適当しないが）内題は「古今和歌集両度聞書」とばかり記し、歌も殆ど全て二句程度までしか引用せず、古今集本文を前提としながら、あくまでもそれとは別個な、注釈書であることを形態的に明示している。この体裁は聞書＝「講義の筆録」としてはむしろ当然のことで、歌本文は手元の古今集を見ればすむのだから、歌までを全て丁寧に写し込んでいくような煩雑な作業は、先を急ぐその場では省くのが便宜なのである。

これと違って、例えば詩経のテクストにおいては、正文（本文）単行というのはむしろ少なくて、普通には毛伝鄭箋の如き、十三経注疏の如き、本文に注や疏の付いたテクストによって流布する。これは見方を変えれば一面では、本文を全て引用しながら展開する注釈書、ともいえるわけだが、こうした、机上の操作・整理を経、極めて整った、周到ともいえる儒典（注釈）テクストの記述形式に（ところどころ破綻し完璧ではない上に、これ以降の例えば前出学習院大本集成注などではかつての平板さに逆戻りしているようだ）、宗祇手控本の『両度聞書』写本と比較するなら、ずっと接近しているのが当集成注のように筆者には見える。

因みに、月村斎宗碩編『十口抄』の如きは、該本に似た祇注集成であることが内容からも奥書からもはっきりと理解されるけれども、その注文の形態は、基本的には本人の聞書に『両度聞書』で僅かに補った本行の行間に、関連ある『古聞』の記事を細字をもって傍記するのであって、該本とは違い漢籍テクストとの形態的共通性は見出だしにくい。

ところで一般的にいって、注釈書というと、正文の余白・裏面を利用しての簡潔な書き入れを、まずその原初の出発点と想定することが多く、従って本文の右左傍・欄上等に小字をもって注を細記した形式の注釈書写本があると、これぞ古態をよく留めるもの、と往々にして思いがちである。しかし注文が、原初の単行の正文テクストのごく僅かであるべき余白の利用などでは追いつきそうもないほど詳細であり、かつ語句の訓古にとどまらない、一首全体の大意までを示す場合や、文脈上講釈が前提とされそうな場合は、しかく単線的に成り立ちを想定するのではなく、例えば本集成のようにさらに一手間、二手間が加わって複雑な経緯がある、つまり話の順序は全然逆と考えなくてはなるまい。正文テクストとは別個に一書としての、注文ばかりをまとめた注釈書が先行して一旦成立しており、それら複数の本を交互に参観して、まず正文を一段ごと充分な余白を取りつつ写し、他方、注には適宜選択改編の手を加えながら、正文に傍記してゆく、といった作業の介在を疑わなくてはならない。

さて、『両度聞書』と本書と、どちらが講釈の台本としては扱いやすいだろうか。あるいは周到だろうか。いうまでもなく正文のおおむねを引用した、この集成注の方なのである。

この集成注を、三条西家説古今集解釈のピークと見做してもよいだろう（無論、今日の常識を通して眺めると、ことさら「家説」といい得るほどのオリジナルな発想は、いささか乏しいといわなくてはならないだろうが）。一方に、より整序された聞書として、これを台本として実枝が講じ、細川幽斎が録した『伝心抄』があり、武井氏はそれをこそ三条西家三代の古今学の到達点とみる。ある面では当然であろうけれど、しかしこれは、傾向として文明六年本聞書にかなりの重きを置きながら、適宜当集成を抜粋した講釈の筆録なのであって、詳細さ情報量の多さにおいては、この集成の方が当然格段に勝っている。

そうして、伝来の経路を辿るに、当集成注そのものが幽斎の手に渡ったことは、多分一度もなかったようである。実枝の正統の後継者と目され、かつ資料蒐集に極めて熱心であった幽斎にしては、いささか不審なことだ。何故なのだろうか。

稠密な書き入れ・朱引きを見ていると、なまなましい執念に近い想いすら伝わってくるかに思われて、これこそ三代に亘り心血を注いだ、いわば「二条流宗祇派三条西家」の秘鍵であり秘鑰である、という感を筆者などは深くするのだ。実枝は内心葛藤を感じつつも、これを幽斎に対して意図的に秘すことにしたのではないだろうか。後継者であるべき子に早世され、家の行く末を案じて、幽斎に全てを託すことを一旦決意しながらも、同じ心配から、結局どうあっても幽斎に一切合切を手渡すことができなかったのではないかと思う。つまりこれさえあれば、幼い三条西家の後継者は幽斎に対しても、あるいは幽斎から相伝するだろうその他の誰にたいしても、結局は優位に立つことができるはずなのである。いうならばある種の「保険」として、これを深く筐底に秘し置いたのではなかったか、というのが、筆者の憶測するその理由である。（函架番号　22Ａ－170－３）

掲出本①②に関する最初の報告を書いて四年程度の後、前記『中世歌書集』が公刊され、その中に字にしても書写形態にしても①と同一らしく見える、かつ内容面で重なる点のある聞書零本が影印紹介された。ただ遺憾ながら、残り全てが揃っていたわけではない。本来存るべき巻一から巻五の途中まで、そして巻六から巻九まで、さらに巻十一・巻十二・巻十三の途中まで、の注文が落ちている。掲出本④の小字片仮名交じりの注文と比較するに、比較可能な限りにおいては、はたしてほぼ完全に一致した。また従って失われている注文も、④によって殆ど余すところなく補い得ることになる。程なく武井和人氏を介して解題執筆者の兼築信行氏の許を訪ね、早稲田大学図書館での双方の原本の比較の結果、氏と共に僚巻であることが確認できた。早大分の概ねを記せば次の通りである。

⑤〔古今和歌集聞書〕零巻（存巻五・自巻十三至巻十九注）〔宗祇ヵ講〕
〔三条西実隆〕写　一冊
〔文明六年〕当座聞書本（某筆録）の写し　三条西家旧蔵本

戦後三条西家から一括購入された書籍中の一部である。新補紺色表紙（二七・二×二〇・〇㎝）。袋綴。もとは仮綴という。当館での改装である。左肩書題簽「古今集注」。表紙に続き、前後に保護紙を当てている。遊紙、後一枚。料紙、斐楮交漉紙。毎半葉十六行。字面高さ約二二・二㎝。墨付四十丁。片仮名宣命書き。末尾に大事の歌語に対するアクセントと清濁（上下・清濁の声点によって表示）を纏めた分二葉が付される（刊行時には一葉。その後程なくもう一葉見つかった）。まま墨合点・傍注・返点・振仮名・振漢字・竪点・声点を付す。こうした表記上の形式ばかりか、字形・料紙・墨色ともに掲出本①＝斯道文庫本に一致する（尤も、早大本では些か小振りな字で書き始められている。しかし次第に大きさを増して、最後に①の冒頭にほぼ揃う）。唯一、汚破損部の位置・大きさが合致しない。その理由は、仮名序・巻十・巻廿は秘説多く重んぜられたので、①⑤の日付を追っていくことによって理解される通り、一括して最後に講じたのであり、双方は本来別冊であったか、早く別冊とされたかのいずれかのためだろう。

即ち、早大分＝⑤は、巻十三の講釈から日付が存し、それによれば現存部分で、しかと確認できる限りでの講釈の次第は、「同五日」（＝文明五年五月五日）より毎日続けられ、「同十九日」に至って巻十九を講じ終わっている。続いて、①に記されるように二十日からの三日間に仮名序を、二十四日、中二日休んで二十七日に物名（と、奈良十代も？）を講じたようだ。講釈はここまで、巻廿は先の引文の通りに、「先人平田」不伝授の故をもって、憚って講釈の主たる依拠本を提示することに止めた。

こうして、巻第一から講釈が開始されたと考えてよいなら（このことは、巻一からの注文をもつ集成注、掲出本④によって確かめられる）、なおかつ長期の中断がなかっとするなら、逆算して講釈はおそらくはこの年の三月の末より始まり、五月末に終了を見たのであった。

さて、掲出本④と比べるに、既に記すようにその小字による片仮名交じりの注文は、該本にほぼ一致するので、これを移写している（といってもそこに一手間介在するだろうことは前述した通りである）ことが明らかである。同時に、掲出本⑤の散逸部は掲出本④の片仮名交じりの小注によって殆ど全てを補い得ることになろう。ただしその際、一見して極めて錯雑な形態下にある④は、集成時の注文、つまり掲出本②において区分した（ア）から（エ）までの、公条ヵの筆にかかるものと、実隆の加筆と、そして後補の書入れと、の注意深い弁別が是非必要であり、しかし、そのことにやや困難さを感じさせる形態下にあることも、繰り返し述べている通りである。（函架番号　特別へ2―四八六七―五）

V　纏め

旧稿で一定の解決を与えておいたことを含め、文明六年本聞書・三条西家本聞書集成の全般的要点について、粗々以下のように再考した。

先ず、文明六年本聞書の講述者は誰なのか、結論を繰り返せば、やや迷いつつも、宗祇に比定するのが最適、と筆者は依然考えている。その最大の理由は、この聞書では度々、周知の通り宗祇の古今伝授の師であった、東野州＝東常縁に言及して、講述者がその相伝の次位者乃至は高足らしいと推測されることである。そうした言を、その他常縁と関わりの深そうな人物名への言及と併せ、いくつか示すなら、

1　正月《ム》三日《ミカ》ト常縁ニ相伝セラル堯孝平田ニ相伝之時ハ正《シャウ》トヨマル、也（八　詞書）

2　ツクル　常縁ハ告ト習フ注ニハ付ト云也（九九）

3　常縁ハ其説ヲ不聞也サリナカラシラレタリ（三五三）

4　堯孝曰此集ノ口伝ナントハ今ハシラヌ人ハナキソコレヤウナル歌ハ人カシラスト申ケルトナン（三九一　以上四例は④からの引用）

5　御国忌
ミ――常光院常縁口伝為忠注ニモミコキハ常説也庭訓ハオコキ也是重々子細アリ
ヲ――常光院平田ニ口伝
（八四六　詞書）

6　敬《キャウ》信ト六巻抄ニ点セラル野州ハ堯孝ニハキヨフトナラハルサレトモキヤウトヨメトアリ（八八五　詞書）

7　平田私ニ物語アリシハ鹿ヲヨソヘテ如此ト云心也（九八三）

最後の「私ニ」は「ひそかに」と読むべきか、これは平田直説を聞いている、と解するのが最も素直だろう。

以上から師資の関係を整理すると、次のような系図が書ける。

堯孝（常光院）─┬─平田─┐
　　　　　　　　└─常縁（野州）─┴─講述者

周知の、後の御所伝授の系図では、常縁の次位者はもちろんのこと宗祇である。このことを筆者は最も重く見るが、短絡はできない。周りをもう少し読みといてみる必要がありそうだ。

先ず「平田」という、目慣れない名（法号？）が大変気掛かりである（なお数年前『伝心抄』解題にも結論は略記した）。この人物を武井氏・兼築氏とも「平田墨梅」かとされていたのであるが、墨梅は殆ど事跡を知られない人でもあり、またこの聞書では人物はおおむね姓よりも名で呼ばれるようであることを考えると、その説に筆者は多少の蟠りを感じないではなかった。常縁と並ぶ堯孝門下で他に適当な人はいないのだろうか。たまたま『五山文学新集』を覗いていた時、条件に最も適う人に行き当たった。

宗祇と略同世代の、高名な五山の学僧、建仁寺正宗龍統は東常縁の異母弟であるが、その詩文集に収められた「跋法華経后」、並びに正宗が亡き父の三十三回忌（文明五年）に撰した「故左金吾兼野州太守平公墳記」（禿尾長柄帚上）によると、常縁の父益之は、この時の常縁同様、かつて「下野守」であり、また「平田」の字を持っていたらしい。有名であると同時に長大でかなり難解な「墳記」には、益之の事跡が大変詳細に記されている。この項に関わるいくつかの記事を、次に点綴する。

先公　益之、京人、姓平、其先千葉之族、其以和歌遊接者、和歌宗正飛鳥井公、故九州大都督今川源了俊、和歌開闔常光院主堯仁及堯孝、松月庵主僧正徹及僧善説、皆謂、当避公一頭地、是時童謡曰、東重野常光院善説正徹飛鳥井殿、先是、知教外有真伝、欲捨俗入真、扣江之山上霊仲之室、名以友周、粗得其旨、然師氏不許、遂再還俗、応永三十三年、公年五十、師氏卒、実八十四歳之冬也、永享四歳、公年五十六、以病乞骸於朝、乃去鬚髪、著方外服、自号素明、盖不墜素暹之緒也、霊仲既去久矣、親炙紫野春作興公、益咨其所未至者、字之平田、自号格物居士、又号鉄壁、公、永和二年丙辰生、嘉吉元年辛酉卒、享年六十有六、

「京人」とあるのは京の産の謂か、この「墳記」に続いている「先人故宅花石記」には、「東京三条堀川之北、有故宅」などとあるので、東家には京に根拠とすべき場所があったと思しい。「墳記」にはまた、遺骨の半分は美濃の菩提寺に、半分は建仁寺霊泉院に納めたとも記している。兄弟や子供ら係累に建仁寺ほか京の寺に入り、有力な禅僧となる者もたいへん多く、その外護者であるばかりか、この人の活動の場も京であったらしくみえる。教養の基盤は都の人と同一（ただし、歌道における師ながら、教派的には旧仏教の僧である堯孝ら、とはややずれているのは当然だ。益之は禅林に、従って儒林にも親しい。知識人としては、単に伝統一本やりの人、ではなくて、むしろ当代の先端層に近かった人ではなかったろうか）というべきだろう。「師氏」は父。「江之山上霊仲」とは近江永源寺の霊仲禅英。その門弟となったが、父の厳命で還俗し、家督を相続したのである。五十六、病の故をもって公職を辞し（乞骸於朝）法体となる。「不墜素暹之緒」とは、先祖素暹以来の和歌の道を継ぎ、その名を辱めなかった、の意。「格物」は格物致

知の約、出典は『大学』、物事の本質を追求し知恵を磨きだす、つまりは学問研究に熱心である（乃至そうありたい）というほどの意か。「格物窮理」は宋儒の有名な標語である。「鉄壁」はいかにも武人らしく「堅い城壁」が本来、比喩だとすれば、学道に対し堅固、の意ともなろう。二つの号に仮に諧謔味をも感じ取ってよいなら、「喧し屋」「頑固者」といった含意も微かにあるだろうか。こうした語を追ってゆくと、当時の禅林という環境を反映して、用語が儒仏折衷的だという印象を強く受ける。卒年は一四四一年。この時正宗は十三歳。常縁は推定三十五あるいは四十一歳（生年に二説あり、未だ確定しがたい。堯孝に就くのは父の卒から略十年後）。常縁のことを長兄氏数が家の後継と為し、この記が書かれた文明五年には「今之所宗」、つまり既に家督を相続した後で、「野州ヲ牧」している。これを言を換えれば「東野州」である、ということになる。因みに宗祇は二十一歳という。

さて、上記引用には当代の和歌の名士との（華麗な）師友関係が記される。この記述は先の注文から帰納された「平田」の学脈の人物関係よりずっと詳しいけれども、共に堯孝に学んでいるという大事な一点が重なっている。

そうしてこの聞書の「平田」が益之と同一なら、常縁と何度か対比・併記され、両者因縁が深そうなことも、すんなり腑に落ちる。つまり上の注文には、堯孝の説いたところが、平田・常縁両人の場合を隔てた伝授において、時には僅かに相違することや、必ずしも直ちに従いがたいことが多少あり、そうした際には、平田・常縁ともに他の何か（主として庭訓？）を判断材料に加え、取捨するようであること、などが記され、それは同門の兄弟弟子であるばかりでなく、なおかつ別に東家伝来の説（庭訓とはこの謂だろう）をも伝える父子、という両人の関係に、非常によく符合するだろう。

僅かに疑問も残る。「平田」が益之であり、なおかつこの聞書の講述者が宗祇だとして、さてそうした場合、特に7の記事が気になるのである。宗祇が益之の直説を聞く、というには、益之の没年が些か早すぎ、宗祇が若きにすぎるように思われるのだ（もっとも、全然不可能ではあるまいし、常縁を介して聞いたとも考え得る。時に常縁が、父の説や父の伝えた異説をも、自らの受けた説・自らの考えに対比しつつ語っているのを、その講筵に侍る、後年の、もう已達の域に近づいた宗祇が聴聞している、というわけである）。

ともあれ、宿疑であった「平田」の本名如何は、以上をもって概ねのところ解決できたように思っている。

ところで、講釈の語り手の名に関しては、聞書の中に何らの明徴も存在していないようである。しかし、こうした人々との関係の中から、講述者を同定してゆくことができはしないか。筆者の探査は、乏しい状況証拠をあれこれ操作しての、専ら消去法的手順によらざるを得ない、いうなら作業仮説の積み重ねにすぎないのであるが、これまでに繰り返し述べている通り、一応の結論に到り着いている。その推論の道筋をいくらか詳しく辿り返すなら次のようである。

文明六年、平田－常縁の相伝説に言及しつつ、自らも古今講釈を試み得る人物というと、先ずは東家の誰か、後の三条西家との関係の深さから東素純など相応しい気もする。ただし、この時まだ十六、七歳。余りにも若すぎて到底不可能であり、また宗祇よりもいくらか後輩ながら、正宗龍統なら年齢的には既に不足がなく、かつ家学に全然無関心ではなかったふしが、先の詩文集の中にいくつもあり、諸条件をかなりの程度クリアするようだ。ただ、益之が世を去った時には未だ十三、古今の直説を聞くには若すぎる（もっとも上記の通り必ず直説でなければならないこともあるまいが）だろうし、なにより、専門領域である儒典や禅籍、漢詩の講釈なら知らず、僧務に多忙、力の籠もった長大難解な詩文を大量に残している正宗が、文明六年という年、長期間（二ヵ月程度）の古今講釈まで進んで行い得るほどの余裕と和歌への執着があったとは、筆者には考えにくい。また、後述のように、上総人大坪基清と同定できそうな「大坪」なる者と、常縁の（多分は東国のどこかでの）講筵に同座した、と語るこの講述者が、常は都の建仁寺に住する重々しい僧であっては具合がわるかろう。一方、百人一首の注釈書がある、常縁の息かと推定される頼常（常縁男頼数と同一人ともいわれる）にも、あるいは講述者に擬すべき資格があるかもしれない。しかしこれもまた今は僅かな可能性とするよりあるまい。積極的評価判断の材料が、いかにも少なすぎるからである。

それから、実隆筆「相伝人数併分量等之事」（前記『中世歌書集』所収）に、宗祇以外の、常縁から古今もしくは伊勢を聞いた人として、大坪基清・宗順・素暁（竹影斎また桂子蔵主）・信秀・日置胤道の名が列挙されてはいる（ただし、これらの人々は全て部分的な伝授であって、宗祇のように門弟随一の印可をうけているわけではない）。

このうち、当聞書の一〇六〇番歌注（掲出本②）に、かつて常縁の古今講釈の場に「宗順大坪」と同席し、「そへに」という歌中の語に因んで、「宗順大坪」が「常陸」ではしかじか、と（常陸の言葉を知らない常縁ならびに私、つまり文明六年本聞書の講述者に）紹介していたのを（私は、その）座上で聞いた、と書かれてあるので、当然この二名は講述者には該当しない（ただし慎重に留保を付ければ、この表記には全然疑問なしとしないのだが――。つまり、「大坪」とは、上記「相伝人数併分量等之事」と重ね合わせるなら、当然「大坪基清」に同定すべきだろうが、この聞書では、すでに述べたように、ある人物に言及する際、名や職名で呼ぶのが普通のようであり、例えば「野州」「常縁」「常光院」「尭孝」の如き、それなのに姓で呼ぶことは少しく異例ではないか。あるいは「宗順」の法名を持つ人の例えば俗姓を、注のつもりで付け加えたのか、なども疑われる。しかし同じ「相伝人数併分量等之事」に見える宗順の名には、「浄土宗」とのみ傍記して、俗姓等は未詳。ともあれ、いずれにせよ少なくとも宗順は確実に除外されるだろう）。

素暁はやや注意をはらうべき人か。なぜなら益之が「素明」、常縁が「素伝」、兄弟姉妹も「素徳」「素順」などの号を有し、「素」の一字を共有して、先祖素暹に連なる一族、つまり東家の一員かと疑われるからだ。しかしそれにしても、以下推測に推測を重ねることになるが、大坪基清は上総の人（後引近衛尚通聞書識語による）、それのみか基清以外も、おそらく都人ではなく（何故なら、通常は美濃に住まい、でなければ東国に長く下ってあちこちと転戦し、苦心経営努めていた常縁――「いくさのにわ」を離れるわけにはいかない役目の常縁に、長期間接するためには、宗祇のような自由な立場なら知らず、都の人には不可能で、近場でなくては常縁の古今説の受け手としては適うまいから）、そういう、いわば地方在住者である聴聞者の中の誰かが、こうした講筵を早くも文明六年にどこかで開き、それ以外の誰かによって筆録され、やがて京の三条西実隆にもたらされた（一体どんな筋を辿ってどんな関係者からどんな機会に?）、乃至はことによったらこの年京において開講し、弱冠の三条西実隆が自ら筆録したとは、全く不可能ではないとしても、いささか考えにくいだろう。

また、「大坪」が大坪基清と同定できるならば、宗祇が常縁の後度の講釈（二度聞いたので「両度」と称する）を聴聞している時、同じ講筵に大坪基清は同座しているのであり、この点先の一〇六〇番歌注と非常によく符合するのではないか。即ち、宗祇講・近衛尚通筆録の古今和歌集聞書の末尾に、講釈時に依拠した台本を、

古今和歌集両度聞書

文明三年正月廿八日戌刻始同四月八日午時成就畢

又同六月十二日巳時始之七月廿五日巳刻功成畢

後之度の聴聞は上総国大坪基清懇望之時令同聴了

と記している。常縁を先生に仰ぎ、文明六年本聞書の語り手がかつて「大坪」と同座した講筵は、即ち、宗祇が文明三年の夏から秋にかけて「大坪基清」と同座した講筵、なのではないか。この推測を排除する条件も全く考えられないではないから、論理必然的に必ず同じ折、とまで断言はできないにしても、古今伝授の講釈の場が、それほど頻繁に開かれるはずはなく、聴聞者も自ずからごく少人数に限られるのである。とすると、謎の人物は

宗祇の外には考えにくい気がする。

総じて古今説の相伝を傍証する、文学的活動や書写活動の成果が、宗祇には圧倒的に残っているのと相違して、以上の人々にまず見いだされないのは弱い。他方、都を本拠にし、かつ特に公職もなく移動自由な宗祇ならば何ら不都合はないのである。内容を見れば、確かに『両度聞書』と逐条的な一致こそ見られない。しかし、『両度聞書』が大切な拠り所としている『六巻抄』を、この場合はもっと表に立てて講じていることは確か（といっても口述だから当然、逐条的な祖述に終始するばかりというわけではない）で、従って方向性では大略一致する。そして、『六巻抄』という台本があるとはいい条、ここでのように咀嚼の上整合性をもって語り得る講者は、自ずから限られてくるのではなかろうか。質量ともに圧倒的と思える体系だった知識の一端を、この謎の人物は披瀝しつつあるように見える。また、宗祇の講釈が常に『両度聞書』の通りに行われたわけではないのは、語り口が全く違ってい る『古聞』（文明十三年加証奥書）が証していることであって、文明六年という年、常縁から受けて間もない古今説(自文明三年至五年。証明書はこれよりやや遅れる)を反芻しながら、自分の伝授の方式全般について模索中であったはずの宗祇が、大事の『両度聞書』を筐底にして使わずに、なおかつ初伝乃至中伝程度の講釈として、一段古い『六巻抄』を講釈台本にして語ったのが、即ち本聞書、と見るのがいちばん蓋然性が高いのではないだろうか。講述者には、この講釈が最終的な「悉皆伝授」の中の講釈ではない、という大変明瞭な意識がある。実隆の「宗祇もはじめつかたは古注をまじへてよみたり」（伊勢物語逍談称聴）という証言は、全般としての傾向がそのようであった、と解するのが自然だから、伊勢ばかりでなく古今についても同様いえるはずだ（なお常縁・宗祇の所謂「古注」を、かつての片桐洋一氏のように、対抗勢力の古注、つまり冷泉流伊勢古注「のみ」を指すと限定的に考える必要まではないように思う）。最終的に伝達すべき知識に、一重また一重、一段また一段と螺旋状・段階状・循環的に近づいてゆく、というのが伝授の常態であって、初歩から『両度聞書』の如き悉皆伝授時の聞書に全面的に依拠する、ということはあり得ない。

用心深い留保は是非必要で、断定するにはもとより証拠不充分だろう。しかし、かれこれ相通わせ考え合わせるなら、筆者の立場からは文明六年本聞書の講述者を、依然宗祇と見るよりほかないのだ。

それにしても、講述者が「平田」を「先人」と呼んでいること（掲出本①の項参照）はいくらか気掛かりではある。先人は死んだ先祖の意味、就中亡父を指すことがある。先に言及した正宗竜統の「故宅記」にも、亡父益之を「先人」と呼んでいる。仮に亡父の場合だとしたら、この講釈の語り手を宗祇とするためには、少し入り組んだ操作が必要だろう。素直に解せば、これを常縁や正宗に擬せざるを得ないことになってしまう。だが、前記したところから明らかなように、この両名では無論あり得まい。特に、前引3や4、6の注文を常縁自らが語るのは、いかにも不適切で、不可能である。つまり、3では「常縁ハ其説ヲ不聞也サリナカラシラレタリ」と敬語を交える点から考えて、常縁に対する下位者でなければならない。4は、堯孝の口説を誰かを介して聞いた、という内容で、常縁なら直説を聞いていなければならないはず。情報伝達の経路としては堯孝―常縁―講述者という関係を考えねばならない。6については、この講釈の行われた文明六年、常縁自らが野州なのであるから、野州からの話を聞いているのは、当然常縁と別人であるはずだ。正宗についても既述の通り。ただし否定すべき理由をもっと積極的に論ずるには、逆に判断材料がなさすぎるようだ。が、講述者に擬する前提としては、正宗には他に、古今説の相伝を証拠立てる何かが、先ずあらまほしい。

「先人」を「この流派の先賢」程度の意味に解することは可能だろうか。それなら、講述者を子に擬せねばならない必要は消えてしまう。

あるいは、講述者が就いた先生（即ち常縁）の「亡父」の謂だろうか。そうだとするなら、当聞書の「廿巻ヲ先人平田不伝受之間令斟酌也」という問題の付記は、亡父益之は堯孝から古今巻廿に関しては伝を受けていない、だから（高位の伝でない場合、つまり「一エ之説」の際にあなたが生徒にこれを説く、などということは）遠慮なさいよ、と（我が師常縁は）指示された、程度の意味に解せよう。

この聞書集成を台本にして三条西実枝が細川藤孝（幽斎）に語った『伝心抄』が、しばしば『両度聞書』に代えて文明六年本聞書の言を用いることにも、同じ派祖の関わった聞書だ、という口説が実隆・公条から実枝へと伝わっていたためではないか、と想像する。もっともこれはもはや後知恵といいつべく、憶測の域を出るものではない。

さて、講述者について筆者は以上のように考えるので、武井氏が文明六年本聞書に、宗祇経由でない、三条西家独自に伝わる家説の反映、といったものまでを見出だされようとすることには、賛成しがたいものを感ずる。筆者は、この集成の上記（ア）（イ）（ウ）（エ）、従って文明六年本聞書まで、以外の、行間欄上欄脚の稠密な補い・書き入れ（圏点・鉤点を付けて増抄するものから始まる）に、師説を充分に踏まえて、根本ではその埒外には殆ど出ないにしても、次の例のように、解釈の深まりを求めて、独自な方向へ一歩を踏み出そうとしている意識（それに加えて、この例では分からないが、例えば真名序注について既に述べたようなこと、つまり、古今集は実作のためにこそ踏まえるべき知識である、という実作者の意識よりは、全般的にいって、いうならば「博学」の方向＝学問研究の方向への、より多くの傾斜）を読み取り得るのだろうと考えている。これは目立った一例である（六九一番　今こんといひしばかりに長月の有明の月を待ち出でつるかな　素性）。

勘云々　余情至極したる歌とそ　〈今やかてなとはかなくいひ捨たるをたのみつゝ秋も暮ぬるさまなるへし
此歌も殊勝なりとなん　（以下小字）他流ハ一夜ノ事也只今コント云テ待アカス也　当流ハ今コント云タリシ人ヲ待テ月モ日モウツリテ秋ニナリテ秋モ長月ノ末ニナリテ月モアリアケノ時節ニナリタル也
○当流ハ一夜ノ義也今コント云シ人タニモカクサモナキニサモナカラン人ヲハ何トシテタノマンスラント也

上から順に『両度聞書』、『古聞』（合点以下の平仮名交り・単行大字の表記部）、「文明六年本聞書」（片仮名交り・小字ほぼ双行部）、そして実隆カの補い（○符以下）、と重ねてある。「勘」は『顕注密勘』の「密勘」部分のこと。ただし、宗祇手控本『両度聞書』と比較するに、『両度聞書』の全文は「勘云今こんといひし人を月比まつ程ニ秋も暮月も有明になりぬるとそよみ侍りけん余情至極したるとそ」であって、ここでは「密勘」からの引文は省いた形、つまり『両度聞書』全文の引用ではなく、常縁・宗祇の付注のみを記していることが理解される（上記「よみ侍りけん」までが「密勘」即ち定家の言の大部分の引用。一番基になっている顕注＝顕昭の注文は他流説なので、言及はともあれ引用しないのが原則である）。最後の一文「余情至極したる歌」ばかりが、常縁・宗祇の付した注文、というよりもより適切には「感想」、あるいは単なる語釈を越えた「批評」、とでもいうべき一文である。「余情」とは、和字に和らげるなら「あまりのこころ（言外の含み）」だが、因みにいえば「こころ」は「感情内容」＝「内実」の義ばかりでなく、同時に「意味内容」の義も含んでいると解すべきこと、祇注においてはとても多い（もちろん内容と内実と、多分に便宜上の区別であって、概念上の境界は不分明である）。これは祇注に限ったことではあるまいが、この時代に「歌の心は明也」といった時、その言わんとするところは先ず、「当該歌の意味ははっきりしている」である。従って必然的に、「余情」とは、「言外の雰囲気や味わい、情趣」などの、感情内容に傾斜した義ばかりではなくて、もっと明瞭に、字面の意の奥にある「遠回しに表現された意味内容」をも、同時に指し得る語と解せられる。

この注文では、顕昭の一夜説に対して定家の月比説が対比されている。定家の権威が世を覆っていた中世に月比説が優勢なのは当然のことであろう。しかし、契沖の『古今余材抄』『百人一首改観抄』では、古今集のこの前後の歌は歌題でいうなら「待恋」に部類されるべき歌群であり、月比説の考えているような「久待恋」の歌ではない、として長きに亘る権威主義を破し、一夜説を復活させて、それが今では定説と化したことはよく知られている。ただ、見事な合理精神にしても、敢えていえば破邪顕正的な追求ぶりはどことなく理に落ちた感を遙曳し、多少なりとも興ざめな印象が、この歌に関しては全然ないとはいえないだろう。これに限らず、百人一首の解釈にあたって、契沖は基本的に所収勅撰集の部立の中に引き戻し、その前後の関係から意味を確定してゆく、という方法をとることが多いようだ。『余材抄』でも部立の重視は一貫していて、いわば常套手段といってもよい。歌の解釈の際、無論これは極めて有効な視点である。第一、『両度聞書』においても、「部立の建立」という解釈の基準は、この歌についてはともあれ（定家が優先順位では一位だから）、全般の傾向としては、極めて重視されているのである。が、古今集の部立を知悉していたはずの定家の理解には、不思議にもそれを逸脱するかのような場合がままあるようにもみえる。この歌に関しても、例えば、作者・撰者の意図論を越えて、感情としてのもう一段の切実さをもとめたくなった、乃至は秋の夜ごと物思いに耽る姫君、の如き図や物語を脳裡に描いて、それに引きずられているのだとしたら——。もっとも、所詮はコンテクストを無視した、古来から悪名高い「断章取義」の一変種と決めつけざるを得まいけれど、しかし、解釈の自由乃至「創造的誤読」は後の人間に許された特権でもあるはずなのだ。

ところで圏点（○符）以下の注＝実隆ヵの書き入れでは、定家にも常縁・宗祇にも逆らって、一夜説に復しているようである。短くて難解であるが、こんな意味か。「いますぐ参上します、といった男すらこんな風にやっては来ずに、秋の夜長を一晩待ち明かすことになってしまう（ここまでが歌の字面の意である）のだから、（一般的に言って）来るはずもないような（不実な、あるいは片思いの）男を、どうしてあてにすることができようか（それは所詮適わぬ恋、無理というものですよ）、の意である」。

歌の字面の指示する範囲を越えた「言外の含み」＝コノテーション（例えば「家庭」が「安楽」を含意し、あるいは「寒いね」のような言葉が、気温の一状態の表現であるとともに、もっと本来的には「窓を閉めてくれ」を遠回しに表現した言葉であった、といった事態は、日常でもよくあることだ）、つまりは「余情」を、定家とはまた違ったやり方ででき得るかぎり深く取ろうとした解釈のようだ。具体的な誰彼の話を越え出して、一般的教訓とまでいえなくもない趣に纏めあげている。もっとも、この解がはたして正鵠を得ているのか、またこれで内実までをも深く解し得たことになるのかどうか、多分異論もあろうが――。この実隆ヵの増補は、一夜説に復したとはいい条、その実は、常縁・宗祇の付注、「余情至極したる歌」を前提としながら、その注文の指し示す方向を、独自に徹底しより深めようと懸命に試みている解釈であるように、筆者には見えるのである。

こうした補い・書き入れに実隆以下の独自の見解の反映をみてよいと思う。

しかし、以下のような場合はどうだろう。例えば一〇二番（春霞色のちくさに見えつるはたなびく山の花の蔭かも　興風）の小字注には、

霞ノ色々ニ見ヘツルハ花ノ初中後ニアル色也案シタル哥也建保建仁ノ歌ハ大半是ラヨリ出タリ

と記す。武井氏が、この中の「建保建仁」以下の見解を、歌風変遷の画期としてこの時代が意識された非常に早い例だ、これは宗祇とは別系統で実隆に至った意見もしくは実隆の創見で、実隆の歴史把握は驚嘆すべきであろう、とされた点（趣意）は如何なものか。同じように「建保建仁」（時代の順に従えば「建仁建保」であるべき）を、晩

年の俊成や良経、定家、後鳥羽院、後には順徳院ら新古今直前とその後を代表する有力歌人が活躍し、歌合なども集中する文運隆盛のよき時代、といったつもりで使っているらしいことが、あといく例かあるけれども、一例以外上記区分でいうと（エ）の小注部分、つまりは文明六年本聞書の中にあったはずの言であって、これまたこの聞書を宗祇の語った講釈の筆録と考える筆者の立場からは、依然首肯しがたいのである。

そうしてこの評言は、必ずしも全面的なプラス評価とはいえないだろう。

確かに、十七番歌（題しらず読人しらず　春日野は今日はな焼きそ若草のつまもこもれりわれもこもれり）注においては、「今ノ作者是ヲ本ト心得ヘカラス建保建仁ノ比ヲ学フヘシ」などと推奨している。

少なくとも講述者は、常縁の弟子であることは確かなのであるから、この言の前半の認識は、『両度聞書』にも何度か引用する「大道廃れて仁義」生ずるの諺通り、歌が「実」一辺倒であり、かつまた人間も「直」一辺倒だった（あるいは、それだけでもよかった）、簡単には戻ることのできない古き良き大昔の歌などは、時代も遙に下って、人間性も複雑化した（次第に堕落の度を深めている）当代においては、もはや到底学び難く（そんなことをしてもこの時代の人と合わないから全然意味がなく）、今はもう作歌のベースにしてはいけない、つまり、現代には詞の技術面にも充分な注意をはらって、新たな花実相兼（心と詞のバランス）を目指すべきだ、でなければならない。同様後半において、「建保建仁」を仰ぎ学ぶべき、と勧めるのは、それを「大道」の時代＝黄金の時代と考えるからでは決してなくて、努めればあるいは到達可能であるかもしれない文運隆盛の時代、当代にとっては手本となりうる近い昔、だからなのではあるまいか。

そして新古今は無論仰ぐべきにせよ、しかし一面でこの集は危険性も孕んでいる、というのが、頓阿ら二条派のかねての言い分であった。上記の、祇注の大の得意とする花実相兼（心・詞ととのほること、つまり心と詞のバランスがよいこと）の論においてならば、そのような側面とは、実（心）よりもいずれかといえば花（詞）に傾いた歌、つまり詞の技術面を重視して、切実な内容・内実に欠けがちな歌も入集していること、なのであって、こうした二条派の文脈の中では、引文中の「案シタル哥」（あれこれ工夫を凝らしている歌）とは、上手の手にかかれば何も問題はないが、まずく運用されると負に転化するようなやり方で作られた歌、という評価と解すべきなのではなかろうか。

筆者は「建保建仁」という言も、全面的な正の評価と解するのではなくて、このように他の祇注の趣に相通わせて理解しなくてはなるまいと思っている。これは多分、正負両様の評価を併せて含意している言である。

武井氏は、文明六年本聞書が、『両度聞書』などに比して、説話的要素を多く含むという点についても、筆者のかつての「聴手の興味をますます喚起す」るのが目的、という言に、見方があまりに限定的過ぎる、と苦言を呈されていた。かつての筆者にさほど深い考えがあったとは思わない。多分片桐氏の論のまねびにすぎまい。その意味でいわれる通りである。しかし、いささか強弁めくけれども煎じ詰めれば理由は、やはりそのあたりに求めざるを得ないだろう。

古注の一部には甚だしく説話を利用するものがある。例えば、その中で『玉伝深秘巻』は、為家の男為顕が関与して取り纏められたと思しいが、東国を主な活躍の場とした為顕は、伊豆山の別当職を掌領していた密厳院（当時醍醐寺の系統となっていたようだ）の僧（唱導僧）との関わりが深い。本人また明覚の法名をもつ。為顕がこの寺で唱導僧達へ歌道を講じた際に授けた「別紙口伝」、本来は各項一冊宛の薄い秘伝草子であったと思しいが、それが一括・合写され、現在の『玉伝深秘巻』として伝存しているのであろう、と筆者は考えている。この環境にいた為顕の説話利用の一契機としては、対機説法としての唱導と、一脈通うところ、乃至は外からもたらされたそうした方法の援用という側面を認めてもよいだろうと思う。抽象的概念の操作になれない善男善女に対して、複雑な理屈を分かりやすく理解させせながら話を進めるためには、イメージ喚起力の強い譬え話（在来の適当な説話と作り話＝多くは教義を神話的表現へ逆形成した所謂「概念神話」）と詩とを用いるのが、釈迦在世当時以来の最も伝統的なやり方なのである。

それに対して、祇注において代わって目につくのは、歌論に用いられる種類の批評の用語や、儒教を基盤として諸宗を折衷した教誡の著しい増加である。

想像するに、宗祇らにとって、余情・幽玄・有心・花実相兼を始め、事理・体用・無明・法性・大道・仁義・同塵などの抽象概念系の話題への飛躍は、充分啓発されて十全な理解が見込める已達者への講釈の場では、もはやなんらの不都合もなく、説話をもって導入するような一部古注のやり方には既に違和があったのではなかろうか。具体と形象からより抽象の方向へ、次第に関心が移動している、ともいえるだろう。説話の利用は、宗祇らには方法的により古風なもの、どちらかといえば初学者向き、と意識されたであろう。が、初伝乃至中伝程度と位置づけられる伝授には、そうしたやり方も、依然しばしば有効、あるいは有効とまではいえなくとも、しかじかの乗り越えるべき説がある、ということを紹介する、という点では未だ全然無意味ではない。ここに文明六年本聞書に、『両度聞書』と趣を異にして、説話的要素が垣間見える理由を、筆者は見出しているのである。

また同時に武井氏は、全般に「下の心」＝「裏説」は小字部分において増加の傾向にある、ともいわれている。宗祇を経て三条西家に入り、集成されて後の、実隆以下の補い・書き入れからなら傾向的にそういってよいだろう。前の人から手渡されたものをそのまま後の人に手渡して足れりとするのではなくて、先述したように、示された方向に沿いつつも、可能ならなお歩一歩を進めて、知識の裾野を拡げ解釈の深まりを求める、というのが実降に兆していた志向だと思う（基本的にそれは、多少性質を異にしながら、常縁・宗祇にもなかったわけではないだろう。そうでなければ「下の心」釈など出現しようがない。このような、いうなら自由研究の萌芽とでもいうべき志向に、しかし、流派意識乃至伝授思想という、矛盾した逆のモメント、あるいは限定もあって、なかなか一筋縄ではいかない、ある種奇妙な複合を呈している、というのが、彼らの流派の古今伝授なのだと思われる。小高道子氏らの長年の考究で宗祇流の伝授形式は詳細に亘って明らかになっている。それに併せ、こうした「奇妙な複合」の所以のもの、も解明されねばなるまい）。が、文明六年本聞書の段階では、特徴的なこの比喩的解釈＝濃厚な教訓的解釈は、全くないではないがほんの一二の例を数えるのみである。その理由も多分、これがその流派での初伝乃至中伝程度の講釈だからだろう。

従前繰り返し論じているけれども、「下の心」についてもう少し言を重ねるなら、『両度聞書』『古聞』のそこかしこ、特に「下の心」＝「裏説」に顕れている儒・仏・道・神一如の（神仏習合よりさらに進んで諸宗習合、諸宗折衷とでもいえそうな）思想は、それまでの古今注釈史上においてはなかった、かなり独特なものと考える。他分野（たとえば清原宣賢の日本紀の仮名抄など）に類似の思想は仮にもとめ得るとしても、一首総体の意味の重視（しかしこれは『延五記』なども同傾向である）や「部立の建立」の重視に併せ、常縁・宗祇の関わった古今集注釈書、つまり古今の「祇注」を他から際立たせる大きな特徴である。

一方これも為顕が取り纏めに関わったらしい『古今灌頂』など古い他流説は、仏教史上悪名高い「立河流」「玄旨帰命壇」のような、中世後期には強い批判を被り下火になりつつあった、左道密教乃至邪流本覚思想を援用した和歌観を統一原理として、それに纏わるあまたの（奇怪至極の）伝説・概念神話を集めている。そうして思想傾向的には、儒教の要素は殆ど見当たらず、神仏の習合に留まるといってよさそうだ。

祇注ではそのような古注を全然意識しないというのではなく、また共通部分が全くないのではないが、しかし、あまりにも強烈な邪流思想は、もう直截には持ち込まれていないようである。例えば、『古今灌頂』が伝人丸「ほのぼのと」詠（四〇九番歌）について、古くから立河流のものといわれている伝書、所謂「阿字義」（胎内五位図）を入籠の内籠のようにして抱摂し、そのまま用いながら、邪流思想に深く根ざした和歌観乃至和歌本質論（かつて筆者はそれを要約したことがある。例えば勉誠社「仏教文学講座8」所収の拙稿）を盛んに高調するのに対し、『両度聞書』ではこの他流説を、理由は単純ではないにしろ、この歌の解釈としてはあっさり一蹴している。

そこでは代わって「心詞とともほりて然も幽玄にたけたかく余情あれは」、当流においても大切な歌とするのだ、と語る。用語はいずれも二条家の高祖以来の歌論用語として既に周知のものだが、具体を喚起する説話などと比べて、仏教用語とはまた別の意味で抽象的、かつずっと評論的といってよいはずである。内容・内実と詞のバランスがよく（このことは先述したように二条派＝定家的用語系において「花実相兼」に同義である）、その上深々とした印象があって格調も高く言外の含みに富む、といった点が高い評価の理由なのであり、最高の歌にはこうした条件が具備されねばならないというこの言は、われわれにも素直に納得できる、しごく真っ当な主張であろう。案に相違して中世的秘儀も秘伝も、ましてや奇怪ともいえる邪流思想などは、この歌への『両度聞書』の注文にはもはや存在しない。

もっとも、文明六年本聞書には『古今灌頂』やそれに付随する概念神話・説話の如き前代に行なわれた他流の古注の断片、思想的側面に即していえば、辿り辿りしてゆくとやがて左道密教に至り着くはずの断片が、この歌ばかりでなく全編のそこかしこに散在していた。ただし、内容言及と批判が基調であり、無批判な摂取は見られないであろう。が、同時に、『両度聞書』のような諸宗折衷的思想内容の充分な表明にまでは至っていない。

当代の禅林では内典の講読に止まらず、外典特に儒典講読が盛行しており、講釈の筆録である仮名抄が夥しく残っていることは既に周知のはず。儒典の世界は奇怪至極の説話世界よりも随分と晴朗さを増しているように見える。ここでの関心の範囲は全般にわたってかなり広く、吉田神道の日本紀聞書を書写した、相国寺桃源瑞仙のような高名な儒僧もいた。こうした環境が基本的には常縁・宗祇の修学期の環境なのであった。

さて文芸であると同時に、殆ど経典（けいてん）に等しい重要さをもつ古典中の古典に、時々の信念や信奉する教義内容を投影する、というのは、解釈のあり方としては史上どこにでもあるごく普通の態度といえるだろう。そして『古今灌頂』においては、中世前期の主流であった左道密教とそれに纏わる唱導の世界を著しく反映し、他方祇注においては、当代禅林という諸宗・諸思潮の坩堝ともいうべき現場に長く身を置いた者として、ここに内外典を、殊に儒典を、主に「講釈」の聴聞という方法によって摂取しながら、また別の要素として、この場に近い位置にいた吉田兼倶の神道なども摂取、全てを撞き合わせ、磨り合わせて、その結果諸要素は複合している、というよりももはや分かちがたく渾然一体となっているようだ。

この際の儒学は「新古折衷学」と称せられる、蓄積されていた漢代以来の旧儒の上に、宋代に興った新儒を摂取し繋いだものであった。

ところで広田哲通氏は年来、「事理」論理を中世を主導する概念枠だと主張されている。筆者は、かつて島田虔次氏が「体用の論理」と称していた、ほぼ同類の概念枠を、主題論的操作を加えながら、古注・旧注を通して、幾つかの古今注の基盤に読み取ってみたことがあった（同前）。「体」は本質、一方、「用」（「ゆう」と読むのが伝統的読み）はそのはたらき、現象、の謂である。『両度聞書』にも、流れ込んでいる要素は古注とはやや変化し、複雑化してもいる（度々繰り返すように、顕著な儒的要素は新局面である）が、原則として、この基本的枠組みが透けて望まれるように思われる。世界観（パラダイム）の類型としては、より普遍的には「流出論」乃至は「開展説」と呼ぶべきだろうが、大乗仏教の代表的綱要書のなかでは取り分けて、教禅とも古来重んじてきた『大乗起信論』に、仏教的な形式での典型的な表明を見出だす（そもそも仏教は「諸法空」を根本的立場とするので、始源的「実体」や「一者」からの一元的流出乃至展開によって世界が出現した、と直ちに考えることはない。「有」の立場はあくまでも外道の立場だ。同論ではこの点に一捻りがあるわけだ）。

これは同時に、一見矛盾するかのような複数の現象間にも、本質的な同一性を発見しようとする解釈原理の側面をもっている。習合や折衷が可能になるのはこのような強固な信念あるいは世界観の裏付けがあるからではあるまいか。

東家出身の数多い禅僧の全てが所属した黄竜派は、建仁寺の開基・明庵栄西（みんなんえいさい）を派祖とする。栄西は本来天台出身で禅密兼修の人であった。護摩も焚いたという。その宗風は心的傾向としては「折衷」以外の何者でもない。付法の遠い子孫である正宗竜統にも、いくらかの教判（優劣論というよりはここではむしろ状況論だろうか）の意識とともに、三教一致・儒仏一致・さらには儒仏神一致を説いている文が多数ある。政治僧の機に臨んでの心にもない修辞、などといって済ませてしまって、はたしてよいものだろうか。多分それは本心なのである。

無定見とも思える寄せ集めにも、底には論理的一貫性をもたせるだけの強力な理屈付けがあるのだ。「寄せ集め」の面だけに注目して、そこに知的未開や胡乱さ不誠実「のみ」を見出だそうという類の論には、筆者は共感しない。一般論的にいうことが許されるなら、純粋を追求しすぎる思想傾向は、往々にして原理主義の罠に囚われ、史上度々証明されているように、むしろ、独善や他者との軋轢、厳しい争いを生じさせる。折衷とはその種の不寛容とは正反対の立場である。積極的な評価、でなくても少なくとも全面的な負の評価とは見方を変えた、別の評価があってもよいはずだろう。逆説的にいえば「折衷」こそ、当代的心性の一面を理解するためのキー・

コンセプトであると筆者などは思っている。さて論点が拡散し過ぎたようだ。

祇注の幹に相当する『両度聞書』の内には、さまざまな知見、また同時に、ほぼ無比判に、から極めて批判的に、まで、当然扱いに差はあるものの、摂取されている古注（僻案抄・顕注密勘・六巻抄・古今灌頂など）が、数々存在している如くである。あるいは、テクストに部分的に取り込まれたテクストが、輻輳乃至重層している。片言隻句を手掛かりにして込み入った重層を解きほぐし、奥所に分け入ることには相当な困難があり、筆者も旧稿において僅かに試みて未だ不充分である。この文明六年本聞書には、『両度聞書』の表面下に隠れたものの一端が僅かに顕在しているようだ。腑分けの際の有効な一手掛かりと目し、予て注視する所以である。

未勘の点も依然残るが、以上をもって本稿を一旦閉じることにしたい。

本文中に記した以外では、主に以下を参照した。

1 『古今和歌集注抄出　古今和歌集聞書』（東京大学国語研究室資料叢書　9）汲古書院　昭和60

2 「三条西家古今学沿革資料――実隆・公条・実枝、〈附〉宮内庁書陵部蔵『実条公遺稿』（部分）翻刻――」（武井和人）埼玉大学紀要（人文科学編）34　昭和60（『中世和歌の文献学的研究』笠間書院　平成1　所収）

3 「京都大学附属図書館中院文庫蔵『古今集序注』――解題と翻刻――」（黒田一仁・高橋道子・武井和人・ルイス＝クック）同37　昭和63

4 『東常縁』和泉書院　一九九四（平成6）

5 「中院家旧蔵古今和歌集注釈関連資料考（一）――中院通茂・中院通躬・野宮定基との関わりをもつ典籍を中心に――」（海野圭介）大阪大学古代中世文学研究会『詞林』26　平成11

本文凡例

一　原本には汚破損あり、判読不能箇所が散見される。依って該本の他に数種の古今注を集成併記した〔古今和歌集聞書集成　三条西家本（仮題）〕所収本文と、片桐本『六巻抄』とを参照しできるだけ〔　〕内に補った。ただ、該本と集成所収本文を比較するなら、集成の方は、前掲されている『両度聞書』『古聞』との内容的重複・本筋を離れる話題・明白な過誤等を削省し、また口語脈の助詞・語尾表現を文語脈のそれへと書き換え、音便も訂する、などの整序化への傾向が兆している。そのために、補い得ない箇所もごく僅か残った。ただし、推測可能な場合は、私案を（　）内に注記している。

一　諸般の事情で原本通りの再現は期しがたいものの、原本の表記上のはっきりした特徴のいくつか（漢字片仮名交り・片仮名宣命書き・空格）は、なるべく残すように努めた。その結果翻字文には、現代の漢字平仮名交り表記の滑らかさに比べ、凹凸感が顕著に感じられるようだ。このことによって、「平易な翻字による紹介」という目標とは多少の齟齬を来したかもしれない。しかし、表記上差異がある、ということの確認も、意味のないことではないと筆者は思っている。同時に、読み安さもある程度考慮して、漢字は多く通行の新字に、おどり字も「々」に統一し、目慣れない種類の異体字は殆ど残さない。片仮名も漢字に準じ、例えば「子」は「ネ」へと訂し、「シテ」「コト」と読むべき合字も、全て開いて（＝読んで）示すことにした。もっとも、次項に記すことを含め、このようないくつかの形態上の改変には、筆者所持の機器の限界による止むを得ない妥協、という側面もなしとしない。

一　声点・振仮名・返点など、点在する訓点もまた原本の左右傍記の形式に倣い、許す範囲で原形に近づけた。

一　他の符号の意味は次の通りである。「／」＝改行　「』」＝改頁　「□」＝判読不能箇所　「▒」＝ミセケチ　下の字が読める場合はそのまま示す。「＼」＝朱合点

翻字

□□□□□□□□ミヘタル処ヲハ一エ之説之時云マテ也タカクユイナスハ殊ナル道ヲ伝ル時ニ／□□スル也　崇尊
親王ノ御習シ時為家ノ答ルハ心ト云モノハ青黄赤白黒ノ外ニアル物／□レハカリニ人ト云ヲ以テ人ノ心ト云也トヲシヘ□サ
ル、百ケ条之一也源深者流遠ト云／□□ニ此人ノ心ヲタネトスルコトヲ能々シルヘシ古来風体抄序ニハ風菩薩ノ
哥ヲ／□ケタモ此心也不仮梵漢之語而用二和語一也和ト云ヲモコ、ノ高処ニアテ又ハ尋常／ノ和ニモ二重ニアツル、
也

タノヒク雲ナク鹿ハヲキフシタチイヲ云ンタメ也

(万) 葉集ニ坂上ノ老女《イラツメ》　後撰ノ作者如遭《ユキスケ》

□人

人丸カ哥　チルハ雪チラヌハ雲トミユルカナヨシ野ノ山ノ花ノヨソメハ

（小注ニメカミヲカミト云ハ
イサナキイサナミノ夫婦会合之時アナウレシヲトメニアヒヌト云ハ神代ノ哥也

（ノイマタ
人《ヒト》モイテキサリシ時ヨリ此哥ハハシマレリト云詞也《アリ》　サル時アメツチヒラケハシマルト云／国トコト心ウル此時
ハ発頭ノ詞ハ人ト云字ハ心トイハンタメニ人ト云字ハヒカレテ出キタリ
汝《カツカシ》　夫婦嫁《ミトノマクバイ》

無《ナシ》レ名雉《ナキシ》　天ヨリ下《ク》テ　ユツノ木ニスミタマフ天照大（神之）使也（一丁裏）』
文明六年仲夏廿（日）
　序ト申スハ奥ニアル事ヲ始ニシラスル也哥ニハ序タテ〔マツル〕ト云テ野ノ行幸ニテモ川ノ／行幸ニテモアル会ノアル時ニ一首
　懐紙アル時ニ其内ノ座上ノ上客大臣家ノ人序ヲ／タテマツル也紙一枚ノ物也真名《マナ》也　滋行カ序ノ如キハ仮名テアリ
　シ也勅撰奏覧／之時ハ目録ト序トヲ奉ル也其後ニ巻頭ヲ奉テ後ニ春部ヲ進ル也
〈ヤマトウタハヨリ　〈ナレリケルマテノ四句ハ一段也　〈イヒイタセルナリマテカ一段也　〈花ト云ヨリ／〈ヨマサリケルト云マ
テ一段　〈チカラヲモイレスシテヨリ　〈ウタナリト云マテ一段　〈アメツチノヨリ／〔イ〕〈テキニケリト云ハ天地ノ始メ天地ノ間
テ総ニ云也　〈久堅ノアメカラハ天ノ哥也アラカネ／〔ヨ〕リハ地ノ哥也人ノ世ト云カラハ人ノ哥也ミコトヨリソト云ヲミコ
トヨリノト云心ヘヨ／〔ミ〕コトノヨミハシメシ卅一字ヲアイツイテヨム也
大和ハ日本ノ総名也他流ノ総義ニハ天竺ニハ梵語唐土ハ漢字日本ハ倭字ヤマト、云ハ和《ヤハラクル》　字也／当流ハ日本之始ハ水ハヒ
イテ泥ハカリテアリシニ山カサシイテ、アルニ神スミタマフ其泥ハ山ノ／〔キハ〕ヨリ泥カカタマリタリ氷ノ礒ヨリコホル
様ナリ《リ》キサルホトニ山跡《アト》ト云也其時ノ草ハ葦／〔ハ〕カリ也故ニ葦ヲシキテ神ノイルホトニ葦引ノ山ト云也　哥ト云ハ
山ニノミスンシ心ヲ哥ト／〔云〕也イマタ詞ヲカハス事ハナキ也コ、ハ志テアルヘキ也心ニアルヲ志ト云ヘハ也是ハ
高キ／〔哥也慈鎮ナントノ〕一念ノ中ニ数万首ヲヨムト云ハコ、ノ哥之事也此哥ノヒロマル処カヨロツ（二丁表）』
〔ノコトハトソナレ〕リ志コソ〔ハ〕ヤ哥ヨ　〈人ト云ハコ、ナル人テハナキソ葦引ノ時ノ／人也語ナケレトモ任運ニ
心カ通スル也カ、ル時ノ心今日ノ哥トナル也　タネトシテマテハ古今ノ／古ノ字也　ヨロツノコトノハ、古今ノ今ノ
字也　〈世中ニアル人ハ神武天皇以来ノ人也／〔世〕ニアルワサハ云ハネトモ知レリ　〈思フ心ヲ見聞ニツケテ云イタセル
也其証拠ニハ／鶯蛙也是ハ皆ヲノカ思ヒヲ述ルホトニ真実ノ哥也鶯ノ毎朝来ト鳴ナント、云ハ当／流ニハ不用也底ニ毛

詩ノ序ヲモチタリ詩正義云哀楽ノ起ハ冥《ヲコリカナヒ》二（「宜」の誤り）乎自然ニ一喜怒之端ハ非由人／〔事故〕燕雀為啁噍之感鸞鳳有ニ歌舞之容チ一是也 〈チカラヲモイレスシテトハ哥ノ徳ヲ云也／〔能〕因哥云天河ナハシロ水ニセキクタセアマタクリマス神ナラハ神トヨミテ雨ヲクタスコトアリ／〔鬼〕ハ賢ノ魂神ハ聖ノ魂大小神ノ名也 定家ノ北野ニ詣テチハヤル神ノ北野ニ跡タレテ後サヘ／カ、ル物ヲ思ハント云哥テ式子内親王ノ虚名ハレテ勅撰ヲユルサル、也是ハ神ヲモアハレト／思ハセタル也 〈男女ノナカヲモヤハラケ 毛詩ノ序ニ経夫婦厚人倫ト云様ナル処也／類ハ不及挙貞治為明卿哥ニ思キヤ我敷島ノ道ナラテウキ世ノ事ヲトハルヘシトハ 先代ノ時／関東ヘメシトラレテ推問之時ニ此哥ヲヨミタレハ先代ユルシテ京ヘカヘス也モノフノタケキ心ヲ／モナクサムル是也 ヲナシクハ涙クモラテナカメハヤ今夜ノ月ノアリシニモ似ヌ瑞説カ／善忠ニメシトラレテ中秋ニヨム也近キ人ナレトモ皆如此 コノ歌アメツチノヒラクルハ国／常立尊ノ御時也天神〔七代之〕始也ヤマトウタト云ハ地〔神ノ始〕ト心ヘタルハイカニ当流（二丁裏）』之心ハ自他未分之処〔ヲハヒラ〕ケス心ヘタソ山トウタト云〔コトヲ〕コ、テフタ、ヒ云タト心得ル也／他流不然哥ヲヨメハ天地鬼神ノ力《チカラ》カツヨクナレリ水ニ水〔カ〕イレハ水《ミ》キハカソフ火ニ／火カイレハホノヲカ添也 イマハ古注ノ古ハ小也今ハナニトシテ古ノ字ヲ書ソ 当流ハ古／注ヲハ不用サレトモ又談スル也アマノ浮橋ハ空中ノ名也イサナキナ《イ》サナミノ哥ハアラウレシ／ヤヲトメニアヒヌト云也 シタテルヒメハ地神三代ノ比ナリアメワカ《稚》ミコハ天照カラ日本ヘ勅／使也 田舎神ニアマノ浮橋ヘマイラヌ神テアリシムスメノシタテルヒメト云ニアメワカミコノ貪／着シテイタリ天テミレハ下界ノ岡谷ニ此神ノウツクシサカテリカ、ヤイタリコ、テシタ／〔テ〕ルヒメ哥ヲヨミシヲエヒス哥ト云也 アチスキタカヒコネ《味耜高彦根》ノミコトシタテルヒメノ兄弟也又ハ／〔ア〕メワカミコノ兄弟也セウトトハ男ノ兄弟ヲ云也天ヘモ帰ラスシテアリシカ天照ノ箭ニアタリ死ス／□シテ後ニ殯ヲ天ヘウツス時ニシタテルヒメノ兄弟ヲツレノホレハ此弟ウツクシクテ岡谷ニテリカ、／ヤク也 又ノ秘説ニハ上下ニテリカ、ヤイテ人ノミ

ヌ人ハナキソト云義アリイカ、アルヘキソ　／□地上界下界ワカレテハシタテルヒメノ哥ガ下界ノ始也天照ハ天
ノ浮橋テノミヨム也　久堅ハ／〔堅〕固ニシテ壊スルコトハナキ也エヒス哥ハイナカ哥也　スサノヲノヲハソサトヨム
也　天照ト／ソサトハ御中アシ、四人ノ兄弟也月神ヒルコソサノヲ等也月神ハ無事也ヒルコハ三年／足手□タ、
ス龍宮ヲツカサトルスサノヲハ男神也世ヲハカラハントシテ天照ト中ワルシ／□□□□□□□□七度イサカフテ
七度メニ天ヨリ征伐ス出雲ノスカチノ里ニスミテ大社（三丁表）』□□□〔後ニ懇望シテ和与シテ〕劔ヲ[illegible]呑テ誓也安徳ノ時
ノ沈シ宝劔是也和スルヲ以テ天下／太平也故ニ大ニ和スルト書テヤマト、ヨム也コ、ニテ八雲タツイツモ八重カキノ哥
ヲヨム也／（其）後卅一字ヲヨムハ嘉例ニヨム也専《モ》ハ長哥ヲヨムヘキコト也三種神器ハ第二代ヨリ始レリ／〔神〕代ノ哥ハア
マリスナヲニテ今ノ下界ノ人ハシラヌ也神代ノ哥ハ六ノ過ヲハナレタリ眼耳／鼻等也此過ヲハナレタホトニ心ヘカタ
キ也ソラミツヤマトノ国ト云ハ天テミタルヤマトノ国也／此上古ニハ六義十体ハナシ澆季ニナリテハ戒文ヲシライテハ
叶フヘカラス故ニ種々ニ哥ノ体／〔出〕来タリ今ハ古今ヲモシラス古今ヨリモ万葉ハシラス万《レ》葉ヨリモ神代之哥ハシラ
レ／〔ヌ〕モノ也是ニテスナホニテ事ノ心ワキカタカリケラシト云コトヲ知ヘシ　人ノ世トナリ／〔て〕ハソサノホ
ノミコト地ニシテヨメル卅一字ノ哥ヲ興シテヨメル也再ヒ云タルニハアラスカフシテ／天地神ノ三ノ哥ノ始ヲ云也兄
ト云ハ誤歟天照ノ弟也　源氏ニ姉《アネ》ナレトモ女ヲハ弟トカ／ク也男ナルホトニ兄ト云歟八雲ハ八色ノ雲也奇瑞也　トヲキ
所モカラハ上ノ花鳥／霞露ノツモル証拠ヲ云也チリヒチ塵ノホコリニタツ也　ヒタル土《ツチ》ナリ　居易座右銘／曰千里
始足下高山起微塵云々チリヒチトハ塵土也土ノハヒニ立ヲハ因幡ノ国ニハチリ／ヒチト云チリイチトヨムヘシ
同廿一日
ナニハツノ哥ハ御《ミ》カトノ□□□□トハオホサ、キノスヘラミコトノ□□ノ始ノ御事也オホサ、キハ（三丁裏）』仁徳
也応神第四王子□□□ワカ子ハ第三王子也応神□□□リハ仁徳ニアル也応神崩御ノ／後宇治若子ノ兄ニテアルニ依テ仁

徳難波ニヒキコモリテウチワカ子ニ譲テタカイニ譲／アフ其間三年也王仁ハ高麗人也積学也花ニヨソヘテ此哥ヲタテ
マツルウチワカ子自《コ》／崩御アリケルニ仁徳棺ヲタ、クコト三度兄弟カクシテ兄弟有語遂ニ崩御シ給フ也仁徳ハ／平
野明神也ナニハ津ニ冬コモリセシ花ナレヤ平野ノ松ニカ、ル白雪　此王仁カ哥ヲ故事ニ用也／高屋ニノホリテミレハ
烟タツ民ノカマトハニキワヒニケリハ仁徳御哥也イフカリハ欝字也／コノ花ハ此花ナリサ、ヘテ云ホトニ也　ア
サカ山ノ詞ハ葛城王ヲ奥州ニツカハス時司／□水緩怠異ニ甚シ　《小注》スサマシキハイヤカリテ也　食物ヲ愛シモチイス
ウネメハ遊女歟／□ニハ奥州カラノホリシウネメカ役ヲ勤メクタル《リ》タルウネメ也　其歌ニアサカ山カケサ《副》ヘ／
(ミ)《所見》ユル山ノ井ノアサキ心ヲワカ思ハナクニ此山ノ井ハ深キ井ナレトモ山影ヲツレハアサクミユル也／父母ノヤフニ
テトハ天下ニ用ル処如二父母一也八雲ヨリ始メテ神代人代ノ中ニ此二首ヲアクルハ／歌ノ徳ヲ云也手習ッ人ノ始ニハト云ハイ
ロハノ奥ニ此二首ヲ書コトナリ　源氏若紫巻ニミヘ／タリ源氏ハ古今ノ後ナレトモ古ヨリ。《ノ》ナラヒ見ヘ侍ラン　詩
正義詩者論功頌徳之歌者止《ヤメ》／(レ僻)ヲ妨《フ》レ邪之調也　難波津論功徳安積山ハ防僻邪也故曰父母也　唐ノ歌トハ毛詩ヲ
／指テ云也　ソヘウタハ風也風ハ諷也心ヲカクシテヨメル哥也神代ニハ陣テヨム／〔哥也物ニ物〕ヲ〔ソ〕ヘテ云
也又ハ風ハ教也末ノ五ニハ事カキナシヲホサ、キノ御門ヲソヘタテ（四丁表）』〔マツルト云ハ風ハカリ〕也哥ノ上ニハ見
ヘス俊成哥ニアハレニモソラニサイツルヒハリカナシハフノ／巣ヲハ思フ物カラ定家ノ叡慮ニモカナハヌ処ヲハ悲
シク思ヘトモ内裏ニ祇候セス《シテ》アル／ヲヒハリノソラニサヘツルニタトヘタリ　風ハ正義ニ言賢聖治道ノ遺化一事カキ
ナ／クテハ哥ノヲモテハカリニテハ其心ヲシルヘカラス
賦ハ量也量ハ私称也涯分ヲアイハカラフタ体也思フ事ヲハカライカソヘテ云也雅ニ似タ／リ　サク花ニアチキナイハ身
ニイタミノ入ヲハシライテテト云心也　順徳院御時ツクリ物ヲ／□ル時ニツクミニ箭ヲツクリテアリシコトアリツクミ
ヲカクシ題ニヨメルトナンイタツキハ／〔労〕也悩也此集ニカスくニヲモイヲモハストイカタミ身ヲシル雨ハフリソ

マサレルノ哥ナントハ賦／□小注コレハト云ハ哥ニハアラス賦ヲ云也小注此哥トハサク花ニノ哥也古注ノアクル雅ノ／
哥トサク花ノ哥ト云ハイカホトカハルソ　身ニイタツキハ涯分ヲシルコトカ深キソ／人ノ書《言》ノ葉ソ哥ハ浅ソ　ソ
ノ理ノナキコトハナキソサレトモ本注ハ可也ト当流ニハ用之也／ナソラヘハ比也一詞テ二《フ》ノ意アルヲ云也霜ヲクト人
ノオクルト霜ノキユルト我キユル／ト也如此一集ノ哥ヲ心ウヘシ　正義ニ比ハ類也方也校也並也思ノ多ヲ一詞テ
カ／ケタヲ云也ミツシホノヒルマヲ　ヲトニノミキクノ白露ナトヨメルスカタ也又ハ玉クシケア／ケハ梓弓イソ
ヘナト一詞ノ心ニワタリテヨソヘタル也　他流ニハ小注ニナソラヘテトスム也／霜流ハニコル也（左「霜」字「当」を誤るか）　霜ニハ〔ナスラ〕ヘス
シテヲキテトキユルトヲ云ンタメ也コレヲソレカヤウニ（四丁裏）』ナンアルトヤフニ云也　カ〔フコハ〕（カイ）°《コ》也イ
フセクハヲホツカナフヲホユル也　古注ハ公任作也貫之／作ト云ハ公任ヲタスクル也　公任ハ次第不同ノ哥ニハ不
入是古注ノミクミニ依テ也ナソ／ラヘ哥ハ古注▒モ本文モヨシ
タトヘハ興也　興ハ託《ツクル》二事ヲ於物一ニ以レ譬ヲ発《スルナリ》二己カ心一ヲ此集ニ己カ心ハ雪ノ如クナソト云様ナル／事ソ　古注ニハ此哥ト云也
古注ノ哥ハ無相違也ワカ恋ハノ哥ハタトヘタル処ハアレトモサマカ／ハリタリ古体也ヨムトモツキシト云テヨミツク
ストモト両処同シカ、ル処ハ古体也花ヲ／雲ニ月ヲ雪ニ思ヲ烟ニ命ヲ露ニヨソヘタルハ皆タトヘ哥也タトヘニカクレタル
トアラハレタルト／〔ア〕リカクレタルハソヘ哥也
〔夕〕、コトウタハ雅也トメウタナラハ何トテ賦ニハヒキタソトメ哥ト云ハ文字ノウスキヲ／筆ニテトメナシタルヤウ
ナル事也雅ノウヘテミルナラハ此哥ハトメウタテソアルヘキ／〔ト〕ソ公任ハ云ナラシ誠ニ山桜ノ哥ヲ用イヨ今ノ世ノ
人ノ心得ヤスキソ本ヲスツル／ニハアラスタ、コト哥ハ心ニ思フ事ヲ物ニモヨセスシテアリノマ、ニ云イノフル也
イワヒウタハ頌也　頌ハ賛也　美盛徳之形容以其成功告于神明者也　此哥ハホメタル／哥也サカユルハ道理ナルソ
正直ニシテ神慮ニモカナフナレハ殿ツクリセリト云心テ貫之ハカ／キタリサレトモ遠ホトニアリノマ、ニ云イノフ

ル也　古注《ヲ》用《ヨ》　風《ハ》タトヘタル処ア／〔ラハレス興ハタトヘ〕カキカトアラハル、也　サキクサハ家ヲ云ヘリ
三ハ四ハ《ハ》三棟四棟也（五丁表）』□□□□□□云異名《ア》リソレ《ニ》ツキテ三葉四葉ト云　ムヘモト云ハサテト云義ナ
ルヘシ／宜ナト云詞也　小注ヲホヨソ六種《ニ》ワカレン事《ハ》エアルマシキ事《ニ》ナント云ハ分別セ／フスコトハアルマシ
キ《ト》天下心ヘタリイカナル哥モ六義ヲハ離レマシキ事チヤソト云／心也　天下《ニ》用《ル》処《ヲ》ハ頓阿ノ一流《ニハ》用《イ》マシキ
ソ
今ノ世中　真名序《ニ》其実皆落其華独栄《ト》云マテ也　ハカナキ《ハ》詮《モ》無也　イロコノ／〔ミ〕《ハ》好色ノ家也今ノ世ノ中《カ》
カフナリンタルヲ延喜センシテアラハサル、也マメナルハ／〔誠〕也　ソノ始メヲ思ヘハノ詞《ニ》心《ヲ》深クツケヨ古
ノ帝王ノ始メノ事也発頭ノ句ノ人ノ心／〔ヲ〕タネ《ト》セシ処《ヲ》思ヘキ也　花《ヲ》ソフトテ《ハ》花《ヲ》尋《ト》テ也　タヨリナキ所
《ニ》マトフ《ハ》／〔ヨ〕ム哥ノ体《ニ》依《テ》愚《ト》ミル也　シカアルノミ《ニ》アラスサ〔、〕レ石《ニ》タトヘ《ト》云ハ君《カ》代《ハ》千代《ニ》ヤ／千
代《ニ》サ、レ石ノイハホ《ト》ナリテ苔ノムスマテ　ツクハ山《ニ》カケテ君ヲネカイハ築波根ノコノ／モカノモ《ニ》影《ハ》アレト
君《カ》御影《ニ》マスカケハナシ此種々ノ哥ヲアケタルハ昔宴《ニ》アツカリ／テ献《スル》哥コレヤフ也ヨロコヒ身《ニ》スキタノシ
ミ心《ニ》アマリトハウレシキヲ何《ニ》ツ、マン唐衣／袂ユタカニタテト云《ハ》マシヲタノシヒヲハタノシミトヨムヘシ
フシノ烟《ニ》ヨソヘテ人《ヲ》コヒ《トハ》／人シレヌオモヒヲツネ《ニ》スルカナルフシノ山コソ我身ナリケリ《レ》　松虫ノネ《ニ》友ヲ
シノヒ《トハ》／君シノフ草ノ《ニ》ヤツル、我ヤトハ松虫ノネソカナシカリケル　タカサコスミノエノ松《モ》アヒ／ヲヒノ様
《ニ》ヲホヘトハカ〔クシツ、〕世ヲヤツクサム高砂ノオノヘ《ニ》タテル松ナラナク《ニ》我ミ（五丁裏）』テモ久シクナリヌス
ミノ〔エノ岸ノ〕ヒメ松イク代ヘヌラム　男山ノ昔《ヲ》オモヒ出《テ》ヲミナヘシノヒト時／ヲクネルニモ哥《ヲ》云《テ》ソナク
サメケル今コソアレ我モ昔《ハ》男山サカユク時モアリコシ物ヲ秋／ノ野《ニ》ナマメキタテル女郎花アナカシカマシ花
モ一時　アイヲイハ双対シテヲフル様世《ニ》／用《ル》コトヲカク云《ヒ》ナス也哥ヲアケタレ《トモ》心ヲ次第《ニ》ツ、ケタリヨク

ミヨ／又春ノ朝《ニ》花ノチルヲ見《トハ》詞ヲヲコシタソ　ウツセミノ世《ニモ》似タルカ…｜　秋ノユフクレ《ニ》／木ノ葉ノ落《ル》
《ヲ》キ、　吹風ノ色ノチクサ《ニ》…｜　アルハ年コトニ鏡ノ影《ニ》ミユル　ウハ玉ノワカ／クロ墨（左「墨」字「髪」の誤り）ヤカハルラン…｜　ヲ
チタキツタキノミナカミ年ツモリ…｜　草ノ露水ノ／（ア）ハ　露ヲナトアタナル物ト思ラン…｜　水ノアハノ
キエテウキ世《ト》イヒナカラ…｜　／（ア）ルハ昨日《ハ》サカヘヲコリテ時ヲウシナイ世《ニ》ワヒシタシカリシモ　光
ナキ谷《ニハ》春《モ》ヨ／〔ソ〕ナレハ…｜　シタシカリシモ　アマ雲ノヨソ《ニ》モ人ノ《ナリ》行《カ》…｜　アルハ松山ノ浪／ノカ
ケ　君ヲオキテアタシ心ヲワカモタハ…｜　野中ノ水ヲクミ　古《イ》ノ野中ノシ水ヌ／ルケレト…｜　秋萩ノ下葉ヲ
ナカメ　秋萩ノ下葉色付今ヨリハ　暁《ノ》シキ《ノ》ハネカキヲ　／暁ノシキノハネカキモ、ハカキ君カ…｜　アルハ
クレ竹ノ　世《ニ》フレハコトノ葉シケキクレ竹《ノ》／…｜　吉野川《ヲ》ヒキテ　ナカレテハイモセノ山ノ中《ニ》ヲツル…｜
是ヲハ心詞マコトア／リテハカナクアタナラヌ哥《トモ》也序《ノ》詞《ハ》哥ノ心《ヲ》トリテキ、ヨキサマ《ニ》カキツ、ケ／〔侍レ
ハ今シルシイタ〕セル哥《ニハ》カナハヌ事モ侍ヘシ　春ノ朝《ニ》花ノチルヲミ秋ノタクレ《ニ》（六丁表）』〔木葉ノ落ルヲキ、〕
ナト云ヘルハカキムカベタル句《ト》ミヘ侍レハ必シモコノマ、ナル哥アルヘシ／トハ思ヘカラス今シルシイタセ
ル哥トモ荒涼ノ事《ニテ》ソ侍ラン　今ハ
今ハ富士ノ山《モ》　コレハ思ノタエヌ事ヲ烟富士ノ烟《ト》タトヘ我身ノフリヌル事ヲハナカラ／ノ橋《ニ》タクヘキツル《ニ》
烟モタエ橋モツクリツレハ其タクヒモナケレト富士ノ烟《ハ》タ／エスナカラノ橋《ハ》フリヌトヨミヲキタル哥ヲミテ
煙ヲモ猶身ノタクヒ《ニ》思《ヒ》テ／《ハ》心ヲナクサム《ト云ナル》ヘシ富士ノ烟ノ事不立ノ義タテ申説サマ〱カキヲキ侍レト／
猶庭訓《ハ》マサシク不断ノ義也証哥両首末《ニ》是ヲアク将又基俊判者《ニテ》哥合／〔判〕詞《ニモ》タ、ヌ烟ヲタエヌ義ト申侍説
分明也俊成卿《ハ》基俊《ニ》古今ヲ伝受シ侍シ／□彼説尤当流《ニ》規模ナルヘシナカラノ橋ノ事ツキヌル義ヲ申説アルカ造
／義也　富《他》士ノ山モ烟不立アルホトニ我思ヲ何《ニ》タクヘフソ　世間ノ義ニハナカラノ／橋富士ノ山ノ哥ヲ昔ヨ

ミシヲ今ミテナクサムト当流ノ人モ心得タリ　堯孝ノ／義ハ偏ニ哥ニノミ心ヲナクサムヘキソ　是義ヨロシ当流ニハ不レ断ナンヌト云ハ常住／タツホトニ思ひヲ託スヘキ処ナシ為家云ク不立ト云ハイカナル魔障カ申シ出／テツラフト也　和泉式部哥ニサヒシサニ烟ヲタニモタ、シトテシハヲリクフル冬ノ山／里ヲ証哥ニ引也後撰哥遍昭
（左「吐」カ字集成注・『六巻抄』所引歌とも「枝」）
唐錦吐ニ一ムラノコレルハ秋ノカタミヲタ、ヌ／ナリケリ皆不断〔之義〕也（六丁裏）』

廿三日

イニシヘヨリ　スヘラキハ帝王也延喜也四時カ九廻ハ九年也

ナラノ義色々アリ詞林采葉集ニミヘタリ元明元正両代ハナラノ御門トハ申カタシア／スカノ都ヲカケテ那良ノ都十分ニ繁昌セス聖武カラ那良ト申ス東大寺ハ聖武立之／淡海公之子宇合《イヘアフト当流ニヨム》《ウカフト世ニハヨム》ハ興福寺ヲタテタリ是ヨリ那良ノ都盛ニナレル也元明ノ代ニ那良ニ／移也元正ハ女主也文武ノ姉也古来風体抄ニ那良御門ハ聖武天皇ノ御事也ト云ニ依／テ亡父カ書ニハアラス謀書ト云也聖武ハ文武御子也アスカノ御門ト云ソ藤原ハアスカ／〔ノ〕都ノサキ也　冷泉家ニハナラヲ聖武ト云嘉禄本ニハ文武トハツケスサレトモ嘉禄ノ／（本）ニモワタラハ錦中ヤタエナンノ哥ニハ文武ト付タリ然ハ何トテ那良ヲ文武トハ心ヘヌソ／〔文〕武ノ御哥ニトフ鳥ノアスカノ里ヲ出テユカハ　アスカヨリ那良ヘウツラセ給ヘトモ元明ウツラ／〔セ〕タマヘハ文武ヲ勧請アリケルカ　此ナラノ御時ニハ必シモ力《チカラ》ハイルヘカラス只人丸云ンタメ也人丸ハ／元明元正之間ニ死タルハ万葉ニ歴然ナリサレトモ釆女カサルサワノ池ニ身ヲナケテアリシ／時ハ人丸哥ヲヨムワキモコカネクタレ髪ヲサルサハノ池ノ玉モトミルソ悲キ聖武ノ御哥ニ／サルサハノ池モツラシナワキモコカ玉モカツカハ水モヒナマシトヨミ侍レハ余ノ侍臣ハ哥ヲモ／ヨマスアリケリサリトテハ人丸カ聖武マテイキタ証拠也二条家モケニモト云万葉集ニ元／〔明元正ノ間〕ニ〔三〕処ニ人丸カ死タリケル証拠アリ身マカリナントシテト云哥妻ノ方（七丁表）』〔ヘヤリタル哥〕アリ聖武マテノ証拠ハ一処アリ聖武ノ時万葉ヲ撰スル者ハ橘ノ諸兄／卿也人丸ハ何トテ師範ニマイラヌソ

サリトテハ哥ノヒシリトカク時ニ師範ニマイル也／文武ノ時也十九歳ヨリ師ニマイル也故ニ文武ノ定家定ル也然者那良ハ
何トテ書ソ／延喜之比ハ那良ヲフルキト用タリフルキト云ンタメ也人丸ハ聖武ノ時八十余ノ老者／ナレハ撰者ノ事モ
承カタシ夷中ヨリ時ニ那良ヘマイル　他流説ハ藤原ノ御時コソ書／（ヘ）キヲ那良ハ思ヒワタリテ書歟ト云也ナラト云ヘ
ハトモ心ヲシカトナラニハ用ヘカラス／（フ）ルキ御門マテ也　オホキニ正也正三位ニ人丸ノ官也カクハアレトモ
位モ官モシラスト勅撰／□目録ニモ官位不知ノ人ノ第一也　キミモ人モ一義ニ君臣合体也一義ニ君モ万人身ヲ／（アハ）
セノ丸モ万人身ヲアハセテ父母ノ如ニ思フ也立田（秋也秋ヲ君ニ喩ホトニ春ヲ対シテ人）丸ニナス也人丸モ吉野／哥アルニ
ハアラス其哥アレトモケヤケカラス立田河ハ哥ハ／文武ノ哥也然者那良ノ御門ヲハ聖武ト何トテ申スヘキソ
赤人ヲアヤシクタエナリ／ト哥ノ一体跡カアラハレタソ　人丸ヲハ哥ノ聖ト云云跡ハアラハレス／上ニ
タン下ニタヽント云コトハ上下ナキ也マ[テ]也　万葉ハ文武人丸赤人カ哥入タリ／サルホトニサキ云字ヲ不審ナリ
未決ナリト定家云ハレタソ　未決ニテヲクヘキヲ世間ニ／云義ハコレヨリサキノ哥ト云ハ古今ノヨリ以前ノ哥也トイワレ
ス万葉ト古今之間ハ／ハルカニ集ニイラス当〔流ニハカ〕ノ御時ヨリハ聖武ノ哥ヲ撰スル心ヘタリ　他流ハ人丸カ（七丁
裏）』時ヲサスホトニ不合也／（世八十）ツキ年ハ百セアマリヲハ当流ニ十七代二百年ニ及也／コレヲ世ニ十ツキ年ニ百トセ
アマリ是ハ当流ノ習マテ也　六条家顕昭他流ハ大同カラトル也十代／也又ハ冷泉家父子ハカリヲツヽケテ兄弟母ヲ除テ十代トス
年ハ百五十四年ナリ　／イニシヘノコトヲモ哥ヲモシリヨム人多カラスト当代ヲミル也是ヨリ以前ハ前代／也　〈遍昭ハ
マコトスクナシコヽカエヌソサマヲハヨク似セフス　〈業平ハ詞タラス　／ヤスヒテハアキ人ト当代人　喜撰ハ詞カスカ
ナル処ヲトリテヨムヘシ暁ノ月ハ惜キ／也一説月ニカヽル雲ハ風情カイテキタル也首尾テニハカチカウ処カヘリテ面
白シテ／（興）ニナルサル程三月ニカヽル雲ヲミルカ面白也世ヲ宇治山ト云ヒトニ云ケル当代人喜撰ハ詞カスカナル証拠也
テ我ハサハ候ハヌ如此スレトモト云テニハカハリテ／面白也カレコレヲカヨハシテヨクシラスト云

ハ貫之カ用心也スル也　流《リウ》トヨムハタクヒ也／文選ノ序賦ハ古詩ノ流《タクヒ》也　ヲノ、小町ハアハレナル様ニテト云ヲヨク滋味
セヨナ／ツカシフモアリモノスコフ《キ》処アリチカラモアリ是ハ女ノ哥ナレハナリト云丁成シタ／〔ル〕也ナヤメル
処病者ノ事也　大伴ハ当御代ノ人也余ハ二三十年前ノ人也遍昭ハ近／代也道理ヲヒシ〳〵ト云ハイヤシキ也道理ナ
キハ無心無着ナリ　道理ヲ風流ニ　カク／スカ哥ノサマナリ　スヘラキ(延喜ヲサス也九歳ノ時也)ハ王ノ事也王ト云ヘルコトヲ万葉ニ
カク云也／□□□キ□□□□也四時カ九廻ハ九年也　当流賀禄基俊本ニハ真名序ナシ貞応ノ（八丁表）』□□□□□□
□□□ニカク　ウツクシミハ仁也メクミハ恵也　ミソナハシハ見ソナヘヨ也／御書ノアツカリハ棟梁也　ホノ〳〵梅
花モ万葉ニモ入リ此集ニモ入ル也　甲斐サフ官ハ／小目トカク也　自ハ非御製撰者哥也　帝王ノ作ナレハエラハセタマフト
云也　古今／和哥集ト云古今ノ名ハ詩正義曰詁訓者釈二古今ノ異辞ヲ一触二物之形兒一由是為此集之名也／山シタ水ハ行末
ノタエマシキ也　アスカ川ハ変スル事ナレトモコ、テハウラミマテ也　／花　郭公　紅葉　雪ハ四季鶴亀ハ賀萩夏
草ハ恋　逢坂ハ旅　クサ〳〵ハ雑也　マクラハ臣ト云／(コト)也コレヨリ私ノ事ヲ云也某トモ心得ル也　匂スクナキハ
卑拙也　タチイヲキフシニ／(カ)ナシク思ヘトモ世界ハ貫之カ同時ニウマレタルコトヲ喜フ也　人マロナクナリ・ーハ
／(文)王既没ノ文也　タノシヒカナシヒヲハヒノ字ヲミトヨムヘシ　人　オホソノ月ヲミルカ如ニトハ／文選序ニ姫公之
籍孔父之書与日月倶懸鬼神争奥ト云ト同也　今ヲコヒ／サラメカモ　延喜ノ時節ヲ恋テハアルマシキソ（八丁裏　以下
空白）』
同廿四日　（六巻抄）定為法印説也
第十物名ト云ハ万物ノ名也　冷泉家ノ外其外ノ家々ニモ奥義抄ニモ此巻ヲハ灌頂ノ／巻ト云也当流ニモ《ハ》サモアラス三ノ口伝
ノ事ハ此巻ニアリ終《ヲハリ》ニヨムコトハ神代ニ敵ニ対シテ／ヨミタル哥ノ類ナレハ忌テ後ニヨム也廿巻ハ神祇ナレハ敬而去之
ウクヒス　ト云コトテ大事ニスル也　ウクハ憂也ヒスハ不干也鳥ハ何テモアレ鶯ノ義／アリ不審也

クヘキホト　ホト、キリテ時スキト云ヲ折句《ヲリ》ト云也五句之首ニヲクヲモヲリ句ト／(云)也人ヲトヨムルハ人ヲ動スル也

(浪) ノウツ　袖ニトルナラハタマルマシキソ然者ハカナカランカ

(夕) モトヨリ　袖ノホカニ玉ヲツ、ムコトテモアラハヤ移《ウツ》セミンカシトハ袖ヨリウツセミフ／□ニト云ヤウ也

穴アナ。憂ウ。メニ。(憂目)　哥ハ義ナシ

カニハサクラハカムハサクラ也ニヲムトヨム也ニトムト通スル故也　カツケトモ水ニ／トツト入ル事也風ノ吹時ノ水ノ漚

也　(探 サクラレテ

スモ、ノ花　鶯カ其世界ヲナカメテ恋シカラフスレ

(カラモ、ノ花)　心ハ逢ヘハ尚モ悲シキソワカレント兼テヲモヘハ（九丁表）』

〔作者しけか〕ケハ小野〔清《キヨ》〕樹子美作守

アシヒキ　義モナシ

ヲカタマノ木　三ケノ大事ノ一也　口伝ナリ　谷フカミタツヲタマキハ我ナレヤ思フヲ／モイノタチヤ《テ》ミヌル狭

衣ノ物語ノ哥也奥山ニタツヲタマキノユフタスキカケテ思ヌ／時ノマソナキ此二首ヲ証哥ニ引也ヲカタマヲ他

流ニハ年木《トシキ》ト云物也生気ノ方／〔カ〕ラトキワノ木ヲ門ニ立テ我年ノ数ヲカキツケテ茅カヤヲユイツケテ又生／気

ノ方ニヲサムル御賀玉《ヲカ》(魂ノ木ト云也又ハサカキ也是モ他流ノ義也鏡ヲカ／クルコトアレハ是ハ無子細也　哥ハアハヲ

ハシ玉ノキユトミツラン玉ハキエヌ物也サルホトニ／〔ア〕ハヲカト云也

ヤマカキノ木　チイサキカキノナル木也　ヨナ〱ナカフスラン下知スルニテハナキソ

アフヒカツラ　俊成哥イカナレハテル日ニムカフアフヒ草月ノ桂ノ枝ヲソフラン　他流ハ／葵葛《アフヒカツラ》トヨム也　当流

ハ葵ト桂ト也俊成哥ヲ証トス賀茂祭ニ二ヲ用ル也

人メユヘ
クタニトハクタムト云薬也。又ハ《(ニトムト也)》クンタリト云草也クタリトモ云水ノ底ニアリカツ／ラニテハフト云也　苦丹《クタン》　ト云物ハフ
キニ似タリ草也　チリヌレハ　テフハ助字也／又ハ蝶ト用ル説モ〔アリ〕(九丁裏)』
サフヒ　薔薇也　〔ウヒ〕ハ初也
ヲミナヘシ　ミナヘシ《(経》　連哥ノ　時公《上手ニ》ト云者イトヲミナメシトヨミテケカヲシタ／リシカ頓阿カ弟子ニナリテ古
今ヲ伝ル也
アサ露ノ　ミナヘシリヌルト云ハ皆経《ヘシリ》知也
ヲクラ山　貫之朱雀院《(寛平》ノ時ニ哥合ニ躬恒ニ九首マケタリ院機嫌ワルクテ勅判ニ／ナサレタリ其時ノ哥ノ中也峯タチナ
ラシハ立馴也
キチカウ《桔梗》　俗ニハキキヤウト云也　　哥ハ義ナシ
〔シ〕ヲニハ紫苑《シヲン》也　フリハヘテハソハアタリヲモミスシテ故郷ヘキタリ
〔リ〕ウタン《(竜)胆》　俗ニハリンタウト云也　フミシタクハフミツクル事也鳥ヲ打ントシタソ／野ハナケレハ此花ヲ踏シタクハ
(ヲ)ハナ　世ヲハノヲハオノ字テアルヘシ仮名ツカイニハヲノ字ニテアルマシキソ古来ノ不審也
ケニコシハ牽牛子也アサカホノミ也ウチツケハハシメテトヤカテトノ両義也　コシトハ／濃《コシ》也ハシメハコイトヤ花ヲミ
フスラク露ノソムルハカリヲ
メトハ三ケノ大事ノ一ツ也蓍ト云義アリ　御抄ニメト、ハ草也花ノ木ニハア／□□ト□□ケツリ花ナレハ也フリニシハ
故《フリ》タル也コノミトハ人ノフリタルカ又世ニ(十丁表)』
ア□テ□□□シフナリヤセ（フ）スラフ

シノフ草　義ナシ

ヤマシ　シノハ也シトイフ草也羊蹄トカク也又ハスサシト云草也　能登越中ニハシト／ミト云ヘリアツユキハ葛原親王孫興材《ヲキキ》カ一男也　郭公ハ目ニハモトヨミヘヌソレヲ／雲ニマシルト云ナス也

（カラ）ハキ　唐萩也ト云物也木也玉魂也声ヲタニキカテワカル、タマヨリモナキトコニ／ネン君ツ悲キト云哥ノ玉ノ類也

〔カ〕ハナクサハ川ノ草マテ也其内ニフサ〳〵トシテカネツクル筆ニ似タリ

（サ）カリコケハ木ヨリサカリタル苔也ホヤノ様ナル物也ホヤトモ云義アリ名ヲハ／タカンコトヨム也本ハタカム《高向》コ也　先祖不詳花ノ色ハ一サカリハコケレトモ露カ／シ(ケ)ク染ヌレハウスクナリヌ

ニカタケ　義ナシ

カハタケハ川ニアル竹也又ハ内裏ニウヘラル、竹ノ川川《竹》ト云也是哥ハ内裏ニアル／竹也大ナル面白キ哥也

ワラヒ　真セイハ基規《モトノリ》（兼盛兄弟）子〔篤行〕（モ）兄弟平ノ興材《ヲキキ》王孫　薇ヲ藁火トナツケタソ（十丁裏）』

同廿七日　此集之結願（之日）也廿巻ヲ先人平田不伝受之間令斟酌也

キノメノト　イサ、メ　御抄

アチキナシ　兵衛ハ大江ノ隆常カムスメ藤原ニ同名アリ藤原ノタ、フサカモトニ侍ケル　此題ハ菓ヲトリ　／アツメタリ　ツメソハ積也ツモラカシソ

カラコト、云ハ所ノ名也　築紫也　是哥カラ名所也　カラハヨリ也　清行ハ大納言／康人ノ一男　乙庭《ヲトハ》ノ孫　清行ハ四品ニテ七十二歳ニ死ス

イカ、サキ　何国ソ近江ニアルカ歟　源氏ノ哥ニアレトモ此哥ノ根源シラス　カチハ梚也

（カラ）サキ　阿保経覧《ホノツネミ》ヲトヨム人アルヘシ　先祖不詳　カノカタハ彼方也　イツカラハイツノマニサキニ／ワタリケントニ云也

浪ノ花　同題

（カ）ミ《紙屋》ヤ川ハ北野也帋スク上手アリ大和ノカミヤ川ニハアラス

ヨトカハ　同作者

カタノ　ヌマ水ハユクカタノナキ云ンタメ也

桂ノ宮　桂川ノアタリ也片野ニハアラス　忠《ホトコス》ハ弘《ヒロカ》子弼《フルキ》カ孫（五位マテ也）　ミヤハナル／トハ実ハヤハヤ《ナリ候》

（百和香）〔百歩〕之間ニホフヲカク云也　百種ヲ以テ調ルソ　是カラ下《シモ》ハ此（十一丁表）』（タク）ヒ也〔至テ〕（カ）フ

ハシキ香也　六条家ニハ一ケノ大事也

スミナカシハスナカシ也　沙流也哥ハ御抄

ヲキ火　炉火也　ヨシカハ本ノ名ハ言道《コトミチ》　改名ハ良香　都ハ姓也　流ル、／方タニシラレヌホトニ興《ヲキ乾》ヒン時ニ底ハシラレ

フソ

チマキハ粽也　ヲクレテマク種ヲノチマキトニ云也ヲクレテハ苗ノコト也田ノ実ヲ／憑ニヨソヘタリ

（ハ）ナノナカ　ナカメヲカケテハヲリ句ニスル也正ノ字ヲ小ニ定家ノカク心ハ／僧正ニナリタルコトハナシサレト
モ天下ノ本ニ僧正トアルホトニ小ニ書也光仁天皇ノ／〔孫〕白壁天皇ノ一ノ王子也東大寺ノ別当醍醐ノ開山延喜五九年
七十歳入滅／文字ヲカクルコトハ一ノ句ト二ノ句トノアハイ也ソレカカナハネハ二ノ句ト三／ノ句トニヨム也花ノ中
ヲアクホトミントテワケユケハ心ノチルコト花トモロト／モ也（十一丁裏　以下空白）』

持統 治十年 ― 文武 治十年
元明 治七年除之 ― 元正 治九年除之
聖武 治廿五年用之 ― 孝謙 治十年用之 重祚之故但継帝体歟云々
廃帝 治六年除之 ― 称徳 治五年除之
光仁 治六年用之 ― 桓武 治廿四年用之
平城 治四年除之 ― 嵯峨 治十四年用之
淳和 治十年除之 ― 仁明 治十七年用之
文徳 治八年除之 ― 清和 治十八年除之
陽成 治八年除之 ― 光孝 治三年用之
宇多 治十年用 ― 醍醐 治卅四年用之

此用トカケル帝ハカリヲトリタテマツル也サレハ十代百年ニ当ル是継帝体歟ノ君／ハカリヲ取奉ル子孫[illegible]ツヽカセ給ハヌ

ヲハ除之旦ハ継帝ノ継ノ字十／継ノ詞ニタヨリアリ尤此義宜歟

（文武）　聖武（十二丁表）』

（孝謙）　光仁

桓武　嵯峨

仁明　光孝

宇多　醍醐

如此十代ニ雖勘之非当流之義又聖武ヨリ取之時ハ色々相違事／等多之（十二丁裏　以下空白）』

神武天皇ヨリ

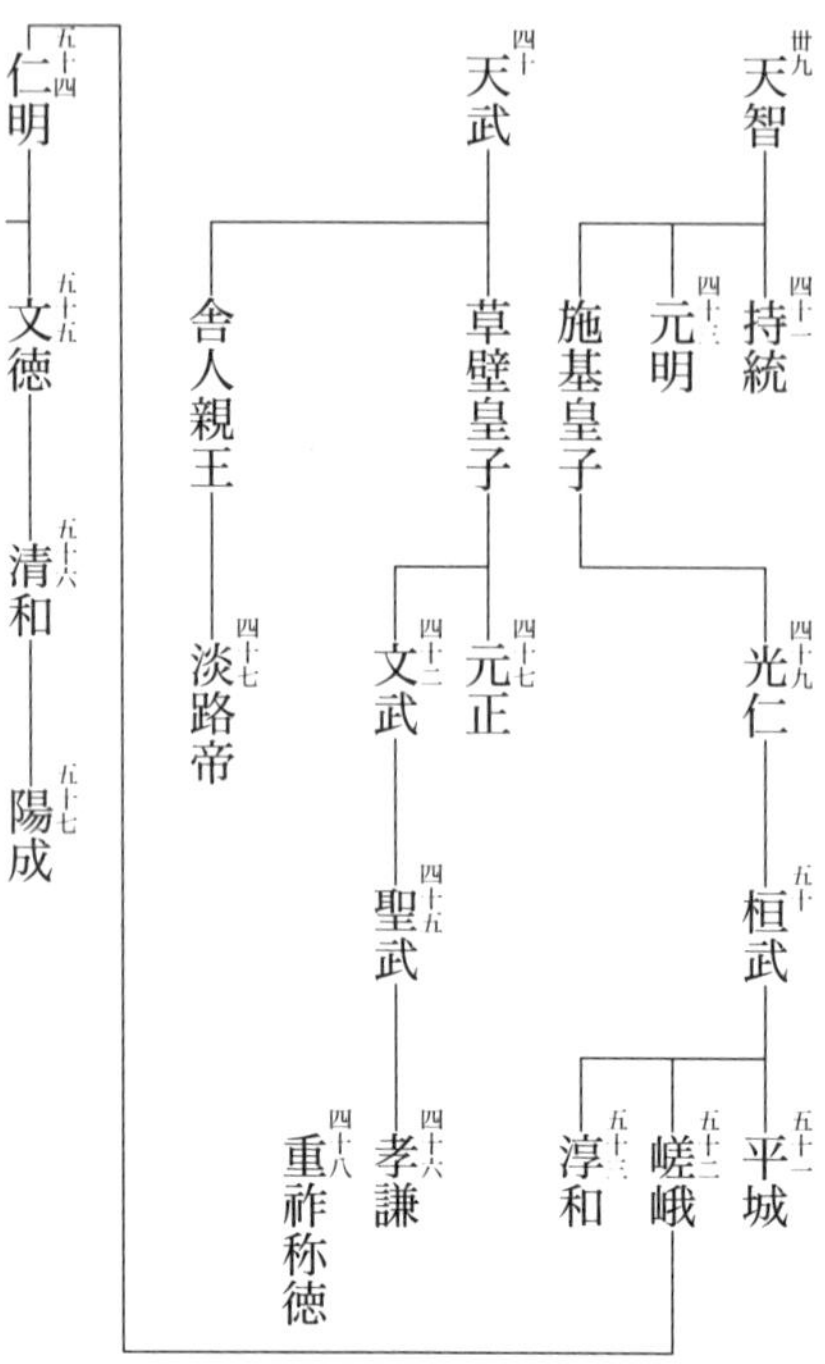

付帋ニ云

孝謙ハ聖武ノ御娘也淡／路ノ廃帝崩御ノ重祚／ニテ称徳ト申即チ孝／謙ノ御事也

光孝《五十八》――宇多《五十九》――醍醐《六十》（十三丁表）』

□□（下字は言偏の字「説」か）

文武
イニシヘヨリカクツタハルウチニモ那良ノ御時ヨリソヒロマリニケル……――

此心文武ト人丸同時代也聖武トトル時ハ人丸ノヒシリ（ノヒシリ四字ハ予加之）ニアヒ候ハスイ《候》定家卿文武／トトラレ候事深意候歟

文武天皇
イニシヘヨリカクツタハルウチニモナラノ御ヨリソ

当流文武天皇也凡持統天皇ヨリ光仁天皇マテ九代ハナラノ京ニスミ給シカハイツ／レヲモナラトハ申スヘキニヤ　問
云此序ニカク御時ヨリコノカタ年ハモヽトセアマリ／(世)ハトツキト云々此ハナラノミカトヲ指歟シカラハ文武天皇ヨリ延喜五年マテハ／年ハ二百余歳代ハ十九代也如何　答云文武ヨリ延喜ニ至マテ時代実ニ然也／一往其難アルニ似タレトモ文筆ノ習如此事ハ常ノ事也則此序ニイニシヘノ／事ヲモシレル人ワツカニヒトリフタリト云テアクル所ハ六[illegible]人也　又哥ノ数千哥ト／書タレトモ実ニハ千百首也然者外ニ例ヲ不可尋也仍十九代トモトツキト云二／百余歳ナレトモ百トセト書事不苦事也内典ノ聖教等ニモ如此例証多之

一就奈良御門ト云

或文武　或ハ聖武孝謙二代　或聖武範兼卿説

或平城《ナラトヨム》　顕昭説（十三丁裏）』

如此雖有異義文武ヨリ醍醐マテ十九代ヲ取事当流之実義也／雖子細多之依難覃筆舌略之（十四丁表　以下この丁空白）』

第廿　大哥所哥（自巻廿注至奥書は『六巻抄』の移写）

楽人ノ侍ル所ヲ楽所ト云ヤウニ節会ノ時ナト哥ウタヒノマイル所也五節ノ時／キサイマチノ乱舞ノ時ナト大歌ハ

マイリタルカト被尋時マイリテウタフ哥トモ／也

大哥所ハ内裏ニ在也当時和歌所ナト云カ如シ此詠哥ニシモハアラスウタヒナト／〔スル〕哥ノ事也　おほなほ《オ》ひの

うた《スナホナル義》是哥ノ名也　裏書《ウラカキ》曰　大直比《オホナホヒノ》哥　エヒス哥ナト／云体事也日本記如此名多大直ト書リ其心シリヌヘシあたらし

き年のはしめ／〔に〕たのしきをつめモロ〱ノマツリコトニハツミ木トテ庭ニ薪ヲツミヲキタル／〔ヲ〕イハヒニヨセ

テタノシキヲツメトヨメル也彼薪ヲハ左右衛門ノ衛士薪ヲモマイリ／〔テ〕ツム也　庭薪ト書テニハツミトヨムト

云々　やまとまひの哥

〔しも〕とゆふかつらき山　カツラト云ンレウニシモト云トツ、ケタリ　シモト、ハ杖也

裏書云しもとゆふ顕昭云シモトユフカツラキ山トハ正月卯日ハ杖ヲタテマツル事ヲ／シモトイフ杖ヲハカツラニテ

ユヘハシモトユフカツラキ山トハツ、ク也是《ル》ヲ卯杖トハ云也入道中納言被同了

あふみふり　曲《フリ》ハ此字也此字ウタトモヨムサレハ近江ウタ也あふみよりあさた／〔ち〕〔うねのの〕に所ノ名也（十五丁

表）』

〔裏書〕云或人云近江　触《〔フリ〕》〔ト〕云々　近江ノ事ヲ物ニ触テ云ト云ヘリ非当流之義

みつくきふり　水茎　水くきのをかの屋かたにいもとあれとミツクキノヲカハ／名所也ヤカタハソコナル屋也

イモハ妻也　アレト云ハ我也　古哥ニハ我ヲハアレトモ／ヨメリ霜ノフリハ《(ワ也》モト　霜ノフリサマハイカニト云心也

カモソモナト云ニ同也　此事／去正和三年之比小倉中納言入道俗名公雄予面謁ノ事アリシ時被仰云汝古今ハ既ヨメ／

〔ル〕ヤ古今コソ哥道ノ大事ナレ此道ノ好士能々可学事也ト云々答云去比謁定為／法印伝受了又云神妙也彼上綱此道

ノ先達無左右仁也愚老ハ謁故民部卿入道／此《為家卿》集ノ深キヲキハメシ也而ニスキシ比為相卿ニ逢タリシ雑談ノ次ニ古今ノ哥／〔水〕クキノ岡ノヤカタノ事ヲ云イテタリシニ彼卿アシク答タリシニヨリ心ニクカラス／覚ルトアリシ間イカクニ申サレケルニヤト申タリシカハイモト我ト、云義也当流無参差之処ニ禅門ノ義ニハイモトアレト、云也有レト、云也イモト在レトモネス朝ノ／霜ノフリサマ寒シト云也ト云々師説違之間当座ニテハトモカクモ申サスシテ／スクニ一条ノ亭《法印御坊》ニマカリテカク被仰侍リツト語申シカハイヤ〳〵小倉説僻事也／彼仁古老無左右哥仙之条勿論ナレトモハヤ老耄セラレタルニコソ去比二条侍従中納言／彼《為藤卿》禅門謁シタリケルニモカヤウニ語申サレケルホトニソレハ為相卿カ申分モ其／謂ナキニハアラス侍ニヤト答申タリシトカタリシ也ト仰ラレ侍キ（十五丁裏）』

しはつ山ふり　シ《四極》ハツ山カサユヒノ島トモニ所ノ名也タナ、シヲ船前ニ注了

裏書方万葉第三シハツ山ウチコヘミレハ笠縫ノシマコキカクルタナ、シヲフネ万ニ／ヨラ　ハカサヌイト云ヘキ歟

神あそひのうた神楽也　とりもの丶うた取物哥

裏書云とりもの丶事或人云神楽ニ取物ト云事アリ彼ニ九種アリ／榊　幣《ミテクラ》篠《サ、》　弓《ユミ》　劒《タチ》　鉾《ホコ》　杓《ヒサコ》　杖《ツエ》　葛

しもやたひ　霜八度《只シケキ也》　きねかも　巫女也

〔神〕かきのみむろの山神ノマス山也神ノミムロトハ社ヲイヘハ如此ツクル歟

〔ま〕きもくのあなしの　山かつらせよ　此山ハ大和ニ有ト云リ山カツラハカクルカツラ也／〔神〕楽ノ時マサキノカツラニテカシラヲユフ也ソレヲ山カツラト云人モ見ルカニトハ人モミルヘクト云也

裏書云顕昭カ本ニハ神ノミムロニシケリアヒニケリト書テ注テ云神楽ノ譜ニハ神ノ／ミマヘニトアリ榊ノ末也ト云リマキモクノ山トモアナシ山トモ云仍カクツ、クト云／リ二ノ山ヲトリ合テツ、クルモ常事歟カツラキタカマノ山サラシナヲ

ハステ山／如此事多歟奥義抄併顕昭人モ見ルカネト云リ顕昭云カネハヘクト云心也／風俗詞也万葉ニハ見ルカニトモ

云リ顕昭《同詞也同五音ノ故也》云カネハヘクト云心

〔みちのくの〕あたちの　ミチノクハミチノオクト云ヲ略シタリ　アタチハ所ナリ（十六丁表）』

〔神楽ノ取物〕ノ中ノ弓哥也

我門のいた井のし水　水草也此哥取物ノ中ノ杓ノ哥也云々譜ニハミクサ井ニケ／リトモ有トイヘリ　ひるめのうた

ウラ書ニ有

裏書云ひるめ《昼目》の哥　或云天照大神御名也教長卿ハ大嘗会ニ米ヲヒルトテウタヘル／哥也ト云々大嘗会ニ稲舂哥トテ八女カウタフ哥アリソレニ思ワタルニヤ是ハ／天照大神ハ日神也此御事也云々日本紀

〔さ〕ゝのくまひのくま川　万葉ニハサヒノクマト云々

〔あ〕をやきを　青柳　催馬楽ノ青柳ノ哥也

〔元〕慶の御へ陽成天皇　仁和御へ光孝天皇小松ノ御門ト申

〔ま〕かねふく　おひにせる帯也　催馬楽真金吹哥也　マカネフクトハ土ノ中ナルク／〔ロ〕金ヲ水ニテユリアツメテタゝラト云物ニテ吹ワカス也マカネトハコカネヲイヘトクロカネ／ヲモアラカネニ対テ云ヘキ歟　キヒノ中山ハ備中ニアリ承和御門ノ御ヘノキヒノクニノ／哥也御へトハ大嘗会ヲ申也贄《ニヘ》此字也大嘗会《又嘗此字ヘトヨム也》ト云ハ世ノ始ニ祟神ニ贄ヲソ／ナフル義也大嘗会ヲハオホナメノマツリト云モ此義也歳〱ニ賀茂社ナトニモアヤ▒《へ》／ト云ハ其年ノ物ヲソナフル義也キヒノ国ハ備前備中備後三ケ国ヲ云也北国ヲ越／前越中越後ト云ニツキテコシノ国ト云カ如シ昔ハ大嘗会ニ標ノ山ヲヒク事諸国（十六丁裏）』　イツレモアリケリ近来ハ近江丹波也昔ハ諸国ニアリケレハ如此ノ哥等アル也美作ヤく／めのさゝ山　ミマサカノ国ニクメノサラ山有我名ハタテシト云ハ悪名タテシト悦ノ哥歟／ミノ、国ト云本アリ不可用▒此

哥ノ心恋ノ哥ニヨメル歟如何

裏書云或云昔ハ主基　備中　美作　丹波当時

悠記　近江当時　美濃　伊勢

これハミつのおの御へ清和天皇　今上の御への延喜御門御事也

東哥《(ア)ツマウタ》　きみをハやらしまてハすへなしタヨリナキ也

〔みち〕のくはいつくハあれとミチノクハコ、カシコイクラモ有興名所トモ、アレトモ／〔シ〕ホカマノ浦ハカリオモシロクモアハレニウラカナシキ所ハナシトイヘリ此カナシモハ悲歎／〔ノ〕義ニハアラス有興テアハレナル也

裏書云みちのくハいつくはあれと此哥事奥義抄ニハ世ノハカナキ事ヲミチノ／クニニテヨメリケルニヤコノミチノクニ、アルモイツラハアルニモアラヌ身也カナシ／キワサカナトイヘル也浦コク舟ハ行エモシラヌ海ニ浮テハカナクミユレハカナシキ／事ニヒキヨセテイヘル也云々教長卿ニ云ミチノ国ニカクアレトモシホカマノ浦ノ／ツナテカナシモトヨメルイツクハト云ハ何等ソトイフツナテカナシハヒク人／〔オホシ〕ト云也両義共ニ〔無〕謂歟顕昭カ今案ノ義ハ当流ニ同彼詞云伊勢物（十七丁表）』〔語ニ融〕ノ〔ヲ〕ト、ノ六条〔ノ〕里ニ家ツクリシテ山ヲツキ池ヲタ、ヘタルニモミチ／ノクノシホカマノ浦ヲマネヒウツサレタリ在中将ミチノオクマテ哥枕ミ／ルニモワカミカト六十余国ノオモシロキ所々ニシホカマノ浦ニナン心ヲト、／メテ侍トテコソカノ院ニテ人〱哥ヨマレケルニモ

シホカマニイツカキニケン朝ナキニツリスル舟ノコ、ニヨラナントハヨメル也云々

〔ワカ〕セコヲミヤコニ　我妻也　男女共ニイヘリ八雲ノ義同

〔シ〕ホカマノ浦ニマカキノ島有　松ニ待ヲソヘタリ　おくろさきミつの　所ノ名也／〔是〕モ面白キ処ナレハ人ナラ

ハツトニサソハマシトヨメリツトハ土産ト云事也／〔万〕ニハ裏トカケリツ、ミモタル物ト云歟
みさふらひミかさと申せ　御侍也御笠サ、セ給ヘト云也歟　先師就此哥語給シハ／故入道為氏卿八幡ノオンマツリノ
上卿ニテ参タリケルニ。弁ハ日野宣故資信卿ナリ雨ノスコシフリ／タリケルニ御輿ノ雨具ハ可用意歟之由弁上卿ニ尋申タリケル
ニコノ下露ハト／タニコソ申候ヘト返事ニ申サレタリケルヲ資宣ノチニ我弁官ニテ数年ツカヘ／タリツレトモ是程ニ
オリカラヤサシク面白カリシ事ナカリキ当道無沙汰ノ／弁官ナラハカヒナカラマシト自讃シケルトナン
もかみ河のほれハくたる　極テハヤキ河ナルヘシ稲ツミタル舟ノノホリヤラテ（十七丁裏）』又クタリ〱スレハ云
也サレトツイニハノホリヌレハ舟ニヨセテツ井ニハアハンスルト云／也　君をゝきてあたし心をわかもたはアタ
シコ、ロハアタナル心也他心也／スエノ松山因縁如常　裏書万ニハ異意《アタシコ、ロ》ト書
裏書云モカミ河一義云イナ舟トハノホル舟ノ河ノハヤサニカシラヲフリテ／クタリ〱スレハイナ舟ト云
カシラヲフル故ニイナノホラシト云心ニヨセタリト／云々一説出羽国土民ノ説ニハカノ河早事ナシ鞍馬ノ七マカ
リノ坂ノ様ニ／ヒチヲリテ流タレハノホル舟ノクタルヤウニヨソニテハミユル也ト云々両義／不可用此哥此集ニハ
ミチノク哥ト云五代集哥枕範兼卿抄八雲抄等出羽国ト云々／此河出羽国最上郡ヨリ出テ陸奥ニ流ルト云々是ヲ思フニ彼ハ古
一国也後ニ割／分テ陸奥ノ内ヨリ出羽ヲ立然者一国也ナリシヲミチノク哥ト云歟
スエノ松山ノ事昔オトコ女ニスエノ松山ヲサシテ彼山ニ波ノコエン時ヲワスルヘキト／チキリケルカ程ナク心
カハリケルヨリ心ノカハルヲハ波コユト云也彼山ニ実ニ波ノ／コユルニハアラスアナタノ海ノハルカニノキタルニタ
ツ浪ノカノ松山ノ上ヨリコユルヤフニ／ミユルヲアルヘクモナキ事ナレハ実ニアノ波ノ山ヲコエン時ニ心ハカハ
ルヘシトチキル也／能因カ哥枕ニハモトノ松中ノ松末ノ松トテ三重ニアリト申サレハニヤ山トハ／〔イハテ〕スエノ
松トヨ〔メル〕事モアル歟（十八丁表）』

〔こよろきの礒た〕ちならしいそなつむめさしぬらすなおきにをれなみ波ヲ／折ト云コトニ居ヲソヘタル歟御抄云メサ
シ一説アマノツリストテ物トリイル、籠ノ様ナル／物也一説海草ナト、ルメノワラハ也ヘ也メヲサシキリテトレハ
メサシトイフ竹河ノ哥ニ
　竹河ノハシノツメナルヤ花ソノニ我ヲハ、ナテヤメサシタクヘテ
メノワタハヘト云サモアリヌヘクヤ云々只メノウ《ワ》ラハヘ也トソ被仰侍シメサシタクヘテト／〔イヘ〕リメノワラハ
ヘト云義ニカナヘリト侍キコヨロキノイソハコユルキノイソト同也同五音歟／＼〔つ〕くはねのこ《の》もかのも　ツクハネハ
ツクハ山也常陸国ニ有云々序ノヒロキ御／〔メ〕クミ筑波山ノフモトヨリシケクオハシマシテト云々真名序仁流秋津洲
之外恵茂／〔築〕波山之陰君カミカケト云ヘルハ御メクミ也コノモカノモハ此オモテ彼面也
つくはねの峯のもみちは…　なへかなしも　是モ君ノ御メクミノ遠近ニタトヘタ／リナヘテカナシモト云ヘルハオ
ホキナルカナシ《君ノ御アハレミ也》ヒノアマネキ心ヲ云也
＼かひかねをさやにもみしかけゝれなくよこほりふせるさやの中山　御抄云／ケ、レナクトハ心ナクト云也ヨコホリ
ハ四郡ニフセルト云説アレト其山サヤノコホリニアリト／云ヘハ四郡ニアラサルニヤヨコホリクヤルナト書タル
本アリクヤルモフセルモ同　詞《キ》ト云／貫之日記ニ河尻ヨリノホル也カクテサシノホルニ東ノ方ニ山ノヨコホレルヲミテ人
ニトヘハ／ヤハタノ宮ト云云々古今撰者山ノヨコホレルヲミテトカケルヨコホリフセルト云哥ニ叶ヘクヤ（十八丁裏）』
ヨコホル《横折》　甲斐国也云々　サヤニモハサヤカニモト云也
かひかねをねこし山こし　ネトハ山ノタカキ所也峯コエ山コエナリ人ニモカモヤコトツケ／ヤラントハ風ヲ人ニテアレ
カシコトツテヤラントト云歟又風ノ吹ヲ人モカナコトツテヤラント／云歟又吹風ヲ人ノモトヘコトツテヤラントト云歟
おふのうらにかたえさしおほひ　／梨也片枝也恋ノ心ニヨメル歟寝タル事ヲソヘテヨメル歟カタエサシオホヒト

云ヘルモ／其心歟ナリモナラスモト云モカナヒカナハスト云ヘル歟

冬の賀茂のまつり　臨時祭也

入道中納言云凡此部与日月倶懸与鬼神争奥非凡慮所及私云此文ハ文選表巻ノ文也

家々称証本之本乍書入…

〔山〕の山ひこよひと。よ。む。かけりても翔也　ほの。ほ。と《ヲ》ホノホ也炎也

〔〇〕。。。をきのゐ《居》て　くものあはたつ沫也ワ　わきもこに　わかせこかくへきよひ／なり　無殊義

抑真名序ハ当流ノ本ニ奥ニ書タリ又無伝授之儀其故ヲ尋申之処被仰／〔云〕真名序非宣下儀貫之以淑望令書也依此之如

此也仍仮名序ハ貫之（十九丁表）』〔作也然而〕又ヨミツタヘタル真名序〔説〕アリト云々仍後日ニ又伝ヘタテタマ《マツル》

此集伝授事雖一事家説ヲ不残之由先師被仰之間奥書ヲ可給之由／望申之処ニ被仰云藤大納言存日ハ有其恐有志ハ対亜

相可伝授若ハ／〔又〕予モ猶及老後者非憚云々依之自然ニ遷日月之処下愚隠遁／〔先〕師被逝去了雖有証状無奥状之間猶

依背本□意籠居之／身雖不相応且為散忘念嘉暦二年冬之比ヨリ連々詣二条亭／〔奉〕伝授此集同三年二月三日奥書ヲ

賜了前藤亜相為世｜　彼義先師／被授更無違者也

被仰云花になく鶯水にすむかはつの声をきけは　是ハ鶯蛙ノ声則／哥也其子細無違而光俊卿義云彼声ヲ聞テイキト

シイケル物トハ人ノ哥ヲ／ヨムト云ケルトテ故民部卿入道ハ光俊卿ハクチヲシキ事ハ云タル物カナトアリシ也

をかたにゝうつりて岡谷ニ也而ヲ異義ヲ云人有不可用
えひす哥夷曲也何事トモ《私ニ本ニハ典字誤歟》ナクサタマラヌ体ノ事也
かすみをあはれひミトヨムつゆをかなしふむとヨム（十九丁裏）』
ちりひちいトヨムウツモレタルスカタ也
うねめのたはふれ　タ、酌トリノ女也前ノ字メナト云義不可然
かつらきのおほきみ　諸兄《モロエ》ノ事也
かそへうた身ニイタツキトハ労スルモムツカシクサク花ニ思ツク身ノアチキ／ナサヨト身ヲハカラフ也身ヲハカル
也イタツキヲ矢ノシリニイタツキト云物／アリト云物アリト云義僻義ニアラスツクミト云鳥ト云義可用表裏共ニ用／
ヘシ
〔と〕め哥絵ナトノ上ヲトムルトテウスキヲコクナシナトスル体也
〔さ〕きくさ　檜ノ木ト云説ヲ可用
〔六〕義事故民部卿入道ハイカサマニモ詩ノ六義ニハスコシカハルヘキソト被申シ也
〔はな〕をそふとて　尋トテ也
〔しか〕あるのみならす　アルノ　ト《ミ》字ノ如ニヨムヘシ
ふしの山も煙たゝすなからのはしもつくる此事前ニ委細注之無違／ナカラノ橋ノタエタルヲモ造トイヒ富士ノ山
ノ煙モ不断トコソ対テイヒテ祝／タルニ橋ヲツクラセ煙ヲハ不立ト不可立《云》者也云々
〔ならのみか〕と　俊成卿ハ聖武ト注セルヲ定家卿文武トナヲセリ聖武ヲ指テ《サスモ》（二十丁表）』〔謂ナキナ〕ラネトモ文武ハ〔猶〕
アタレリ人丸藤原宮ノ御時薨ト云義可用義也

よしの山の桜ハ人まろかめにハ　ミカトノ御哥ハアリ人丸ノ哥ハナシ只歌ノ／風情ヲ以テ対ヲカケルニ此比ノオコノ
物カサル哥アリトテ勘ナトシテ云也云々／ほのく　此詞今ハ第一句ニ不可用詠歟ト尋申之処クルシカラスナサケ／〔ミ
ヤ〕マヘノサト　吹アラシカナトコソカタク可禁詞ナレト云々
〔これよ〕りさきの哥を　コレヨリサキ尤不審也仍家本ニハコレヨリサキ不審ト／〔付〕タリ此本ニハナトヤオトシタ
ルト云々申云不審ノ義也トテ義ノアルヘキニヤ／〔被〕仰云古人不審トイヘリアキラメタル義ナキ也
〔しか〕あれと　アレト、如字ヨム　いやはかな澄テヨム御国忌ミコキトモヲムコキトモヨム／凡ハクルシカラスサリナ
カラ庁官ナトコソミコキトハイヘヲムコキヲ可用也是ヲ先師モ／〔御〕コキヲ可用ト被仰シカミコキモクルシカラストアリシ也
かすみの谷　此詞帝ナトニ奉授ニハヨミヲトス也　心経ヲ験者ナトノオトスカ如シ／シカレトモ汝ナト如ニハクルシカ
ラス此外モ禁キナル詞ヲハ落ス也云々
そとほりひめの流《リウ》彼子孫ノスエ也ナト云者アリ不可然哥ノ流也
まくらことは　臣等也マクラコトハトヨミツ、クヘシ但此事雲禅僧都ニ語申之処ニ／イカニモ老耄之故歟故法印説ヲ
可用云々此義有其謂歟（二十丁裏）』
嘉暦三年八月四日又参二条亭亜相対面此集事等尋申入次ニ
一被仰云すさのをのみことハあまてる御神のこのかみなりといへるハヨノツネノ／神代記ニハ違セリ但住吉ノ神
代記ニ合也ト云々
一大臣ヲ公ト云事薨タルヲ云歟之由申入之処然也云々
一因香治子ハ女也朝臣ノ字イカナル故ソヤト尋申入之処女ナレトモ古今／ニハ朝臣ト書也四品ノ時男ヲモ朝臣ト書カ
如ニ女ナレトモ書也古今以後／此事不見云々

誹諧哥ニ山田のそほつをのれさへ我おほしと云といへるおほしハ／烏帽子ヲソヘタリト八雲抄云ヘリ如何之由
尋中之処此義不思寄／云々

写本ニハ写薄様押之
嘉暦三年二月三日以家説授行乗了
大納言家御奥書若紛失之時
為後証写置之者也　前大納言藤（花押似書）
（二一丁表）』

〔古今〕和哥集序　紀淑望
夫和哥者託其根於心地（二一丁裏　以下空白）』
陛下《ヘイカ》《ハシ》　天子也群臣与二天子一言《モノマフストキ》不三敢指《サ、》二斥《サ、》天子一ヲ故呼二テ在レ陛《ハシニ》者一ヲ告之因レ卑《シキニ》達レスル尊ニ心也
大津皇子　天武天皇第三皇子
初作詩賦　七言々志　天紙風筆画雲竜
山機雲杼織葉錦云々
奢《ヲコル》　淫事　毛詩正義云淫者過也過二其度ト一量ニ謂之為淫
花鳥使　唐書云天宝末有密採艶色者当時号花鳥使故呂商献美人賦以／諷之
□云軽情事　注文選云高情也文之風情高謂之軽情文琳ハ文屋康秀カ字／アサナトハヨヒ名　也刑部中判事縫殿助也
(秋)津島ト云ハ此国ノ名也見日本紀ヤシマト云モ同也

（続）万葉集トイヘルハ今集ノ外ニ無歟世ニ不見事也続万葉ト云テ既ニ此名アル／□ノアルニハアラシ只万葉集ヲツキテ
先如此被レ撰テ重テ同集ヲ部類シテ／今集ト号スル者歟云々
衣通姫事日本紀云稚渟《ワカヌ》毛《ケ》二派《フタマタノ》皇子ノ九女也允恭天皇八年春二月藤原ニ／マシ〳〵テヒソカニソトヲリ姫ノフミ
ヲ見タマフコノユヘニ衣通姫ミカトヲ恋タ／（テマツリテ一）人キタリミカトノミマスル事ヲシラスシテヨム
哥（二二丁表）』

（ワカセコカ）クヘキヨヒナリサ、カニノクモノフルマイカネテシルシモ

（玉）津島明神トアラハレ給事彼所ヲ昔メテ給ユヘ也
彦火々出見尊ノ兄火闌降《ホノスセリ》命弟尊ハ山ノ幸《サチ》ノ在兄命海幸在兄弟相／□云心ミニ幸ヲカヘント思トテ是ヲカフ各ソノ幸ヲ得ス
兄悔之則弟ノ弓矢／□ヘスサテ我鉤テヲ弟ニ乞給フ時兄ノ鉤ヲ失求ニ不レ得故ニ新鉤ヲ作テ／□シ給ニウケ取給ハス其故鉤《モトノ》
ヲハタリ給フ弟患ヘ玉テ海畔ヘ行シテ吟《サマヨフ》／□塩土《シホツ、ノ》老翁《ヲキナ》ニアヒヌ翁ト奉テ云ナンカユヘカウレヘ玉フヤ事ノアリサマヲ
／□タヘ玉フ翁公《塩筒翁》ナウレヘ玉ソトテ無レ目籠《ナシメカタミ》ヲ作テ尊ヲ中ニ入奉テ海ニ沈／□□ヲノツカラ海神ノ宮ニ到給フ海神ユヘ
ヲ問奉ル尊アリサマヲウタヘ玉フニ／海神大少小ノ魚共ヲ集メテセメトフ皆シラスト申赤女《アカメ》此比口《鯛アカメタイ也》ノ疾アリトテ不
／来ヨリテ是ヲ召テ其口ヲサクルニ果シテ失ヘル鉤ヲ得リ尊海神ノ女豊玉姫／ヲ后トシテワタツミノ宮ニト、マリスミ
給尊三年ヲヘテカヘリマシマス海神潮満瓊潮《シホミツタマシホヒノ》／涸瓊ヲ奉ル是ヲモチテ兄命ヲナヤマシテ国ノ主トナリ玉ヌカヘリ
玉フ時豊玉／姫尊ニ申テ云我ハラメリ産コトヒサシカラシ出テ海浜《ウミハタ》ニイタランワカタメニ／産屋ヲ作テマチ玉ヘ以下
同彼哥二首贈答
オキツ鳥カモツクシマ……（二二丁裏）』
アカタマノヒカリハアリト・―――（二三丁表　以下空白）』

足利義尚良経影供続考
——詠歌集成と影供史上の位置——

佐々木孝浩

はじめに

稿者は先に、「足利義尚良経影供考——良経夢想の意味と飛鳥井家の役割——」（『中世文学の展開と仏教』おうふう、平12）（以下「前稿」と略称）と題して、文明十六年（一四八四）（以下文明年間の年記は元号を省略）三月二十八日に催された、足利将軍義尚の良経夢想に由来する影供歌会について、その概要を述べ幾つかの特徴について考察を加えた。そこで論じ残した点も少なくないので、本稿でも引き続いて、この珍しい歌会について検討を加えてみたい。

先ずはこの歌会について、前稿を要約する形で、改めてその概要について確認しておきたい。

十六年二月、義尚は夢で新古今時代を代表する歌人の一人である後京極摂政良経と会い、「春日山みやこの南しかぞおもふきたのふぢなみ春にあへとは」（秋篠月清集一四〇六・新古今集七四六）歌を一番の自讃歌だと思っていると告げられる。そこで義尚は、飛鳥井宋世（俗名雅康）に命じて、将軍家御用絵師狩野正信にその夢の姿を画かせ、能筆の誉れ高い飛鳥井栄雅（俗名雅親）にはその歌を讃に書かせて、三月二十二日に開催の予定であったが、画像の表具の完成が遅れた為に、同月二十八日にその影を本尊として影供歌会を催した。題はやはり栄雅出題の「藤為松花」で、読師も栄雅、講師はその息飛鳥井雅俊が勤めている。参加者は、義尚の他に父義政（出詠のみで不参）や青蓮院准后尊応、公家からは中院通秀、飛鳥井栄雅、甘露寺親長、飛鳥井宋世、三条西実隆、滋野井教国、下冷泉政為、姉小路基綱、上冷泉為広、日野政資、飛鳥井雅俊、武家からは一色義春、細川政国、大館尚氏、伊勢貞宗、杉原宗伊の計十九名という、精撰された歌人達であった。

夢想を契機とするとはいえ、義尚が良経を祀ったのは、貴種にして自家歌壇を主催したり、生得の歌人でもあったりと、自身との共通性に親近感を抱いたことがその主たる理由として考えられるが、その背景には、歌の神柿本人麿と蹴鞠の名手藤原成通の影を相伝して、影供歌会を行うことを家の伝統としていた飛鳥井家の宋世・栄雅等が、将軍の歓心を買うと共に、影供歌会の一切を取り仕切って、将軍家歌壇に於ける自家の立場を一層強固ならしめるために、積極的に歌会の開催を働きかけた可能性もあるものと考えられる。

以上のことを確認した上で、さらにその実体や性格、歌壇史的な意義を考察してみたい。

一　詠歌資料

歌会の実体を検討する上で、その際に詠まれた歌の内容を検討するのは、当然求められるべき作業であろう。それに先だって必要となるのは、その詠作の収集であろうが、本歌会には参加者の詠を纏めて伝える資料は現存していないのであろうか。

実は本歌会が一書として纏められていたことを示す資料が存している。それは、万治四年（一六六一）正月十五日の火災による炎上以前の禁裏文庫の蔵書内容を伝えるとされる、大東急記念文庫蔵『禁裡御蔵書目録』（同文庫善本影印叢刊近世編11に影印）である。その「秋御檜子目録」中に、「文明十六年三月廿八日〈逍遙院筆、題者大納言入道／読師同／講師雅俊〉一冊」（〈〉内割書・／は改行。以下同）との記述が存しているのであるが[1]、日付は元より題者や読師・講師等の顔触れからみて、本歌会を一書としたものであることは疑いなく、逍遙院実隆筆の同書が、近世前期まで禁裏に伝えられていたことが判明するのである。その成書化を命じたのは義尚である可能性が高いのは勿論であるが、この実隆筆本がいかなる性格のもので、いかなる経路を辿って禁裏に伝えられたのかは残念ながら手懸かりがない。

禁裏御文庫の檜子中に納められていたこの本が、ある程度は知られた存在であったらしいことも判っている。細川行孝問、烏丸資慶答で寛文四年（一六六四）末頃の成立と目される『続耳底記』には、「将軍家一夕夢、後京極摂政良経詠歌曰、此一篇以為二自賛一。覚而検二彼家集一果有之。因命二画工一図二其像一、使三飛鳥井大納言雅親書二其詞於其上一」と、前稿でも言及した景徐周麟の「常徳院殿贈大相国一品悦山大居士画像賛有序」（翰林葫蘆集所収）を、判りやすく改めて引用した後に[2]、「後京極、此時於二公方家一和歌会興行、題藤為松花、一座之詠歌あり」（近世歌学集成）と記されているのである。「一座之詠歌」ありとの記述はこの一書を指しているものと考えられよう[3]。

ともかくもこうして近世にまでは伝わっていたこの資料は、万治の火災で焼失してしまい、その転写本の存在も確認できないのが現状である。しかしながら、その内容の総てが永遠に失われたわけではない。寛永二十年（一六四三）頃に後水尾院によって撰じられた類題集である、『類題和歌集』の春部「藤為松花」題には、後掲する後柏原院・栄雅・宋世・基綱の四首が連なり、その後に、「右一座柳営於二夢中一後京極摂政有二対談之儀一、語及二北藤浪和哥事一、仍後日仰二画工一令レ図二彼真影一、於二影前一令二披講一者也」との左注がある[4]。この注の内容は、やはり前稿で引用した義尚家集『常徳院集』（以下「常」と略称）一一六番歌左注や、基綱の家集『卑懐集』（以下「卑」

と略称）七二八番歌詞書等を超える情報を有するものではないのだが、「右一座」との記述は、これら四首が纏まって伝わっていたこと、即ち問題の一書から撰歌したことを示しているのではないだろうか。栄雅詠は『続亜槐集』にも見出すことができるのだが、この家集は延宝五年（一六七七）に子孫の雅章が撰じたものであるので、後水尾院は撰集に用いることはできなかったはずであり、また、宋世詠が現存の雅康の家集類に見出せないこと(補)も、この一書が撰歌資料であったことを裏付けるものであろう。

しかしながら、後柏原院（当時は春宮で勝仁親王）は先に確認した会の参加者には見えておらず不審である。勝仁は義尚主催の十四年八月十一日の『将軍家千首』や、十五年正月十三日の「詩歌合」に出詠しており、影供歌会に参加してもおかしくはないものの、その家集『柏玉集』の歌会詠草類を集成・部類した歌数の多い系統（内閣文庫蔵二〇一・二四七本を参照）では、「藤為松花」題に「永正十八年三月尽御月次」との注記を有して合点の付された、この「花ちらす波にはあらぬ藤浪や風の行への松にかかれる」歌と他二首が並んでおり、この歌がやはり後年のものであることが判明するのである。確認した『類題和歌集』の諸本でもこの部分に問題となる異同はなく、「御集」との集付が何れかの段階で欠落してしまうかして(5)、一連のものと見なされる現状となったものであろう。従って歌会単独の伝本から撰入されたものは僅かに三首となる。

同集には続けて、五首の同題歌が並べられている。この内「文明十六／三廿八」(6)の注記を有する、逍遥院（実隆）・下冷泉政為・冷泉為広の三首も、本歌会での詠であることは疑いない。しかしながらこれらが、先の四首と共に配されず、実隆歌の後に、後柏原院詠と同じ「永正十八／三卅」(7)の実隆歌を挟み、政為・為広歌に続いて、やはり「永正十八年三月卅日月次御会」の政為歌が並べられていることは、先の三首とは別の資料より撰出されていることを示しているのであろうか。『類題和歌集』では、歌合での詠作が、その作者の私家集にも存する場合は、私家集を尊重して撰歌する傾向が強いことを確認したことがある(8)が、この場合は如何であろうか。実隆の並んだ二首は『雪玉集』にも続けて見えており（五九〇・一）、同集からの撰入を思わせる。一方政為の歌は、『碧玉集』には後者のみが「……禁中月次御会」として存している（二二五）ものの、文明十六年の政為・為広の二首は、現存する両者の家集類には見出せず、疑問が残るのである。ともかくも、集付とその配列から、問題の三首は別資料による撰歌の可能性が高いと考えておきたい。

二　詠歌集成

纏まったものが現存しない以上、ここでは現在までに諸資料から確認しえた本歌会の詠作を集成しておきたい。仮に通し番号を付して、出典や判断の根拠（詞書等）等を明記した（新編国歌大観所収歌以外のものには私に濁点を付し、一部表記を改めた）。

①足利義尚

草ならぬ浜松がえの藤波を今日の手向にさぞなうくらし

（常五四「将軍義政公夢相《ママ》之会、詠藤為松花和歌／文明十六年三―廿八日」・同一一六「廿八日は臨時会、藤為松花」・左注「右歌者、旧冬対後京極殿談話歌之時摂政殿語云、春日山都能南志賀曾懐北農藤波葉流耳安辺登輪、是随分思給云々、奇特夢惣《ママ》也、然仰中納言入道彼御像令書写狩野大炊入道、色紙形之歌大納言入道書之畢、則於影前披講、題者亜相禅門読師同講師雅俊朝臣也(9)」）

②足利義政

はるにあけ北の藤なみ色にいでてまつのこと葉の花にさくなり

（自筆懐紙（大日本史料等））

③中院通秀

藤なみのかかれる松にしかぞおもふ十かへりまたぬ花ざかりとは

（十輪院御詠（私家集大成）六一「藤為松花／将軍家夢想会」）

④三条西実隆

君ぞみむかかれる藤も千代の春松もまことの花の咲くまで

（雪玉集五九〇「藤為松花／文明十六三廿八」・類題和歌集）

⑤飛鳥井栄雅

見し夢の春にあへとは花をかる松もや思ふ北の藤なみ

（類題和歌集・続亜槐集一一七「藤為松花」）

⑥飛鳥井宋世

花の色のあせずも有哉見る夢はむかし（の（高・版））にかへる松の藤浪

（類題和歌集）

⑦姉小路基綱

かげなびく松にかけてもさく花のげにあだならぬ夢の藤なみ

（卑懐集七二八「文明十六年、室町殿後京極殿と物がたりし給ふよしなるに、春日山都の南しかぞおもふといふ歌をことに自讃のよしかたり申さるると御夢にみたまひて、かの影を新図させて、藤為松花といふことを講ぜられしに」・類題和歌集）

⑧下冷泉政為

きみぞ見ん若紫に十かへりの花をあらはす松の藤がえ

（類題和歌集）

⑨冷泉為広

十かへりの花のかざしや咲藤の波もてゆへるやどの松がえ　（類題和歌集）

出詠者十九人の内の約半数の詠しか集められないのであるが、少なくとも公家達の詠歌の傾向や内容を一通り窺うことは可能な数であろう。

三　詠歌内容とその意味

さて、右に集成した本歌会での詠の特性を考える前提として、歌題の性格を検討しておきたい。

出題者栄雅は、画賛も揮毫しているように、会の特殊性を良く理解した上で出題したものと思われる。その題「藤為松花」で、藤が選ばれたのは、夢中の良経が自讃歌であると義尚に告げた「春日山」歌に因んだものであることは言うまでもない。藤は三代集時代には晩春から初夏の景物として詠まれ、『拾遺集』では夏に配されるものの、次第に晩春のものとして定着していき、『玉葉集』や『風雅集』で夏にも藤を詠んだ歌を一首づつ配するという例外もある（玉・三一七・読人不知、風・三〇四・式子内親王）が、栄雅も詠進した、『新続古今集』の為の応制百首である「永享百首」でも、「暮春」題の前に配されている。何故に当初の開催予定日が三月二十二日であったのかは検討しなければならない問題であるが、良経歌の藤と関連させられるように選ばれた日程であったかもしれない。それ故に、この題は延引しても三月中に行わなければならないという制約ともなったわけで、二十八日の開催もそうした理由があってのことであろうか。

また藤と松が組み合わされることも、『後撰集』の「みなそこの色さへ深き松がえにちとせをかねてさける藤波」（一二四・読人不知）を勅撰集での初例として、藤の主たる詠み方の一つと称しても良いほどに前例が多い。ここで問題となるのは、片桐洋一氏『歌枕歌ことば辞典』（角川書店、昭58）や『歌ことば歌枕大辞典』（同、平11）の田坂順子氏「藤」項が指摘するように、松に皇室を藤に藤氏を喩える詠み方の存することである。[10]この歌会の場合、藤が藤氏更には良経の象徴であることが大前提であるとすると、「春日山」歌に松が詠まれていない以上、やはり栄雅が松に込めた意味を考えなければなるまい。

後の例であるが、十七年正月二十五日[11]の「大樹家御会始」に「松為久友」題で栄雅は、「君を松しる人にしてわかみどり千世たちなれん春の宿かも」（亜槐集一二二四）と詠じているが、ここでの松が将軍の長久を象徴するものであることは問題がない。もっとも、その目出度さから松題は様々な会始等で祝言題として多用されており、その会の主催者を言祝ぐ為に用いられることも良くあることであり、この例のみで、松が即ち将軍の象徴として認識されていたと言えないことは勿論である。今その例を列挙するだけの蓄積がないので、本歌会の詠歌を具体的に検討してこの問題の答えを導き出してみたい。

猶、この「藤為松花」題の先例としては、『続詞花集』三三七・大納言公通歌詞書によって判明する、「新院」即ち崇徳天皇時代の内裏歌会があり、近くは正徹家集『草根集』にも見えている（一八一三）。

さて、本稿では会の性格を把握することを目的としているので、一首一首の検討は行わず、詠歌の傾向によって大まかに分類し、それぞれの群の特性を確認していきたい。

まず最初には、本題が祝言性を有することは先にも確認した通りであるが、その題の本意に則って詠まれたもの（A）と、会の特殊性を詠み込もうとしたもの（B）に分類することが可能であろう。それぞれ、

A…③通秀・④実隆・⑧政為・⑨為広

B…①義尚・②義政・⑤栄雅・⑥宋世・⑦基綱

となる。AB群を更に細分すると、Aは藤を百年に一度咲くという松の花に見立てている（「十かへり」を詠み込む）（ア）か、いない（イ）か、Bは「夢」を詠み込んでいる（ウ）かいない（エ）かに分けられよう。その結果は、

A　ア…③通秀・⑧政為・⑨為広
　　イ…④実隆
B　ウ…⑤栄雅・⑥宋世・⑦基綱
　　エ…①義尚・②義政

となる。但し、④は「十かえり」の語こそ詠んでいないものの、「まことの花の咲くまで」には見立ての意識はあるので、この分け方がやや強引なものであることはお断りしておきたい。

アは、基俊の「松の花十かへりさける君が代になにをあらそふつるのよはひぞ」（新後撰集・一五七二）や、俊成の「まことにや松は十かへり花さくと君にぞ人のとはんとすらむ」（久安百首・八八五）等の先例に則り詠まれたもので、『永享百首』で将軍義教が詠んだ、「十かへりの花のゆかりや紫の庭に色そふ松の藤なみ」（一八四）との内容のよく似た歌が『新続古今集』にも入集している（一九九）。

イの④は、『宝治百首』の実氏歌「風にほふまことの花にくらべばや桜が枝にふれるしら雪」（八三）等のやや珍しい言葉を援用したものであろう。

ウの三首は、義尚の良経夢想の内容を良く踏まえた歌いぶりであり、会に深く関与した飛鳥井兄弟と、家集の詞書に会の開催理由を詳しく記した基綱らしい詠であるといえよう。

エの①義尚歌は、『万葉集』の川島皇子（山上憶良作説あり）歌「シラナミノ　ハママツガエノ　タムケクサ　イ

クヨマデニカ　トシノヘヌラム」（三四・西本願寺本訓）を本歌とするが、[12]松に懸かる藤を影供の対象たる良経に手向けた歌となっており、ウよりも進んで会の主旨を踏まえた歌になっているのは、さすがに主催者のものであると言えよう。②の義政歌は、『新千載集』の「等持院贈左大臣（尊氏）家」歌会での藤原長秀の詠、「住吉の松のことのはかはらずは神代にかへれ敷島の道」（九九五）等、特に室町期に流行した「松の言葉」の語を用い、「はるにあけ」で、良経「春日山」歌の「春にあへとは」との祈願が叶ったとして、良経の自讃歌が和歌界の花として咲き誇っていると、極めて象徴性の強い歌を詠んでいる。

この題は先にも言及した如く、三十七年後の永正十八年（一五二一）三月三十日の内裏月次御会でも出題され、良経影供の参加者では実隆と政為と為広の次の詠が確認できる。[13]

玉かづらはふ木は藤のあまたあれど松のみ花のいろをそへけり（雪玉集五九一・公宴続歌一八五三三）

いく世をかへにける松に藤浪のはなも十かへりちぎりかけきや（碧玉集二二五・公宴続歌一八五三六）

いく千世を松の花とか春日山南にこゆるきたの藤なみ（公宴続歌一八五三九）

実隆は、『古今集』の読人不知歌「たまかづらはふ木あまたになりぬればたえぬ心のうれしげもなし」（七〇九）を本歌とする、珍しい詠みぶりを示しているが、政為は、「十かへり」を読み込んだ代わり映えのしないものである。為広詠は良経影供にこそ相応しいと思われる、良経歌を本歌とするものであることは注目されよう。ともかくも、この様な政為の例からも、Aの五首は題詠に徹したというか、一般的な題詠歌であることが再確認できるであろう。アとイの違いは、藤題の伝統的な詠法の選択の違いに起因する程度の差でしかないのである。これに対し、Bは兼題歌にせよ場に応じた詠みぶりを心懸けたもので、ウとエの差は、身分・立場の違い、招待する側とされる側の自由度の違いであると言えよう。またAとBの差は、この歌会への熱意や将軍家との心理的な近さの違いを象徴するかの様でもある。ウが飛鳥井兄弟の他に、義政の時代から将軍家歌会の常連として活躍し（卑）、十五年二月一日に開始された義尚の打聞撰集に、公家で只一人最初からお手伝衆に命じられ、自邸での歌合に判を請う（卑一四三・一七九、常七七～八四）など、義尚お気に入りの公家歌人であった基綱の詠であるのも、もっともと頷けるのである。これに対し、同年七月に次々に撰集のお手伝衆に命じられた実隆や通秀は、これを迷惑がっていたことが二人の日記に見えている（大日本史料8―15）が、彼らは次々と様々な企画を繰り出す義尚の狂騒的な和歌熱に辟易していたのかもしれない。一首の歌のみで判断することはあまりに尚早だが、A群の歌が題の本来有する祝言性を離れてまで、積極的に義尚に媚びていないことは確かであろう。ただし、人麿影供歌会が草創期より人麿を意識しない題詠であったことが、影供の普及に役立ったとの見解を、以前に述べたことがある[14]が、A群の歌人達がそうした影供歌会に対する認識を有していた可能性もあることは考慮する必要があろう。

さて、以上のように確認してきたところで、先程の問題を解決しておきたい。やはり一番に問題となるのは、⑤の栄雅歌「見し夢の春にあへとは花をかる松もや思ふ北の藤なみ」であろう。この歌は花を借りている松も藤原北家の繁栄を願っているというようにも解せるが、それでは題の有する祝意が主催者に献じられていないことになってしまう。その点を考慮して解釈すると、藤原北家と同様の一門の繁栄を松も願っているととれないであろうか。藤の花が良経で、その花を借りる松が良経を夢に見た義尚を象徴しているように思われてならないのである。「花をかる松」は題を詠みこなそうとした表現なのであろうが、やはり出題者の意図として松で将軍義尚を象徴していると考えたいのである。

そうした松と将軍の関係を考える上で役に立ちそうなのが、⑦基綱の「かげなびく松にかけてもさく花のげにあだならぬ夢の藤なみ」歌である。「かげなびく（星）」は内大臣を意味する言葉で和歌での用例も少なくはない。[15]

しかしながら義尚は時に権大納言であり（任内大臣は長享二年（一四八八））、その意味では合わなくなる。そこでこの語と将軍あるいは松が結びつく用例を探すと、同じ「卑」の、

将軍家千首御続歌に、初鶯

かげなびくやどの梢のたかきにもうつる初ねをいそぐうぐひす（一二）

と、『為広詠草』（為広集2）の文明十八年正月中の、

廿五日、大樹御月次会始、松為久友

いくとせぞかげなびく松の三友四時をもわかぬみぎりは（一三）

の二首等が見出せる。これらが意味するのは、影靡くではなくて、松や木が大木であることを示す陰靡くであろう。将軍を大樹と称することは後者の例にも明かである。大樹の由来となったのは大臣の象徴である槐であるが、大樹の語から大きな松を連想することが無かったとは言い切れないのではないだろうか。何分用例も少なく、検討も未熟で断言はできないのであるが、あまり定着しなかった試みの一つとして、将軍を「かげなびく松」と詠むこともあったと考えたい。

⑤⑦の二例という少ない用例ではあるが、ここではひとまず、極めて限定的な用いられ方ながら、松を将軍の象徴とする詠み方も試みられていたと結論付けておきたい。

以上の考察より、現存歌九首の内五首までが会の特殊性を意識した詠作であったことが確認できた。その傾向は、栄雅が定めた夢の内容に纏わる歌題によって誘導されたものであるとも言えるが、あまりにその特性を強調し過ぎると、詠歌内容が限定されることになり、催しを継続することを阻む危険性を孕むことにもなりかねない。前稿でも記した通り、良経影供が再び催されたことを伝える記録は確認できない。義尚は一度の盛儀で満足した

のであろうか。それとも、自撰の可能性もある『常徳院集』編年部に、この歌会が「臨時会」と記されていることが示す様に、最初から一度限りのことと企画されたものであったのか。判断を下すだけの材料は手元にないが、そもそも、良経は確かに著名な歌人ではあっても、九条流三摂家の祖であるには違いなく、栄雅歌のきわどい内容が象徴するごとく、源家の将軍にとって継続的に崇拝し続けるには、最初から多分に問題のある存在であったことは確かであろう。

四　影供史における良経影供の位置

さて、続いてはこの良経影供歌会の影供としての性格や特殊性を確認して、影供和歌史上への定位を試みてみたい。

先ずは、影供が夢想に始まるという問題である。人麿影が藤原兼房の夢想に始まることは、『十訓抄』『古今著聞集』所掲の説話によって著名であるが、中世期にこの説話が広く流布したのみでなく、夢想する者の名前を変えながら繰り返し再説されていた様を述べたことがあり、そこで人麿以外の古の歌仙を夢に見る話の多いことも確認した(16)。この義尚の良経夢想の特徴として注意されるのは、夢中の良経が自讃歌を語ることであるが、実はこの話形にも著名な先例があるのである。

この歌会で重要な役割を果たした、飛鳥井栄雅の古今集講釈の内容を伝えるとされる『蓮心院殿説古今集註』の、素性法師「たむけにはつゞりの袖もきるべきにもみぢにあける神やかへさむ」（四二一）歌の注には、「素性人の夢に入て第一の歌と云しと也」（中世古今集注釈書解題4）との一文が見える。この話は院政期の『古今集教長注』まで遡ることができ、「素性深覚僧正ノユメニワカウタノ一トソマウシケル」（古典全集）と、夢想したのが九条師輔男で、東寺長者になった僧侶歌人深覚（後拾遺三首・金葉（二度本）一首）であったことが判明する。この説話は『顕注密勘』にも引かれる外、『八雲御抄』にも「素性法師は、歌に執をとゞめて、たび〳〵人の夢にいり」（日本歌学大系別巻3）等と見えており、中世期の歌人達の間では著名な話であったと思しい。

良経を夢に見ることは珍しくても、その夢の内容は特殊なものではなかったのである。烏帽子に直衣という夢中の良経の服装も、人麿以来の歌仙絵の伝統から外れるものでないことは、前稿で確認した通りである。

「つねに礼しければ、その験にやありけむ、さきよりもよろしき歌よまれけり」（新編日本古典文学全集）と『十訓抄』の人麿影起源説話にも記され、『八雲御抄』巻六に「むかし夢に、小町が手より金を百両うるといふ事をみたりしより、天性歌のやうことにいみじきうへ、小町をばふかく信仰す」ともあるように、歌仙を礼拝する行為は、基本的に歌の上達を願って行われるものであった。先に言及した景徐周麟の画像賛にも、「以歌鳴于本朝者」である良経を夢みたことを「公幼精于此芸、而有神助可知也」と評する如く、この夢想を神助と関連付けているのも、同様の発想法が義尚周辺に存在していることを裏付けていよう。

その一方で、影供という形式がその成立当初より仏教との縁が深いものであったこと(17)もあり、前稿で引用した『実隆公記』（以下「実」と略称）に見える定家の忌日に行われた黄門影供の記事にも明かで、かつまた『正徹物語』にも「八月廿日は定家卿の忌日也。我〳〵の幼少の比は、和哥所に、此日は訪ひに哥を詠まれし也」（古典大系）と見える様に、影供歌会の期日は、影の人物の命日と結びつきやすい傾向にあった。しかしながら同じ『正徹物語』に、「人丸の御忌日は秘する事也。…三月十八日にてある也。影供は此日はなかりし也」とある如く、中世期には人麿影供と忌日との関係は特別密接ではないが(18)、鎌倉期に催されたことが確認できる、後鳥羽院影供や通光影供等の人麿以外の歌人の影前で催された影供歌会が、祥月命日や月命日にも行われていた様に(19)、この良経影供の開催期日についても、その可能性を探る必要性があると思われる。

もっとも良経の命日は三月七日であり、月こそ同じであるものの、当初予定された二十二日でも実際に行われた二十八日でもないのである。夢を見た日付も確定できないので、その日との関係も不明ながら、題に関して確認したように、その自讃歌の内容からも、義尚は藤花の季節である晩春に催したいと考えたことはありうるであろう。そしてその三月が良経の薨じた月であるとの認識もあったとも考えたいのであるが、それまでの影供歌会の傾向以外にはそれを保証してくれそうな材料は見当たらないのである。

人麿影供の伝統に倣って催された、人麿以外の歌人を対象とする、いわゆる異種影供を分類する視点としては、その対象と主催者との関係に注目するのが有効であろう。先にも挙げた後鳥羽院や通光の影供は、共に主催者が対象の子孫や夫婦関係にあった縁者であった。これに対し、後鳥羽院によって隠岐で催された俊頼影供[20]やこの良経影供は、対象と血縁関係が認められない点で共通している。また、前者の開催日が対象とする人物の命日であることが確認できるのに対し、後者はその命日との関係が認められないことよりすると、前者の方が追善歌会としての性格が濃厚で仏教的色彩が強いといいえ、後者の方が人麿影供の亜流としての性格が強いと評せるであろう。

対象を夢想することから始まって、その人麿影と似た服装をした夢中の姿を画像として歌会を催すことに至るまで、この良経影供は、鎌倉時代以来の異種影供の中でも、最も人麿影供に忠実な影供であったと言えよう。その主因としては人麿影供に通じていた飛鳥井家が主導した会であったことが考えられるが、顕季の創始後三世紀半以上が経過したこの時期でも、人麿影供の伝統が依然として根強く存続していたことを窺うに足る事例であるとも言えようか。

五　良経影供の義尚歌歴上の位置

続いて確認しておくべきは、その時期の有する意味であろう。この影供歌会を義尚の歌歴に照らし合わせる時、聊か興味深い事実に気付かされる。

尊氏以来勅撰集の撰進は足利将軍家の執奏によることが佳例となっていたが、父義政の推挙による飛鳥井雅親の撰集作業は、応仁の乱による雅親邸の和歌所焼失の為に頓挫していた。義尚はこの例を継ぐことをせず、十五年二月一日より自らの手で打聞集の編纂を開始した。公家武家の歌人からお手伝衆を召して隔日で撰集作業を進めた様は、実隆・通秀等の日記に詳しい[21]。年末も近いということで十一月二十三日に一旦中止した作業が開始されたのは、予定の翌年春ではなくて、秋も半ばの八月二十四日のことであった。義尚が良経を夢に見て影供歌会を行ったのは、この撰集作業休止中のことである。

十六年九月十八日に、仮に「撰藻抄」と名付けられるこの撰集が、古今集を模し、歌数においては新古今集に倣うものと定められたのは同月九日の重陽の日であったが（実十一・十八日条）、将軍御所内に和歌所に倣う「打聞の所」を設け、寄人ならぬ「御手智代」衆（親長卿記十五年八月六日条）を集えて、撰集作業を行う一方で、同所で屡々歌会を催しもする（常）ことから想起されるのは、やはり親撰としての性格が濃厚であった『新古今集』と後鳥羽院の和歌所ではないだろうか。

義尚は『新古今集』を「清撰」し「御前」に「召置」いていたことが、狩野亨吉氏蒐集古文書中の延徳二年（一四九〇）十一月付の小槻晴富の加証奥書によって知られる（大日本史料8—27）。また撰集作業再興後の十六年十月二十二日の「実」には、三十首続歌の記事の後に「今日依二後鳥羽院聖忌一、大樹御精進也、殊勝之由感悦申入了、凡懇切之敬信、不レ可レ過二此上意一者乎」との記事もあって、後鳥羽院の月命日に義尚が精進を行っていたことが知られるのである。更に翌十七から十八年にかけても、公宴や家臣勧進のものも含めて度々水無瀬法楽和歌を詠じており、(22) 撰集に際して義尚が後鳥羽院のことを強く意識していたことは確かである。

また撰集の企画の直前のことながら、十五年正月十三日には詩歌合を催しているのも、その参加者の一人横川景三の『補庵京華別集』に、「相府有二詩歌合之宴一、昔後鳥羽院之御宇有二此宴一云、一時嘉会也」（五山文学新集）と記されていることが象徴するように、あるいは後鳥羽院主催で良経が深く関与した『元久詩歌合』に倣ったものとも考えられよう。(23)

人麿影供が最も隆盛であった時期が新古今集撰集作業の時期であり、影供歌合を後鳥羽院歌壇の象徴の一つとして復興させたのが後嵯峨院歌壇であったことを、以前に述べたことがある。(24) 歌合でもなければ人麿を対象とするものでもないこの良経影供を、直ちに義尚の、後鳥羽院の親撰的な撰集としての新古今集への憧憬と、結びつけて考えることは飛躍がありすぎるであろうが、(25) そうした義尚の意識と、良経夢想や影供歌会の主催は、やはり何処か深い部分で繋がっているのではないだろうか。新古今集を意識した撰集を志している時に見た、新古今集を代表する歌人の一人にして、巻頭歌や仮名序の作者でもあった良経と出会った夢は、義尚にとっては殊の外に吉夢と感じられたことであろう。

十六年の作業は十一月十七日に休止し、十七年の二月十八日から再興していることからすると、良経影供歌会の頃には再開しているはずであった作業が、何故に八月までずれこんだのかは謎ではある。(26) 歌会も頻繁に催されているこの休止期の義尚の精神状態を探るのに、良経影供のみを視点とするのはあまりに情報が少なすぎるが、ともかくも良経影供の行われた時期とその時期の有する意味を、義尚の歌歴上に定位することはできたのではないだろうか。

おわりに

自身の存在が応仁の大乱の主因ともなり、なまじ幼時より聡明さを示した為もあって、一条兼良より再三、「大将軍の職に居して、武道をもはらにして、万民のうれへをすくはせ給はゞ、いかなる仏法修行にもまさるべき」(樵談治要・群書類従)・「ふたゝびすなをなる世に立返らば、今生の願満足して、後世までも名将軍といはれん事、人間の思出是に過べからず」(文明一統記・同)等と、若い将軍一人の力ではどうにもならない期待を懸けられ、たとえ形式にせよ、十六年五月十日付の「多田院廟前詠五十首和歌」跋で、「文道におきて其名たかく、武芸に至て其誉おほひならむことをおも」い・「神を感ぜしむるの道にかなはゞ、国家をたすくる力をくはへたま」(群書類従)へと願った義尚にとって、その理想はあまりにも高すぎて、己の思いの儘になりそうなことと言えば、「文道」即ち歌道のみであったろう。

井上宗雄氏が義尚歌壇の特徴として、その主催する歌会や歌合が「規模の大きい、絢爛たるもの」で、「題を始めとして珍奇な趣向を凝らす事が多」かったことを指摘され、その理由として、「文化界ではある程度復興し、しかもその文化に発展性が乏しい場合に、世の刹那主義的・享楽主義的な風潮が流れ込み、特に歌道においては創造の余地が乏し」かったことを挙げておられる(27)が、自分の思いつくままにその創造の余地を楽しもうとしたのが義尚という年若き将軍歌人であったのではないだろうか。狂騒的にうち続く和歌行事の主催者としての義尚は、自ずと後鳥羽院の姿とだぶるものがあるが、その義尚が夢に見た対象が、後鳥羽院ではなく良経であったことは、奇しくも、義満が確立した「日本国王」としての足利将軍の権威が、嘉吉・応仁の両乱を経て、義満初期の摂政関白に等しい立場[28]にまで低下していたことを象徴するかのようでもある。

良経影供歌会から僅かに五年後の長享三年（一四八九）三月二十六日、義尚（長享二年に義熙と改名）は、万葉書にした「出日のよの国までも鏡山と思し事もいたづらの身や」との辞世を父義政に贈って（蔭涼軒日録四月一・三日条・将軍義尚公逝去記他）、六角高頼討伐の為に滞在していた近江鈎の里の陣中で病没した。時に二十五歳。良経の三十八歳よりも一旬以上も若い死であった。時あたかも藤花の盛りであったのは偶然にせよ感慨深いものがあろう。良経の春日山歌を久保田淳氏は摂籙振と評された[29]が、この辞世は如何にも義尚らしい将軍振の歌と評することも許されるのではないだろうか。

注1　この記述が本歌会のことであるとの指摘は、山崎誠氏「禁裡御蔵書目録考證稿（三）」（『国文学研究資料館調査研究報告』11、平2・3）でなされているが、「歌合」としておられるのは誤り。

2　因みに讃の当該箇所は、「公一夕夢見後京極摂政、詠和歌曰、此一篇以為自賛、夢中記其辞、覚而検家集、果有焉、因命画工図彼像、使亜相雅親書其辞於其上」である。

3　この問答が万治四年の禁裏炎上後になされたとすると、禁裏御本の転写本が当時も存在していたことを伝えているとも解せるが、時期的に微妙な問題であり、ここで断定することは避けたい。

4　同集については三村晃功氏『中世類題集の研究』（和泉書院、平6）参照。その本文は書陵部蔵霊元院手沢本（五〇六・一〇）に拠り、陽明文庫蔵十六冊本（近八一・一）、国立歴史民俗博物館蔵高松宮旧蔵六冊本、元禄十六年刊版本等で確認した（陽明本と歴博本は国文学研究資料館蔵紙焼写真に拠る）。猶、陽明本以下の三本は、基綱歌を左注の後に配している。基綱歌は家集からの採歌も可能であり、どちらが本来の形であるか俄に判断しづらい。また、後掲の和歌集成で、本書のみで確認できる宋世歌は、他本との異同を本文の右傍に示しておいた。「(高・版)」は高松宮旧蔵本と版本である。

5　後柏原院の歌は「御集」と集付のあるものもあるが、何も記されていない場合も多く、ここも必ずしも誤りとは断定できない箇所であろう。

6　実隆歌は「文明十二／六……」とあるが「二」は衍字。他本は「十六」で問題ない。

7　「廿」とあるが「卅」の誤り。陽明本は「卅」とする。

8　「中世歌合諸本の研究（二）――正治二年十月一日仙洞当座歌合について・附校本――」（『斯道文庫論集』32、平10・2）。

9　集内に重出、前者は後人の所為か。為に義政の夢想と誤ったか。

10　例えば、『洞院摂政家百首』の三位侍従母（俊成卿女）の「君が代をまつに千とせをかけ初めて花やひらけし北の藤波」（一九六九）等は、主催者教実（下命はその父道家）が良経の直孫であることを踏まえて、天皇家と摂政家の関係を詠み込んでいる。

11　『常徳院集』一三三五・『為広詠草』（新大観の為広2）一三詞書により判断した。

12　十五年十二月三日に義尚が下命した「万葉体和歌」十首（翌年七月四日に結番して歌合とする）で、基綱が詠んだ「すみよしのはま松がえのことの葉を手向草とも神よみそなへ」（歌合　文明十六年十二月・一九五）が、影響を与えた可能性もあろう。

13　この御会は「永正十八年三月廿九日」の会として『公宴続歌』（和泉書院、平12）に収載されている。「三月尽夜」題が含まれていることからしても、「廿九日」とあるのは不審であるが、『後奈良院御製』（大成・後奈良院Ⅰ）にも「同年三十九」（二四四〜六）と注されており、兼題であったが故であろうか。この御会で「藤為松花」題が出されたのは、あるいはこの年の同月二十六日が、義尚の三十三回忌に当たっていることと関係があるのではないだろうか。三月七日には相国寺万松軒において、後柏原天皇が出題・出詠して、義尚影前で追善歌会が催されたことが『再昌草』（実隆Ⅰ）に見えている（三九八三）。後記する御会での為広の詠み振りなどは、自身も参加した良経影供歌会を思い出して詠んでいるかのようにすら見えるのである。

14 「六条顕季邸初度人麿影供歌会考」（『国文学研究資料館紀要』21、平7・3）。
15 例えば、『続拾遺集』に見える、「建長五年七月三首歌に」との詞書で「冷泉太政大臣于時内大臣左大将」が詠じた、「かげなびくひかりは身にもあまるらんのぼるみかさの山のはの月」（七五五）等がある。
16 「人麿を夢想する者——兼房の夢想説話をめぐって——」（『日本文学』48—7、平11・7）。またそこで挙げた他にも、宋世が父雅世を夢に見て和歌を詠んでいる（雅康卿詠草・大成・三二〇）等、夢想によって和歌等を詠ずる例は、夢想法楽の頻繁に催された室町期には枚挙に暇無い。
17 山田昭全氏「柿本人麿影供の成立と展開——仏教と文学との接触に視点を置いて——」（『大正大学研究紀要　文学部・仏教学部』51、昭41・3）参照。
18 近世期には、人麿の千年忌と信じられた享保八年（一七二三）に、霊元院より「正一位柿本大明神」との神位神号が贈られてより、祥月命日や月命日の人麿影供（法楽）歌会が堂上で定着するようになる。猶、その頻繁さは古相正美氏「近世御会年表」（『中村学園研究紀要』27、平7・3）を参照されたい。
19 前者については「追善歌会としての影供——後鳥羽院影供についての一考察——」（『日本文学』43—7、平6・7）、後者については「『とはずがたり』の人麿影供——二条の血統意識と六条有房の通光影供をめぐって——」（『国語と国文学』70—7、平5・7）を参照されたい。
20 拙稿「後鳥羽院家隆「俊頼影供」小考（一〜三）」（『銀杏鳥歌』9・10・11、平4・12、同5・6、12）を参照されたい。
21 井上宗雄氏『中世歌壇史の研究　室町前期〔改訂新版〕』（風間書房、昭59）参照。
22 「常」により整理してみると左の通り（定数歌は続歌であろう）。

十七年二月二十二日　二階堂政行勧進（一七二〜五）
三月八日　　　　三十首（一七八）
閏三月二十一日　（一八四・五）

五月十一日　五十首（一九七〜九）
九月十一日　（二一一）
十八年二月二十二日　二階堂政行勧進（二三九）
五月二十二日　公宴五十首（二六二・三）
また、十八年六月二十二日には実隆にも詠進させてもいる（実）。

23　前年九月二十八日の詩歌合も、峯岸義秋『歌合の研究』（三省堂、昭29）に拠ると義尚家で催されたとされる。また、これに先立つ『詩歌合　文安三年』の序を兼ねた一番判詞で判者兼良が、「詩歌合といふ物は上古にもありけんを、しるしつたへざりけるにや、中比建仁の摂政、此みちをしもにひろめ侍りしのち、元久の上皇その心ざしをかみにのべましましけらし」と、詩歌合の中興の起源を良経と後鳥羽院に結びつけているのも興味深い。

24　「後嵯峨院歌壇における後鳥羽院の遺響——人麿影供と反御子左派の活動をめぐって——」（『和歌文学論集10』風間書房、平8）。

25　『新古今集』の竟宴が元久二年（一二〇五）三月二十六日、『続古今集』の竟宴が文永三年（一二六六）三月十二日と、共に三月であるのも偶然ではあろう。

26　十五年の編集作業中止を伝える「実」十一月二十三日条に、「近日御心気労等六借敷」とあり、『通秀卿記』の十六年三月十日条の義尚夢想句による連歌会でも、「依二御所労之気一、不レ可レ有二御出座一、於二簾中一可レ被二聞召一也」とあるように、義尚の肉体的・精神的な疲労も考慮される必要があろう。また、「常」には、配列より十六年七月末頃の詠と思われる、後土御門天皇との次の贈答がある。

　其比、うれふる事侍けれは奏し侍し
たれも又もれぬめくみの秋の露うき身は朽ね谷の下草（一三九）
　御返し　　御製
万代の秋をもちきれいやましにこたかゝるへき松のことのは（一四〇）

具体的な状況は不明だが、義尚の拗ねたような内容の歌に対して、歌の名声が永劫続くことを言祝いだような内容を、天皇が返していることからすると、和歌に関して義尚が天皇に何か強請り、それに対して許可を下したやり取りと考えられよう。これを打聞と短絡的に結び付けるのは慎まねばならないが、この翌月の二十三日より撰集作業を再開していることと無関係ではないのかもしれない。

27 注19に同じ。

28 今谷明氏『室町の王権』（中公新書、平2）参照。

29 『新古今和歌集全評釈第4巻』（講談社、昭52）。

補 『思文閣古書資料目録善本特集　第十三輯』（平13・7）に、飛鳥井雅康自筆とされる、明応四年（一四九五）分の日次詠草『瓦礫』の冊子改装一軸（「46　飛鳥井宋世和歌詠草」）が掲載されていた。実隆の『再昌草』を例に挙げるまでも無く、雅康にも多年に及ぶ同種の家集があったものと思われ、近世前期には残存していたそれらから引用した可能性はあるであろう。

日性の『太平記』刊行をめぐって

小秋元　段

はじめに

要法寺の本地院日性（世雄坊、円智。慶長十九年寂、六十一歳）は室町末から江戸初期の学芸を考える上で、忘れてはならない人物である。日性は日蓮宗要法寺の十五世。身延山をはじめ足利学校、建仁寺などで内外典を学んだ学僧で、『柿葉』六巻のほか今日伝存する著作も多い。後陽成院の勅により、参内・院参して外典講釈すること数度に及び、寺内でも貴顕を前に内外の講釈をすることがあった(1)。また、豊臣秀次による『謡抄』の編纂に際しては、注釈者の一人として『平家物語』に関わる部分の出典注釈を行ったことが伊藤正義氏によって指摘されており(2)、慶長五年の初刊と見られる『重撰倭漢皇統編年合運図』（日性自撰の歴史年表）からは彼の関心の所在が奈辺にあったのかが窺える。そして、本稿の課題に即すなら、『要法寺文書』中の日性の伝や『要法寺回答書』の著述目録に、彼が「太平記抄八冊」を撰述刊行したと記される点に注意を払いたい。

当時、古典の注釈活動と出版の関係は密接で、この『太平記鈔』も慶長十五年に刊行されたと考えられる。匆論、その背景にはテキスト自体の盛んな刊行状況があったことはいうまでもない。試みに、慶長期における古活字版『太平記』の刊行の次第を列記すれば、

慶長七年
慶長八年
慶長十年
慶長十二年
慶長十四年（漢字平仮名交）
慶長十五年

となる。他に慶長期の印行と思しい無刊記本もあるから、『太平記』はこの時期、最も多く版を重ねた作品の一つであったといっても過言ではない。

『太平記』は慶長七年、五十川了庵によってはじめて開版された。慶長七年刊本は無刊記だが、刊年・刊行者のことは早くより明らかにされている。(3) つづく慶長八年刊本は七年刊本に増補・修正が施され、同じ五十川了庵によって刊行されたものである。以後刊行される『太平記』の本文はこれと大きな異同がないことから、慶長八年刊本は流布本の祖と位置づけられている。次の慶長十年刊本は「要法寺版」として知られるものである。使用された活字から、当時出版事業を盛んに行っていた要法寺における刊刻と推定され、日性の主導のもと刊行された本と認められる。また、慶長十五年刊本は刊記に「春枝」なる印行者名が刻され、従来は要法寺版とは認定されなかった。しかし、追々説明するように本版は、日性が慶長十年刊本を増補・整備して刊行したものと考えられる。つまり、慶長期の古活字本『太平記』のうち、二種の刊行に日性は携わっていたのである。『太平記』刊行の

問題を考えるためにも、また日性の伝記を考えるためにも、この意味は重いとすべきであろう。

さて、これまでの『太平記』の本文研究では、古活字の諸版が持つ本文流動についてはあまり論及されてこなかった。それは慶長八年刊本以後の古活字本・整版本が、流布本として一括して認識されてきたことによる。だが、古活字本の場合、前版を忠実に翻刻することによって生まれた本もあるにはあるが、一方で活字を自在に組んで成るため、増補や校訂により本文に微妙な差が生まれる余地も多かった。この点に注目し、本稿では慶長十年刊本と十五年刊本を中心にその本文を検討してゆく。そして、そのことは日性の『太平記』『太平記鈔』刊行事業全体を考えることに繋がってゆくであろう。これまでは日性と慶長十五年版『太平記』、さらに『太平記鈔』刊行との関連は不明瞭であった。しかし、『太平記』の慶長十年刊本と十五年刊本、そして『太平記鈔』の三者には緊密な結びつきがあり、これらを関わらせて考えることにより、日性の『太平記』刊行と注釈活動の全体像はより明らかになると思われる。

一　慶長十年刊本

前述のように、慶長十年刊本は要法寺版と称されるが、刊記には「慶長十年乙巳九月上旬日」とあるのみで、要法寺の名が刻されるわけではない。しかし、使用された真名活字が『法華経伝記』（慶長五年刊）・『重撰倭漢皇統編年合運図』（〔慶長五年〕初刊）・『沙石集』（慶長十年刊）・直江版『文選』（慶長十二年刊）など、要法寺内で日性により刊行された諸書に用いられたものと同種であることから、要法寺版と認定されている[4]。

その本文は慶長八年刊本を底本にしたもので、同本の本文から大きく逸脱するものではない[5]。だが、完全に同じかというとそれも正しくなく、本文が慶長七年刊本による補訂を受けていることを特徴とする。まずはそのことを明確に示す例を見てゆこう。

巻四「一宮并妙法院二品親王御事」のうち、一宮尊良親王の土佐配流の条は、

一宮ハタユタフ波ニ漕レ行、身ヲ浮舟ニ任セツヽ、土佐ノ畑ヘ赴カセ給ヘハ、有井三郎左衛門尉カ舘ノ傍ニ一室ヲ搆テ置奉ル、彼畑ト申ハ南ハ山ノ傍ニテ高ク、北ハ海辺ニテ下レリ、松ノ下露扉ニ懸リテ、イト、御袖ノ泪ヲ添、磯打波ノ音、御枕ノ下ニ聞ヘテ、是ノミ通フ故郷ノ夢路モ遠ク成ニケリ、前朝御帰洛ノ御祈ノ為ニヤ有ケン、又済渡利生ノ結縁トヤ思召ケン、御著岸ノ其日ヨリ、毎日三時ノ護魔ヲ千日カ間ソ修セラレケル、（九オ）

とある。既に別稿でも触れたが、本条の傍線部および二重傍線部はもともと西源院本系の独自異文で、それを慶長七年刊本が増補したものである。(6) しかし、慶長八年刊本では、俗人の尊良親王が自ら護摩を焚いたことを不審としたのか、あるいは流罪期間が一年強にすぎなかった親王が千日の護摩を焚いたとすることを不審としたのか、二重傍線部が削除されている。だが、右のように慶長十年刊本では一度削除された詞章が回復されている。慶長七年刊本との間に字句の相違はなく、慶長十年刊本は七年刊本よりこれを補ったことがわかる。

また、巻十六「新田殿湊河合戦事」のうち、義貞奮戦の条は、

義貞ハ薄金ト云甲ニ、鬼切・鬼丸トテ多田満仲ヨリ伝ハリタル源氏重代ノ太刀ヲ二振帯レタリケルヲ、左右ノ手ニ抜持テ、[1]サカル矢ヲハ飛越、[2]アカル矢ニハサシウツフキ、真中ヲ指テ射ル矢ヲハ、二振ノ太刀ヲ相交ヘテ、十六マテソ切テ落サレケル、其有様譬ヘハ[3]多聞・持国・増長・広目ノ四天、須弥ノ四方ニ居シテ、同時ニ放ツ矢ヲ捷疾鬼[4]ト云鬼カ走廻テ、未其矢ノ大海ニ不落著前ニ、四ノ矢ヲ取テ返ルランモ角ヤト覚ル許也、（三十五ウ・三十六オ）

とある。傍線部1と2は慶長八年刊本が「上ル矢ヲハ飛越、下ル矢ニハ差伏キ」（三十七オ）と誤るのを正したもの。慶長七年刊本では「サカル矢ヲハ飛越、アカル矢ニハサシウツフキ」（三十六ウ）とあり、慶長十年刊本と同じである。一方、傍線部3は慶長八年刊本では「四天王」とあるのみで、傍線部4については、これに相当する詞章がない。この点も別稿で述べたが、慶長八年刊本の巻十六は、一度摺刷された直後に「小山田太郎高家刈青麦事」の一段を追補したため、その際にその前丁にあたる三十七丁、つまり当該丁の本文を一部節略して刷り直している。(7) 右はこの節略された部分であって、慶長十年刊本ではこれらの詞章を復した形になっている。義貞奮戦の様を捷疾鬼が四箭を拾うことに喩える「其有様譬ヘハ」以下の一節は、梵舜本にはじまる異文である。(8) 古態本以下大多数の写本にはなく、慶長十年刊本が梵舜本を引き継ぐ慶長七年刊本によって補訂を行ったことは間違いない。

このように慶長七年刊本を用いて、底本たる慶長八年刊本の持つ長文の脱落を補った例が、他に巻十「新田義貞謀叛事付天狗催越後勢事」（四オ・ウ）、巻二十二「義助被参芳野事并隆資物語事」（九ウ）、巻三十五「南方蜂起事付畠山関東下向事」（十オ）にも認められる。慶長十年刊本で本文に大きく手が入るのはこうした箇所に限られ、また、その際利用されるのが慶長七年刊本だけであることも特徴である。慶長十年刊本には本文を増補し、詳細化してゆく志向はなく、この点は後に見てゆく慶長十五年刊本と傾向を異にするといえるだろう。

慶長十年刊本ではこれ以外にも、慶長八年刊本との字句レベルでの異同が散見される。ただし、その中には慶長七年刊本を参酌したと思われるものが多い。任意に巻三の異同を採り上げれば、

・屏風ヲ立タル如クナル岩石重テ、古松枝ヲ垂、蒼苔露滑ナリ、(1)（十オ）
・如何ニモシテ夜ノ内ニ金剛山(2)ノ方ヘト御心許ヲ被尽ケレトモ、（十二ウ）

・兎角シテ夜昼三日ニ[3]大和ノ多賀郡ナル有王山ノ麓マテ落サセ給テケリ、（十二ウ）

の各条、慶長八年刊本では傍線部1「路」、2「赤坂城」、3「山城」との違いがある。しかし、慶長七年刊本は十年刊本に同じであるから、慶長十年刊本の詞章は七年刊本に従って改められたことが窺える。そして、こうした例が全巻に遍在していることから推すと、慶長十年刊本は七年刊本との異同を丹念に書き入れた八年刊本を底本に翻刻されたのではないかと考えられる。

勿論、慶長十年刊本と八年刊本の異同の全てが、七年刊本との対校によって生まれたのではない。用字・送仮名・助詞等の微細な点に、慶長十年刊本が独自の訂正を加えている箇所も見うけられる。その中で注目したいのは、日性独自の『太平記』研究の成果をもとに、補訂が加えられた箇所である。

まず、巻五「持明院殿御即位事」のうち、梶井二品親王に関する記事。慶長十年刊本では、

中ニモ梶井二品法親王尊胤ハ天台座主ニ成セ給テ、大塔・梨本ノ両門跡ヲ并セテ御管領有シカハ、（一オ）

と、諸本ではじめて「梶井二品法親王」の後に「尊胤」の諱を加えている。そもそも登場人物の名を詳細に記すことは、諸本の異同によく見られるものである。だが、ここで敢えて注目するのは、『太平記鈔』巻五に、

一梶井ノ二品法親王尊胤　後伏見院ノ御子也、光厳院・光明院両帝ノ御弟也、

と尊胤に関する注記が見えるからである。日性は注釈の過程で、ここに登場する梶井二品法親王（『太平記鈔』は慶長七年刊本を底本とする。後述）に施注するため、『本朝皇胤紹運録』の類を繙いたことであろう。当然、その際、『太平記鈔』に反映されているように、彼の諱も確認できたはずである。つまり、慶長十年刊本における「梶井二品法親王尊胤」というささやかな増補は、日性の注釈活動を背景になされたと考えられようか。因みに『太平記鈔』は一般に慶長十五年の成立とされるが、後述するように、『太平記鈔』編纂のための注釈活動は慶長七年以後早い

時期から進められ、慶長十五年以前には一旦の完結を見ていた。それが慶長十年以前のことであったのかは未詳だが、少なくとも当時、日性のもとには相当量の注釈の集積があったことは認めてよい。

もう少し例を挙げてみよう。巻十二「広有射怪鳥事」では、古代中国の弓の名人、羿の故事が、

即諸卿相議シテ曰、異国ノ昔、堯ノ代ニ十ノ日出タリシヲ、羿ト云ケル者承テ、九ノ日ヲ射落セリ、（二十二オ・ウ）

と語られる。慶長十年刊本の記すところでは、現れたのが「十ノ日」で、射落とされたのが「九ノ日」である。ところが、それ以前の諸本ではそれぞれ「九ノ日」「八ノ日」（慶長八年刊本による）とあって、数が異なる。一方、『太平記鈔』巻十二には、

一堯ノ代ニ九ノ日出　淮南子曰、堯時十日並出、草木焦枯、堯命羿仰中其九、鳥（烏カ）皆死堕羽翼、

とあって、慶長十年刊本の記述に対応する。日性は羿の故事を注するにあたり、典拠たる「淮南子」（ただし、引用は『淮南子』そのものとは異なり、『芸文類聚』や『太平御覧』所引のものに近い。『太平記鈔』にかかる孫引き多し。『太平記賢愚鈔』も同）を参観し、知識を得ていたわけである。それにより慶長十年刊本は詞章に訂正を加えたのである。

巻二十六「芳野炎上事」も同様である。本章段では日蔵上人の冥界訪問の説話が引かれるが、その冒頭は、

抑此北野天神ノ社壇ト申ハ、天慶四年八月朔日ニ笙ノ岩屋ノ日蔵上人頓死シ給タリシヲ、（十七オ）

とあり、冒頭の年紀を「天慶四年」とするのが特徴である。この部分、西源院本・梵舜本・天正本・慶長七年刊本等は「延喜十三年」、神宮徴古館本・南都本・慶長八年刊本等は「承平四年」、神田本は「延喜十三年」とし、右傍に「承平四年」と細書している。一方、『太平記鈔』には、

一延喜十三年　誤ナリ、当年ヨリ後十八年ヲ過テ延長八年ニ崩御ナリシニ、如何ントシテ当年冥土ニテ値ヒ

申スヘキヤ、去ホトニ、上人ノ冥土ニ往クコトハ天慶四年ナリ、（中略）天慶四年八月ニ金峯山ニ入リ、三七日無言断食シテ、密法ヲ行ハレケル、（中略）具ニハ元亨釈書第九巻ニアリ、亦広クハ扶桑記第廿五巻ニ見ヘタリ、

とある。「延喜十三年」と立項するのは、『太平記鈔』が慶長七年刊本を底本とするためである。しかし、それでは醍醐帝はまだ在世中で、冥土で日蔵と会えるはずがないと矛盾を衝き、天慶四年を正説として挙げている。末尾に『元亨釈書』『扶桑記』の名を引くが、両書とも当然ながら事件を天慶四年のこととする。『太平記鈔』の注記はある程度長文で、『太平記』の所説に詳細な考証を加えたものである。慶長十年刊本における年紀の補訂は、こうした考証の産物ということができる。

同じ巻二十六の「執事兄弟奢侈事」中の、

只是魏ノ禰衡カ鸚鵡洲ノ土ニ埋マレシ昔ノ悲ニ相似タリ、（二十一ウ）

という一節の「禰衡」の名も同様に改められたものである。この部分、慶長七年刊本は「祢子瑕」、慶長八年刊本は「弥子瑕」とするが(9)、『太平記鈔』は、

一魏彌子瑕　大ニ誤レリ、禰正平ト云ヘシ、文選第十三鸚鵡賦題注云、范曄後漢書曰、禰衡字正平々原人也、（下略）

と「彌子瑕」を誤りだとして、『文選』の注を引き「禰衡字正平」が正しいと説く。『太平記』諸本では僅かに神田本が「祢衡」とし（右傍に「祢子瑕イ」と細書）、『太平記賢愚鈔』も『文選』の注を引く。『太平記鈔』の注には『太平記賢愚鈔』の影響も想定されるが、注釈で得た知識が最終的に慶長十年刊本の本文に反映される点はここでも同じである。

巻二十八「慧源禅巷南方合体事付漢楚合戦事」の事例は少々説明を要する。漢楚合戦説話の後半で、漢高祖と項羽が広武に対陣した折、高祖が十の罪を挙げて項羽を責める話がある。即ち、

爰ニ漢皇帷幕ノ中ヨリ出テ、項王ヲセメテ宣ケルハ、夫項王自義無シテ天罰ヲ招ク事、其罪非一、始項羽ト与ニ命ヲ懐王ニ受シ時、先入テ関中ヲ定メタラン者ヲ王トセント云キ、然ヲ項羽忽ニ約ヲ背テ、我ヲ蜀漢ニ主タラシム、其罪一、（十八ウ）

と、高祖は項羽の罪を挙げてゆく。この部分、『太平記』の記事は『史記』『漢書』に即しているのだが、両書では十挙げられている項羽の罪が、何故か『太平記』の諸本では懐王を江南に殺害したという九番目の罪までしか挙げられていない。しかし、慶長十年刊本では、

……懐王彭城ニ移シテ、韓王ノ地ヲ奪、并セテ梁楚ニ王トシテ自天下ヲ預リ聞ク、其罪八、項羽人ヲシテ陰ニ懐王ヲ江南ニ殺セリ、其罪九、此罪ハ天下ノ指所、道路目ヲ以テニクム者也、大逆無道ノ甚シキ事、天豈公ヲ誅刑セサランヤ、其罪十、何ソイタツカハシク、項羽ト独身ニシテ戦フ事ヲ致サン、（十九オ）

と傍線部を増補し、九つ目の罪の後、「此罪ハ天下ノ指所、道路目ヲ以テニクム者也、大逆無道ノ甚シキ事、天豈公ヲ誅刑セサランヤ」という事項を独自に十番目の罪に作っている。諸本の不備は『太平記鈔』も指摘している。

一此九ノ罪　高祖本紀云、夫為人臣而弑其主、殺已降、為政不平、主約不信、天下所不容大逆無道罪十也云々、私云、今何ノ故ソ、九罪ヲ挙テ一ヲ残スヤ、殊ニ此一箇条ニハ三ノ義ヲ含メリ、主ヲ殺ト、政ノ定メナキト、主君ノ前ニテ金諾セルヲ忘ルトナリ、肝心ノ条箇ヲ残コトイカン、

『太平記』が九つの罪を挙げ一つを残すことを指摘し、十番目の罪を「高祖本紀」から引用し、これを三つの義を含む肝心の条箇だと述べている。ここで日性は「高祖本紀」を引きながらも、慶長十年刊本の本文をそれに即し

て大幅に改訂することはなかった。もとの本文の一節に巧みに「其罪十」と入れることにより、十番目の罪を仕立てたのである。いかにも安易な訂正法というべきかもしれないが、訂正に際してオリジナルの本文を過度にいじるまいとする志向が働いている点には留意しておきたい。

以上、慶長十年刊本の本文のうち、日性独自の注釈作業を背景に補訂された例の一端を示した。その殆どが故事説話の類で、信頼しうる文献と照応させながら本文を訂してゆく日性の学究的な姿勢が窺えよう。このことを考えると、巻一「儲王御事」の末尾に後醍醐天皇の皇子に関する考証が、次のように低一字で記される事情も理解できる。

私曰、見於近来之本、儲王伯叔多失緒矣、今不足改之、且挙糸図《ママ》以示之、第一尊良親王、中務卿、母贈従三位為子、権大納言為世女、於金崎城御自害、次世良、親王二字略之、母参議実俊女也、三恒良、母准后、四成良、母同前、五義良、鎮守府将軍、母同前、於南朝称帝号後村上、六護良、兵部卿、母民部卿三位也、大納言師親女、大塔門主、号尊雲、於関東被誅、七静尊、母同世良、聖護院門主、後改忠尊、八尊澄、母同尊良、妙法院門主、配流讃州、此外皇子九人、皇女十九人、不備書、（七オ）

本章段では後醍醐天皇の皇子の紹介が、一宮尊良親王、二宮尊澄法親王、三宮尊雲法親王（護良親王）、四宮静尊法親王の順でなされている。後醍醐天皇には一説に三十七人の皇子女がいたともいわれ、多くは兄弟の順も不明である。『太平記』が挙げる四人の皇子の順も諸系図に照らせば差異があり、日性はそれを不審とし、かかる注記を載せたものと思われる。その内容は『本朝皇胤紹運録』（無刊記本）に大略一致する。『紹運録』の記載は排行に後代的な整序が加えられてはいるものの、当時最も信ずるに足る説として行われていたのであろう。なお、『太平記鈔』巻一にも、一私曰、多ノ本ヲ見ルニ、儲王ノ次第相違セリ、故此中ニ或ハ第一宮、或ハ第二等云ヘトモ悉シカラス、故竊ニ帝王系図ヲ以テ一二ノ次第ヲ載ス、若シ相違ノコトアラハ、重テ尋申スヘシ、

とあり、以下に慶長十年刊本に引いたものと同様の注記をつづける。ここでも注釈における問題意識と慶長十年刊本の本文整定の連続性を窺うことができる。なお、「多ノ本ヲ見ルニ、儲王ノ次第相違セリ」とあるところから、日性は『太平記』の諸本を参照し、皇子の順が諸本に差のあることを知るに至っている。日性が見た諸本については不明だが、慶長十年刊本には「見於近来之本、儲王伯叔多失緒矣」とあって、「近来之本」に誤伝のあることを指摘してる。これは底本とした慶長八年刊本のほか、本条に大きな異同を持つ慶長七年刊本のことを指すものと思われる。(10)

二　慶長十五年刊本

慶長十五年刊本は要法寺版と活字を異にし、要法寺版とは認定されていない。また、刊記「慶長十五暦庚戌二月上旬日　春枝開版」に見える「春枝」なる人物と要法寺との関係も未詳である。春枝の事績としては、慶長十一年の刊記を有する『四体千字文』（整版本。国立国会図書館・東京大学総合図書館等蔵）を刊行したことが知られるのみである。

曾て川瀬一馬氏は一具で伝わる安田文庫蔵（慶應義塾大学附属研究所斯道文庫現蔵）の慶長十五年刊本と『太平記鈔』『太平記音義』が同活字・同装丁であると指摘し、両者の刊行が同時になされたことを説かれた。(11)稿者も川瀬氏の説を支持するものであるが、念のため付言すれば、斯道文庫本を閲するに、その表紙は『太平記』が茶色空押麻の葉蓮華唐草文様、『太平記鈔』『太平記音義』が茶色空押雷文繋蓮華唐草文様と若干異なる。しかし、両者は

大変よく似た趣を持ち、実際にはこの二種の表紙は『太平記』及び『太平記鈔』に混用されていたらしい。例えば、『太平記鈔』に用いられた雷文繋蓮華唐草文様表紙と同種の表紙は、天理図書館蔵（存二冊）・京都府立総合資料館蔵（無刊記双辺甲種本に補配された一冊）・架蔵（存一冊）の慶長十五年版『太平記』にも用いられている。一方、『太平記』に用いられた麻の葉蓮華唐草文様表紙と同種の表紙も、大東急記念文庫蔵無刊記双辺乙種本に補配された慶長十五年版（総目録一冊）に使用が認められ、孤立するものではなかった。従って、慶長十五年版『太平記』と『太平記鈔』は、同類の装丁の域にあるものと見て差し支えなく、両者の刊行を共時とする考えは認めてよいように思われる。

ところで、次節に詳述するように、『太平記鈔』は慶長七年刊本を底本として慶長十五年以前に一旦成立を見ていた。しかし、慶長十五年刊本とともに刊行するにあたり、一部再編集されたようである。というのも、慶長十五年版『太平記』には記事の増補や詞章の異同が多く、『太平記鈔』の内容もこれに対応させる必要があったからである。この再編集の作業にあたったのも日性本人であったと思われるが、かかる作業が慶長十五年刊本の刊行と並んで進められたということは、日性が慶長十五年刊本の本文について早くより熟知していたことを物語る。ということは、慶長十五年刊本の本文整定作業を行ったのも日性自身であった可能性が極めて高いのではなかろうか。慶長十五年刊本は一般に要法寺版とは認定されないが、実質的な刊行者は日性であって、春枝はその下にあって刊行の事に当たった工匠などではなかったか。

さて、以下に慶長十五年刊本の本文の特徴について述べてゆく。慶長十五年刊本は底本を慶長十年刊本に求めるが、一方で天正本系の異文を随所に増補した異色の本文を持つ。慶長八年刊本以後の全ての刊本を流布本として同定視できない所以である。慶長十五年刊本に天正本系の影響のあることは、既に釜田喜三郎氏(12)・長坂成行氏(13)

に簡潔な指摘がある。また、山森青硯氏による金沢泉丘高等学校蔵本の解題(14)は、慶長十五年刊本の異文を複数箇所採り上げて詳述した大変貴重なものであるが、その異文の出所に触れていないのは惜しまれる。稿者も慶長十年刊本と十五年刊本を比較することにより、慶長十五年刊本の本文全般に天正本系による増補が施されていることを確認した。ここでは煩を厭わず全ての例を掲げ、古活字版『太平記』研究のための一資料に備えたく思う。

巻三

「桜山自害事」の後に「楠搆金剛山城由緒事」の一段を増補（二十一ウ～二十二ウ）。諸本は「桜山自害事」で巻を終えるが、神宮徴古館本系・天正本系は本章段を持つ。

巻四

五箇所ある。「先帝遷幸事」中の「先帝ヲ隠岐国ヘ遷シ奉ル、主上御車ニ召レケルカ、御涙ノ中ニカクハカリ、／終ニカク沈ミハツヘキ程ナラハ上ナキ身トハ何生レケン」（傍線部が増補部分、以下同。十ウ・十一オ）、「警固ノ武士モ諸共ニ、皆鎧ノ袖ヲソヌラシケル、中ニモ佐々木判官入道ハ、去ヌル正中元年三月廿三日、石清水ノ行幸ノ時、橋渡使ニテ有シカハ、思召出テ、道誉ヲ召サレテ、／知ヘスル道コソアラス成ヌトモ淀ノ渡ハ忘シモセシ／ト仰下サレケルニコソ、道誉頭ヲ地ニ付テ、涙ノ袖ヲ押ツヽ、且ク御前ニ臥沈ミケル、鳥羽殿ヨリ御車ヲ被留テ、御輿ニ被召ケル」（十一オ・ウ）、「天子行在ノ外マテモ、定テ擁護ノ御眸リヲソ廻サル覧ト、憑敷コソ思召ケレ、其日、摂津国小屋ノ宿ニ著セ給ニケリ、蘆カリ葺ル軒フリテ、共ニ傾ク月ノ夜、ホノカニ見ヘテヲカシカリシカハ、主上御覧有テ、／命アレハ小屋ノ軒半ノ月モミツ又イカナラン行末ノ宿」（十一ウ）、「備後三郎高徳事付呉越軍事」中の「金殿挿雲四辺三百里カ間、山河ヲ枕ノ下ニ直下程ナル一ノ楼台ヲソ造リ給ケル、此ヲ姑蘇台ト名付テ、雲ノ甍、霞ノ軒、天ニ聳ユ、此楼ノ上ハ九重也、其重々ニヲイテモ、西施ト宴セシ夢ノ中ニ、輿ヲ催サン為ナリキ」（二十三オ）、「忠臣諫ヲ納レ共、呉王曽テ不用給、タトヘハ

巻九

殷ノ紂ニ三人ノ賢人アリ、（以下、箕子・微子・比干の故事約七行）殷ノ世、湯王ヨリ始テ四百余歳也ケルヲ、遂ニ紂王ノ時ニ至テ、三賢ノ諫ヲモ聞給ハスシテ、亡国家失宗廟給シカハ、余ニ諫カネテ、ヨシヤ身ヲ殺シテ、危キヲ助ケントヤ思ケン」（二十三ウ・二十四オ）。

三箇所ある。「足利殿打越大江山事」中の「憑ム木下ニ雨ノタマラヌ心地シテ、心細ク思ハレケル、越前国足利尾張孫三郎高経ノ長男幸鶴丸、旗ヲ挙テ義兵ヲ起スト聞ヘシカハ、南方・西国・北陸道、穏カナル心モナシ、是ニ就テモ今迄著纏ヒタル兵共モ、又サコソハアラメト、心ノ被置ヌ人モナシ」（八オ）、「越後守仲時已下自害事」中の「先帝第五ノ宮、御遁世ノ体ニテ伊吹ノ麓ニ忍テ御座有ケルヲ大将ニ取奉テ、野村・熊谷・堀部・河坂・箕浦ノ一族トモ馳集テ、錦ノ御旗ヲ差挙ケ」（二十四オ・ウ）、「越後守仲時篠原ノ宿ヲ立テ、仙蹕ヲ重山ノ深キニ促シ奉ル、都ヲ出シ名残、夜部ノ夢ノ心地シテ、隔ル空ヲ帰ミテ、末ハト問ハ梓弓、山鏡ト答レトモ、立寄陰モ無マヽニ、野路ノ風吹シホル礒部ノ森ノ打過テ、ナレヌ旅ネノ床ノ山、見ヘキ夢モイサヤ川、小野ノ細道草分テ、人目ヲ今ハ忍坂、ノホレハクタル東路ヤ、番場ノ宿ニソ著給ケル」（二十四ウ）。

巻十一

三箇所ある。「書写山行幸事付新田注進事」中の「恩賞ハ各望ニ可任ト叡感有テ、禁門ノ警固ニ奉侍セラレケリ、同日暮程ニ河野入道・土居・得能、伊予国ノ勢ヲ卒シテ、大船三百余艘ニテ参著ス」（六ウ）、「筑紫合戦事」中の「元弘三年三月十三日ノ卯刻ニ、僅ニ百五十騎ニテ阿曽ノ宮ニ詣テ、胡籙ノ表矢一ツ奉ルトテ、／武士ノ上矢ノ鏑一スチニ思フ心ハ神ソシルラン」（九オ）と、「金剛山寄手等被誅事付佐介貞俊事」の末尾に工藤左衛門入道詠歌の長文の記事約十六行（二十二オ・ウ）を増補。

巻十二

二箇所ある。「千種殿并文観僧正奢侈事付解脱上人事」の次に「神明御事」の一段を増補（二十ウ〜

二十一ウ）。本章段は天正本系のうち義輝本が有し、他に毛利家本・梵舜本（巻末）・西源院本（巻三十三巻末書入）等に見える。本巻、他に「兵部卿親王流刑事付驪姫事」中の「今為遁其死他国へ行テ、是コソ父ヲ殺ントテ鴆毒ヲ与ヘタリシ大逆不孝ノ者ヨト、見ル人コトニ悪レテ生テハ何ノ顔カアラン、凡鴆毒ハ経宿ヲ不成云リ、已ニ其胙ヲ送テハ、三日ヲ過セリ、サレハ陳謝スルニ拠ナキニアラネトモ、豈身ノ咎ヲ遁レテ、父ノ恩寵フカキ後母ヲ失ハンヤ」（三十一ウ・三十二オ）にも増補あり。

巻十三

五箇所ある。「藤房卿遁世事」中の「大内山ノ月影モ、涙ニ陰リテ幽ナリ、去共心ツヨク陣頭ヨリ車ヲハ宿所へ返シ遣シ」（七ウ）、「宣房卿泣々車ヲ飛シテ岩蔵へ尋行給ケル時、藤房ノ歌アリ、／何事ノ浦山シサニ帰ルヘキ世ニアルトテモ厭コソセメ」（七ウ・八オ）、「宣房卿恋慕ノ涙ニ咽ンテ、空ク帰リ給ヒケリ、此人終ニ散聖ノ道人ト成テ、侃山主トソ申ケル、草鞋跟底ニ踏月、桂《ママ》枝頭辺ニ担雲ヲ、江湖遍参シ給シカ、何ナル前世ノ宿業ニカ有ケン、土州下向ノ船中ニテ、風波ノ難ニ侵サレ、帰泉シ給ケルトソ承ル」（八ウ）。また、同章段の「其夜ノ夢想ニ黄衣著タル神人、榊ノ枝ニ立文ヲ著テ資通卿ノ前ニ差置タリ」（八ウ）との一節は、「宣房卿」とあるべきところ、天正本系によったがために誤る。「足利殿東国下向事付時行滅亡事」中の「吉良兵衛佐満貞」（二十四オ）の「満貞」も天正本系によったもの。

巻十九

「青野原軍事付嚢沙背水事」中の「抑古ヨリ今ニ至マテ、勇士猛将ノ陣ヲ取テ敵ヲ待ニハ、後ハ山ニヨリ、前ハ水ヲ境フ事ニテコソアルニ、今大河ヲ後ニ当テ、陣ヲ取ラレケル事ハ心得スト申者多カリケリ、佐々木佐渡判官入道道誉聞モアヘス申サレケルハ、是又一ノ兵法ナルヘシ」（十八ウ）。

巻二十一

「先帝崩御事」中の「葬礼ノ御事、兼テ遺勅有シカハ、御終焉ノ御形ヲ改メス、山鳩色ノ御衣ニ御冠ヲメサセ、後鳥羽院ヨリ御伝アリケル三菊ト云霊剣ヲ玉体ニ添テ、棺槨ヲ厚シ、御座ヲ正シテ、吉野山ノ麓、蔵王堂ノ艮ナル林ノ奥ニ塔ノ尾ト云所ニ、円丘ヲ高ク築テ、北向ニ奉葬」（七オ）。

巻二十七　「田楽事付長講見物事」中の二首の落首の後に「又四条川原ニ札ヲ立テ、／去年ハ軍今年ハ桟敷打死ノ処ハ同シ四条ナリケリ／ト此比此落書共ヲ翫ヌハ無リケリ」と増補。

巻二十九　「宮方京攻事」冒頭の「観応元年ノ末ニ天地又変化ノ時ヤ至リケン、吉野殿ト慧源禅閤ト暫時ノ智謀事成シカハ」（一オ）。

巻三十　「直義追罰宣旨御使事付鴨社鳴動事」中の「同八月廿九日、将軍鏡ノ宿ヲ打立テ、坂田・忍坂ヲ過テ、湯鋤野・高月河原ニ陣ヲトル、去程ニ高倉入道左兵衛督、石塔・畠山・桃井三人ヲ大将トシテ、各二万余騎ノ勢ヲ差副、同九月七日、近江国へ打出、浅井・伊香ニ打散テ、八相山ニ陣ヲ取ル」（七ウ・八オ）。

天正本は『太平記』の諸本中、最も特異な本文を持つ伝本として知られている。その本文は歴史的事実の増補、編年体意識に基づく記事の改訂、佐々木京極氏ほか有力守護大名の関係記事の増補、悲劇的場面・後日譚・和歌関係記事の増補などを中心に、古態本本文を全面的にリライトしたものである[15]。山森氏は前記解題において、慶長十五年刊本の異文が和歌を含む挿話的記事を中心としており、主人公の心情や苦衷を強調する性格を持つことを指摘された。確かに和歌関係の記事の増補は多く、巻三に三例、巻十一に二例、巻十三に一例、巻二十七に一例（ただし落首）があり、その傾向は首肯できる。巻九に道行文の増補があるのも、この類例と認められよう。上記の例は山森氏が述べられるように哀調を含んだものであり、その面からいえば、和歌こそないが巻十三の万里小路藤房の後日譚も共通の性格を持っている。

これによって慶長十五年刊本の増補性格の一端を指摘することはできるが、一方で説話的記事を増補するものに巻三の「楠構金剛山城由緒事」、巻四の箕子・微子・比干の故事、巻十二の「神明御事」などがあり、特定の氏族に関する増補記事に巻九（斯波氏）、巻十九（佐々木京極氏）の記事などがあり、さらに編年体意識を含む異文に巻二十九の例がある。こうして見てくると、慶長十五年刊本の増補方針を一言で言い表すことは難しい。そもそも天正本系にはこれ以外にも異文は多く、歴史事項にせよ、説話にせよ、哀話にせよ、読者の関心を惹きそうな記事は他にもあったはずである。その中からなぜ上記の記事が抜き出されたのか、編集に対する定見は見出しがたい。しかし、こうしたことは室町期の写本類に見られる一般的傾向でもあり、当時は書写の際、底本（あるいは通行本）とは異なる本を作ろうとする意識が一面では強く持たれていた。そうした意識は刊本にも引き継がれ、梵舜本と慶長七年刊本の関係、慶長七年刊本と八年刊本の関係にも等しく見られる。慶長十五年刊本のみがひとり特異というわけではない。

ところで、天正本系の諸本には天正本・義輝本・野尻本（巻三十以前）・龍谷大学本（巻十二までの零本）がある。慶長十五年刊本はより厳密にいうならば、巻十二の「神明御事」が天正本になく、義輝本に存することから、義輝本に類する本によったという方が相応しい。このとき注目されるのが、流布本系の『太平記』は「剣巻」を持つのが普通だが、有刊記の古活字本で「剣巻」を付すのはこの慶長十五年刊本が最初だということである。現存の慶長十五年刊本の多くは「総目録」と「剣巻」を合わせた一冊を付している（「総目録」のみの本もある）。『太平記』の場合、古写本では松井本や学習院大学本などに「剣巻」が存するほか、天正本系のうち義輝本にも付されている（静嘉堂文庫に巻四十とともに「松井別本」として蔵される）。つまり、慶長十五年刊本の「剣巻」は義輝本の如き本によって増補されたもので、それは慶長十五年刊本における一連の増補の過程で付け加えられたものと考えられる。因みに義輝本と慶長十五年刊本の「剣巻」の間に大きな異同はない。「剣巻」を付すという多くの『太平記』刊本の特色の源は、この慶長十五年刊本に求められるといってよいであろう。

これまでは本文の増補という点に注目してきた。つづいて校訂という面から慶長十五年刊本を見てゆきたい。前節では触れなかったが、慶長十年刊本には日性の入念な校訂姿勢を認めることができる一方、本文全体に三十箇所以上の脱文が存在する（これらの中には、慶長八年刊本の脱文を引き継いだものもある）。それらの大半は目移りによるものである。恐らく排植時に生じた誤りなのであろう。そして、慶長十五年刊本ではこうした誤脱を丹念に補訂しているのが、もう一つの大きな特色である。

一、二の例を挙げてみよう。

・長年カ一族名和七郎ト云ケル者、武勇ノ謀有ケレハ、白布五百端有ケルヲ、旗ニコシラヘテ、松ノ葉ヲ焼テ、煙ニフスヘ、近国ノ武士共ノ家々ノ文ヲ書テ、（巻七、二十一オ）

・六波羅ニハ敵ヲ西ニ待ケル故ニ、三条ヨリ九条マテ、大宮面ニ屏ヲ塗リ、櫓ヲ掻テ射手ヲ上テ、小路々々ニ兵ヲ千騎二千騎扣ヘサセテ、（巻八、二十三ウ・二十四オ）

文中の傍線部が慶長十年刊本が脱していて、慶長十五年刊本が補った詞章である。補われた部分は慶長七年刊本・八年刊本の詞章に一致しており、校訂は慶長十年刊本と先行の古活字版とを校合しながら進められたことがわかる。これ以外の補訂例も概ね慶長七年刊本・八年刊本と詞章上一致するが、慶長七年刊本のみに一致する例が少なくないことから、実際に対校に用いられたのは慶長七年刊本であったのではないかと思われる。その例を挙げておく。

・但北天竺ノ境、大雪山ノ北ニ無熱池ト云池ノ善女龍王、独守敏ヨリ上位ノ薩埵ニテ御座ケル間、不随守敏請

無熱池ノ中ニソ御座ケル、大師定ヨリ出テ、（巻十三、二十五オ・ウ）
・同七日、備後ノ鞆ニ著給ヘハ、備後・備中・出雲・石見・伯耆ノ勢、六千余騎ニテ馳参ル、（巻十六、十五ウ）

傍線部は慶長十年刊本だけでなく、八年刊本でも脱落している。これらは慶長八年刊本にはじまる脱文で、慶長七年刊本の詞章は十五年刊本と同じである。

脱文の補訂を中心とした校訂方針は慶長十年刊本にも窺えた。今回それが顕著であったのは、慶長十年刊本に脱文が多かったからである。恐らく日性は上梓された『太平記』を見て脱文の多さに驚き、不満を持ったことであろう。直ちに慶長十年刊本の校訂を行い、次なる刊行を企てたのではなかったか。校訂を厳密にする一方で、新味を出すために行われたのが天正本系による増補であった。慶長十五年刊本の刊行経緯をわかりやすく纏めれば、このようになるであろう。

三　『太平記鈔』

日性の『太平記』刊行が、彼自身の注釈活動と深く連動していることは見てきたとおりである。最後に『太平記鈔』の成立と刊行の経緯について考えてゆきたい。『太平記鈔』は『太平記』中の要語・人名・説話等に関する注釈書である。『太平記』の注釈書としては『太平記聞書』（室町末期成）・『太平記賢愚鈔』（奥書によれば天文十二年成。慶長十二年初刊）が先行するが、内容の浩瀚さでは『太平記鈔』の方が数段優れている。

『太平記鈔』の著者を日性とすることに疑いを挟む研究者は今日少ないであろう。しかし、『太平記鈔』には日性の撰であることを証する奥書等はない。『要法寺文書』の類が『太平記鈔』を日性撰述書として著録し、川瀬氏が高木文庫本の巻首に「世雄坊日雅述記」（川瀬氏は「日雅」を日性の別号か、誤伝か、とされる）という識語のあることを紹介されているのが[16]、僅かな徴証として挙げられる。また、第一節で述べた、慶長十年刊本と『太平記鈔』との対応関係は、『太平記鈔』の撰者を日性とすることの有力な証左となるのではないか。

前述のように、『太平記鈔』の初刊は慶長十五年刊本の刊行と同時期かと考えられる。斯道文庫本の装丁の問題のほかにも、『太平記鈔』巻三十一の「闘諍堅固」の項に「天文二十年カ第二千五百年ニアタレリ、夫ヨリ已来夕慶長十五年マテハ五十九年ニ成ルナリ」と記されるのは、このことを裏づけるであろう[17]。そして、このとき刊行されたものが川瀬氏により第一種本と称された本である[18]。

さて、『太平記鈔』の成立を考えるには、何よりも日性が依拠した『太平記』の本文を特定することが先行してなされるべきである。そして、そのことによって従前の慶長十五年成立説を再検討する必要があるだろう。既に『太平記鈔』の依拠本文に関して、釜田喜三郎氏は「その注釈の対象となつた本文は、筆者の研究によれば慶長七年（?）古活字本の系統であると同時に慶長十五年古活字本の出版に備えたものと察せられる」と述べられているが、蓋し卓見である[19]。これは「研究史物語」と題された概説的文章の一節で、内容の性格上、その論拠が詳述されていないのは残念である。『太平記鈔』の記事に即して依拠本文を考えることにより、釜田氏の説を跡づけてゆくことはできないであろうか。

釜田氏も推測され、本稿でもしばしば言及したように、『太平記鈔』は当初慶長七年刊本をもとに編纂された。慶長七年刊本は底本とした梵舜本の特色を色濃く残し、慶長八年刊本以下との異同も少なくない。その点、慶長七年刊本はやや孤立した位置にあるのだが、『太平記鈔』の内容はこうした慶長七年刊本の本文にしばしば符合を見せている。以下に慶長七年刊本によったことが確実な例を挙げてみよう。

まず、『太平記鈔』巻十一は六十七項目を立てている。三十七番目には「洋々トシテ耳ニ盈」を挙げ、次に「小水ノ魚」「三衣」「一鉢」……とつづき、四十六番目に「天道ノ盈テルヲ缺」を充て、以下「義ヲ金石ニ類」「専諸荊卿」……とつづく。これは「金剛山寄手等被誅事」の一段を「正成参兵庫事付還幸事」と「筑紫合戦事」の間に置くという慶長七年刊本の記事配列に対応するもので、「小水ノ魚」から「天道ノ盈テルヲ缺」までが「金剛山寄手等被誅事」中の語句に関する注である。慶長八年刊本等では本段は巻十一の巻末に置かれているから、『太平記鈔』の順序に対応しない。類似の例が巻二十七にもある。巻二十七は全部で四十四項目。その十七番目「力ヲ以テ可争」につづく「太白」「辰星」「歳星」「餓莩満巷」「天文博士」の五項目は、慶長七年刊本の「雲景未来記事」の末にある天文変異の記事に出る語である。この記事は慶長八年刊本になると巻二十七の巻頭章段「天下妖怪事付清水寺炎上事」の末に移動されるから、もし『太平記鈔』が慶長八年刊本以後の本に依拠したのなら、当該の語は二番目の「将軍塚」の後に来なければならない。

注を施された語彙を見ても同様のことがいえる。例えば、巻十五には、

一御蔵　ヲンカクレ、但日本紀ニハ死ノ字ヲヨミタリ、蔵ハアテ字ナルヘシ、（下略）

とあり、これは慶長七年刊本の「……未夕母后ノ御膝ノ上ヲ離サセ給ハテ、忽ニ御蔵有ケリ」（四オ）に対応する。慶長八年刊本等では「御蔵」を「御隠」に作る。巻二十一には、

一神地山　地ノ字ヲ路ニ改ムヘキ乎、（下略）

とあり、慶長七年刊本の「神地山ノ花二タヒ開ル春ヲ待」（六ウ）とあるのに対応する。慶長八年刊本等は「神路山」に作る。同巻の、

一惘龍　惘ハ失意貌ト注セリ、ホル、トヨム、韻会ニハ通シテ作罔トアリ、是則罔々然無知ト注ス、龍ノ字ハ不審ナリ、聾ノ字ナルヘキカ、

も、慶長七年刊本の「先帝崩御ノ御事ヲ承テ惘龍タル事」（十一オ）とあるのに対応し、慶長八年刊本等は「惘然」に作る。巻二十二では「立将兵法」という項目を立て注を付けるが、これは慶長七年刊本の「立将兵法事」（九オ）という章段名に用いられた語に施注したものである。慶長八年刊本以下では章段区分の改変により、本章段は「義助被参芳野事并隆資卿物語事」の一部に含まれるので、「立将兵法事」という章段名は消えてしまう。巻二十四では「率川」「大原野祭」と施注し、つづいて「イサカハ」と立項し、

一イサカハ　此ノ四ノ字ハ今剰ルソ、

とある。これは慶長七年刊本が年中行事記事の中で「翌日卒川祭、上ノ卯日大原野祭、イサカハ、京官ノ除目」（二ウ）と、率川《いざかわ》祭を重出する誤りを指摘したものである。慶長八年刊本等には「イサカハ」の重出はない。つづいて巻二十八の、

一穀水為之不流　穀ノ字ハ非ナリ、本紀七云、多穀漢卒十余万人、皆入睢水、々々為之不流、睢ノ音ハ雖ト付タリ、

は、慶長七年刊本の「楚則漢ノ兵十余万人ヲ生虜テ、穀水ノ淵ニソ沈メケル、穀水為之不流」（十八ウ）について述べたもので、慶長八年刊本等は「睢水」となっている。巻三十七の、

一南内　南苑ト云ヘシ、又唐ニ南内ト云コト別ニ子細アリ、

一臨卬ノ方士ト云者　方士ハ人ノ名ニハアラス、蜀国ノ臨卬県ノ楊通幽ト云者ヲサシテ方士トシタソ、（下略）

の二項目も、慶長七年刊本の「西宮南内ニ多秘（秋カ）草」「爰ニ臨卬ノ方士ト云者」（ともに二十四オ）によるもので、慶長八年刊本等はそれぞれ「南苑」「臨卬ノ道士楊通幽」とするから対応しない。

これらの例を見てゆくと、『太平記鈔』が慶長七年刊本のみを底本にしたかとも思われるが、それと矛盾する箇

所も存在する。例えば、巻二の冒頭には「廷尉ニ成テ橋ヲ渡ス」という句を立項するが、これは慶長八年刊本以下にある「佐々木備中守廷尉ニ成テ橋ヲ渡シ、四十八箇所篝、甲冑ヲ帯シ辻々ヲ堅ム」（一オ）という一節に対する注である。また、巻六には「陳勝カ蒼頭ニシテ大澤ニ起」という故事を立てるが、これも刊本では慶長八年刊本以下の諸本にある「只秦ノ世已ニ傾ントセシ弊ニ乗テ、楚ノ陳勝カ異蒼頭ニシテ大澤ニ起リシニ異ナラス」（十二ウ）という一節に対応するものである。いずれも慶長七年刊本には対応する詞章が存在しない。

つまり、『太平記鈔』は慶長七年刊本一つを底本にするのではなく、別にもう一本を参観して注を施しているのである。そして、その一本というのが慶長十五年刊本（厳密にいうなら、その刊行ために準備されていた本）であったと思われる。というのも、『太平記鈔』には慶長十五年刊本中の増補記事に対応する注が、僅かながら存するからである。まず、巻三の終わりには「役ノ優婆塞」「孔雀明王ノ神呪」「彼神ヲ縛シ谷ノ底ヘソ投入」の三項目を立てるが、これらは慶長十五年刊本が天正本系より増補した「楠搆金剛山城由緒事」の中に出る語句である。巻四には「楼台ヲ造ル此ヲ姑蘇台ト名ク」という句を立項するが、これも慶長十五年刊本の増補文「……一ノ楼台ヲソ造リ給ケル、此ヲ姑蘇台ト名付テ、雲ノ甍、霞ノ軒、天ニ聳ユ、此楼ノ上ハ九重也……」に対応する注である。また、巻十三の「散聖ノ道人」の項も同様で、慶長十五年刊本の藤房遁世記事のうちの「此人終ニ散聖ノ道人ト成テ、侃山主トソ申ケル」という増補文に応じたものである。

これらのことを考え合わせれば、『太平記鈔』は当初慶長七年刊本を底本として成立し、後に慶長十五年刊本の本文に対応させるため見直しが行われ、記述の一部が改められたと見ることが可能である。『太平記鈔』の成立は慶長十五年と説かれてきたが、もとになる部分はそれより前に成っていたのであろう。恐らく日性は慶長七年刊本を手にしてすぐ注釈を開始したものと思われ、慶長十五年刊本の刊行に合わせて『太平記鈔』を今日見る体裁に整えたのである。

むすび

日性による『太平記』刊行の経緯を纏めれば次のようになろう。

慶長七年、五十川了庵が『太平記』を刊行したことは日性に大きな影響を与え、日性は恐らくその直後に慶長七年刊本をもとにした注釈活動を開始した。了庵は翌慶長八年にも『太平記』を刊行しているが、これらの流れを受け、日性も慶長十年に要法寺内において『太平記』を刊行した。そこでは底本に慶長八年刊本を用いたが、日性は慶長七年刊本を座右にした校訂も怠らず、進展しつつあった注釈作業の成果をも本文に反映させた。慶長十五年、日性は再び『太平記』を刊行する。この再度の刊行について、本稿では日性の慶長十年刊本への不満ということを理由に挙げたが、それでなくともこの時期、読書人の『太平記』に対する需めは高まる一方であった。慶長十五年刊本において日性は誤脱のないよう細心の注意を払い、同時に天正本系の義輝本の如き本を用いて増補を行い、従前の版に対する独自性を打ち出した。古活字版の勃興による『太平記』ブームが注釈書の刊行を促すのは当然の成り行きで、慶長十五年刊本の刊行と同時に『太平記鈔』も刊行された。そして、慶長十五年版『太平記』には刊記に春枝なる刊行者名を残すが、彼はこの際の刊行当事者であって、より高次の刊行者の地位にあったのは日性と考えられる。

なお、最後に憶測を述べれば、このとき日性が他者に刊行を委嘱した事情は、要法寺版（殊に『重撰倭漢皇統編年合運図』や『太平記』『文選』等に用いられた同種活字による出版）の全盛期が慶長十二年頃までであることと関連するのではなかろうか。慶長後年の要法寺古活字版もあるにはあるが、刊行点数も僅かだし、活字も別種のものである。[20]この時期になると、日性の刊行事業は主に下請けによって担われるようになったと考えたいのであるが、この点についてはさらに手掛りを求め、考察を深めたい。

注

1 『大日本史料』第十二編之十三、慶長十九年二月二十六日条参照。また、新村出氏「要法寺版の研究」（『新村出全集』第八巻所収、初出一九二〇年）参照。
2 伊藤正義氏「謡抄考（上）」（『文学』一九七七年十一月号）。
3 川瀬一馬氏『増補古活字版之研究』（ＡＢＡＪ、一九六七年）上巻二二一頁〜二二五頁参照。
4 川瀬氏注3前掲書二六四頁、長澤規矩也氏『図解和漢図書印刷史《解説篇》』（汲古書院、一九七六年）等参照。
5 日本古典文学大系『太平記（一）』の「解説」の釜田喜三郎氏執筆部分には、古活字本の本文の概要を述べた部分があり貴重である。慶長十年刊本については、「底本（慶長八年刊本のこと。小秋元注）の字句の異同をそのまま保ちながらも、また異文を減じて漸次整版本に近づく」と評されるが、「異文を減じて」とするのは不審。
6 拙稿「慶長七年刊古活字本『太平記』本文考（上）」（『日本文学誌要』第六十号、一九九九年）。
7 拙稿「流布本『太平記』の成立」（『軍記文学研究叢書　9　太平記の世界』汲古書院、二〇〇〇年）。
8 拙稿「梵舜本『太平記』より中世「太平記読み」をのぞむ」（『太平記とその周辺』新典社、一九九四年）。
9 岩波書店・日本古典文学大系『太平記（三）』の補注巻二十六の十五参照。なお、「弥子瑕」は『韓非子』説難篇や『平治物語』巻上「信頼・信西不快の事」に出る。
10 拙稿注6参照。
11 川瀬氏注3前掲書二七七頁・五四三頁・五四六頁。
12 釜田氏注5前掲論文。
13 長坂成行氏「『太平記』諸本研究の現在」（『軍記と語り物』第三十三号、一九九七年）。

14　金沢泉丘高等学校編『金沢泉丘高等学校善本解題目録』（一九八一年）所収。
15　鈴木登美惠氏「天正本太平記の考察」（『中世文学』第十二号、一九六七年）、長坂成行氏「天正本太平記の性格」（『奈良大学紀要』第七号、一九七八年）参照。
16　川瀬氏注3前掲書二七六頁・五四六頁。
17　増田欣氏『『太平記』の比較文学的研究』（角川書店、一九七六年）三六・三七頁参照。
18　川瀬氏注3前掲書五四六頁。
19　釜田喜三郎氏「研究史物語」（『日本古典鑑賞講座　第十二巻　太平記・曾我物語・義経記』角川書店、一九六〇年）。
20　川瀬氏注3前掲書二五五頁〜二七七頁参照。

〔付記〕本稿では、慶長十年刊本は慶應義塾図書館蔵本、慶長十五年刊本および『太平記鈔』は慶應義塾大学附属研究所斯道文庫蔵本によった。両機関にあつく御礼申し上げる次第である。また、本稿は平成十二年度科学研究費補助金（奨励研究（A））による成果の一部である。

〈資料紹介〉

穂久邇文庫蔵『伊勢源氏十二番女合』

中島正二

『伊勢源氏十二番女合』（以下『女合』）は、『伊勢物語』と『源氏物語』に登場する女性をそれぞれ十二人選び出し、歌合のごとく番いにして優劣を競ったものである。成立、作者は未詳とせざるを得ないが、中世の注釈書や梗概書を参照した形跡があり、室町中期、後期の成立と考えられる（参考・尾田敬子氏「『伊勢源氏十二番女合』の成立基盤」『国語国文』一九八五年十一月）。「物合」ないしは「あらそい」という形式、内容の遊戯性、そして中世注釈書の活用、という点から、一種の「御伽草子」とみなしてよい、と思う。

『女合』の伝本は、書陵部本（序文のみ）、穂久邇文庫本、内閣文庫本、福井市立図書館本の四本の写本があり、版本では群書類従本がある。

稿者は、以前、「福井市立図書館蔵『伊勢源氏十二番女合』について」（『汲古』第二六号　一九九四年十一月）において、最古の写本（室町後期）である福井市立図書館本の書誌的な報告と若干の考察を述べた。詳細は、それを参照願いたいが、そこで述べたごとく、内閣文庫本と群書類従本には共通する脱落部分が存し、遡れば、それは福井市立図書館本を書写する際の一丁分のめくりとばしによって生じたものと考えられ、また、福井市立図書館本には、内閣文庫本と群書類従本の奥書に見える「柳原資定」の筆になるとする極札が貼付されており、この三本は同系統のものである。

それに対して、ここに紹介する穂久邇文庫本は、脱落部分はないが、福井市立図書館本とは異なる本文が散見され、別系統と考えられるものである。

御所蔵本の閲覧、調査の御許可を賜った竹本儀一氏に、厚く御礼申し上げる。また、故平澤五郎先生には、御紹介の労をとっていただいた。慶應義塾大学附属研究所斯道文庫御在職中に賜った御指導とともに、御魂に感謝申し上げる。

＊　　＊

書誌

函架番号、二―二―118。〔江戸中期〕写。袋綴一冊。薄茶色地布目卍繋表紙、竪二二・七糎、横一七・一糎。料紙、薄手斐楮交漉紙。外題、左肩題簽「源氏伊勢物語哥合」。墨付、六六丁。毎半葉、八行。字面高さ、約一五・七糎。遊紙、前後各一丁。

＊　　＊

翻刻にさいして、読解の便宜のため、私に句読点を付した。漢字はおおむね通行字体に従ったが、「哥」はそのままにした。なお底本では、和歌は上の句、下の句で分けた二行書きだが、一行書きに直した。散見される不審箇所、紛らわしい箇所には（ママ）を付した。

ちかきみよの御ことにもや、きさらき十日あまり、なんてんの花さかりに、吹風も折ふしえたるのとけさなるへし。君もうつりきこえたまへは、大きさいの宮をはしめたてまつり、女御、更衣おはしますかきりは、さふらひたまはぬも侍らす。かく人なとめし」（1オ）いてゝ、みち〳〵にた《いか》れるは、みなえりすくらせ給へは、いと竹のこゑは雲ゐをひゝかし、舞人なとも、きよらをつくさせたまふ。袖さしかさせるすかたともは、紅葉のかけに侍らねと、けふはあはれともたれかは見侍るらむと、の給て、君うちゑませたまへは、女房のかきりはこたへまう」（1ウ）き御けはひなるにとそ。御かはらけまいりて、花有喜色《にきしょくあり》なといへる題、ひたふるにつかうまつる。からのやまとのうちませて、日ねもす、なかめくらし給。あすもとちきりけむはきか花ならても、月はけにやとるかほなりけり。大宮より大納言君といへる女房めし」（2オ）いてゝ、あすもかく御らんせんなるへけれは、めつらかなる御あそひの、こひねかはるゝあまりに、ふるき物かたりにあらはれ侍る女を、つかひさためて、つかさ、くらゐをいはゝ、なにのあらそひか侍らん、たゝしな心の時によれらんふし〳〵につけて、しゆうを奏《さう》し給へとて」（2ウ）、御すゝりめして、左伊勢物語、右は光源氏に侍る人々を十二つかひにさため、御心のうかふにまかせて、みつからあそはしてたふ。大納言君給て、物をあはするにためしおほかるめることなから、あるは哥、あるは絵、にほひ、あふきなと、折にふれ、ことによそへて、かちまけ」（3オ）はありなんかし。遠きむかしの人を、いかさまにかひきくらへをしはかられ侍なんと、をろかなる心のやみはかゝるみちにもふかゝりけり。かしこきおほせことの帰るためしのあらまほしうとて、かたはし〳〵いひさため侍らは、ふりにし玉のみかゝぬかたのうらみ」

＊

＊

（3ウ）は、いとそらおそろしからすといふことなし。」（4オ）

※〈4ウ〉は白紙。

一番

左　　五条大后宮　勝

右　　桐壺更衣

左は文徳天皇の大后宮にて、君のかしこうおはしますにしたかひて、世をなてたみをめくみ給こともあさからす、君をしもいさめたてまつりたまふのみなり。しう」（5オ）の文王の后は、そのみ世をたもち給はんことをねかひて、世をやすんする事は人をうるに有、人をうる事はえんにしかしとて、ゆへある臣下のむすめことにこひとりて、みかとにたてまつりけるとなり。かゝるためしまてひきおほさるゝにや、み心たて、御すかたのやむ」（5ウ）ことなきゝはに付ても、いひなすらひかたし。世継《よつぎ》の物かたりなとにも、此君をは花にたとへたてまつるにこそ。ちゝの君の老をさへのはへ給はかりに、あらぬなをしもとりそへ給。此御はらに王子むまれさせ給て、ほとのふくらゐにつかせたまふ、いとめてたし。右は」（6オ）きりつほの更衣、ちゝは大納言なとにてうせしにや、たつきなうなり行まゝに御宮仕にうちへまいられ侍しを、みかと、ゝきめかせ給て、とし月はこなたにて明し暮し給ふ。かたへの人、みなそねみ給へる（ママ）ぬも侍らす。人のくにゝも、かゝることのおこりにこそ、世もみたれあしか」（6ウ）りけれと、やう〳〵、天下のもてなやみ草となり、ほとなうわうしうみたてまつりたまふ。此御子、ひるこの御よはひのほとにや、御母の更衣なやみたまふこと有き。をこたりもやりたまはて、なつのころはいとしもをもうわつらはせたまへは、御さとにまかてなんとし給。みかと」（7オ）ことの外になけきしつませたまひて、かね〳〵は后の位をたにもとおほしめしなから、世のそしりもかと、うちすくしゝをなとのたまひて、手くるまのせんしかうふらせ給。更衣、

かきりとてわかるゝ道のかなしきはいかまほしきは命也けり」（7ウ）

かくてつゐにかくれ給。うちには、ひたすらの御なけき、玉のゆくゑのしらまほしう、まほろしゆかしきみ心なりけりとそ。若宮、御ふくのまは、御うはのあま君くし奉て、のわきにあれたる草の庵は、ならひにこえて露けき秋なるへし。内には此宮の御うへさへおほし」（8オ）くわへたてまつり給て、命婦君してあま君のもとに給はせける。

宮城のゝ露吹むすふ風の音に小萩か本を思こそやれ

御返事、

あらき風ふせきしかけのかれしより小萩か上へそしつ心なき

御ふくはてぬるまゝにまいりたまひ」（8ウ）て、弘徽殿の宮の御やしなひのやうにておひ立たまふ。七さいの春、ふみのみちに入そめ給。こまより、さう人まいれしに、鴻臚官《こうろくわん》にてあはせ奉給て、行するゑかけての御さかへまて、うらなひさため、御かたちのひかるさまにおはすめれはとて、光君となつけ奉、か」（9オ）のせい王のためしをうけたまはりて、十二にてういかうふりして、みなもとの姓をたまはり給。冷泉院の御宇、大上天皇のくらゐ給て、六条院と申けるにや。かくやむことなう、さえ、とくに付ても、天下をおとろかし給君の御母にて、所せう思給へ侍れとも、その御世にも、こゝらねたみおほ」（9ウ）されし更衣なれは、けふの御あそひにえらはれ侍る判者にて、かしこき宮のみかけを、いかてかあふき奉侍らさるへき。

二番

左　　二条后宮　持
右　　薄雲女院

右、此女院は、きりつほの更衣かくれ」(10オ)給て後は、朝夕の空をたにわきまへかたう、ひたすらにほれ給て、御枕をとらせ給ても、たれとともにかとうちなけかせ給まひ《(ママ)》て、あさまつりことはたゆみ行のみなれは、みよもあきらかならしなと、歎さはき侍て、いかにしてもかなと、此君をもとめ奉けれは、折ふしはなく」(10ウ)さめきこえ給かちなりけり。十に四五あまりたまふほとの御よはひにて、御かたちも、をのつからかゝやくやうにおはしけれは、かゝやく日の宮と申けるとそ。藤つほにすませ奉たまひてやう〳〵昔にかよふ御さまなりけり。ひかる君も、まことの御おやめきて、あさ夕」(11オ)なれつかうまつり給。かたみにいはけなき御心に、あそひかたきに物し給て、あふけなう思かはし給。としへても君はえしらせ給はて、御子なとうみ奉給をは、わきてかなしうし給けり。おとなひ給にしたかひて、けんしの君にいとようかよひおはしませは、世人も心」(11ウ)しれるとちは、かたはらいたきことに思ひ奉らぬも侍らす。母君も、かくうたて侍るすちなれは、それかあらぬかにいひたとらるゝしもこそ、すこしはつみあさかるへきわさなめるを、かうまてひたみちにうつし給へるあさましさなと、うちなけきて、けんしの君にもうれへ」(12オ)奉たまひて、

ねうゐん　よそへつゝみるに心はなくさまて露けさそふるなてしこの花

此君、ほとなうくらゐにおはしましては、けんしの君そ、世中の道はとりはからひ給し。けに母かたからこそ、みかと御子もきはゝおはすめれなとみなしりぬ。左の宮は、いとおさ」(12ウ)なうおはしましけるより、春宮へまいり給へきにて、いつき奉るに、中将なりけるおとこ、になう思かけ奉て、とかくいひわたりけれは、御おやはらからなとも、ふかうせいしけれは、世中を思うんして、人のくにゝかくれいぬ。さりても、夜る《(ママ)》はさすかに

かよひ、いたつらなりけるにや」（13オ）、
いたつらに行てはきぬる物ゆへに見まくほしさにいさなはれつゝ
なとそ、うたひける。かくてもせんかたなけれはにや、わするゝことをたにと打ねかひて、ほとけ神にも祈つゝ
はらへ様〳〵侍しかと、
戀《なりひら》せしとみたらし川にせしみそき神やうけすも成にける哉」（13ウ）
うちにおはしましては、君の御をほえあさからぬ御なからひにて、御いとこの宮なとも、ひた道にかしつき奉給へは、なを世の御ひかりはみえそひ給にや、貞観《ちやうくわん》のすゑに皇子うみ給て、又のとしのほとや、皇宮に立給。此つかひ、いつれもやむことなきすちなから、いさゝか」（14オ）のくまもましらひ給うへ、そのしな〳〵もおなし風情に侍めれは、よきちにておはしましなんかし。

三番

左　　有常女君

右　　紫上　　勝

ひたり、中将のちゝの親王、紀有常か家なと遠からぬほとなれは」（14ウ）、おとこも女も、いはけなきまゝに、うちいさなひなとしてあそひけるか、春秋の花紅葉に付ても、色ふかきさまにゆくすゑかけてちきりかはしけるに、もろともにおとなしうなりてのよは、女のおや、いにしへさまにもゆるう心とも侍らぬを、はゝなん心あるさまにけしきはむ」（15オ）おり〳〵もありけるにや、さてよめる、
みよしの《ありつねかつま》ゝたのむのかりもひたふるに君か方にそよるとなくなる
おとこ、よろこひて、返し、

我《なりひら》かたによるとなくなるみよしのゝたのむのかりをいつかわすれん

いかなる折にか、女」（15ウ）、

あま雲《ありつねむすめ》のよそにも人のなり行かさすかにめには見ゆる物から

おとこ、返し、

あま雲のよそにのみしてふることは我ゐる山の風はやみなり

と侍るは又おとこある人とかけゝり。かゝれはにや、人のくにゝ人もとめてまかりかよひけるに、女も、はたを」（16オ）なし心に出たちやりなとすめれは、おとこ、いふかしう思けるか、又いぬるかほして物のくまに、すみみれは、いとようけさうして、夜ふくるまてことをかきならし、うらみくひてぬとて、

風吹はおきつしら波立田やま夜はにや君かひとり行らん

此君そ、おとこの今はの時にも、先立」（16ウ）てこそやみちのひかりにもと、うちたのまれ侍るに、すてはて給てんやと、歎けれは、おとこ、

しるやさは我にちきれる世の人のくらきに行ぬためし有とは

さもゆへありかほなりや。（一字分あき）右、此上は御母には、いとはやうをくれ給て、うはのあま君そ、おほしたて給ふ。けんし」（17オ）の君、さるゆへありてきた山そうつのはうにわたり給ことありけり。此うは君もそうつにゆかりある人にて、つねはねんすのために此山にかよひすみ侍けり。さることには、ひめ君をもあひくし奉給。けんしは、つれ〳〵のあまりに、見なれ給はぬ山里すみのさま、いふせくもめつらかにもおはしける」（17ウ）か、かのもこのもたちよく〳〵くして、のこるくまなうやすらひて御ともの人々に、かしこはこゝはとたつねしらせ給に、おなししはの庵なから、木立よしありておかしく見ゆるあり。これみつをめしてとはせたまへは、むかし、こあせち

の大納言とかいひし人のきたのかたは、此そうつのいもうと」(18オ)なめるか、京にもかつはすみなから、後の世のたのもし所なれは、おり〳〵はこゝにきかよひ給。又おさなういとうつくしき女君のましますは、兵部卿宮の御むすめ、あま君の御まこなりと、かたり奉る。君、さらはなをよく見てんとて、さしのそきたまへは、けになへての人とはみえ」(18ウ)たまはて、おひいて給はむ山くちはしるかりけりと、まつ御心の空めかしきそ、御くせなりと見ゆ。そうつにもあま君にもほの〳〵うちいて給。

　は《けんし》つ草の若葉のうへを見つるより旅ねの袖も露そかはかぬ

あまきみ、御返事」(19オ)、

　枕《むらさきノうは君》ゆふこよひはかりの露けさをみ山のこけにくらへさらなん

君はひめ君の御返事、いとも〳〵の給をきて、立かへりなんとし給も、御なこりすくなからぬ山里なりなんかし。

　夕《けんし》ま暮ほのかに花の色を見て今朝は霞の立ちそ《（ママ）》はつらふ」(19ウ)

御むかへとて頭中将、左中弁、さらぬ君達なとみちき給て、うちよりのおほせことなとさま〳〵にていさなはれかへらせたまふ。又のあしたより御つかひ隙なふ山ふかき御うしろめたさ、いひもやりたまはす。かくて月ころふるまゝに、うは君もかくれたまへは、京のこ《（ママ）》のに御めの」(20オ)との少なこんふたりしておはしけるを、ちゝ宮の御かたみにうつろへ奉らんとすなるをいひつたへ侍りけれは、とみの御ことに二条院へむかひとり奉りてかしつき給。御こと、てならひなと、をしへきこえたまへは、ほと〳〵しう御むすめのさましてそひゐ給ふ。

　手《けんし》につみていつしかも見ん紫の」(20ウ)ねにかよひける野へのわか草

と侍る比をひよりそ、なま心つき給心ちはせし。後はあまたの御中にひとり御おほえはしるかりける。すまの御たかひめなとにも、此うへの御ことのみそ、朝夕の御なけきくさには、おほしけるとなり。御子なともおはしまさねは、いと」(21オ)わかう物し給しより、ほとけの道にすくさせ給て、みつから千部の法花経かきて給て、いかめしう供養し給。此つかひ、左もすかた心のえんなるかたは、世になきさまにきこえ侍るを、我ゐる山のと侍る言にいさゝかのふしをこめ侍るなり。物をあはす」(21ウ)るならひ、吹毛《すいもう》のなんをもとむるなるへし。たとへ思とちのたはふれことにしも侍れかし、つみにはのかれかたきうへ、右は、いもせの中にとりて、よとゝもに何のゆへかは侍らむなれは、かちにと思給へらるゝはいかゝ。

四番

左　　戀死君」(22オ)

右　　葵上　勝

右の上、大きおとゝの御むすめ、宮君はらにたゝ一所おはしまして、かしつかせたまへは、ひかる君、けんしの姓をたまはりての日より、みかとの御はからひにて、むこにならせ給。うちたえあひすみ給て、いとよき御なからへなり。あにの頭中将」(22ウ)、おなしさまにおひ出給ふて、紅葉賀のまひなとにもひたりみきりにておはせしを、見る人はうらやみ奉て、おなし人とむまるゝとも、みめ心の世にすくれてよしといはるゝためしは、むかしのつみかろきにて、ゆくすゑほとけの御心にもちかゝめるなと、此ふたかたそ、世中のかゝみにはいひ」(23オ)もてはやしける。うへは御心いとおもりかにおはしまして、なれゆき給にしたかひても、人とはおそろしうはつかしきことに思かまへて、物なとうちいひ給にも、ふとさしたにもいらへす、おもてうちむかひては御かほのいとあかみ給まてみえ侍るも、いとおかしき御心なりかし。けんし、わらはやみにつけ」(23ウ)て北山へおはしましてかへり給にも、れいのはひかくれて、とみにも、えいてたまはぬを、おとゝ、せちにきこえ給へは、やゝしてわたり給へり。ゑにかきたる物のひめ君のやうに、しすへられてうちみしろきたまふこともかたく、うるはしうて物したまへは、思ふともうちかすめ、山さと」(24オ)の物語をも聞えん、いふかひありておかしううちいらへ給はゝこそあはれならめ、世には心もとけす、うとくはつかしき物におほして、としのかさなるにそへて御心へたてのまさるくるしきに、とき〳〵はよのつねなる御けしきをもみはや、たへかたふわつらい侍しをも、いかゝとたにとふら」(24ウ)ひ給はぬこそ、めつらしからぬことなれと、なをうらめしうと聞え給へは、やをらうちそむきて、とはぬはつらき物にやあらんと、しりめに見おこせたまへるまみ、いとけたかううつくしけ也。さるに御子うみ給て、いくほとなううちなやみ給かちなり。世のさはきとなりて祈」(25オ)さま〳〵侍れとも、をもき御物のけにてつゐにかくれ給。かのみやす所より、

六条ノ
　人の世を哀と聞も露けきにをくるゝ袖を思こそやれ

御返し、源氏、

　とまる身もきえしもおなし露の世に心をくらん程そはかなき

若君を御かたみには見奉給て」(25ウ)、

　霜かれのまかきにのこるなてしこをわかれし秋のかたみとそ見る

御なけきしつませ給て、又、

　なき玉そいとゝ悲しきねしとこのあくかれかたき心ならひに

左、ちゝおとゝなとも此君をはあまたの中にとりわきて、かなしき物に思かしつきけるに、ふとれいならす」(26オ)おはしましそめて、をもりそひ給へは、まとひてくわんたてなとせしかと、そのかひなし。いまはの時となりて、かゝる人を思そめて、程ふるまゝにくつをれ侍るなと、かたりけれは、おやなむつたへ侍けれは、おとこまとひてきたりけれと、うせはてぬ。えにしの程かなしみて、日かすをこもりをり」(26ウ)けり。みな月のころ

なれは、夜ふけていとゝすゝしきに、ほたるのたかうとひあかるをみて、
　　とふほたる雲のうへまていぬへくは秋風吹とかりにつけこせ
此段、ことに勝負をわきかたし。むかしの哥合なとをみるに、逢戀不逢戀はさしならへては、あふかた」(27オ)をかちとすなるためしも侍にや、左、戀しに給へらん心さしの程、あはれにもかたしけなくも思たまへ侍なから、ふるきれいなきにしも侍らねは、右をかちとさため侍也。左のまうしう、猶はるけかたかりけんかしやと、なみたおさへかたきにこそ。

五番」(27ウ)

左　　夢語君

右　　朧月夜内侍督　勝

右の内侍は、春宮の御母弘徽殿の御いもうと、けふの花のえんみ給はんとてまうのほり給。二月廿日はかりのことなれは、よひはほのくらうおかしきに、弘きてんの三の戸わたりをたゝすみ給に、うちよりわかやか」(28オ)なる御こゑの、いとなへてならぬして、おほろ月夜にしく物はなしと、うちすんしけるを、けんしさしよりて、かいゝたき、やをらかくれ給。女君はつふ〲とうちさゝやきたまへとかひなし。明行まゝに夢心地して、
なひしのかみ
　　うき身世にやかてきえなは尋ても」(28ウ)草の原をはとはしとそ思ふ
かくて忍ひ〲にかよひ給。此君は春宮へまいり給へきなるを、かゝるきすさへいてき給へは、御まま母の后宮もいきとをりあさからて、こ院かくれさせ給て後は、春宮にもことのよし申させ給て、けんしをすまへうつろはし奉給ふ。かのう」(29オ)らへも、
　　涙川みなはもうきてきえぬへし流て後のせをもまたすて

又、御めのとの中将のかたへとて、須广より、

こりすまのうらのみるめも床しきにしほやくあまをいかゝ思はん

左、夢語のきみ、はしめはたゝ人の」（29ウ）つまにて侍しやらん、後はやむことなきかたにおもはれ給て、子なとも侍しにや、是もはかなきことはりにまかせてたえはてぬ。此中将の君をいかてと思しかと、さなんいはんもすへなきにや、誠ならぬ夢かたりをす。けんし、紫のうへの御ことをそうつにうち」（30オ）いて給しにも、此ことはゝ見ゆ。中将は、思ひおもはぬ心なれは、きてねにけり。又いかなる折にか、

百とせに一とせたらぬつくもかみ我やこふらしおもかけにみゆ　なりひら

右は、花のえんにあひそめし内侍の、けふにめくらひ侍るは、いとめつらかなる興なるへし。左はいさゝかさたす」（30ウ）きたるかたに見なされ侍れは、すひおうのかうへの霜にゝたるをにくむとかや侍れは、ふるきことはになすらへて、かたふき侍にこそ、右をかちとす。

六番

左　　小野小町　勝

右　　女三宮」（31オ）

右は、朱雀院御なやみ日にそへてをもり給へは、御代を春宮にゆつり給。女宮二所おはしましけるを、御いとをしみなのめならす、いかさまになりもはて給はんとすらんなと、うち歎かせ給て、二宮をは柏木右衛門督、三宮をは六条院、御うしろみうけ給たまふ。三宮は、ことに御かたちも世に」（31ウ）なうえんなるかたにおはしませは、ほとけの御さうなと様ゝにきこえあるさまなるへくとも、此御すかたにてや、をしはかられ侍らんなん。けに青柳の朝露にうちなひくかけは、いかなる花にかは、けおされ侍へき。めのまへに、さとうちおほふ心ちせら

る。院もいとかしこう思かは」(32オ)し給けるに、かしはきの右衛門督、物のたよりにふと見そめ奉て、しつ心なう思わたりけれは、御めのとのしゝうにかたらひて、おり〳〵の御ふみなとかよひけるにや。此比は紫上なやみ給て、院もひたすらこなたにおはしまして、すこし御心きよけなれは、宮の御かたにわたらせ給。思か」(32ウ)けす入き給めれは、とりみたる物ともこしらへあへす、督のふみなと、しとねのしたにかいくるみてをけるを、院見つけ給に、さた〳〵とことあらはれてかけるふみなりける。とりてかへらせ給のちは、まことの御心さしもえおはしまさす、御子をさへうみ給へは、御身にもくやし」(33オ)き事の御なけきのみなるにそ。御うふ屋なとには、わか御子のことくたひ〳〵おはしまして、いか《五十日》の御いわゐに若君をいたきたてまつりて、宮の御みゝにあてゝ、

　たか世にかたねをまきしと人とはゝいかゝ岩ねの松はこたへん

宮は、かひふしてきえ入給。督にも」(33ウ)かゝること、けしきはみ給へは、物やみとなりてつゐにうせ給ぬ。いまはのときにしゝうにつかはしける、

　今《かしはき》はとてもえんけふりもむすほゝれたえぬ思のなをやのこさん

宮、御覧して、

　たちそひてきえやしなましうき事を思こかるゝ煙くらへに」(34オ)

宮は、ちゝのみかとにも御いとま申させ給て、御くしおろして、入道の宮と申しき。(一字分あき)左は、色好の家なるへし。さるへくは、なからひのかたにとりて、右に申くらふへきかたも侍らす。すかた、心の世にすくれ、やまと哥のみちにさへなへてのきこえにも侍らす。ちはやふる神代にはしま」(34ウ)れるわさなるを、ふるき物のことはに、いにしへのことをも哥の心をもしれる人、わつかにひとりふたりといひて、すなはち小町をくわへたり。人のく

にゝも女かみめ心につけて、かしこきかたのきこえのはへるめるは、はまのまさこのことくなれと、道にとりては、あるはゐ、あるはもしなと」（35オ）には見え侍れと、からの哥なとにもそのなにたかきはまれなるやらん。むかしは、いさなみのみこと、あなにかやとなかめ、下てるひめの、あもなるやおとたなはたのとよみ、ちかき世には、そとをりひめの、くものふるまひといひ、うねめか、あさか山と侍しは、浅からぬ心にもそ侍るらむ。又、こゝら」（35ウ）のせんしうなとにみえ侍る女のなは、あけてかそふへからす。彼《かの》古今集、貫之らかとりそへるとやらん侍れとも〈この行、以下空白〉御ゆるされにあつからすは、はたあるへからす。ひとり古今のあいたにあゆむなと、ぬしなき詞にしも侍らねと、女のうへにひきとりて」（36オ）は、小町にやゆつりきこえたまひつらむかし。

七番

左　　前斎宮女御

右　　槿斎院　　勝

右、あさかほはかものいつきにゐ給しより、けんし、神のいかきのうちまての給わたり侍しかとも、つれ」（36ウ）なくすくし給。ちゝ宮かくれさせ給に、とふらひなと申給とて、

人しれす神のゆるしを待しまにこゝらつねなき世をすくす哉

御返事、

なへて世の哀はかりをとふからにちかひしことは神やいさめむ

又けんし」（37オ）

見し折の露わすられぬ槿の花の盛は過やしぬらん

かくはの給ひつくし給へとも、つれもなきかきりには此君を申侍るやらん。ちゝの御あと桃園宮ゆつりえさせ給て、をこなひすみ給とそ。左は、かの中将、うちの御つかひにて伊勢にくたり給。后宮の御かたより、つね」（37ウ）のつかひよりはよくいたはれと侍しかは、ねや遠くさしもえはなたさめれは、ねひとつはかりに女きたりて、うしみつまて（38オ）かたらふ。さて明はてゝ女のもとより、

　君《さいくう》やこし我や行けんおもほえす夢かうつゝかねてかさめてか

返し中将、

　かき《なりひら》くらす心のやみにまとひにき夢うつゝとは世人さためよ

神のいさむる道ならすとか侍るなれは、さしも思給へらぬを、かのたかはし氏に玉て、いまにみ前をゆるさるゝことなきなと申侍なれは、右は、おりゐ給てたに、神やいさめむと猶あかめきこえ給ふるに、左は、まさしきいかき」（38ウ）のうちなれは、そのをそれなきにしも侍らしと、わつかにをしはかられ侍るはいかゝ。おほつかなしや。

八番

左　　伊勢　　持

右　　明石上

左は、七条の后宮につねは侍りしにや、寛平のみかとおり〱御覧しける」（39オ）か、王子一所うみ奉けり。やまと哥のみちにおさ〱きこえ侍ると也。此みちは秋つしまのみのりなるかゆへに、その人のめいほくならすといふ事なし。いせ物かたりといへることは、かの女かきえらひて、宇多のみかとに奉けるよし、題号《たいこう》につけてつたふる人も侍るとかや。猶はなはたし」（39ウ）きほまれなるへし。右は、ちゝはりまのかみ、すみはてゝも猶い

かなる心かまへにや、此うらをさりもはてす、後の世の道ふかうつとめすみけるに、むすめ一所も給へり。いといたうかしつきけれは、京にも聞つたふる人は、いかにしてか此人をえめと、恋忍ふかたこゝら侍るめれと、我こそ」（40オ）かゝるうみつらにしつみはてめ、なへてのむこをはとらし、さるへくは、なか〳〵うみに入てよなと、こしらへをきけるに、けんしの君、すまにうつろはせ給を聞傳て、いかなるたよりにつけてか、此うらにひきわたし奉らんとおもふに、此程のたかしほに、御たひ所のさまもをしはかれ」（40ウ）侍れは、ちいさやかなる舟して御むかへにまいる。けんしもさる夢のさとしもおはせしにや、うつゝあはせ給て、うらつたひし給。入道は所につけたる御すみかのさま、心のかきりきよらをつくして入奉る。あちきなき御つれ〳〵には、御ことのねにたてそへ給そ、いと物はかな」（41オ）しかりける。ある時入道まいりて、ひはのてひとつふたつ、おかしうひきて、御ことなとすゝめ奉りて、かゝる物の音は女のひきたるこそ心はすみ侍れなと、やう〳〵むすめの事、ほのめかしきこえけるそ、いとかたはらいたき。やかてむすめのもとに御文あり」（41ウ）。

　遠近《をちこち》もしらぬ雲ゐをなかめわひかすめるやとの木すゑをそとふ

う《（ママ）》ゝさつけなれはにや、御返事申ささめれは、入道かはりて、

　なかむらんおなし雲ゐをなかむれは思もおなし思ひなるらん

又けんし、

　いふせくも心に物をなやむ哉」（42オ）やよやいかにととふ人もなみ

このたひはと、むすめの御返事、

　思《あかしのうへ》ふらむ心の程よやよいかにまたみぬ人を聞かなやまし

むすめをは、たかしほのおそれにさしはなちて、をかへのやとにすませしにや、けんしおはしまして、ことなと

ひきあそひ給にも、物ことに」（42ウ）都の御かた〳〵にも、けおさるへうも侍らすもてはやされ給。又のとしの八月には、めしかへされ給。女君たたならすおはしけるを御覧しをき給ひけるそ、御こゝろくるしき。かたみにひき給へとて、御ことなとのこし給へは、

あかしのうへ
　なをさりにたのめをきける一ことをつきせぬねにやかけて忍はん」（43オ）

あかしには、女君うみ奉給へは、御めのとなとくたし給て、はこくませ給。のちは都にうつし奉て、御むすめの君は紫のうへやしなひにて春宮へまいり、くにの御はゝとならせ給。めてたき御すくせなりけり。此番《つかい》、いつくをしゆうとも思わかれ侍らす。右は、おほろけならぬかたにいひとられ、御子のすゑまてさかへ」（43ウ）のほり給御とくにまかせ、左は、さえのいとあさからす世になのたかきかたにひかれ侍れは、なすらへて持なともや侍るへき。

九番

左　在常娘姉《ありつねむすめのあね》君　勝

右　空蝉《うつむみ(ママ)》君

左の君は、物語のうへにも、いつれや」（44オ）らんと思たとられ侍りぬ。初の段にほの〳〵見え侍りて、すゑに女はらからふたり有けり。ひとりはいやしきおとこのまつしき、ひとりはあてなるおとこもたるなと侍り。いやしき男もたる、しはすのつこもりにうへのきぬをあらひてと侍るめるは、ふるきことはに、こゝにわか」（44ウ）わたくしをあらひ、こゝにわか衣をあらふといへる古詞の心なとにや。此段の心さしあさはかにやはみ侍らん。女は、わかせをおもふを、かしこきにはすなれは、時にしたかへる心、むかしのことはにもかよひ侍にこそ。ろうさうのきぬは六位の袍《はう》なとにや。されはいやしきとはいふ」（45オ）なるにや。

紫の色こき時はめもはるにのなる草木そわかれさりける 業平《なりひら》

右、うつせみは、中川のわたりにすみけるか、たひ〳〵の御かたたかへも下の心なきにしも侍らす。やり水なとのすゝしきにことよせ給ふにや、かのこ君そ道しるへし奉る。ある時」（45ウ）おはしけるに、女のねやもいとちかうやとし奉けれは、さしのそき給ふに、まゝむすめと、こうちけるに、はてぬれは、とをみそなといひててをおりけれは、あるしの女、いよのゆけたもよみつくしてんやとて、わらひしなり。いつとても女はいとおほとかに、空おそろしきことを」（46オ）思、十をひとつそこたへまほしう思給へられ侍る。此物語やらんよ、あふみの君とかいひし人の、すくろくうち給へしに、まけめなとにもや侍けん、さいとりあけて、かろらかにおしもみて、おもてうちさゝけ、せうさい〳〵と、したとにことはこひけるを、ちゝの、物《おとゝ》こしに見給て、こちはつかし」（46ウ）（ママ）う、あなうたて〳〵とつまはしきして、にけ給ひしと侍るもことはりならすや。さてその夜は、うつせみのもぬけとかやなり侍しを、むすめのみねのこりけるに、心ならすあひ見給。けんし、

むすめ、

ほのかにも軒はの荻をむすはすは露のかことを何にかけまし」（47オ）

ほのめかす風につけても下荻のなかはゝ霜にむすほふれつゝ

ぬきすへしけるきぬをとりかへらせ給て、朝にかへすとて、

うつせみのみをかへてける木の下に猶人からのなつかしき哉

御返事」（47ウ）、

うつせみのはにをく露のこかくれて忍ひ〳〵にぬるゝ袖哉

伊よのすけうせて後は、めし入給て、あまたのかすにさふらはせ給とかや、右も心あた〳〵しきかたにはきこえ

侍るなる物から、人からもいよのすけなとにむすほふるへきならぬを、おやなともなう、たよりをうし」（48オ）なひて、かゝるかたにむもれゐたるなるへし。なみ〳〵の人にしもには《ママ》さゝめれは、思はすにも立より給はゝ、あなともこゑたてかたかるへし。左は、たとしへなう、かしこき方に聞なされて侍れは、かちの字をくわへ侍るにこそ。

十番」（48ウ）

左　　中納言娘君

右　　夕皃上　　勝

右は、頭中将、雨夜の物かたりに、さる女に浅からすかよひて、こをさへうみ侍れは、になう思かはし侍しを、家のめなむ、むくつけきことをいふと聞て心とはひかくれて、いつちいぬらんともしらす侍る也。その子」（49オ）のなをは、なてしこといひしなと、かたる。その人にやまかりいてなんとて、かゝる哥をかきてをけるとかや、

　山賎《いふかほ》のかきほあるともおり〳〵は哀をかけよなてしこの露

うせ給ひしせんはうのみやす所、六条わたりにおはしましけるに」（49ウ）、けんし、忍ひ〳〵にかよひ給。第二の御めのとれいならす侍て、五條なる所に侍しを、とふらひ給はんとておはしけるも、下のこゝろなきにしもおはしまさす。立かへらせ給道のほとに、きりかけたつこ家にしろき花のさきかゝりけるを、御ともの人めして、折て奉れとの給ひしかは、これみつ」（50オ）、なにその花そと申侍れは、うちより、これなん夕かほといへり。えたも、いとなさけなかめるに、これにすへて奉れとて、あふきをさしいて侍けるを、とりて見給へは、

　心あて《ゆふかほ》にそれかとそみる白露の光そへたるゆふかほの花

御返事、

よ《けんし》りてこそそれかともみめたそかれに」（50ウ）ほの〳〵みえし花の夕かほ

御くるまと〻めて、あるしのなをとはせ給へは、是光《これみつ》、陽明介か家に侍るなり。あかたにまかりてなと申けれは、こよひはと〻まり給。八月十五夜のことなるへし。となりの家にからうすなといへる物のこゑ、みたけしやうしんのをとして、なも」（51オ）當來導師とおかむなるも、御み〻いとかしかまし。こ〻は物むつかしきにとて、ひとつくるまにてなにかしの院へいさなひ給に、わかまたしらぬなとの給し御返しに、

山《ゆふかほ》のはの心もしらて行月はうはの空にて影やきえなん

此所はあれはて〻、けに松桂にふく」（51ウ）ろうなき、らんきくにきつねすむさまなり。夜ふけはてて、こたまとかいふもの〻きたりて、女君をとり奉る。けんしはあきれまとひて、たちをひきぬき、もとめまち給へとも、めにも見えす。ひもくらうなりて、物のあしをとのみせしなり。これみつとめしけれは、又」（52オ）そらにていふなりけり。又ひか〻けて見給へは、からのみなりけるそ、いとせんかたもなき。此所は、むかし、うたのみかと、みやすん所なとひきゐ給てあそひ給けるにも、さる物のありけるなるものをと、後にそ、くひかなしみ給ひけんかし。ひかし山六道のまへまて、ひとつくるま」（52ウ）にてをくり奉給。けふりとなし侍そ、夢の心地し給。とのに帰おはしましまして、

み《けんし》し人のけふりを雲となかむれは夕の空もなつかしきかな

かのめのとに右近といひしを、御かたみみ《ママ》にとめしをかせ給。左の君、むかし氏のなかに御子むまれ給、御おほ」（53オ）ちかたにて、中将、

我《なりひら》かとにちいろあるかけをうへつれは夏冬たれか〻くれさるへき

ありはらは、わうしをいて〻、いくはくの世をもへさるに、かくまておとろへはて給ことを歎くらし給。あにお

と〻ひきゐて、ぬのひきのたき見にまかりて、衛ふのかみ」（53ウ）、
我世《ゆきひら》をはけふかあすかと待かひのなみたの瀧といつれたかはん
又あるし、
ぬきみたる人《なりひら》こそあるらし白玉のまなくもちるか袖のせはきに
かうまてうちなけかる〻世の、思はすも御子むまれ給へれは、けにたのもしき御おひさきなるへし」（54オ）。此左右、又いかにそや。右のうへは、心いと花やかにえんなるかたの、又なうきこえ、左は、なたかう時にあへるさまの見え給ふるを、これはさたかすのみこなり。ときの人、中将のことなんいひけると、おもてにあらはれ侍れは、ふるき人のふてのあとけちかたきわさに侍めれは、をのつ」（54ウ）から右をかちにと申侍るならし。

十一番

左　　染殿内侍　持

右　　蓬生君

右は、ち〻宮の御ゆつりをたかへす、此宮にすませたまふ。けんし、なつかしきことにおほして、いひよらせ給。御心いとうこきなうじ（ママ）ちようなる」（55オ）かたにおはしまして、御かたちなともなみ〳〵の人にはいはれ侍らぬ物から、いさ〻かをくれ給かたもくは〻りおはせしやらん、すまの御たひゐなとにも、人〳〵の御かすにもとりわきたるかたには思もよそへられ侍らさめれは、御心と身をおとしめ給て、とふらひきこえたまふことも」（55ウ）、おさ〳〵まれなるにや。かへりてもかたみにふともえをとつれかはし給はす。宮はよもきむくらのあらそへるま〻に、ろうなとも雨露にもりくちて、のこれるかたにしたかひて、かたよりすみ給ふさまなり。ち〻の御たからなとは、山ことならすつみかさね侍しも」（56オ）、みなくちうせて、その物とさへ見わかれ侍らぬ程にや。つか

うまつりし人もかつ〳〵こほれちりて、したしきかきり、ひとりふたりそ、と〻まりける。し〻うの君とて御めのとやうにて侍しも、つくしの大弐になりてくたりし人にいさなはれけれは、君」（56ウ）、

　たゆ《よもきふ》ましきすちをたのみし玉かつら思の外にかけはなれぬる

侍従、御返し、

　玉かつらたえてはやまし行道の手向の神もかけてちかはん

又のとし、けんし、物のよすかにおほしいて〻おはしけれは、よもきかそまのいふせきに、道さへたとら」（57オ）れ侍けれは、源氏、

　尋てもわれこそとはめ道もなくふかきよもきかもとの心を

かくてすみ給御さま見給て、此程のとたえさへうらめしうおほして、みさうより人めして、あるへきかきりとりつくろひて、めのまへのむかしとなし給。あまたの」（57ウ）人なとよひとりて、かみなかしもさふらはせ給。のちには六條院へうつし奉て、とりわきてあつかひきこえたまふとそ。（二字分あき）左は、やむことなきかたにきこえ侍しに、中将、あさからすまかりかよひけるか、子ある中なりけれと、世のならひかれ〳〵さまになり侍て、又人のかようと」（58オ）き〻侍けれ（ママ）、

　秋の夜は春日わする〻物なれや霞に霧やちへまさるらん

女、かへし、

　ち〻の秋ひとつの春にむかはめや紅葉も花もともにこそちれ

此つかひ、いつれをそれとか申さため侍らん。右も、よもきふのやとり」（58ウ）にたへすみ給へらん心さしはあはれにもかしこうも思給へ侍るを、左も、きはく〳〵しうえんなるかたはをくれても見え侍らぬうへ、こ〻をとな

んすへきふしも侍らねは、持なとにてもや侍るへき。

十二番

左　　初艸君　　持」（59オ）

右　　玉鬘内侍

左は、いもうとのおかしけなるをみて、

《なりひら》うらわかみねよけに見ゆる若草を人の結はんことをしそ思ふ

女、返し、

初草のなとめつらしきことのはそうらなく物を思ひける哉

此言にとりて、女をけさうしたる」（59ウ）かたにいひなすらふるかたも侍るやらん、はらからのなからひも、そのれひすくなからす侍めれは、さにや侍らんなれと、ふかういもうとをあはれむさまにも見え侍らすや。又、すゑの段に、藤原のとしゆきといふ人よはひけり。またわかけれは、ふみもおさ〳〵しからす、ことはもいひ」（60オ）しらす、いはんや哥はよまさりけれは、あるしの人、あんをかきてと侍り。

《としゆき》つれ〳〵のなかめにまさる涙河袖のみひちてあふよしもなし

かへし、おとこ、女にかはりて、

《なりひら》あさみこそ袖はひつらめ涙川身さへなかると聞はたのまん

右のなひしは、いはけなきほとに」（60ウ）、めのとにくして、はるかなるせかひに行かくれ給。やう〳〵におとなひ給まゝに、此君をえまほしういひわたる人もおほかりけれと、かくかゝるあさましきかたには、しつみもはてさせ給はし、いかにもして都にいさなひ奉て、ちゝおとゝにもまかせ奉らんなと、いひ〳〵せしほとに、め」（61

オ）のと、いたつらになりぬ。そのこなん、ほいたかはすひきゐ奉てのほる。ひゝきのなたすくとて

　うきことのむねのみさはくひゝきにはひゝきのなたもさはらさりけり

都にも、それをともとめよるへき人もしらせ給はねは、まつはつせへまうて給て、ちゝの君にひきあ」（61ウ）はせ給へと祈給に、かの右近、まうてあひ奉て、道しるへして、けんしの御やしなひにてうつりおはします。さてうこん、

　二本の杉の立とをたつねすはふる河野へに君を見ましや

こと、ひはなと、けんし、ひたすらにをしへ聞え給。かの君のあまの（ママ）」（62オ）中将なとにも、よきむすめ尋えたりとほのめかし給へは、いつくならんとゆかしう思て、

中将
　思ふとも君はしらしなわきかへりいはもる水の色し見えねは

なとよみ侍けるに、後にそかたり給て、わらはせ給ける。さてけんしも、おり〳〵はけしきはみ給ことも侍」（62ウ）れとも、しらすかほにもてなひすくしたまへは、

けんし
　思かね昔の跡をたつぬれはおやにそむける子そたくひなき

女、返し、

　ふるき跡尋ぬれとけになかりけり此世にかゝる親の心は

かくて侍れと、つれなくてははて」（63オ）たまはしと、さすかにをしはかり侍りぬ。しらすかし、ひけくろの大将のきたのかたになりて、あまたの御子うみ給て、いとかきりなき御さかへなりけり。此番、又、左は、たとへけさうのかたにいひとらるとも、まさしきこのかみに付ては、なひくけはひの侍らさめるも、そのことはりなきにしも」（63ウ）侍らす。右、又、まことの御むすめにもあらさめれは、うけひきさふらひたまはんも、つみなる

まてはあらしかしなれは、なすらへてよき持にこそ侍らめ」（64オ）

左方

五條大后宮　忠仁公良房女

二條大皇大后宮

贈太政大臣長良卿女母總繼女

有常女君　母良門女

戀死君　三条右大臣良相卿女

夢語君　右兵衛督紀名虎女

小野小町　出羽群《（ママ）》司小野常副《（ママ）》」（64ウ）

齋宮女御　文徳天皇御女

伊勢　伊勢守継蔭《（ママ）》

有常女姉君　中納言女君

母名虎女　染殿内侍

良相女　初草君

阿保親王女　平城天皇御孫

右方

桐壺更衣　大納言女」（65オ）

薄雲女院　先帝御女

紫上　兵部卿宮女
葵上　引入大臣女
朧月夜内侍督　弘徽殿御妹
女三宮　朱雀院御女
槿齋院　式部卿宮女
明石上　前播广守女
空蝉君　大《（ママ）》納言女」（65ウ）
夕皃上　母《（ママ）》三位中将女
蓬生君　常陸宮女
玉鬘内侍　致仕大政大臣女」（66オ）

〈資料紹介〉

慶應義塾図書館蔵『若菜の草紙』の周辺——附解題・翻刻——

石川透

一　はじめに

慶應義塾図書館が所蔵する『若菜の草紙』は、室町物語『七草ひめ』として知られている物語の上巻に相当する。『七草ひめ』の内容は、その完本である多和文庫本によって簡略に記すと、以下の通りである。

中頃、一条中将には子がいなかったので、鞍馬の毘沙門天に祈り姫君を得た。姫君は教養深く美しく育った。謀反を起こした太秦判官を退治した直井小太郎政常は、五節の舞に登場した一条中将の姫君を見初め、女房の計らいにより、姫君と契りを交わし、姫を儲ける。ほどなく、政常は父の病気により、越後に帰郷し、しばらく京に戻れない。姫君は越後に赴き、苦労するが、やがては娘が女御になる等、一家繁盛する。

以上のように、本書は、公家物と武家物の両方の性格をもつ作品である。内容上の検討は、伊藤慎吾氏「御伽草子『七草ひめ』の考察」（『國學院大學大学院・文学研究科論集』第二三号、一九九六年三月）に譲るとして、本稿では、これまで知り得た本書の伝本である三つの写本について、書誌的な情報を中心に記したい。

なお、本書を為すに当たり、御所蔵の方には、貴重書閲覧の機会をいただいた。記して御礼申し上げたい。

二　『七草ひめ』三本の書誌

まず、三写本の書誌を列挙しよう。

若菜の草紙

所蔵、慶應義塾図書館

番号、一一〇X・三一四

体裁、奈良絵本、一冊

時代、［江戸前期］写

表紙、茶色表紙（後補）

見返、金紙

寸法、縦二四・六糎、横三一・三糎

外題、なし

内題、なし

料紙、間似合紙

行数、一三行

字高、一九・五糎

丁数、二十七丁
挿絵、十図
翻刻、本書
備考、仮題を「若菜の草紙　上」とする

つきわか物語
所蔵、個人
番号、なし
体裁、奈良絵本、一冊
時代、［江戸前期］写
表紙、紺地金泥表紙
見返、金紙
寸法、縦二四・六糎、横三三・四糎
外題、なし
内題、なし
料紙、間似合紙
行数、一三行
字高、一九・六糎

丁数、二十九丁
挿絵、九図
翻刻、『大阪成蹊女子短期大学　研究紀要』第三五号
備考、仮題を「つきわか物語」とする

七草ひめ
所蔵、多和文庫
番号、なし
体裁、奈良絵本、三帖
時代、[江戸前中期]写
表紙、紺地金泥表紙
見返、金砂子散らし布目紙
寸法、縦二四・三糎、横一七・一糎
外題、題簽左上「七草ひめ　上（中・下）」
内題、なし
料紙、斐紙
行数、一〇行
字高、一九・〇糎

丁数、上・二十三丁、中・二十三丁、下・二十九丁
挿絵、上・中・下、各五図　ただし、中は白紙一頁あり
翻刻、『室町時代物語大成』第一〇
備考、尾題「七草ひめ　上（下）」（中はなし）

三　草紙屋の印記

この三本のうち、最初の『若菜の草紙』と『つきわか物語』は、書誌的な類似だけではなく、本文の筆跡や、画風もほぼ等しく、本来はつれであったと思われる。内容からすると、『若菜の草紙』が三冊本の上巻に当たり、『つきわか物語』が下巻に当たる。このての奈良絵本が、このようにばらばらに中途半端に作られたとは考えられず、本来は三冊一組であったろう。それがいつのまにか散り散りになり、二箇所に分蔵されるようになったと思われる。なお、残りの中巻は、今のところ所在不明である。

この二冊は、特大横型という、比較的に珍しい形の奈良絵本である。この内、下巻にあたる『つきわか物語』には、「御ゑさうし・天下一・小泉やまと」という壺型の朱印が押され、注目される。この印記は、後世の所蔵者によるものではなく、かなり早い段階のものであると思われ、あるいは製作者か販売者を示すものかもしれない。

類似のものとしては、拙稿「草紙屋城殿の周辺」（『むろまち』第四号、二〇〇〇年三月）や「真田宝物館蔵『祇園精舎』の意義―附解題・翻刻―」（『中世文学の展開と仏教』（おうふう、二〇〇〇年一〇月）に記した、「城殿・城殿」「城殿和泉拯・草紙屋・藤原尊重」の印記をもつ絵巻物が知られている。この「城殿」の印記を有する絵巻は、現在四点ほど確認できるが、「小泉やまと」の印も、これとともに、絵草紙屋による製作か、販売を意味する可能性

が大きいであろう。

さらに、これまであまり注目されてこなかったが、慶應義塾図書館が所蔵する『ともなが』（二軸）の巻末には、上に「小泉」、下に「蔵宝蔵・七左衛門尉・安信」とする朱印が存在する。しかも、上巻・下巻の両方ともに、印記が挿絵の左下に堂々と押されており、後世の所蔵者による印とは思えないのである。この「小泉」が、『つきわか物語』の「小泉やまと」とどう関わるのかは明らかにしえないが、同一の絵草紙屋、あるいは一族の絵草紙屋の可能性は検討されるべきであろう。

また、「奈良絵本・絵巻の製作」（『魅力の御伽草子』、三弥井書店、二〇〇〇年三月）に記したが、普通の横型奈良絵本である、広島大学国文学研究室蔵『中将姫』には、「ころう町通り・五郎左衛門・絵さうし屋」という小さな印記が押されている。

このように、奈良絵本・絵巻には、製作者側あるいは販売者側と思われるところの印記が押されていることがあり、今後さらなる博捜が必要である。

四　奈良絵本としての『七草ひめ』

製作の時代は、前者よりも少し降る印象があるのだが、多和文庫蔵の『七草ひめ』も奈良絵本として上質のものである。これには、横型間似合紙の奈良絵本によくみられるのと同じく、本文の上下に針穴が存在する。しかも、上は全行穴があるのに、下は最初と最後だけに穴があるようである。また、挿絵の裏には、「七草のひめ」といった墨書がみられる。書誌的にも興味が尽きない本なのである。

以下に、慶應義塾図書館蔵『若菜の草紙』を翻刻する。翻刻に当たっては、写本としての趣を残すように勤めたが、読解の便宜のために、句読点・濁点・「　」括弧等を補った。ただし、煩瑣になるので（ママ）は記さなかった。

若菜の草紙

中ころ、一条の中将と申て、やむことなき人おはしけり。北のかたは、藤しきふきやうの宮の、御そくちよにてそましく〳〵ける。御かたちのすくれ給ふきこえあれは、御とし十六の春のころ、むかへとらせ給ひつゝ、たかひに、あさからぬ御契りとそきこえし。

されとも、いかなる事にや、北方、三十に二あまり給ふまて、御子ひとりももち給はす、これによつて、北方は、御こゝろくるしき事にて、なき給ふはかりなり。

中将は、「むかしも、子をもたぬ人、われら夫婦にかきりたる事のやうに、何とてなけき給ふそや。いかに歎《なけ》き給ふとも、ゐんなき事はかなふましものを」との給へは、北のかた、「仰はさる事にて候へとも、つく〳〵と世のありさまをみれは、父子をんあひの中ほと、わりなきことはなきとみえたり。あのうつはりにすをくふつはめを見るにつけても、わか身のつたなき事か、思はるゝそや。それをいかにといふに、すくせのつみのむくいにて、いまの世に子にえん」。

「かなきならは、なとや、みかとの御位に、御子のなきはおはしまし候そや。十善をたもち給ふゆへに、みかとゝむまれ給ふと申せは、もし、つみつくり給はゝ、十善とは申へからす。されは、むかしより、子をもたぬ人は、神ほとけにふかく祈れは、かならすこをもうけしためしの候ものを。うつゝなく御歎き候はんよりは、人

〳〵も、神仏の御身をたのみ給ふへし。さいはひ、此としころ、くらまの御寺へ、としまうて、月まうて、なとゝて、あゆみをはこひ給ふも、さやうの御ためにて候はすや」と申けれは、中将殿はきこしめし、「けにも、かのひしやもんてんに、ほんちはによいりんくはん、ふくちしやうしうのさつたにておはしませは、かのほそんをたのみ申へし」とて、すなはち、七日七夜の御さんろうなり。

御きせいは、「なんしにても、女子にても、世つきをひとりさつけ給へ」とそ、いのられける。

［挿絵・第二図］

七日にまんするよの暁、北方、ふしきのれいむをかうふり給ふ。御ほうてんのうち、けたかき御声をいたし、「これへ〳〵」とめさるゝほとに、まいらせ給へは、みすのすそをかきあけ、あしかなへといふものをさし出し給ふを、なにとなく、手をさしのへ、とらんとし給へは、中にわきかへりたるにへ物ありて、手のうちあつく、たへかたさに、とりはつしこほし給ふと御らんし、うちおとろき給ふほとに、中将殿、ふしきにおほしめし、「いかに〳〵」との給へは、北の方、しはしいきをつき、涙をなかし、「みつから、くはほうなき事を申ゆへ、あさましき夢を見て候」と語り給へは、中将殿、「まことに、およはぬ事を祈れは、神もほとけもにくみ給ひて、はちをあたへ給ふそや。あらもつたいなや。いさや下向せん」とて、にけてしゆく所にかへらせ給ふ。

その夜より、北方、なやみつかせ給ひて、つや〳〵おきもあかり給はす、物もきこしめさねは、めのとをはしめて、あまたの女房、「いかなる御事そや」とて、物もおほえぬ体にて、はしりまよひけれは、中将殿は、御れいむの事をおほしめし、「くらまの御たゝりにや」とて、いろ〳〵のきせいをなし給へとも、しるしもなし。都に名をえしいしともをめされ、いれう、しゆつをつくさせ給ふといへとも、御なやみ、日々にをもるとはみゆるとも、かろき御事はなし。

こゝに、かものやすもとときこえしは、名をえたるはかせなり。代〱、御きたうの時は、かならす此かんぬしをめさるれは、今度、此やすもとをめして、「北方、しか〱の御れいむをかんし給てより、御心ち、例ならすなやませ給ふ。もしも、ひしやもんの御とかめにてましますにや。うらなひ給て、よく〱御きたうありて給はれや」との給へは、神主、しはらく、うらかたをかんかへ、「御れいむは、めてたき御事にて候へとも、御なやみ、別義候まし。御心やすくおほしめさるへし」と申す。

中将殿、「ゆゝしき事かな。さて、いかなる了簡によつて、かく申さるゝそ」と、うたかはしけに見え給ほとに、易をひらひて見せ申。「則、鼎卦《ていのけ》にいはく、鼎《てい》は元《げん》に吉《きち》にして、亨《とをる》初六《しよりく》鼎《はかなへ》顚《さかしまにす》レ跡《あしを》、利《りあり》レ出《いつるに》レ否《ひを》得《う》レ妾《ぜう》以《をもつて》二其子无咎《そのこをなしとが》候は、御れいむの御心なり。御なやみは御懐妊《くはいにん》成へし。御子は、かならす女子なるへし」と、くはしくかんかへ申けれは、中将殿、御心地よけにて、「さやうにも候はゝ、ほうひ、かたのことくまいらすへし。是は、当座の御いはひなり」とて、小袖十二重、沙金《しやきん》十両そへて出し給へは、かんぬし、なのめならすよろこひ、「弥、御きたう御きねん、ねんころに仕へし」とて、かへりけり。

［挿絵・第二図］

誠にかんぬしか申せしことく、北方の御なやみは、御くはいにんときこえしかは、御内もとさまも、人々、よろこひいさみ、きをひのゝしる事、たとへかたなし。

是に付ても、仏神をかろ〱しくうらみ奉ることを、はかなき事におほしけれは、御なこたりのために、くらまへまいらせ給ひ、さま〱の御祈りとも有。御さん、平安の御ためなるへし。

かくて、そのとしもくれ、正月も七日になりぬ。けふは、白馬節会なれは、中将殿は参内し給ひける。御留守に、北方、御さんのひもをとき給ふ。とりあけ、御らんすれは、玉のやうなる姫君なり。中将殿に、かくとつけまいらせけれは、いそきかへりてみ給ひつゝ、御よろこひはかきりなし。

[挿絵・第三図]

御名をは、わかな御前と付申。めのとには、大弐、わかさなとをはしめとして、あまたの女房たちを付申、いつきかしつき給ひけり。母上もめのとの女房も、みつから年のつもる事をは思ひ給はす、「姫君、いくつに、はやく成給へかし。内へまいらせん。女御にそなへん」なと、やるせなふ、引のはすやうにおほしめす。

月日は、なかるゝ水、いるやのことくにて、姫君、はや十二歳にそ成給ふ。中将との、めてたきことにおほしめし、しんてんの西に、御殿をしつらい、うつしまいらせ、さま〳〵にかしつき給か、おとなしくなり給ふに付て、御かたちも、光かゝやきけるはかりなり。こうかん、色あさやかにして、はくふん、こひをなせり。ようはう、しなこまやかにして、らんしやのにほひ、いとふかし。楊貴妃《やうきひ》か、しんそうにありしすかた、李夫人《りふしん》か、けふりのうちにみえしかたちも、これにはいかてまさるへき。御すかた、かたちの、たへにうるはしくましますのみにあらす、詩歌くはんけんの道も、よにこえ、人にすくれ給へり。

御とし五つよりも、古今《こきん》、万葉《まんよう》、伊勢物語《いせものかたり》、源氏《けんし》、狭衣《さころも》なとゝいふ草子を、よみならひ給ふほとに、ほしの宮の口伝《くてん》、ちはやふるのしんき、紀貫之《つらゆき》かひしとも、こと〳〵くつたへ給ふとかや。管絃《くはんけん》は、七音《おん》十二調子《のてうし》さとくおはしませは、貞敏《ていびん》かひさうせし上玄石上啄木流泉《しやうけんせきしやうたくほくりうせん》の秘曲《ひきよく》、こと〳〵くまなひ給へり。御手はまた、佐理《すけまさ》の一流をならひ給ふほとに、かの朧月夜内侍《おほろつきよのないし》のかみの手跡もかくやと、思ふはかりなり。

されは、姫君の御うつくしさ、めてたくおはしますこと、九重にかくれもなけれは、公卿殿上人、我も〳〵と文玉つさをまいらせ給へとも、中将殿も、女御更衣にもとおほしけれは、さらになひかせ給はす。

とし月をかさねて、はや、十五にそなり給ふ。その都に、さはかしき事あつて、九重の人民、東西にまよふこと有。そのゆへは、うつまさの判官といふもの、朝家をうらみたてまつり、むほんをおこし、すてに、京中にみたれ入へしときこへけり。これによつて、みかと、けきりんはなはたしく、くきやうせんきまちく〳〵なり。こゝに又、直井小太郎まさつねといふ人あり。是は、ゐちこの国の住人、直井左衛門政広《まさひろ》か子なり。大はんやくにめされて、此とし月在京し、二条京極《てうきやうこく》にそ候けり。「かれは、父祖《ふそ》より弓やとつて、ゆゝしくたけきものなり。今度、判官をは小太郎に仰付て、たいち有へきか」と申されけれは、君、けにもとおほしめし、則政常《まさつね》をそめされける。

小太郎、ことし十六歳に成けるか、きようこつから人にすくれたり。火おとしのよろひのうへに、かり衣をちやくし、御殿の大庭にかしこまる。そのてい、あたりをはらひてそ見えにける。みかと、御れんの中よりゐいらんあるに、まことにゆゝしけなる兵なれは、いとたのもしくおほしめし、やかて、せんしをなされ、「うつまさの判官をたいち仕れ」と仰下さる。

［挿絵・第四図］

小太郎は、せんしかしこまり承つて、「ゆみやとる身のめんほく、何事かこれにしくへし」とて、いそき、しゆく所にかへり、めのとの島田をめして、「政常、かやうのせんしをかうふりたり。家のめんほくとおほゆる也。しかるに、われ、おさな時より、兵法の道をまなふといへとも、いくさの道にたつさはらねは、万事むちうのことし。たゝいま、いくさのかといてに、そのさほうを、ことく〳〵く申せ」とあれはあれは、八郎兼隆《かねたか》、かしこまつて、一く〳〵にこれをときのふる。

「先、よろいをめさるゝに次第あり。一はんにたつな、二はんにすゝしの小袖、三はんに大口をめし、四はんに髪をみたし、五はんには白布八尺五寸にきりて、はち巻とす。六はんにゆかけをさし、七はんによろひひたたれ、八はんにはゝきをはき、九番《はん》にくゝりをしめ給ふへし。十はんにすねあてし、十一番につらぬき、十二はんにいたて、十三はんにこてをさす。十四はんによろひ、十はんに刀をさし、十六はんたちをはく。十七はんにそやをはく、十八はんに弓をもたせ給ふへし。さて、母衣《ほろ》と申は、はんくはいと張良とか、二儀《ぎ》あり。赤白《しやくひやく》の二の品《しな》あり。五《いつ》の五尺は、五大五仏《ふつ》をひようすとかや。さて、軍に出る門出に、酒をのむさほうあり。酌《しやく》をとる人も、のむ人も、立なからすへし。さて、敵《てき》にむかひ、ちんをとるに、八陣《ちん》といふ事あり。孫子呉子《そんしこし》かひしよ、孔明《かうみやう》かたしなむ所、まち〳〵に候へとも、張良《ちやうりやう》か黄石公《くはうせきこう》につたへしは、魚鱗鶴翼《きよくりんくはくよく》をもつはらとす。魚鱗といふは、さきほそく中ふくらに、魚のうろこのことくに、せいをたつるなり。これは、小せいをもつて大勢をやふる手たてなり。鶴翼と申は、せいをまはらにうちひらき、とりのつはさを、ひろけたることくにつくるなり。是は、大せい、小せいをうちかこむはかりことなり。さて、てきによする時の声は、三度なり。いくさにかちてのかち時は、初つよく、後ほそに、一度つくり候」と、くはしくかたりけれは、小太郎、「しんへうなり〳〵。その為にこそ、御へんをは政広より我につけ給ふなれ。さらは、時刻をうつさぬまに、いさや、かしこへよせん」とて、五十よきの郎徒《らうとう》をあひしたかへ、うつまさのたちにをしよせ、時を三度つくるほとこそをそかりけれ、四方より、もみたて〳〵せめけれは、判官は、日ころは、鬼神《きしん》のことくきこえしかとも、小太郎かせいにやおそれけん、又は、ちよくめいにやありけん、終に軍にうちまけて、こと〳〵くうちしにしたりけれは、都はほとなくしつまりけり。

［挿絵・第五図］

［挿絵・第六図］

みかと、ゑいらんまし〳〵て、やかて、小太郎をは、左衛門佐になされけるこそ、かたしけなき御事なれ。あまつさへ、せうてんをそゆるされける。常は、ゐ中にそたちてあれは、まなふ事とては、弓、馬、かり、すなとりをのみ、ことゝすへけれは、ひなひたるていにて、朝廷《てうてい》のましはりいかゝと、人〳〵おもひくたし給ふところに、あんにさういしたり。

政常は、もとよりすきのにて、おさなくより、花鳥風月の道をも、もつはら心かけたれは、今の代におそららくは、花族《くわそく》の家にも、かほとやさしき御方はまれなるへし。もとより、みめかたちうつくしく、心もことはもしむしやうなれは、みかと、たくひなきものにおほしめし、春のあしたの御ゆう、秋のゆふへのくはけんにも、政常をそめされける。

さる程に、そのとしの十一月に、五節のまひあり。舞姫には、一条中将殿の姫君、ちよくちやうにてまいり給。姫君、ことしは十五にならせ給ふか、くれなゐの三つかさね、こうはいの御こうしき、もよきの御ひとゑ、あか色の御からきぬ、すゝしの御袴、かさみをめされたり。

その御あり様、光かゝやき、うつくしさ、いはんかたなし。かの遍昭僧正《へんせうそうしやう》の、「雲のかよひち吹とちよ」とつらね給し、天女のかたちも、これにはいかてかをよふへき。されは、君をはしめ奉り、公卿殿上人《くけてん上ひと》、舞姫《まいひめ》のすかたに、御心をうつし給はぬはなかりけり。

[挿絵・第七図]

そも〳〵、大内に、五節の舞を御らんせらるゝ事は、むかし、清御原天皇《きよみはらのてんわう》、いまた春宮と申し時、大友の王子におそはれ、よしのゝ宮にうつろひ給ふ事あり。彼山と申は、人跡をたえたるしんさんなれは、谷に啼《なく》とりの音、嶺《みね》にさけふをしかの声ならては、事とひ奉るものもなし。せきはくたる御住居、さこそと思ひやられたり。御心をなくさめ給ふ事とては、一ちやうの琴をかきならし、御つれ〳〵をも忘れ給ふか、比は、霜ふり月なれは、都には、また初雪の折なるに、奥山とて、雪はさしかくるゝまてふりつもりたれは、山は白妙にへい〳〵たり。

ゐまちの月は、いてねとも、雪の光にてらされ、てい上も、雲なおもしろき折ふし、みかとは、ことを引給ふに、天より天乙女《あまおとめ》まひ下り、ていしやうにおりたつて、まひかなて、歌をうたふ。その歌、

をとめこかをとめさひすも玉や
そのから玉やから玉のみや

と、かれうひんかのこゑして、五かへしうたひけり。これによつて、五節の舞とは申なり。

又、みかとの御たからに、夜光《やくはう》の玉と申て、やみを照す玉をもち給ふゆへに、天女、から玉の宮とうたひし也。されは、五節をは、豊明《とよのあかり》とも申なり。天皇、位につき給て後、かの天女の舞をおほしめし、としく〳〵十一月に、童《とう》女を御殿にめして、まはせられしためしをもつて、代〳〵のみかとも、五節舞をみ給ふとかや。

さても、直井の左衛門は、五節の夜の舞姫をみまいらせ、よしなき恋の病となり、ゆ水をたにものみいれす、あやうきていにそみえにける。彼柏《かしは》木のゑもんのかみ、女三宮を見まいらせ、終におもひたえ、しにけんも、かやうのことにそありつらめ。

めのとの八郎かねたかは、心さときものなり。左衛門殿の御れい、たゝよのつねの事とはおもはす、雲上《うんしやう》の花のゑん、せんとうの月の夜に、たくひなき色をみ給ひつゝ、ゆひかひなきあり様に見え給ふにこそと、いとおしくも、うらめしくもおもひつゝ、政常の枕もとに立より、御いれいを見けるに、「よのつねの御事とはそんし候はす。君をちの中よりとりあけ、いま人となり給ふに付ても、御大事あらん時は、先それかしこそ、たち候へけれ。何事にても、御心の中をつゝませ給ふへからす」と、なきくとき申けれは、政常、くるしけなるいきのしたよりも、「ちかころ、はつかしきいひことなれとも、殿上にて、五節の夜、舞姫を見たりしより、よしなきおもひか付たるそや」とて、おめ〳〵となき給へは、八郎、きゝあへす、「あら、ゆひかいなき御ことや。さやうの事なら

は、なとや、とくにも仰候はて、心中にこめて、一人と御嘆き候そや。むかし、いさなきいさなみのみことの、いもせの道をはしめ給ふてより此かた、人間に恋といふ事も出来たり。もろこしの張文成《ちやうぶんせい》は、則天皇后《そくてんくわうこう》をしのひたてまつり、遊仙窟《ゆうせんくつ》をつくり、我朝の佐藤兵衛は、鳥羽院の后を恋たてまつり、あこきか浦にまよひしも、をよひかたき恋のみちに、思ひをとけしに候はすや。元より、をよふ中には恋はなし、をよはぬ中を恋といふ。おとこのおもひは、石にたつ矢にたとへたり。さらは、とく〳〵御文あそはせ」と申けれは、さへもんのすけ、よろこひおきあかり、くれなゐの色、かうはしきうすやうに、一筆かきて出されたり。

八郎、此文を、いとやすけにいひて出けれとも、誰をして、かの御人に見せまいらせん、更に其便そなかりける。しゆく所にかへり、

[挿絵・第八図]

あるしの女はうに、「しか〳〵のことあるをは、いかゝすへし」とかたりけれは、女はう聞て、「かの御やかたに、有子といふわらはあり。是は、ひめ君の御めのと、大弐《に》といふ人のむすめなり。此わらはゝ、みつからかしる人にて候へは、かれに付て文をまいらせ候はん。御心やすくおほしめし候へ」と申て、すなはち、文をたともにかくし、一条殿の御やかたに参り、にしのたいのわた殿に、たゝすみたれは、有子に、きたりしほとに、有子に文をわたして、ことの心をくはしくかたりつゝ、女はうは、我やにかへり、このよしかくと申けれは、八郎、まつ〳〵よろこひつゝ、かの御かへり事を、いまや〳〵と待ゐたり。

有子は、姫君と同しほとにて、ことし十五なり。もとより、物はちするはらはなるか、ひめきみの御あたりに人もなく、よきひまなれは、かの御文をまいらせんとおもふに、何とやらん、むねに火かたかれて、かほにもみちをちらす。

ひめ君、此よし御らんして、「おことは、何事を思ひ出しつゝ、色には出すそや」と、たはふれ給へは、その時、「さやうの文を、人のおこせて候ほとに」、ひめきみに奉る。

とりあけ見給ふに、色かうはしきうすやう、一かさねにて、「心のおくの忍ふ山も、袖の時雨とあらそひかねて」なと、かきちらし、おくに、

忍ふれはくるしき物をくれなゐの
ふかきこゝろは色にみゆらん

と、さも、ゆふにやさしき筆にて書たり。

姫君、「これは、はしめたるかたへやる文の体也」とのたまへは、有子《ありこ》、わなゝく〳〵申やう、「是は、直井の左衛門殿の御文なり。いつそや、五節の夜、君を御らんしてより、恋のやまひとなり、今はあやうくみえ給ふなり。一筆の御返事をもし給て、かの心をも、なくさめ給へ」と申けれは、姫君は、「おはすのことや」とて、更にきゝも入給はすして、おはしけれは、そのゝち、又、ついてをうかゝひ、「左衛門殿は、はや、たのみすくなく成給ふと也。もしも、むなしく成給はゝ、たけき人のしうしんは、ひとへに、君の御身にとゝまるへし。小野小町とやらんか、人の思ひのつもりて、狂気《きやうき》したるといふ事を聞に付ても、君の御事か、かなしく候そや」とて、さめ〳〵となきけれは、姫君、つく〳〵ときこしめし、「京極のみやす所の、御手をいたし給事も、上人の思ひを、やすめ給はん御はかりことなり。誠に是は、たけき人のおもひ入たらは、行末いかゝ」と、心よはく、やかて、一筆あそはし、引むすひてたひ給ふ。有子、よろこひ、彼女房に渡す。

［挿絵・第九図］

政常は、七夕のゆくとしを、まちこかるゝ心地して、いまや〳〵と、かの御返事をまちこかるゝ程に、八郎、

はしり参り、「御返事」とて、とり出たてまつる。左衛門、あまりのうれしさに、夢うつゝともなく、うちひらきみれは、

いつはりとおもふ物から人こゝろ
たのみすくなきうき身也けり

と、一首の歌をあそはしけり。此御文をはむねにあて、かほにあて、おもひこかるゝほとに、いよ〳〵恋はまさりて、文のかすはつもれとも、姫君はうちとけ給はねは、今はうらみの種となり、「雲井かくれにすむ龍《たつ》も、思ふ人には見えけん物を」とかこちけれは、ひめきみ、うとましき事におほしめし、むつからせ給ふを、めのとの若狭、見たてまつり、「いかなる御事を、おほしめしなけかせ給ふぞ。夢はかり、わらはにかたり給へ」と申けれは、ひめ君は、「有子かかく申」とはかりのたまひて、引かつきふし給。

若狭、ありこをちかつけ、「おことは何事を申て、ひめ君をむつからせ奉るぞ。うへにきこしめしては、いかゝすへし」とおとしけれは、有子、「かゝる事の候て、みつからも心くるしきめを見候ぞや」と、こまやかに語りけれは、わかさ聞て、「やことなき花《くわ》族のきんたち、恋かなしひ給ふをさへ、ちゝはゝの御ゆるしなき物を、およひなき御心さしや」といひ捨てゐたりしか、「左衛門殿より、あまりわりなくの給ふほとに、たけきふしのわくかたなさに、もしもの事をしいたしては、いとおしき御事なり。その上、左衛門殿は、公卿にもおとらぬ、やさしき人にておはします。本国にては、かくれなき大名なり。行末はめてたき御事もあるへし」と思ひつゝ、ひめ君をぬすみ出し、左衛門のかたへ、御とも申てまいりけり。

左衛門殿は、御前の御すかたを御らんするに、見しおもかけにもまさりつゝ、うつくしき事、たとへんかたなし。いとおもはゆけに、かほうちかたふけおはします。こほれかゝりたるひんのはつれより、にほやかに、ほの

かなるかほはせ、露をふくめる花のあけほの、筆にもをよひかたけれは、いかなるあらゑすも、御こゝろうつさすといふ事、よもあらし。左衛門殿は、ことし十九歳、姫君は十六の春よりも、いもせの中となり給、ひよくのちきりをなし給ふ。

一条中将殿は、ひめ姫をうしなひ給て、なけきかなしひ給ふ事、かきりなし。「めのとのはかり事にて、ぬすみ出しけるにこそ。うらめしのしわさや」と、こゝかしこをたつね給へとも、更に御行方もなし。神仏にいのりをかけ給ふといへとも、そのしるしもなけれは、「今は、うき世になからへてもせんなし」とて、山庄に引こもり、おこなひてのみおはしけり。

めのとの大弐も、月日のことく思ひ奉りし養君を、うしなひ奉るうへ、花のやうにおもひしひとりひめをも、うしなひぬれは、やるかたもなきかなしさに、やかて、あまになり、山〳〵寺々、たつとき所〳〵を、しゆきやうして、後世をいのるそいとたうとき。

［挿絵・第十図］

池田利夫講義内容一覧（於慶應義塾大学・同大学院）

［凡例］

本一覧は、池田利夫の慶應義塾大学文学部および大学院文学研究科における、国文学専攻での講義の科目名とその内容である。基本的には、慶應義塾大学文学部と慶應義塾大学大学院文学研究科が刊行した各年度の履修案内・講義要綱を基にして作成した。ただし、履修案内・講義要綱に、内容の説明がない場合には、（ ）に入れて、講義で取り上げられた題材等を書名で示した。

（石川透　作成）

一九七七年度

【学部】

国文学Ⅱ（B）

源氏物語夕霧の巻を読むことにより、中古語に対する基礎的な解釈力を養うとともに、源氏物語をいろいろな角度から考察し、その時代の諸相と関連づけて、日本文学の代表作品の本質をめぐる問題点を検討する。

テキスト：松尾聡・吉岡曠「源氏物語　夕霧」（笠間書院　一五〇〇円）

【修士】

中世国文学特殊講義演習

海道記を読む。現存する最も古い写本である尊経閣蔵本を複写してテキストとするが、他の伝本をも参照して本文校訂、注解作業等を学生中心に行う。漢籍を引くことの多いこの作品で、それぞれに直接の典拠は何かを追求しながら、作者に関しても考察したい。

一九七八年度

【学部】

国文学Ⅱ（B）

枕草子を読むことにより、中古語に対する基礎的な解釈力を養うとともに、枕草子をいろいろな角度から考察し、その時代の諸相と関連づけて、日本文学の代表作品の本質をめぐる問題点を検討する。

テキスト：岸上慎二編「三巻本枕草子」（武蔵野書院）

【修士】

中世国文学特殊講義演習

源氏物語本文系統論に関する問題点を簡単に講義した上で、中山家本若紫（別本）・末摘花（河内本）を基礎に異同の実体を検討する。古註釈の成立とも関連させて考えたいが、解釈を含めて、他の伝本との校合などは、すべて学生中心に進める。

一九七九年度

【学部】

国文学Ⅱ（B）

源氏物語の河内本の創始者である源光行の波乱に満ちた生涯を、史料に基づいて辿るとともに、鎌倉時代初期に勃興した古典の本文研究の軌跡を、同時代人である藤原定家とも対比することで辿っていきたい。

テキスト：池田利夫編「源光行一統年譜」武蔵野書院、二五〇円

【修士】

中世国文学特殊講義演習

浜松中納言物語巻一（在唐物語）を読み、その源氏物語からの影響、構想上の問題点、作者の唐土知識と唐土観、作者問題などさまざまな視点で考えたい。解釈などはすべて学生中心に進める。

テキスト：影印本「浜松中納言物語巻一」（池田利夫編）笠間書院　一、〇〇〇円

一九八〇年度

【学部】

国文学Ⅱ（B）

紫式部日記を黒川本の影印で読む。この日記は、成立・構造に不明な点があり、解釈上も詳かでない部分が多い。そこで若干の史料を援用し、一条朝の宮廷を舞台に登場する男女貴族の群像を、日記を辿りながら点描していく予定。なお影印本は初心者も直ぐ馴れる。

テキスト：秋山虔編「黒川本　紫日記（上・下）」笠間書院、各七〇〇円

参考書：影印叢刊刊行会編「字典かな」笠間書院、二五〇円

【修士】

中世国文学特殊講義演習

源氏物語竹河の巻を別本の穂久邇文庫本で読む。竹河は、匂宮・紅梅の巻とともに、巻序、作者別人説など議論が絶えない。一方、この三帖は青表紙本と河内本とで本文に異同が乏しいのに、別本では、著しく異なっている。それら問題点を配慮しつつ精読。解釈・校異などは一切学生中心。

テキスト：穂久邇本竹河巻の写真ゼロックスその他。実費。

一九八一年度

【学部】

国文学Ⅱ（B）

藤原俊成女（実は孫）が著わしたと思われる無名草子は、王朝期成立の物語を縦横に論評した作品である。これを講読しながら、すでに失われた物語を含めて、物語文学史論の一端に触れていきたい。

テキスト：鈴木弘道編「校註無名草子」笠間書院　八〇〇円

【修士】

中世国文学特殊講義演習

紫式部の娘である大弐三位の集と、弟（兄とも）である藤原惟規の集（いずれも岩波文庫本「紫式部集」に付載）を学生中心に読もうと思うが、あるいは弘安源氏論議を源氏大成所収本で読みながら、源氏物語の骨格や、注釈史、本文研究史の問題を考えるか、決めかねている。（結局、弘安源氏論議を読む）

一九八二年度

【学部】

国文学Ⅱ（B）

院政期末に成立したと推定される唐物語を講読しながら、中国説話二十七編を歌物語風に翻訳したこの作品が、平安・鎌倉時代文学史に占める比較文学上の役割などの問題を中心に、一篇ごとに考察していく。

テキスト：池田利夫編「校本唐物語」笠間書院　三〇〇〇円

【修士】

中世国文学特殊講義演習

源光行が元久元年に執筆した句題和歌説話三部作のうち、百詠和歌を学生中心に読む。原拠となった李嶠百詠注や百詠自体に複雑な問題をかかえているので、それら諸伝本の写真を参照比較しながら考えていく。漢文をかなり読まなければならないので、受講生はその心用意が必要であろう。

テキスト：杤尾武編「百詠和歌」汲古書院、一、八〇〇円

一九八三年度

【学部】

国文学Ⅱ（B）

更級日記を校訂本で読み、源氏物語の愛読者であり、後に浜松中納言物語などの作者ともされた菅原孝標女の生涯とその時代を講述する。

テキスト：池田利夫編「校注更級日記」（武蔵野書院）

【修士】

中世国文学特殊講義演習

これまで別本がないとされてきた源氏物語松風の巻を、新たに別本として認定された蓬左文庫蔵鎌倉期書写本の影印で読み、他の両系統本との本文異同を精査する。

テキスト：プリント

一九八四年度

【修士】

中世国文学特殊講義演習

源氏物語花宴を奥入と関連づけて考える。この巻は、河内本・別本との本文異同も少くないが、青表紙本では、明融本・大島本に第一次奥入があり、定家自筆第二次奥入も存在する。一方、三条西家証本（日大本）花宴巻末には、奥入を別紙に写した旨の実隆識語があるので、別本奥入や源語古抄（異本奥入）の存在をも勘案しながら、定家の源氏物語校訂の軌跡を辿る方法を模索したい。

テキスト：プリント

【博士】

中日比較文学特殊研究（中国文学専攻「中日比較文学」を兼ねる）

平安時代末期に成立したと推定される唐物語は、中国故事二十七話を歌物語風に和訳している。その殆んどの典拠は漢籍諸作に明らかであるが、和訳者が漢籍それぞれのいかなるテキストを用いたかの点になると、詳かでない点が甚だ多い。蒙求和歌など周辺の翻訳説話群にも注意を払いながら、これら複雑な問題について吟味を加えていきたい。
テキスト：池田利夫編「校本唐物語」笠間書院、ほかプリント

一九八五年度

【修士】
中世国文学特殊講義演習
平安後期物語の一つである狭衣物語は、平安末から中世にかけて、源氏物語についで愛読されたが、同時に、他の物語には例を見ないほど、本文に大きな異同を生じた。今回は、この物語を古活字版写真により、正しく解釈して読むことに主眼を置くが、他の古写本諸本本文異同の一端にも触れて考える。
テキスト：プリントほか

【博士】
中日比較文学特殊研究（中国文学専攻「中日比較文学」を兼ねる）
蒙求和歌を蒙求と対比させながら読む。蒙求和歌は、平安時代から幼学書として読まれてきた蒙求を原拠に、源光行が句題和歌仕立てに翻訳した作品である。現存本に三種あり、最初のは源実朝に献上されたとおぼしいが、その後再び手を加えるなどして、本文、編成に違いが生じた。一方、唐の李翰撰の蒙求も、宋代の徐注が渡来し、本文上も複雑な経過で変化していくので、これらを勘案しつつ問題点を整理していく。
テキスト：プリントほか

一九八六年度

【修士】

中世国文学特殊講義演習

散逸した源光行の厖大な源氏注釈書「水原抄」の葵の巻の前半部かと指摘されている七海本源氏物語古註を複製本で読む。巻子本に河内本系統本文を写し、その行間・欄外・裏書きに至るまで詳細な注がくわえられている本書を、本文異同の精査は勿論、注を奥入・紫明抄・原中最祕抄・河海抄など古注との比較を通して精読し、果して水原抄か否かを検証する。

【博士】

中日比較文学特殊研究（中国文学専攻「中日比較文学」を兼ねる）

某家蔵古鈔本和漢朗詠集を日本古典文学会刊の複製本で読む。他の古写本諸本間の本文異同は勿論、行間や欄外等に詳密に書き入れられた注の性格を、他伝本の書き入れ、和漢朗詠私註、江談抄などを参照しながら考察する。

一九八七年度

【修士】

中世国文学特殊講義演習

夜半の寝覚を前田家本（複製）コピーで読む。校本も公刊されたので、本文批判、源氏物語の影響等の考察を試みる一方、中村本など梗概本との関係についても調査する。

【博士】

中日比較文学特殊研究（中国文学専攻「中日比較文学」を兼ねる）

前々年度に続けて、今年度は蒙求古鈔本を主軸に読み、蒙求和歌等を考証する上での資料に用いて、最古注蒙求の姿を明らかにしていきたい。

一九八八年度

【修士】

中世国文学特殊講義演習

岩国吉川家蔵河内本源氏物語桐壺を、他系統本とも対比させながら書入に注意して読み、一方、素寂の紫明抄を原中最秘抄を参照しながら克明に読む。

（途中から源氏物語古註七海本、前々年度の続き）

【博士】

中日比較文学特殊研究（中国文学専攻「中日比較文学」を兼ねる）

大江千里撰の句題和歌諸本本文を影印・コピーなどで多く蒐集し、異同、伝来を精査して本文系統を考える。

一九八九年度

【修士】

中世国文学特殊講義演習

（源氏物語古註七海本、前年度の続き）

【博士】

中日比較文学特殊研究（中国文学専攻「中日比較文学」を兼ねる）

李嶠百詠注を陽明文庫蔵本、慶應義塾図書館蔵本等の写真版で読み、源光行の百詠和歌を考証資料に用いて、張庭芳撰百詠注の姿を明らかにしたい。

一九九〇年度

【修士】

中古国文学特殊講義演習

（源氏物語古註七海本、前年度の続き）

【博士】

中日比較文学特殊研究（中国文学専攻「中日比較文学」を兼ねる）

信救（覚明）撰の和漢朗詠集私註を寛永版本で読み、当時の説話資料としての意義と、既に散逸したり、改訂された諸書の引用本文を検証する。

一九九一年度

【修士】

中古国文学特殊講義演習

（源氏物語古註七海本が途中で終了、吉田幸一氏蔵本（葵巻後半）に進む）

【博士】

中日比較文学特殊研究（中国文学専攻「中日比較文学」を兼ねる）

（和漢朗詠集私注、前年度の続き）

あとがき

世話人の佐藤と中川の間で、池田利夫先生（その講筵に連なった者の立場からかく呼ぶことをお許し願いたい）の古稀ならびに大学退休の機会にあわせて本を作ろう、といった話が出たのが、平成十年の春であったかと記憶する。それ以前から、何となくそんなことが話題に上らなくもなかったが、互いにそういうことに邁進する質ではなく、また池田先生がご自分の顕彰の類はもとより教え子や後輩に迷惑の及ぶような事柄を好まないことは充分に分かっていたので、具体案を考えずに過ごしてしまったかと今にしては思う。にもかかわらず、池田三枝子（編者の血縁ではない）を世話人に加えて執筆者に呼びかけ、本書作成に到るには、この数年の間にそれぞれが尊敬し親昵した方々が次々に不幸に見舞われたことが少しく影響したことは否定できないように思う。しかしやはり、そのような感傷よりも、学生として池田先生にいろいろと教えを受けた者達の、大病を飄々とやり過ごして以前と変わることなく仕事をして酒を飲む先生に対する敬愛が、自然と研究意欲となり論文に結実したのだと考えたい。

三田の大学院で池田先生のまわりに学び戯れた我々も、今は学生を指導するような年回りになっている。それぞれが師恩に報いえているかは、とりあえずは本書に載せた論攷によって測られることになろう。ただしもとより、そのような内輪の事情には関係なく、本書が少しでも国文学研究の進展に寄与することを願う故に、多くの方々にお読みいただき批判が寄せられることを期待するのである。

書名「野鶴群芳」の「群芳」は、論文執筆者としては気恥ずかしさをこえておおいに疑問だが、編者の命名であり是非もない。今後への戒めと励ましにしたいと思う。

当初平成十三年春を目指した本書の刊行は、一年半ほど遅れた。序では編者自身の論文執筆の遅れを理由に挙げているがそうではない。各自が論文提出を遅らせ校正返戻を滞らせた、それを看過してきた世話人の責である。少しでも良いものをと考えた結果ではあるが、早くに入稿し責了した方々と笠間書院そして編者とに心よりお詫び申し上げる。

本書刊行を文字通りご快諾下さった笠間書院には、世の景気や専門書出版をとりまく状況の厳しさにもかかわらず云々、などといったお決まりの謝辞を申し上げることもはばかられる。淡々と国文学関係書を世に送り出して下さり、また池田先生とのご縁を大事にして下さる、その篤いお志にただただ甘えさせていただく幸せを感謝するばかりである。池田つや子社長、橋本孝編集長、そして編集の実務に当たられた大久保康雄氏に、この場をお借りして心より厚くお礼申し上げる。

平成十四年八月

世話人　池田三枝子
佐藤　道生
中川　博夫

佐《さ》々《さ》木《き》孝浩《たかひろ》　1962年山口県生。慶應義塾大学専任講師。『歌論歌学集成第十巻』（共著・三弥井書店）、「中世歌合諸本の研究（四）」（『斯道文庫論集』35）ほか。

小秋元《こあきもと》　段《だん》　1968年東京都生。法政大学助教授。『日本文学研究論文集成⑭平家物語・太平記』（若草書房・共編）、「五十川了庵の『太平記』刊行」（『文学・語学』164）ほか。

石川《いしかわ》　透《とおる》　1959年栃木県生。慶應義塾大学助教授。『落窪物語の変容』（三弥井書店）、『魅力の御伽草子』（三弥井書店）、『縁起・本地物解題図録』（古典資料研究会）ほか。

執筆者一覧

（掲載順）

池田三枝子《いけだみえこ》　1963年東京都生。実践女子大学助教授。「『大伴淡等謹状』－その政治性と文芸性－」（『上代文学』72）、「家持の『怨』」（『上代文学』75）ほか。

胡　志昂《こ　しこう》　1955年上海市生。埼玉学園大学教授。博士（文学）。『奈良万葉と中国文学』（笠間書院）、「日本琴の歌」（『セミナー・万葉の歌人と作品・第四巻』和泉書院）ほか。

鈴木宏昌《すずきひろまさ》　1953年神奈川県生。帝京大学助教授。「源氏物語における乳母子の位置」（『むらさき』18）「末摘花巻における光源氏像の形成」（『文学・語学』107）ほか。

池田利夫《いけだとしお》　1931年神奈川県生。鶴見大学名誉教授。文学博士。『日中比較文学の基礎研究翻訳説話とその典拠』『源氏物語の文献学的研究序説』（以上、笠間書院）『更級日記　浜松中納言物語攷』（武蔵野書院）ほか。

中島正二《なかしましょうじ》　1964年福岡県生。洗足学園中学高等学校教諭。「『とりかへばや』の〈秘密〉と〈人物関係〉」（『北陸古典研究』12）、「物語たちの分類学」（『江戸文学』22）ほか。

佐藤道生《さとうみちお》　1955年東京都生。慶應義塾大学助教授。博士（文学）。「詩序と句題詩」（『日本漢学研究』２）、「『本朝続文粋』解題」（『日本漢学研究』３）ほか。

小林一彦《こばやしかずひこ》　1960年栃木県生。京都産業大学助教授。『続拾遺和歌集』（和歌文学大系７、明治書院）、『冷泉為秀筆詠歌一躰影印二種翻刻一種並びに三本校異』（共著、和泉書院）ほか。

中川博夫《なかがわひろお》　1956年東京都生。鶴見大学教授。『藤原顕氏全歌注釈と研究』（笠間書院）、「『新勅撰和歌集』序の定家」（『中世文学研究－論攷と資料－』、和泉書院）ほか。

住吉朋彦《すみよしともひこ》　1968年東京都生。慶應義塾大学斯道文庫助手。「〔元〕刊本系『古今韻会挙要』伝本解題－本邦中世期漢学研究のための－（『日本漢学研究』１）」、「『韻府群玉』版本考（一）（二）」（『斯道文庫論集』35、36）

石神秀美《いしがみひでみ》　1952年茨城県生。鶴見大学非常勤講師。「玉伝深秘巻解題稿」（『斯道文庫論集』26）「古今灌頂解題稿」（『斯道文庫論集』28）

●編者紹介

池田利夫《いけだとしお》　1931年　横浜生まれ

慶應義塾大学文学部国文科卒業（'58年）
同大学院文学研究科国文学専攻博士課程単位取得（'63年）
文学博士（慶應義塾大学　'76年）
鶴見大学名誉教授（'02年。文学部日本文学科在職　'63～'02年）
慶應義塾大学・同大学院非常勤講師（'77～'92年）
国文学研究資料館客員教授（'84～'85年）
学習院大学文学部非常勤講師（'86～'87年、'93～'96年）

主要編著書

『浜松中納言物語総索引』（武蔵野書院　'64年）
『契沖全集』共編（岩波書店　'73～'76年）
『日中比較文学の基礎研究 翻訳説話とその典拠』（笠間書院　'74年）
『唐物語校本及び総索引』（笠間書院　'75年）
『尾州家河内本源氏物語』共編（武蔵野書院　'77～'78年）
『現代語対訳 更級日記』（旺文社文庫　'78年）
『現代語対訳 堤中納言物語』（旺文社文庫　'79年）
『新訂河内本源氏物語成立年譜攷－源光行一統年譜を中心に』（日本古典文学会　'80年）
『契沖研究』共著「契沖注釈書の生成」（岩波書店　'84年）
『蒙求古註集成』（汲古書院　'85～'87年）
『源氏物語の文献学的研究序説』（笠間書院　'88年）
『更級日記 浜松中納言物語攷』（武蔵野書院　'89年）
新編日本古典文学全集『浜松中納言物語』（小学館　'01年）
『かたい話てんでん』（鶴見大学日本文学会　'02年）

野鶴群芳《やかくぐんぼう》　古代中世国文学論集

2002年10月15日　初版第1刷発行

編　者　池田利夫

装　幀　右澤康之
発行者　池田つや子
発行所　有限会社笠間書院
東京都千代田区猿楽町2-2-5［〒101-0064］
電話　03-3295-1331　fax　03-3294-0996

NDC分類：918

ISBN4-305-70248-7

藤原印刷・渡辺製本所

email：kasama @shohyo.co.jp